Luke Smitherd
Stone Man. Die Rückkehr

LUKE
SMITHERD

STONE MAN

DIE RÜCKKEHR

Aus dem Englischen
von Andreas Decker

PIPER

Entdecke die Welt der Piper Science Fiction:
Piper Science-Fiction.de

Unser Versprechen für mehr Nachhaltigkeit
Klimaneutrales Produkt
FSC®-zertifiziertes Papier
Hergestellt in Europa

FSC
www.fsc.org
MIX
Papier aus verantwortungsvollen Quellen
FSC® C083411

Deutsche Erstausgabe
ISBN 978-3-492-70612-4

Titel der englischen Originalausgabe:
»The Empty Men« 2020

Satz: psb, Berlin
Gesetzt aus der Swift
Druck und Bindung: CPI books GmbH, Leck
Printed in the EU

PROLOG

Es war nur eine halbe Stunde. Trotzdem waren sich die Kinder bewusst, dass man sie früher abholte als sonst.

»Simon, deine Jacke. *Ja,* ich kümmere mich gleich darum, aber ihr alle müsst eure Jacken anziehen und euch auf den roten Teppich setzen. Okay? *Die Jacken!*«

Kleine Menschen mit aufgeregten oder ängstlichen Mienen – bei den meisten war es eine Mischung aus beidem – begaben sich zu der hüfthohen Garderobe neben der Klassenzimmertür. Dabei waren sie ungewöhnlich leise, was das stille Chaos des Augenblicks nur unterstrich. Maria tat ihr Bestes, die Anspannung aus ihrer Stimme zu halten, aber es gelang ihr nicht.

Etwas sehr, sehr Schlimmes war geschehen.

War da nicht schon vor dem Anruf, vor dem Nachrichten-Alarm auf ihrem Handy – verdammt, bevor der Tag überhaupt richtig angefangen hatte –, dieses Gefühl gewesen, dass etwas nicht stimmte? Eigentlich sogar schon die ganzen letzten Tage? Marcus, ihr Mann, war keine Hilfe gewesen. Subtil – also in Wirklichkeit alles andere als subtil – hatte er sie gefragt, ob ihre Hormone verrücktspielten. Und als sie ihn angefaucht hatte, dass das nicht der Fall sei, hatte sein Nicken, das deutlich besagte *Wie du meinst, aber gerade hast du mir recht gegeben,* ihre Anspannung nur noch vergrößert.

Und dann der Anruf. Natürlich über den Festnetzanschluss, weil ihr Handy plötzlich kein Signal mehr hatte, und als es wieder da war, konnte sie nicht telefonieren. Selbst die Festnetzverbindung war kaum zu verstehen gewesen. Anscheinend hatten sämtliche Netzwerke große Probleme.

Die Polizei war am Apparat gewesen.

Als sich Maria bereit erklärt hatte, bei Karens Nachmittagsbetreuung einzuspringen – Yogaunterricht war nicht besonders einträglich, und sie und Marcus hatten noch immer Kreditkartenschulden von ihrer Hochzeitsreise –, hatte sie nun wirklich keinen Anruf von der Polizei erwartet. Was der Beamte gesagt hatte, war Furcht einflößend gewesen, und zwar wegen dem, was er nicht gesagt hatte.

Ein Bus würde die Kinder abholen. Nicht ihre Eltern, sondern ein Bus. Man würde sie zu einer »Sammelstelle« bringen.

»Was ist passiert?«, hatte sie gefragt.

»Das wissen wir noch nicht«, hatte die Antwort gelautet, »und es steht uns nicht frei, darüber zu spekulieren. Bitte bereiten Sie die Kinder vor, ein Beamter kommt. Wir informieren die Eltern.«

Schockiert und verängstigt war ihr die Frage entschlüpft – die selbstsüchtige Frage, die sie in der Sekunde bereut hatte, in der sie ihr über die Lippen gekommen war: »Und was soll *ich* machen?«

»Wir raten Ihnen, in den Bus zur Sammelstelle einzusteigen oder sich selbst so schnell wie möglich dorthin zu begeben. Hier ist die Adresse, haben Sie einen Stift?«

Natürlich hatte sie – schließlich befand sie sich in einem Klassenzimmer –, und sie hatte alles aufgeschrieben. Dabei war ihr aufgefallen, dass sich die Sammelstelle außerhalb der Stadt befand; zugleich hatte sie über ihre emotionale Distanz gestaunt. Sie hatte Karen angerufen, war aber augenblicklich auf der Mailbox gelandet, also genau das, wovon Karen hoch und heilig versprochen hatte, dass es nicht passieren würde.

Ein Terrorangriff, hatte sie gedacht. *Es gab einen Terrorangriff. Nahe genug, dass man alle in Sicherheit bringen will, die Kinder aus der Stadt schaffen will.*

Der nächste Gedanke war gewesen: *Moment mal! Es gab einen Terrorangriff in* Coventry? *Warum zum Teufel sollte jemand Cov angreifen?*

Chloe, die andere Betreuerin, sah genauso verängstigt aus wie die Kinder, während sie wiederholt versuchte, ihren Freund zu erreichen – mit einundzwanzig war sie beinahe selbst noch ein Kind –, und auch wenn Maria sie mochte, befürchtete sie, sich auch noch um das krampfhaft hip aussehende Mädchen kümmern zu müssen. Kopfschmerzen meldeten sich an. Das war merkwürdig. Die bekam sie so gut wie nie.

»Chloe«, sagte sie freundlich, »ich habe hier alles unter Kontrolle. Warum gehst du nicht raus, vielleicht ist das Signal dort besser.« Das stimmte nicht, wie sie nur zu gut wusste. Das hatte sie bereits versucht.

»Ja. Ja, okay.« Chloe verschwand. So war es besser.

Auf dem roten Teppich saßen nun elf Kinder und redeten miteinander, während Maria nervös auf und ab schritt. Das zwölfte Kind stand noch immer vor der Garderobe, einen Arm in der Jacke, in der anderen Hand das Handy. Die Sorge war seinem Gesicht abzulesen. Es war Cecily, ein gemischtrassiges Mädchen mit wunderschönen dunklen Locken.

»Cecily«, sagte Maria leise. »Bitte zieh deine Jacke an und setz dich auf den roten Teppich.«

»Mein Handy«, erwiderte Cecily mit einer bebenden Stimme, die Maria das Herz brach. »Es geht nicht. Etwas stimmt nicht.« Maria wusste nicht, was sie darauf antworten sollte. Schließlich hatte das Kind völlig recht.

»Da ist nur das Signal gestört.« Sie versuchte, überzeugt zu klingen. »Das ist bald wieder in Ordnung. Versprochen.«

»Können Sie meine Eltern anrufen? Können Sie es versuchen?«

»Wenn du dich auf den Teppich setzt, ja. Ich versuche es über Festnetz. Okay? Gib mir die Nummer.«

Mürrisch gehorchte Cecily. Sie suchte *Mummy* im Adressbuch und gab Maria das Handy. Dann schleppte sie sich wie mit Bleischuhen an den Füßen zu ihren Klassenkameraden. Maria behielt die Gruppe der kleinen Menschen im Auge und wählte die Nummer. Die Mailbox, ebenso wie bei *Daddy.* Sie gab Cecily das Handy zurück. Die Sorge des Mädchens verstärkte sich. Das mit ansehen zu müssen, tat Maria weh.

»Ich bin auch nur auf der Mailbox gelandet«, sagte sie, »aber da hat bestimmt nur das Netz Probleme. Das ist okay, kein Grund zur Sorge.«

Eine Geschichte. Lies ihnen eine Geschichte vor, bis die Polizei kommt, das wird uns alle ablenken.

Das stimmte nur zur Hälfte. Sie konnte sich nicht ablenken, wurde völlig verrückt. Dabei ergab diese Unruhe nicht einmal Sinn. Natürlich waren Terroranschläge beunruhigend, aber das hier fühlte sich an wie etwas Persönliches. Der Gedanke war albern, traf es aber am besten. Sie zwang sich zu einem Lächeln und fühlte sich etwas besser, da es von zwölf sitzenden, erwartungsvollen Augenpaaren vor ihr erwidert wurde.

Wenn die Kinder die Nerven behalten konnten, konnte sie das verdammt noch mal auch.

»Alle bereit?«

Sie fing mit ihrer Geschichte an.

Kurz darauf kam Chloe zurück und gab Bescheid, dass der Bus da war. Er war so schnell eingetroffen, dass sich ein paar der Kinder sogar darüber beschwerten, das Ende des Kapitels nicht mehr hören zu können. Zu Marias Überraschung wurde der Bus von einem Streifenwagen begleitet. Der Anblick munterte die Kinder auf – das war ja noch aufregender als ein Bus! –, aber Marias Anspannung verschlimmerte sich nur noch, genau wie die Kopfschmerzen.

Etwas stimmt nicht. Das fühlst du …

Sie atmete scharf ein und ermahnte sich, sich auf ihren Job zu konzentrieren. Sie führte die Kinder hinaus.

»Schön langsam, hört ihr?« Zusammen mit Chloe begleitete sie die Kinder über den Parkplatz. Die Bustür öffnete sich mit einem Zischen. »Es wird nicht gedrängelt. Und es läuft auch keiner. Stephanie, ich habe dich im Auge.« Sie täuschte eine finstere Miene vor, die Stephanie lächeln ließ. Aber das Lächeln wurde so schnell von Sorge ersetzt, dass Maria das Mädchen am liebsten in den Arm genommen hätte.

Normalerweise hätte sie zuerst mit den Polizisten gesprochen, um herauszufinden, was hier eigentlich los war. Aber heute würde sie keine Zeit verschwenden. Sie musste die Kinder in den Bus schaffen, damit sie hier wegkamen. Fragen mussten bis später warten. Das wusste sie instinktiv mit jeder Faser ihres Wesens. Wie sie das wissen konnte, konnte sie später ergründen.

Hier geschieht etwas Schreckliches. Etwas Schreckliches kommt.

Aber da wisperte nur der Teil ihres Gehirns, in dem der Affe lauerte, der wie gewöhnlich in Panik geriet und so vertraut wie ein alter Exfreund war, die Art, die immer nur dann auftauchte, wenn man verletzlich und einsam war und einfach nur *reden* wollte. Marcus hatte ihr vor langer Zeit geholfen, die Panikanfälle unter Kontrolle zu bekommen. Trotzdem wollte die Stimme in ihrem Kopf nicht verstummen.

Du musst die Kinder hier wegbringen, du musst hier weg. Du musst dich irgendwo in ein kleines Loch verkriechen …

Was ist das für ein Gefühl?

Anspannung.

Wo manifestiert sie sich in meinem Körper?

So wie immer. Brust. Magen. Nacken.

Okay. Der Gedanke, den ich habe, ist Anspannung.

Der Polizist war aus dem Wagen gestiegen und stand neben der Bustür, versuchte die Kinder freundlich anzulächeln, während sie in den Bus stiegen. Der Bus war leer. Maria hatte sich gefragt, ob er bereits gefüllt sein würde.

Ich akzeptiere, dass ich Anspannung fühle. Ich bin nicht der Gedanke. Er ist einfach nur gerade da.

Mehr brauchte es für gewöhnlich nicht. Dank der Übungen reichte das aus, um ihrem kreischenden Affenhirn eine Banane zu geben und es ins Bett zu schicken.

»Sind das alle, Miss?«, fragte der lächelnde Beamte, nachdem das letzte Kind im Bus war. Sie las Anspannung aus seinem Blick und seiner blassen Haut; er zwang sich zu seinem ruhigen Ausdruck. Er hatte Angst.

»Zwölf müssen es sein, und genauso viele habe ich gezählt«, erwiderte Maria und blieb auf der ersten Stufe stehen. »Hören Sie, mein Lieber«, flüsterte sie. »Was ist denn passiert?« Sie rechnete nicht mit einer Antwort, hatte aber gehofft, dass die Worte *mein Lieber* trotz ihres üblichen Unbehagens in Gegenwart von

Uniformierten oder von Behörden eine Reaktion auslösen würden. So nach dem Motto *Ich bin eine ganz normale Frau und du ein ganz normaler Kerl.* Es funktionierte nicht.

»Ich weiß es nicht, Miss.« Das Lächeln verschwand. Er war kaum älter als sie. »Ich wünschte, ich täte es. Man hat mir befohlen, Ihnen nur zu sagen, dass wir zu einer Sammelstelle in Bell Green fahren. Aber was man mir gesagt hat, hat sowieso keinen Sinn gemacht. Sie müssen nicht bleiben, aber die Kinder schon, damit sie später ihren Eltern übergeben werden können. Wir können nicht alle erreichen, und die Straßen in der Stadtmitte sind alle verstopft. Sie müssen nicht mitkommen, aber es würde uns wirklich helfen, wenn Sie im Bus mitfahren, damit sich die Kinder sicher fühlen. Auch Sie wären in der Sammelstelle in größerer Sicherheit, es gibt einen Arzt …«

»Aber warum können Sie mir nicht sagen, was …«

»Miss, es tut mir wirklich leid, das ist mein völliger Ernst, ich kann mir vorstellen, wie frustrierend das alles sein muss, aber ich habe Ihnen wirklich alles gesagt, was ich kann. Ich will das nur erledigen, damit ich versuchen kann, nach Hause zu meiner Frau zu kommen. Also könnten Sie …« Er biss die Zähne zusammen, und Maria konnte die Frustration sehen, die er zurückhielt. Dieser Mann hatte einen schweren Tag. »… bitte?«, beendete er den Satz und schloss die Augen.

»Äh … ja. Ja, tut mir leid«, sagte Maria. Der Kopfschmerz pochte nun mit einem dumpfen Pulsschlag.

»Nein, es ist … machen Sie sich keine Sorgen«, beruhigte sie der Beamte, brachte sich wieder unter Kontrolle und trat zurück, damit Maria in den Bus steigen konnte. Oben drehte sie sich zu Chloe um. »Chloe«, sagte sie zu der nun leichenblassen jungen Frau. »Du musst nicht mitkommen. Ich weiß, es ist gegen die Regeln, aber ich glaube … das ist ja ein Notfall, also …«

»Bist du sicher? Ich kann …«

»Es ist okay.«

Chloe trat einen Augenblick unbehaglich auf der Stelle und lief dann zu Maria, um sie zu umarmen.

»Vielen Dank!«

Sie rannte – sie *rannte* tatsächlich – zu ihrem alten, verbeulten Micra, dabei winkte sie den Kindern im Bus zu. Die winkten zurück, wenn auch nicht besonders enthusiastisch.

Maria beobachtete sie voller Neid. Auch sie wollte nach Hause zu ihrem Mann Marcus, das musste sie unbedingt. Aber sie würde die Kinder nicht im Stich lassen. Sie bestieg den Bus, und der Polizist gab dem Fahrer ein Handzeichen, bevor er zurück zu seinem Wagen ging, um sie zu eskortieren.

Maria blickte den Mittelgang entlang; die Köpfe der Kinder reichten kaum über die Lehnen der verschlissenen Sitze. Obwohl es eine Schrottkarre war, war es trotzdem ein ganz normaler Bus. Bestimmt würden sie noch mehr Leute einsammeln.

»Können Sie das Radio anmachen?«, bat sie den Fahrer. Es würde Nachrichten geben.

»Man hat mich angewiesen, das nicht zu tun, Miss.« Der Fahrer sah aus, als wäre er Jahrzehnte vor dem uralten Bus geboren. »Es funktioniert sowieso nicht richtig.«

Die Tür schloss sich, der Bus fuhr los.

Die Kinder waren nun eher aufgeregt als ängstlich, und das Geplapper wurde zu einem lauten Summen, als der Wagen auf die Straße fuhr und die Kinder lachten und lärmten. Die Kopfschmerzen waren jetzt so schlimm wie noch nie zuvor in Marias Leben – sie machte sie auch für ihre wachsende Benommenheit verantwortlich –, aber sie würde die Kinder nicht bitten, still zu sein. Solange sie lachten, hatten sie keine Angst. Maria schloss die Augen und atmete langsam, während sie auf der Suche nach Informationen die Straßen musterte. Am Himmel flog ein Hubschrauber im Tiefflug vorbei.

Ich akzeptiere, dass ich die Anspannung fühle. Ich fühle sie im Kopf. Es tut wirklich scheißweh.

Fünf Minuten später kamen sie zu einer zweispurigen Straße und blieben stehen.

Nach weiteren fünf Minuten wurden die Scheinwerfer und die Sirene des Streifenwagens eingeschaltet, und Maria glaubte, er würde ihnen einen Weg bahnen. Stattdessen ließ er sie zurück und drehte um, während die umstehenden Wagen unbeholfen Platz machten. Was zum Teufel hatte das zu bedeuten? Der Streifenwagen schlich an zwei Autoreihen vorbei, die sich zögernd für ihn öffneten und in der nächsten Sekunde aggressiv wieder zusammenschnappten.

Maria kontrollierte ihr Handy. Noch immer kein Signal. Der Stau war in einer Wohngegend, die sie nicht erkannte. Die Straße wurde von Reihenhäusern gesäumt. Ein Laden an der Ecke. Ein paar Leute standen vor ihren Häusern, die Arme angespannt vor der Brust verschränkt. Maria warf einen Blick durch die Windschutzscheibe. Kein Wagen bewegte sich. Minuten vergingen. Sie kamen nicht von der Stelle.

Maria fiel auf, dass ihre Nase blutete, und fummelte in ihrer Handtasche nach einem Taschentuch. Ihre Hände zitterten. Sie sah zu, wie sich die Leute auf der Straße unterhielten, und bei Gott, sie wollte Antworten.

»Ich steige kurz aus«, sagte sie zu dem Fahrer. Bevor er etwas erwidern konnte, stand sie auf und wandte sich den Kindern zu. »Okay, alle mal ruhig sein. Alle eine Sekunde mal ruhig sein! Anscheinend bleiben wir eine Weile hier stehen, also steige ich aus und versuche in dem Laden dort drüben etwas zu essen und zu trinken zu besorgen. Vielleicht ein paar Chips zur Belohnung, weil ihr alle so brav seid.« Die Kinder gaben ein begeistertes *Jaaa* von sich. Normalerweise hätte sie ihnen niemals unerlaubte Snacks gegeben.

»Aber aufgepasst! Hört zu ... hört zu. Danke! Der Fahrer wird mir sagen, ob sich jemand danebenbenommen hat, und derjenige bekommt keine Chips. Okay?« Alle nickten eifrig. »Okay. Ich bin in einer Sekunde wieder da.« Sie drehte sich um und sah den Fahrer erwartungsvoll an. *Lady, ich versuche hier nur meinen Job zu machen,* besagte sein finsterer Ausdruck, aber dann seufzte er und schlug auf den Schalter, der die Tür öffnete.

Maria verließ energisch den Bus und überquerte die Straße, konnte es aber sofort riechen. Rauch. Sie schaute über die Häuserdächer, und tatsächlich, da war Rauch. In unmittelbarer Nähe stiegen weitere Rauchsäulen in den Himmel. Das war eine große Sache. Das war übel. Mehrere Fahrer waren ebenfalls ausgestiegen und musterten die Rauchwolken. Maria zwang sich, die Gerüche und den Anblick zu ignorieren und direkt auf ihr Ziel zuzuhalten, ein junges Pärchen, das vor seinem Haus stand und mit einer älteren Nachbarin sprach. Dabei fiel ihr Blick unwillkürlich auf den Porsche in der Auffahrt, ein auffälliger Wagen, der nicht zur Einkommensgruppe der Gegend passte.

»Entschuldigung«, sagte sie. Das Zittern in ihrer Stimme entging ihr nicht. Die drei Leute wandten sich höflich zu ihr um. Zu ihrer Überraschung erschienen sie keinesfalls besorgt, eher aufgeregt. »Wissen Sie, was eigentlich los ist? Ich habe einen Bus voller Kinder, man bringt uns zu einer Sammelstelle.«

»*Niemand* weiß etwas«, sagte die junge blonde Frau und schien das Geheimnis zu genießen. Ihr Freund und die alte Nachbarin nickten aufgeregt zur Bestätigung. »Online gibt es Bilder, und viele halten es für CGI, aber ich glaube ...«

Plötzlich donnerte es ein Stück entfernt. Aber wiederum auch nicht so weit weg. Alle zuckten zusammen, die alte Frau legte eine Hand auf die Brust. Maria und die beiden anderen streckten die Hand nach ihr aus, aber die Frau winkte ab.

»Mir geht es gut, mir geht es gut«, sagte sie, dann donnerte es erneut. Lauter. Näher. Die alte Frau schnappte nach Luft. »Oh, das war nahe, wirklich in der Nähe. Was glauben Sie, sollten wir ...?« Der junge Mann zuckte mit den Schultern und drehte sich behäbig wieder zu der Autoschlange auf der Straße um. Er war betrunken, wie Maria nun klar wurde.

»Wo sollen wir denn hin?«, fragte er rhetorisch und zuckte mit den Schultern.

»Aber was haben die Nachrichten denn gesagt?«, fauchte Maria und versuchte, die Frustration in ihrer Stimme zu verbergen. »Sie haben eben Computeranimationen erwähnt, was haben Sie damit ...«

Sirenengeheul erfüllte die Luft. Ein Polizeimotorrad hielt an, und der Fahrer fing an, den Leuten auf der Straße etwas zuzubrüllen. Er war so aufgeregt, dass er nicht einmal daran dachte, den Lautsprecher des Motorrads zu benutzen.

»Sie müssen hier weg! Sie müssen hier verschwinden, Sie alle, Sie müssen …« Ihm fiel der Lautsprecher wieder ein, und er schnappte sich das Mikro. »SIE MÜSSEN ALLE SOFORT DIESE GEGEND VERLASSEN, SIE SIND IN GEFAHR, VERLASSEN SIE IHRE WAGEN UND HÄUSER. SIE MÜSSEN AUF DER STELLE LOS, GEHEN SIE ZU FUSS ZUM ENDE DER STRASSE UND DANN WEITER NACH WESTEN: SOFORT! SIE ALLE!« Plötzlich fuhr er dreißig Meter weiter und wiederholte den Befehl, und die Autofahrer, die auf der Straße standen, eilten auf ihn zu, um Fragen zu stellen. »KEINE FRAGEN, BITTE GEHEN SIE SOFORT! FALLS SIE IN EINEM FAHRZEUG SITZEN, MÜSSEN SIE ES AUF DER STELLE VERLASSEN. KOMMEN SIE ZURÜCK, WENN DIE GEGEND WIEDER SICHER IST. SIE MÜSSEN DIESE GEGEND *SOFORT* EVAKUIEREN.« Das Motorrad fuhr wieder ein Stück weiter, und Marias Knochen fühlten sich leicht und hohl an. Ein paar der Anwohner verstanden die Botschaft und gingen schnell die Straße entlang. Andere folgten ihnen unsicher, wollten nicht gehen.

»Sollen … sollen wir gehen?«, fragte die Blondine ihren Freund, dann hallte das nächste KRACHEN durch die Luft, gefolgt vom klar erkennbaren Geräusch vieler stürzender Ziegel. Erbebte da der Boden?

»O mein Gott«, sagte die alte Frau, drehte sich ohne ein weiteres Wort um und ging so schnell sie konnte die Straße hinunter. Andere Leute fingen an zu laufen. Maria fuhr zu dem Bus herum. Der Fahrer stand nun vor dem Wagen. Er starrte das Motorrad an, das die Straße weiter entlangfuhr. Maria schaute auf und sah zwölf kleine Augenpaare zu etwas über den Häusern hinter ihr blicken. Sie folgte der Richtung. Staub und Qualm färbten den Himmel grau, neue Rauchwolken stiegen auf, nun bedeutend näher. Kam das von der Parallelstraße?

Der Laden, rief sie sich mühsam zur Ordnung. *Du hast ihnen versprochen, etwas zum Knabbern mitzubringen.*

Wie benommen machte Maria zehn Schritte auf den Laden zu. Aber der Ladenbesitzer stürmte aus dem Gebäude, und der Anblick riss sie aus ihrer Trance. *Scheiß auf das Knabberzeugs,* kreischte das Affenhirn, der stärkste Teil von ihr, der sich den

Weg in den Vordergrund bahnte. Wenn es ums Überleben ging, wusste es Bescheid. *Schaff die Kinder aus dem Bus! JETZT!*

Maria rannte zum Bus, während es hinter ihr erneut donnerte. Sie schlug die Hände auf die Ohren. Dieses Getöse war überwältigend; etwas bewegte sich in ihre Richtung und war fast da.

Du hast es gewusst!, kreischte das Affenhirn. *Du hast es schon seit Tagen gespürt. Wieso?*

Sie drängte sich an dem nutzlosen Fahrer vorbei, der auf die Häuserreihe starrte, und stürmte die Stufen hinauf. Das schreckliche, ständige, *langsame* Dröhnen konnte man jetzt bereits durch den Wagenboden spüren. Der fröhliche Lärm, den sie zurückgelassen hatte, war verstummt. Die Kinder hatten Angst. Alle starrten Maria auf der Suche nach Antworten an.

»Wir steigen sofort aus«, sagte sie, versuchte ruhig zu klingen und scheiterte kläglich. »Also jeder steht jetzt auf und …«

RUMMS!

Das Dach neben ihnen stürzte ein, während die Vorderseite des Hauses in einer Eruption aus Ziegeln und Mörtel nach außen explodierte. Mit einem ohrenbetäubenden Donnern verschwand das Gebäude in einer Wolke aus Staub und Schutt; Betonstücke und Holz prasselten lautstark zu Boden, während gerissene Stromleitungen in den einstürzenden Trümmern Funken schlugen. Entsetzt fasste sich das junge Paar bei den Händen und rannte, ohne zu zögern, aus Marias Sichtfeld die Straße hinunter. Die Kinder schrien und klammerten sich aneinander, dann nahmen die Schreie noch an Lautstärke zu, denn nun sahen sie, *dass etwas auf sie zukam*, das, ohne ins Stolpern zu geraten, direkt durch das einstürzende Gebäude schritt.

Es war groß, es war unaufhaltsam.

»Okay, wir müssen hier weg«, brüllte Maria. »Wir müssen weg, los, los, los!«

Während die Kinder losstürmten, wurden die Umrisse des näher kommenden *Dings* klarer. War es ein Tier? Ein Tier wäre nicht groß genug, aber es ging wie ein Mensch, und kein Mensch konnte …

Ein Range Rover wollte an dem Bus vorbeiziehen.

Ein Fluchtversuch inmitten von zwei Autoreihen, die in beiden Richtungen stillstanden, war ein sinnloses Unternehmen, blinde Panik angesichts eines unmöglichen Schreckens. Vielleicht glaubte der Fahrer in seiner Angst, dass er einfach den Mittelstreifen entlangfahren und die Wagen rechts und links zur Seite schieben konnte. Das Timing war lausig; ein Motorrad auf der Gegenspur wählte überrascht vom Einsturz des Hauses diesen Augenblick zur Flucht und gab Gas.

»Nein!«, rief Maria, der alles wie in Zeitlupe erschien. Irgendwie gelang es dem Range Rover, ein paar Meter an dem Bus vorbeizukommen, er schaffte fast die ganze Länge – die wenigen überraschten Fahrer auf der Gegenspur, die dummerweise in ihren Wagen sitzen geblieben waren, lenkten ihre Fahrzeuge zur Seite, um nicht beschädigt zu werden –, aber als der verrückte Fahrer die neue, auf sich zukommende Bedrohung entdeckte, verriss er das Steuer. Ein scharfer Ruck ging durch den Bus, als der Range Rover an seiner Seite entlangschrammte; Blech verformte sich mit einem schrillen Kreischen. Maria wurde auf den Fahrersitz gestoßen. Die Kinder stürzten schreiend zu Boden, der Range Rover blieb stehen, weil das Auto vor ihm den Weg versperrte; sein Besitzer hatte schon lange die Flucht ergriffen.

»Festhalten! Festhalten!«, rief Maria sinnlos und klammerte sich am Lenkrad fest. Die Welt vor ihren Augen verfärbte sich grau. Der Lärm aus allen Richtungen, das einstürzende Haus, der Range Rover, der Zusammenstoß, die Schreie der Kinder und die rhythmischen Erschütterungen sprengten ihren Verstand.

Das sind Schritte. Es kommt näher.

»Alle raus aus dem Bus!«, schrie sie und fing an, Kinder auf die Füße zu zerren, sie zum Einstieg zu stoßen. »Alle aufstehen, kommt schon, hoch mit euch!« Verzweifelt schaute sie aus dem Fenster, während sie mit fliegenden Fingern Kinder in die Höhe riss, derweil die, die bereits aufgestanden waren, an ihr vorbeieilten. Sie sah, was durch das Haus gebrochen war. Es raubte ihr den Atem.

Es war ein Mann aus Stein. Sein Körper war unproportioniert und ohne Gesichtszüge, und das Ding marschierte.

Es zog eine Staubwolke hinter sich her, war von dem Gang durch ein ganzes Gebäude völlig unbeschädigt. Es ging einfach über den Porsche in seinem Weg, stieg nicht darüber wie über einen Hügel, sondern bewegte sich wie ein Mensch, der auf einen Pappkarton trat. Der Porsche wurde unter dem Schritt zerdrückt, als wäre das Fahrzeug hohl und aus Alufolie gemacht.

Das war *unmöglich …*

»Maria! Maria!« Das war Cecily. »Wir kommen nicht aus dem Bus!«

Maria drehte sich um, obwohl das Affenhirn zeterte, *dass so etwas unmöglich war,* und sie daran hindern wollte, den Blick abzuwenden. Wie benommen und entsetzt schaute sie nach unten. Der Range Rover versperrte den Einstieg, war so fest mit dem Bus verkeilt, dass sich der Fahrzeugrahmen verzogen hatte. Der Besitzer war nirgendwo in Sicht. Maria wusste sofort, dass sie höchstens zwei Kinder aus der kleinen Lücke an der linken Türseite quetschen konnte, aber das war es auch schon. Sie hatten keine Zeit mehr. Die Luft draußen war voller Qualm und Schreie, Menschen rannten weg, und …

BUMM! BUMM! BUMM! Das Ding ging über ein verlassenes Auto und zerquetschte es dabei wie zuvor den Porsche. Jetzt kam es auf der Straße genau auf sie zu, war nur noch wenige Schritte entfernt.

Es würde den Bus treffen.

Die Schritte waren wie ein Trommelschlag, ein Todesmarsch. Zwölf weit aufgerissene Augenpaare voller Tränen waren auf Maria gerichtet und warteten auf eine Antwort. Bis zum Zusammenstoß waren es nur noch ungefähr vier Sekunden.

Hinten! Der Notausstieg. Wie hatte sie den Notausstieg vergessen können? Aber würde er überhaupt funktionieren, der Bus war so alt.

»Alle nach hinten! Alle nach hinten zu den Sitzen! Sofort! Los, los, los!«

Maria sprang aus dem Fahrersitz und schob die Kinder wie

eine kleine Welle vor sich her. Draußen kam die Monstrosität immer näher und füllte die Windschutzscheibe aus, war nur noch einen Augenblick und eine hauchdünne Barriere von ihnen getrennt. Maria wusste, dass es zu spät war. Ihnen würde nicht einmal genügend Zeit bleiben, den Notausstieg zu öffnen, bevor das Ding sie traf.

Es ist wie ein Mann, ein Mann, der zum Monster wurde, das ist doch nicht möglich …

»Auf den Boden! Auf den Boden! Bedeckt eure Augen, bedeckt eure Augen …«

Der letzte Kopf eilte an ihrer Hüfte vorbei, und Maria machte einen Satz nach vorn, während das Monster mit dem Bus kollidierte. Es klang wie eine Bombenexplosion. Sämtliche Fenster explodierten nach innen, während sich die ganze Fahrzeugseite mit einem lauten Kreischen verzog und dann nachgab, weil das Ding einfach weiterging.

Mehrere Kinder wurden von den Beinen gerissen und rollten über den Boden. Maria hörte deutlich, wie kleine Gliedmaßen und Köpfe von unbeweglichen Oberflächen abprallten, während das Ende des Busses nach rechts schwang. Das Fahrzeug knickte wie ein Knicklicht in der Mitte ein. Und das Ding ging immer weiter. Maria schrie nun, hielt sich die Ohren zu, als das Kreischen von zerreißendem Blech eine schmerzhafte Intensität annahm. Leere Sitze wurden zur Seite geschleudert, als das Ding einfach durch den Bus marschierte; seine Beine bahnten sich einen Weg durch den Fahrzeugboden wie ein Mann, der am Strand bei Ebbe durch die ablaufenden Wellen ging.

Ein paar ohrenbetäubende Sekunden lang sah Maria dem Ding bei seinem Weg zu, als wäre sie tief unter Wasser und ein Blauwal plötzlich in unmittelbarer Nähe an ihr vorbeigeschwommen. Seine schiere Größe vermengte Ehrfurcht und Entsetzen und gab ihr verrückterweise das Gefühl, lebendig zu sein. Es gehen zu sehen, änderte alles, das man über die Naturgesetze und Abläufe der Welt wusste; man brauchte die Gesetze der Physik nicht zu kennen, um zu wissen, dass ein Apfel ein gewisses Gewicht hatte oder ein Stock eine gewisse Distanz auf eine gewisse Weise zurücklegte, wenn man ihn so kräftig schleuderte, wie man konnte. All diese Dinge wusste man, sobald man alt genug war, bewegliche Gegenstände um sich herum wahrzunehmen. Dieses Ding *konnte* es nicht geben. Und doch war es da.

Hinter Marias weit aufgerissenen, ungläubigen Augen jagten sich die Gedanken.

Danach wird nichts mehr so sein wie zuvor, was auch immer das Ding ist.

Es wird einfach geradeaus weitergehen. Es ist nicht wegen uns gekommen. Die Kinder sind verletzt, aber ich glaube, es ist nicht schlimm.

Wir werden überleben.

Und dann musste sie sich widerwillig eingestehen: *Es ist prächtig.*

Da wandte der Stone Man den Kopf und sah sie an.

Er blickte nicht ungefähr in ihre Richtung, nicht zu den Kindern, sondern sah genau Maria an. Sie wusste es durch die Weise, auf die sich ihr Magen schmerzhaft verkrampfte, während das konturlose Gesicht des Dings sie musterte. Es hatte sie gespürt. Sie markiert?

»*Nicht mich …*«, flüsterte Maria verzweifelt, war sich nicht einmal ihrer Worte bewusst, aber dann war der Augenblick vorbei, denn der Steinkopf richtete sich wieder nach vorn, und jetzt hatten seine Beine die gegenüberliegende Sitzreihe erreicht, während Funken aus dem Fahrzeugboden sprühten. Einen Moment lang wurde die ganze Welt verrückt, als der Bus sich irgendwie an der Kreatur verfing und von ihr mitgerissen wurde. Das dauerte nur eine Sekunde, bis das Blech den Kampf aufgab und der überlegenen, unwiderstehlichen Kraft erlag. Abgelenkt vom Lärm und der magischen Verwüstung direkt vor ihren Augen, begriff Maria zu spät, dass das Glas auf der anderen Seite nach außen fliegen würde. Sie öffnete den Mund, um die Kinder zu warnen, aber ihre Worte wurden von dem Krachen übertönt; die Gewalt des Zusammenstoßes war so stark, dass jedes Fenster auf der Seite explodierte. Mit einem letzten metallenen Kreischen bahnten sich die Beine und der Torso des Monsters ihren

Weg durch die andere Busseite. Ein paar Sekunden lang wurde die Welt leiser, ein plötzliches und unheimliches Ende der Kakofonie aus zerreißendem Metall und Funken sprühenden Leitungen, das nur vom Rhythmus der stampfenden Füße des Dings gebrochen wurde.

Maria nahm die Hände von den Augen und blinzelte, als die Kinder sich aus ihrer eigenen schockierten Stille lösten und zu weinen anfingen; der nächste Knall ertönte, als der Stone Man vermutlich seinen Weg durch die nächste Reihe von Reihenhäusern begann. Aber der Hall einstürzenden Mauerwerks war nur von wenig Interesse, wenn man es mit der Erkenntnis verglich, dass sie noch am Leben waren. Maria schaute durch die unregelmäßige Lücke, durch die das Ding den Bus betreten hatte, ein Fenster ins Unmögliche. Sie sah die zerdrückten Autos, die Menschen, die in der Nähe zusammenkamen.

Sie roch Benzin.

Sie betrachtete die Funken.

»Alles aufstehen! Sofort, jeder muss aufstehen, kommt schon, gleich brennt …« Aus leisem Schluchzen wurde lautes Heulen, und sie zerrte kleine Hände wieder in die Höhe. Schnell führte sie ihre Schützlinge zu dem Loch im Bus; es war viel größer als der Notausgang und würde einen viel schnelleren Ausgang bieten. Zuschauer, die das Weinen der Kinder hörten, versammelten sich bereits, anscheinend um ihnen zu helfen, aber auch um zu sehen, wie der Stone Man jenseits der Blockade aus zerstörtem Bus und Autos vorankam. Atemlos drückte Maria weinende Kinder in die Arme von Fremden. »Hier, bringen Sie sie zu den Leuten dort drüben, bitte helfen Sie uns …« Eine Kette wurde gebildet, und das war gut, damit konnte sie arbeiten. Der Affe in ihrem Kopf raste und brach aus.

WAS ZUM TEUFEL WAR …

Nicht jetzt! Mühsam sperrte sie ihn zurück in seinen Käfig – die viele Meditation machte sich nun bezahlt. Sie musste die Kinder aus dem Bus schaffen.

Bald waren alle zwölf Kinder vom Wrack entfernt, ein hektisches Unternehmen, untermalt vom leiser werdenden Hintergrund der Explosionen und einstürzenden Gebäude, während sich der Stone Man von ihnen fortbewegte. Neben dem zerstörten Porsche konnte Maria ihre Schützlinge zählen, die sich auf der Straße zusammendrängten. Der Besitzer, der mit seiner Freundin zurückgekehrt war, um sich den Schaden anzusehen, saß schluchzend neben seinem größten Schatz. Nachdem Maria die Kinder auf Verletzungen überprüft hatte – es gab Prellungen, Beulen und hier und dort etwas Blut, aber glücklicherweise nichts Ernstes – und danach nicht wusste, wie es weitergehen sollte, schickte sie einen hilfsbereiten Teenager in den Laden, um Verbandszeug und Eis zu holen. Danach saßen sie relativ zufrieden dort und verschlangen ihre Süßigkeiten, ohne glücklicherweise zu fragen, wo ihre Eltern waren. Gelegentlich gab es widersprüchliche Informationen aus den Nachrichten, aber nichts Konkretes. *Es ist nur der eine,* hieß es. *Es gibt zahllose von ihnen.* Maria bemühte sich, die Kinder bei Laune zu halten, und machte sich schreckliche Sorgen um Marcus, ob er in Ordnung war. Ständig kontrollierte sie das Signal ihres nutzlosen Handys. Ungeduldig wartete sie auf Hilfe.

Dann würde sie sich mit allem auseinandersetzen. Dann konnte der Affe alles zusammenbrüllen.

Der Rauch am Horizont war nun immer weiter entfernt.

Irgendwie wird sich eine Lösung finden, dachte sie. *Wo spürst du die Angst?*

Im Hals. In der Brust.

Aber ihre Hände wollten nicht aufhören zu zittern. Sie versuchte, die Kinder das nicht sehen zu lassen.

Eine Stunde verging. Die zerstörten Autos hatte man auf den Bürgersteig geschoben oder zumindest so weit, wie es die hilfreichen Leute riskiert hatten. Der Verkehr kam wieder in Bewegung. Mittlerweile klagten die Kinder immer häufiger und sorgten sich um ihre Eltern, und hilfsbereite Hausbesitzer schienen sich nicht an dem häufigen Klopfen an der Haustür zu stören, bei dem um Toilettenbesuche gebeten wurde. Gerade als Maria sich fragte, ob sie wohl irgendwo hingehen konnten, wo zwölf Kinder eine Unterkunft finden würden – sie wünschte sich, sie hätte das Risiko eingehen können, sie zu zweit in vorbeifahrende Autos zu packen, die sie dann in die Sammelunterkunft bringen würden –, traf endlich ein Streifenwagen ein. Ein Beamter informierte sie darüber, dass in ungefähr einer halben Stunde ein neuer Bus eintreffen würde. Der Plan hatte sich nicht geändert, die Sammelstelle stand noch, und die Eltern waren entweder dort oder auf dem Weg.

»Was passiert hier? Was ist das für ein Ding?«, fragte sie umgeben von einer Gruppe von brüllenden Leuten, die die gleichen Antworten haben wollten. Der Polizist kam noch gerade rechtzeitig in seinen Wagen, bevor die Gruppe zum Mob wurde.

»Eine halbe Stunde«, sagte der Beamte durch die heruntergefahrene Seitenscheibe, bevor er losfuhr. Maria informierte die Kinder, und sie jubelten, während am Himmel Hubschrauber mit erstaunlicher Geschwindigkeit vorbeiflogen.

Anderthalb Stunden vergingen.

Schließlich traf der zweite Bus ein. Vor ihm fuhr ein anderer Streifenwagen mit Blaulicht. Mittlerweile floss der Verkehr langsam wieder ganz normal. Maria fragte sich, ob der Weg des Dings aus dem Stadtzentrum bedeutete, dass sich die Bürger wieder zu Hause sicher fühlten, wo sie die Nachrichten verfolgen konnten. Die Kinder zögerten verständlicherweise etwas, in den Bus zu steigen, aber dann taten sie es doch, saßen da und unterhielten sich leise. Der Geräuschpegel war beträchtlich niedriger als zuvor.

»Einer von uns begleitet sie zur Sammelstelle, Miss«, sagte der Beamte zu Maria. Sie standen vor dem Bus. Er war jung, vielleicht noch neu bei der Truppe. Maria fragte sich, wie er auch nur halbwegs auf das hatte vorbereitet sein können, was hier geschah. »Sie haben genug getan.«

Maria zögerte, hin- und hergerissen. Sie wollte unbedingt nach Hause, aber die Kinder …

»Okay.«

»Wohin müssen Sie nach Hause?«

»Earlsdon«, antwortete Maria. Sie war froh, gehen zu können, aber sie wusste, dass sie jetzt, wo ihre Aufgabe endete, genügend geistigen Freiraum für die seltsame Angst haben würde, die unentwegt an ihr nagte.

»Ich fürchte, das ist nicht unsere Richtung, Miss«, sagte der Polizist. Er klang unglaublich erschöpft. »Wir fahren am Krankenhaus vorbei. Wenn Sie möchten, können wir Sie dort rauslassen. Sie untersuchen lassen. Das Krankenhaus steht noch, aber es wird eine Weile dauern.« Er schüttelte bitter den Kopf – Maria fragte sich, was er wohl alles gesehen hatte –, bevor ihm bewusst wurde, was er da angedeutet hatte. *Es steht noch.* Der Mann versteifte sich, denn das hätte er nicht sagen dürfen. Zu spät. Der Affe hatte etwas gewittert und regte sich bereits.

»Wie viele Häuser sind denn zerstört worden?«, fragte sie, aber der Polizist hörte die eigentliche Sorge hinter der Frage.

»Ich sollte mit den Kindern los«, sagte er viel zu schnell und wandte sich seinem Wagen zu. »Wir müssen wieder an die, äh, Arbeit. Wenn Sie nicht ins Krankenhaus wollen, dann viel Glück. Und passen Sie auf sich auf.«

»Häuser im Zentrum?« Ihre Stimme brach.

»Ja, ein paar Häuser«, erwiderte der Polizist schnell und öffnete die Wagentür.

»Etwa das … Verkehrsmuseum?« Sie hatte Angst, diese Frage zu stellen. »Am Millennium Place? Ist etwas mit dem Verkehrsmuseum passiert?« Der Polizist hob zum Abschied die Hand und senkte beim Einsteigen den Kopf. Maria eilte auf ihn zu.

»Mein Mann arbeitet im Verkehrsmuseum«, sagte sie leise. Der Polizist erstarrte auf halbem Weg in seinen Wagen. »Er ist dort Sicherheitsbeamter. Können Sie mir nicht einfach sagen, ob dort etwas passiert ist?«

Der Mann richtete sich wieder auf und starrte sie kurz an. Das Sonnenlicht ließ ihn blinzeln.

»Könnten Sie bitte einen Moment warten?«, sagte er.

Etwas krampfte Marias Magen zusammen.

»Ja.«

Der junge Polizist stieg in seinen Wagen, und Maria erkannte erst jetzt, dass auf dem Beifahrersitz jemand saß. Die Sonne spiegelte sich zu stark auf der Windschutzscheibe, um viel sehen zu können, aber sie glaubte, dass dieser Mann mit dem Funkgerät beschäftigt war. Der junge Polizist stieg wieder aus, warf Maria einen kurzen Blick zu, dann ging er mit gesenktem Kopf an ihr vorbei zum Bus und stieg ein.

»Was ist passiert?«, rief ihm Maria hinterher. Keine Antwort. »Sir? Sir, was ist passiert?«

Der junge Polizist sagte etwas zu dem Busfahrer. Augenblicklich schloss sich die Tür, und Maria konnte nur noch ihr Spiegelbild in der Scheibe betrachten. Hastig wandte sie sich dem anderen Polizisten zu, der jetzt ausstieg. Sie würde seinen Anblick niemals vergessen: die Sonnenbrille, der kahle Schädel, der kräftige Körper in der Polizeiuniform. Er wirkte fehl am Platz, wie ein amerikanischer Kleinstadtsheriff oder ein State Trooper vom Land, wie man sie im Film immer Autos anhalten sah. Noch immer war da etwas in ihrem Inneren, das nicht verstummen wollte. Instinktiv griff sie nach der Frage, aber es kamen keine Antworten.

Plötzlich klopfte Cecily gegen das Busfenster und versuchte Marias Aufmerksamkeit zu erregen. Sie schaute auf. Das Mädchen sah besorgt aus.

»Maria«, kam Cecilys gedämpfte Stimme durch das Glas. »Alles in Ordnung? Was stimmt denn nicht? Kommen Sie nicht mit uns?«

Da ist etwas, dachte Maria und kam sich wie in einem Traum vor. *Was fühle ich?*

Ihr fiel die Antwort ein, und sie war furchtbar.

Etwas Schreckliches. Das ist kein Gefühl. Du weißt *etwas Schreckliches.*

»Mir … mir geht es gut, Cecily.«

Das Mädchen blinzelte. Sie wusste, dass Maria gelogen hatte, wollte aber keine Erwachsene korrigieren.

»Hallo«, sagte der Polizist leise. Wie betäubt wandte sich Maria ihm zu. Er nahm die Sonnenbrille ab. Es war heiß. Er streckte nicht die Hand aus. »Hallo! Ich bin PC Watterson. Alles in Ordnung mit Ihnen?« Maria antwortete nicht. Der erfahrene PC Watterson schoss vor und legte den Arm um sie, um ihren schwankenden Körper zu stützen.

»Okay, okay«, grunzte er und warf einen Blick über die Schulter. Grimmig fing er den Blick seines Kollegen durch das Busfenster ein. Der junge Mann begriff und scheuchte die Kinder vom Fenster, die die Finger ausstreckten und voller Sorge um Maria zu schreien anfingen. Sie mochten sie. »Suchen wir Ihnen einen Platz zum Sitzen.«

Maria stieß ihn weg, richtete sich auf und setzte sich in Bewegung, bevor er sie aufhalten konnte. Dann drehte sie sich um und ergriff seinen Arm. Einen Augenblick lang trafen sich ihre Blicke.

»Mein Mann ... Marcus, mein Mann«, keuchte sie. Von irgendwo her kam eine kühle Brise, die so gar nicht zu der Bullenhitze der Sonne passte. »Das Verkehrsmuseum, er arbeitet dort. Ist er ... ist er ...?«

Der Polizist senkte den Blick.

»Lassen Sie uns zuerst ...«

Sie wusste es.

Ich fühle es im Herzen. Im Kopf.

Eine schreckliche Last senkte sich auf sie, drang tief in ihre Knochen und schien ihr Mark wie Fäulnis zu infizieren.

Ich fühle es in meiner Wirbelsäule. In meinem Gehirn. In meinen Augen.

In meinem Gehirn, für alle Ewigkeit.

Sie wusste, dass das die Wahrheit war.

Und dann erreichte das Gefühl, das sich bereits den ganzen Tag lang angestaut hatte, im vorstellbar schlechtesten Augenblick plötzlich seinen Höhepunkt. Die schrecklichen Kopfschmerzen erreichten ihren Höhepunkt, als das, was auch immer ihr zuckendes, wissendes Gehirn aufgefangen hatte, endlich mit verheerender Macht durchschlug.

Die Krämpfe trafen sie.

Etwas raste ihre Wirbelsäule entlang, unwillkürlich entleerte sich ihre Blase in die marineblauen Leggings. Der Urin tränkte den Stoff und erschuf einen gewaltigen dunklen Kreis in Marias Schoß, während sich ihre Lippen stumm bewegten und ihre Finger zitterten, als würde sie einen Stromschlag erhalten. Und während die Welt um sie herum starb, kam bizarrerweise und in dieser Situation völlig unpassend die Vision, trieb wie eine in der Tiefe gelöste Luftblase an die Oberfläche ihres Bewusstseins.

Ein Mann. Ein dürrer, verängstigter blonder Mann.

Sie sah ihn so deutlich vor sich, als hätte sie sich die Hand vor die Augen gehalten. Sie hörte den Polizisten nach einem Krankenwagen rufen – *Hier gibt es einen Notfall!* –, dann wurde ihr bewusst, dass sie zu Boden gestürzt war und er sie hielt. Aber sie konnte nur diesen seltsamen blonden Mann sehen.

»Sie hat einen Krampfanfall, ich brauche Hilfe!«, hörte sie den Beamten jemandem zurufen.

Und dann war der blonde Fremde verschwunden, und sie konnte wieder die Straße sehen. Die Ablenkung war vorbei, denn nur das war es in diesem Augenblick voller Wahnsinn und Schmerz – *Marcus, Marcus, Marcus* – gewesen, und sie schaute auf und entdeckte Cecilys entsetztes Gesicht hinter dem Fenster des neuen Busses. Maria krümmte sich in den Armen des Polizisten zusammen und fing an zu schreien.

Die Vision des blonden Mannes würde sie den Rest des Tages noch mehrmals heimsuchen – auch in der Nacht, in der sie mit Medikamenten vollgepumpt in einem Krankenhausbett lag –, und das sollte sich auch am folgenden Tag nicht ändern, bis Patrick Marshall, der blonde Mann in ihrer Vision, schließlich von dem Stone Man geholt wurde.

Denn das war der Tag, an dem der Stone Man kam, ein Tag, der als Erste Ankunft bekannt werden würde. Die Bürger von Coventry waren das erste Opfer beim unaufhaltsamen Marsch des *Caementum* quer durchs Land. Das erste Opfer beim *Marsch des Stone Man,* wie es die Medien später nennen würden, von der Ersten Ankunft bis zur Dritten. Aber das alles interessierte Maria nie. Es war ihr egal, als der Journalist und Fernsehprominente Andy Pointer später in den Nachrichten erschien und sich die Welt kurz um ihn drehte, so wie es ihr egal war, dass der Stone Man zweimal mit seinen Kameraden zurückkehrte und das Land, das sie Heimat nannte, verwüstete. Hätte ihr Andy in diesem Augenblick erzählt, dass sich eines Tages die Welt um sie und ihre Entscheidungen drehen würde, wäre ihr auch das egal gewesen.

Im Augenblick hatte sie nur den Verlust, der ohne Vorwarnung eingetreten war, und den Rest ihres Lebens, um das zu ertragen.

Das Ding hat mich angesehen. Es ist in mir. Es ist in mir.

TEIL 1

MARIA UND ERIC

Fünf Jahre später

KAPITEL EINS

Maria und die Aussicht vom Strand

Maria

Maria ging die Strandpromenade entlang und versuchte den Hauch der Fünfzehn-Uhr-Wärme zu genießen, die Briten als den Sonnenschein des späten Septembers bezeichnen. Sie atmete langsam und versuchte sich nicht ablenken zu lassen, kämpfte darum, die Gedanken an die viel zu langsam tickende Uhr in Schach zu halten. Es war ein Kampf gegen einen gnadenlosen Gegner, der bis zum Tag ihres Todes andauern würde.

Noch acht Stunden bis zum Flug. Noch acht Stunden bis zum Flug. Komm schon. Komm schon.

Sie hätte schon am Flughafen sein können. Später sollte sie dieser Gedanke fast in den Wahnsinn treiben. *Du hättest lange weg sein können, bevor alles anfing. Warum nur bist du dieses Risiko überhaupt eingegangen?*

Es war der Strand. Die Meeresluft. Weil sie ausgerechnet an diesem Tag geglaubt hatte, dass ihre lächerliche Paranoia in den Hintergrund verdrängt werden würde und sie sich der endlosen Natur stellen könnte, um sie ihre Arbeit machen zu lassen. Es war noch immer mehr als genug Zeit, um zum Flughafen zu kommen, selbst nach den Regeln, die sie für diese Reise aufgestellt hatte. Sie hatte bereits geplant, die empfohlenen drei Stunden vor dem Abflug ins Ausland auf fünf zu erhöhen. Sie ging keine Risiken ein. Um ein Haar wäre sie gar nicht zum Strand gefahren, aber es war wichtig gewesen. Den größten Teil ihres Lebens als Erwachsene hatte sie keinerlei Beziehung zu ihrer Mutter gehabt – ihre Neigung zu Ängsten in Kombination mit der kalten, autoritären Art ihrer Eltern war keine gute

Mischung gewesen –, aber der Strand war der Lieblingsort ihrer Mutter gewesen. Und die Beerdigung war ein Ritual, an dem sie einfach hatte teilnehmen müssen. So etwas tat man eben, und Maria hatte ihre Mutter zumindest respektiert. Diesen Respekt hatte man zum Ausdruck bringen müssen. Sie versuchte zu verstehen, was der Tod ihrer Mutter für sie bedeutete, was ihr aber nicht gelang.

Das ist in Ordnung. Das kommt schon. Vermutlich, wenn du wieder in Barcelona bist, wenn du wieder traurig bist. Dann kannst du es verarbeiten.

Der Strandbesuch war vielleicht auch noch ein anderer Abschied. Da nun ihre beiden Eltern tot waren, wusste sie, dass ihr erster Besuch zu Hause seit fünf Jahren auch das letzte Mal sein würde, dass sie jemals ins Vereinigte Königreich zurückkehrte. Sie konnte diesen wichtigen und kathartischen Augenblick erleben und *trotzdem* mit ausreichend Zeit zum Flugplatz fahren, um den Flug auf keinen Fall zu verpassen.

Innerhalb von vierundzwanzig Stunden rein und wieder raus aus dem Land. Kein Problem, auch wenn sie ihre Anwesenheit nur daran erinnerte, was sie verloren hatte. Ganz egal, wie viele Jahre auch vergangen waren, sie würde niemals wieder zulassen, in eine weitere Ankunft zu geraten. Nach langer Zeit meldete sich der Gedanke wieder:

Das Ding hat mich angesehen, das hat etwas zu bedeuten …

Sie betrachtete die Wellen und atmete ein und aus. Die Luft war kalt, am Strand war es relativ ruhig, die Spätsaison dünnte die bereits kleine Zahl der Touristen an diesem winzigen Stück der Küste von Lincolnshire aus. Maria trank einen Schluck von dem Kaffee, der sich in ihren Händen noch immer warm anfühlte, dann schaute sie von ihrem erhöhten Standort auf den Sand. Ein älterer Mann mit einem Metalldetektor ging in seine Beschäftigung versunken den Strand entlang. Kurz blickte er auf und entdeckte Maria, die ihn beobachtete. Freundlich hob er die Hand zum Gruß, und Maria erwiderte ihn zögernd. Dabei fühlte sie sich peinlich berührt, irgendwie entblößt … aber zu ihrer Überraschung auch *gut.* Voller Frieden. Sie nahm sich vor, wieder mit der Meditation anzufangen, aber die hatte Marcus ihr beigebracht. Marcus, der Hippie, der sie aus einer Wirtschaftsstudentin in eine Yogalehrerin verwandelt hatte. Ohne ihn hier zu sein, erschien stets falsch. Sie hatte sich damit begnügt, diese Augenblicke der Stille zu genießen, wenn sie sie fand – was seit ungefähr einem Jahr öfter vorkam. In diesen Momenten fühlte sie sich wirklich wieder stark und dem Alltag gewachsen. Sie war auch schon eine Weile von den Antidepressiva runter. Das war ein Erfolg.

Aber du weißt schon, dass das nur heiße Luft ist, sagte die allzu vertraute Stimme in ihrem Inneren. *Warte, bis du dich wieder fühlst, als wärst du mit Beton gefüllt, und dich fragst, wo diese Strandmotivation und der Glaube daran geblieben sind. Wenn du sie wirklich brauchst. Warum du sie nicht heraufbeschwören kannst. Dann wirst du erkennen, dass das nur leere Worte sind. Akzeptiere die Dinge, wie sie sind, und arbeite nicht auf die nächste Enttäuschung hin.*

Das Wasser bewegte sich stetig aufs Land zu. Sie konnte den *Marsch der Stone Men* wirklich hinter sich lassen, auch wenn sie der Gedanke an den Begriff leicht die Stirn runzeln ließ. Sie hasste diese Bezeichnung. Die Medien meinten damit die Zeit von der Ersten bis zur Dritten Ankunft. Es ließ diese *Dinger* so bewundernswert und elegant klingen.

Fünf Jahre der Trauer, sagte die Stimme zu ihr. *Hättest du dein Innenleben nicht längst wieder auf die Reihe kriegen müssen? Wäre eine bessere,* stärkere *Person nicht schon lange wieder obenauf?*

Sie nahm einen tiefen Atemzug, schloss die Augen. Der Affe in ihr hatte gelernt, sich zu tarnen, wie ihre eigene Stimme zu klingen. Sie hatte gelernt, den Unterschied zu erkennen, seinen Worten mit der Wahrheit entgegenzutreten. *Hör auf mit dem Mist und lass dich vom Haken,* dachte sie. *Denk an Doktor Harris' Worte.*

Er hatte das so perfekt erklärt. Ihr war ein großes Trauma widerfahren, und zwar in genau dem Augenblick, in dem sich das Steinphänomen – wie es die Regierung genannt hatte – zugetragen hatte. Sie hatte ihre Trauer auf die vielleicht am schlimmsten vorstellbare Weise verankert.

Trotzdem, murmelte der Affe. *Fünf Jahre.*

Ich bin verflucht noch mal hier, oder nicht?, keifte sie zurück. *Genau wie der gute Arzt gesagt hat.* Kleine Schritte. *Und das heute war ein großer. Jetzt lass mich das Wunder von Gottes Schöpfung betrachten und halt deine verdammte Klappe.*

Sie fröstelte. Das vermisste sie wirklich nicht. Die Kälte in England. Das Klima in Barcelona gefiel ihr, vor allem in letzter Zeit. Endlich legte sie wieder an Gewicht zu, baute ein paar Muskeln auf, dabei war ihr klar, dass sie immer noch gefährlich dünn war. Es hatte mal eine Zeit gegeben, in der sie getötet hätte, um in diese Jeans zu passen (sie hatte die Beerdigungsklamotten in dem Moment ausgezogen, in dem alles vorbei gewesen war; die Trauerfeier danach hatte sie sich geschenkt). Sie vermisste ihren alten Job und die damit verbundene Gesundheit, obwohl sie eine Stellung wie die Königstaube nicht mehr zustande brachte, geschweige denn lehren konnte. Aber die Arbeit im Café gefiel ihr. Sie war die stellvertretende Managerin, und ihr Spanisch war mittlerweile ausgezeichnet.

Ein Blick auf den Horizont ließ sie stöhnen. Plötzlich war der Anblick wunderschön. Etwas in ihrem Inneren schmerzte, und plötzlich vermisste sie es trotz allem, hier zu leben. In ihrer Heimat. Einen kurzen Augenblick lang ertappte sie sich sogar bei dem Gedanken, eine Rückkehr für immer zu riskieren, aber ... nein danke! Der Blick des Stone Man hatte sie einmal gebannt, und bis garantiert werden konnte, dass die Dinger nie wieder zurückkehren würden, würde sie das nicht tun. Sie hatte niemandem von diesem Augenblick erzählt.

Ruf Ruth an.

Der Gedanke kam aus dem Nichts und überraschte sie mit dem damit verbundenen Schuldgefühl. Das hätte sie nicht überraschen dürfen; das war der andere Grund, weshalb sie gekommen war. Sie musste die Dinge mit Ruth in Ordnung bringen. Das *musste* sie.

Warum habe ich es dann nicht getan? Das ist wichtiger als der verdammte symbolische Besuch einer Beerdigung. Ruth lebt schließlich noch. Ich könnte einfach auf eine Tasse Tee vorbeischauen. Sie wohnt nur eine kurze Fahrt entfernt. Für den Flug wäre ich immer noch Stunden zu früh da.

Sie wollte es wirklich tun. Sie hatten sich sehr nahegestanden, trotzdem hatte Maria den Kontakt abgebrochen. Sie *vermisste* Ruth. Und jetzt schämte sie sich zu sehr, um sie zu sehen ... obwohl sie der Meinung war, dass sie es möglicherweise für den Rest ihres Lebens bereuen würde, wenn sie es nicht tat.

Damit kannst du leben, belog sie sich selbst und betrachtete die unglaublichen Farben des Sonnenuntergangs, das Gelb und das Gold.

Maria warf einen Blick auf die Uhr. Sonnenuntergang? Es war nicht einmal vier. Was zum Teufel war denn hier los?

Sie sah zu Mister Metalldetektor, ob ihm das ebenfalls aufgefallen war, und *ja,* er nahm gerade den Hut ab und beschattete die Augen mit der Hand, um besser sehen zu können. Mit zusammengekniffenen Augen spähte Maria in den Himmel. Das war doch sicher unmöglich, oder?

An einer ganz bestimmten Stelle des Horizonts schienen sich die Wolken auf eine Weise zu teilen, die so spektakulär aussah, dass man sie bei jedem Film für einen Spezialeffekt gehalten hätte. Sie sahen aus wie der Teil eines Bühnenbildes, wie aus den frühen Tagen des Kinos, den Kurzfilmen in Schwarz und Weiß, in denen der Mond ein menschliches Gesicht hatte und alles wie Marionettentheater wirkte. Fast rechnete Maria schon damit, dass die Wolken Linien aufwiesen, wo sie sich ineinanderfalten würden, wo sie die Naht enthüllten, aber stattdessen *flossen* sie. Maria warf einen Blick hinter sich zur Straße, dann zum Strand, um zu sehen, ob noch andere Leute dort waren. Das mussten sie sehen! Genau in der Mitte der Stelle, an der sich die Wolken bewegten, hatte sich der Himmel selbst etwas verfärbt, sah beinahe wie von einem Spot angestrahlt aus. Es musste sich um irgendeinen Effekt der Sonne handeln, Strahlen, die durch irgendeinen Nebel drangen, der das Licht brach.

»O mein Gott!« Maria lachte atemlos und entzückt. Der Mann mit dem Metalldetektor legte das Gerät am Boden ab, stützte die

Hände in die Hüften und schaute zu. Sie eilte die Treppe zum Sand hinunter und war inspiriert genug, die Schuhe auszuziehen und zum ersten Mal seit Jahren den englischen Strand tatsächlich zu fühlen.

Das ist ein verdammtes Zeichen, *Mädchen! Heute fängt das Leben wieder an.*

Später würde sie sich an diesen Augenblick erinnern und denken, wie ironisch dieser Gedanke doch gewesen war.

Ihre Zehen versanken angenehm in dem kühlen Sand, und sie blieb nahe genug bei dem Mann mit dem Metalldetektor stehen, um ihm einen Blick zuzuwerfen. *Wow, das ist erstaunlich, was?,* besagte er. Es war ihr Versuch, diesen magischen Augenblick mit einem anderen menschlichen Wesen zu teilen.

Dann streckte der Mann den Arm aus und riss die Augen weit auf.

»Ha!«, sagte er, und Maria glaubte, dass er sie nicht einmal wahrgenommen hatte. Sein Gesicht hatte die gleiche Farbe wie der ausgewaschene britische Sand unter ihren Füßen angenommen. Maria sah zurück zum Horizont.

»Oh … oh …«

Der Himmel war zu seinem Normalzustand zurückgekehrt, die Wolken waren nun völlig verschwunden, und die Sonne war wieder die übliche matte Nachmittagsbirne.

Auf dem Horizont stand eine Gestalt.

Sie stand *darauf*? So sah es aus, obwohl das natürlich unmöglich war. Die Beine verschwanden hinter dem Meer. Man konnte unmöglich sagen, ob sie das Wasser erreichten und dort eintauchten oder ob sie irgendwie darüber schwebten. Es hatte Beine, weil es die Form eines Menschen hatte – vier Gliedmaßen und ein Kopf –, aber Maria hätte nicht behaupten können, dass es wie ein Mensch geformt war. Das wäre eine irreführende Beschreibung gewesen. Menschliche Gliedmaßen waren niemals so lang und menschliche Köpfe nie derart in die Länge gezogen – abgesehen von ein paar bemerkenswerten Ausnahmen auf den schamloseren Seiten der Cosmopolitan –, und sie waren nie so dünn, obwohl dieses Wort einen Mangel an Größe implizierte. Das war nicht der Fall. Das Ding musste zig Meter groß sein. Es war gewaltig.

Obwohl es irgendwie transparent war – Maria konnte die Umrisse des Himmels und der See sehen, die es durchdrangen –, schien es eine gleichmäßige weiße Färbung zu haben. Es war zugleich fest und ätherisch. Als könnte es sich nicht entscheiden, ob es vollständig hier sein wollte oder nicht.

Der Anblick war entsetzlich.

Es gab keinen Laut von sich. Es stand aufrecht da und bewegte sich nicht. Weder ging es, noch schwankte oder glitt es. Es stand einfach da, ein stummer, alles überragender Koloss aus einer mattweißen Emulsion, der mitten auf der Küstenlinie einen unmöglichen Platz besetzte. Beobachtete er die Menschen am Strand? *Auf jeden Fall!* Maria hätte schwören können, dass das Ding durch sie hindurchblickte. Sie wartete darauf, dass ihre Beine entsetzt den Dienst aufgaben, aber bis dahin blickte sie verwirrt von dem Ding am Horizont zu dem Mann mit dem Metalldetektor und dann zur Straße. Hatte einer der Jogger es gesehen? Einer schon: Ein alter Kerl in einem grünen Trainingsanzug starrte die Gestalt mit offenem Mund an, die Arme hingen schlaff an seinen Seiten. In der Ferne ertönten Rufe, als Leute von allen Seiten zur Promenadenbrüstung liefen. Maria fuhr herum zum Horizont, zu dem unmöglichen Anblick, der jenseits des menschlichen Verständnisses war. *Sehen Sie das auch?*, wollte sie den Mann mit dem Metalldetektor fragen, aber es kam nur ein Wimmern heraus. Ihr Hals war ganz trocken. Sie räusperte sich und versuchte es erneut.

»Sehen Sie das auch?«, flüsterte sie. Sie wollte nicht, dass das Ding sie hörte, was verrückt war.

»O mein Gott«, sagte der Mann mit dem Metalldetektor. »Was ist das? Was ist das?« Sein dickliches, mit Wohlstandsfalten versehenes Gesicht ließ sie ihn für einen pensionierten Bankmanager oder dergleichen halten, jemand, dem es Spaß machte, seine Tage am Strand mit seinem Spielzeug zu verbringen, der sich aber auf keinen Fall mit so einem Wahnsinn auseinandersetzen wollte. Er schien verzweifelt auf eine Antwort von ihr zu hoffen. Er war fast verrückt vor Angst.

»Ich glaube … es lebt«, erwiderte sie. Die Antwort kam unerwünscht und ganz automatisch.

»Tut es das?« Der Mann keuchte und zerknüllte seinen Fischerhut zu einem Ball. »Glauben Sie das wirklich?«

Können Sie das denn nicht fühlen?, wollte sie sagen. *Es sieht direkt durch uns durch, durch unser ganzes Wesen.* Nun stieg Angst in ihr auf. *Es ist viele. Es ist allein, aber es ist viele.*

Sie schluckte.

Wo kam denn dieser Gedanke her?

Auf der Promenade ertönte ein lauter Schrei. Eine Frauenstimme. Der Mann mit dem Metalldetektor zuckte zusammen, als hinter ihnen ein lautes Krachen zu hören war, gefolgt von quietschenden Reifen und einem weiteren Krachen. Maria blickte in die Richtung. Auf der ansonsten so ruhigen Straße waren drei Autos miteinander kollidiert. Mittlerweile standen viele Leute an dem Geländer, starrten aufs Wasser oder fotografierten mit in zitternden Händen gehaltenen Handys. Maria kniff die Augen fest zusammen und zitterte ebenfalls, als sie den Kopf langsam wieder zur See wandte. Als sie sie öffnete, war die unvorstellbare Gestalt an der Küste noch immer da.

»Es ist real«, flüsterte sie. Plötzlich schoss die Erinnerung an die Vision von Patrick Marshall in ihr empor, und sie war wieder in Coventry, auf der Straße mit der Polizei. Sie versuchte dagegen anzukämpfen, rief sich in Erinnerung, wie sie darauf reagieren sollte, und sagte die Litanei auf:

Du bist die Maria, die in diesem Moment ist. Jetzt am Strand. Auf dem Sand. Fühle den Sand unter deinen Füßen. Du bist im Jetzt. Atme …

Sie öffnete die Augen. Sie musste sofort hier weg.

Nichts wie weg aus diesem Land, und das Wissen, was sie getan hatte, hallte wie eine Anschuldigung in ihrem Inneren wider. *SIEH NUR, WAS GESCHEHEN IST, ALS DU ZURÜCKGEKEHRT BIST.*

»Wir müssen die Polizei rufen«, murmelte der Mann mit dem Metalldetektor. »Wir brauchen wieder die Armee, und die Polizei holt die Armee, die holt die ... die Marine.« Er griff nach Marias Arm – er packte ihn richtig fest –, und sein sehniger alter Griff schmerzte sogar, obwohl sein Gesicht keine böse Absicht zeigte. »Haben Sie ein Handy? Ich habe kein Handy, haben Sie ein Handy?« Er wartete die Antwort nicht ab, hob seinen Detektor auf und rannte in Richtung Promenade. »Ruft die Polizei! Holt die Armee! Sie kommen zurück!« Der Strand und die Menschen schienen zu schwanken, als sich Maria auf ein Knie niederließ. Wie benommen folgte ihr Blick dem Mann mit dem Metalldetektor, nur um zu sehen, wie die Leute auf der Promenade plötzlich erstarrten und alle nach Luft schnappten. Maria wandte sich wieder dem Meer zu und schwankte, als wäre sie auf dem Wasser.

Die Gestalt war, ohne das kleinste Geräusch oder auch nur eine Welle zu verursachen, verschwunden. Seltsamerweise war das der Augenblick, in dem sie echte Panik ergriff.

»Habt ihr das gesehen?«, schrie sie mit bebender Stimme, als sie sich wieder den Leuten auf der Promenade zuwandte. »Habt ihr alle das gesehen, ihr habt es doch gesehen? Es war da?« Die meisten starrten einfach nur zurück wie Kühe mit offenem Maul, die Teilchenphysik zu verstehen versuchten. Ihre Panik steigerte sich. »Es können doch nicht nur er und ich gewesen sein! Ihr seid alle dort stehen geblieben, um es euch anzusehen!« Zwei von ihnen nickten schließlich, blickten von Maria zum Meer. Maria schnappte sich ihre Schuhe vom Sand, rannte zu der Treppe, weiter zur Straße hinauf. Mit den Ellbogen bahnte sie sich einen Weg durch die Menge, als jeder – aber auch jeder – plötzlich aufschrie.

Um ein Haar hätte sie sich nicht umgedreht. Beinahe wäre sie weitergelaufen. Stattdessen blieb sie mitten in der Menge stehen und betrachtete die verblüfften Gesichter um sich herum, registrierte die Richtung ihrer Blicke.

Sie sahen nicht länger zum Horizont.

Was auch immer sie nun anstarrten, stand jetzt am Ufer. Maria stolperte etwas, als sie sich auf zitternden Beinen umdrehte.

Noch hatte niemand die Bezeichnung *der Empty Man* in den Nachrichten gehört, aber falls das möglich gewesen wäre, hätte jeder der Zeugen diesen Namen für absolut angemessen gehalten. Nicht wegen des Erscheinungsbildes – die Bezeichnung ließ an eine Art ausgehöhlte Person denken, eine wie ein Mensch geformte Keksdose ohne Kekse –, sondern weil man sich leer *fühlte,* wenn man es ansah.

Maria wusste nicht, ob das Ding am Strand das gleiche Ding wie zuvor am Horizont war. Falls ja, war es jetzt viel kleiner, allerdings überragte es noch immer den vorstellbar höchstgewachsenen Menschen. Am Horizont hatte es transparenter ausgesehen, als hätte es die größere Gestalt gestreckt. Diese verdichtete Version war beinahe völlig lichtundurchlässig. Natürlich war sie weiß. Auch hell, so wie weißes Neon. Aber noch erstaunlicher war die Tatsache, dass das Ding nicht schimmerte. Selbst im Tageslicht hätte eine derartige Lichtquelle die Schatten in der Nähe beeinflusst, etwas, das man nie bewusst wahrgenommen hätte, bis es fehlte. Es war wie der schlecht gemachte Photoshop-Ausschnitt eines Neonschildes, an den Rändern zugeschnitten und wie eine Animationsfolie auf einen Hintergrund über den Strand gelegt.

Die disproportionierten Gliedmaßen und der Kopf waren die gleichen wie bei der größeren Ausgabe, in die Länge gezogen wie bei dem ursprünglichen Stone Man, nur dünner, viel dünner. Mit Sicherheit war dieses Ding *unheimlicher.* Genau wie bei der Ersten Ankunft vor dem Beginn des Marsches beugte sich auch der Empty Man aus der Taille heraus ein Stück nach vorn. Die Arme ragten in einem Winkel aus den schmalen, aber breiten Schultern, ein Unterschied zu dem Vorgänger aus Stein, dessen Arme nach unten gehangen hatten. Maria schätzte die Größe auf mindestens viereinhalb Meter. Das Ding erweckte den Eindruck, alles bedrohlich zu überragen. Wie etwas, das in aller Öffentlichkeit lauerte.

Jetzt konnte Maria die Beine sehen oder zumindest wo sie auf die sandige Oberfläche trafen. Aber sie wusste noch immer nicht, worauf das Ding tatsächlich stand; die Beine schienen auf dem Sand zu enden, aber möglicherweise waren sie immateriell und verschwanden einfach unter der Oberfläche. Was nun auch zutraf, der Sand unter dem Ding war völlig unberührt. Maria sah zu, wie die Wellen an Land spülten und einfach durch die Beine hindurchflossen.

Also ist es immateriell?

Der Gedanke war unglaublich, aber dann traf sie die Erkenntnis mit der Wucht eines Faustschlags.

Dieses Ding muss nicht durch Häuser laufen.

Oder Busse.

Oder …

Nein …

Verkehrsmuseen.

Nein. Sie grub die Nägel in die Handballen. Sie weinte nicht länger wegen dieser Dinge, aber so hatte sie sich nicht mehr gefühlt, seitdem der Stone Man vor fünf Jahren den Kopf gewendet und sie angesehen hatte. Das Ding am Strand war schrecklich. *Schrecklich.*

Wieder griff sie auf ihre Atemtechniken zurück, identifizierte das Gefühl in ihrem Inneren als rachsüchtigen Zorn, kombiniert mit blasenkontrollverlustmäßigem Entsetzen, und sie verankerte diese Emotionen in Brust und Blase, während sie darauf wartete, dass sich ihr Herzschlag beruhigte. Jetzt war der Moment, in dem man so schnell wie möglich hier verschwinden musste.

Auf dem Sand befanden sich nun Menschen. Tatsächlich waren es sogar eine ganze Menge, die die Treppe zu ihrer Rechten benutzt hatten. Ein paar davon befanden sich nun fast direkt unter ihr, nahe an der Promenadenmauer. Die meisten waren weit von dem Empty Man entfernt, aber ein paar waren kaum mehr als vier Meter weit weg, und sie *gingen immer weiter darauf zu.* Waren diese Leute high? Waren sie betrunken?

»Halt!«, schrie sie. Die instinktive Furcht, dass jemand das Ding berührte, es aufweckte, war größer als ihr Drang zur Flucht. Die Leute um sie herum blickten sie überrascht an. »Geht nicht näher ran! Bleibt stehen!« Konnten sie denn nicht fühlen, wie gefährlich dieses Ding war?

Maria kam es so vor, als würde es stumme Bösartigkeit ausatmen. Es hätte sie nicht überrascht, wenn es ein Zischen ausgestoßen hätte.

Die Leute, die dem Empty Man am nächsten waren – drei Männer Mitte fünfzig – standen dicht zusammen und machten seltsame, schlurfende Schritte darauf zu. Maria wollte wieder *Stehen bleiben!* rufen, aber die Leute um sie herum fingen aufgeregt an zu tuscheln.

»Sie werden es anfassen«, keuchte eine kleine alte Dame, die links von Maria stand. Sie sprach zu niemand Bestimmtem. »Mein Gott …«

Maria hörte ähnliche Äußerungen um sich herum, und zu ihrem Erstaunen wuchsen sie zu Ermunterungen an; die Zuschauer standen nun dicht am Geländer.

Geh weiter, mein Sohn! Geht hin!

Andere fingen an zu protestieren, und Maria versuchte sich hektisch einen Weg zu ihnen zu bahnen. Aber sie kam nicht näher heran, die Leute vor ihr waren viel schwerer als sie.

»Tut es nicht!«, brüllte sie. »Es ist gefährlich! Ihr werdet es auf den Weg schicken! Ihr werdet es in Bewegung setzen! BITTE!«

Die Männer am Strand drehten sich zur Menge um. Bei den Zuschauern, die sie anfeuerten, stieg Jubel auf. Größtenteils handelte es sich dabei um junge Männer.

Winkt doch mal! Winkt doch mal!

Einer der drei Männer blieb stehen – er sah älter als die beiden anderen aus –, schüttelte den Kopf und deutete mit dem Daumen ruckartig zurück zur Promenade. Die anderen beiden starrten ihn ungläubig an. Maria konnte ihre Worte nicht verstehen, aber ihre Körpersprache sagte alles. *Man muss es nicht anfassen. Wir müssen nur nahe heran. So eine Erfahrung bietet sich einem nur einmal im Leben, bietet sich der menschlichen Rasse nur einmal. Zurück zur Straße? Bist du verrückt?*

Der Zweifler schaute wieder zur Menge, dann schüttelte er den Kopf und ging weiter auf den Empty Man zu. Seine Fans jubelten, und Maria stieß ein unwillkürliches und deutlich hörbares *Nein!* aus, als die drei Männer nur noch zwei Meter von dem Monster entfernt waren.

»BLEIBT STEHEN!«, schrie sie hysterisch. »BITTE!«

Der Lärm der beiden Lager wurde lauter, aber als die drei Männer nur noch anderthalb Meter von ihrem Ziel entfernt waren, verstummten plötzlich alle atemlos vor Spannung. Der ältere Kerl würde es nicht anfassen, aber was war mit den beiden anderen? Würden sie das tun? Maria brüllte weiter, und es war ihr egal, dass sie die Einzige war. Sie krallte die Finger in die Wangen.

»BITTE! BLEIBT BITTE STEHEN!«

Die Männer wurden langsamer, aus den selbstbewussten Schritten waren nun ganz kleine Schritte geworden. Jetzt bewegten sie sich zentimeterweise wie olympische Fechter. Obwohl sie außer Reichweite waren, hoben und senkten sie unsicher die Hände. Plötzlich griff der Zweifler sanft nach seinen Gefährten, aber sie schüttelten ihn höflich ab. Der Zweifler blieb stehen. Er würde nicht weitergehen.

Seine Freunde kamen dem Empty Man, der vor ihnen aufragte, immer näher. Kopf, Brust und Torso waren mühelos über den Köpfen der Männer zu sehen, die nervös immer weitergingen. Nun waren sie tatsächlich nahe genug, um das Ding zu berühren. Sie blieben stehen, wussten nicht, wohin mit den Händen.

Die Menge rastete aus.

Adern traten auf Marias Stirn hervor, und ihr Hals schmerzte, als sie weiterbrüllte. Der Lärm um sie herum hatte etwas Urwüchsiges. Es war nicht nur Aufregung. Die Gegenwart dieses Dings, sein unverkennbarer Wahnsinn, hatte alle durch seine bloße Existenz aufgewühlt, und die Zuschauer konnten die Unterbrechung nicht ertragen.

»TUT ES NICHT! TUT ES NICHT! TUT ES NICHT!«, brüllte Maria. Die beiden Männer debattierten, wer von ihnen den körperlichen Kontakt herstellen sollte. Kamen ihnen Zweifel? »DAS IST VERRÜCKT! IHR HABT RECHT! TUT ES NICHT!«

Dann sah sie entsetzt, wie eine Frau in einem voluminösen

Pullover und engen Leggings über den Strand auf den Empty Man zurannte. Sie würde es tun. Die Zuschauer entdeckten sie und wurden noch wilder, etwas, das Maria zuvor für unmöglich gehalten hätte. Die beiden Männer bemerkten sie auch, sahen einander an und trafen eine Entscheidung.

Sie hoben die Hände und machten einen Satz nach vorn.

Der Empty Man verschwand, ohne den geringsten Laut von sich zu geben oder dass sich die Luft bewegte.

Nichts deutete darauf hin, dass er jemals an diesem Strand gestanden hatte. Maria schnappte nach Luft und blinzelte ungläubig, während die Menge in einer Kombination aus Schock, Erleichterung und Enttäuschung brüllte. Die Frau im Pullover blieb wie angewurzelt stehen. Die beiden Männer brüllten sie wütend an, als wäre sie für das Verschwinden des Empty Man verantwortlich. Die Frau brüllte zurück – ihre Worte waren deutlicher verständlich, da sie näher bei Maria stand – und machte klar, dass die Männer ihre Chance gehabt hatten, und was sie mit sich selbst und ihren Müttern machen konnten.

Überall um Maria herum erklang aufgeregtes Gerede. In der Ferne ertönten Polizeisirenen, während der Streit am Strand immer heftiger wurde. Niemand ging.

Ich schon, dachte Maria, während ihr am ganzen Körper kalter Schweiß ausbrach. *Ich gehe, und zwar auf der Stelle.*

Hektisch schmiedete sie Pläne, versuchte dabei verzweifelt die schrecklichen logischen Schlüsse zu ignorieren, mit denen sich die beiden verschiedenen Stimmen in ihrem Kopf zu überbrüllen versuchten.

DIESES DING FING AUF DEM MEER AN …

Der Flughafen. Fahren wir zum Flughafen.

UND DANN KAM ES DEN GANZEN WEG ZUM STRAND.

Lass uns sofort zum Flughafen fahren. Sofort.

UND SO KOMMT ES INS LANDESINNERE, ES WILL ETWAS, UND DIESES DING HAT DICH IM BUS ANGESEHEN, ALSO WAS, WENN DIESES DING …

Wir müssen gehen! Wir müssen sofort *gehen! Allein das ist wichtig …*

Die vielen Körper, die ihr jeden Weg versperrten, ließen Klaustrophobie in ihr aufsteigen, und dann war alles zu nahe. Völlig aus dem Gleichgewicht gebracht, kämpfte sie sich einen Weg aus der Menge, und die Angst verlieh ihren Armen Kraft.

»Aus dem Weg! BITTE GEHEN SIE MIR AUS DEM WEG! ICH MUSS …«

Es war Zeit, wieder die Flucht zu ergreifen, sofort, und zwar in die entgegengesetzte Richtung des Empty Man.

KAPITEL ZWEI

Eric und seine Mission

Eric

Mehr als hundert Meilen von der Küste entfernt zog sich Eric Hatton am teilweise zerstörten Rand von Coventry so gut an, wie das sein begrenztes Einkommen erlaubte. Er ging auf die vierzig zu und spürte das auch, musste aber zugeben, dass es nett war, zur Abwechslung mal gut auszusehen. Er wollte nicht zugeben, dass es *die Mission* war, wie Mickey sie immer bezeichnet hatte, die ihn mehr zermürbte als sein Alter. Er ging nach unten und betrachtete sich in dem Spiegel neben der Haustür.

»Mickey?«, rief er nach oben. »Mickey, ich bin …« *Ach ja,* dachte er dann, *Mickey ist weg.* Sein ehemaliger Mitbewohner. Kollege. Partner bei der Mission. Was nun davon auch zutraf, Mickey war vor ein paar Wochen zurück ins Stadtzentrum gezogen, nachdem er ihn schließlich beschuldigt hatte, »weich zu werden«. Es war das Ende einer Ära gewesen, aber ihn gehen zu sehen, hatte Eric nichts ausgemacht.

Mum und Dad sind gestorben, dachte er. *Theresa, Mickey … was ist noch übrig?*

Die Mission. Die Mission würde vollendet werden, das war die Hauptsache. Davon abgesehen waren die meisten Dinge, die Mickey am Ende gesagt hatte, bitter, verletzend und im Allgemeinen auf Eric gezielt gewesen. *Wir hätten niemals in die Vorstadt ziehen dürfen,* hatte die übliche Tirade gelautet. *Das ist deine Schuld, du Weichei. Ground Zero liegt im Stadtzentrum, dort müssen wir zu jeder Zeit sein.*

Einst hatte Eric genauso gedacht. Aber jetzt …

Warum machst du es dann noch?, fragte er sich, obwohl er es genau wusste. Er würde niemals damit aufhören, obwohl seine Leidenschaft Mickeys Manie nicht einmal mehr annähernd erreichen konnte. Er würde Mickey jeden Tag noch immer auf seinem Posten am Ground Zero sehen, er stand jetzt lediglich sechs Meter weiter entfernt als üblich. Nur dass sie jetzt kein Wort mehr wechselten. Irgendwie war der Mann an einen eigenen Scanner gekommen. Eric hatte keine Ahnung, woher er das nötige Geld dafür hatte. Eric hatte für alles gezahlt, darum waren seine Ersparnisse auch so ziemlich aufgebraucht. Einen Pub zu besuchen, war ein Luxus, aber sich mit einem alten Freund zu treffen, das war es wert. *Das wird bei der Mission helfen,* sagte er sich. *Also ist es auch kein Luxus. Du kümmerst dich schon viel zu lange viel zu verbissen darum, achtest nicht auf dich. Dein Tank ist fast leer, das wird deine Batterien wieder aufladen.*

Luis war ein ehemaliger Kollege, den er vor ein paar Wochen kontaktiert hatte. Er hatte ihn immer gemocht. Durch die Einsamkeit nach Mickeys Verschwinden hatte er sich auf die seltene Odyssee begeben, auf Facebook nach alten Freunden zu suchen, dabei war ihm eingefallen, dass Luis noch immer in der Nähe wohnte. Natürlich nicht in Coventry – er wohnte in Nuneaton –, aber nahe genug, um sich auf halbem Weg zu treffen. Am ländlichen Rand von Coventry. Falls Luis nicht wusste, dass es sich um den halben Weg handelte, war das in Ordnung. Eric hatte behauptet, er würde am Stadtrand leben. Am Treffpunkt wohnten noch immer Leute, sogar genug, dass sich ein Pub rechnete. Es würde schön sein, unter anderen Menschen zu sein, in einer echten Kneipe, die noch immer gut lief. Einst wäre die Vorstellung, dass es keine Pubs und Bars mehr gab, Eric völlig verrückt erschienen, da er den größten Teil seines Berufslebens darin verbracht hatte. Nun waren seine Tage der Engagements in der Musikszene der britischen Midlands nur noch eine ferne Erinnerung. Luis war der Betreiber eines Lokals gewesen, in dem Eric am liebsten aufgetreten war, und sie hatten nach der Show oft zusammengesessen.

Er hatte den Bart abrasiert und in einem Kaufhaus außerhalb der Stadt ein paar billige Turnschuhe sowie ein neues

Hemd und Jeans gekauft – in Coventry gab es keine Läden mehr, die etwas anderes als Lebensmittelkonserven verkauften, ganz zu schweigen von billigen Klamotten –, und die daraus resultierende Veränderung war ziemlich erstaunlich. Er sah sogar normal aus. Er hätte sich nur gewünscht, sich den ganzen Tag nicht so … seltsam zu fühlen. Eigentlich waren es sogar die ganzen letzten Tage gewesen. Die Kopfschmerzen waren so schlimm, dass er zum Arzt gehen würde, wenn sie nicht bald wieder verschwanden.

Er schob das Fahrrad aus dem Hausflur und warf einen Blick in den grauen Septemberhimmel. Möglicherweise würde der Regen warten, bis er im Pub war. Um ein Haar hätte er die Haustür nicht abgeschlossen; das war ziemlich überflüssig geworden. Er schien die einzige Person zu sein, die noch in dieser Straße wohnte, und es handelte sich um hübsche Häuser. Viele davon erreichten fast den Listenpreis von einer Million Pfund, aber jetzt standen sie so leer wie das Stadtzentrum. Zumindest dort gab es noch eine Handvoll Bewohner. *Coventry,* dachte er und schüttelte den Kopf. Hier blieben wirklich nur noch die Vertriebenen und die Verrückten. Die Kategorie, in die er gehörte, schien jeden Tag zu wechseln.

Aber dann dachte er an die einzigen Wertgegenstände, die er besaß – der tragbare Scanner, das Nachtsichtgerät, das gute Fernglas, die ausnahmsweise zu Hause blieben, weil er sich einen seltenen Tag freinahm –, und verriegelte die Tür. Er zog auch in Betracht, das kleine Fernglas aus der Fahrradtasche zu nehmen und ebenfalls daheim zu lassen. Es steckte immer dort.

Wir wollen doch nicht übertreiben, oder? Es ist immer gut, etwas dabeizuhaben. Nimm es mit.

Er stieg auf das Fahrrad und radelte durch die stillen Straßen von Coventry, während der Himmel immer dunkler wurde.

»Man erkennt sofort, dass das Coventry ist. Siehst du die beiden alten Männer dort drüben?«, sagte Luis leise und stellte die beiden Pints, die er an der Bar geholt hatte, auf den Tisch. »Sie unterhalten sich darüber, dass sie damals tatsächlich etwas von

Steenaway gekauft haben. Erinnerst du dich noch an die Werbung?«

»Ja, klar«, sagte Eric nervös und nahm das Glas. Er wollte über nichts sprechen, das mit Stein zu tun hatte. Bis jetzt war alles so nett gewesen. Sogar der Geruch des Pubs hatte ihn wie ein alter Freund begrüßt. Natürlich war es noch immer möglich, in Coventry in einem Pub zu trinken, aber man musste nicht nur sein eigenes Bier mitbringen, man musste auch mit einer Brechstange die Bretter von den Fenstern hebeln, um reinzukommen. Im Biergarten, in dem sie nun saßen, war es zwar wesentlich frischer, aber auch das war nett. In diesem Teil der Stadt war von den grauen Wolken, die er zu Hause wahrgenommen hatte, nichts zu sehen. Er fühlte sich gut, auch wenn er sich wünschte, diese verfluchten Kopfschmerzen verdrängen zu können.

Luis hatte sich wirklich gefreut, ihn zu treffen, und diese echte menschliche Wärme war wunderbar. Sie hatten einander auf den neuesten Stand gebracht, und Eric hatte den Fragen über seine derzeitige Lebenssituation mit überraschender Mühelosigkeit ausweichen können. Jetzt steuerte Luis die Unterhaltung in trügerische Gewässer.

Steenaway. Diese Bastarde.

Steenaway hatte ungefähr ein Jahr nach der Dritten Ankunft seinen Schrott angepriesen. Sie hatten mit Sendungen auf den Homeshopping-Kanälen angefangen, es folgten Werbespots im Radio und als Podcast, und als die Verkäufe in Schwung kamen, gab es Werbespots im Fernsehen, wo Eric sie das erste Mal gesehen hatte. Das war ungefähr zu der Zeit gewesen, in der er sich langsam mit dem Gedanken angefreundet hatte, dass er niemals wieder der Alte sein würde. In der der Zorn begann. Die Werbung lief ununterbrochen im Fernsehen, weil irgendein Arschloch eine Marktlücke entdeckt hatte, die man ausbeuten konnte, und Erics Zorn hielt Werbesendungen für Propaganda.

»Die Ereignisse in der letzten Zeit«, hatte der Sprecher gesagt, »haben uns alle erkennen lassen, dass es dort draußen Bedrohungen gibt, von denen noch niemand zuvor gehört hat. Aber

Sie müssen nicht unvorbereitet sein. Bahnbrechende Forschungen auf höchster wissenschaftlicher Ebene in unseren Laboratorien in der Schweiz haben uns zum Neuesten in extraterrestrischem Wissen und Verteidigung geführt. Wir präsentieren den Homeprotektor Alpha.«

Der Homeprotektor Alpha kostete gemessen an der Produktqualität des Geräts unverschämte zweihundert Pfund. Er sah aus wie ein Mittelding aus Toaster und Router, war dabei weiß glänzend wie ein alter iPod. Er basierte auf dem Konzept von »elektromagnetischen Frequenzen, die denjenigen entgegenwirken, die nach der Meinung unserer Wissenschaftler die Steinbesucher lenken«.

Der Homeprotektor Alpha hatte *unter optimalen Bedingungen* einen Radius von neunzig Metern. Natürlich wurden diese optimalen Bedingungen nie definiert, aber er war perfekt für Nachbarn, die sich die Kosten für ein Gerät teilen und damit ihre Häuser beschützen wollten. Obwohl diverse Produkttester im Internet die viel zu schwachen Komponenten entlarvten, die nur kaum messbaren Elektromagnetismus produzierten, genau wie die Pseudowissenschaft hinter den elektromagnetischen »Schutzmechanismen« (niemand hatte auch nur die geringste Ahnung, wie die Stone Men funktionierten), blühte und gedieh Steenaway. Jede Klage gegen sie wurde eingestellt, da man letztlich nicht das Gegenteil über die Wirkungsweise ihrer Produkte beweisen konnte, erst recht, weil niemand (trotz der Behauptungen von Tausenden Verschwörungstheoretikern, die es genau zu wissen behaupteten) genau wusste, wie die Menschen, die einen Besuch von einem Stone Man erhielten, eigentlich starben.

»Glaubst du daran?«, fragte Luis. Er war gut angezogen und wohlgenährt, grinste charismatisch in seinem schicken T-Shirt und den Jeans. Er war nur ein paar Jahre jünger als Eric. Eric konnte verstehen, warum Luis die Pubszene verlassen hatte, um im Verkauf zu arbeiten; er war dafür gemacht. Die Frage ließ ihn zusammenzucken. »An die vielen Vertuschungen?«

»Nun …« Erics Herz raste. Er wusste nicht, was er sagen sollte. Bis jetzt war es ihm gelungen, ganz normal zu erscheinen. Aber

Luis hatte das Thema zur Sprache gebracht. Also … »Tust du es denn?«

»Das mit dem Stone Man? Ja, in der Tat.« Luis nahm einen Schluck von seinem Guinness. »Natürlich nicht den üblichen Verschwörungsmist. *Die von Verkehrsflugzeugen hinterlassenen Dunststreifen sind in Wahrheit Chemtrails. Der Schadstoffunfall auf der Isle of Skye war in Wirklichkeit der Absturz eines experimentellen Hubschraubers, das Katastrophengebiet war ein Vertuschungsmanöver. Der 11. September wurde von der Regierung geplant, damit sie sich das Öl krallen konnte.* Diese Art Mist. Aber das …«

»Ja«, antwortete Eric und überließ Luis die Arbeit. »Oder dass dieser Andy Pointer verschwunden ist.«

»Ja, ganz genau.« Luis stellte das Glas ab und beugte sich vor. »Der Typ ist überall, und dann nichts mehr. Ich habe gehört, dass er gestorben sein soll.«

»Ja, habe ich auch gehört«, erwiderte Eric und beließ es dabei. Er hatte mehr getan, als es nur zu hören. Andy Pointer war das Thema vieler ausführlicher Diskussionen in den Foren, sogar eines der größten. »Manche Leute glauben …« Er zögerte.

Lass es. Fang nicht damit an. Du willst nicht das Gleiche wie bei Kelly Parsons erleben.

Scheiße! Er will es doch nicht anders.

»Man glaubt, es gibt da eine Aufnahme«, sagte er.

»Was?«

»Pointer. Er hat eine Aufnahme gemacht. Niemand weiß mit Sicherheit, was dort zu hören ist, das ist nie so richtig durchgesickert, aber …« Eric zuckte mit den Schultern. »Jemand muss davon gehört und etwas gesagt haben.«

»Worum ging es denn dabei?«

»Die Wahrheit. Was wirklich im inneren Kreis passiert ist. Viele Leute glauben, man hat ihn …« Eric tat so, als würde er sich eine Pistole an den Kopf halten und abdrücken. »Du weißt schon. Zum Schweigen gebracht. Weil er dieses Band besprochen hat.«

In den Online-Foren war diese angebliche Aufnahme der Stoff, aus dem die Mythen waren. Eric besaß durchgesickerte Aufnahmen – er hatte im Darknet viel Geld dafür bezahlt –, aber nach der Pressekonferenz der Regierung über den *Meißel* waren sie ziemlich nutzlos geworden.

Danach wusste jeder, was mit dem letzten Stone Man passiert war.

»Oh. Wow … Scheiße, Alter!«

»Ja.«

Er überließ Luis die Gesprächsführung. Als er sich das letzte Mal mit ein paar Freunden getroffen hatte, hatte er es mit seiner Themenwahl versaut. Es war der letzte Versuch gewesen, sich wie ein ganz normaler Mensch zu benehmen, das war jetzt ein Jahr her. Es war nicht gut gelaufen. Sie waren bei Barrington's gewesen, und nach einem weiteren Streit mit Mickey hatte er aus Trotz zu viel Geld für Alkohol ausgegeben. Schließlich hatte sein verdammtes Geld für alles bezahlt. Dieses eine Mal würde er sich amüsieren. Unglücklicherweise hatte ihn seine alte Freundin Kelly Parsons nach einigen Gläsern Bier auf das schlechteste vorstellbare Thema gebracht.

»Wo wohnst du eigentlich, Eric? Und was machst du?«

Zuerst war er ausgewichen, aber nach ein paar Gläsern Guinness war die Wahrheit ans Licht gekommen. Blöderweise hatte er Farbe bekannt, was zu einer echten Tirade geführt hatte. Ihr Vergehen? Alkoholisiertes Mitgefühl, ihn dazu bringen zu wollen, den Verschwörungskreuzzug an den Nagel zu hängen und wieder ein normales Leben zu führen.

»Warum muss das jeder tun?«, hatte er Kelly Parsons angebrüllt. »Warum kann man sich nicht mehr einfach nur nett unterhalten? Wann ist jeder zu meiner verdammten Mutter geworden?«

Die Reue am nächsten Tag hatte dazu geführt, dass er seitdem nicht mehr ausgegangen war.

»Ich kenne ein paar Leute, die sich damit beschäftigen«, sagte Luis. Er blieb bei dem Thema. »Aber so richtig.«

Du hast ja keine Ahnung, Luis.

»Tatsächlich?«

»Hast du je von der Pointer-Theorie gehört? Das ist echt verrückt.«

»Nein.«

Natürlich kannte er sie. Er war davon besessen, sie war der Hauptgrund, warum er noch in Coventry war, warum er Mickey nicht auf seinen sechsmonatigen Überwachungsausflug zur »Windfarm« in Sheffield begleitet hatte. Das war der Anfang vom Ende von ihnen als Team gewesen.

»Da gab es doch dieses ganze Gerede, dass der Stone Man von den Genen der Leute angezogen wurde?«, sagte Luis so angeregt, dass Eric die Vermutung hatte, dass er in Wahrheit von sich selbst sprach. Falls das stimmte, war es interessant. »Und dieser Pointer stand in irgendeiner Verbindung zu ihm, und er hat der Regierung geholfen. Das war sogar in den Nachrichten.«

»Hm«, machte Eric und gab sich keine Mühe, sein Interesse zu verbergen. Dieses Treffen würde sich unter Umständen als bessere Idee erweisen, als er je gedacht hätte.

»Er war genau da, als der Stone Man eintraf, nicht wahr? Nur ein paar Meter weit weg. Und die Pointer-Theorie besagt, dass Andy Pointer irgendwie eine Verbindung zu dem Ding hatte, weil er sich direkt an der Ankunftsstelle befand.«

»Wow, das ist interessant.«

In den fünf Jahren, die Eric nun hier war, hatte er die Umgebung von Coventry seit vier nicht mehr verlassen. Seit er das erste Mal von der Pointer-Theorie gehört hatte. Er hatte vor allen drei Ankünften Visionen gehabt; falls *sie* zurückkehrten, würde er es wissen. Er würde nicht zulassen, bei der nächsten Ankunft – falls es je dazu kommen sollte – zu weit entfernt zu sein.

Außerdem, dachte er mit plötzlicher Verbitterung, *warum sollte man auch sonst jeden verfluchten Tag mit einem Scanner dort stehen?*

»Viele der Verschwörungsspinner glauben, dass man der Wahrheit auf diese Weise auf die Spur kommen kann«, fuhr Luis fort, und Eric ließ seine Miene nicht aus den Augen, um zu sehen, ob er da mit diesen Spinnern einer Meinung war. »Hat man eine Verbindung, dann gehört man auch zum inneren Kreis, verstehst du? So wie er. Man würde über alles Bescheid wissen.«

»In der Tat«, erwiderte Eric und entschied sich, einen Zeh ins Wasser zu tauchen. »Aber in diesem Fall, also wenn man Visionen hat, wenn man zu dieser Gruppe gehört und auch noch an Ort und Stelle ist, wenn das Ding auftaucht, dann würde man doch das Risiko eingehen, einer von denen zu sein, für die sie gekommen sind. Eine Zielperson. Und alle Menschen, für die sie gekommen sind, sind bei der Kontaktaufnahme gestorben.« Er beugte sich noch ein kleines Stück näher heran. Nicht zu viel. »Hältst du dieses Risiko für gerechtfertigt?«

Das war in der Tat das Risiko.

Luis starrte ihn an.

Dann lachte er.

»Scheiße, nein!« Er nahm sein Glas. »Sollten diese Dinger jemals zurückkehren, bin ich in dem ersten Flugzeug, das startet.«

Eric setzte sich zurück und zwang sich zu einem Lächeln. Natürlich.

»Ja, klar, zweifellos.«

»Und du wohnst jetzt in der Gegend?«, fragte Luis.

Scheiße!

»Ja. Tatsächlich gar nicht weit von hier«, log Eric.

»Wo trittst du denn auf? Offensichtlich nicht hier in der Gegend.«

»Nein, das mache ich nicht mehr.« Eric fühlte, wie sich sein Gesicht rötete.

»Also hattest du genug davon?«

»Gewissermaßen schon. Ich war, äh, während der Zweiten Ankunft auf einem Kreuzfahrtschiff engagiert.« Plötzlich schoss sein Puls in die Höhe. Er konnte nicht glauben, dass er das erzählte, aber es strömte einfach aus ihm heraus. »Es war irgendwie … traumatisch«, hörte er sich sagen. »Danach konnte ich nicht länger auftreten. Ich musste … ich musste ein paar Dinge herausfinden, verstehst du?«

Er warf Luis einen Blick zu. Weder verzog Luis angewidert das Gesicht, noch hielt er Eric für verrückt. Er sah einfach nur besorgt aus.

»Was ist passiert?«

Halt doch die Klappe!, dachte Eric. *Was tust du da?*

»Ich hätte den Job nicht annehmen sollen, aber ich musste es.« Eric hatte das Gefühl, in seinem Inneren würde langsam ein Überdruckventil geöffnet, obwohl sich seine innere Stimme dagegen sträubte. »Meine Schwester ist während ihrer Schwangerschaft verlassen worden und konnte nach Aarons Geburt nicht sofort wieder arbeiten, also habe ich sie finanziell unterstützt. Sie ist immer auf diese undankbare Weise ausgerastet. ›Kommt das Geld am Monatsende? Du hast es versprochen.‹ Immer kam Theresa mit diesem Mist an. ›Du hast es versprochen.‹ Später hat sie sich dann wieder beruhigt und entschuldigt. Als sie ein paar Tage vor meiner Abreise wieder mal ausgerastet ist, habe ich mir nichts dabei gedacht, verstehst du? Aber sie konnte mir nicht erklären, was eigentlich nicht stimmte. Und ich hatte damals auch keine Ahnung, niemand wusste etwas über Patrick Marshalls Verhalten vor der Ankunft.«

»Sie war …« Luis schien die nächsten Worte sorgfältig zu wählen. »Sie hatte eine Verbindung?«

»Ja.«

»Hatte sie Visionen?«

»Nein. Sie hatte nur Migräne. Was neu war. Draußen auf dem Meer würde ich einen Tag lang nicht erreichbar sein, das wusste ich vorher. Klar, ich hätte die zusätzliche Gebühr für die Datenübertragung vom Schiff bezahlen können, aber das war so teuer, und das Geld war wirklich knapp. Und es war doch nur *ein* Tag.«

»Das ist verständlich.«

Eric hielt inne. Konnte er risikolos darüber sprechen? Er und Luis standen sich nicht nahe, aber sein Freund war ein anständiger Kerl, und verdammt, er *musste* darüber reden.

»Also bekam ich im Hafen von Neapel wieder ein Signal. Wie sich herausstellte, war das der Tag der Zweiten Ankunft.« Nervös rieb sich Eric das Gesicht. »Und mein Handy war bis oben hin mit Theresas Sprachnachrichten gefüllt. Sie war völlig hysterisch. Ich hatte keine Ahnung, dass es ihr so schlecht ging. Ich wäre doch nie abgereist, hätte sie nie mit Aaron allein gelassen.«

Er sah es wieder vor sich, wie er unter der italienischen Sonne auf dem Dock auf und ab ging und langsam den Verstand verlor. »Ich hatte die Nummer von einem Nachbarn, Will. Ich kannte ihn nicht weiter, aber Theresa hatte ihn mir als Notfallkontakt gegeben. Ich versuchte ihn anzurufen, damit er nach ihr sieht, aber ich kam einfach nicht durch. Dann habe ich versucht, Freunde anzurufen, um sie zu bitten, den ganzen Weg ins verdammte Birmingham zu fahren und nach ihr zu sehen. Aber ich schien niemanden erreichen zu können. Die Leitungen waren entweder gestört, oder niemand nahm ab. Theresa konnte ich auch nicht erreichen. Natürlich hatte ich es noch nicht gehört. Ich stand da ohne Fernseher auf dem Dock, und warum hätte ich die Nachrichten checken sollen? Ich war so panisch, dass ich nicht mal eins und eins zusammenzählte. Obwohl wir die Erste Ankunft erlebt hatten. Als ich nicht einmal die Polizei in England erreichen konnte, fing ich wirklich an, mir …«

»Es tut mir leid«, sagte Luis leise.

»Ich habe alles versucht. Diese Dinger, diese Bastarde, die beeinflussen immer die Kommunikation, vor allem wenn sie unterwegs sind. Dann konnte ich plötzlich doch Will, den Nachbarn, erreichen – diesen kleinen, selbstsüchtigen, idiotischen Feigling –, aber er konnte mich kaum verstehen. Ich erinnere mich, dass ich ihn angebrüllt habe. Er soll nach Theresa sehen, sage ich, und er sagt die ganze Zeit nichts anderes als ›Hallo, ich kann Sie nicht verstehen‹. Und dann konnte er es plötzlich doch, und er ging mit dem Ersatzschlüssel los.«

Er musste fast jede Nacht an die Worte denken, die er dann zu hören bekommen hatte.

»Und er sagt: ›Eric, ich glaube, sie hat die Haustür verrammelt. Der Schlüssel dreht sich im Schloss, aber die Tür lässt sich nicht öffnen.‹«

Luis nickte traurig.

»Dann höre ich, wie er zur Rückseite geht. ›Eric, die Jalousien sind runtergelassen‹, sagt er. ›Ist sie auf eine lange Reise gegangen? Wollte sie das Haus einbruchssicher machen?‹ Dieser Idiot. Und ich drehe völlig durch, und da sagt er, dass er die Soldaten darüber informieren wird, denn die sind gerade gekommen, und ich sage: Was für Soldaten denn? Und er sagt: ›Es sind Jeeps gekommen, alle werden evakuiert. Verfluchte Jeeps! Man bringt alle weg, aber ich informiere sie sofort.‹ Und ich brülle ihn an, dass er irgendwie ins Haus kommen soll. Und was sagt er? ›Eric, es tut mir leid, da sollen die sich drum kümmern, ich bin dazu nicht qualifiziert.‹ Qualifiziert?«

»Ein guter Tag in der Nachbarschaft«, murmelte Luis.

»Ich fuhr sofort zum Flughafen. Unterwegs erreichte ich dann endlich die Polizei, aber da war nur eine Ansage, die etwas über Evakuierungen in der Gegend verkündete und welche Tasten ich drücken musste, um weitere Informationen zu erhalten. Dann wurden sämtliche Flüge nach England gestrichen. Ich musste einen Wagen mieten und nach Frankreich fahren. Die Kanalfähre nehmen.«

Die lange Autoschlange in Calais. Wie der Anblick – die Sonne, die auf den Windschutzscheiben funkelte – plötzlich verschwunden und durch diese ganzen Gesichter ersetzt worden war, die vor seinem inneren Auge auftauchten.

Zuerst der alte Mann, Henry Williams.

Dann Theresa. *Aaron.*

In dem Augenblick hatte er Bescheid gewusst. Hilflos hatte er in seinem gemieteten Renault gesessen, hart genug gegen das Autodach getrommelt, um sich blutige Knöchel zu holen. Völlig hilflos.

»Irgendwann habe ich dann jemanden erreicht.« Seine Stimme brach. Wieder warf er Luis einen Blick zu, suchte nach Zeichen von Unbehagen. Aber da war nur Interesse. »Ich weiß, wo sie hingehen, habe ich gesagt, und dann hat man mich …« Er fuhr sich über das Gesicht, biss sich in die Wange. »Bevor ich weitersprechen konnte, hat man mich zu einem Anrufbeantworter weitergeleitet. ›Was haben Sie gesehen, haben Sie Einzelheiten erkannt, haben Sie in den vergangenen vierundzwanzig Stunden etwas getrunken, gibt es in Ihrer Familie Fälle von Autismus, oder leiden Sie darunter, oder andere Entwicklungsprobleme?‹ Ich habe alle Fragen beantwortet und versucht, auf der Fahrt nicht den Verstand zu verlieren. Alle Straßen waren dicht. Ich habe mehr als vierundzwanzig Stunden gebraucht, um nach Hause zu kommen. Die Straße war evakuiert, und Theresa war weg.«

Irgendwann im Laufe der Erzählung war aus seiner Trauer Wut geworden. Seine Hände zitterten.

Lass es raus, dachte er. *Erzähl ihm alles.* Ihm wurde bewusst, dass er es wollte. Er konnte Luis alles über die Mission erzählen, dass Theresa der Grund dafür war, dass er überhaupt in dieser gottverlassenen Stadt lebte.

Luis riss die Augen auf, als der Groschen fiel.

»Deine Schwester war also Theresa Pettifer«, flüsterte er. »Die Zielperson der Zweiten Ankunft. Die drei Stone Men, sie kamen zu diesem alten Burschen und einer Frau und ihrem ...« Er hielt inne, als ihm klar wurde, was er sagen wollte.

»Ja.« Eric war um ihrer beider willen erleichtert, dass er ihren Namen benutzt hatte und nicht etwa die großartigen Bezeichnungen der Boulevardpresse wie *Die Steinfrau* oder *Tollwütige Theresa.* Oder *Babykiller,* das Schlimmste von allen. »Aus irgendeinem dämlichen Grund hat sie nach der Scheidung den Namen ihres Mannes behalten. Es hat sich nicht einmal jemand mit mir in Verbindung gesetzt, kein Beamter, um mir mitzuteilen, dass sie gestorben ist.«

Eric verstummte. Seine Wangen glühten, aber er fühlte sich besser. Er wusste nicht, was er jetzt sagen sollte.

»Alles in Ordnung?«, erkundigte sich Luis leise, und seine Stimme verriet, dass er es ehrlich meinte. Erics wachsender Zorn verschwand, und einen schrecklichen Augenblick lang glaubte er, weinen zu müssen, aber die Bitte des Mannes auf der anderen Seite des Biergartens bewahrte ihn davor.

Dieser Augenblick sollte Erics Leben für immer verändern.

»Hey, hey!« Der Mann war alt, hatte einen Bierbauch, saß an einem Tisch und las die Zeitung. Er meinte den Kellner, der gerade leere Gläser einsammelte, und zeigte auf den an der Wand befestigten Außenbildschirm. »Schnell, der Fernseher. Können Sie den Ton lauter stellen?«

Luis und Eric folgten dem Blick des Mannes. Auf dem Schirm stand eine Frau mit einem Mikro an einem Strand. LIVE AUS BRIGHTON, verkündete die Einblendung. Eine kleine Menschenmenge stand auf dem Sand; viele Leute hatten Ferngläser. Sie vermittelten den Eindruck, auf etwas zu warten, statt es zu beobachten. Sie wirkten wie die ersten eingelassenen Zuschauer bei einem Rockkonzert, die sich einen Platz in der ersten Reihe sichern wollten.

Das Laufband an der Unterseite des Bildes passte nicht zum Rest, als wäre es versehentlich in einen heiteren Wetterbericht vor Ort über eine Hitzewelle geschaltet worden. Dennoch spürte Eric die Aufregung, die sich elektrisierend im ganzen Biergarten und auch in ihm ausbreitete, als alle es lasen. Verblüfft blinzelte er und konnte einfach nicht glauben, dass er diese Worte las, nachdem er gerade von dieser Sache gesprochen hatte. Das Timing war so prophetisch, dass er sofort das drohende Unheil spürte.

Das kann nicht sein. Das kann einfach nicht sein. Du kannst das unmöglich lesen.

Er hatte es sich so oft vorgestellt, dass er schon lange nicht mehr daran glaubte, dass es überhaupt möglich war. Das eingeblendete Laufband meldete:

MÖGLICHES VIERTES ANKUNFTSPHÄNOMEN AN ALLEN STRÄNDEN VON GROSSBRITANNIEN

Niemand in dem Pub sagte ein Wort. Eric hielt die Luft an. Der Ton wurde lauter gestellt, die Worte der Reporterin erklangen.

»Augenzeugen haben einen riesigen Mann beschrieben, der im oder auf dem Meer stand. Ich betone Augenzeugen, Steve, weil zumindest hier einige Leute Fotos von dem Phänomen gemacht oder es sogar gefilmt haben, wovon aber auf den Geräten nichts zu sehen war.«

»Also lassen Sie uns aussprechen, was sich jedermann fragen wird, Liz«, sagte der Moderator im Studio. »Wieder eine Täuschung?«

»Das ist zu diesem Zeitpunkt wie immer schwer zu beantworten, Steve«, antwortete die Brünette. »Das Home Office hat noch nichts verlauten lassen, und wir rechnen in den nächsten vierundzwanzig Stunden auch nicht damit.«

»Also vielleicht doch eine sorgfältig *koordinierte* Täuschung?«

»Falls es das war, dann war sie sehr sorgfältig koordiniert, Steve. Die Berichte kamen fast gleichzeitig aus dem ganzen Land, und wir haben Aufnahmen. Zwar kann man nichts von dem Phänomen sehen, aber eben in diesem Mitschnitt aus Cornwall früher am Tag konnte man deutlich sehen, wie eine große Gruppe von Fremden darauf reagierte. Man konnte deutlich die Ausrufe hören, als die ... die Gestalt im Meer den Zeugen zufolge verschwand.«

»Und dieser, äh, Zwischenfall oder vielmehr diese ähnlichen Zwischenfälle sind auch anderswo beobachtet worden?«

»Ja, im ganzen Land und auch an der Ostküste von Nordirland, aber interessanterweise nicht im Westen.«

Das Gespräch ging weiter, Liz berichtete über Augenzeugenberichte, über den Bildschirm flimmerten Zitate. Plötzlich wurde eine Zeichnung eingeblendet. Sie war grotesk, ein weißer Geist, der sich tief nach vorn beugte, als wollte er etwas fressen. Was zum Teufel war das?

»Also abgesehen von der ... ich behaupte mal menschenähnlichen Gestalt gibt es nur Spekulationen«, sagte Steve, »dass dieser angebliche Vorfall heute etwas mit den Stone Men zu tun hat? Dass es sich hier wirklich um eine Vierte Ankunft handelt?«

Liz schüttelte den Kopf. »Bis wir aus Number 10 etwas Offizielles hören, können wir lediglich spekulieren, Steve. Hier ist jeder aufgeregt, und man wartet darauf, ob dieses Ding zurückkehrt. Wir bleiben auch hier.«

»Also allem Anschein nach keine Stone Men, aber irgendwelche Männer?«

»So sieht es aus, Steve.«

»Gibt es schon Vorschläge für einen Namen? Sie können ihn jetzt prägen, Liz.«

»Haha, also mir selbst ist noch keiner eingefallen, aber einer der Augenzeugen nannte ihn den Empty Man. Wie finden Sie das?«

»Das hört sich doch gut an, danke, Liz.« Der Moderator hielt kurz inne, während ein Produzent bestätigte, dass sie so weit waren. Eric hatte das verrückte Gefühl, ganz genau zu wissen, was er gleich sagen würde, und es wurde noch verrückter, als es auch tatsächlich so geschah.

»Wir schalten jetzt ins Landesinnere zu Mark, direkt außerhalb von Coventry.«

»O mein Gott!« Das war Luis. Eric beachtete ihn nicht. Stattdessen erstarrte er, als er den Reporter vor einer mit Soldaten und Polizisten besetzten Barriere stehen sah, die die Schnellstraße in die Stadt versperrte. Hupen dröhnten. Offensichtlich hatte man hinter der Kamera viele Autos angehalten. In der Nähe standen viele Zivilisten und protestierten lautstark, aber das interessierte Eric nicht. Sein Herz raste, während er versuchte, den genauen Ort auszumachen. Riegelte man bereits die Stadt ab? Befand sich diese Blockade tiefer in der Stadt als er? *Nein.* Nein, das war die A444. Er erkannte sie. Der Reporter hielt sich praktisch in Nuneaton auf. Also befand sich Eric noch immer innerhalb der Absperrung.

»Danke, Steve!« Mark klang ernst. »Wie Sie sicherlich hören können, sind viele Leute verständlicherweise wütend, weil sie anhalten mussten, und eine große Zahl hat wirklich Angst. Als Erstes wollen wir die Menschen darüber informieren, dass natürlich jeder die Stadt verlassen kann, der das will. Allerdings ist die Rückkehr unmöglich, bis wir die Freigabe erhalten haben. Wie man uns gesagt hat, ist das im Augenblick nur eine Vorsichtsmaßnahme.«

»Mark?«, unterbrach Steve. »Entschuldigung, Mark, hat man etwas darüber verlauten lassen, was am Ground Zero vor sich geht?«

Eric hörte aschfahl zu.

Mark erklärte, dass der Luftraum über Ground Zero noch immer gesperrt war – wie schon seit Jahren – und alle Filmaufnahmen aus der Ferne zu weit entfernt waren, um etwas anderes als die Skyline der Stadt sehen zu können (Satellitenaufnahmen waren technisch gesehen noch immer illegal). Der einzige Grund für die Anwesenheit der Nachrichtenteams war die Sperrung der Straßen nach Coventry als Sicherheitsmaßnahme für eine mögliche Vierte Ankunft, und zwar nur aufgrund der Sichtungen an der Küste. Eric war in einem albtraumhaften Dilemma gefangen, versuchte hektisch die Situation einzuschätzen und wie er sie retten sollte. Falls das wirklich die Vierte Ankunft war, konnten Handys und Internet jeden Augenblick verrücktspielen. Das bedeutete, dass die Nachrichtensendung, die er gerade sah, womöglich seine letzte Gelegenheit war, an Informationen zu kommen. Er versuchte sich zu konzentrieren, obwohl ihn sein Verstand anbrüllte.

DAS IST ES, ENDLICH GESCHIEHT ETWAS, DIESE DINGER SIND VIELLEICHT AN DER KÜSTE, ABER ETWAS KÖNNTE AM GROUND ZERO AUFTAUCHEN, UND DU MUSST SOFORT DORTHIN. SOFORT SOFORT SOFORT

Aber wo war diesmal die Vision geblieben? Wo war das Zittern gewesen, die Krämpfe? Nein, das war egal. Jetzt kam es nur darauf an, eine Möglichkeit zu finden, ins Stadtzentrum zu gelangen. Allein darum ging es. Und wie aus dem Nichts tauchte eine Frage auf.

Bist du bereit, das Risiko einzugehen, der Steinbruch eines Stone Man zu werden? Bist du wirklich dazu bereit?

Das war er. Er stand auf und taumelte, hielt sich am Tisch fest. Er sah Luis an. Das Gesicht seines Freundes hatte sämtliche Farbe verloren.

»Luis, es tut mir wirklich leid.«

Luis sah ihn an und blinzelte heftig, als wüsste er nicht, wer Eric war. Dann riss er sich zusammen.

»Äh … nein, schon okay. Ich muss …« Wie benommen holte er mit zitternder Hand das Handy aus der Tasche, aber Eric entfernte sich bereits vom Tisch, sämtliche Gedanken atemlos auf das Problem konzentriert, so schnell wie möglich zum Ground Zero zu kommen. Und was das vielleicht für ihn bedeutete.

Selbst wenn du zur Zielperson geworden bist, sagte er sich, während er sich auf sein Rad schwang, *könntest du immer noch sicher sein. Der Meißel kann sie aufhalten.*

Der Gedanke ließ ihn sich besser fühlen. Der Meißel hatte ihnen allen den Hintern gerettet. Jedes Mal, wenn er sich von allem überwältigt fühlte – und er würde seiner Regierung niemals weiter trauen, als er sie werfen konnte –, musste er zugeben, dass sie den Marsch der Stone Men tatsächlich aufgehalten hatte. Und dazu hatte sie den Meißel eingesetzt.

Vielleicht brachte man ihn bereits nach Coventry, falls er sich nicht am Ground Zero befand. Während er in die Pedale trat und seine Hände an den Griffen zitterten, musste er daran denken, dass sich der Meißel das letzte Mal, als er ihn gesehen hatte, genau dort befunden hatte.

Natürlich war er nicht vor Ort gewesen. Wie alle anderen hatte er die Pressekonferenz im Fernsehen verfolgt.

Eric und Mickey. Bevor die Dinge so unerfreulich wurden.

Der Fernseher ist eingeschaltet, sie beide sehen atemlos zu. Der Premierminister nähert sich dem Podium.

»Ich habe es dir ja gesagt«, sagt Mickey zum bestimmt zwanzigsten Mal; er ist wie immer ungewaschen und ungekämmt, seine Haare stehen in allen Richtungen ab. »Ich habe es dir verflucht noch mal gesagt. Kelly hatte recht.« Eric erwidert nichts, denn Mickey hat es ihm gesagt. Eric weiß alles über Curtis Kelly. Ein ehemals unbedeutender Blogger, ein ehemaliger Niemand in der schrecklichen und weit gefächerten Welt der Onlinestars und Nerds, der völlig unvermittelt einen Artikel über eine Regierungsinitiative gepostet hatte, die die Bevölkerung vor den »Einflüssen von außen« schützte. Diese Information hatte er von einer »hochrangigen Quelle« erhalten und dann wild darüber spekuliert, was dieser Meißel wohl darstellte und wie er funktionierte. Es gab nur wenige Fakten, dafür eine Menge Sci-Fi-Fanboy Spinnereien (einschließlich Wurmlöcher und »genetische Vermischung verschiedener Spezies«. Die Presse war in ihrer Ausdrucksweise weniger zurückhaltend: »Sexfantasien über Aliens«).

Normalerweise hätte man es als weitere Verschwörungstheorie auf dem gewaltigen Stapel von Unsinn über die Stone Men abgelegt, den Eric in den vergangenen fünf Jahren durchforstet hatte. Aber der Name, den Kelly benutzt hatte: Projekt Meißel.

Das war der einzige Funke Wahrheit bei der ganzen Sache gewesen, aber er reichte aus, damit Curtis Kelly am Manchester Airport von der Sicherheit festgehalten wurde, als er mit der Familie nach Teneriffa in den Urlaub wollte. Diese Festnahme machte Curtis' Artikel zu einem Blitzableiter und erwies sich im Nachhinein für eine Regierung, die in Internetdingen hätte erfahrener sein sollen, als Riesenfehler.

Kellys Blog explodierte förmlich. Während Journalisten mit größerem Profil Kellys Kreuzzug übernahmen, klangen die Dementi der Regierung immer lahmer. Die im Internet kursierenden Behauptungen wurden immer zahlreicher, bis Eric nicht länger wusste, was er glauben sollte:

Der Meißel wurde auf einer Windfarm in der Nähe von Sheffield konstruiert, die nur die Tarnung für ein Forschungsinstitut des Militärs ist.

Der Meißel war seit der Ersten Ankunft in Arbeit.

Der Meißel sollte sich eine Schwäche zunutze machen, die man in der Zellstruktur der Stone Men entdeckt hatte.

Der Meißel arbeitete auf der Basis von Schallwellen.

So war es weitergegangen, bis zu Erics Freude ein offizielles Memo durchgesickert war.

Dieses Memo trug die Worte »Projekt Meißel« und »Prävention der Dritten Ankunft« in derselben Zeile, was natürlich unglaublich war. Das hatte den Meißel aus dem Internet, in dem sich Eric und Mickey bewegten, auf die Titelblätter aller Zeitungen katapultiert. Danach waren weitere Dementi zwecklos geworden. Und jetzt steht der Premierminister da. Und, was noch wichtiger ist, der Meißel. Eric will seinen Augen nicht trauen.

Die Öffentlichkeit hat das Innere des Gebäudes auf dem Ground Zero noch nie zuvor zu Gesicht bekommen. Was Eric dort sieht, ist ziemlich enttäuschend. Ein runder Raum mit einer sehr hohen Decke, dessen Wände in ihrer Gewöhnlichkeit schon banal sind. Sie sind magnolienweiß, an der Decke brennen Konferenzzentrumslampen, es gibt Schilder für die Notausgänge. Nichts davon verrät, dass der Ort an der Stelle entstanden ist, an der Aliens aufgetaucht sind.

Aber der Raum ist groß genug, um den Meißel selbst aufzunehmen.

»Sieh ihn dir an«, flüstert Eric, ohne Mickey dabei anzuschauen. Der Meißel ist gewaltig und funkelt unter den Flutlichtern, die man für diese Gelegenheit rechts neben dem Podium aufgebaut hat. Er ist beeindruckend. Für Eric sieht er wie eine Maschine aus. Eine Maschine von der Größe von zwei Range Rovern, die an einigen Stellen mit Gold bedeckt ist. Es lässt sie wie eines dieser Geräte zur Monderforschung aussehen, diese seltsamen, klobigen Maschinen, die man mit Material eingehüllt hatte, das an Gold- und Staniolpapier erinnerte. Eine Mondmaschine, aus deren Ende ein gewaltiger, flacher Trichter ragt.

Der Premierminister beginnt seine Ansprache mit den Schwierigkeiten, in Zeiten der Krise die nationale Sicherheit mit der Preisgabe von Informationen in Einklang zu bringen.

»Mach schon«, zischt Mickey. »Wie funktioniert das Ding?«

»Wir bedauern es, diese Pressekonferenz unter solchen Umständen veranstalten zu müssen«, sagt der Premierminister. »Und auch wenn wir lieber etwas mehr Zeit gehabt hätten, unsere Erkenntnisse zu vervollkommnen, wäre es sinnlos abzustreiten, dass hier ein Elefant im Raum steht, und so zu tun, als wären wir nicht in Zugzwang.«

»Mein Gott«, sagt Eric. »Das ist ein überraschendes Eingeständnis.«

»Ich präsentiere Ihnen das Wunder britischer Ingenieurskunst«, sagt der Premierminister, »das es uns ermöglicht hat, die Bedrohung der Stone Men zu eliminieren, auch wenn unbekannt ist, ob diese Bedrohung von ihrer Seite aus absichtlich oder unabsichtlich geschieht. Der Meißel. Sie müssen diesen albernen Namen entschuldigen; unser Entwicklungsteam hat ihn erfunden, und er ist hängen geblieben.« Er gibt ein Politikerkichern von sich, und Eric sieht entzückt, dass die versammelte Presse nicht darauf reagiert. »Nach einer langen zwischenzeitlichen Maßnahme, die ich gleich noch näher erläutern werde«, sagt der Premierminister, »sorgt diese Maschine in Zukunft für unsere Sicherheit.«

Dem Gemurmel der Presse folgt eine Flut von Fragen. Eric hat beinahe genauso viele. Im Grunde laufen sie alle auf das Gleiche hinaus: »Wie ist Ihnen das gelungen? Wie haben Sie diese Forschung durchgeführt?«

Der Premierminister zeigt auf einen Reporter.

»Mach lauter, ich höre nichts«, bellt Mickey und geht Eric wieder auf die Nerven. Aber wieder sagt er nichts und tut, worum man ihn gebeten hat.

»Hat dieses Gerät einige der Stone Men bei der Dritten Ankunft so schnell nach Hause geschickt?«, fragt der Reporter.

Eine verdammt gute Frage, denkt Eric. Jeder hatte sehen können, wie fünf der gerade eingetroffenen Stone Men einer nach dem anderen verschwanden, bevor sich die letzten beiden in Bewegung setzten (damals hatten die Medien noch live vom damals unbebauten Ground Zero senden dürfen). Etwas hatte sie zurückgeschickt, das war allen klar. Die letzten beiden waren Seite an Seite durchs Land marschiert, bevor die umstrittenen Notfallverordnungen über die Berichterstattung beschlossen worden waren. Um in einer Zeit der Krise die öffentliche Ordnung aufrechtzuerhalten, hatte die erschreckend dystopische Rechtfertigung gelautet, und es hatte monatelange Proteste gegeben, bevor den Leuten klar geworden war, dass die Stone Men nicht zurückkehrten, und sie das Interesse verloren hatten. Obwohl die Vorschriften über die Berichterstattung über den Ground Zero in aller Stille vom Parlament bestätigt und damit zum Gesetz geworden waren. Für die Regierung war es reines Glück gewesen, dass die beiden verbliebenen Stone Men – der letzte Blaue und der Graue, das Original – während des Blackouts durch ländliches Gebiet marschiert waren. Das hatte es Eric und allen wie ihm erschwert, die Schneise der Zerstörung zu erkennen, die die Dinger zuvor durch Städte und Vorstädte gepflügt hatten. Durch die Evakuierung der Wohngegenden auf ihrem Weg hatte es auch keine privaten Aufnahmen ihres Verschwindens gegeben, aber es hatten sich viele Spinner zu Wort gemeldet und bestätigt, dass sie gefühlt hatten, wie sie verschwunden waren.

Komm uns jetzt nicht mit George Mykos, du Bastard, denkt Eric und verfolgt, wie sich der Premierminister unbehaglich windet. Die Regierung hatte behauptet, dass das Original (laut den Verschwörungsforen im Internet hatte der Graue angeblich den Codenamen *Caementum* getragen) irgendwo am Rand des Peak District verschwunden war, unmittelbar außerhalb von Rochdale. Der letzte Blaue hatte laut dem Unsinn, den die Regierung verbreitet hatte, zum Haus eines gewissen George Henry Mykos gewollt, eines kleinen Ladenbesitzers und geschiedenen Vater von drei Kindern, der laut Home Office Selbstmord begangen hatte, nachdem ihm klar geworden war, dass er Besuch erwartete. Danach war der Blaue verschwunden.

In den Internetforen waren Fragen über den Zerstörungspfad des Caementum aufgekommen. Als man die Verwüstungen dokumentiert hatte – eine durchbrochene Hecke hier, ein umgestürzter Baum dort –, war eine Ungereimtheit aufgetaucht. Ihnen zufolge hätte der Caementum plötzlich nach Westen abbiegen müssen, (was bei keiner anderen Ankunft beobachtet worden war).

Und ist es nicht merkwürdig, denkt Eric, *dass der Weg ohne die Richtungsänderung direkt durch eine brandneue, von der Regierung finanzierte Windfarm geführt hätte? Die unerklärlicherweise in der Mitte des Ladybower Reservoir errichtet worden war?*

Natürlich hatten die Schafe nicht zugehört. Ihnen war allein wichtig gewesen, dass es bis jetzt keine Vierte Ankunft gegeben hatte. Hypernormalisierung vom Feinsten.

»Wir können jetzt bestätigen«, sagt der Premierminister und liest von etwas hinter dem Podiumsrand ab, »dass sich der erste Stone Man nach dem Verschwinden des letzten ›blauen‹ Stone

Man aus anscheinend eigenem Antrieb, wie Sie alle wissen, für einige Zeit in unserer Obhut befand.« Erstaunlicherweise hakt niemand mit einer Frage nach. Alle warten atemlos darauf, dass der Premierminister fortfährt.

Eric glaubt seinen Ohren nicht zu trauen. Das ist das Letzte, das er erwartet hat. *Ein Geständnis?*

»Du spinnst doch wohl …«, fängt Mickey an, und diesmal bringt Eric ihn zum Schweigen.

»Seit still!«, faucht er.

»Es ist uns gelungen, ein System zu entwickeln, mit dem wir das Ding lange genug an Ort und Stelle festhalten konnten, um intensive Studien seiner Zellstruktur durchführen zu können«, sagt der Premierminister, den Blick noch immer auf seine vorbereitete Rede gerichtet. »Mehr darf ich im Augenblick über diese Angelegenheit nicht enthüllen. Das war bei der Entwicklung des Meißels von entscheidender Bedeutung und wäre sonst nicht möglich gewesen.« Er hält kurz inne. »Es gibt Leute, die anonym bleiben wollten und ihr Leben dafür gaben, diese Informationen zu erhalten. Wie das geschehen ist, unterliegt im Augenblick ebenfalls der Geheimhaltung. Einige der Namen sind Ihnen bereits bekannt; es gibt aber noch andere, die Ihnen unbekannt sind. Sie sind die stummen Helden dieses Landes, und auch wenn wir ihren Wunsch ehren müssen, ihre Identität und die Identität ihrer Familien nicht zu enthüllen, wäre es ein schweres Versäumnis von mir, ihnen den Respekt dieser Nation zu verwehren.«

»LÜGNER!«, brüllt Mickey und springt in einer charakteristischen Überreaktion auf die Füße. Diesmal hält Eric ihn nicht zurück. Der Meißel schimmert weiter im Licht, ominös und verheerend, das großartigste Produkt, das eine angebliche Windfarm im Herzen des Ladybower Reservoirs anzubieten hat.

Eric und Mickey hören zu, wie weitere Fragen auf den Premierminister einstürmen. Ja, die durchgesickerten Berichte entsprechen der Wahrheit: Der Meißel arbeitet auf der Basis von Schall. Ja, er ist völlig sicher und nicht radioaktiv. Nein, die von ihm benutzten Frequenzen sind für Menschen unschädlich, und ein überraschender Nebeneffekt der Forschung sind potenzielle Verbesserungen auf dem Gebiet der Zahnheilkunde, ausgerechnet.

Noch mehr Lügen, denkt Eric. *Der Premierminister verhält sich klug. Unter gar keinen Umständen schadet das Ding Menschen. Er hält die echten Details geheim, damit unsere menschlichen Feinde sie nicht gegen uns einsetzen können, aber hier habt ihr einen Knochen, damit die Presse uns in Ruhe lässt.*

»Wo ist der Stone Man jetzt?«, brüllen mehrere Reporter.

»Ja«, zischt Mickey und setzt sich wieder.

Der Premierminister seufzt. Jetzt kommt der schwere Teil.

»Sie haben gesagt, dass es Ihnen nach dem Verschwinden der blauen Stone Men gelungen ist, den ursprünglichen Stone Man lange genug festzusetzen, um Ihre Forschungen durchzuführen«, fragt ein Reporter. »Uns hat man gesagt, dass er auf seinem Weg zum Peak District verschwand. Geben Sie also zu, dass das eine Lüge war, und können Sie der Bevölkerung zusichern, dass der Ort, an dem der Stone Man nun aufbewahrt wird, sicher ist, und erläutern, wie er weiterhin erforscht wird?«

Der Premierminister nickt stumm, als wollte er sagen: Und es geht los! Er bewegt sich unbehaglich am Podium. Eric rutscht zum Sesselrand, sein ganzer Körper ist angespannt.

»Von dem Original-Stone-Man wird es keine weiteren Daten mehr geben«, sagt der Premierminister und ignoriert natürlich die Forderung, die Lüge zuzugeben, »aber die vielen, weitgefächerten Daten, die wir ihm entlockt haben, werden natürlich weiter ausgewertet.« Er schaut auf, und in seinen Augen liegt ein beinahe verzweifelter Blick. »Ich muss betonen, dass wir so viele Daten haben, dass es Jahre in Anspruch nehmen wird, sie alle auszuwerten.«

»Warum?«, ruft Eric und wiederholt damit die lauten Fragen der Presse; dabei wird ihm nicht bewusst, dass er und Mickey gar nicht so anders sind.

»Es wird keine weitere Forschung geben«, sagt der Premierminister und hebt entschlossen den Kopf, bereit für die Reaktion, »weil sich der Stone Man nicht länger in unserem Besitz befindet.«

In beiden Räumen tritt verblüffte Stille ein, in dem auf dem Ground Zero und dem, in dem Eric und Mickey sitzen.

»Beim ersten Test des Geräts, des, äh, Meißels …« Der Premierminister stockt, holt tief Luft. »… mussten wir die Entdeckung machen, dass das Design viel erfolgreicher war als ursprünglich erwartet. Oder wir haben die strukturelle Integrität des Stone Man überschätzt. Wir haben in der Zwischenzeit den Fehler gefunden und das Gerät neu kalibriert, aber es war der Testschuss des Meißels, der für den kurzen nationalen Stromausfall verantwortlich war.«

In beiden Räumen bleiben alle atemlos, warten darauf, dass er bestätigt, was sie alle vermuteten; tatsächlich sind sie sogar so gespannt, dass sie das Geständnis über den Großen Stromausfall ignorieren. Der Premierminister hustet nervös.

»Seine … physikalische Struktur wurde vollständig vernichtet«, sagt er. Er richtet den Blick fest ins Leere. Eric weiß nicht, ob er begeistert oder am Boden zerstört sein soll, aber er bekommt den Mund nicht zu. »Seine Überreste transportierten sich auf so ziemlich dieselbe Weise an seinen Ursprungsort zurück wie bei den vorherigen Besuchen. Weder am Testort noch in der unmittelbaren Umgebung fanden sich Spuren seiner Gestalt. Wir können nur davon ausgehen, dass man sie …«

Wieder hält er inne, will das letzte Wort nicht aussprechen.

»… zurückholte.«

Bei der Pressekonferenz bricht das Chaos aus. Weder Eric noch Mickey sagen ein Wort. Sie haben Scheiße gebaut, denkt Eric. Das haben sie wirklich.

Dann sagt Mickey etwas, das Eric nie von ihm erwartet hätte.

»Sieh ihn dir an«, murmelt er. »Er … er sagt die verdammte Wahrheit.«

Passiert das wirklich? Passiert das wirklich?

Diese Frage ging Eric durch den Kopf, als er sein Fahrrad unsicher in Richtung Stadt lenkte. Er war erleichtert, dass es keine zusätzlichen Straßensperren gab, jedenfalls nicht auf den Seitenstraßen, die er absichtlich genommen hatte. Am Saum seiner Boxershorts sammelte sich Schweiß, während er so schnell wie er konnte in die Pedale trat.

Und was zum Teufel haben sie damit gemeint, Stone Men im Meer, die nicht aus Stein gemacht sind? Die weiß sind?

Die einzige Sache, an die er nicht denken wollte, das Risiko, auf das er sich einließ, schob er weit von sich. Die eine gute Sache bei seinem Plan – falls er funktionierte – bestand darin, dass er endlich zu einem Abschluss kommen würde, auf die eine oder andere Weise. Außerdem war er im Augenblick so aufgeregt und verängstigt, dass er nicht die geringste Müdigkeit verspürte. Ironischerweise fühlte er sich lebendig. Dann gab es einen Ruck in seinem Verstand, und er trat auf die Bremse und blieb mit quietschenden Reifen stehen. Er hob den Kopf, lauschte der stillen Stadt.

Was war das? Warte. DA …

Er fühlte es. In seinem Kopf war ein ganz sanftes Ziehen, das ihn führte. Im Augenblick war es kaum wahrnehmbar, aber es reichte aus, um seine Existenz nicht abstreiten zu können.

O Scheiße! Das ist echt. Das ist real. Vielleicht werde ich wieder diesen Kerl vor meinem inneren Auge sehen.

Das war die einzige Vision gewesen, die Eric außerhalb der Ankünfte gehabt und die ihn am meisten verrückt gemacht hatte. Das hatte sich während eines Zwischenfalls zugetragen, den man nun einfallsreicherweise als den Großen Stromausfall bezeichnete. Vor einem Jahr war im ganzen Land ein paar Sekunden lang der Strom ausgefallen. Wäre es mitten am Tag geschehen, wäre die Story bedeutend größer ausgefallen – und sie war groß, jeder wurde dafür verantwortlich gemacht, von Al-Kaida bis zu einer Vierten Ankunft, bevor alles wieder in Vergessenheit geriet –, aber bei dem vierundzwanzigstündigen Nachrichtenzyklus lenkte eine zaghafte Beschwichtigung aus der Downing Street die Aufmerksamkeit der Leute auf das nächste heiße Eisen. Natürlich hatte die Regierung seitdem die Existenz des Meißels enthüllt, in welchem Zusammenhang er mit dem Großen Stromausfall stand und was bei Projekt Orobouros geschehen war – obwohl man das nicht bei seinem Namen genannt hatte. Der Zweck der »Windfarm« im Ladybower Reservoir.

Dort musste sich der Mann befunden haben, der geschrien hatte. Der Eric mitten in der Nacht aufgeweckt hatte, um vor seinem inneren Auge zu erscheinen. Damals hatte er sich verzweifelt gewünscht, zusammen mit Mickey dorthin gefahren zu sein, um sich den Ort anzusehen, aber selbst Mickey war mit leeren Händen zurückgekommen. Doch nun hatte Eric keine Vision, was also bedeuten musste, dass das hier keine …

Nein. Das spielte keine Rolle. Es war keine Zeit zu verlieren. Mit pochendem Herzen folgte Eric dem Sog, ließ sich davon führen, obwohl er wusste, wo ihn das vermutlich hinbringen würde. Er befand sich jetzt im Stadtzentrum, die verlassenen Straßen und Gebäude kamen ihm wie ein Betongefängnis vor. Am Straßenrand kam eine junge Frau in Sicht, die dort langsam ging. Sie krümmte sich, als hätte sie Schmerzen.

Eric hörte sie leise schluchzen, als er näher kam. Brauchte sie Hilfe? Oder war sie nur eine weitere Verrückte? Die Frage war berechtigt; nur wenigen der Menschen, die sich im Zentrum aufhielten, konnte man sich unbedenklich nähern.

Dafür hast du jetzt keine Zeit! Die Ankunft könnte …

Aber sie wirkte verletzt. Er konnte sie nicht einfach ignorieren. Eric verfluchte seinen dummen Sinn für Anstand und radelte zu ihr. Er konnte schnell nach ihr sehen, falls nötig dann Hilfe rufen, dem Krankenwagen sagen, wo sie war. Noch gab es welche in der Stadt. Er hielt neben der Frau an.

Sie war Mitte zwanzig, eine dünne, ungepflegte Brünette in einer alten Bluse und Jeans. Vermutlich war sie obdachlos, so wie alle noch im Stadtzentrum verbliebenen Menschen. Und sie blickte nicht auf, als Eric neben ihr stehen blieb.

»Miss? Alles in Ordnung?« Nichts. Er wiederholte es etwas lauter. »Miss? Alles in Ordnung?« Die Frau schwankte weiter, ohne Eric Beachtung zu schenken. Okay, ein letzter Versuch, dann würde er weiterfahren.

Er stieß den Fahrradständer nach unten, stieg ab und berührte ihre Schulter.

»Miss …«

Als hätte er einen verängstigten Streuner angefasst.

Die Frau riss die Augen weit auf und stürzte sich wie ein Krake mit Knöcheln auf Eric. Ihre Schreie wiederholten sich beinahe rhythmisch.

»Aah! Aah! Aah!« Ihre knochigen Hände und Knie schlugen auf Erics Körper und Kopf ein, ein böser Hieb landete an seiner Schläfe, während sich ein Knie in seine Hüfte bohrte. Eric stolperte eher überrascht als verletzt zurück gegen sein Fahrrad, fiel über das Vorderrad und stürzte. Der Aufprall auf dem Asphalt trieb ihm die Luft aus den Lungen, er spürte, wie etwas unter seiner Hüfte knirschte, das aber nicht schmerzte. In letzter Sekunde konnte er den Kopf herumreißen, um einer ernsten Verletzung zu entgehen, trotzdem hatte ihn der Sturz etwas benommen gemacht. Schwarze Funken tanzten vor seinen Augen. Heftig blinzelte er, um wieder deutlich sehen zu können. Die Frau rannte weg. Er konnte es nicht fassen.

Dämliches Miststück! Was ist dein Problem?

Dafür hatte er keine Zeit. Nicht die geringste Zeit. Eric verfluchte sich, dass er angehalten hatte, befreite sich von dem umgestürzten Rad und stand auf, stellte es wieder hin. Er stöhnte, als er das Bein über den Sattel schwang; seine geprellte Hüfte protestierte. Der Sog in seinem Kopf war nun deutlich schlimmer und verstärkte noch das Gefühl, dass ihm die Zeit ausging. Dann fiel sein Blick auf das Vorderrad, und ihm wurde klar, was da vorhin so geknirscht hatte. Der Reifen war verbogen, das Fahrrad nicht mehr zu benutzen. Er konnte es nicht glauben.

»SCHEISSE!«, brüllte er in den Himmel, stieg wieder ab und warf das Fahrrad zu Boden. Dann hob er es auf und schleuderte es quer über die Straße.

Dafür hast du keine Zeit! Komm in die Gänge! Das ist deine einzige Chance!

Ihm fiel ein, dass das kleine Fernglas noch immer in der

Fahrradtasche steckte. Er eilte zu dem Rad, holte es hervor und steckte es unbeholfen in die Gesäßtasche.

Fluchend lief er los. Mit lautem Keuchen – allerdings hielt es sich in Grenzen; schließlich radelte er überallhin, und er war gut in Form – erreichte er die Auffahrt zur Ringstraße schneller als gedacht. Unterwegs begegnete er wieder der Frau und wechselte zur anderen Straßenseite. Er rechnete damit, angebrüllt zu werden. Er hatte jetzt die richtigen Antworten parat, aber sie schaute nicht einmal auf. Sie schlurfte mit gesenktem Kopf weiter. Eric schüttelte wütend den Kopf und schritt schneller aus, seine Beine schmerzten, als er sich dem Aussichtspunkt zum Ground Zero näherte.

KAPITEL DREI

Eric hört die Hörner

Eric

Als Eric den Aussichtspunkt erreichte und dort ungefähr zwanzig Leute versammelt vorfand, überraschte ihn das nicht. Wann immer in den Nachrichten auch nur eine Andeutung über eine Vierte Ankunft fiel, hatten Leute dieselbe Idee und kamen mit Scannern und Ferngläsern.

Aussichtspunkt Ground Zero war kein offizieller Name. Es war nur eine Stelle auf einem erhöhten Stück der Ringstraße, von dem es noch immer möglich war, einen Blick auf den Ort zu werfen. Sämtliche Straßen, die auch nur in die Nähe von Ground Zero führten, waren gesperrt und mit Wachstationen versehen worden. Eric schnappte nach Luft, wünschte sich, eine Flasche Wasser mitgebracht zu haben, und sah, dass man heute zusätzliche Soldaten mobilisiert hatte. Unglaublicherweise hatte man die Ringstraße nicht schon vor Jahren permanent gesperrt, aber damit hätte man offiziell zugegeben, dass Coventry jetzt tot war. Und viel konnte man hier sowieso nicht sehen.

Der Aussichtspunkt befand sich etwa dreihundert Meter vom Ground Zero entfernt und schaute auf das überwucherte Areal, das einst die Lady Herbert's Gardens gewesen waren, eine kleine öffentliche Grünfläche. Von hier konnte man die Seite des großen Ground-Zero-Gebäudes sehen. Es wirkte eher wie ein provisorisches Bürogebäude als eine ultrageheime Sperrzone. Warum hatte man so viel Geld für etwas ausgegeben, das womöglich von einer überraschenden neuen Ankunft zerstört werden würde? Der Bau war kurz nach der Trockenlegung des künstlichen Sees errichtet worden, durch den man Coventrys Millennium Place ersetzt hatte – das Wasser war ein gescheitertes Experiment gewesen, das die Dritte Ankunft der Stone Men genauso erfolgreich verhindert hatte, wie der Name der Anlage lautete. Zero. Gleich null. Das unauffällige Gebäude sollte angeblich Labore für die weitere Erforschung der Ankunftsstelle der Stone Men beherbergen. In der ersten Zeit hatte es einen Zustrom von Verschwörungstheoretikern, wie Eric sie abschätzig bezeichnete, im so gut wie verlassenen Stadtzentrum gegeben – er betrachtete sich nicht als Teil dieser Spezies –, wo sie in der Gegend um den Ground Zero kampierten. Natürlich hatten sie nach ein paar Monaten fast alle gelangweilt ihre Zelte abgebrochen.

Amateure.

Eric musterte die bereits versammelte Menge; seine Lungen protestierten. Ihm kam ein schrecklicher Gedanke: Wenn sie alle aus dem gleichen Grund wie er gekommen waren, die Wirkung des Pointer-Effekts für sich beanspruchten, wenn sie bei der Ankunft anwesend sein wollten, um die gleiche Verbindung wie Andy Pointer zu den Besuchern zu erringen? Nein. Als er näher heranging, erkannte er, dass die Leute alle auf ähnliche Weise dort standen. Die Köpfe waren gesenkt, die Schultern angespannt, die Arme um den Körper geschlungen. Sie schlurften auf der Stelle hin und her. Er kam an einem haarigen Kerl mit Bierbauch in einem Polohemd vorbei, der genau wie eben die Frau vornübergebeugt war. Was zum Teufel sollte das? Eric blieb hinter der Menge stehen, warf einen Blick auf die Ringstraße und entdeckte vier weitere geistig abwesende Leute auf die gleiche Weise heranschlurfen. Panik stieg in ihm auf; er versuchte sich zu beruhigen.

Es ist nie die Rede davon gewesen, dass Pointer auf diese Weise beeinflusst war, dachte er. *Aber vielleicht ist das wie bei diesen Visionen, bei jedem zeigt es sich auf eine andere Weise?* Aber irgendwie überzeugte das Eric nicht. *Okay. Du bist noch immer im Spiel. Das hat nichts mit der Pointer-Theorie zu tun.*

Er war vielleicht drei Meter hinter der Versammlung stehen geblieben, atmete schwer und war verschwitzt, und das nicht nur vom Laufen. Das alles bestätigte seine Überzeugungen – die hier zusammengekommenen Menschen, das seltsame Gefühl im Kopf, das an ein GPS-Signal erinnerte und ihm leise zuzuflüstern schien: *An diesem Ort muss man sein.* Aufgeregt schaute er sich um. Er hatte keine Ankunft aus der Nähe erlebt. Jetzt geschah eine genau hier ... und er würde möglicherweise die Wahrheit aus erster Hand erfahren. Da lag das deutliche Gefühl von Ehrfurcht in der Luft. Es passierte hier und jetzt. Er hatte es geschafft ... aber konnte er noch näher ran?

Von hier aus war der Metallzaun um das Gebäude deutlich zu sehen, dahinter standen ein paar Bewaffnete. Auf den Zugangsstraßen gab es immer Barrikaden, aber wenn tatsächlich eine Ankunft kam, würde Chaos ausbrechen, und dann ... wer konnte das schon sagen?

Moment mal ... was zum Teufel tun wir dann hier oben?

Eric hatte geglaubt, er hätte den Aussichtspunkt hinter sich lassen und die ein Stück weiter befindliche Ausfahrt hinuntergehen sollen – er bezweifelte, noch näher heranzukommen, wollte es aber versuchen –, aber dann war er dem verdammten GPS-Signal in seinem Kopf wie auf Autopilot gefolgt. Das war nicht der Plan gewesen. Aber es schien ihm nicht zu befehlen, noch näher heranzugehen. Was hatte das zu bedeuten? Auf der Ringstraße hatte es nie eine Ankunft gegeben. Sein Kopf drohte zu platzen, so schlimm waren die Schmerzen. Er geriet in Panik, fuhr sich durchs Gesicht. Was sollte er tun? Er drehte sich um, kam sich hilflos vor und hatte das Gefühl, dass ihm die Zeit davonlief.

Plop!

Was zum Teufel war das? Eric stolperte einen Schritt zurück. Es hatte sich wie ein harter Schlag im Verstand angefühlt. Etwas geschah.

Bleib ruhig, befahl er sich. *Sieh dich um.*

Das tat er. Ein Stück entfernt stand ein älterer Mann.

Das ist es, sagte ihm sein Verstand.

Die meisten Leute standen direkt am Geländer der Ringstraße versammelt, aber dieser Kerl war am weitesten davon entfernt. Er war ein Schwarzer und trug einen Anzug ... und er hielt die Hände hinter dem Rücken verschränkt. Er beobachtete alles wie ein Lehrer, der die Aufsicht auf dem Schulhof hatte. Abgesehen von Eric war er der Einzige, der kein benebelter Halbzombie war.

Und was noch viel wichtiger war, er erwiderte Erics Blick. Und Eric wurde bewusst, dass der Anblick dieses Mannes die merkwürdige Empfindung ausgelöst hatte.

Heilige SCHEISSE!, dachte er, riss sich aber sofort zusammen. Er musste cool bleiben, der Sache schnell auf den Grund gehen – schließlich hatte ihn etwas zu dem Mann geführt – und dann weitermachen. Dabei konnte er gleich herausfinden, ob der Fremde auch zu den Pointer-Leuten gehörte. Aber was würde er tun, wenn es sich tatsächlich so verhielt? Eric hob grüßend die Hand. Der Mann erwiderte den Gruß nicht, aber er nickte, bewegte langsam den Kopf auf diese ganz bestimmte Weise, die nur die ganz Lässigen zustande bringen.

MACH SCHON ..., befahl sich Eric. Er lief zu ihm. Der Mann im Anzug wartete geduldig.

»Hi«, sagte Eric.

»Hallo«, erwiderte der Mann langsam. Eric fragte sich, ob er vielleicht betrunken war.

»Was, äh, hat Sie hergeführt?«, fragte Eric. Der Mann sah zum Ground Zero.

»Ich dachte, es passiert vielleicht etwas«, sagte er und kratzte sich unbewusst die stoppelbärtige Wange. Seine Stimme war tief, aber etwas heiser, als wäre er ein starker Raucher. »Ich habe gesehen, wie ein paar Leute in diese Richtung hier gingen. Ist eher ungewöhnlich. Normalerweise sehe ich die nicht. Alle waren wie die hier.« Er deutete auf die langsam größer werdende Menge. »Aber Sie scheinen anders zu sein.«

»Ja, ich bin ...«

Eric sagte nicht: *Ich fühle eine seltsame psychische Verbindung zu Ihnen, und wissen Sie etwas darüber?* Das war einfach zu schräg, außerdem klang es wie ein Anmachspruch.

»Wollte sehen, ob diese Steindinger auftauchen«, sagte der Mann. »So, wie ich das verstanden habe, sind sie langsam.

Dauert auch eine Weile, bis sie loslaufen. Aber ich habe noch keinen mit eigenen Augen gesehen. Und Sie? Sie scheinen kein …«

»Es tut mir leid, ich habe es eilig, aber ich wollte Sie etwas fragen«, sagte Eric, aber dann wurde ihm klar, was hier geschah.

Verbindungen! Er gab sich selbst einen geistigen Tritt. *Du weißt, was das ist! Du hast davon gelesen, Leute werden von anderen Steinsensiblen angezogen.* Das stimmte, er hatte davon gelesen, und es war erstaunlich, es selbst zu erleben, aber er musste es ignorieren und …

»Angeblich gibt es da dieses gewaltige weiße Ding auf dem Meer«, fuhr der Mann fort, als hätte Eric nichts gesagt. »Oder es war zumindest da. Jetzt sind viele kleine überall an der Küste. Im Fernsehen hat jemand gesagt, dass sich die Großen allem Anschein nach in viele kleine aufgeteilt haben.«

»So sagt man«, meinte Eric, obwohl ihn die Vorstellung irgendwie an Insekten denken ließ. »Nett, Sie kennenzulernen.« Er schwankte kurz, streckte dem anderen Mann dabei aber die Hand entgegen. Der Fremde nickte und ergriff sie.

»Mein Gott!«, schrie Eric, als eine Art Stromstoß durch seinen Arm jagte und dafür sorgte, dass er zum zweiten Mal innerhalb einer halben Stunde zu Boden stürzte. Der Schmerz im Arm stellte den Schmerz des Sturzes weit in den Schatten.

»Scheiße!«, schrie der Mann. Eric schaute hoch. Sein neuer Bekannter war einen halben Meter zurückgesprungen und hielt sich ebenfalls den Arm. Eric stöhnte – verdammt, das hatte wehgetan! – und blickte zu der auf der Stelle schlurfenden Menge. Niemand hatte sich von seinem Schrei alarmiert zu ihm umgedreht. Der lässige Blick des Mannes war jetzt voller Aufmerksamkeit. Er starrte Eric vorwurfsvoll an.

»Was zum Teufel war das?«

»Ich habe keine Ahnung!«, brüllte Eric zurück. »Was haben Sie getan?«

»Nichts!«

Verwirrt stand Eric auf, aber sein Verstand war bereits an der Arbeit. In seinem Arm pochte es noch, der Schmerz verschwand jedoch langsam. Ob nun eine Verbindung zwischen ihnen bestand oder nicht, diese Reaktion war nirgendwo dokumentiert gewesen. Das war ein brandneues Phänomen.

Er wusste nicht, was er tun sollte. Vermutlich kam er sowieso nicht näher heran, und hier …

Der finster blickende Mann streckte plötzlich die Hand aus.

»Wiederholen Sie das«, forderte er.

»Nein!«

»Es wird Sie nicht umbringen, oder?«, sagte der Mann und deutete mit dem Kopf auf seine Hand. »Sehen Sie sich diese Leute an. Vergleichen Sie sie mit uns. Wollen Sie herausfinden, was hier passiert?« Er wies auf seine Hand. *Hier ist ein Hinweis.*

Aufgeregt trat Eric auf der Stelle.

»Jesus …«

Er machte einen Schritt nach vorn und ergriff fest die Hand des Mannes.

Nichts geschah. Der Mann nickte langsam, als wollte er sagen *Okay,* und ließ los. Er holte eine Taschenflasche hervor. Dann nahm er einen kleinen Schluck und grunzte leise, als der Alkohol durch seine Kehle lief. Eric bemerkte den zerschlissenen Jackenärmel, den tief eingegrabenen Schmutz auf der Manschette, und zählte eins und eins zusammen. Er hatte sich von dem Anzug täuschen lassen. Der Mann war sehr wohl ein Obdachloser.

Der Schock verklang, und Eric traf die Entscheidung weiterzugehen; ihm wurde bewusst, dass die Kopfschmerzen schlimmer geworden waren.

»Harry«, verkündete der Mann und unterbrach Erics Gedanken.

»Eric. Hören Sie, wie fühlen Sie sich? Irgendwie anders?«

»Eigentlich nicht, aber die verdammten Kopfschmerzen sind schlimmer geworden.«

»Hm. Meine auch. Warten Sie, Sie haben Kopfschmerzen?«

»Ja, sogar ziemlich übel.«

Dann spürten sie es *alle.*

Jeder der hier Versammelten stieß einen Schrei aus, Eric und Harry eingeschlossen. Allerdings klangen sie nicht so verzweifelt und schmerzgequält wie die bereits aufgescheuchte Menge um sie herum. Sofort danach ertönte eine Woge leiser Geräusche; das Knistern von Schutt, den ein sanfter Wind ominös über den Beton fegte. Noch vor einem Augenblick hatte es keinen Wind gegeben.

Dann fiel der Luftdruck.

In Erics Ohren knackte es. Es wurde kälter. Jeder stand nun etwas geduckt, als würden tief fliegende Vögel um ihre Köpfe schwirren. Das Blut pochte in Erics Adern, während er das Fernglas aus der Tasche zog. Er richtete es auf Ground Zero. Die Soldaten waren mit ihren Funkgeräten beschäftigt.

»Ist was zu sehen?«, fragte Harry in drängendem Tonfall. Trotz seines lässigen Benehmens hatte er Angst, wie Eric nun klar wurde.

»Nein«, erwiderte er atemlos. »Ich wünschte nur, ich könnte … Moment, fühlen Sie das auch?«

Harry nickte überrascht mit großen Augen, die Kiefer fest zusammengebissen. Die schlurfenden Leute um sie herum murmelten nun lauter. Harry entging das nicht.

»Das gefällt mir nicht«, murmelte er. Die Menge, die noch immer größer wurde, schlurfte jetzt vorwärts, drängte gegen das Geländer. Harry schaute zum Ground Zero. »Etwas … kommt. Es kommt jetzt. Stimmt's?«

»Ja«, flüsterte Eric.

Die Stone Men kommen.

Der stärker werdende Wind wehte ihm Staub ins Gesicht. Er stach auf der Haut.

»Oh«, zischte Harry. »O Scheiße! Sehen Sie doch. *Da!*«

Eric hob schnell wieder das Fernglas, musste aber entdecken, dass es ihm nichts nutzte. Was er da sah, war so groß, dass man beim Heranzoomen nichts mehr erkennen konnte. Das Knistern wurde lauter, während seine Jacke im Wind wehte. Auf seinen Armen bildete sich Gänsehaut.

»Es … es ist …«, stammelte er und gab dann auf. Er fand nicht die richtigen Worte. Sein Mund blieb weit geöffnet, er nahm die Arme herunter und ließ sie an den Seiten hängen, als ihm klar wurde, dass er sich die ganze Zeit geirrt hatte. Das hier war anders. Er wurde Zeuge der Vierten Ankunft und begriff, dass sie anders als alle Ankünfte zuvor war. Es würde kein Stone Man kommen.

Der Himmel über Ground Zero veränderte die Farbe.

Nicht überall. Über Coventry herrschte von den Stadträndern bis zum Horizont noch immer das verwaschene Septembergrau.

Aber direkt über Ground Zero schien er aus Wasser zu bestehen, in das jemand grauschwarze Tinte goss, die sich darin auflöste und ausbreitete. Möglicherweise hätte diese Beschreibung an Wolken denken lassen, aber das wäre falsch gewesen. Diese Finsternis breitete sich so langsam und gleichmäßig aus wie eine sich auflösende Flüssigkeit, wirkte aber wie Farbe, die mit dem Roller aufgetragen wurde. Sie war nicht durchsichtig. Eric konnte die Gebäude dahinter kaum noch erkennen.

»Scheiße ... Scheiße ...«, stieß er hervor. Die Dunkelheit wuchs, ein Schatten aus dem Nichts. Die fernen Rufe der Soldaten am Ground Zero drangen heran, während der sanfte Wind weiterwehte. Die Dunkelheit nahm symmetrische Ränder an.

»Es ist ein Dreieck«, krächzte Harry. Damit beschrieb er das Offensichtliche, aber es war ein gewaltiges Understatement. Es war ein *unmögliches* Dreieck, das dort größer wurde. Seine Form war noch nicht gewiss, die Ränder unregelmäßig, aber es war unverkennbar, wozu es wurde. Alles strebte einem Punkt in der Höhe zu. Dabei verursachte es nicht den geringsten Laut. Der Wind, die Rufe der Soldaten und das unablässige Geplapper der Schlurfer, das alles war noch deutlich hörbar.

Das Ding schien seine maximale Größe erreicht zu haben – Eric hätte es auf zwanzig Meter geschätzt – und hing dort in der Luft, als wäre es schon den ganzen Tag da gewesen, zeigte in den Himmel.

»Das glaube ich nicht«, krächzte Harry. »Es geschieht tatsächlich.«

»Versuchen wir, dortherunter zu kommen!« Es war eine verrückte Idee, aber sie wurde immer dringlicher, Stone Man oder nicht. Der Wind wehte nun stärker. »Kommen Sie!«

»Was? Sie kommen doch nicht an den Wachen vorbei!«

»Jetzt werden alle antreten müssen!«, rief Eric. »Zumindest eine der Blockaden wird verlassen sein. Wir werden zwar nicht über den Zaun kommen, aber näher ran auf jeden Fall!«

»Schwachsinn! Sie wollen näher da ran?« Harry zeigte mit dem Finger auf das unmögliche Ding am Himmel, diesen riesigen dreieckigen Schatten, der ihre Sicht dominierte. »Lieber Gott, sieht das für Sie etwa wie eine gute Sache aus?«

Dann senkte sich das Dreieck in die Tiefe.

Es war ein unglaublicher Anblick, wie etwas von solcher Größe ohne jedes Hilfsmittel in der Luft schwebte. Eric überprüfte das Gebäude; in der Tat eilten Menschen nach draußen, Soldaten, Zivilisten und Angestellte in weißen Laborkitteln. Sie strömten heraus wie Ameisen, die gesehen hatten, wie sich der Kessel mit dem kochenden Wasser ihrem Nest näherte. Eric sah wie gebannt zu. Die Basis des Dreiecks schob sich durch das Dach, ohne Schaden anzurichten; es erwies sich tatsächlich als der substanzlose dunkle Schatten, nach dem es aussah. Eric fragte sich, ob es weitersinken und in der Erde verschwinden würde, diese gewaltige schwarze Pfeilspitze, die sich in genau die entgegengesetzte Richtung bewegte, in die sie zeigte. Aber dann hielt das Ding plötzlich an. Eric konnte die Unterseite des schattenhaften Gebildes nicht länger sehen, aber vermutlich hatte die Bewegung in dem Moment aufgehört, in dem sie den Boden berührte.

Plötzlich stieg eine schreckliche Angst in ihm auf. Der Augenblick der Berührung, der *Ankunft.* Etwas durchfuhr ihn. Jetzt wollte er die Flucht ergreifen.

»Wird dort der Meißel aufbewahrt?« Harrys geflüsterte Worte ließen Eric zusammenzucken. Das war eine gute Frage. Befand er sich dort? Eric wusste es nicht. Das wusste niemand. Im Internet glaubten viele Leute, dass er in Schottland war.

»Das weiß ich nicht«, flüsterte er und spähte wieder durch das Fernglas. *Scheiße! Ist dieses Ding deswegen gekommen? Handelt es sich um ein Gerät, das den Meißel irgendwie neutralisieren soll?* Unten auf dem Gelände wurden hastig Bioschutzanzüge verteilt. Niemand schien zu wissen, was man tun sollte, was nicht besonders überraschend war. Ungefähr ein Drittel des schwarzen Dreiecks ragte nun aus dem Gebäude, was es wie einen scheußlichen Anbau aus den Achtzigerjahren aussehen ließ. »Am Ground Zero findet immer die Ankunft statt«, flüsterte Eric. »Aber diese weißen Dinger waren an der Küste, also warum ist dieses …?« Er wollte nicht Dreieck sagen, denn das hätte so blöd geklungen. *Warum ist dieses Dreieck hier?* Als würde er sich über eine falsch geparkte Dampfwalze beschweren. »Warum zum Teufel ist dieses Ding hier?«, vollendete er den Satz.

Harry konnte den Blick nicht von dem gigantischen schwarzen Umriss lösen. »Wie Sie gesagt haben. Hier kommen sie an.«

Plötzlich erklang Lärm, ein so ohrenbetäubendes Geräusch, dass beide Männer vor Schmerzen schrien und sich die Ohren zuhielten. Es war so laut, dass sie nicht einmal die Schreie des anderen hören konnten.

Die Hörner, dachte Eric wild. *So müssen sie klingen.*

In den Verschwörungsforen waren die Hörner, wie man sie genannt hatte, legendär.

Augenzeugen der Ersten Ankunft hatten den unglaublich kratzigen, bassigen Laut beschrieben. Er war auf Video gebannt worden, aber es hatte immer nur verzerrt geklungen. Hier war er live und in seiner ganzen Pracht, und bei Gott, er *war* laut. Die Beschreibungen wurden ihm nicht gerecht. Es klang wie ein Nebelhorn unter Wasser aus nächster Nähe. Eric warf den Schlurfern einen Blick zu. Keine Veränderung.

Plötzlich gab es einen Temperatursturz, der so heftig war, dass selbst die Schlurfer zusammenzuckten. Es war eiskalt.

Ein paar kleine Blutstropfen lösten sich aus Erics Nase, während die Kopfschmerzen mit einem deutlich hörbaren Ploppen in die Höhe schossen. Dann verstummten die Hörner abrupt. Da war nur noch ein lautes Getöse, und Eric wurde klar, dass die Vorderseite des Gebäudes auf dem Ground Zero einstürzte. Der Schatten war zu einer soliden Masse geworden. Es handelte sich auch nicht länger um ein Dreieck oder eine Pyramide, sondern war zu einem Prisma von möglicherweise fünfundzwanzig Metern Länge geworden. Es sah aus wie eine gigantische Toblerone. Es war auch nicht länger durchsichtig. Das Ding bestand aus einer sehr vertrauten steinähnlichen Substanz; ein strukturiertes Graubraun. Die Oberfläche sah genau wie das mysteriöse Material aus, aus dem der Stone Man gemacht gewesen war (nichts auf der Erde kam diesem Material auch nur im Mindesten nahe, aber es sah nun einmal wie Stein aus), doch im Gegensatz dazu wies das Prisma Markierungen auf. Keine Muster, denn Muster wiederholen sich. Für Eric sahen sie völlig zufällig aus; schleifenähnliche Vertiefungen und weit geschwungene Linien, die sich überall auf der Oberfläche miteinander verbanden. Eric konnte keinen Zentimeter entdecken, der nicht mit einer Vertiefung versehen oder einem Vorsprung bedeckt war. Aus Ground Zero kamen Schreie. Offensichtlich befanden sich noch immer Menschen im Gebäude – oder waren hinter dem Prisma außer Sicht –, die von herabfallenden Trümmern oder allem anderen, das beim Erscheinen des Prismas mit Fleisch und Knochen zusammengestoßen war, verletzt worden waren. Erstaunlicherweise waren nur die Gebäudefront und der vordere Dachrand beschädigt worden. Offensichtlich hatte die Regierung versucht, den Bau so zu konstruieren, dass er auch einem Stone Man zumindest teilweise widerstehen konnte.

Das Prisma füllte das Gebäude und ragte ein Stück heraus, hatte den Zaun zerstört. Ein Soldat musste direkt davorgestanden haben. Er kreischte in höchsten Tönen und voller Qual, was sich schnell in ein Gurgeln verwandelte. Er lag zur Hälfte unter der Vorderseite des Prismas begraben und war von der Taille abwärts zerquetscht. Eric sah entsetzt zu, aber sein Verstand brüllte bereits:

DER ZAUN IST WEG. WENN DU AN DER BLOCKADE VORBEIKOMMST, KANNST DU AUF DAS GELÄNDE, O MEIN GOTT …

»Verschwinden wir hier! Los!«, bellte Harry und ergriff Erics Arm, der sich bereits abwandte, um zur nächsten Blockade zu laufen.

»Ich werde versuchen …«, rief Eric, bevor beide Männer erstarrten.

Sie fühlten das Grollen. Sie betrachteten das Chaos am Ground Zero, die Soldaten, die völlig sinnlos Mörser aufbauten und auf das Ding richteten, auf das Angriffssignal warteten. Sie hörten einen herankommenden Hubschrauber. Das Grollen befand sich *im* Boden.

»Was ist das …?«, rief Eric, bevor er erkannte, wo das Geräusch herkam.

Etwas kam die Ausfahrt der Ringstraße herauf. Sogar *mehrere* Etwas.

Mehrere *große* Etwas.

KAPITEL VIER

Maria hört Radio

Maria

Sie sind überall. Verschwinde hier. Sie sind überall. Verschwinde hier.

Maria umklammerte das Lenkrad des Mietwagens und schaukelte leicht auf dem Sitz. Seit ihrer Flucht vom Strand hatte sie gegen dieses Mantra gekämpft. Zum Wagen war sie eher gejoggt als gerannt, denn Rennen führte möglicherweise zu Panik, was das Mantra zu einem Schrei machen konnte. Sie hatte zu lange zu hart gekämpft, um das zuzulassen.

Sie sind nicht *überall. Sie sind an der Küste. Du hast dich darauf vorbereitet, und dein Flug wartet. Fahr zum Flughafen, und du bist im Handumdrehen weg.*

Dann war sie auf den Verkehr gestoßen.

Dreißig Minuten später war der Verkehr nicht nur in den Nebenstraßen der Stadt fast zum Erliegen gekommen, sondern es hatten auch anscheinend eine Menge Leute die gleiche Idee wie sie gehabt. Viele Städte in den Midlands hatten Ankunfts-Protokolle für die Evakuierung und den Transport entwickelt, aber die Küstengegenden hatten das trotz einiger halbherziger Bemühungen von Aktivisten und vager Versprechen von Lokalpolitikern nicht getan. Die Stone Men waren nie so weit gegangen. Jetzt waren die Fehler dieser Nachlässigkeit offensichtlich. Im Zeitalter der sozialen Medien, selbst wenn die Übertragung von Kommunikationssignalen zusehends und schnell schlechter wurde, hatte sich die Nachricht von der Ankunft am Strand wie ein Buschfeuer ausgebreitet. Und nichts riss das Land so von seinem Hintern wie eine gute, alte Ankunft. Die Menschen hatten gelernt, kein Risiko einzugehen. Jeder an der Küste wollte nun ins Landesinnere. Die meisten der Wagen um Maria herum enthielten ganze Familien, und alle waren mit Besitztümern vollgepackt. Sie versuchte zu vergessen, dass sie während einer Ankunft wieder im Stau steckte.

Du hast viel Zeit eingeplant. Du wirst den Flug erreichen. Es ist okay …

Der Gedanke half etwas, aber er konnte den Instinkt nicht übertönen, der sie die ganze Zeit anschrie: *Wir müssen hier weg. SOFORT!*

Die Läden und Geschäfte am Straßenrand verwandelten sich quälend langsam in Bäume, Industrieparks und gelegentliche Leitplanken, während Maria aus der Stadt auf die zweispurige Autobahn kam. Die ganze Zeit wusste etwas in ihrem Inneren, dass irgendwas nicht stimmte. Es prallte von den Wänden ab und zerfetzte sich wie ein gefangenes und in Panik geratenes Tier in kleine blutige Stücke.

Wir müssen hier weg. In die Antarktis. Auf den Mond.

Der Radioempfang war so gestört, dass man kaum etwas verstand. Das machte sie noch nervöser. Sie schaltete es ab.

Drei Stunden später hatte sie gerade zwanzig Meilen geschafft. Ihr Tank leerte sich, aber ein Hinweisschild verriet ihr, dass sie in einer Meile auftanken konnte. Es verriet ihr auch, dass sie an Louth vorbeikommen würde.

Schuldgefühle durchfuhren sie wie ein Stich.

Ruth.

Ja, dort lebte Ruth. Jetzt war nicht die Zeit, darüber nachzudenken. Aber natürlich war es das doch.

Schließlich erreichte sie die Tankstelle, die nach ländlichem Standard ziemlich groß war. Zwölf Zapfsäulen. Die Auffahrt war voll. Sie befand sich vier Autos von einer Zapfsäule entfernt, als ihr Verstand plötzlich brüllte.

Es geschah mit einer solchen Macht, dass Maria aufschrie. Es war wie ein Stromschlag. Die Leute in dem Wagen neben ihr – drei Kinder und ihre jungen, hip, aber angespannt aussehenden Eltern – starrten sie überrascht durch ihre plötzliche Bewegung an. Dann bäumten auch sie sich plötzlich alle auf.

Lärm füllte Marias Auto.

Aber ihre Fenster waren oben. Während sie schrie und sich vergeblich die Ohren zuhielt, wurde ihr bewusst, dass der Lärm *nicht von draußen kam.* Die Leute an den Zapfsäulen zuckten zusammen und krümmten sich, versuchten es abzuwehren, und Maria dachte: *Es ist so weit, es ist so weit, nein, ich will nicht sterben, nein …*

Das Geräusch war tief und bassig, und es war so schrecklich *laut.* Als würde ein außer Kontrolle geratener Lastwagen in Zeitlupe auf einen zukommen, seine dröhnende Hupe noch immer ohrenbetäubend, aber nun ganz langsam wie das Stöhnen eines Wals. Marias Gehirn pulsierte förmlich.

Dann hörte es auf. Alles wurde wieder normal. Maria keuchte und nahm eine Reihe schneller Atemzüge. Die Eltern im Nachbarauto taten das Gleiche und versuchten, ihre heulenden Kinder auf dem Rücksitz zu trösten. Maria wollte sich beruhigen. Es war sinnlos, Fragen zu stellen, auf die sie keine Antworten hatte. Das war einfach nur verrückt, und der Plan hatte sich nicht geändert.

Aber das ist noch nie zuvor passiert! Das ist schlimmer, das wird viel schlimmer …

In den Autos auf der Auffahrt kehrte langsam wieder Normalität ein, man fragte einander, was da wohl gerade passiert war. Die Ungeheuerlichkeit der Situation wurde langsam klar; das war die Demonstration einer starken und weitreichenden Macht gewesen, die weit über alles hinausging, was man zuvor erlebt hatte. Und selbst das hatte sich nur wie eine Panne angefühlt, ein Rülpsen. Das stotternde, sich gerade erst warmlaufende Knurren eines V8-Motors, der eine Weile nicht mehr gelaufen war.

Maria versuchte es erneut mit dem Radio. Statisches Rauschen. Sie überprüfte ihr Handy, aber die Anzeige des 3G drehte sich nur sinnlos. Als würde man es an Neujahr um Mitternacht benutzen, wo das Netzwerk überfordert war, weil alle es gleichzeitig versuchen.

Oder etwas anderes nimmt Einfluss darauf.

Die Wagen setzten sich in Bewegung. Schließlich erreichte sie die Zapfsäule und füllte ihren Tank. Ihre Hand mit der Zapfpistole zitterte. Sie betrat den Laden, um zu bezahlen. Dort herrschte bedeutend weniger Aufregung; die gewohnte stoische britische Stille in der Öffentlichkeit. Sie schnappte sich ein paar Flaschen Mineralwasser und stellte sich an; die Schlange bestand aus ungefähr zwanzig Leuten. Hinter der Theke hatte einer der Angestellten ein kleines Radio, das fröhlich plärrte – entweder funktionierte der Apparat, oder das Signal war wieder da –, aber Maria konnte von ihrem Platz in der Schlange nichts verstehen. Plötzlich ertönte draußen ein ohrenbetäubendes Dröhnen, um dann in der Ferne zu verschwinden. Alle blickten durchs Schaufenster und sahen drei Kampfflugzeuge am Horizont verschwinden.

»Die werden nach Coventry unterwegs sein«, murmelte ein Mann mit rotem Gesicht und Tonnenbrust ein Stück weiter in der Schlange zu einem Burschen mittleren Alters in einem Mechanikeroverall, der neben ihm stand. So, wie sich der Mann dem anderen zugewandt hatte, nahm Maria an, dass sie Freunde waren. Sie zog in Betracht, sie zu fragen, ob sie etwas Neues gehört hatten, als der junge, geschniegelte Mann zwei Leute vor ihr einen kleinen Triumphschrei ausstieß; der lausige Sound des Smartphone-Lautsprechers hallte die ganze Schlange entlang. Jeder hörte zu; einige zogen hektisch ihre Geräte, um zu sehen, ob sie etwas empfangen hatten. Auch Maria. Aber da war nichts.

»Halten Sie es hoch, machen Sie lauter!«, rief sie. Der Mann mit dem Handy sah überrascht aus, tat aber wie gebeten, hielt sein Samsung hoch in die Luft.

»Danke«, sagte sie und errötete leicht. Sie stand nahe genug, um das Display sehen zu können. Die Schlange verharrte. Die Leute an der Theke hielten mit ihrer Arbeit inne, und keinen störte es. Die, die nichts sehen konnten, hörten zu, und es war, als würden alle wieder den Lärm hören.

Die Wirkung war die gleiche. Eine weitere Erklärung. Eine weitere Erklärung, dass die Welt, wie man sie kannte, in Trümmer gelegt werden würde.

Maria würde nirgendwohin fliegen.

»... damit sind es insgesamt ... zwei Flugzeuge ...« Der Moderator mittleren Alters zog das *ei* in zwei in einem sanften Flüstern in die Länge. Als würde er zögern, zu dem überzugehen, was als Nächstes kam. Er lauschte der Stimme in seinem Ohrhörer, sah entsetzt aus.

»Äh ... es gibt unbestätigte Berichte eines dritten, aber wir werden ... sobald wir genaue ...«, stotterte er.

»Wir haben einen Bericht von der neuesten Absturzstelle, Martin«, sagte seine Co-Moderatorin, »und uns ist völlig klar, dass das für einige Zuschauer sehr verstörend sein könnte, also ... wir wollen Sie nur, äh, vorwarnen ...«

Das Bild wechselte zum qualmenden Wrack eines Verkehrsflugzeugs. Es hatte keine Flügel und kein Heck mehr. Nur die zerborstene Hauptkabine lag größtenteils intakt in einer geschwärzten Narbe in der Erde. Überall schwärmten Rettungskräfte darum herum.

»Wir versichern Ihnen«, kommentierte Martin die Bilder, »dass unsere Hubschrauberpiloten, die, äh, diese Bilder für uns aufnehmen, in geringer Tiefe bleiben, aber wir wissen nicht, wie lange uns noch gestattet wird, Ihnen diese ... die Zivilluftfahrtbehörden bestätigen, dass alle Flüge bis auf Weiteres am Boden bleiben müssen.« Martin klang unsicher, schwach. »Wir werden Sie auf den neuesten Stand bringen, sobald wir nähere Informationen haben, wer oder was die Flugzeuge zum Absturz gebracht hat, aber ... äh, ich bekomme gerade die Meldung, dass ... ja, die Downing Street hat angekündigt, dass innerhalb der nächsten Stunde eine Erklärung veröffentlicht werden wird ...«

Marias Plan war vereitelt. Bei dem Gedanken schnappte sie nach Luft. Wieder kroch ihr das Gefühl, hier gefangen zu sein, den Nacken hinauf.

Du schaffst das, sagte die Stimme in ihrem Kopf und war uncharakteristisch sanft und hilfreich. *Hey, komm schon. Okay, dann kannst du also nicht fliegen.*

Ihre Gedanken rasten, während sie die Fäuste ballte. Welche anderen Möglichkeiten hatte sie? Sie fand das Zentrum des wachsenden Wirbelsturms. Die Stille. *Kleine Schritte. Immer, immer nur kleine Schritte, genau wie Dr. Harris gesagt hat. Vielleicht kannst du ein Schiff nehmen.*

Es war möglich. Noch war sie in Küstennähe, sogar an der richtigen Seite für Europa. Sie musste zu einem Hafen …

Die Nachrichten gingen weiter, und es fühlte sich beinahe an, als würde Gott sie auslachen.

»Und … wir haben jetzt die Bestätigung …« Wieder hielt der Moderator inne, und dieses Mal lauschte er Marias Meinung nach nicht seinem Produzenten. Sie hörte einen Mann, der das gleiche miese Gefühl wie sie hatte. »… ein Zwischenfall mit einer Fähre nach Calais …«

O mein Gott, dachte Maria. *Nein!*

»Es hat den Anschein, dass die Fähre … die Fähre Yonder Sails von SeaWays ist von allem Personal verlassen worden, auch von den Passagieren, und …«

Eine längere Pause trat ein. Maria wagte nicht zu atmen.

»Wir rechnen damit … okay, allem Anschein nach wurden die Rettungsboote nicht benutzt, und alle an Bord sind … über die Reling gesprungen, und die Fähre selbst ist …« Wieder trat eine Pause ein. »Das Wasser ist sehr kalt, und wir haben noch keine Informationen über das Alter der Passagiere, man hat uns noch nicht die Passagierliste übermittelt, denn genau wie die meisten von Ihnen erleben auch wir zeitweilige technische Schwierigkeiten. Und Informationen, die, äh, nicht bestätigt wurden, weil … selbstverständlich müssen wir sehr vorsichtig sein, aber …«

Es war schrecklich. Es war einfach schrecklich.

»… aber es gibt Überlebende im Wasser, und die Behörden versuchen so viele zu retten, wie sie können … es gibt unbestätigte Berichte über Probleme mit anderen Schiffen. Die Ressourcen der Küstenwache und der Marine sind aufs Äußerste beansprucht … okay, hier kommt ein Update, ja, die *Yonder Sails* ist im Augenblick unbemannt und treibt, und man will das so schnell wie möglich unter Kontrolle bekommen, damit sie nicht in die Fahrrinne eines anderen Fahrzeugs gerät. Wir erwarten jeden Augenblick die Bestätigung, dass die Schifffahrtswege geschlossen werden. Das stimmt mit der früheren Erklärung von Ryan Whoberley von Eurostar überein, dass ihre Strecken durch den Kanal als Sicherheitsmaßnahme bis auf Weiteres geschlossen sind.«

Maria wurde kalt. Die Knöchel ihrer geballten Fäuste standen weiß hervor.

Die Schifffahrtswege. Die Flugzeuge. Nichts davon war zu benutzen. Sie war gefangen.

Wir sitzen in der Falle, dachte Maria. *Die Stone Men, ihre Herren. Sie machen etwas mit unserem Verstand, wenn wir hier wegwollen. Die Leute sind von der Fähre gesprungen ... sind die Flugzeuge abgestürzt, weil die Passagiere und die Piloten ...*

Ihre Unterlippe bebte.

»Wir informieren Sie, sobald wir etwas Konkretes darüber wissen, was in Coventry passiert ist, am Ground Zero. Wir sind uns nicht sicher, aber es hat unbestätigte Berichte einer Ankunft gegeben ...«

Das Bild des Moderators erstarrte, der Ton verstummte. Ein paar Sekunden verstrichen, und die gefürchtete rotierende Scheibe des Bufferings erschien über dem Bild. In der ganzen Schlange ertönte ein entsetztes Stöhnen, als hätte ihre Mannschaft gerade eine Torchance versaut. Der Besitzer hielt weiter das Telefon über den Kopf, und nach einer Minute arbeitete jemand an der Theke weiter, und dann war die Schlange wieder in Bewegung. Der Nachrichtenempfang kam nicht wieder zustande.

Wie benommen zahlte Maria und ging zurück zu ihrem Auto. Sie ließ sich auf den Sitz fallen und startete den Motor, versuchte sich zu konzentrieren, einen neuen Plan zu schmieden, aber ihr wollte nichts einfallen. Dann kamen die Tränen, und sie konnte sie nicht aufhalten. Sie stopfte sich die Faust in den Mund und reihte sich wieder in den langsam fahrenden Verkehr ein.

Höherer Boden war der letzte Plan.

Lass dir was Besseres einfallen, sobald du dich beruhigt hast, versuchte sie sich einzureden, aber das reichte nicht. Sie steckte hier fest, o Gott, sie steckte fest, und es war schlimmer, als sie sich jemals hätte …

Das Radio gab hauptsächlich weißes Rauschen von sich, während sie über die Straße kroch. Ihre Telefonbalken kehrten gelegentlich zurück, aber wen konnte sie anrufen? Das Internet arbeitete so langsam, dass das Signal längst wieder weg war, wenn endlich etwas auf den Schirm kam. Als im Radio wieder etwas zu verstehen war – Five Live schien das stärkste Signal zu haben –, drehte sie die Lautstärke höher.

»… weitere Informationen können Sie Quinair direkt anrufen, die Nummer sollte mittlerweile auf unserer Website stehen«, sagte der Moderator. Er klang jung fürs Radio, vielleicht Anfang dreißig. »Man hat uns gebeten, Sie daran zu erinnern, dass man nur Anrufe von Familienmitgliedern der Passagiere entgegennimmt. Dieser Lärm, dieses, äh, Geräusch, scheint im ganzen Land zu hören gewesen zu sein. Viele von Ihnen beschreiben, es gehört zu haben, und ich entschuldige mich für meinen Ausbruch, denn wir haben es hier auch gehört, und es war, ja nun …« Offensichtlich überwältigt verstummte er. »Anscheinend wird der Verkehr schlimmer, denn dieser Laut scheint viele Unfälle verursacht zu haben. Und darum übergeben wir jetzt an Sandy mit den Verkehrsnachrichten. Denken Sie daran, im Augenblick bleiben Sie am besten den Straßen fern.«

»Tim, das kann ich nicht genug unterstreichen«, sagte die Stimme einer älteren Frau, offensichtlich Sandy. »Heute kommt man nicht weit. So etwas habe ich in meiner ganzen Karriere noch nicht gesehen, niemals. Also los geht's, es ist eine lange Liste …«

Sie spulte sie ab. Maria begriff, dass es hier nicht um den Fluchtverkehr ging, sondern um Leute, die mit siebzig Meilen auf der Autobahn gefahren waren, als dieser Krach in ihrem Hirn explodiert war. Plötzlich wurde Sandy unterbrochen.

»Sandy, es tut mir leid, aber wir haben … hier ist Stephen Bannatyne, und er ist gerade in unserem Hubschrauber am Rand von Coventry. Soweit ich weiß, dürfen wir im Augenblick nicht in den Luftraum von Coventry, Stephen …«

Cov, dachte Maria. Ihre Hände am Lenkrad zitterten. *Ach, Süße!*

Weißes Rauschen ertönte. Es brach wieder ab, und Stephen Bannatyne war zu hören, das leise Schwirren im Hintergrund – vermutlich Rotorenlärm – ließ seine Stimme verzerrt klingen.

»… Nuneaton wurde gerade evakuiert, als wir kamen, und zwar schnell, man hatte die Protokolle schon seit einiger Zeit bereit, aber die Mitte von Coventry schien bis auf eine Versammlung am Ground Zero, die vielleicht die Ankunft sehen wollte, fast leer zu sein.«

Die Ankunft. Sie war es tatsächlich.

»Wie nahe sind Sie dran, Stephen?«

Er hatte *dran* gesagt. Maria hörte es, und ihr Blut erstarrte. *Wie nahe sind Sie dran?,* hatte er gesagt. Wo dran? Aber es war nicht nur das; Tims Stimme klang dünner, atemloser. Der Mann hörte sich verängstigt an. Was zum Teufel war da aufgetaucht?

»Wir sind ziemlich weit von dem Gebilde entfernt, Tim«, sagte Stephen. Maria verspürte beinahe so etwas wie Erleichterung. Also gab es keinen Stone Man, sondern ein … Gebilde? »Wir fliegen jetzt ein Stück vor der Ringstraße, aber ich weiß nicht, wie lange noch, denn wir werden gerade von zwei Harriers der Luftwaffe eskortiert, und sie befehlen uns zu verschwinden.«

»Können Sie nicht näher heran? Vom Boden berichten?«

Verdammt, Tim, dachte Maria. *Hör auf, den Mann unter Druck zu setzen.*

»Nein, Tim«, sagte Stephen, und er klang doch tatsächlich etwas gereizt. Maria konnte es ihm nicht verübeln. »Der Zugang zur Ringstraße ist nun gesperrt, und natürlich gilt das für jeden Zugang zum Ground Zero, und zwar seit dem Augenblick der Ankunft.«

»Noch immer keine Information, ob der Meißel eingesetzt wurde?«

»Nein, obwohl in den sozialen Medien viel davon die Rede ist, dass er in der Tat eingesetzt wurde und auf dem Weg nach … Moment, ich sehe etwas, da bewegt sich etwas auf der Ringstraße. Ich glaube …« Eine Pause trat ein. »Warten Sie …«

Die Worte waren kaum zu verstehen. Die Hintergrundgeräusche füllten die Stille.

»Stephen? Sind Sie noch dran?«

»Ja, ich bin hier, Tim. Wir wurden aus dem Luftraum abgedrängt, wir verlassen jetzt das Stadtzentrum. Alles scheint gesperrt worden zu sein, wir werden sehen, wie weit wir rausmüssen. Vielleicht lässt man uns in Kürze …«

Stephens Übertragung brach ab.

»Stephen? Wir werden wieder mit Stephen sprechen, so schnell wir können, und …«

Maria kam eine Idee, die sie sich schon seit Jahren nicht mehr erlaubt hatte:

Du könntest nach Coventry. Am Ground Zero wird es Leute geben, die mehr wissen als die Öffentlichkeit.

Nein. Man würde sie zu einem Versuchskaninchen machen. Ihr Name würde als Zeugin der Ersten Ankunft in den Unterlagen stehen, und man hatte ihre Aussage. (Allerdings hatte sie verschwiegen, dass *es* sie angesehen hatte.) Man hatte immer wieder angerufen. Leute hatten sie besuchen wollen. Ein weiterer Grund, weshalb sie gegangen und untergetaucht war.

Das ist fünf Jahre her. Vielleicht könnten sie dich beschützen. Du könntest aufhören zu fliehen. Du könntest nach Hause kommen.

Und sie war gefangen. In ihrem Kopf drehte sich alles, griff so begierig nach der Idee wie ein Arbeiter nach einer Doppelschicht nach der Schlummertaste.

Nein, rief sie sich zur Ordnung. *Ich muss …*

Mit perfektem Timing tauchte eine Abfahrt auf, die genauso mit Autos verstopft war wie die Autobahn.

Louth. Ruth.

Letzte Chance. Du könntest bei Ruth bleiben, dich zumindest neu aufstellen. Morgen werden die Straßen ruhiger sein. Du musst akzeptieren, dass du heute nirgendwo mehr hinkommst. Du kannst morgen früh weg.

Maria stieß einen frustrierten Schrei aus und schaukelte auf ihrem Sitz vor und zurück, hieb auf das Lenkrad.

Wolltest du nicht sowieso mit Ruth alles wieder in Ordnung bringen?

Danach kommst du mit Sicherheit nie wieder zurück, oder? Die Ausfahrt für Louth ist genau hier. Nimm sie!

Dann wurde ihr klar, dass sich im Radio etwas tat. Sie war so in ihre Gedanken versunken gewesen, dass sie es gar nicht bemerkt hatte.

»... in der Luft, in einer Höhe von ungefähr dreißig Metern, und jetzt offenbar in größerer Zahl als zuvor, obwohl sie anscheinend gerade wieder verschwunden sind.« Tim räusperte sich. »Wir haben diesen Bericht eines Augenzeugen, ist der bereit ... ja ... okay, hier ist er noch einmal.«

Mit zitternder Hand stellte Maria lauter. Etwas war in der Luft gewesen? Gleich mehrere? Wo kam das überhaupt her? Coventry? Tim war noch immer im Studio und klang wie ein Mann, der zugleich ängstlich und begierig war, der wusste, dass er zum Teil eines schrecklichen Stücks Geschichte wurde. Maria kannte seinen Nachnamen nicht. Abgesehen von dem Kino-Podcast hörte sie nie Five Live. »Und bevor wir das abspielen, möchten wir mitteilen, dass wir viele SMS bekommen haben. Man kann uns wieder hören. Also danke, dass Sie sich bei uns melden und wissen lassen, dass SMS besser durchkommen als E-Mails, denn damit haben wir noch immer einige Probleme.«

Ein unerfreulicher Gedanke schlich sich in Marias Kopf.

Dafür sind sie *verantwortlich. Tun sie das absichtlich? Wollen sie unsere Kommunikation stören?*

Das hielt sie für unwahrscheinlich, konnte sich nicht vorstellen, dass *sie* überhaupt interessierte, ob die Menschheit kommunizieren konnte oder nicht. Die Worte ihres alten Philosophieprofessors an der Uni fielen ihr wieder ein:

Interessiert es den Fischer, ob die Würmer in seiner Büchse miteinander sprechen, um einen Fluchtplan zu schmieden?

War jeder so hilflos wie sie?

»Hier ist nun wieder der Bericht«, sagte Tim. »Er wurde früher am Tag direkt außerhalb von Bridlington aufgenommen.«

Bridlington. Das war an der Küste. Wo auch immer das aufgenommen war, es gab viel Hintergrundlärm. Autos, Leute, die etwas riefen. Ein Kind wurde interviewt, ein Junge von vielleicht fünf oder sechs Jahren, der von einer kaum verständlichen Frauenstimme, vermutlich seine Mutter, ermuntert wurde.

»Der Mann … da war ein Mann, und ein anderer Mann«, sagte der Junge.

»Da war mehr als einer? Bestimmt?« Das war die Stimme der Reporterin.

»Ja.«

Schweigen. Die Mutter beruhigte das Kind leise, ermunterte es. Als der Junge schwieg, sagte die Mutter abseits des Mikros etwas kaum Verständliches.

»… waren im Laden, er und sein Bruder standen draußen …«

Plötzlich sprach der Junge wieder, dem Mikrofon abgewandt. Die Reporterin beeilte sich, es ihm wieder vor den Mund zu halten; sie wusste nicht, wen von den beiden sie nehmen sollte.

» … war nicht da«, sagte der Junge, »durchsichtig. Es war da oben, und dann war es da und wieder nicht, als würde es, äh …«

»Flackern?«, fragte die Reporterin.

»Ja. Da war noch ein weiterer Mann, noch mehr Männer, die waren alle gleich.«

»In der Luft? Wie hoch in der Luft? So hoch wie ein Haus?«

»Nein, höher. Zwei Häuser aufeinander.«

Eine Pause. Als die Reporterin wieder sprach, zitterte ihre Stimme etwas. »Und was haben sie gemacht?«

Eine Pause.

»Nichts«, sagte der Junge schließlich. »Sie standen einfach nur in der Luft. Dann waren sie weg.«

Die Stimme der Reporterin wurde nun selbst undeutlich. Maria kannte den Grund. Die Frau hatte sich umgesehen. Verstört, verunsichert.

»Also sie standen einfach in der Luft, und dann sind sie verschwunden?«

Eine Pause.

»Nein«, erwiderte der Junge und klang, als würde er gleich in Tränen ausbrechen. »Zuerst haben sie sich bewegt.«

Wieder eine Pause. Im Hintergrund rannte jemand vorbei und rief etwas.

»Sie haben sich bewegt. Also wie bewegt?«

»Nach unten. Sie kamen nach unten.«

Der Straßenlärm verstummte abrupt, als das Studio wieder übernahm. Tim, der Moderator, war still. Es war schrecklich. Maria konnte sich nicht zurückhalten; auch sie blickte aus dem Fenster. Der Himmel war frei, aber als ihr Blick auf andere Wagen im Stau fiel, sah sie, dass jeder Erwachsene nach oben schaute. Ein paar waren sogar ausgestiegen.

»Für alle, die sich gerade erst wieder zugeschaltet haben«, sagte Tim leise und räusperte sich, als sein professioneller Instinkt übernahm, »das ist der einzige Zeuge, den wir auf Band haben. Oder der mit uns sprechen wollte. Stimmt's, Kevin?«

»Tim?«, erwiderte Kevin, wer auch immer er war. Er klang, als stünde er draußen und wäre irgendwie verwirrt.

»Das war der einzige Zeuge, der bereit war, ins Mikro zu …«

»Es tut mir leid, Tim, das war ich nicht«, sagte Kevin und erklärte die Verwirrung. »Das war Mary Finhams Reportage …«

»Natürlich, natürlich, Verzeihung …«

Wow, dachte Maria, *sogar Tim ist von der Rolle. Ich auch, Timbo.*

»Es sind nicht viele Zeugen in der Nähe, Tim«, kam Kevin ihm zu Hilfe. Im Hintergrund herrschte Chaos. »Selbst die, mit denen wir gesprochen haben, hatten es eilig und wollten keine Stellungnahme abgeben. Viele haben aber die Behauptung bestätigt, dass die, äh, Gestalten an Himmel und Strand anscheinend nicht zu fotografieren sind …«

An diesen Satz sollte sich Maria für den Rest ihres Lebens erinnern. Menschen konnten sie sehen, aber Kameras nahmen sie nicht wahr? Das ergab keinen Sinn; das menschliche Auge funktionierte wie eine Kamera, fing das Licht auf, also warum …

Die Antwort kam blitzschnell.

Wir nehmen sie direkt mit unseren Gehirnen wahr, nicht mit unseren Augen, dachte sie und presste sich die Hand auf den Mund. *Wir* sehen *sie auf einer anderen Ebene. Vielleicht sehen sie in Wirklichkeit gar nicht so aus. Vielleicht ist das alles, was unser Verstand verarbeiten kann, zu mehr sind wir nicht imstande. O mein Gott!*

Ihr Magen verkrampfte sich, als Kevin fortfuhr.

»Offensichtlich sind viele Leute hier sehr aufgeregt, und das nicht nur, weil sie wieder evakuiert werden.« Im Hintergrund schrillten Hupen. »Wir haben versucht, mit jemandem vom Militär zu sprechen, aber da gibt es keine Antworten …«

»Kevin, es tut mir leid.« Tim unterbrach ihn, um mit dem nächsten Ball zu jonglieren, »aber wir müssen wieder zurück zu Stephen, denn dort tut sich was …«

»JA, TIM«, sagte Stephen atemlos. Als Maria ihn hörte, stellten sich die Härchen auf ihren Unterarmen auf, ihre Knöchel traten weiß hervor, weil sie das Lenkrad so fest packte. Die Hintergrundgeräusche waren keineswegs lauter, also musste er nicht aus diesem Grund lauter sprechen. Stephen war aufgeregt oder hatte Angst. »DA IST … WIR VERSUCHEN VORSICHTSHALBER EINEN LANDEPLATZ ZU FINDEN, DENN IRGENDETWAS GESCHIEHT HIER. ES GAB EIN DEUTLICHES ABSACKEN DES LUFTDRUCKS, UND ES IST …« Er hielt inne. Als er weitersprach, war es klar: Er hatte Angst. »ES IST KALT, PLÖTZLICH IST ES SEHR KALT GEWORDEN.«

»Wie weit sind Sie von Ground Zero entfernt, Stephen?«

»UNGEFÄHR EINE HALBE MEILE. WIR LANDEN JETZT AUF EINEM FUSSBALLPLATZ. DORT IST NIEMAND, UND … MÖGLICHERWEISE HABEN WIR AUF DEM GROUND ZERO ETWAS GESEHEN. UNSERE SICHT WAR DURCH DIE ESKORTE EINGESCHRÄNKT, ABER DA WAR DIESES GEBILDE, UND ES WAR WIE EIN GROSSES DREIECK, SEHR GROSS. EINEN MOMENT …«

Beide Männer schwiegen kurz, Stephen überprüfte, was auch immer er überprüfte, und Tim wartete geduldig. Er konnte sich volle fünf Sekunden Sendepause leisten, bevor das Notsignal übernahm.

»DA IST …« Die Stimme verschwand, während Maria und alle anderen Zuhörer einen kurzen Augenblick lang wieder mit ohrenbetäubendem Lärm bombardiert wurden. Maria schrie auf und vermochte nicht einmal sich selbst zu hören, während sie die Hände auf die Ohren legte. Um sie herum krümmten sich die Leute, die ihre Autos verlassen hatten, vor Schmerz zusammen. Ein paar der anderen Wagen kollidierten, ohne dass ein Schaden entstand.

»Mein Gott, mach, dass es aufhört!«, schrie sie und verstummte abrupt, als ihr bewusst wurde, dass der Lärm verstummt war, und zwar viel schneller als zuvor. Verglichen damit war es wie ein kurzer Rülpser gewesen. Maria schaute mit weit aufgerissenen Augen durch die Windschutzscheibe und schnappte nach Luft. Die Ausfahrt nach Louth war gleich dort vorn. Sie musste Ruth sofort anrufen. Mit zitternden Fingern entriegelte sie ihr Handy; da waren genug Balken, aber würde das Signal wirklich durchko-

Wieder ertönte der Lärm. Sie ließ das Handy fallen, während ihre Hände nach oben flogen, um dieses schreckliche Geräusch auszusperren. Dieses Mal hörte es nicht auf.

Und wenn es nie wieder aufhört?

Dann tat es das doch, und Maria schrie vor Erleichterung auf. Würde das für alle Ewigkeit so weitergehen? *Schmerz plus Widerstand ergibt Leiden,* dachte sie, und diesmal ließ sie den Tränen freien Lauf, während sie im Fußraum nach dem Handy herumtastete. Tim meldete sich wieder zu Wort, keuchte noch immer.

»Äh … es tut mir leid«, sagte er und atmete schwer. »Ich brauchte einen Moment für mich und … Ich weiß, das ist im Radio eine unverzeihliche Sünde … äh …« Er riss sich zusammen, und das tat er auf bewundernswerte Weise, aber seine Angst konnte er nicht verbergen. »Rufen Sie uns an, schicken Sie SMS, lassen Sie uns an Ihren Erfahrungen teilhaben.« Seine Worte beschleunigten sich, seine Stimme wurde kräftiger, verfiel in einen seltenen Augenblick von Radioehrlichkeit. »Wir stecken da alle gemeinsam drin, bitte vergessen Sie das nicht. Haben Sie keine Angst, oder versuchen Sie sich zumindest nicht von der Angst überwältigen zu lassen, und wir werden das durchstehen. Reden Sie mit uns, wir werden mit Ihnen reden, und wir werden die ganze Zeit am Ball bleiben. Also bleiben Sie bei uns. Ist hier jeder … okay?« Eine Pause trat ein, während er nach dem Studioteam sah. »Okay, hier ist alles in Ordnung.«

Maria fand diesen Moment auf seltsame Weise tröstlich. Vielleicht würden sie es ja schaffen …

»Stephen, ich glaube, wir haben Stephen wieder in der Leitung«, sagte Tim. »Stephen, hat sich vor Ort etwas zugetragen?«

»JA, UND WARTEN SIE, DENN ICH KANN ETWAS IN DER FERNE ERKENNEN …«

»Stephen? Stephen, sind Sie gelandet? Sind Sie in Sicherheit?«, unterbrach ihn Tim, hinderte Stephen daran, die Story zu präsentieren, um sich zu vergewissern, dass mit ihm alles in Ordnung war. Plötzlich raste ein ohrenbetäubendes Dröhnen über Marias Auto, passierte sie in wenigen Sekunden. Ruckartig schob sie den Kopf nach vorn, schaute durch die Windschutzscheibe. Am Himmel flog ein Militärhubschrauber vorbei. Nach Coventry?

Er muss nach Coventry unterwegs sein. Dort ist etwas, ein Gebilde. Eine Ankunft. Es ist nicht nur die Küste. Nirgendwo ist es sicher. Ich muss zu Ruth …

Stephen brüllte in sein Mikrofon.

»JA, WIR SIND AM BODEN. ABER DA IST … ES IST SCHWER ZU SAGEN, TIM, ABER ES IST ZIEMLICH WEIT OBEN. ES IST WIE … ICH KANN ES IN DER FERNE SEHEN, IN DER LUFT …«

»Was sehen Sie?«, fragte Tim drängend. »Ist es das Dreieck?«

»NEIN, DAS IST ANDERS. ES IST EIN, EIN LICHT. ES BEWEGT SICH. ES IST WIE EIN FLACKERN, ABER ES IST GANZ SCHWACH UND SCHWER ZU SEHEN. ES NIMMT DEN GANZEN HORIZONT EIN.«

Es?, dachte Maria. *Es. Was ist es, was ist es?*

»ES BEWEGT SICH. ICH GLAUBE, ES BEWEGT SICH AUF UNS ZU.«

Beide Männer schwiegen.

»Stephen«, sagte Tim dann, nahm den verbalen Stab entgegen und ließ ihn fallen. »Stephen, verschwinden Sie da, hauen Sie ab.« Wer auch immer bei ihm im Studio war – vielleicht Sandy, ihre Stimme war schwer zu erkennen, weil auch sie schrie –, sie brüllten ihn an, dort zu verschwinden, bloß weg von dort. Mikrofone bewegten sich, machten knirschende Geräusche.

Marias Herz schlug schneller, der Anruf bei Ruth war vergessen. Aus den Wagen um sie herum ertönten gedämpfte Schreie, entsetzte Ausrufe, Zustimmung. *Verschwinde dort, Stephen!*

»WIR STARTEN«, rief Stephen. Er klang gehetzt, aber gefasst, tat seine Arbeit, informierte alle. Das war Heldentum, Mut unter Beschuss. »ES KOMMT SEHR SCHNELL NÄHER, UND ES IST JETZT HINTER UNS. ABER ES IST …« Er hielt inne, während das Heulen im Hintergrund lauter wurde. Die Übertragung seiner Stimme wurde abgehackt, während der Hubschrauber in die Höhe stieg. »DAS GEBILDE IST RIESIG, ES IST ÜBERALL, ES IIS-I-T …« Stephens Übertragung wurde kaum verständlich, aber das Studio war noch immer deutlich zu hören.

»Stephen«, rief Tim, »was passiert da, was kommt?«

»Verschwindet dort, los!«, rief plötzlich ein älterer Mann aus dem Hintergrund.

Auf einmal kam Stephens Übertragung wieder durch.

»WENN ES UNS ERREICHT, WEISS ICH NICHT … ICH GLAUBE NICHT, DASS WIR …« Er unterbrach sich, als etwas schepperte, der Hubschrauber stieg schnell in die Höhe. »ES HAT UNS FAST ERREICHT, WIR WERDEN IHM NICHT … ENTKOMMEN.« Er machte noch immer weiter, obwohl er dazu kaum genug Luft hatte. Seine Stimme klang schrill und kurzatmig. »ES IST DA, ES IST SO WEIT, ES IST SO WEIT, ES IST ZU SCHNELL, AH, ES IST, O MEIN GOTT …«

Stephens Übertragung brach ab.

Maria presste sich erneut die Hand auf den Mund. Im Studio herrschte Schweigen. Nach ein paar Sekunden stieß jemand ein gedämpftes Wimmern aus, als hätte er auch die Hand auf dem Mund. Tim meldete sich vermutlich eine Nanosekunde vor dem Einsetzen des Notsignals wieder zu Wort. Er klang, als hätte er einen Schock erlitten.

»Wir haben die Verbindung zu Stephen Bannatyne verloren. Wir wissen nicht, was passiert ist. Hoffen wir, dass es ihm gut geht. Er …« Tim rang nach Atem, dann räusperte er sich, bevor er etwas Unangebrachtes von sich gab. Er war Moderator im nationalen Rundfunk, seine Worte waren pure Spekulation, und

Stephen Bannatyne hatte möglicherweise Familie, die gerade zuhörte.

Er redet zu den Leuten im Studio, dachte Maria. *Zu Stephen Bannatynes Freunden und Kollegen.*

»Es könnte alles in Ordnung sein«, sagte Tim. »Es könnte etwas Elektromagnetisches sein, etwas könnte die Sendegeräte stören. Das geschieht schon den ganzen Tag.« Er holte tief Luft, erinnerte sich daran, dass Millionen von Menschen zuhörten.

»Sobald wir etwas über Stephen wissen und was da in Coventry geschieht, informieren wir Sie.« Er hielt inne. »Okay, wir nehmen Anrufe entgegen.« Er hustete.

Maria saß ganz still da. *Es nimmt den ganzen Horizont ein,* hatte Stephen gesagt. Er hatte nicht von dem Gebilde gesprochen. Das war etwas Neues. Nicht einmal Tim schien zu wissen, was er gemeint hatte. Es hatte mit Licht zu tun …

»Wir haben Ashfaq Jilani aus South East London am Apparat«, sagte Tim. »Ashfaq, wo waren Sie, und haben Sie …«

Maria hörte Sirenen und drehte sich auf ihrem Sitz um. Die Wagen auf der Nebenspur machten zögernd den Weg frei, während ein Fahrzeugkonvoi den Verkehr wie das rote Meer teilte. Es waren zwei Polizeiwagen und allem Anschein nach zwei Mannschaftstransporter des Militärs. Lautstark verschwanden sie in der Ferne, der Verkehr schloss sich hinter ihnen wie die Zähne eines Reißverschlusses. Maria verspürte ein Gefühl finsterer Gewissheit und nahenden Unheils.

Ihr Handy hatte wieder Balken. Sie klaubte es vom Boden auf und wählte Ruth' Nummer. Sie musste unbedingt eine freundliche Stimme hören. Es läutete – zumindest bestand Ruth' Anschluss also noch –, und Maria wartete.

Später sollte sie sich fragen, was vielleicht geschehen wäre, hätte sie nicht angerufen.

Sie hätte Linda nicht kennengelernt.

Sie wäre nie nach Norden gegangen.

Sie hätte niemals die schlimmste Nacht ihres Lebens erlebt.

Ruth – Marcus' einzige Schwester – nahm ab.

»Ruth? Ruthie …« Weiter kam sie nicht.

»O mein Gott!«, rief Ruth, die Marias Stimme sofort erkannte. »Heilige Scheiße, die Wanderin kehrt zurück! Und das ausgerechnet jetzt? Gottverdammt!«

Das war reine Show, um Marias willen – Maria entging keineswegs das Zittern in Ruth' Stimme, und ihr war klar, dass auch diese Frau völlig entnervt war –, aber es bedeutete trotzdem viel. Auf diese Weise sagte Ruth: *Ganz egal, auf welche Weise du gegangen bist, ich werde dich nicht anders behandeln.* Ihre Stimme zu hören, war unglaublich schön.

»Hallo, Ruth«, sagte Maria. »Geht es dir gut? Was passiert? Weißt du es?«

»Hier passiert nichts, aber wo bist du? Bist du noch in Europa? Ich habe gehört, dass du in Europa sein sollst.«

»Ich bin in England, Ruth«, flüsterte Maria, und obwohl sie sich sagte, dass sie nur zu Ruth wollte, um einen neuen Plan zu schmieden, wusste sie, dass das eine Lüge war. Die Situation war klar. Sie steckte fest. Stumm flossen die Tränen über ihre Wangen, dank Ruth' augenblicklicher Herzlichkeit jetzt noch stärker.

»Ach. Wo denn? Wo bist du?«

»Nicht weit von dir entfernt«, krächzte Maria. »Kurz vor Louth.«

»Was?«, rief Ruth so laut, dass es Maria in den Ohren schmerzte. »Rufst du darum an? O mein Gott, komm sofort her!«

Das lief alles bereits völlig anders, als Maria sich vorgestellt hatte. Herzlicher. Einfacher. Keine Schuldgefühle.

Sie ist Familie. So fühlt es sich an.

»Ich weiß, dass du an einem sehr finsteren Ort warst«, sagte Ruth, »aber mein Gott, du bist einfach verschwunden. Kein Anruf? Nicht einer?«

»Es tut mir so leid, Ruthie, o mein Gott, es tut mir so leid, dass ich einfach verschwunden bin, und ich erzähle dir alles, aber jetzt muss ich …« Die Tränen übernahmen jetzt und waren auch zu hören.

»Scheiße, tut mir leid, nein, warte«, plapperte Ruth und

kam so schnell runter wie immer. »Es tut mir leid, vergiss diese Scheiße, ich liebe dich, ich liebe dich, okay? Tut mir leid.«

»Schon gut …«

»Ich kann einfach nicht glauben, dass ich mit dir spreche. Ist das deine neue Nummer?«

»Ja.«

»Wo bist duuuuuuuuuu …?« Ruth' Stimme brach einfach ab. Es dauerte dreißig Sekunden, bis sie wieder da war. »Hallo? Hallo?«

»Hallo? Ich bin hier«, sagte Maria erleichtert. »Das Signal …«

»Ja, unser Fernsehen hat auch dauernd Störungen. Wir haben gehört, dass etwas in Coventry passiert ist. Hast duuuuuu …?«

Dieses Mal dauerte es eine ganze Minute, bis sie wieder da war. Maria überprüfte das Radio; zwar empfing es nicht gerade weißes Rauschen, aber der Empfang war so schlecht, dass die Worte unverständlich blieben.

»… beschissene iPhone, hallo?«

Ich spreche mit Ruth, dachte Maria. *Das tue ich wirklich. Der einzige Weg hinaus führt durch die Mitte, erinnerst du dich?*

»Ich bin da, ich bin da, hör zu, bevor die Verbindung wieder unterbrochen ist, ich komme zu dir, okay? Ich bin auf dem Weg. Ich weiß nicht, was ich als Nächstes mache, aber ich muss …«

Ja, was? Sie wusste es nicht.

»Komm her. Es ist immer noch dieselbe Adresse. Ich kann es nicht erwarten. Ich brauche auch Gesellschaft.«

Ruth brauchte Gesellschaft? Aber wo war Jason?

»Okay. Ruth? Hast du Angst?«

Stille trat ein.

»Ein bisschen schon«, kam dann die Antwort. Jetzt war nichts mehr in ihrer Stimme gespielt. »Aber beim letzten Mal ist uns nichts passiert. Hier ist nichts geschehen. Und der Meißel oder wie das Ding heißt kann diese Dinger wieder aufhalten, nicht wahr?«

»Okay, ich bin auf dem Weg«, sagte Maria und verweigerte ihr eine ehrliche Antwort. *Ich glaube, dieses Mal wird es viel schlimmer, Ruth.*

»Ich warteeeeeeee …«

Wieder fiel die Leitung aus. Maria wartete eine Minute, dann legte sie auf. Ein paar Meter vor ihrem Wagen befand sich die Ausfahrt nach Louth. Nervös befeuchtete sie sich die Lippen.

Du hängst hier fest, weil du wieder Mist gebaut hast, zischte der Affe in ihr.

Sie schloss die Augen, holte tief Luft, und betätigte mit einer heftig zitternden Hand den linken Blinker.

Das habe ich, dachte sie. *Aber das lässt sich jetzt nicht mehr ändern, und ich tue mein Bestes. Lass mich in Ruhe.*

Sie war noch nicht wirklich wütend – war noch nicht dazu bereit zu kämpfen –, aber bald würde Maria so zornig sein wie noch nie zuvor in ihrem Leben.

KAPITEL FÜNF

Es nimmt den ganzen Horizont ein

Eric

Vier Jeeps kamen die Ausfahrt herauf. Obwohl Eric die Entdeckung erleichterte, dass es »unsere Jungs« waren und nicht »ihre«, kannte er die Gerüchte.

Unsere Jungs sind genauso zu schlimmen Dingen fähig wie ihre, dachte er.

»Das gefällt mir nicht«, sagte Harry leise.

»Mir auch nicht«, stimmte Eric ihm zu, aber seine Gedanken waren bereits bei der Arbeit. *Wenn sie hier oben sind, ist die Blockade vielleicht verlassen.*

Sobald die Jeeps die verlassene Ringstraße erreicht hatten, hielten sie ein paar Meter vor den gleichgültigen Schlurfern an. Mehrere Soldaten stiegen aus und blieben neben den Fahrzeugen stehen. Alle trugen irgendwelche Maschinenpistolen an Riemen um den Hals.

»Die sind ja bis an die Zähne bewaffnet«, murmelte Eric.

»Sehe ich«, murmelte Harry zurück. »Scheiße! Knarren …«

Ein Soldat hob ein Megafon an den Mund.

»Die unmittelbare Umgebung um Ground Zero ist ab sofort Sperrgebiet«, bellte die verzerrte Stimme durch das Gerät. Der Soldat klang atemlos und ausgesprochen gestresst. »Sie ist für die Bevölkerung nicht mehr sicher. Bitte kehren Sie nach Hause zurück.«

Die Schlurfer ignorierten ihn einfach, schauten nicht einmal auf. Einige von ihnen trugen ordentlich gebügelte Hemden oder Kleider, waren glatt rasiert oder vermittelten einen anständigen Eindruck. Natürlich machte Obdachlosigkeit einen nicht automatisch zu einem ungewaschenen, stinkenden Tramp, aber der Zugang zu Strom und warmem, fließendem Wasser sorgte für ein gewisses Erscheinungsbild. Die meisten der gepflegter aussehenden Leute mussten den ganzen Weg vom Stadtrand zu Fuß hergekommen sein. Es machte den Anblick noch bizarrer.

Warum diese Leute?, dachte Eric. *Verdammt, warum ich und Harry?*

Plötzlich kam ihm ein Gedanke.

Mickey. Ist er auch hier?

»Ich wiederhole«, sagte der Soldat, nachdem seine Eröffnungssalve nichts gebracht hatte. »Kehren Sie nach Hause zurück, oder man schafft Sie hier weg.« Keine Reaktion. Der Soldat sah besorgt aus. Eric konnte sich nicht vorstellen, dass man im Stützpunkt das Verhalten der Schlurfer genau beobachtet hatte. Der Megafonmann nickte seinen Kameraden zu, und sie schwärmten aus, gingen auf die Schlurfer zu, um sie zu vertreiben. Eric und Harry standen ganz hinten; keiner der Soldaten war in ihrer Nähe. Eric tänzelte auf der Stelle; er hatte Angst, die falsche Entscheidung zu treffen. Sollte er die Flucht ergreifen? Sich auf der Ringstraße ein Stück entfernen?

Dann könntest du sehen, ob eine der Blockaden unbesetzt ist.

Es hörte sich wie ein großartiger Plan an. Wirklich.

»Lassen Sie uns hier verschwinden«, murmelte Eric, klopfte Harry auf den Arm, drehte sich um und setzte sich in Bewegung. Harry folgte ihm – vermutlich, weil er nicht bleiben wollte –, aber Eric glaubte nicht, dass er sich für den Plan erwärmen würde.

»Kommen Sie schon, bewegen Sie sich!«, hörte Eric hinter sich einen Soldaten bellen. Er sah zurück. Der Soldat näherte sich einem zitternden und stöhnenden Mann, der deutlich kleiner war als er. Der Schlurfer sah nicht einmal auf. Der Soldat erreichte ihn. Da er ihn überragte, versuchte er ihn einzuschüchtern, bevor er Gewalt einsetzte. »Sie sehen doch, was hier los ist. Wir müssen unsere Arbeit machen! Wir haben Befehle, also hören Sie mit dem Mist auf.« Es wurde lauter, als überall ähnliche Worte fielen. Kein Schlurfer reagierte. Sie sahen gequält aus – die meisten hatten mittlerweile gerötete Gesichter –, aber sie schienen die Soldaten nie richtig anzuschauen, als würden sie sich anstrengen, sich auf das Prisma zu konzentrieren und nichts anderes.

»Lassen Sie uns gehen, das gefällt mir gar nicht«, murmelte Harry, und dann kam der Soldat, den sie beobachtet hatten, zu dem Schluss, dass er genug hatte. Er wollte nach dem kleinen Mann greifen, vielleicht nicht die übliche Vorgehensweise, aber es war ja auch eine ungewöhnliche Situation.

»Nicht«, flüsterte Eric.

Sobald der Soldat den Schlurfer berührte, fuhr der kleinere Mann blitzschnell herum und stürzte sich mit einem hysterischen Kreischen auf ihn. Völlig überrascht ließ der Soldat seine Schulter los und wollte die Waffe heben. Eric sollte nie erfahren, ob er sie abfeuern oder nur damit drohen wollte. Der Schlurfer prallte mit der überraschenden Kraft eines Verrückten gegen ihn und stieß ihn zu Boden.

Das reichte.

Alle Schlurfer fingen an zu schreien. Es ergab nicht den geringsten Sinn. Es waren ungefähr zwölf Soldaten und ungefähr fünfzig oder sechzig Schlurfer, was bedeutete, dass man nur zwölf der Schlurfer gepackt hatte, als *alle* zu schreien anfingen. Als würde eine Art Gruppenverteidigungsmechanismus übernehmen, ein Rudelinstinkt, der bei allen durchbrach. Plötzlich herrschte auf der Ringstraße von Coventry das Pandämonium, als die Schlurfer die Soldaten angriffen. Die sieben oder acht Infanteristen, die nicht sofort zu Boden gerissen worden waren, befreiten sich von den Leuten und wollten zu den Fahrzeugen zurück. Aber sie hatten sich in die Gruppe hineinbegeben, waren überheblich und gereizt gewesen, hatten gehofft, den lausigen Job, das Gelände zu räumen, schnell hinter sich zu bringen. Dieses Verhalten würde ihr Untergang sein, denn die Schlurfer schlossen sie ein – die am Rand der Gruppe kamen nun angerannt, um ebenfalls anzugreifen – und schnitten sie von den Jeeps ab. Die Fahrer, die am Steuer sitzen geblieben waren, sprangen auf und zogen Handfeuerwaffen, stützten sie wie gelernt oben auf den Windschutzscheiben ab. Sie zielten und brüllten ihren Kameraden etwas zu; auf der Straße wurde es so laut und chaotisch, dass Eric kein Wort davon verstehen konnte.

Die schießen doch nie im Leben, das sind Zivilisten. Selbst wenn es seit der Ankunft eine Mediensperre gibt, könnte es immer jemanden mit einem Smartphone geben, die werden bestimmt nicht …

Ein Schlurfer griff blindlings nach der Waffe eines Soldaten.

Möglicherweise löste sich der Schuss zufällig. Vielleicht hatte der Soldat auch das Gefühl gehabt, sich plötzlich unerwarteterweise in Lebensgefahr zu befinden, und traf die entsprechende Entscheidung. Eric vermochte es nicht zu sagen. Die Kugel aus der Maschinenpistole traf den Schlurfer in die Brust. Ein anderer Soldat feuerte fast gleichzeitig in die Luft, mutmaßlich in dem Versuch, die Leute abzuschrecken, aber es war spektakulär schlechtes Timing. Als die beiden Schüsse direkt hintereinander ertönten, trafen die Fahrer ohne anderslautende Befehle eine Entscheidung, als sie das Gebrüll ihrer Kameraden hörten.

Sie eröffneten das Feuer.

»Scheiße!«, rief Eric und stieß Harry mit einer energischen Bewegung vor sich. Harry wehrte sich nicht, und die beiden flohen in die entgegengesetzte Richtung, rannten die Ringstraße entlang. Ankunft oder nicht, erschossen zu werden, war nicht geplant. Die Luft füllte sich mit dem rauchigen Gestank von Schießpulver. Harry schnappte bereits nach Luft und wurde langsamer, aber Eric versetzte ihm erneut einen Stoß und drängte ihn vorwärts. Sie hatten höchstens sechs Meter zurückgelegt.

»Komm schon, beweg dich!«, rief Eric und äffte den Soldaten nach. Ein scharfer Schmerz schoss durch seine linke Schulter, besorgniserregend gleichzeitig mit einem scharfen Knall hinter ihm. Er wagte es nicht, stehen zu bleiben, um nachzusehen, aber der Schock, was da möglicherweise gerade passiert war, überwältigte ihn, während er weiterlief. Die Schulter fühlte sich feucht an.

Nein, dachte Eric aufgeregt und wollte es nicht glauben. *Nie im Leben …*

Dann ertönten die schrecklichen Hörner wieder.

So ein Schock das auch war, das allein hätte nicht ausgereicht, damit sie stehen blieben. Aber von hinten wogte eine Welle aus etwas Unsichtbarem heran, traf sie im Rücken und hob sie kurz von den Füßen. Es reichte, um sie nach hinten blicken zu lassen. Die Schlurfer hatten ihren Angriff eingestellt und waren so friedlich wie zuvor, hatten sich wieder dem Prisma zugewandt. Die Soldaten hatten das Feuer eingestellt, sowohl überrascht wie vermutlich auch ängstlich.

Die Hörner waren ebenfalls verstummt. Das Signal war kurz gewesen, nicht mal eine Sekunde lang, aber es hatte *anders* geklungen. Nicht ganz so laut, nicht so sicher ... vielleicht sogar etwas verzerrt. Und was war diese Woge gewesen?

»Lauf weiter!«, keuchte Harry, und er hatte recht. Das war nicht der Augenblick, um etwas zu analysieren. Sie rannten oder joggten dank Harrys lausigem Tempo in Richtung der nächsten Ausfahrt. Und dann ertönten die Hörner *richtig*.

Eric hatte Zeit, sie genau zu hören, ihre schiere Gewalt zu begreifen, bevor etwas Merkwürdiges geschah und er taub zu werden schien. Als hätte sein Gehirn gesagt: *Nein, das reicht, das brauchst du nicht,* und dann einfach abgeschaltet. Er sah, wie Harry scheinbar lautlos etwas brüllte, die übertriebenen Bewegungen seines Mundes waren so mühelos zu verstehen wie sein Finger, der hektisch in Richtung Ground Zero zeigte.

Sieh dir das Ding an, sagte er.

Eric schaute hin. Das Prisma war noch immer da, aber etwas hatte sich verändert. Worauf zeigte Harry da eigentlich? Dann sah er es; vor dem grauen Himmel war es schwer zu erkennen.

O Scheiße, dachte Eric, *o Scheiße ...*

Um das Prisma hatte sich eine große Kuppel gebildet.

Wann immer ihr so weit seid, Jungs, dachte Eric verzweifelt. *Wann immer ihr den Meißel rausrollt und den Abzug betätigt ...*

Im Gegensatz zu der Finsternis, die der Ankunft vorangegangen war, war die Kuppel so transparent, dass sich Eric anstrengen musste, um sie überhaupt wahrzunehmen. Es gelang ihm nur, weil sich ihre perfekt gerundete Oberfläche wellenförmig zu bewegen schien, ein schwaches Licht, das in ständiger Bewegung zu sein schien.

Dann traf sie diese Woge – *Wind?* – und stieß sie einen Schritt zurück. Eine weitere Woge folgte, glitt durch sie *hindurch*, und es fühlte sich wie ein warmer Lufthauch an. Harry und Eric wechselten einen schnellen Blick und dachten das Gleiche. Sie würde doch nicht …?

Sie starrten die Kuppel aus kaum wahrnehmbarem Licht an. Bewegte sie sich etwa?

Ihre schreckliche Intuition erwies sich als korrekt. Die Kuppel breitete sich vom Prisma aus, und sie waren viel zu nahe.

Sie drehten sich um und rannten. Selbst Harry bewegte sich schneller als je zuvor, während um sie herum der Luftdruck stieg. Eric hatte keine Ahnung, was die Soldaten und die Schlurfer machten, weil er noch immer keinen Ton hören konnte. Aber er konnte fühlen. Seine Füße trommelten auf den Asphalt, seine Schulter protestierte auf eine entrückte Weise, die verkündete: *Ich hole euch gleich ein, gib mir nur ein paar Minuten, Kumpel, dann wirst du mich richtig spüren.* Der Luftdruck stieg unaufhörlich und erschwerte das Atmen. Vom Schrecken gebannt warf er einen Blick zurück über die Schulter. Die Kuppel hatte fast den Straßenrand erreicht – *so weit ist sie schon gewachsen?* –, und die leicht verletzten Soldaten rannten zu den Jeeps, während die Fahrer die Motoren starteten. Eric nahm den Kopf nach vorn, pumpte Arme und Beine mit allem, was er hatte, überholte Harry, schnappte sich aber dessen Arm und zerrte ihn mit sich.

Renn, du alter Bastard! Renn!

Er rang selbst nach Luft, während er einen weiteren verzweifelten Blick nach hinten warf. Das Ding hatte nun die Ringstraße erreicht und dehnte sich noch immer aus. Wie zuvor die Finsternis zerstörte der Kuppelrand nichts, sondern durchdrang alles einfach, ohne Schaden anzurichten. Vielleicht würde sie ja nichts bewirken …

Erst da sah Eric, dass sich die Schlurfer jetzt auf der anderen Seite der Kuppelwand befanden. Sie mussten in dem Augenblick aufgebrochen sein, in dem die Kuppel erschienen war. Sie waren okay. Oder doch nicht? Sie schienen wieder wütend zu sein, aber unverletzt.

Die Kuppel hat ihnen nichts getan!, dachte Eric erleichtert. *Ihnen geht es gut, ihnen geht es gut, also könnte das nichts zu bedeuten haben.*

Dann erreichte die Kuppel die Soldaten.

Die Männer explodierten.

Nein, dachte Eric, nahm den Anblick in sich auf und glaubte, endgültig den Verstand zu verlieren. *Das ist keine Explosion. Sie platzen.*

Eine Erinnerung blitzte in seinem Verstand auf. Irgendwann einmal hatte er ein Video gesehen, wie ein mit Wasser gefüllter Ballon in Zeitlupe durchstoßen worden war. Es war nicht um die Geschwindigkeit gegangen, sondern um die Bewegung der Flüssigkeit.

Eric rannte weiter, konnte aber nicht wegsehen, stöhnte lautlos, als die Soldaten wie dieser Wasserballon zerplatzten. In ihren Uniformen verwandelten sie sich in rote Flüssigkeit, die aus Kragen und Manschetten spritzte. Träge wie ein sanfter Sprühregen verteilte sie sich in alle Richtungen. *Plopp!* Der schlimmste Augenblick kam für Eric, als ihm klar wurde, dass er von seinem erhöhten Standpunkt aus nicht sehen konnte, wo das meiste davon blieb. Unerwünscht schaltete sich die Logik ein, und er begriff, dass das meiste Blut, das meiste der Männer, dank der Schwerkraft unten aus den Hosen der Kampfanzüge gespritzt sein musste.

Es war das Schlimmste, das er je gesehen hatte, und das würde es bis zum nächsten Morgen auch bleiben.

Die Jeeps wurden langsamer, als die Füße, die die Gaspedale heruntergetreten hatten, zu existieren aufhörten. Die Kuppel breitete sich noch immer aus. Sie kam heran und bewegte sich schneller, als die beiden Männer rannten. Eric warf sich vorwärts und riss Harry wieder mit sich, sah, wie sich dessen Brust krampfhaft bewegte. Ihre Blicke begegneten sich. Auch Harry hatte die Soldaten gesehen, hatte die Geschwindigkeit der Kuppel gesehen.

Er riss sich von Eric los und blieb einfach stehen. Er stand still da, während sich seine Rippen dehnten und zusammenzogen, während er lautlos keuchte, was Eric durch die seltsame Taubheit nicht hören konnte. Eric lief vielleicht noch einen halben Meter, der Instinkt schaltete die Logik aus, bevor ihm klar wurde, was Harry da tat. Er machte einen Satz zurück und griff erneut nach ihm, wollte ihn mit sich zerren, aber der ältere Mann wich aus, kniff die Augen fest zusammen und schnappte mit weit aufgerissenem Mund weiter nach Luft.

Komm schon! Komm schon!

Wieder machte Eric einen Satz, aber diesmal trat Harry außer Reichweite und schüttelte energisch den Kopf. Schweiß flog durch die Luft.

WIR MÜSSEN …

Die Kuppel raste hinter Harry heran. Sie war gewaltig, schrecklich und schnell. In der seltsamen, bedrückenden Stille ließ das Fehlen eines jeglichen Geräuschs sie aussehen, als würde sie sich völlig mühelos bewegen. Sie war so gewaltig und unerbittlich wie das Meer, das gegen die Küste schlug.

Etwa vier Sekunden später hatte sie die Männer erreicht.

Harry starrte Eric an, hielt sich die Rippen, während er heftig atmete. Eric keuchte ebenfalls und erstarrte. Die Kuppel kam auf Harry zu und sah jetzt beinahe wunderschön aus mit ihrer tödlichen Oberfläche aus schwachem und tanzendem Licht.

Sie würden nicht entkommen. Die Wand war zu schnell.

Erics Unterlippe fing an zu zittern, und er konnte es nicht abstellen.

Plötzlich machte Harry einen Satz, packte Erics Hand und hielt sie fest. Er legte die andere Hand darauf und blickte Eric in die Augen. Zu seiner Überraschung legte Eric seine freie, weiße Hand auf Harrys dunkle und drückte sie fest. Es waren nur noch Sekunden übrig. Harrys Augen schimmerten feucht. Eric fühlte Wärme, und aus seinen Schultern wich die Anspannung, als er nun ganz still dastand. Es fühlte sich an, als würde die ganze Last einer anderen Person seinen Körper verlassen. Dergleichen hatte er noch nie zuvor gefühlt.

Okay, dachte er. *Es ist in Ordnung. Theresa.*

Die Kuppel erreichte Harry, und Eric schloss die Augen.

Seine Haut kribbelte.

Er hielt die Augen geschlossen. Und geschlossen. Und geschlossen.

Das Ding müsste uns doch schon längst getroffen haben.

Da war ein Ploppen, und dann waren sie da. *Geräusche.*

Eric konnte den nun ganz sanften Wind hören und die Vögel, die hysterisch zwitscherten, als würden sie gleich den Verstand verlieren, die einander wissen ließen, was sie von den unnatürlichen Dingen hielten, die hier vor sich gingen.

Nie im Leben.

Eric öffnete die Augen.

Harry stand mit zwischen die Schultern gezogenem Kopf da, die Augen fest geschlossen, als würde ihn das beschützen. Er lebte und war anscheinend unversehrt. In der Ferne liefen die Schlurfer noch aggressiver als zuvor auf und ab.

Wie im Fieberwahn blickte Eric über die Schulter, in der Erwartung, dass die Lichtmauer wieder auf sie zukam. Aber die Kuppel raste von ihnen fort und schob sich über den Rest der Stadt!

O mein Gott, o mein Gott, o mein Gott, wir leben, wir leben …

Hektisch schüttelte er Harrys Hand, brüllte los.

»Harry! Harry!« Harry öffnete die Augen. »Harry, sieh doch, es ist okay! Sieh doch nur!«

Harry schaute zu der sich entfernenden Kuppelwand, die in der Ferne durch Beton und Gebäude glitt, als wären sie lediglich eine Illusion. Er sah nach links und rechts, fasste den Horizont in den Blick, während sich die Kuppel in alle Richtungen ausbreitete. Dann stieß er die Luft aus, die er angehalten hatte, und das tat er so ausgiebig, dass er sich dabei krümmte.

»Scheißeee!«, sagte er. »O Scheiße! O Scheiße! Das war … O Scheiße!«

Eric lachte vor Erleichterung, ignorierte die Fragen, die sein Verstand aufwarf. Wieso waren sie noch am Leben? Warum befanden sie sich im Inneren der Kuppel?

Ihre Beantwortung konnte warten.

Harrys Blick fiel auf ihre Hände, die sie immer noch hielten. Eric schloss sich ihm an.

Ein kurzes, unbehagliches Schweigen trat ein.

»Äh …«, murmelte Harry.

Das reichte. Eric fasste Harrys Hand noch fester und klatschte darauf, während er wieder lachte. Harry schüttelte den Kopf, lächelte und fiel ein. Einen Augenblick lang war das Lachen nur Erleichterung, dann kamen ihnen beiden die Freudentränen. Sie hatten gerade dem Tod ins Gesicht gestarrt und überlebt, und auch wenn sie Fremde waren, hatten sie es zusammen getan. Der Händedruck wurde zu einer kräftigen Umarmung auf der Mitte der Ringstraße, und Eric spürte nicht einmal seine Wunde, während sie hysterisch vor Lachen brüllten. Es wurde von Angst angetrieben, war aber auch eine Reaktion auf die Furcht, auf den Schrecken, von dem sie gerade Zeugen geworden waren, denn sie beide kannten die Wahrheit.

Wir haben es noch nicht geschafft.

Später würde Eric denken, dass das der Augenblick war, in dem er und Harry Freunde geworden waren.

Freunde bis zum Ende.

TEIL 2

DIE EMPTY MEN

KAPITEL SECHS

Eine schreckliche Wärme

Maria

Maria erreichte Ruth' Haus gegen neunzehn Uhr; mittlerweile war die Sonne untergegangen. Kurz nach Erreichen der Ausfahrt hatte der Radioempfang völlig versagt. Maria, die sich sonst immer an die Verkehrsregeln hielt, brach mit einem Jahrzehnt sicherem Fahren und überprüfte ständig den Internetempfang ihres Handys. Nichts. Dreimal waren Kampfflugzeuge am Himmel vorbeigerast, alle in dieselbe Richtung. Als Maria den Mietwagen auf Ruth' Auffahrt lenkte, schmerzten ihre Schultern, der Nacken und der obere Rücken vor Anspannung … aber sie hatte es geschafft.

Ruth hatte das Haus bereits verlassen und rannte mit ausgestreckten Armen auf den bremsenden Wagen zu; ihr lockiges braunes Haar war in Bewegung. Sie trug ihre üblichen Hausklamotten: Jogginghose und ein übergroßes T-Shirt. Maria lachte tatsächlich, als sie den Wagen anhielt und ausstieg, ebenfalls die Arme ausbreitete. Ruth riss sie in eine Umarmung. Ruth war groß. Groß für eine Frau, eins siebenundsiebzig zu Marias eins siebenundfünfzig. Maria mit ihrer dürren Gestalt kam sich vor, als würde sie von einem weichen und angenehm riechenden Wrestler umarmt.

»Heilige Scheiße«, sagte Ruth, was Maria ein weiteres Lachen tief aus ihrem Inneren entlockte. Wie zum Teufel hatte sie je zulassen können, dass diese Person in ihrem Leben fehlte? »Damit du hier auftauchst, muss erst die Welt untergehen. Muss ich so etwas erst arrangieren, um dich zu finden, du Teilzeit-Miststück?« Es war noch immer Showtime, aber als Ruth zurücktrat, um Maria anzusehen, flackerten Überraschung und Schock über ihre Miene. Sie hatte gesehen, wie viel Gewicht Maria verloren hatte. Auf ihre wundervolle, wahrhaftige Ruthweise sprach sie den Elefanten im Raum an und brachte alles mühelos in Ordnung.

»Mein Gott! Ich weiß, dass vermutlich ein schreckliches Trauma dafür gesorgt hat, aber letztens war ich in einem Primarni, und jetzt ist es offiziell. Ich habe Größe sechzehn, und weißt du, ich bin hin- und hergerissen, was besser ist. Sportstudio oder Trauma, Sportstudio oder Trauma, und ich würde gern dein Geheimnis erfahren, damit ich die richtige Entscheidung treffe.«

Maria lachte laut, so richtig aus dem Bauch heraus, zum ersten Mal seit Jahren, aber es war zu laut, brach zu schnell ab. Sie zwang die Tränen zurück, und Ruth reagierte gesegneterweise richtig. Sie tat so, als würde sie es nicht bemerken.

»Hast du Hunger?«

Zu ihrer Überraschung verspürte Maria Hunger. Sie gingen ins Haus.

Maria schaffte ein Schinkensandwich, während Ruth ihr am Küchentisch gegenübersaß und ohne Punkt und Komma über Belangloses redete, manische freie Assoziation. Jede Erwähnung von Marias fünfjährigem Verschwinden fehlte auffällig. Maria wusste, dass es ihre Sache war, das Thema auf den Tisch zu bringen.

»Ruthie«, sagte sie leise und unterbrach das Geplauder. »Hast du Nachrichten gehört? Das Autoradio und mein Handy haben gestreikt.«

»Nein.« Ruth setzte ihr breitestes Lächeln auf, was bedeutete, dass sie Angst hatte. »Eigentlich nicht. Das Radio funktioniert so gut wie gar nicht, und das Fernsehen hat auch vor Kurzem den Geist aufgegeben. Ich habe es für alle Fälle eingeschaltet gelassen, aber da ist nur der blaue Bildschirm zu sehen. Das gilt auch für Internet und Handy.«

»Wo ist Jason? Bei der Arbeit?« Arbeitete überhaupt jemand an diesem Tag, bei allem, was geschah? Manche Leute würden es sicherlich tun. Die Rettungsdienste? Jason arbeitete im Hypothekengeschäft.

»Er ist oben im Norden bei einer Konferenz. Ich habe heute Morgen mit ihm telefoniert.« Das Lächeln verschwand. Ruth blinzelte.

»Ihm geht es bestimmt gut.« Maria griff über den Tisch und drückte Ruth' freie Hand. »Entweder hat er sich ein Zimmer genommen oder ist auf dem Weg. Das weißt du.«

»Er ist im Landesinneren. Er ist nicht in Küstennähe.«

Das fand Maria nicht besonders tröstlich, aber sie sagte nichts. Die Ereignisse fanden nun in der Landesmitte statt, und ihrer Meinung nach bewegten sich diese weißen Dinger landeinwärts. Vermutlich war man nirgendwo sicher. Sie hätte an diesen gottverlassenen Ort zurückkehren …

»Das ist gut«, sagte sie stattdessen. »Hast du versucht, hier wegzukommen?«

»Nein.« Ruth schniefte. »Jason hat mich darum gebeten, bevor die Handys verrücktgespielt haben. Ich habe ihm gesagt, dass ich nicht fliehen will, das haben wir noch nie gemacht. Und jetzt ist es schlimmer. Die Straßen. Es ist zu spät, das ist es doch?«

Maria rieselte es eiskalt den Rücken hinunter, aber sie beherrschte sich. Hier ging es nicht um sie.

»Im Augenblick schon, glaube ich. Ja.« Sie konnte nicht glauben, dass sie das gesagt hatte.

»Ich habe dich vermisst.« Ruth lächelte traurig.

»Ich habe dich auch vermisst.«

»Ich wollte dich wissen lassen, dass ich dich liebe und es mir so leidtut …«

»Ach, Schatz … du brauchst dich wegen nichts zu entschuldigen. Nichts.« Maria hörte das Kosewort, und plötzlich fühlte sie sich kurzerhand in die gute, alte Zeit versetzt, von Wärme umgeben. Dann traf sie das Wissen, dass sie sie in der Gegenwart verloren hatte, wie eine kalte Dusche. Das Atmen fiel ihr schwer.

»Ich … ich habe vorige Woche mit Marcus gesprochen«, sagte Ruth.

Es war wie ein Schlag ins Gesicht. Marias Griff um Ruth' Hand wurde schlaff.

»Ach ja«, sagte sie automatisch. »Wie geht es ihm?«

»Gut.«

»Das ist schön.«

»Er hat dich erwähnt. Er hat dich besucht?«

»Ja, ja, hat er.« Maria hielt den Blick fest auf den Tisch gerichtet, während ihre Schläfen pochten. Marcus. Ruth seinen Namen sagen zu hören, ihn aus dem Mund seiner Schwester zu hören, war irgendwie schrecklich. Nicht, dass er tot gewesen wäre oder dergleichen, und Gott sollte ihr verzeihen, dass sie diesen Gedanken hatte, aber manchmal hatte sie sich gefragt, ob es das nicht leichter gemacht hätte. Sie hatte ihn schon einmal für tot gehalten, aber dann hatte sich herausgestellt, dass es ihm gut ging; an diesem schrecklichen Tag war er doch nicht im Verkehrsmuseum gewesen. Aber da war es bereits zu spät gewesen, da war der Verlust bereits erfolgt …

Maria unterbrach den Gedankengang und zwang stattdessen die nächsten Worte heraus.

»Wir haben uns getroffen. Vor ungefähr einem Monat. Haben uns unterhalten. Es war meine Idee. Ich dachte, es würde … Ich wollte … Ich glaubte, es würde es wert sein.«

»Ja. Ja.«

»Hat er … hat er viel darüber erzählt?«

»Er hat gesagt, dass es schön gewesen ist, dich zu sehen. Aber er hat auch gesagt, es sei … schwierig gewesen.«

Es *war* schwierig gewesen. Und am Ende hatte es sich als eine ganz schlechte Idee herausgestellt.

Sie hatte sich stärker gefühlt. Was hatte sie sich nur dabei gedacht? Eines Abends hatte sie einfach nach dem Handy gegriffen und ihn angerufen. Sie hatten miteinander gesprochen, und es hatte sich gut angefühlt, so gut, und sie hatte genau gewusst, dass er das auch so empfunden hatte. Sie hatte ihn geradeheraus gefragt: Können wir die Vergangenheit hinter uns lassen? Wir sind gewachsen, wir haben uns verändert. Und das hatten sie wirklich. Konnten sie sich treffen? Er hatte Ja gesagt. Sie hatte ihm erklärt, dass es da das Problem mit dem dreistündigen Flug nach Barcelona gab. Er war immer noch einverstanden gewesen. »Ich fahre jeden Tag vier Stunden hin und zurück zur Arbeit«, hatte er erwidert, und das war eine Überraschung gewesen. Marcus war zum Pendler geworden? Sie hatte sich so auf seine Ankunft gefreut, war wieder sechzehn gewesen. Konnte das ein neuer Anfang sein?

Sich zu sehen, war dann ganz anders gewesen. Der Schmerz kehrte in der Sekunde zurück, in der sie ihn am Flughafen sah, und sie hatte gewusst, dass sie es nicht schaffen würden. Bei jedem Blick in seine Augen würde sie an erster Stelle diese schreckliche, verzweifelte Traurigkeit verspüren, und ihm würde es nie anders gehen. Aber er hatte den weiten Weg auf sich genommen, also sollten sie zumindest etwas miteinander trinken und einander auf den neuesten Stand bringen. Vielleicht würde es ja ganz nett werden.

Innerhalb einer Stunde waren sie betrunken gewesen, in der nächsten hatten sie oben in seinem Hotelzimmer gevögelt – sie hatte lautlos geweint und ihn fest an sich gedrückt, damit er es nicht mitbekam –, und in der dritten waren sie zu dem gemeinsamen Schluss gekommen, dass es ein Fehler gewesen war. Er war wieder abgereist, hatte einen früheren Flug nach Hause genommen. Den ganzen nächsten Monat war sich Maria wie ausgehöhlt vorgekommen, sämtlicher Fortschritt war aus ihr herausgekratzt worden, man hatte sie gewaltsam wieder zum Anfang gezerrt.

»Es war schwierig. Ja.«

»Also glaubst du nicht, dass du ihn wiedersehen wirst?«

Maria wusste, wie sehr sich Ruth wünschte, dass sie alle wieder eine Familie waren, aber eine Sekunde lang hasste sie sie aus ganzem Herzen. Was tat Ruth ihr da an? Plötzlich war sie wieder dort, in diesem Bus, lag wieder auf dem Asphalt, wusste, was geschah, und hoffte verzweifelt, dass ein Krankenwagen rechtzeitig kommen würde, wusste, dass das nicht möglich sein würde, und hoffte trotzdem, dass die Rettung gelingen würde …

»Nein«, sagte sie, und es war ein Krächzen. Ruth fasste ihre Hand fester.

»Es tut mir leid, es tut mir so leid, Liebes.«

Und jetzt bist du hier gefangen, kreischte der Affe in ihrem Inneren plötzlich, *verschwinde, lauf …*

»Mir geht es gut. Mir geht es gut.« *Nein,* befahl sie sich. *Rede darüber. Werde das verfluchte Gift los.*

Und dann erzählte Maria Ruth Dinge, die niemand außer Marcus je erfahren hatte, Dinge, die aus einem Ort so tief in ihr kamen, dass sie bei jedem Wort zitterte.

»Ihr Name sollte Anna sein, habe ich dir das je erzählt?« Marias Blick heftete sich auf die Teetasse.

Marcus hatte recht, sagte sie sich und prügelte auf den Kern ihres Wesens ein, wie es kein anderer konnte. *In deinem Zustand war selbst die Betreuung von Kindern in der Ferienbetreuung zu viel.*

»Ich hatte mich vorher entschieden, dass ich sie nicht halten wollte, sobald man … Früher in den Sechzigern war das so üblich, weißt du? Man brachte die Babys sofort weg. Und jetzt sind viele Leute der Ansicht, dass man Zeit mit ihnen verbringen sollte, dass es besser für einen ist. Aber ich hatte mich bereits entschieden. Ich konnte sie nicht halten, Ruth. Ich konnte es nicht tun.«

»Liebling …«, hauchte Ruth.

»Ich war so erleichtert, als ich herausfand, dass Marcus noch am Leben war«, fuhr Maria fort, ohne es zu hören. »Die Polizei hatte mir das mit dem Verkehrsmuseum gesagt und dass dort Tote abtransportiert wurden, also war sie vom Schlimmsten ausgegangen. Als er mich im Krankenhaus besuchte, waren wir einfach hysterisch. Aber ich war hinterher so am Ende, und er war es auch, und danach … wir haben es versucht, aber …«

»Ich weiß. Ich weiß«, unterbrach Ruth sie und hielt sie auf, bevor sie ihre düsterste Wahrheit aussprechen konnte, ihre finsterste Wahrheit: Sie war nicht stark genug, ihre Beziehung zu retten. Sie war ein Feigling. »Wir haben uns seit der Trennung solche Sorgen um dich gemacht. Niemand wusste, wo du überhaupt steckst.«

»Es tut mir leid«, schluchzte Maria.

»Nein, das habe ich nicht damit gemeint …«

»Mir geht es jetzt besser, ich habe eine Arbeit. Ich verdiene nicht viel, aber das ist okay, weil ich nie rausgehe. Ich esse nicht viel. Ich vermisse meinen alten Job, das Yoga, aber wenn ich daran denke, mich in einem Raum vor eine Gruppe Leute zu stellen, zittere ich am ganzen Leib und …« Unbehaglich rutschte sie auf dem Stuhl herum, und der Bann der Ehrlichkeit war gebrochen. »Ich gehe nicht raus«, wiederholte sie und gab auf.

»Du hast das Richtige getan, indem du herkamst. Zu mir kamst.«

»Eine Vision hat die Fehlgeburt ausgelöst, Ruth«, sagte Maria und war erstaunt, wie leicht das doch gewesen war. »Ich sah einen der Menschen, zu denen die Stone Men unterwegs waren. Ich sah ihn in meinem Verstand. Genau wie es in diesen *Sei vorbereitet*-Werbespots beschrieben wurde. Habe ich dir das je erzählt?«

»Nein.«

»Bei der Befragung habe ich behauptet, dass es das einzige Mal war. Aber nicht einmal das stimmte. Ich habe sie jedes Mal gesehen. Sie alle. Ich habe das nie jemandem gesagt. Ist das nicht schrecklich?«

»Nein.« Ruth seufzte. »Ich habe das Gleiche getan.«

Maria konnte es nicht glauben. Sie starrte Ruth begriffsstutzig an.

»Du … du hast Visionen gehabt?«

»Beim zweiten Mal nur flüchtig, und auch bei der Dritten Ankunft.«

»Warum hast du das niemandem gesagt?«

»Ich habe es Jason gesagt. Er hat mir dringend ans Herz gelegt, nichts zu sagen, und ich fand, dass er recht hatte.«

Maria blinzelte. »Ich habe mich immer so schuldig gefühlt, dass ich nichts …«

»Nicht. Du hast keine Ahnung, was da vor sich geht, und ich auch nicht. Diese Werbespots stellen das alles so nett dar, aber würdest du der Regierung vertrauen?«

Diese Werbespots. Dieser Aufruf zu *Sei vorbereitet.* Die ständig gelaufen waren, nachdem sich die ganze Aufregung über die Dritte Ankunft gelegt hatte. In den Nachrichten hatte es geheißen, dass die Reaktion enorm gewesen war. Sie waren so allgegenwärtig gewesen, dass sich beinahe jeder – Maria eingeschlossen – noch Wort für Wort an sie erinnern konnte. Die Sprecherin war jovial und warmherzig gewesen: »Ist Ihnen während der Ersten, Zweiten oder Dritten Ankunft etwas Seltsames passiert? Dann möchten wir von Ihnen hören. Sie kennen das alte Sprichwort, dass es keine dummen Fragen gibt, wenn man die Antwort nicht kennt? Bei *Sei vorbereitet* gibt es keine dummen Fragen. Wir wissen nicht, ob oder wann wir jemals wieder besucht werden, und wir brauchen die Hilfe der Öffentlichkeit, um dafür zu sorgen, dass wir so gut vorbereitet sind wie möglich. Das bedeutet eines: Wissen. Wissen, das wir ohne *Ihre* Hilfe nicht erhalten werden. Wir kommen gut voran, aber um eine bessere, umfassendere Verteidigung schmieden zu können, müssen wir unseren Feind kennenlernen, um *Ihretwillen* und für *unsere* potenziellen Nachkommen. Falls Sie oder jemand, den Sie kennen, während einer der Ankünfte ungewöhnliche Visionen, rhythmische Laute oder geistige Verbindungen erlebt hat, besuchen Sie seivorbereitetengland.org oder rufen Sie unter …«

Man hatte versucht, Maria anzurufen, aber da war sie schon weg gewesen. Sie war davon ausgegangen, dass man ihren Bericht über den Zwischenfall gelesen hatte. Man hatte auch versucht, in Barcelona mit ihr Kontakt aufzunehmen, sich dabei aber nicht allzu große Mühe gegeben. Vermutlich hatte man nur Leute gesucht, von denen man überzeugt war, dass sie wirklich mit den Stone Men Verbindung aufnehmen konnten. Man hatte nicht gewusst, dass Maria jedes Mal Visionen gehabt hatte. Maria fiel die andere alte Frage ein, auf die sie mit Flucht reagiert hatte.

Hätten sie dir helfen können? Das Ding hat den Kopf gedreht, um dich anzusehen. Hättest du ihnen helfen können, damit sie dir helfen? Fahr nach Coventry, finde eine Militärblockade, und du könntest …

»Ich habe Ihnen nicht vertraut, nein, aber vielleicht … Und wenn das ein Fehler war?«

»Das war es nicht«, sagte Ruth energisch. »Den ganzen Tag ging in Coventry etwas vor, aber schon zuvor hat man versucht, es unter Verschluss zu …«

»Warte«, bellte Maria plötzlich und ließ Ruth zusammenzucken. »Du hast gesagt, du hast den Fernseher laufen lassen?«

»Ja«, antwortete Ruth, die Hand auf die Brust gelegt, während sie sich beruhigte.

»Ist das ein Digitalrekorder?«

»Ja.«

»Glaubst du, du könntest zurückspulen?«

Das ist das Ding, dachte Maria. *Das hat Stephen im Hubschrauber gesehen, bevor er starb. Es hat ihn erwischt, als es auftauchte.*

Im Fernsehen war eine Luftaufnahme des Stadtzentrums von Coventry aus weiter Entfernung zu sehen. Ein schimmerndes, sich bewegendes Gebilde bedeckte es wie eine unmöglich große Luftpolsterfolie. Der Anblick ließ Maria an einen riesigen Parasiten denken, der sich an die Stadt geklammert hatte und sie nun aussaugte. Das Gebilde war schwer vor dem dunklen Himmel zu erkennen, erst recht mit der geringen Auflösung, die die Kamera nachts hatte, aber es war offensichtlich da. Als würde der mittlerweile dunkle Himmel langsam aufgewühlt.

» … diese Anomalie, wie wir sie nennen, traf vor mehreren Stunden in Coventry ein und scheint dort zu bleiben«, kommentierte der Moderator im Studio die Bilder. »Näher ließ uns das Militär nicht heran. Wir wissen nicht, wie lange wir imstande sein werden, Ihnen selbst das zu zeigen, aber man scheint dort ziemlich beschäftigt zu sein. Susan Brownhill ist vor Ort.«

»Ich bin hier, Joshua«, sagte Susan. Sie klang, als säße sie in einem Hubschrauber. Nach allem, was zuvor passiert war, musste Susan verrückt sein, sich in der Nähe von Coventry aufzuhalten, fand Maria.

»Vielen Dank, Susan«, sagte Joshua, »und ich weiß, dass ich für alle Zuschauer spreche, wenn ich sage, halten Sie eine sichere Distanz ein.« Er hielt inne, weil ihm klar wurde, dass niemand auch nur eine Ahnung hatte, welche Distanz sicher war.

»Man schickt uns weg, Joshua«, sagte Susan Brownhill, »wir haben die Mitteilung erhalten, dass jeden Augenblick ein weiterer Angriff durchgeführt werden wird, und wir dürfen uns nicht im benachbarten Luftraum aufhalten.«

Vergesst das mit dem Luftangriff, dachte Maria. *Wir haben doch erlebt, wie man das bei dem Stone Man versucht hat, und es hat das Ding nicht einmal erschüttert. Wo ist der verdammte Meißel?*

Susan schien Marias Gedanken aus Coventry zu lesen.

»Vom Meißel hat man auch noch nichts gehört, Joshua, aber das kann auch an den technischen Problemen liegen, die wir haben. Einem Gerücht zufolge befindet sich der Meißel tatsächlich in dem Zentrum am Ground Zero, aber wir versuchen aus der Downing Street eine Bestätigung seines derzeitigen Status zu erhalten. Wie wir gehört haben, gibt es einige Unruhe wegen des Zögerns der Regierung, eine Antwort ...« Sie verstummte. Die leicht schimmernde Blase füllte den größten Teil des Bildschirms, während Susans Hubschrauber auf der Stelle schwebte.

»Susan?«

»Man schickt uns weg, Joshua«, sagte Susan tonlos, und das Bild wich von der äußerst beunruhigenden Kuppel, die über der Stadt hing. Man schaltete zurück ins Studio, und das Bild auf Ruth' Fernseher wurde blau.

»Da hat die Übertragung geendet«, sagte Ruth. Maria fiel auf, dass ihre Augen feucht schimmerten.

»Jason geht es gut«, sagte Maria. »Ich verspreche es.« Das war eine völlig sinnlose Bemerkung, ein Versprechen, an das sie selbst nicht glaubte, denn es gab nichts, worauf es sich gründete.

»Ich habe das schon eben gesehen, es macht mich nur wieder betroffen, das ist alles.« Ruth schniefte. Sie atmete scharf ein, um sich zu beruhigen, sah Maria an und lachte.

»Was?«

»Wir sind am Arsch«, lachte sie. »Wir sind völlig am Arsch!«

Maria starrte sie entsetzt an ... und dann lachte sie auch. Was für eine andere Möglichkeit gab es sonst? Darüber zu lachen, fühlte sich an ... wie ein Sieg?

»Ich habe eine Idee.« Ruth kicherte, wischte sich die Augen und trat an den Getränkeschrank des Wohnzimmers. »Lass uns etwas trinken und reden. Rum und Cola. Richtige Cola, mit Zucker. Ich glaube, heute muss man sich keine Sorgen darüber machen, etwas zu trinken und dann zu fahren, sollte uns etwas einfallen. Weiß der Teufel, was das sein sollte. Wenn wir eine Idee haben, bevor du zu besoffen bist, um nachts im Stau mit zwei Meilen pro Stunde zu fahren, dann tust du das eben. Wenn nicht, bleibst du hier und leistest mir Gesellschaft. Sitzen wir's aus. Einverstanden?«

Die Idee ließ in Maria Panik aufsteigen, aber auch Wut, dass sie einfach nicht für ihre Freundin da sein konnte. Sie wusste genau, was sie hätte tun sollen – *finde die verdammte Weisheit, um das zu akzeptieren, was du nicht ändern kannst* –, aber sie war es so leid, ständig wegzulaufen.

»Scheiß drauf. Betrinken wir uns«, hörte sie sich selbst sagen, aber sie war froh, dass sie saß. »Ich nehme meinen pur. Auf Eis.« Ruth grinste und schlug ihr auf die Schulter. Wie immer ließ es Maria zur Seite schaukeln, aber das störte sie nicht. Sie grinste ebenfalls. Das war nicht einfach nur eine Party; das war ein Akt des Widerstands. Wenn sie schon sterben musste, würde sie eben hier sterben, zusammen mit jemandem, den sie liebte, und mit dem sie zum ersten Mal seit Jahren Spaß hatte.

Nehmt das, ihr steinernen Bastarde.

»Ruth?«, fragte sie plötzlich. »Hast du sie gefühlt, bevor sie kamen? Schon vor meinem Aufbruch in Spanien zur Beerdigung habe ich mich nicht wohlgefühlt. Ich hatte das Gefühl, nach Hause kommen zu müssen, und das habe ich sonst nie. Ist dir etwas aufgefallen?«

»Ja.« Ruth seufzte. »Ich konnte nicht schlafen. Ich habe dauernd aus dem Fenster geschaut, glaubte, da wäre etwas im Garten. Ich habe es auf den Stress bei der Arbeit geschoben.« Der entspannte Augenblick war fast vorbei, aber Ruth rettete ihn. »Hör zu, du gehst jetzt duschen, und ich mache die Drinks.« Sie zwang sich zu einem Lächeln.

»Ein guter Plan.« Maria stand auf, und Ruth' inneres Showgirl kam wieder zum Vorschein, während sie in Richtung Küche ging, um Eis zu holen.

»Und wenn du irgendwann«, sagte sie mit vorgetäuschter Fröhlichkeit, »irgendwann Lust hast, keine Ahnung, mir von den letzten paar Jahren zu erzählen, höre ich gespannt zu. Und wenn nicht, weißt du, ist das auch in Ordnung.« Theatralisch studierte sie ihre Fingernägel. Dann warf sie Maria einen Seitenblick direkt aus einem Fünfzigerjahre-Spionagefilm zu und tänzelte durch die Tür, was Maria laut lachen ließ.

So begann die schlimmste Nacht in Marias Leben.

Mitten in der Nacht wachte Maria mit hämmernden Kopfschmerzen auf und musste unbedingt pinkeln. Der Sonnenaufgang war noch fern, und es fühlte sich so an, als wäre ihr Kater bereits da. Sie war schon sehr lange nicht mehr betrunken gewesen. Der Abend ging ihr durch den Kopf; zu viel Rum und sogar Tanzen zu S Club 7 im Wohnzimmer. Es war toll gewesen, Furcht und Chaos waren eine Weile in Vergessenheit geraten und draußen vor der Tür geblieben, aber die Übelkeit ließ sie sich wünschen, es wäre etwas weniger Spaß gewesen. Sie schlug die Decke zurück und verließ das Bett, der unbewusste, automatische Teil ihres Gehirns war am Steuer und trieb sie zum Badezimmer, sagte: *Keine Sorge, ich mache das schon.* Danach ging sie zurück ins Schlafzimmer.

Etwas hatte sich verändert. Das wusste sie, bevor sie einen Fuß über die Schwelle gesetzt hatte.

Maria trat ans Schlafzimmerfenster. Sie musste nachsehen. Etwas in ihrem Inneren wusste, dass dort draußen etwas lauerte. Es hatte sie aufgeweckt.

Aber das ergab keinen Sinn. Wie viel Uhr war es? Ihr müder Blick fiel auf die Leuchtzahlen des Weckers neben Ruth' Gästebett und erinnerte ihren benebelten Verstand erneut daran –

Ruth' Haus, ach ja, wie viel haben wir getrunken? –, dass Mitternacht war. Wann waren sie noch mal zu Bett gegangen?

Plötzlich überfiel sie eine Gänsehaut, ein Stromstoß schoss durch ihr Rückgrat. Ihr Blick klärte sich, und ihr wurde bewusst, dass ihre Hand nach den Vorhängen griff. Die traumähnliche Kombination aus hellem Mondlicht und dem schwachen Schein der Straßenlaternen versah den Stoff mit einem schwachen Nimbus, der sich von der Dunkelheit abhob.

Warum öffne ich die Vorhänge? Was erwarte ich zu sehen?

Es fühlte sich wie ein Albtraum an, als sie versuchte, ihre Hand aufzuhalten; die Auswirkungen ihres Katers schienen sie zu einer bloßen Beobachterin ihrer eigenen Handlungen zu machen. Sie fröstelte, aber das kam nicht von der Kälte, obwohl sie nur Unterwäsche und T-Shirt trug.

Öffne diesen Vorhang nicht. Berühre ihn nicht.

Sie sah zu, wie ihre Hand den einen Vorhang schläfrig zur Seite zog. Die in weiches Mond- und Laternenlicht getauchten Fassaden der Reihenhäuser auf der anderen Straßenseite starrten ihr entgegen. Nirgendwo waren Lampen oder Bewegung zu sehen. Schließlich war es Mitternacht. Die einzige sichtbare Straßenlaterne glühte weiß, schwach genug, dass die Sterne an dem wolkenlosen Himmel zu sehen waren. Es sah unheimlich, aber friedlich aus. Da war nichts. Sie konnte also wieder zu Bett gehen.

Das tat sie aber nicht. Sie wartete und beobachtete, während sich die Muskeln in ihrem Rücken und Nacken immer stärker anspannten.

Bitte. Lass uns gehen.

Warum flüsterte ihr jede Faser ihres Körpers zu, die Flucht zu ergreifen?

Sie sah die erste Bewegung auf der Straße unter ihr.

Zuerst war es nur eine Spiegelung in einem gegenüberliegenden Fenster. Zuerst glaubte sie, jemand sei aufgewacht und ginge durchs Haus. Dann wurde die Spiegelung klarer, und ihr noch immer erwachendes Gehirn fragte sich, warum die Person hinter dem Fenster eine so glatte, weiße Schattierung aufwies? Nein, es war eine Spiegelung …

Dann *war* sie wach. Richtig wach, und ihr stockte der Atem.

Ein Empty Man kam die Straße entlang.

Das Ding verursachte nicht den geringsten Laut, und es bewegte sich auch nicht schneller als in einem gemütlichen Schritttempo. Der Oberkörper war genauso nach vorn gebeugt wie zuvor am Strand, die Arme noch immer abgewinkelt. Der in die Länge gezogene Kopf drehte sich nicht, bewegte sich nicht einmal auf und ab, und Maria wurde klar, woran das lag. Die Beine bewegten sich nicht. Das Ding *glitt* daher. Die Füße waren weiterhin nicht sichtbar, sie schienen wie bei einer Stockpuppe zu fehlen. Die Beine verschwanden einfach im Boden, während es sich langsam die Straße entlangbewegte. Selbst in der Dunkelheit produzierte die helle weiße Farbe der Gestalt irgendwie keinen Lichtschimmer, erschuf auf Flächen in der Nähe keine Schatten. Sie zu betrachten, ließ Marias Augen beinahe schmerzen; das galt auch für ihren Verstand, als würde man von ihrem Gehirn verlangen, etwas zu verstehen, das es einfach nicht geben konnte, und das Resultat war dieser Schmerz.

Ein Stück hinter dem Ding folgten zwei weitere.

Sie bewegten sich nicht in einer Linie oder in irgendeiner erkennbaren Formation. Der erste Empty Man befand sich fast in der Straßenmitte, der zweite war ziemlich nahe an der Häuserreihe gegenüber, und der dritte war Marias Straßenseite nur unwesentlich näher. Sie alle waren steif, bewegten sich aber trotzdem in der gleichen, leicht vornübergeneigten Haltung. Die abnorm großen und dünnen Körper erinnerten an wartende Geier, ihre dünnen, viel zu langen Gliedmaßen waren steif und gebogen. Das Gefühl, das Maria schon am Strand verspürt hatte, dieses kalte Gefühl, dass dort etwas *lauerte,* trat zehnfach verstärkt wieder auf. Sie wollte den Vorhang loslassen und vom Fenster verschwinden, aber das konnte sie nicht. Sie wollte nach Ruth rufen, aber ihr Hals war wie zugeschnürt. Sie verspürte eine Angst wie noch nie zuvor im Leben, noch schlimmer als im Bus mit diesem Monster, das sich ihr zuwandte. Sie ertappte sich dabei, wie sie verzweifelt die Rettung ersehnte.

Vielleicht gehen sie vorbei. Vielleicht gehen sie vorbei. Vielleicht …

Das erste Ding hielt an, bevor es aus der Sicht verschwinden konnte. Die anderen näherten sich langsam ihrem stehen gebliebenen Gefährten. Die Zeit stand still.

Dann bewegte sich der erste Empty Man auf eines der gegenüberliegenden Häuser zu.

Maria legte eine Hand auf den Mund und biss sich auf den Knöchel, als er sich lautlos zur weißen Haustür begab, einen Augenblick lang auf eine seltsame Weise davon eingerahmt wurde und so sehr damit verschmolz, dass er beinahe zu verschwinden schien. Entsetzt stöhnte sie in ihre Faust, als er die Tür erreichte und einfach durch sie hindurchging. Als würden die Gesetze der Physik für ihn nicht gelten, was sie natürlich auch nicht taten. Maria versuchte sich vorzustellen, wie das Ding nun in dem ganz normalen Haus eines ganz normalen Menschen stand, und konnte es nicht. Es war dort drin inmitten ganz normaler Bücher und Möbel und Erinnerungen.

Dann sah sie, dass ein weiterer Empty Man ebenfalls angehalten hatte. Der zuletzt eingetroffene bewegte sich weiter vorwärts, während der andere vor einem anderen Haus stehen geblieben war. Dort blieb er. Lange genug, dass ihn sein Gefährte fast erreichte.

Und er bewegte sich noch immer nicht.

Das andere Ding zog daran vorbei.

Und noch immer verharrte er dort wie erstarrt.

Er könnte verschwinden … wie zuvor auch …

Der Empty Man war direkt vor Ruth' Haus stehen geblieben.

Bitte.

Er setzte sich in Bewegung, genau auf Maria zu.

Plötzlich pulsierte ein rhythmisches Gefühl in ihrem Gehirn, während sie hilflos zusah. Das Ding hatte sich nicht gedreht, um sich ihr zuzuwenden; es bewegte sich einfach seitwärts. Es würde irgendwo in der Mitte der vorderen Wohnzimmerwand das Haus treffen, wie Maria entrückt klar wurde. Dann versperrte der Fensterrahmen die Sicht, und nach einem Moment begriff Maria, dass ihr Besucher trotz seiner langsamen, behähigen Geschwindigkeit mittlerweile im Haus sein musste, direkt unter ihr.

Ihr Körper wollte sich zu einer Kugel zusammenkrümmen, aber ein Gedanke durchbrach den Schleier des Entsetzens.

RuthwachaufspringausdemFensternunmachschon …

Der Gedanke, dass ihre Freundin in Gefahr war, gab Maria ihre Kontrolle zurück, und sie eilte auf Zehenspitzen zur Gästezimmertür, trippelte wie ein von einem Falken entdecktes Nagetier. Sie öffnete die Tür einen Spaltbreit, erwartete, dass der Empty Man dort stand und leicht nach vorn gebeugt auf sie wartete.

Da war nichts.

Der Korridor im ersten Stock war wie eine dunkle Gruft; das einzige Licht kam von dem winzigen Fenster in der Wand am anderen Ende. Es beleuchtete das kurze Geländer und die Treppe zum Erdgeschoss. Maria lauschte, versuchte trotz des in ihren Ohren rauschenden Blutes etwas zu hören. Unten ertönte kein Laut. Ruth' Schlafzimmer befand sich außerhalb ihrer Sichtweite links von ihr.

Das Ding hätte direkt durch die gegenüberliegende Wand dringen können. Du hast gesehen, wie der Stone Man durch Häuser ging. Das könnte hier genauso sein.

Aber vermutlich verhielt es sich nicht so. Noch immer pochte dieser Rhythmus in ihrem Kopf, darum wusste sie, dass das Ding dort unten war. Was tat es? Wartete es auf sie?

Ruth, rief sie sich zurück ins Gedächtnis. Ruth schlief friedlich und hatte nicht die geringste Ahnung. Maria musste sie aufwecken.

Sie würde sehr leise sein müssen.

Mit einer übermenschlichen Anstrengung schaffte sie es, ihre Beine über die Schwelle zu zwingen. Nachdem sie Zeugin geworden war, wie der Empty Man solide Masse wie Nebel behandelt hatte, schien der Boden unter ihren Füßen so verlässlich wie eine Wolkenbank zu sein. Das Ding befand sich direkt unter ihr. Konnte es ihre Schritte verfolgen?

Maria machte zwei langsame, zitternde und lautlose Schritte

aus dem Gästezimmer und blickte zu Ruth' Zimmer. Ihre Tür stand offen – Ruth schlief immer mit geöffneter Tür, schon seit sie ein Kind gewesen war –, und Maria konnte ihr Bett sehen. Ruth lag auf der Seite, hatte glücklicherweise nicht die geringste Ahnung von dem Besucher im Erdgeschoss. Zu weit weg, dass Maria sie flüsternd wecken konnte. Sie würde zu ihr gehen und sie wach rütteln müssen. Gerade hatte sie den nächsten Schritt gemacht, als sie zum Geländer zurückblickte und den Kopf des Empty Man in die Höhe steigen sah.

Es war nur ein flüchtiger Blick, denn sie keuchte auf und stürzte rückwärts durch die offene Tür ihres Gästezimmers zu Boden. Das Ding war unerklärlicherweise vertikal in die Höhe gestiegen, als hätte die Schwerkraft keinen Einfluss darauf. Der kleine Junge im Radio hatte also recht gehabt; sie waren hoch oben in der Luft gewesen.

Versteck dich!

Ohne nachzudenken, den Blick entsetzt auf den in die Höhe steigenden Empty Man gerichtet, trat Maria ruckartig gegen die Tür und stieß sie zu. Das war völlig sinnlos, aber Instinkt war nun einmal Instinkt, und der Drang, sich zu verstecken, sich am liebsten zehn Meter tief im Erdboden zu verkriechen, war überwältigend, obwohl sie genau wusste, dass ganz egal, wie tief sie abtauchte, dieses Ding mühelos alles durchdringen konnte, um sie zu finden. Sie hörte sich selbst leise wimmern und stöhnen, während sie unter das Bett kroch und wie ein verängstigtes Kind das Gesicht verbarg. Trotzdem dachte sie dabei die ganze Zeit: *DER WANDSCHRANK, DU HÄTTEST IN DEN WANDSCHRANK SPRINGEN SOLLEN!* In ihrer Panik steckte sie den Kopf heraus. Vielleicht konnte sie es ja noch schaffen. Ein Blick verriet ihr, dass es dazu zu spät war. Der Empty Man glitt lautlos durch die Gästezimmertür.

So dünn er war, schien er das Zimmer trotzdem auszufüllen. Das unmögliche nicht leuchtende weiße Licht durchzog den ganzen Körper. Er war jetzt völlig undurchsichtig, seine Größe überwältigend. Der Kopf war höher als der Türrahmen und verschwand selbst in dieser schrecklichen, gebeugten Stellung ein Stück in der Decke. Marias schockierter Verstand produzierte einen Gedanken: *Es ist kleiner als zuvor, selbst kleiner als am Strand … der Strand, sie teilen und vermehren sich und schrumpfen, und es ist mit dir zusammen im Zimmer!*

Ihr Entsetzen war so allumfassend, dass sie sich nicht einmal bewegen konnte, um den Kopf zurück unter das Bett zu ziehen. *So ist das also. So fühlt es sich für Mäuse, Kaninchen und Igel an, wenn sie so viel Angst haben, dass sie sich nicht mehr bewegen können.* Das widernatürliche, riesige Ding bewegte sich weiter in den Raum hinein. Maria kniff die Augen fest zusammen und wünschte sich weit weg.

Der Empty Man blieb stehen.

Maria wartete, die Beute war vor dem Jäger erstarrt.

Er bewegte sich nicht, blieb in gebeugter Haltung, als würde er bereits nach ihr greifen.

Sie wagte es nicht zu hoffen. Das Unheil war sicher. Jede Hoffnung war dumm.

Reglos stand das Ding da.

Sie wusste, dass sie nicht fliehen konnte, und der Gedanke war schrecklich. Es war viel zu nahe, um daran vorbeizukommen. Da kam ihr ein anderer Gedanke, ganz automatisch und schrecklich.

Bitte. Nimm einen anderen. Lass mich in Ruhe und nimm einen anderen.

Natürlich bewegte sich der Empty Man nicht, aber als der Gedanke kam und wieder verschwand, nahm er ein kleines Stück von Maria mit, es war wie eine Art innere und permanente Niederlage. Sie sah zu, wie das Ding sie musterte, einschätzte, *in* sie hineingriff. Sie *fühlte* es. Eine schreckliche Wärme bahnte sich den Weg durch ihren Körper. Sie war furchtbar, war warm auf die Weise, auf die frisch Erbrochenes dampfte. Marias Lähmung hörte einen Augenblick lang auf, und sie dachte über das Fenster über dem Bett nach, konnte das ein Fluchtweg sein, ohne an diesem Ungeheuer vorbeizumüssen? Sie stellte sich vor, auf die Straße zu springen oder nur an den Fingerspitzen dort zu baumeln. Aber Ruth …

Bitte lass mich in Ruhe, flehte sie stumm. *O bitte.*

Die Wärme zog sich aus ihr zurück. Der Empty Man entfernte sich.

Ohne sich umzudrehen, glitt er rückwärts zur Tür. Es war kein Rückzug, Maria konnte sich keine Situation vorstellen, in der sich diese Dinger jemals zurückziehen würden. Er erreichte die Tür und verschwand, während Maria begriff, dass sie einen Aufschub erhalten hatte ... das Fenster, sobald er verschwunden war, konnte sie dort hinausklettern, konnte an der Fensterbank hängen und ...

Er war weg.

Aber wenn er nicht nach ihr gesucht hatte, dann suchte er nach ...

Ihre Lähmung verflog, und sie vergaß das Fenster, kehrte der Rettung den Rücken zu und kroch unter dem Bett hervor, um Ruth zu helfen. An der Tür erstarrte sie. Und wenn sie nur Glück gehabt hatte? Ganz egal, dass sie keine Ahnung hatte, wie sie es überhaupt aufhalten sollte, was war, wenn es bei dem, was das Ding auch immer mit ihr gemacht hatte, was auch immer es dazu benutzt hatte, um sie zu *betrachten,* eine Fehlfunktion gegeben hatte und sie die einmalige Chance eines ganzen Lebens wegwarf? Die Vorstellung, dass diese schreckliche Wärme erneut durch ihre Adern und ihren Verstand kroch, war beinahe unerträglich, aber ihre Willenskraft konnte die Angst gerade so bezwingen. Wieder öffnete sie die Tür einen Spalt und wünschte sich, aus diesem Albtraum zu erwachen, aber diese Erleichterung sollte es nicht geben.

Aus Ruth' Zimmer kamen Laute.

Es klang wie ein Husten, aber eine kürzere, leichtere Version, die mittendrin verstummte. Maria trat wieder hinaus auf den Korridor, rechnete damit, dass ein weiterer Empty Man neben der Tür lauerte. Aber da war keiner. Der einzige Empty Man, der zu sehen war, stand eingerahmt vom durch das Fenster fallende Mondlicht am Fuß von Ruth' Bett. Ruth gab die Laute von sich. Sie hatte sich nicht bewegt, sich nicht einmal umgedreht, sondern lag auf der Seite und machte diese seltsamen kurzen

Hustengeräusche. Wusste sie überhaupt, dass das Ding da war? Fühlte sie diese schreckliche Wärme …

Der Empty Man bewegte sich, der gebeugte Kopf und die Schultern schoben sich nach hinten, während er sich zu seiner vollen Größe aufrichtete, dabei verschwand der Kopf beinahe *völlig* in der Decke. Maria schien plötzlich keine Luft mehr zu bekommen. Sie wollte Ruth mit einem Schrei wecken, aber es kam lediglich ein leises Krächzen heraus. Mit einer übermenschlichen Willensanstrengung stolperte sie wie benommen auf das Zimmer zu. Der Empty Man wurde plötzlich breiter, streckte sich wie die Reflexion in einem Spiegelkabinett. Die bereits verzerrte Gestalt dehnte sich, wie ein Python, der den Kiefer aushängte, um einen ganzen Springbock zu verschlingen. Sie dehnte sich, bis sie fast so breit wie Ruth' Bett war.

Dann erstickte sie Marias Freundin.

Wie eine große, sich an einer Klippe brechende Welle strömte das Ding lautlos über sie hinweg; der Sturz begann ganz oben an dem riesigen, ausgestreckten Körper, es kippte beinahe senkrecht an sich herab. Von Ruth' Füßen aus *ergoss* sich das Ding über die schlafende Gestalt. Die von der Decke verhüllten Teile waren natürlich Marias Blicken verborgen, aber die Teile, die das nicht waren – ihr Kopf, der rechte Arm, das rechte Bein, die beide unter der Decke herausragten –, wurden in Weiß gehüllt. Es war keine gleichmäßige Beschichtung, so wie Schokolade den süßen Inhalt von Pralinen einhüllt; der Empty Man lag wie ausgegossener Honig dick auf Ruth' Körper. An ein paar Stellen war die Schicht so dünn, dass Maria ihre Freundin noch immer darunter sehen konnte. Selbst in der Dunkelheit waren die Umrisse von Ruth' geschlossenen Augen und Lippen auszumachen, die sich unter dem weißen Belag abzeichneten.

Dann schlug Ruth die Augen auf. Sie sah Maria, wie sie einfach nur dastand, und Maria wurde sich bewusst, dass sie erstarrt war. Das konnte nicht nur an der Angst liegen. Der Empty Man machte etwas mit Ruth, und sie konnte es ebenfalls wahrnehmen.

»M'ria?«, murmelte Ruth, wollte sich aufsetzen, schaffte es

aber nicht. Wieder gab sie dieses erstickte Geräusch von sich und zuckte nur mit dem ganzen Körper. Kurz kniff sie die verschleierten Augen in schläfriger Konzentration zusammen. »M'ria.« Erneut verlagerte sie die Position, diesmal nur energischer. Dann setzte sie mehr Kraft ein. Aber sie konnte sich nicht bewegen.

»Maria?«, fragte sie erneut und nun deutlich, als die Angst sie endgültig weckte. Ihr Versuch zu sprechen verwandelte sich wieder in dieses seltsame, gutturale Geräusch aus ihrer Kehle. Ihr Blick fiel auf den Arm, und sie registrierte die weiße Schicht, die daran hing, ihn *einhüllte,* sah Marias zusammengeduckte Gestalt, die nutzlos in der Tür schluchzte.

»Maria«, keuchte sie, und es war, als könnte sie nichts anderes mehr sagen. »Wasch ischt …« Ihre Sprache wurde undeutlich, und plötzlich versuchte sie sich aufzubäumen, aber es sah aus, als würden selbst ihre stärksten Bemühungen nicht von ihren reglosen Muskeln registriert.

»Ruth!«, rief Maria, ein verbales Heimlichmanöver, das endlich ihre erstickten Worte befreite; ihr Körper gehörte wieder ihr selbst. Er war schwach und schlaff, aber er gehörte ihr. Sie musste eine Waffe finden und damit auf das Ding einschlagen, es verletzen. Es tötete Ruth.

Hektisch blickte sie sich im Zimmer um, hoffte trotz allem, dass es hier irgendetwas gab, das sich als Waffe benutzen ließ, egal was, etwas Schweres oder Scharfes, das sie nehmen konnte, ein Buch, einen Schuh mit einem spitzen Absatz …

Ihr Blick fiel auf Ruth' Feldhockeyschläger, der in einer Ecke stand. Ihre Freundin spielte noch immer; sie hatten sogar noch darüber gesprochen, bevor sich ihre Welt in diese unfassbare Hölle verwandelt hatte. Maria warf sich darauf, schnappte ihn und war mit einem Satz am Bett, auf dem der Empty Man und Ruth zusammen lagen. Ruth wie feierlich aufgebahrt, das Ding wie ein schreckliches Leichentuch auf ihr. Mit zitternder Hand riss Maria die Decke zurück und enthüllte die ganze Kreatur. Die Beine des Empty Man waren noch immer im Boden versunken, er beugte sich auf Kniehöhe nach vorn, um sich auf

Ruth' Körper legen zu können. Er bedeckte jeden Quadratzentimeter von ihr. Hektisch suchte Maria nach einem Stück, auf das sie einschlagen konnte, ohne Ruth dabei zu verletzen. Wo ihre Beine leicht gespreizt waren – sie lag auf der Seite und hatte das eine Bein ausgestreckt und das andere ein Stück dahinter wie bei einem Schritt –, war der Empty Man so breit wie ein Laken. Dort befand sich ein ordentliches Stück seiner Substanz, ohne dass Ruth darunterlag.

Dort …

Maria schwang den Hockeyschläger und schlug mit sämtlicher Kraft, über die sie verfügte, auf den Empty Man ein. Der Schläger passierte ihn ohne jeden Widerstand und wurde von der Matratze zurückgefedert.

Verblüfft blinzelte Maria und wiederholte den Schlag. Das Ergebnis blieb gleich. Nichts. Dann musste sie Ruth eben hier wegschaffen, sofort!

Maria stieß die Hand in das Weiß und schnappte sich Ruth' Handgelenk, um sie dort herauszuzerren. Augenblicklich schoss diese widerliche, Übelkeit erregende Wärme mit vernichtender Kraft durch ihren Körper, weitaus mächtiger als zuvor. Dabei gab es nichts zu ertasten, als ihre Hand in den weißen Körper eindrang – das Gefühl war plötzlich tief *in* ihrem Verstand begraben. Ihr Magen und ihre Lungen protestierten, Krämpfe zwangen sie auf die Knie, Übelkeit raubte ihr sämtliche Kräfte. Sie würgte, während sie wahrnahm, wie der Empty Man mit schrecklicher Aufmerksamkeit erneut in sie *hineinschaute.* Die heftigen Krämpfe ließen sie auf den Rücken fallen, wo sie wie ein sterbender und nach Luft schnappender Fisch liegen blieb. Ihre Hand war so kraftlos, dass sie Ruth nicht länger festhalten konnte. Instinktiv griff sie blindlings in einem weiteren Versuch zu, um ihre Freundin zu retten, auch wenn der Empty Man in ihrem Verstand sie so schwach gemacht hatte, dass sie nicht einmal ein Knallbonbon hätte auseinanderziehen können. Sie musste Ruth retten!

Maria versuchte ihre Augen dazu zu bewegen, sich auf das Ziel zu konzentrieren, sie versuchte ihre von Krämpfen geschüttelten Arme zum Gehorsam zu zwingen, und dann sah sie, wie sich um die Ränder von Ruth' Augen etwas Schwarzes bildete. Gleichzeitig fing ihre Freundin an zu röcheln.

»Akk. Akk. Akk. Akk.«

Die dunkler werdenden Augenhöhlen richteten sich direkt auf Maria. Ruth war sich bewusst, was hier geschah, das war eindeutig. Frustriert und gequält schluchzte Maria, versuchte vorwärtszukriechen, versuchte den Einfluss des Empty Man abzuschütteln, obwohl die Distanz zu dem rasselnden Körper ihrer Freundin die Länge von fünf Fußballplätzen zu haben schien. Unter Ruth' Nase und Mund sammelte sich etwas Dunkles, das aber flüssiger als Blut erschien; nun lief es immer schneller, sammelte sich an der Gesichtshälfte, die auf der Matratze lag. Schnell rann es über den Bettrand und strömte auf den Laminatboden.

DAS DING BRINGT SIE UM, RETTE SIE, RETTE SIE …

Die Flüssigkeit floss auf dem Boden auf sie zu, und sie sah, dass es doch Blut war, Blut, das durch andere Flüssigkeiten irgendwie verwässert worden war. Maria versuchte wieder mit ihren nutzlosen Gliedmaßen nach Ruth zu greifen, während sie zusehen musste, wie die Abstände zwischen den Zuckungen ihrer Freundin immer länger wurden. Entsetzt begriff sie, was da geschah. Die Zuckungen kamen nicht durch den Kampf mit dem Empty Man. Ruth erstickte.

Endlich tauchte ihre Hand in das weiße Nichts und schnappte erneut Ruth' Arm.

Komm schon …

Wieder spülte die Übelkeit wie eine Hochdruckreinigung durch ihre Adern. Die Wirkung des zweiten Treffers war so viel schlimmer als der erste, plötzlich musste Maria sich unkontrolliert übergeben. Ihr ganzer Körper bäumte sich so wild auf, dass sie ein Stück zurückflog und mit dem Kopf gegen die Wand hinter ihr knallte. Sie sah Sterne und stürzte auf die Knie, versuchte aber Ruth wieder zu erreichen, selbst als ihr klar wurde, dass sie sich kaum rühren konnte.

KOMM SCHON … KOMM SCHON … RUTH …

Es war zu spät. Ruth suchte Marias Blick, noch immer lag in ihren Augen dieser Ausdruck, dass sie sich genau bewusst war, was da geschah, bis er schließlich erstarb. Ihre Finger fingen an, sich zu verkrampfen, nein, sich zu einer Faust zu ballen.

Ruths unkontrolliert zitternder Finger zeigte auf die Tür, während sich ihr sterbender Blick in die Augen ihrer Freundin bohrte. Sie befahl Maria, die Flucht zu ergreifen.

Das musste sie ihre letzte Kraft gekostet haben; sie gab einen letzten, röchelnden Atemzug von sich, dann bewegte sich ihre Hand nicht mehr. *Sie* bewegte sich nicht länger. Maria stieß einen sinnlosen Laut aus, eine Mischung aus gequältem Schrei und Stöhnen. Die weiße Substanz zog sich langsam von Ruth' Gesicht zurück. Der Empty Man hatte sein schreckliches Werk vollendet und nahm wieder seine normale Gestalt an. Er zog sich mit einer Anmut und Schnelligkeit zurück, die an einen Bestatter erinnerte, der einen geliebten Verstorbenen enthüllte. Die Tatsache von Ruth' Tod traf Maria mit der Gewalt eines Kanonenschusses.

Lass dich von ihm töten. Du bist fünf Jahre lang geflohen. Das hat doch alles keinen Sinn mehr …

Der Empty Man war mittlerweile bis zu Ruth' Taille zurückgewichen, baute sich langsam wieder zusammen, noch immer in der Mitte vornübergebeugt. Eine wütende Stimme donnerte in Marias Innerem.

WILLST DU AUF DIESE WEISE STERBEN?

Nein. Das wollte sie nicht. Aber ihre Gliedmaßen fühlten sich tonnenschwer an.

Nun hatte der Empty Man Ruth' Knöchel erreicht. Maria wurde sich bewusst, dass sie zumindest wieder klar sehen konnte. Sie versuchte die Beine zu bewegen. Der Einfluss, den der Empty Man noch über sie gehabt hatte, war etwas verblichen. Es gab ihn noch, er war noch immer eine unglaubliche Last, aber sie gewann die Herrschaft über ihre Gliedmaßen zurück.

STEH AUF!, befahl sie sich.

Okay, lautete die schwache Erwiderung, aber ihr Körper

konnte nicht. Noch nicht. Der Einfluss ließ nach, aber sie konnte sich noch immer nicht richtig bewegen.

Keine Panik, keine Panik, warte, warte …

Das Blut pochte in ihren Schläfen, während sich der Empty Man aufrichtete. In Gedanken zählte Maria bis fünf, was ihr wie eine Ewigkeit vorkam.

Dann versuchte sie die Fäuste zu ballen. Ihre Hände gehorchten, ihr Griff war fest. Kleine Schritte. Kleine Schritte, wie man so sagte. Konnte sie die Füße unter den Körper ziehen?

Das konnte sie, ihr zitternder Fuß setzte sich auf den Boden.

Benutze die Wand, um aufzustehen. Sie setzte den Gedanken in die Tat um, konzentriert und bemüht, die Kontrolle nicht zu verlieren, wie ein geduldiger Trainer, der sich bemühte, das Beste aus seinem Star-Athleten herauszuholen. *Drück dich gegen die Wand und schieb dich nach oben.*

Der Einfluss des Dings nahm weiter ab. Die Welt wurde grau, als sie sich mithilfe ihrer Hände aufrichtete und den Rücken gegen die Wand drückte. Dabei fiel ihr ängstlicher Blick auf den sich zusammensetzenden Empty Man. Mittlerweile hatte er sich ganz von Ruth' Körper gelöst. Er richtete sich weiter auf. In wenigen Sekunden würde er wieder wie zuvor sein. Sie musste sich abstützen, und zwar jetzt oder nie.

Maria keuchte, hatte das Gefühl, das doppelte Körpergewicht würde auf ihren angewinkelten Beinen ruhen. Sie stand auf und gab dabei unzusammenhängende Laute von sich, während sich der Kopf des Empty Man als Letztes hob und zwischen den nach vorn gebeugten Schultern aufragte. Das Ding war wieder bereit.

Aber Maria stand auf den Beinen.

GEH!, schrien ihre Gedanken. *GEH! GEH! GEH!*

Sie stieß sich seitwärts ab und schob sich an dem Türrahmen vorbei, warf dabei einen letzten Blick auf ihre tote Freundin. Ruth' Augen waren noch immer weit aufgerissen.

Maria hatte sie nicht retten können. Das Ausmaß eines derartigen Versagens war unbegreiflich, und jetzt musste sie wieder fliehen …

Das Ding am Fuß von Ruth' Bett setzte sich langsam in Bewegung, und Maria stolperte wie ein betrunkener Blechmann in Richtung Treppe, Öl erreichte ihre Gelenke mit gletscherhafter Geschwindigkeit. Stumm weinend stolperte sie die Stufen hinunter. Beinahe wäre sie gestürzt, dann riss sie die Haustür auf und rannte in die Nacht, fing an zu schreien. In ein paar Häusern flammten Lichter auf, der Lärm hatte ihre schlafenden Bewohner geweckt, und als Marias Füße den kalten Asphalt berührten, fiel ihr wieder ein, dass draußen vermutlich noch mehr Empty Men warteten. Schließlich bewegten sie sich landeinwärts, und niemand wusste, wie viele es von ihnen gab. Maria rannte so schnell sie konnte, in nichts als Unterwäsche und T-Shirt gekleidet, kontrollierte hektisch die Straße. Es waren keine Empty Men in Sicht, als sie in einen stolpernden Lauf verfiel und in die kühle Septembernacht brüllte. Ihre Füße wurden bereits gefühllos.

Sie wusste nicht, wie lange sie lief, aber schließlich zwangen die Schmerzen in ihrem Bauch sie dazu, auf dem Rasen eines Hauses zu Boden gehen. Ihre atemlosen Schreie ließen das Licht im Schlafzimmer angehen. Eine aufgeregte Frauenstimme fragte sie, was passiert war, was ihr fehlte, dann legten sich Arme um sie. Sie versuchte die Frau wegzustoßen, obwohl die Fremde ihr versicherte, dass es in Ordnung war, dass sie in Sicherheit war. Aber Maria wusste, dass das einfach nicht stimmte. Sie würde weiter fliehen müssen, und diese Frau auch, sonst würden sie wie Ruth in diesem Weiß verschwinden.

Ein inneres Weiß stieg hinter Marias Augen auf, und als sie Stunden später erwachte, starrten zwei Männer in Anzügen auf sie herab.

KAPITEL SIEBEN

Eric steckt einen Treffer fürs Team weg, die Jungs besuchen einen Club, die Abschlussbesprechungen, und Eric und Harry sehen das Licht

Eric

»Ich glaubte, wir würden sterben«, sagte Harry. »Sind wir aber nicht.« Das war offensichtlich, musste aber gesagt werden. Der Tod der Soldaten lief noch einmal vor Erics innerem Auge ab, während sie auf der Ringstraße standen, wieder zu Atem kamen und das Prisma anstarrten. Der Himmel wurde dunkler, weil die Sonne unterging, und die sanft wogende Oberfläche der Barriere befand sich zwischen ihnen und den Wolken.

»Die Soldaten«, sagte Eric und deutete mit zitternder Hand in die Richtung der blutverschmierten Jeeps.

»Nein. Nicht jetzt«, zischte Harry und schloss die Augen. »Später. Wir müssen einen Plan schmieden.«

»Okay, okay.«

Er atmete schwer aus, da er sein Gleichgewicht zurückgewonnen hatte, und schaute zu der Kuppel in der Ferne. Sie war jetzt weit entfernt, vielleicht sogar eine Meile, und war noch immer in Bewegung. Moment … war sie das wirklich?

»Harry, glaubst du, sie hat angehalten?« Harry folgte Erics Blick, was eigentlich überflüssig war, da sich das Ding in allen Richtungen um sie herum befand, und kniff die Augen zusammen. Die Barriere war so verflucht schwer zu erkennen. Er legte den Kopf in den Nacken.

»Das ist wie ein riesiger Mikrowellendeckel«, sagte er, ohne die Frage zu beantworten. »Glaubst du, die wollen uns kochen?«

»Wer weiß, aber bewegt sie sich noch?«

»Das glaube ich nicht«, antwortete Harry, aber Eric betrachtete nicht länger die Barriere. »Sollen wir es herausfinden? Es ist gut, wenn man die Umgebung kennt.«

Die Erwähnung der Umgebung brachte Erics Verstand wieder online; der Augenblick des unmittelbar bevorstehenden Todes war vorbei, und eine unglaubliche Wahrheit wurde ersichtlich. Er fuhr herum und starrte Ground Zero an. Harry achtete nicht darauf.

Niemand bewacht mehr Ground Zero. O mein Gott!

Er setzte sich in die Richtung in Bewegung, aber dann zögerte er.

Bist du verrückt? Sieh dir doch an, was gerade passiert ist! Was ist, wenn du hier herumstehst, und dieses Prisma erzeugt eine weitere Kuppel? Eine, die dich umbringt?

Es war ein gutes Argument. Was auch immer dort vielleicht zu finden war, wenn er tot war, nutzte es ihm nichts. Er betrachtete das Gebäude am Ground Zero. Hatte das Prisma es beschädigt? Ja! Die Ankunft des Prismas hatte den Zaun zerstört, das wusste er ja bereits, aber seine hintere Ecke hatte zusätzlich eine Öffnung in die Fassade gebrochen. Dahinter war jetzt ein schmaler, dunkler Spalt zu erkennen, der wie eine kleine Höhlenöffnung wirkte. Zwar sah er nicht sicher aus – der Rest der Mauer konnte jeden Augenblick einstürzen –, aber es war eine Öffnung.

Das ist nicht die Art Ankunft, die du erwartet hast, hielt sein Verstand dagegen. *Es gibt keinen Stone Man, darum hast du keine Vision gehabt. Also ist Plan A vom Tisch, man kann die Pointer-Theorie nicht testen.*

»Harry«, flüsterte er. »Wir können Ground Zero betreten.«

Harry schnaubte spöttisch. »Man würde uns in Stücke reißen. Sieh sie dir an.«

Alle Schlurfer hatten die Ringstraße verlassen. Selbst in ihrer Manie begriffen sie anscheinend, was ein Hindernis war. *Vielleicht haben sie auch nur gewartet,* dachte Eric. Was nun auch stimmte, sie hatten sich um den frei stehenden Teil des Prismas versammelt. Andere, die Eric zuvor nicht aufgefallen waren, standen nun um den Rest der Ground-Zero-Anlage verteilt. Ihr Verhalten war schlimmer geworden. Alle gingen auf der Stelle auf und ab, drehten sich, atmeten schwer, knurrten wie Hunde. Die Energiekuppel hatte den Einfluss, unter dem sie standen, offensichtlich noch verstärkt. Um durch die Lücke in der Wand eindringen zu können, würden sie an den Schlurfern vorbeimüssen.

»Ich habe doch gesehen, was sie mit den Soldaten gemacht haben.«

»Aber die Soldaten haben sie angefasst.«

»Sieh sie dir an!«

Zwei der Schlurfer – ein Mann und eine Frau – stießen kaum merklich zusammen. Der Mann brüllte auf und griff nach der Frau, aber sie duckte sich weg, fing an zu schreien und schnappte mit den Zähnen nach seiner Kehle.

»Scheiße!«, keuchte Eric.

Der Mann wich zurück, obwohl er größer war, schlug nach dem Kopf der Frau und brüllte weiter, aber sie ließ nicht los.

»Sieh nicht hin«, sagte Harry. Beide Männer wandten den Blick ab, bis das Gebrüll verstummte. »Du kannst da nicht rein. Noch nicht.«

»Das kann nicht dein Ernst sein.« Eric war von dieser Erwiderung ernsthaft überrascht. »Du willst in *die* Richtung?« Er deutete auf den Horizont.

»Ich bin mir nicht sicher, ob wir den Versuch, dort einzusteigen, überleben würden. Das ist der einzige Teil des Gebäudes, der eingestürzt ist«, sagte Harry ganz ruhig. Seine Miene war ausdruckslos. »Davon abgesehen sind diese Leute überall darum verteilt. *Wir können da nicht rein.* Warum willst du das überhaupt?« Bevor Eric eine sehr ausführliche Antwort geben konnte, zeigte Harry auf seine linke Schulter. »Außerdem, bevor wir etwas unternehmen, müssen wir uns darum kümmern.«

Einen Augenblick lang war Eric verwirrt, dann erinnerte er sich an den Knall, den er gehört hatte. Er holte tief Luft, folgte der Richtung von Harrys Finger und warf einen Blick auf die Schulter. Das war ein Fehler, denn er sah das fehlende Stück

Fleisch dort in dem Moment, in dem die Wirkung des Adrenalins aufhörte. Das Schulterstück seiner Jacke war aufgeplatzt und mit seinem Blut getränkt, genau wie das Hemd darunter. Durch den vollgesogenen Stoff konnte Eric nicht sehen, wie schlimm oder wie tief es war, aber es sah nicht gut aus, und jetzt breitete sich ein dumpfer und warmer Schmerz aus.

»Oh …«, stieß er aus. Man hatte auf ihn geschossen. *Wahnsinn!*

»Ich glaube nicht, dass sie auf uns geschossen haben.« Harry untersuchte es genauer. »Vielleicht eine verirrte Kugel. Wir müssen uns das ansehen, es säubern und schließen«, sagte er dann ernst. »Das kann sich schnell entzünden, und du blutest ziemlich stark.«

»Das ist mir egal, ich muss …«

»Eric. Sieh mich an.« Eric tat es. »Jetzt sieh die Leute da an.« Eric tat es. »Und jetzt antworte mir ehrlich: Glaubst du wirklich, wir würden den Versuch überleben, an denen vorbeizukommen? Jetzt, in diesem Augenblick?«

»Ich …«

Harry zögerte, dann legte er Eric die Hand auf die unversehrte Schulter. »Was auch immer es ist, es wird warten müssen. Und wir müssen das da säubern und schließen.«

Nein.

Er war so nahe dran. Aber Harry hatte recht.

Eric blickte wieder zum Ground Zero und musste tatsächlich die Tränen unterdrücken, während er sich ein feierliches Versprechen gab.

Ich bin bald zurück, ihr Bastarde. Ich komme wieder.

Die Schmerzen in der Schulter wurden schlimmer.

»Äh … bist du Arzt oder so?« Eric schniefte.

»Ich habe nur früher im St. John's ausgeholfen«, sagte Harry, suchte in seiner Tasche herum und holte einen Stapel Servietten hervor, die er bei einem Starbucks hatte mitgehen lassen. »Aber ich kann diese Wunde säubern und verbinden, vermutlich schaffe ich es sogar, sie zu nähen, aber dazu muss ich in meine Wohnung und die nötigen Utensilien holen.« Er faltete die Servietten zu einem dicken Bündel zusammen, das er auf die Wunde drückte. Es tat weh, und zwar schlimm, aber Eric legte die Hand auf das Bündel, um es dort festzuhalten. Seine Schulter pochte.

Die St. John's Ambulance? Die Wohlfahrtsambulanz? Wie konnte dieser an der Gemeinde interessierte Mann auf der Straße enden?

»Eigentlich …«, sagte Eric und hielt dann inne. Er verriet niemandem etwas über seine Lager. Er wollte vermeiden, dass sich dort jemand bediente, außerdem … Nun ja, es war peinlich. Typisches Prepper-Zeugs. »Ich habe in der Nähe ein paar Sachen untergebracht«, sagte er leise. »Kleidung zum Wechseln, Schlafsäcke, Rucksäcke, ein paar Konserven für Notfälle, solche Dinge eben. Auch Erste-Hilfe-Ausrüstung. Ziemlich in der Nähe.«

Harry wirkte überrascht. Eric errötete. »Ich bin oft hier, okay? Also ist es sinnvoll, Sachen in der Nähe zu haben, falls ich sie brauche. Und man weiß nie, was passieren wird, wenn man sich mit solchen Dingen beschäftigt. Wie schwer man verletzt werden kann.« Insgesamt waren es fünf Lager, die er in einem gleichmäßigen Radius um das verlassene Stadtzentrum angelegt hatte.

»Oh. Okay. Wo?«

Eric musste darüber nachdenken.

»Das nächste ist im *Kasbah.* Vor einer Weile hat jemand den Club aufgebrochen.« Harry sah ihn verständnislos an. *Natürlich,* dachte Eric. »Entschuldige, vielleicht kennst du es noch als *Tick Tock Club.*«

»Ach ja … richtig.«

»Aber wir müssen uns beeilen, okay? Bringen wir das in Ordnung und planen dann unseren nächsten Schritt.«

Harry nickte ruckartig, als wollte er sagen: *Los geht's,* dann ging er in die richtige Richtung los. Eric setzte sich an seine Seite und zuckte zusammen, weil seine Schulter brannte. Er lauschte der Stille. Staunend betrachtete er die Energiewand, die weiterhin über ihnen in der Luft wogte. Harry holte mit ernster Miene wieder die Taschenflasche hervor und nahm einen ordentlichen Schluck. Eric entging das nicht. Wenn sich Harry betrank, wie sollte er dann die Wunde flicken?

Andererseits hatte er keine große Wahl, oder?

Ein paar Minuten später hatten sie die richtige Ausfahrt benutzt und die Ringstraße verlassen. Eric hielt nach Bewegungen Ausschau, egal welchen, die ihm verrieten, ob sie die einzigen Menschen in der Stadt waren. Er war unglaublich angespannt und ruhelos, und seine Schulter pochte bei jedem Schritt.

Die verfluchten Stone Men waren allen Berichten zufolge einfach unzerstörbar, dachte er. *Bedeutet die Tatsache, dass sie dieses Kuppeldings eingesetzt haben, dass das Prisma verwundbar ist? Übrigens, ist dir klar, dass du dich von Ground Zero entfernst?*

Erst als sie den leichten Hügel zum *Kasbah* emporstiegen, meldete sich Harry plötzlich zu Wort.

»Warum leben wir noch?«, murmelte er, den Blick noch immer auf die Straße gerichtet. »Warum hat es uns nicht umgebracht?«

Eric dachte über die Frage nach.

»Bleib mal kurz stehen«, sagte er. Sie taten es. Auf der linken Straßenseite erhob sich ein großes Gebäude mit schmutzig weißer Fassade. Es war riesig. In jeder anderen Stadt hätte man das *Kasbah* als einen Superclub klassifiziert, solange er im Betrieb gewesen war. Sie standen nun vor dem hohen Zaun, der eine Barriere zwischen der Straße und der gewaltigen Außengastronomie des Nachtklubs bildete. *Eine Barriere,* dachte Eric. *Ist das Ding über uns so etwas? Und wenn es so ist, hält es alle draußen oder uns drinnen?*

»Hör doch mal«, sagte er.

»Ich höre nichts.«

»Aber du hörst doch etwas. Hör genau hin.«

Harry seufzte und verdrehte die Augen. Aber dann fiel es ihm auf.

»Die Vögel zwitschern.«

»Genau«, sagte Eric und zuckte zusammen, als er den schlimmen Arm ausstreckte. »Vogelgezwitscher. Die *Vögel* leben. *Wir* leben auch, also bedeutet das, dass dieses Ding« – er zeigte zum Himmel – »*selektiv* ist. Das ist nicht nur eine Mauer aus Todesenergie. Natürlich könnte sie darauf eingestellt sein, uns Menschen zu töten, andere Organismen aber zu verschonen. Und wir hatten bloß Glück. Aber das scheint doch etwas zufällig für diese Steintypen zu sein, findest du nicht? Ich habe nicht den Eindruck, dass die Dinge, die sie herstellen und losschicken, solche Schwächen haben.« Harry schaute in den Himmel. Man musste die Augen zusammenkneifen, um die Barriere direkt über den weißen Wolken zu erkennen.

»Hört sich vernünftig an«, sagte Harry leise. »Aber wenn das der Fall ist, frage ich erneut: Warum sind wir noch am Leben? Diese Soldaten sind nicht so verrückt geworden wie die Leute, die sich vor Ground Zero versammelt hatten, und wir sind es auch nicht. Aber die Soldaten sind gestorben, und wir und die Verrückten nicht.« Die Erinnerung an die Soldaten ließ Eric erneut zusammenzucken.

»Ja, darauf will ich ja hinaus. Meiner Meinung nach bedeutet das, dass mit uns etwas ist. Etwas, das uns von beiden Gruppen unterscheidet.«

»Soldaten kommen alle von unterschiedlichen Orten.« Harry schüttelte den Kopf. »Verschiedene Teile des Landes, verschiedener Hintergrund. Sie alle gehören zufällig zu einer einzigartigen Gruppe, die getötet werden kann?«

»Zu den Soldaten fällt mir nichts ein, aber ich glaube, der Unterschied zwischen den Schlurfern und uns besteht darin, dass wir … also ich glaube, wir sind etwas Besonderes.«

Harry zuckte nicht einmal mit der Wimper.

»Sprich weiter«, sagte er.

»Harry, als ich den Aussichtspunkt erreicht hatte, habe ich dich *gefühlt*. Das ist mir bei keinem dieser Leute passiert, und auch nicht bei den Soldaten, was das angeht. Erinnerst du dich noch an unseren Handschlag? Diesen Stromschlag?« Eric winkte mit der Hand, um es zu unterstreichen. »Das hatte etwas zu bedeuten. Vor ein paar Stunden habe ich mich mit einem Freund auf einen Drink getroffen, und den habe ich auch berührt. Da ist nichts dergleichen passiert.« *Luis. Ist es ihm wie den Soldaten ergangen?* Nein. Bestimmt hatte er die Stadt verlassen und war in Sicherheit. Das Ding konnte sich unmöglich so weit ausgebreitet haben.

Jedenfalls noch nicht.

»Okay, ich habe ihn getroffen, bevor es in Coventry anfing«, fuhr Eric fort, »aber an der Küste war es bereits losgegangen. Diese Dinger ... in den Nachrichten hat man sie Empty Men genannt.«

»Glaubst du, die kommen hierher?«, fragte Harry unvermittelt. Eric fröstelte. Der Gedanke war ihm noch gar nicht gekommen. Er war zu besessen von den Vorgängen am Ground Zero gewesen. »Es gibt mehr als nur einen davon, oder? Die Großen teilen sich in Kleinere? Ich kann mir nicht vorstellen, dass sie draußen auf dem Meer bleiben. Vielleicht haben sie darauf gewartet, dass *dieses* Ding auftaucht.« Er deutete mit dem Kopf zum Ground Zero, dann zum Himmel. »Oder *dieses* Ding.« An dem mittlerweile fast dunklen Himmel war es schwerer zu sehen als je zuvor. Eric hatte keine Antwort parat. Was Harry da sagte, ergab einen schrecklichen Sinn.

»Ich ... ich weiß es nicht. Vielleicht. Eines nach dem anderen, Harry.« Eric versuchte den Faden wiederzufinden. »Okay, die Karten auf den Tisch.« Er sah Harry in die Augen. »Als wir uns kennengelernt haben, da habe ich dich gefragt, warum du zum Ground Zero gegangen bist. Du hast gesagt, du bist den Leuten gefolgt. Ich glaube das nicht. Ich glaube, du hast etwas gefühlt. Ich glaube, der Ort hat dich magisch angezogen. Bei mir war es so. Also sei ehrlich.«

Harrys unleserliche Miene geriet einen Moment lang in Bewegung; er wandte den Blick ab.

»Hast du etwas gesehen?«, fragte er plötzlich. Die Frage verwirrte Eric. »Bei den ersten drei Ankünften ist mir das passiert.«

Jetzt brauchte Eric ein Pokergesicht. Heutzutage gehörte diese Frage bei Tischgesprächen oder im Pausenraum dazu: *Hast du je etwas gesehen?* Er hatte stets überzeugend lachen und etwas sagen können wie *Nein, nur rosa Elefanten, wenn die Kneipe schließt.* Und es hatte bestenfalls ein höfliches Kichern provoziert. Menschen, die Eric kannten, hatten nach der Zweiten Ankunft aufgehört zu fragen.

Sag ihm die Wahrheit.

»Ja«, sagte er. »Ja, das habe ich.« Jetzt kam er sich entblößt vor.

»Du hast den blonden Kerl gesehen? Den Alten? Die Frau? Sie alle?«

Eric nickte, während sich in seinem Hals ein Kloß bildete.

Nicht das. Nicht jetzt.

»Ja«, krächzte er, blinzelte schnell. »Sie alle.«

Er wusste, dass Harry von den Ankünften sprach. Also erwähnte er nicht die Vision, die er während des Großen Stromausfalls vor einem Jahr gehabt hatte.

Der große Bursche, der schrie.

Harry deutete auf den leer stehenden Nachtclub.

»Ich auch«, sagte er. »Lass uns reingehen.« Er bemerkte Erics niedergeschlagene Miene und zog sanft an der guten Schulter des jüngeren Mannes. Eric folgte ihm wie ein gehorsames Kind.

»Der Vordereingang«, grunzte Eric und räusperte sich. »Er ist … äh … die Rollläden sind unten, aber sie sind nicht verschlossen.« Harry ächzte leise, als er sich nach ihnen bückte. Sie ratterten nach oben. Auf der fast stillen Straße hörte es sich ohrenbetäubend laut an.

»Okay. Zeig mir, wo du deine Sachen hast.«

Der Club roch unangenehm und muffig. Nur von Erics Handylampe erleuchtet, kam er ihnen wie eine Gruft vor. In der Garderobe standen zwei alte Holzstühle, und keiner der Männer hatte seit ihrem Eindringen ein Wort von sich gegeben. Nicht einmal, als sie den Hoodie, die Jeans und das dazugehörige Paar Turnschuhe entdeckten. Sie lagen direkt hinter der Tür in einer dicken geronnenen Blutpfütze. Ein Stück daneben ein Schlafsack, eine Flasche Mineralwasser und eine Bong. Trotz der leeren Häuser und Apartments in der Nähe, in denen es viele Betten gab, hatte jemand den verlassenen Nachtclub als Schlafplatz benutzt.

Eric betrachtete die noch nicht sehr alten Hinterlassenschaften mit einer morbiden Neugier. Man hätte denken sollen, dass einen ganzen menschlichen Körper zu vaporisieren, eine unglaubliche Menge Flüssigkeit hinterließ, aber anscheinend bedeutete der Kontakt mit der Barriere, dass die Überreste nach dem Zerplatzen zugleich getrocknet und geröstet wurden. Das erstarrte Blut in der Pfütze sah beinahe verbrannt aus, darüber hinaus maß sie kaum mehr als dreißig oder sechzig Zentimeter. Eric nahm das alles in sich auf, fühlte nichts und erkannte, dass er vermutlich unter Schock stand.

Sein Blick fiel auf die drei Jacken, die unglaublicherweise in der Garderobe hingen, und er fragte sich, ob ihm eine davon wohl passen würde.

Du brauchst Ersatz. Deine ist völlig hinüber.

Beinahe hätte er gekichert, aber er konnte sich beherrschen. Wenn er jetzt die Nerven verlor …

Harry kramte bereits in seiner umfangreichen Erste-Hilfe-Ausrüstung herum. »Du hast Antibiotika?« Er hatte die Brauen gehoben. *Wow!,* dachte Eric. *Du hast ihn genug beeindruckt, damit er den Gesichtsausdruck ändert.* »Du hast sogar Notrationen. Steriles Verbandsmaterial, steriles Wasser … da hast du dir wirklich Mühe gegeben. Und du hast noch weitere Vorratslager?«

»Vier weitere.«

»Du machst keine halben Sachen.«

»Nein, mache ich nicht.«

Harry nickte und fuchtelte mit den Antibiotika vor Erics Nase herum.

»Die nächsten zwei Wochen musst du davon zwei am Tag nehmen.«

Er gab sie ihm zusammen mit einer Flasche Wasser und zwei anderen Pillen. Eric erkannte sie. Ein verschreibungspflichtiges Schmerzmittel. »Das wird das Nähen leichter machen, also nimm sie jetzt.« Harry grunzte. »Wird aber trotzdem wehtun.«

Eric drehte einen Stuhl herum, zog behutsam Jacke und T-Shirt aus und setzte sich mit dem Rücken zu Harry. Er hatte sich noch immer nicht getraut, seine Schulter anzusehen.

»Das muss ich zuerst säubern«, murmelte Harry. »So, wie es

aussieht, ist der Knochen nicht geschädigt. Ganz flach. Oberflächlich. Eine Fleischwunde.«

»Das fühlt sich aber verflucht noch mal nicht oberflächlich an.«

Harry goss Feuer in seine Schulter.

»Scheiße!«

»Scheiße!«

»Wir müssen diesen Pillen ein paar Minuten Zeit geben, bevor wir nähen«, verkündete Harry, stellte den Alkohol weg und lehnte sich gegen die Wand. »Kann ich dich was fragen?«

»Klar.«

»Warum bist du in Cov geblieben?«

»Nun ja, das ist der Ort, an dem man sein muss, wenn man die Kommunikation verfolgen will. Sie ist größtenteils verschlüsselt, also ist es sehr schwer …«

Harry winkte ab. »Nein, ich habe mich falsch ausgedrückt. Warum bedeutet dir das so viel?«

»Meine Schwester war Theresa Pettifer.« Die Antwort kam sofort, ohne jedes Zögern. *Ich muss wirklich unter Schock stehen,* dachte Eric. Harrys Augen weiteten sich etwas.

»Mein Gott, das tut mir leid.« Harry runzelte die Stirn. »Entschuldige, natürlich nicht, dass sie deine Schwester war, ich weiß, was mit den, du weißt schon, ihr und dem Kind …«

»Schon gut«, erwiderte Eric und ersparte Harry weiteres Herumeiern. »Kein Problem.«

»Aber … ich hätte gedacht, dass du danach zum inneren Kreis gehören würdest.«

Eric warf ihm einen Blick zu. »Wie meinst du das?«, fragte er leise. Seine Stimme klang angespannt.

»Die Familienverbindung. Wolltest du nicht mit ihnen zusammenarbeiten? Helfen herauszufinden, was da passiert ist …« Harry verstummte, unsicher, ob er nicht eine Grenze überschritt. Eric entspannte sich etwas und schüttelte mit einem bitteren Lächeln den Kopf.

»Harry, ich würde diesen Arschlöchern nicht einmal trauen, wenn Jesus ihnen sein Vertrauen ausspricht.«

»Okay. Warum?«

Eric setzte sich bequemer hin, zuckte leicht zusammen und starrte zur Decke.

»Es sind Lügner, Harry.« Er seufzte. »Das habe ich gleich nach ihrem Tod erkannt. Weißt du, ich konnte nicht einmal jemanden finden, der mir konkret Auskunft geben wollte. Die Bullen wiederholten nur, ich müsse warten, bis sich jemand vom Militär mit mir in Verbindung setzt. Ich habe immer wieder angerufen, und als das nichts brachte, bin ich zum Polizeirevier gegangen. Am dritten Tag habe ich dort richtig Ärger gemacht. *Wo ist ihre verdammte Leiche?* und dergleichen. Man hat mich wegen Ruhestörung verhaftet und in eine Zelle gesteckt. Irgendwie muss das bekannt geworden sein, denn an diesem Abend bekam ich Besuch. Eine Frau. Vom Militär.« In Gedanken sah er wieder die weißen Wände und die blau gestrichene Stahltür vor sich, die mit der Klappe auf Augenhöhe. »Diese Unterhaltung werde ich niemals vergessen. Nicht solange ich lebe. Hat mein ganzes Leben verändert.« Er schnaubte. »Aber nicht auf gute Weise.«

»Was hat man gesagt?«

»Ich wusste Bescheid, sobald mir die Besucherin ihren Namen verraten hatte«, sagte Eric und ignorierte verloren in der Erinnerung die Frage. »Sie hatte diese harte Haltung, obwohl sie alt genug war, um meine Mutter zu sein, und kaum größer als eins sechzig war. Ihr ganzer Ausdruck besagte: *Ich bin daran gewöhnt, dass die Leute tun, was ich sage, weil ich so gut in meinem Job bin.* Du weißt, was man über Frauen in der Armee sagt, damit sie gegen den Sexismus ankommen? Dass sie doppelt so hart wie die Männer arbeiten und doppelt so gut werden müssen, um gleich behandelt zu werden.« Er grinste bitter. »Es sprach Bände, dass ausgerechnet ich von jemandem mit einem so hohen Rang besucht wurde. Sie war *Brigadier.*«

Harry hob die Brauen und sah beeindruckt aus.

»Einen Blick in diese Augen, und ich wusste Bescheid.«

Er erinnerte sich an sie. Sie waren wie zugespitzte Punkte auf ihrem Eisengesicht gewesen.

»Was wusstest du?«

Eric atmete tief aus, und ihm wurde klar, dass der Dämon durch das Erzählen vielleicht etwas kleiner wurde.

»Straub. So hieß sie. Brigadier Straub. Und ich wusste, dass sie mich anlügen würde. Klingt wie ein Klischee, nicht wahr? *Ich konnte es in ihren Augen lesen.* Aber das konnte ich wirklich. Der Rest von ihr war diese Maske aus gottverdammter Pflichterfüllung und was auch immer diese Bastarde Theresa angetan hatten, hatten sie nur für das Allgemeinwohl getan. Glaubten sie. Oder zumindest glaubte sie das. Ich kann mir nicht vorstellen, dass sie es besonders bedauerte.« Er fuchtelte mit einem Finger herum, das bittere Grinsen war wieder da. »Aber es belastete sie immer noch, o ja. Sogar diese Frau. Darum war auch sie zu mir gekommen und nicht irgendein Leutnant oder ein anderer Laufbursche. Dafür hätte ich sie beinahe respektiert. Immerhin hatte sie niemand anderen geschickt, um ihr die Drecksarbeit abzunehmen. Ihre Buße.«

»Was hat sie gesagt?«

»Sie fing mit dem Üblichen an. ›Ich bedaure Ihren Verlust, ich bin hier, um die Fragen zu beantworten, die Sie möglicherweise haben.‹« Eric schnaubte spöttisch und schüttelte den Kopf. »Sie setzte sich nicht, das weiß ich noch. Und ich lag auf dieser Pritsche und sah wie ein halb verhungertes Wrack aus, denn genau das war ich. Ich glaube nicht, dass ich seit meiner Rückkehr nach England etwas gegessen hatte. Und ich fing einfach an, sie anzubrüllen. Sie solle sich den Scheiß sparen. Ich habe so laut gebrüllt, dass der Polizist zur Klappe kam, um zu fragen, ob alles in Ordnung sei. Und sie versicherte ihm, es sei alles in bester Ordnung, und er ging. Ich belegte sie mit jeder Beleidigung, die es unter der Sonne gibt, und sie stand einfach nur da. Das Miststück hat nicht einmal geblinzelt.«

»Hat sie irgendetwas erklärt?«, fragte Harry. Fasziniert beugte er sich nun etwas nach vorn. Eric schüttelte den Kopf.

»Nicht wirklich. Ich habe etwa zwanzig Fragen abgespult, habe nicht einmal Luft geholt, um sie antworten zu lassen. Nach jeder Frage fiel mir sofort die nächste ein. Und sie stand einfach da, bis ich fertig war, und dann fing sie mit diesem verfluchten

Vortrag an. Die zeitliche Abfolge, und ich wusste, dass das vom ersten Wort an Schwachsinn war. Aber ich wollte zumindest die Geschichte hören, die sie verbreiten würden. Sie sagte also, dass der Premierminister am nächsten Tag diese Erklärung zur Zweiten Ankunft abgeben würde, aber aus Respekt sollte ich es zuerst und persönlich erfahren. Ich hätte fast gelacht. Sie behauptete, Theresa hätte sich von selbst gemeldet; sie hätte gewusst, dass der Stone Man wegen ihr kam, und sie hätte sich zum Wohle der Nation freiwillig bereit erklärt, sich ihm zu stellen. Wegen des plötzlichen Kindstodes ihres Sohnes wäre sie sehr verzweifelt gewesen. Dafür wäre angeblich die Verbindung der Stone Men mit der Mutter verantwortlich gewesen; das Kind wäre in diesem Alter zu schwach gewesen, um das zu ertragen. Angeblich habe es sich um ein spontanes und vollständiges Organversagen gehandelt.« Bei der Vorstellung scharrte Harry unbehaglich mit den Füßen, sagte aber nichts. »Sie sagte, Theresa hätte sich in ihrer Obhut aus Verzweiflung bedauerlicherweise das Leben genommen, in einem unbeobachteten Augenblick. Ich verlangte die Leichen zu sehen, und Straub zeigte mir nur dieses Pokergesicht. ›Das ist leider nicht möglich, da wir eine vollständige Autopsie durchführen müssen‹, sagte sie. ›Wir müssen mehr über die Stone Men und die möglichen Gründe erfahren, warum sie Theresa ausgesucht haben.‹ Weil man nicht genug über potenzielle pathogene Verbindungen zwischen den Stone Men und meiner Schwester und meinem Neffen wisse, würde man sie einäschern müssen. Ein so offensichtlicher Schwachsinn, weißt du? Da fing ich an zu brüllen. ›Ich bin der nächste Angehörige, ich gebe Ihnen auf gar keinen Fall mein Einverständnis, meine Familie aufzuschneiden.‹ Straub versuchte mich zu beruhigen, und als das nicht funktionierte, wurde sie direkt. Meine Einwilligung sei nicht erforderlich. Das sei eine Sache der nationalen Sicherheit. Da bin ich dann richtig durchgedreht. Und der Polizist kam zurück, und Straub sah den Kerl durch die Klappe an und sagte eiskalt, und ich werde das nie vergessen: ›Das dauert so lange, wie es eben dauert, Officer. Ich will Sie nicht noch einmal sehen.‹ Sie war wirklich ein eiskaltes Miststück, aber sie war gut.« Eric hasste Straub – eine derartige Wut war dem alten Eric zuvor völlig unbekannt gewesen –, aber gleichzeitig war da dieser seltsame, widerwillige Respekt. »Dann habe ich sie angefleht, mir die Wahrheit zu sagen, Harry. Ich habe gebettelt. Sie hat einfach nur zugesehen, ihre Augen erzählten die ganze Geschichte, nur einmal versagte das Pokergesicht. Da habe ich sie erwischt, Alter.«

Harry verschränkte die Arme und legte den Kopf schief.

»Ich fragte also: ›Wie konnte sie sich freiwillig melden, wo mir der Nachbar doch erzählt hat, dass sie sich im Haus verbarrikadiert hat?‹ Straub war gut, hat keinen Moment gezögert. Auf der Offiziersschule muss man Fortgeschrittenen Blödsinn unterrichten. ›Ja, das hat uns Theresa gesagt. Sie musste die Bretter entfernen, um herauszukommen, das hat recht lange gedauert.‹ Ihr war nicht bewusst, dass sie mir direkt in die Falle gegangen war. ›Okay‹, erwiderte ich, ›aber warum war die Tür dann kaputt und das Schloss eingeschlagen, als ich dort war? Sie wurde von außen eingeschlagen. Wie kam das?‹«

Unwillkürlich zuckten seine Lippen, als er sich daran erinnerte. *Das richtet Hass an,* dachte er. *Er sorgt dafür, dass sich dein Körper gegen sich selbst richtet, er zuckt.*

»Sie blinzelte ein paarmal. Nicht oft, aber für Straub war das meiner Meinung nach schon verräterisch. Ich hatte ihr gerade von einer Riesenpanne berichtet. In dem ganzen Chaos hatte jemand seinen Job nicht gemacht. Hat wohl geglaubt, ein anderer wäre fürs Aufräumen zuständig. Man hatte die Straße evakuiert, es gab keine Zeugen, und es gab viel wichtigere Dinge, um die man sich kümmern musste, als dafür zu sorgen, dass die Tür vom Tatort entfernt wurde. Was Straub dann sagte, war vielleicht für den offiziellen Bericht geplant gewesen, dann aber einfach auf der Strecke geblieben. ›Das müssen Plünderer gewesen sein. Es gab leider viele Berichte über evakuierte Häuser, die geplündert wurden, bevor die Besitzer zurückkehren konnten. Es tut mir leid, das muss bei all dem anderen schwer erträglich gewesen sein.‹ Den Rest habe ich nicht mehr mitbekommen, denn da habe ich endgültig die Beherrschung verloren und mich auf sie gestürzt. Gut, dass man mich an die Pritsche gefesselt hatte.«

Eric verzichtete darauf, zu erwähnen, dass das für ihn gut gewesen war. Eine Frau vom Militär dürfte garantiert mehr als nur ein paar Tricks im Ärmel gehabt haben, und Eric war alles andere als ein geübter Schläger.

»Sie stand ungefähr fünf Minuten da, während ich brüllte und tobte. Dann entschuldigte sie sich und ging. Nachdem man mich wieder entlassen hatte, bekam ich ein paar Tage später Besuch von einem Anzugträger. Zwei Anzugträger sogar. Ich beobachtete sie durch ein Fenster im ersten Stock, bis sie schließlich gingen. Danach fing ich an, mich immer mehr für dieses Thema zu interessieren. Ehrlich gesagt bin ich etwas entgleist. Habe die ganze Nacht irgendwelche Foren und Messageboards gelesen. Habe mich über die Milliarden informiert, die die Stone Men in diesem Land an Schaden angerichtet haben, und was das alles bedeutet.«

Eric warf Harry einen Blick zu und flüsterte den nächsten Teil aus idiotischer Gewohnheit. Dabei hatte in der Vergangenheit niemand gelauscht, und im Augenblick würde es erst recht niemand.

»Falls die Regierung denjenigen identifizieren konnte, zu dem ein Stone Man unterwegs war, hatte es Sinn, den Mittelsmann ins Leere laufen zu lassen, nämlich den verdammten Stone Man.«

Wieder nickte Harry, die gleiche traurige, wissende Bewegung. »Es würde Sinn ergeben, die Sache schnell zu erledigen«, sagte er. »Die Ziele der Stone Men selbst auszuschalten.«

»Die Dritte Ankunft hat dieser Theorie viel von ihrer Wahrscheinlichkeit genommen«, erwiderte Eric. »Schließlich setzten sich nur zwei von ihnen in Bewegung, der Original-Stone-Man und einer der Blauen. Die Regierung muss dieses Mal alle Leute superschnell ausgeschaltet haben, und vielleicht sind die letzten beiden durchs Netz geschlüpft. Der Blaue, der hinter George Mykos her war, und das Original, das irgendwo im Norden verschwand und heimkehrte. Hinter wem auch immer dieses Monstrum her war, muss Glück gehabt haben und entkommen sein. Seinen Namen haben wir nie erfahren.«

»Ja, diese Theorie kenne ich«, sagte Harry. »Glaubst du, sie stimmt? Die Regierung wollte …«

»Natürlich«, fauchte Eric. Er versuchte seinen irrationalen Zorn im Zaum zu halten. Schon die Frage versetzte ihn in Wut. Was glaubten diese Schafe denn, dass dort passiert …

Hör auf, dich wie ein bockiger Teenager zu verhalten. Du bist ein vernünftiger Mann, dem eine vernünftige Frage gestellt wurde.

Mit einer Willensanstrengung zwang er sich zur Ruhe. »Das tue ich, Harry, das tue ich. Denk darüber nach. Das hat doch toll für sie geklappt. Wenn sie die Leute finden können, bevor sich die Stone Men in ihre Richtung in Bewegung setzen – in den Foren nennt man diese Leute Steinbruch, ein böser Scherz –, können sie sie killen und bei den ganzen anderen religiös oder angstmotivierten Selbstmorden verbuchen, die es bei jedem Auftauchen der Stone Men gibt. Oder man behauptet, sie hätten Visionen gehabt und wären verrückt geworden. Vielleicht muss man auch gar nichts sagen, da so viele Menschen in dem Chaos, das entsteht, wenn diese Dinger auftauchen, sterben oder verschwinden. Das wäre dann optimal. Hör zu, ich glaube nicht daran, dass die Illuminati hier geheime, machiavellistische Pläne schmieden; meiner Ansicht nach ist die Wahrheit meistens viel langweiliger und beliebiger, als wir gern zugeben. Korrupte oder schwache Menschen sagen einfach Ja, wo sie hätten Nein sagen müssen, so einfach ist das meiner Meinung nach. Aber weißt du, warum ich an *diese* Theorie glaube, und das nicht nur wegen Theresa und Aaron? Es ist das Motiv. Es geht nicht um Geld oder darum, die Herren der geheimen satanischen Pädo-Kulte in ihren Togen zu erfreuen. Man war der Ansicht, dass es im *Interesse der Nation* lag. Man konnte es rechtfertigen, weil man dieses eine Mal wirklich der Meinung war, das Richtige zu tun. Das Chaos aufhalten, die Wirtschaft vor dem Zusammenbruch retten. Darum glaube ich das. Sie halten sich für die Guten.«

»Und wenn sie es sind?«, fragte Harry leise. Eric warf ihm einen scharfen Blick zu.

»Was?«

»Sie haben Lügen erzählt. Schlimme Dinge getan.« Harrys Miene war so unleserlich wie immer. »Aber was ist, wenn es tatsächlich viele Leben gerettet hat?«

»Das habe ich mich auch oft gefragt. Und hier ist die Antwort. Sie ist der Grund, warum ich tue, was ich tue. Du weißt, was die Presse über sie geschrieben hat.« Erics Stimme war jetzt leise und atemlos. »Man hat behauptet, sie hätte ein Alkoholproblem gehabt«, flüsterte er. »Dass sie ihr Kind mit besoffenem Kopf getötet hat. Sie haben sogar kurz auf mich Jagd gemacht, aber vermutlich erregte es in den sozialen Medien nicht genug Aufmerksamkeit, also ließ man mich fallen. Es wurde behauptet, George Mykos sei ein Einsiedler, es wurde angedeutet, er sei ein Perverser. Das war nicht das Militär, nein, das war die Presse, aber hätten die die Wahrheit gesagt, dann hätte man diese Leute als wahre Helden in Erinnerung behalten. Patrick Marshall hat man zum Helden gemacht, aber mit den anderen konnte man das nicht machen, denn das wäre zu verdächtig gewesen. Also hat man sie den Geiern zum Fraß vorgeworfen.« Eric stand auf und schritt auf und ab, ignorierte den Schmerz in der Schulter. »Straub stand vor mir und hat mir ins Gesicht gelogen, während ich um meine tote Familie getrauert habe, Harry. Denn so sind sie: Sie lügen. Sie lügen das ganze verdammte Land an. Erinnerst du dich an diese Sache mit der Impfung?«

Harry scharrte mit den Füßen. Eric konnte sehen, dass er ihm Unbehagen bereitete, aber er war entschlossen, ihm die Wahrheit begreiflich zu machen.

»Die Panama-Grippe?«, fragte Harry. Es war in den Nachrichten gewesen, das Virus hatte schließlich England erreicht, nachdem es in ganz Europa Chaos angerichtet hatte. Die Regierung reagierte darauf mit der Ankündigung eines nationalen Impfprogramms. »Das kann nicht dein Ernst sein. Das Ding war echt, ich kannte zwei Leute, die daran erkrankt sind.«

»Davon rede ich ja. Das gehört zu dem, woran sie arbeiten. Ob es diese Grippe nun gab oder nicht, diese Maßnahme hatte noch einen anderen Sinn, über den nicht geredet wurde. Bist du geimpft worden?«

»Ja. Ich wollte nicht, dass mir diese Scheiße zustößt.«

»Dann solltest du dir Sorgen machen. Ich bin nicht einmal in die Nähe von diesem Mist gekommen. Es steht in allen Foren. Man glaubt, das Impfprogramm würde in Wirklichkeit die Bezeichnung *Freundlichkeitsprotokoll* tragen.« Er fischte sein Handy aus der Tasche, denn ihm war etwas eingefallen. »Hier, hier.« Er strich mit dem Daumen über das Display, fand das Gesuchte und drückte Harry das Gerät in die Hand.

Auf dem entschlüsselten Bildschirm befanden sich mindestens acht Audiodateien, weitere befanden sich unter dem Rand. Sie trugen die Bezeichnung O'REARDON 110, 111, 112.

Harry schaute verwirrt drein.

»Der Ordner hat eine dreifache Verschlüsselung. Du bist außer Mickey die einzige Person, der ich diese Dateien zeige. Ich habe dafür Tausende im Dark Web bezahlt, hat mich meine Ersparnisse gekostet. Vor dem Eingeständnis des Premierministers bei der Pressekonferenz, dass sie den Stone Man in Gewahrsam hatten, war das reines Dynamit. Hat diese Aufnahmen fast wertlos gemacht. Würde ich das jetzt veröffentlichen, würde es kaum Wellen schlagen, aber ich warte, bis ich …«

Bis ich Beweise habe, was man ihr angetan hat.

»… ein Dossier fertiggestellt habe. Diese Aufnahmen verraten nicht viel, aber sie beweisen, was oben im Norden passiert ist. Die Leute, die man befragt hat.«

»Wie sind sie durchgesickert?«

»Es war jemand namens O'Reardon. Wir glauben, dass sie Psychologin war – das lassen die Bänder durchblicken –, aber sie ist jetzt in Northampton in einer Heilanstalt, und niemand kommt zu ihr durch. Etwas ist auf dieser ›Windfarm‹ in Sheffield passiert, und wir wissen nicht, was es war, aber sie hat ein paar Sachen durchsickern lassen. Das meiste waren witzlose E-Mail-Logs, aber irgendwo darin waren Aufnahmen. Es sind Befragungen, Ersteinschätzungen, Überprüfungen der geistigen Gesundheit vor Ort, Abschlussbesprechungen. Das Beste ist das mit einer gewissen Sophie Warrender, 127. Das musst du dir anhören …«

»Nachdem du das alles hattest … bist du darum auf der Straße gelandet?«

»Ich traf eine Entscheidung. Ich habe mein Haus verkauft, Theresas Haus, habe das Geld abgehoben und bin abgetaucht. Ja, es gab ein paar schwere, sehr schwere Zeiten. Lass es mich so ausdrücken: Antidepressiva bringen nicht wirklich was.« Er hatte sie erst vor Kurzem abgesetzt, und als er sie nun erwähnte, wurde ihm bewusst, dass er schon eine Weile nicht mehr daran gedacht hatte. *Zeigt deutlich, was sie gebracht haben.* »Da habe ich Mickey kennengelernt. Er war kein … er war kein besonders netter Mensch. Aber er hat mir geholfen, als ich ganz am Boden war, weil ich mich genauso leidenschaftlich für die Wahrheit interessiert habe wie er, und er glaubte, ich könnte ihm nützlich sein. Und heute habe ich versucht …« Er seufzte. »Es gibt einen Unterschied, ob man sich meldet und auf der Hitliste der nächsten Ankunft steht oder unentbehrlich ist und wie Andy Pointer zum inneren Kreis gehört. Das wäre das Risiko wert gewesen.«

»Was meinst du?«

»Die Pointer-Theorie – ach, egal, spielt keine Rolle.« Wieder seufzte er und warf die Hände in die Höhe. »Ich kann nicht aufhören, Harry. Selbst wenn ich wollte. Ich habe ihr nach ihrem Tod ein Versprechen gegeben, und wenigstens dieses eine Mal muss ich ein Versprechen halten.«

Ein unbehagliches Schweigen trat ein.

»Es tut mir sehr leid, was dir passiert ist«, sagte Harry schließlich, und trotz seiner reglosen Miene und dem ausdruckslosen Tonfall konnte Eric fühlen, dass es ihm damit ernst war.

»Danke!« Und noch mehr unbehagliches Schweigen. Verdammt, warum erzählte Harry nichts von sich?

»Hast du jemals jemandem von deinen Visionen erzählt?«, fragte Eric.

»Nein.«

»Warum nicht?«

Harry zuckte mit den Schultern. »Ich wollte nicht, dass man mich für einen Verrückten hält.«

»Huh«, machte Eric. »Vielleicht hätte ich das probieren sollen.«

Harry schnaubte leise und lächelte, und die Dinge waren halbwegs in Ordnung. Eric verspürte eine bleierne Müdigkeit. Ob es nun die Schmerzpillen, der Blutverlust oder dieser unmögliche, verrückte Tag war, vermochte er nicht zu sagen. Harry hielt noch immer Erics Handy in der Hand.

»Du kannst dir die Aufnahmen anhören, wenn du willst«, sagte Eric. »Du solltest es tun. Es sind nur ein paar Minuten. Abgesehen von Linda Wyken, 117, die redet wie ein Wasserfall.«

Harry zuckte mit den Schultern. »Warum nicht? Kann ich mir anhören, während ich dich zusammenflicke.«

Eric sparte sich die Frage, die ihm auf der Zunge lag. *Und dann?*

»Okay«, sagte er schließlich. »Harry, danach muss ich zurück zum Ground Zero.«

Er hatte keine Visionen gehabt, also glaubte er nicht, dass Stone Men kamen, aber mittlerweile war einige Zeit vergangen. Vielleicht konnte er jetzt an den Schlurfern vorbei.

»Du musst dich ausruhen.«

»Das kann ich nicht.«

Aber es war nötig. Er war so verdammt schläfrig.

»Hm. Vermutlich spielt es ja keine Rolle«, sagte Harry. »Vermutlich sterben wir sowieso.«

»Vielleicht. Wieso denkst du das?«

Harry ging mit dem Daumen die Audioliste auf dem Display durch.

»Du hattest Visionen, ich hatte Visionen«, sagte er. »Und wie du schon gesagt hast, dieses Gebilde schien sehr wählerisch zu sein, wen es umbringt. Uns nicht, die Vögel auch nicht. Also funktioniert es entweder nicht richtig oder folgt einem vorher festgelegten Programm. Ist es das Letztere, hat man uns aus einem bestimmten Grund am Leben gelassen. Was bedeutet, dass man uns noch für etwas braucht.«

Eric wurde eiskalt.

»Also sind das schon zwei Dinge, die mir eine Scheißangst einjagen.« Harry seufzte und rieb sich über die Bartstoppeln, während er auf Abspielen drückte. Hintergrundgeräusche aus dem Raum, in dem die Aufnahme entstanden war, kamen aus dem Lautsprecher von Erics Handy. »Die Tatsache, dass man uns aus irgendeinem Grund hier vor Ort haben will. Und die Tatsache, dass alle anderen draußen gehalten werden.«

Die Fast-Stille in dem aufgenommenen Raum war unheimlich. Sie wurde nur vom Scharren der Stühle auf dem Boden unterbrochen.

»Glaubst du, die Pillen wirken schon?«, fragte Eric.

»Ich weiß nicht. Bewege dich doch mal.«

Eric gehorchte. Es war schmerzhaft, fühlte sich aber irgendwie entrückt an.

»Ist vermutlich okay«, sagte er.

»Okay, gut.« Harry kramte wieder in dem großen Kasten herum und holte die chirurgische Nadel und Faden hervor. »Das wird trotzdem scheißwehtun.«

PROJEKT OUROBOROS O'REARDON 117: LINDA WYKEN: ENTLASSUNGSWOCHE – SITZUNG 2 VON 5

(Stuhlgeschabe. Husten.)

O: Test, Test, Toast. Toast. Das ist gut. Wir können. Gut. Alles in Ordnung?

L: Ja.

O: Sie können sich entspannen. Das ist nur …

L: Wie viele machen wir heute eigentlich noch?

O: Noch vier. Das hier, dann eine kurze Toilettenpause, die Beine vertreten, dann noch eine vor dem Mittagessen, dann kehren Sie in Ihr Quartier zurück. Heute Nachmittag machen wir noch zwei.

L: Gut. Diese »Abschlussbesprechung« war schrecklich. *Ich will, dass das in die Akten aufgenommen wird. Ich finde, dass Sie alle schrecklich undankbar waren.*

O: Wieso das, Linda?

L: Ich weiß, dass ich nach Hause gehe, aber das war unnötig. Die letzte

Sitzung in der Hütte war schon verstörend genug. Ihn so zu sehen … und dann die Abschlussbesprechung? Ich fand das Timing sehr unfair. Sie hätten mir wenigstens ein paar Stunden geben können, bevor Sie mit all den Drohungen kommen. Ich bin hergekommen, um zu helfen.
O: Abschlussgespräch Eins?
L: Als würde man indoktriniert, nur andersrum. Man hat uns Gottesfurcht eingebläut. Sie werden vielleicht überwacht, *das alles. Verrat? Undankbare Bastarde. Ich habe eine Verschwiegenheitserklärung unterzeichnet, oder etwa nicht?*
O: Das müssen Sie verstehen, wir können kein Risiko eingehen.
L: Lassen Sie uns das einfach hinter uns bringen, damit ich diese verdammten Dinger vom Kopf nehmen kann.
O: Sie sind wichtig, wir müssen Ihre Hirnaktivität während des Gesprächs messen. Wir befinden uns in unbekannten Gewässern, also überprüfen wir alles.
L: Wie Sie meinen.
O: Okay.
Ein Stift kratzt über Papier.
O: Also. Beschreiben Sie bitte noch einmal die erste Vision, damit wir einen Vergleich haben. Die, deretwegen Sie uns angerufen haben.
L: Meine einzige *Vision. Ich hatte sie erst bei der Dritten Ankunft, davor gab es nur Träume.*
O: Beschreiben Sie sie bitte.
L: Nun ja, offensichtlich wissen Sie, wie er aussieht …
O: Das tue ich. Bitte?
L: Ein großer Bursche. Er weinte … was schreiben Sie da auf?
O: Nichts. Das System zeichnet sämtliche Ausschläge der Elektroden sowieso auf, aber ich mache mir gern Notizen. Sprechen Sie weiter.
L: Ich geriet irgendwie in Panik, und die Vision verschwand, aber später geschah es zu Hause noch einmal, dann erneut in der Nacht, und ich wusste einfach, dass das real ist. Ich konnte diesen Mann fühlen, als wäre er im Zimmer. Ich rannte schreiend in den Garten, rastete völlig aus, aber ich war auch frustriert. Ich drohte dem Himmel mit den Fäusten und fragte die … das hört sich jetzt wirklich blöd an … also ich fragte die Welt, wo zum Teufel dieser Mann ist, damit ich ihn finden konnte, um ihn loszuwerden. Ich versuchte einfach zu fühlen, wo er ist.

Und dann gelang es mir. Es war das Merkwürdigste, das ich je im Leben gefühlt habe. Ich muss ungefähr zehn Minuten dort gestanden haben, ließ es zu mir kommen, machte es schärfer. Ich wusste, dass ich der Sache näher kam, so wie man weiß, dass sich der Aufzug abwärtsbewegt.
O: Wann fühlten Sie …
L: Dazu komme ich. Peng, das Gefühl hörte auf, und ja, da hatte ich diese … wie war noch mal der Begriff, den Dr. Gopal benutzt hat?
O: Die Interferenz. Sie müssen uns das beschreiben, Linda, wir zeichnen das auf …
L: Na schön. Es war ein schrecklicher Laut in meinem Kopf, und er schmerzte. Es dauerte nur kurz, denn in der Sekunde, in der es losging, ließ ich sofort die Verbindung zu dem fallen, was auch immer es war. Als hätte man etwas Heißes angefasst.
O: Wie hat sich der Laut angehört?
L: Es war ein … schlimmer Laut. Muss ich darüber sprechen?
O: Nein, schon gut, wir brauchten nur, dass Sie daran denken.
L: Okay. Das hätte mich viel mehr durcheinanderbringen müssen, aber aus irgendeinem Grund fühlte ich mich danach etwas besser. Als die Dritte Ankunft dann im Gange war, fühlte ich mich überhaupt nicht schlecht. Keine Visionen. Nichts. Ich habe es wie alle anderen im Fernsehen verfolgt, jedenfalls bevor man die Berichterstattung beendet hat. Ein paar Tage später habe ich im Fernsehen dann die Werbung gesehen, den Aufruf für Sei vorbereitet*.*
O: Sie haben sich aber nicht sofort gemeldet, oder?
L: Nein.
O: Wann haben Sie angerufen?
L: Das wissen Sie doch, das habe ich doch schon alles …
O: Wann haben Sie angerufen, Linda?
L: Ich kam mir albern vor. Ich glaubte nicht, dass Sie nach Leuten wie mir suchen. Selbst die anderen, die sich gemeldet haben und hier sind, die haben mehrere Gesichter gesehen, aber ich habe nur ein einziges gesehen.
O: Es hat beinahe vier Jahre gedauert, richtig? Es ist okay, ich will nur den Grund wissen.
L: Ich weiß es nicht, okay?
O: Tut mir leid, ich will Sie nicht aufregen.

L: Es gab eben immer einen Grund, es nicht zu tun. Aber dann … meine Tochter fing an zu arbeiten und nahm eine eigene Wohnung, und ich saß abends allein mit einem Glas Wein zu Hause und war traurig. Und im Fernsehen kam der Werbespot. Aus irgendeinem Grund habe ich gedacht: Was soll's?, *und am nächsten Morgen angerufen. Man hat mir die ursprünglichen Fragen gestellt, beschreiben Sie die Visionen und so weiter. Dann fuhr ich nach London zur Befragung. Drei* Stunden. *Fragen zur Familiengeschichte, sogar die Karten wie beim Anfang von* Ghostbusters.

O: Die Zener-Karten, ja.

L: Darf ich Ihnen eine Frage stellen? Man hat mir gesagt, ich hätte gerade noch das jährliche Aufnahmedatum geschafft. Warum nur jährlich? Wollen Sie nicht so viele wie möglich?

O: Das darf ich nicht beantworten. Die Zahl der Leute, die die Kriterien tatsächlich erfüllen, nach der Klasse suchen wir, ist ziemlich niedrig. Außerdem müssen die Leute einen Monat vor Ort leben, was ziemlich viele abschreckt, obwohl es bezahlt wird.

L: Außerdem wollen sie bestimmt nicht von ihren Arbeitgebern gefeuert werden, schätze ich.

O: Also rechtlich gesehen darf Ihr Arbeitgeber das nicht. Denken Sie an Ihren ersten Tag hier. Wie haben Sie sich gefühlt?

L: Überrascht. Ich hatte mit Soldaten in Uniform gerechnet und nicht in Polohemden und Jeans. Ich verstehe schon, dass das Sinn macht, alles so zivil wie möglich aussehen zu lassen. Dann hat man uns in Büro Sechs gebracht, um Formulare zu unterschreiben, dann ging es ins Wartezimmer. Spielt das jetzt überhaupt noch eine Rolle?

O: Alles ist wichtig, vor allem da Sie nun dem Näheeffekt ausgesetzt worden sind.

L: Schön, schön, also im Wartezimmer war ich nervös. Einfach nur nervös.

O: Warum?

L: Dort sah niemand entspannt aus. Einer hatte die Arme fest um den Körper geschlungen und schaukelte hin und her, und diese blonde Frau, wie heißt sie noch mal …

O: DeVries?

L: Nein, es war … ach ja, sie hieß Warrender. Sophie Warrender.

O: Ja richtig, Sophie Warrender.

L: Sie hat einfach nur aus dem Fenster gestarrt und sich die Nase abgetupft, weil sie geblutet hat. Ich fühlte mich etwas unsicher, weil das, was sie beeinflusste, mich nicht im Mindesten so schwer beeinflusst hat. Ich hatte nur Kopfschmerzen, die in dem Moment anfingen, in dem ich den Stützpunkt betrat. Damals war das rätselhaft, schließlich waren die Ankünfte ja angeblich vorbei. Jetzt weiß ich natürlich, dass Warrender sich auf einer ganz anderen Stufe als ich befindet, immerhin ist sie jetzt in der Strachan-Gruppe. Sie fährt nicht nach Hause, also vermute ich, dass sie zur Elite gehört.

O: Sprechen Sie weiter.

L: Tut sie es?

O: Tut sie was?

L: Zur Elite gehören. Letztens habe ich zufällig ein Codewort aufgeschnappt. Dispensatori. *Damit ist doch Sophie Warrender gemeint, oder?*

O: Warten Sie, von wem haben Sie das gehört? Kennen Sie die Person?

L: Nein.

O: Okay. Vergessen Sie das. Sie sitzen also im Wartezimmer?

L: Eine Frau tritt ein, und sie trägt eine andere Uniform. Ich habe richtigerweise vermutet, dass sie das Kommando hat. Eine Frau, die bei der Armee das Kommando hat, so etwas ist schön zu sehen, nicht wahr?

O: In der Tat.

L: Sie ist ein echtes Miststück. Und ja, das ist ein ungehöriger Ausdruck, ich weiß. »Hallo«*, begrüßt sie uns und bedankt sich für unseren freiwilligen Einsatz.* »Wir arbeiten hier fast völlig im Dunkeln«*, fährt sie fort,* »aber sollte sich herausstellen, dass Sie helfen können, dann wissen wir vielleicht, wie es weitergeht. Und wenn nicht, werden wir Ihnen außerordentlich dankbar für Ihre Zeit sein. Und Sie werden natürlich trotzdem bezahlt.« *Vermutlich sollte das ein Witz sein, um die Stimmung aufzuhellen, aber ich kann mir nicht vorstellen, dass sie oft Witze macht.* »Mein Name ist Brigadier Straub«*, sagt sie.* »Willkommen bei Projekt Ouroboros!«

O: Wie haben Sie sich gefühlt?

L: Als sie fertig war, war ich sehr nervös. Sie hat alle Konsequenzen auf den Tisch gelegt; was passieren würde, falls wir gegen die Verschwiegen-

heitsklausel verstoßen und reden. Ehrlich gesagt hat mir nichts davon gefallen. Und dann sagt sie, wir gehen jetzt in den Haupthangar, also müssen wir als Vorsichtsmaßnahme unsere Seuchenschutzanzüge anziehen. Und bevor Sie fragen, das hat mir erst richtig zu schaffen gemacht.
O: Sie haben die interne Eskorte benutzt, Protokoll zwei?
L: Was? Ach ja. Also, sie sagt, dass das, was wir nun sehen werden, uns möglicherweise Angst machen wird, aber wenn wir uns an die Regeln halten, wird uns nichts passieren. Ich wusste nicht, was ich davon halten sollte. Wir stiegen in den Transporter. Es war gar nicht so weit weg, also war der Wagen vermutlich aus Sicherheitsgründen da, damit keiner die Schutzanzüge sieht. Es war ganz schön heiß darin.
O: Wie haben Sie sich im Hangar gefühlt?
L: Nun …
O: Fahren Sie fort.
L: Es hört sich bestimmt albern an.
O: Es gibt keine albernen Antworten, Linda.
L: Es war unheimlich.
O: Wegen dem …
L: Ich weiß, was Sie sagen wollen, aber nein. Es waren die Lampen.
O: Die in der Decke?
L: Ja. Es war so dunkel, ausgenommen … wie diese riesigen Lampen auf die Mitte konzentriert waren, bei diesem … Ding im Zentrum diesen seltsamen Haloeffekt erschufen. Nur dass es gar kein Licht war.
O: Das ist interessant. Warum sagen Sie das, Linda?
L: Als ich ein Kind war … haben Sie überhaupt Zeit dafür?
O: Ja, ja, bitte. Wir brauchen Ihre Gefühle, Ihre Reaktionen.
L: Meine Großmutter hat uns vor dem Schlafengehen immer gern Angst gemacht, indem sie uns unheimliche Geschichten erzählte – ich weiß, das genaue Gegenteil von dem, was sie eigentlich hätte tun sollen, aber so war meine Babunia nun einmal. Sie kam aus Polen. Ihre Geschichten drehten sich immer um Finstere Dinge. *Wir haben sie immer gelöchert, uns doch von den* Finsteren Dingen *zu erzählen, aber normalerweise war sie zu müde oder hatte schlechte Laune. Wollte einfach nur* Eastenders *oder* Parkinson *sehen, oder ihr fiel keine Geschichte ein. Um ehrlich zu sein, konnte sie sehr mürrisch sein. Aber wenn sie uns diese Geschichten erzählt hat, dann waren sie großartig, einfach großartig.*

Eine lange Stille tritt ein.

O: Linda?

L: Ich sage es Ihnen, Doktor. Dieses Ding im Hangar ist ein Finsteres Ding. *Ich konnte es fühlen. Ich konnte es so genau fühlen, wie ich im Moment direkt vor Ihnen sitze.*

O: Das ist sehr gut, Linda. Vielen Dank! Und jetzt erzählen Sie mir, was Sie gesehen haben.

L: Ich habe die Hütte gesehen, offensichtlich.

O: Okay, die Hütte. Erinnern Sie sich daran. Beschreiben Sie sie mir.

L: Nun ja … sie ist wie ein Wohnwagenanhänger, nicht wahr? In der Ecke ein kleines Fenster und fährt immer im Kreis. Ich erinnere mich, dass hinter dem Fenster Licht brannte, und bevor sie wendete, sind mir dort Vorhänge aufgefallen. Ich dachte noch, Vorhänge, was soll das? Ist da jemand drin, lebt dort jemand? Aber seltsamerweise wusste ich, dass sich dort drin jemand aufhält. Sobald ich so nahe daran war, konnte ich es fühlen. Sogar ich *konnte es fühlen.*

O: Was war hinter der Hütte? Was folgte ihr?

L: Soll das ein Witz sein?

O: Nein.

L: Im Ernst?

O: Linda. Das ist die wichtigste Antwort. Ich bin mir sicher, Sie können das verstehen. Sie müssen mir beschreiben, wie …

L: Und Sie wissen, dass ich nicht gern darüber spreche. Manchmal habe ich diese Träume …

O: Darüber werden wir morgen reden.

L: Kann ich nicht einfach heute nach Hause fahren?

O: Noch ein Tag, und Sie sind fertig. Aber im Augenblick möchte ich wirklich, dass Sie …

L: Ich nahm an, dass es schon lange Zeit dort war. Die Dritte Ankunft ist Jahre her, und ich konnte sehen, dass das Ding eine tiefe Furche in den Boden gegraben hatte, neben den Fahrspuren der Hütte.

O: Welches Gefühl hat es bei Ihnen ausgelöst oder löst es vielmehr noch immer aus?

L: Ich war völlig verblüfft. Das galt auch für die anderen, keiner gab einen Ton von sich. Ganz egal, wie viel Angst ich auch hatte, wie ausgeliefert ich mich auch fühlte, dieses Ding zu beobachten, wie es dort lief,

das war einfach … unbeschreiblich. Es sah völlig unmöglich aus. Es war lautlos. Völlig lautlos. Ich habe mich gefragt, wieso zum Teufel man uns das zeigen kann, aber dann fielen mir Straubs Drohungen wieder ein. Auch wenn die nicht mit dem zu vergleichen waren, was ich mir heute Morgen anhören musste, vielen herzlichen Dank!
O: Mir ist aufgefallen, dass Sie es nicht mit seinem Namen bezeichnet haben.
L: Das mag ich nicht. Nicht, wenn ich in dieser Nähe zu ihm bin. Ich weiß, dass das albern ist.
O: Können Sie es aussprechen?
L: Der Stone Man ging hinter der Hütte her. Okay?
O: Vielen Dank, Linda!
(Die Aufnahme endet.)

Eric fuhr hoch, schnappte nach Luft und blickte sich hektisch um. Hatte er das Bewusstsein verloren? Wie lange war er ohnmächtig gewesen, wie viel Zeit hatte er verloren?

Aber etwas hatte ihn aufgeweckt. Was war es gewesen?

Dann sprang Harry plötzlich auf die Füße, duckte sich, wie in der Erwartung, von etwas getroffen zu werden. Erics Handy fiel zu Boden, die Wiedergabe einer der durchgesickerten Aufnahmen endete. Offensichtlich hatte Harry sie sich angehört, während Eric geschlafen hatte.

»Was ist? Was ist?«, zischte Eric, aber Harry legte einen Finger auf die Lippen.

»Pst! Pst! Warte! Warte!«, zischte er zurück. Erics Brust verkrampfte sich vor Panik, und seine verfluchte Schulter summte ihn an, nein, sie brüllte förmlich, und ja, sein Gehirn erinnerte sich endlich, dass man ihn angeschossen hatte und er zusammengeflickt worden war. Noch immer unbekleidet, warf er einen Blick auf die Wunde. Sie war nun sauber verbunden, der weitaus weniger schmerzhafte Teil der Arbeit war erledigt worden, solange er bewusstlos gewesen war. Jetzt ließen die Schmerzpillen nach, und die heilende Wunde schmerzte wie der Teufel.

Aufmerksam lauschte Eric. Er konnte nichts hören.

»Harry?«

»Pst!«

Noch immer nichts.

»Harry!«

Stille.

»Was?«

»Was hat mich geweckt, Harry? Was ist passiert?«

»Ich weiß es nicht.«

Pause.

»Hat sich etwas geregt?«

»Nein.«

Pause. Eric wurde sich etwas bewusst.

»Harry. Ich muss dringend pinkeln.«

Harry sah sich angestrengt um. Er reagierte nicht.

»Ich glaube nicht, dass hier etwas ist«, sagte Eric. »Du denn?«

Harry richtete sich wieder auf. Er senkte die Hände. »Eigentlich nicht.«

»Okay. Ich gehe auf die Herrentoilette, und wenn ich wieder da bin, reden wir darüber.«

»In Ordnung.«

Harry stieß ein Seufzen aus und lehnte sich an die Wand, versuchte sich zu beruhigen. Als Eric auf den Beinen stand, kippte etwas in seinem Kopf, und er stürzte sofort zur Seite.

»Scheiße!«

Er schaffte es rechtzeitig, sich zu drehen, damit die gute Schulter gegen die Wand prallte, aber sein ungeschützter Kopf stieß gegen den Verputz. Die ganze Welt wurde weiß, und plötzlich wusste er, was passiert war, was dort kam.

O nein …

Die Vision traf ihn stärker als je zuvor.

Es ist die Barriere, dachte er, während seine Wahrnehmung von etwas außerhalb von ihm übernommen wurde. *Es ist stärker, weil wir uns innerhalb der Barriere befinden.*

Dann konnte er nur noch *sehen,* während sein Körper zu Boden stürzte. Er wollte Harrys Namen sagen, konnte aber nur hören, wie der Mann ein paar Meter entfernt würgte. Die Vision traf auch ihn.

O mein Gott! Und hier ist es!

Es war nicht der Blick auf eine Person. Es war nicht einmal ein Gesicht.

Die Vision war *hell* – ein unfassbar helles Licht –, und während Eric krampfhaft zu atmen versuchte, war ein Teil von ihm damit beschäftigt, durch dieses Licht hindurchzuschauen, die grelle Linse zu reinigen, die sein geistiges Auge verschleierte. Dann begriff er, was er sich da ansah. Das Licht war kein verschwommenes Bild.

Bei der Vision *ging* es um das Licht.

Es füllte sein Blickfeld aus. Seine Gedanken rasten. Was er da sah, war es rund? Vielleicht keine Kugel, aber zumindest rund. Dreiecke, Prismen und Kreise, das alles verwandelte sich in die *Sesamstraße aus Stein,* aber er begriff durchaus, dass es sich bei diesem Licht um ein gegenständliches Objekt handelte.

So gegenständlich, wie Licht sein kann, dachte er. *Das da existiert irgendwo.*

Irgendwo dort draußen wartete das Licht.

Es ist in der Nähe ... und es ist weiblich. Der Gedanke kam ganz plötzlich, seine Adern schienen auf einmal unter Strom zu stehen. *Dieses Licht ist weiblich.* Das wusste er, obwohl da zugleich eine Frage war. *Wie kann Licht weiblich sein, du verfluchter Idiot ...*

Dann war es weg, und er konnte wieder atmen. Die schwarze Decke der Garderobe starrte ihm entgegen.

»Hast du das gesehen?«, keuchte Harry. Eric nickte, zu keinem Wort fähig, die Schmerzen in seiner Schulter drängten sich wieder in den Vordergrund. Vorsichtig setzte er sich auf und sah Harrys weit aufgerissene Augen. Eines davon war etwas blutunterlaufen. Eric erwähnte es nicht.

»Hast du dieses Licht gesehen?« Seine Stimme klang dünn, da war das Gefühl, dass etwas an seiner Kopfhaut zu ziehen schien, und zwar viel schlimmer als zuvor an diesem Tag.

»Ja. Vielleicht haben wir die Barriere gesehen.« Harry hielt sich den Kopf. »Vielleicht sieht sie von Weitem so aus.«

»Vielleicht. Aber das glaube ich nicht. Ist dir das nicht kleiner vorgekommen? Als würde es sich irgendwo in einem Raum befinden?« Er hielt die Hände hoch, sobald er es gesagt hatte, da sich Harry bereits über seine unglückliche Wortwahl aufregte. »Nicht in dem Gebäude auf dem verdammten Ground Zero, das sollte keine Andeutung sein. Ich will damit nur sagen … kam es dir nicht auch klein vor? Jedenfalls nicht so groß wie eine Stadt?« Die Frage, ob es sich weiblich angefühlt hatte, stellte er nicht. Das wäre zu albern gewesen.

»Keine Ahnung.« Harry legte den Kopf gegen die Wand und atmete müde aus. »Mir war das nicht so superklar. Ich habe nur erkannt, dass es rund ist, bevor ich es nicht mehr sehen konnte. Hast du das gesehen? Dass es wie ein Kreis aussieht?«

»Das habe ich. Das habe ich tatsächlich sofort gesehen, das war mir ziemlich klar.« Die Worte erfüllten ihn seltsamerweise mit Unbehagen, als würde er einen geistigen Weitpinkelwettbewerb vom Zaun brechen.

»Hm. In dem Fall«, sagte Harry und richtete sich mit einem Alte-Männer-Grunzen auf, »was ich eigentlich sagen wollte, tatsächlich habe ich es sehr deutlich gesehen. Ich könnte es aus einer Reihe von Verdächtigen herauspicken. Ich könnte dir seinen genauen Durchmesser sagen.« Eric wurde klar, dass das ein Witz sein sollte, und er täuschte ein Kichern vor, bevor er auf die Uhr blickte. Es überraschte ihn, dass es zweiundzwanzig Uhr war. Er hatte ein paar Stunden geschlafen, und mittlerweile würde es dunkel sein.

»Warum hast du mich so lange schlafen lassen?« Er war jetzt hellwach, sogar mehr als das. Er fühlte sich wie elektrisiert. Und was war das für ein gottverdammtes Gefühl in seiner Kopfhaut?

»Du hast eine böse Schulterverletzung und Schlaf gebraucht«, erwiderte Harry. »Und diese Antibiotika können dich umwerfen. Hätte ich dich geweckt, wärst du nur benommen und nutzlos gewesen. Außerdem habe ich mir deine Bänder angehört.« Er deutete mit dem Kopf auf Erics Handy. »Ein paar habe ich durch.«

»Was hältst du davon?«, fragte Eric ehrlich interessiert. Harry seufzte und schüttelte den Kopf. Aber das sollte keine

Ablehnung bedeuten. Langsam begriff Eric seine Körpersprache. Er wusste, was das ausdrücken sollte. *Sie sind echt, und es ist überwältigend.*

»Jetzt gibt es nicht mehr viel Licht.« Eric bewegte vorsichtig die Schulter. »Ich habe die Befürchtung, dass wir im Dunkeln in die Barriere geraten könnten, wenn wir zu nahe rankommen; sie ist so …«

Ein scharfes Zucken ging durch seine Kopfhaut. Harry keuchte ebenfalls auf. »Alter, hast du das auch gefühlt?«

»Ja!«

»Hm.« Harry bewegte sich unbehaglich.

»Es ist okay, Harry«, sagte Eric. »Ich habe es auch gefühlt, Alter. Das ist definitiv real.« Er wusste aus bitterer Erfahrung, dass sobald man ein paar verrückte Visionen gehabt hatte, die sich als echt erwiesen hatten, man viel zu leicht etwas hineinlas. Bei jedem Gedanken und jedem Anflug von Instinkt neigte man zu der Entscheidung, dass sie etwas zu bedeuten hatten. Es wurde sehr schwer, seinem Bauch zu vertrauen.

»Ich will versuchen, aus der Stadt herauszukommen, aber …« Harry gab vor, an etwas auf dem Boden interessiert zu sein. »Hör zu, ich habe nicht mehr viel im Leben. Aber ich würde es wirklich scheiße finden, wenn ich nicht herauskriege, was das ist. Diese Vision war … was zum Teufel war das?«

»Das brauchst du mir nicht zu erklären. Ich verstehe mehr, als du ahnst.« Die magnetische Anziehungskraft fühlte sich langsam beinahe unwiderstehlich an. Hatte es nicht den Anschein, als würde sie ihn sowieso zum Ground Zero locken? Oder zumindest in die Richtung? Und er musste wissen, was es mit dem Licht auf sich hatte, erst recht, wenn es so nahe war, wie es sich anfühlte. Ground Zero käme danach an die Reihe, auch wenn er ahnte, dass die Schlurfer mit Sicherheit noch immer den Zugang blockierten.

Und wenn dieses Licht irgendwie gelöscht werden kann, dachte er wild, *können wir diesen Scheiß vielleicht im Keim ersticken …*

Er rief sich zur Ordnung. *Gelöscht.* Die Art Wort, die seiner Meinung nach Straub benutzen würde.

Einen Schritt nach dem anderen. Finde das Licht. Komm in die Gänge.

»Fühlst du die Richtung?«, fragte er atemlos, schnappte sich sein T-Shirt und zog es an.

Harry schaute kurz auf, versuchte es.

»Ich bin mir nicht sicher«, sagte er. »Du?«

»Ich bin mir auch nicht sicher«, log Eric. »Gehen wir raus und überprüfen es.« Harry grunzte zustimmend und zeigte auf den Rucksack, der an der Wand lehnte.

»Ich habe einen Rucksack in deinem Lager gefunden«, sagte er. Eric nickte. Man wusste nie, wann man seine Sachen an einen anderen Ort bringen musste, und eine Tasche war einfacher zu tragen als eine Kiste. »Ich habe was zu essen eingepackt und Wasser. Deines habe ich wieder aufgefüllt. Außerdem habe ich ein kleines Erste-Hilfe-Set zusammengestellt, die Antibiotika sind auch eingepackt. Eine Taschenlampe. Ich hielt es für besser, vorbereitet zu sein.«

»Okay, ja, das ist gut«, erwiderte Eric und zog ein frisches T-Shirt aus seinem Vorrat. Er hatte es schon länger nicht mehr gesehen; es war eines von denen, die er vor einer Weile zum Schlafen angezogen hatte, es war nicht weiter wichtig, und es hatte ihn nicht gekümmert, es zurückzulassen. Es war ein Scherzgeschenk von einem Freund gewesen, die Aufschrift lautete: ICH BIN KEIN GYNÄKOLOGE, ABER ICH WERFE TROTZDEM EINEN BLICK DRAUF. Etwas unangebracht für das Ende der Welt, aber wenigstens war es nicht mit Blut beschmutzt. Es war mit Sicherheit besser, die Ausrüstung dabeizuhaben … und plötzlich kam ihm der Gedanke, dass Harry ausreichend Gelegenheit gehabt hatte, mit seinen Sachen zu verschwinden, während er geschlafen hatte. Das hatte er aber nicht getan. Eric hielt inne, die Finger noch am Saum des alten T-Shirts. Vielleicht kam Harry auf einmal dem am nächsten, was er seit langer Zeit als Freund betrachten konnte. Wie traurig. Er geriet in Panik, als er fühlte, wie sein erschöpfter, traumatisierter Verstand anfing, sentimental zu werden, und er suchte hektisch nach etwas, das er sagen konnte, egal was. *Danke, dass du geblieben bist?* Zu unbeholfen, zu unerwartet. Er drückte sich.

»Äh … hast du etwas dagegen, den Rucksack zu nehmen? Meine Schulter …«

»Kein Problem. Er ist nicht schwer«, erwiderte Harry und schwang ihn sich auf den Rücken. »Gehen wir. Du kannst führen. Ich glaube, du hast eine bessere Antenne dafür als ich.«

»Wir werden sehen.«

Sie traten auf die Straße und gingen auf das Licht zu.

KAPITEL ACHT

Die Spione und die Goodmans

Maria

»...ria. Maria.«

Sie erwachte. Alles war sofort wieder präsent. *Ruth!,* dachte sie. *Ruth!*

Da waren zwei Männer in Anzügen im Zimmer bei ihr, sagten ihren Namen, während sie sich in die Decken verstrickt auf dem Bett rückwärtsschob. Einer von ihnen schnappte sich ihre Handgelenke und hielt sie fest. Sie stieß einen leisen Schrei aus und wehrte sich, während er versuchte, sie zu beruhigen.

»Maria, es ist in Ordnung, Sie sind in Sicherheit, Sie sind in Sicherheit.«

Sie keuchte und nahm ihre Umgebung auf; offenbar ein Raum, der wie für ein Kind ausgestattet war. Poster von Zeichentrickserien, bunte Tapete. Hinter den Anzugträgern stand ein besorgt aussehendes älteres Paar in der Tür. Sie erkannte die Frau; sie war auf ihrem Rasen in Ohnmacht gefallen, die Frau hatte helfen wollen, und sie war geflohen, weil Ruth, Ruth ...

»Maria. Maria!«

Einer der Anzugträger eilte zur Tür und drängte das Paar sanft hinaus, flüsterte etwas Beruhigendes. Sie akzeptierten es mit einem schnellen *Natürlich, natürlich,* unterstrichen es mit einem Nicken. Darin war Maria selbst viel zu gut. Der zweite Anzugträger schloss die Tür, und Maria blickte den Mann an, der sie festhielt. Sein Griff war wie ein Paar Handschellen. Er war von durchschnittlicher Größe, jünger als Maria, adrett. Seine blauen Augen blickten sie streng an.

»Maria. Hören Sie auf. Es geht Ihnen gut.«

Sie schaute zu den Vorhängen; draußen war es noch dunkel. Wie viel Uhr war es? Wer zum Teufel waren die beiden Männer? Hatten sie Ruth gefunden?

Haben sie ihre Leiche gefunden?

»Haben Sie … nehmen Sie die Hände weg.« Wieder zerrte sie vergeblich, aber der Mann ließ sie los und streckte die Hände aus, als wollte er sagen: *Sehen Sie, ich kooperiere. Sehen Sie?*

»Haben Sie Ruth gefunden?«, schluchzte sie, zog die Decke hoch, um ihre spärliche Kleidung zu verbergen. Sie kam sich entblößt vor. »Ist sie tot?«, fügte sie hinzu. Eine sinnlose Frage. Natürlich war Ruth tot. Der Mann konnte gut Trauer vortäuschen, als er die Nachricht überbrachte.

»Mrs Wicker. Ihre ehemalige Schwägerin. Ich fürchte schon.«

Maria stöhnte leise, barg das Gesicht in den Händen.

»Es tut mir leid, Maria, aber wir brauchen Sie. Okay? Wir haben ein paar Fragen, dann lassen wir Sie in Ruhe.«

»Wer sind Sie? Woher kennen Sie meinen Namen?«

Der Mann nickte und entspannte sich etwas.

»Sie haben ihn gestern Nacht Mrs. Goodman verraten«, sagte er. »Und sie hat ihn uns verraten. Nehmen Sie sich einen Augenblick. Es tut uns sehr leid, dass wir Sie aufgebracht haben, aber wir haben nur wenig Zeit, und wir müssen schnell sein.«

Mrs Goodman. Die Frau.

»Mr und Mrs Goodman haben in der Nacht die Polizei gerufen«, sagte der zweite Anzugträger, der noch immer neben der Tür stand. Er war ein großer Schwarzer mit einem Bürstenschnitt, aber seine Stimme war sanft. »Sie hatten Glück durchzukommen. Das Festnetz funktioniert etwas besser als die Handys, aber das heißt nicht viel. Nicht viele Leute haben das überlebt, was Sie erlebt haben. Die Polizei ist im Moment ziemlich überfordert, aber Sie haben besondere Aufmerksamkeit erfordert.«

»Sind sie hergekommen?«, brüllte Maria und beugte sich vor. »Sind diese Dinger durch diese Straße gekommen?«

»Ja, vor ein paar Stunden, und Sie müssen langsam atmen, Maria«, sagte der Mann. »Mr und Mrs Goodman haben sie gesehen, andere auch.«

Sie sind hier durchgekommen? Während ich bewusstlos war?

»Sind sie in dieses Haus gekommen?«, zischte sie. »Waren sie hier drin?«

»Nein«, sagte der Mann. »Maria, Sie sind sicher.«

Nein, das bin ich nicht, dachte sie. *Das ist keiner von uns.*

Alte Instinkte übernahmen, und sie versuchte tief zu atmen, um sich zu beruhigen. Der Mann im Anzug bemerkte es.

»Das ist gut, Maria.«

»Miss Constance.«

»Entschuldigung?«

»So werden Sie mich anreden. Miss Constance. Das ist mein Nachname.«

»Okay, natürlich«, sagte der Mann. »Ich bin Stanton, das ist Kenpas.« Der zweite Anzugträger nickte.

»Also gut«, sagte Maria. Ihre Stimme war fast ruhig. »Ich werde Ihre Fragen beantworten, wenn Sie zuerst meine beantworten.« Das ließ Stanton schwer seufzen, er fuhr sich durch das müde Gesicht.

»Es stehen Menschenleben auf dem Spiel, und die Zeit ist knapp. Wenn Sie kooperieren, beantworte ich alle Fragen, die ich kann, aber wir müssen uns beeilen. Ist das fair?«

»Ja«, sagte sie, aber ihre Gedanken waren schon wieder bei Ruth. »Sie haben also ihre Leiche gefunden?« Ihr kam ein schrecklicher Gedanke. »Haben Sie Jason … haben Sie ihren Ehemann benachrichtigt?«

»Ja und nein«, sagte Stanton leise. »Man hat mit dem Abtransport angefangen. Es dauert lange, unsere Wagen haben Probleme, durch den Verkehr zu kommen. Wir können Mr Wicker nicht erreichen.«

Den zweiten Teil seiner Aussage konnte Maria nicht ertragen. Sie konzentrierte sich auf den ersten.

»Abtransporte?« Ihre Stimme klang wie ein Quieken, nachdem sie das Wort Wagen gehört und darüber nachgedacht hatte, was das bedeutete. »Wie viele Menschen sind gestorben?«

»Das kommt darauf an, wie man es betrachtet, Miss Constance. Wir haben es hier mit einer Krise von nationalem Ausmaß zu tun. Gemessen an der Bevölkerung ist der Prozentsatz sehr gering …«

»Einer ist in das Haus gegenüber von Ruth gegangen«, unterbrach sie ihn. »Wussten Sie das?« Stanton warf Kenpas einen Blick zu, der bereits das Zimmer verließ und etwas in ein riesiges Gerät in seiner Hand murmelte. Vielleicht ein Satellitentelefon? Also die funktionierten noch?

»Nein, das wussten wir noch nicht«, sagte Stanton. »Vielen Dank!«

»Das sind also zwei in derselben Straße«, flüsterte Maria. »Vielleicht gab es noch mehr. Wo sind diese Dinger jetzt, wie viele sind es …«

»Konzentrieren Sie sich auf mich, Miss Constance.«

»Und diese Straße. Sind Leute …?«

»Ja.«

»Wie viele?«

»In dieser Straße wohnen dreihundert Leute, Miss Constance.«

»Wie viele Tote in dieser Straße?«

»Eine. Eine Person ist gestorben.«

Das Bild von Ruth' letzten Augenblicken stieg wieder in ihr auf und führte zu einer kalten Einschätzung. Die Krämpfe waren durch die Flüssigkeiten, das Blut und das Ersticken gekommen. Also wie hatte das Ding ihre Freundin dort festhalten und das alles tun können, wo es doch nicht einmal die Konsistenz von Nebel gehabt hatte? Wie hatte es sie so beeinflussen können? Sie rief sich wieder das Gefühl ins Gedächtnis zurück, als sie mit seiner Aura in Kontakt gekommen war, wie es sich in ihrem Verstand bewegt hatte.

Sie beeinflussen unsere Gedanken. Sie sind die Manifestationen von Gedanken.

Konnte es Ruth dazu gebracht haben, sich selbst zu entleeren? Ihr Gehirn zu zwingen, ihren Körper irgendwie auf groteske Weise zu überhitzen?

Und wenn sie zurückkehren …

Übelkeit stieg in ihr auf.

»Wo sind diese Dinger jetzt? Sagen Sie es mir. Wo sind sie?«

»Einigen Zeugen zufolge sind sie wieder verschwunden, andere haben gemeldet, dass sie weiter landeinwärts wieder aufgetaucht sind.« Er hielt inne. »Viel weiter landeinwärts. Ich nehme an, Ihnen ist klar, dass sie nicht länger nur an der Küste sind.«

»Also wandern sie landeinwärts?« Sie wusste, dass *wandern* nicht das richtige Wort war. Sie glitten. *Nein,* dachte sie und fand den richtigen Ausdruck. *Sie schleichen.*

»Wir glauben schon«, sagte Stanton. »Der Empfang ist sporadisch, aber es war in den Nachrichten, also kann ich es Ihnen sagen. Es gab Sichtungen bis nach Birmingham. Was so ziemlich weit im Landesinneren ist, wie man kommen kann, bevor man es wieder verlässt.«

Birmingham. Direkt an der Schwelle von Coventry.

»Wie viele gibt es?« Ihre Stimme klang leblos. »Ich habe drei gesehen. Aber es gibt viel mehr, richtig?«

»Wir kennen die genaue Anzahl nicht.«

»Dann schätzen Sie!«

»Das kann ich nicht. Es gibt auf jeden Fall viel mehr.«

»Kann ich … Besteht das Flugverbot noch immer? Sind die Schifffahrtslinien geschlossen?«

»Ja, aber ich würde den Gedanken streichen, nach Europa zu kommen. Frankreich hat verkündet, niemanden mit einem englischen Pass ins Land zu lassen. Von Spanien wird erwartet, dass es dieser Maßnahme in Kürze folgt.«

»Was?«

»Notstandsbestimmungen.« Stanton zuckte mit den Schultern. »Wie zuvor geschieht das nur in England. Meiner Meinung nach hat man die Befürchtung, dass, wenn man einen von uns einreisen lässt, einige von ihnen folgen könnten.«

Das war schrecklich, aber nicht von der Hand zu weisen. Kontinentaleuropa hatte die vorherigen Ankünfte miterlebt. Sie mussten ihre eigenen Bürger schützen. Auch wenn das Meer sie von Frankreich trennte, war sich Maria sicher, dass selbst die Stone Men einfach über den Grund des Kanals marschieren konnten, um auf der anderen Seite wieder aufzutauchen. Die Empty Men hingegen … die würden sich nicht einmal solche Mühe machen müssen. Sie konnten einfach auf die andere Seite schweben. Plötzlich sah sie ein Bild vor sich: ein Meer voll Empty Men, die sich wie eine schreckliche Welle bewegten, wie sie mit gesenkten Schultern nach vorn gebeugt zum Kontinent schwebten.

»Wenn das alles ist, Miss …«

»Wann wurden sie zuletzt gesehen?« Maria entdeckte eine Uhr an der Wand. Es war fünfzehn Uhr.

»Hier in der Umgebung? Vor ein paar Stunden.« Stanton seufzte und kramte in einer kleinen Tasche am Boden herum. »Was die ganze Nation betrifft, wenn wir in das Netzwerk hereinkommen, erhalten wir jedes Mal ein Update.« Er zog ein kleines Tablet hervor. »Ihr voller Name lautet Maria Constance?«

»Maria Autumn Constance, ja.«

Stanton tippte ein paarmal auf das Tablet und runzelte die Stirn. Kenpas trat wieder ein.

»Wir haben noch immer Probleme mit der Verbindung«, murmelte Stanton und wandte sich Kenpas zu. »Haben wir noch ein Testpack?« Er klang wie ein Zahnarzt, der seine Assistentin um mehr Absaugen bat.

»Radford könnte die letzten genommen haben«, antwortete Kenpas leise. »Falls nicht, könnte noch eines im KS-Koffer sein. Ich sehe nach.« Er verließ das Zimmer so lautlos, wie er es betreten hatte.

»Wir brauchen nur einen schnellen Abstrich und eine Blutprobe, um sicherzugehen, dass wir Sie in der Datenbank haben«, erklärte Stanton. »Das hilft uns, die Dinge zu klären.«

»Was? Etwa DNA? Sie wollen meine DNA überprüfen?«

»Fragen Sie mich nicht, ich mache nur, was man mir sagt.« Seine Miene zeigte professionelle Ausdruckslosigkeit. »Sie sind nicht verpflichtet, uns das zu geben, ich bin gesetzlich verpflichtet, Sie darüber zu informieren. Aber wir versuchen uns ein Bild zu machen, warum einige Menschen diese … Begegnung der nächsten Art überlebt haben und andere nicht. Bitte verzeihen Sie diesen Ausdruck. Die DNA könnte eine Rolle spielen. Für den Test brauchen wir ungefähr drei Minuten, falls überhaupt. Danach fürchte ich, dass Sie uns in allen Einzelheiten beschreiben müssen, was passiert ist. Das könnte Leben retten«, fügte er hastig hinzu.

Die Vorstellung war so schrecklich. Aber in den Worten lag eine gewisse Hoffnung auf Rettung, so furchtbar sie auch waren. Auf diese Weise würde sie vielleicht doch noch jemanden retten können.

»Okay.«

»Danach können Sie gehen«, fügte Stanton hinzu und deutete auf das Fenster.

»Aber wohin?«

»Wo immer Sie wollen«, sagte er nicht unfreundlich. »Wir können Sie nirgendwo hinbringen, aber wir könnten eine Fahrt zu einer Frauenunterkunft arrangieren. Dann können Sie überlegen, was Sie als Nächstes tun wollen, allerdings müssen Sie möglicherweise ein paar Stunden warten, bis der Wagen kommt.«

»Warum wurde der Meißel noch nicht eingesetzt?«, fragte sie. Stanton schwieg.

»Das weiß ich nicht«, sagte er schließlich und steckte das kleine Tablet zurück in die Tasche. »Wir warten unten, bis Sie sich angezogen haben. Mrs Goodman hat ein paar Sachen ihrer Tochter herausgesucht, die hat ungefähr Ihre Größe.« Er zeigte auf einen kleinen Stapel in der Ecke. Dort stand auch ein mitgenommenes Paar Turnschuhe. Maria konnte die Aufschrift auf dem T-Shirt lesen: *Hard Rock Café.* Dort lagen außerdem eine graue Jogginghose und ein Pullover. »Keine Angst«, fügte Stanton hinzu, dem Marias Blick auf die Kindertapete nicht entgangen war. »Ihre Tochter ist auf der Universität. Lassen Sie sich nicht von der Tapete täuschen.«

In Marias Kopf drehte sich alles. Sie sollte in eine Frauenunterkunft? Plötzlich war sie sehr müde. Sie hatte keinen Ort, an den sie konnte. Sie erinnerte sich wieder daran, wie sie sich in diesem Zimmer gefühlt hatte.

Sie war bereit zum Sterben gewesen.

Was für einen Sinn hatte das alles? Sie waren alle am Arsch. Aber richtig. Die Empty Men konnte man nicht einmal berühren; sie waren buchstäblich unantastbar.

Nein, flüsterte der Affe, *du musst eben noch schneller fliehen als je zuvor.*

Und wie gut hat das bis jetzt funktioniert?, fauchte Maria zurück.

Aber der Gedanke überraschte sie jetzt; er schlug nicht vor, einfach aufzugeben. Sie hörte zu.

Vielleicht ist es Zeit, darüber nachzudenken, was du sonst tun könntest …

Aber sie war so müde. Ihre ganze Kraft war verbraucht. Die Empty Men waren überall. Bei den Goodmans konnte sie nicht bleiben, und Ruth war tot … Sie konnte in der Notunterkunft schlafen. Vielleicht würden die Empty Men kommen und sie holen, und sie würde es nicht einmal merken.

Aber etwas schlafen zu können, wäre schön. Dann konnte sie die Dinge anpacken, Entscheidungen treffen, und mit diesem Gedanken überzeugte sie sich selbst davon, dass sie mit diesen Überlegungen richtiglag.

»Ich ziehe mich an und komme«, hörte sie sich sagen. Ihr Tonfall war kalt. Sie konnte sich ausruhen. Neu aufstellen. Einen Plan schmieden. Das war klug. Okay.

»Ich sehe Sie unten.« Stanton verließ den Raum. Maria stand auf und zog die Kleidung an; dabei kam sie sich wie in einem Traum vor, getrennt von ihrem Körper. Aus dem Nebenzimmer drang leises Gemurmel, Mr und Mrs Goodman führten ein ernstes Gespräch. Maria konnte sich vorstellen, was sie sagten: *Ich habe keine Ahnung, sie haben gesagt, sie sind von der Regierung. Diese arme Frau, sie hat etwas von ihrer Freundin gesagt.*

Das alles konnten die beiden nicht im Mindesten brauchen. Sie musste hier weg. Die Goodmans hatten ihr geholfen, und sie war von ganzem Herzen dankbar, aber als sie fertig angezogen war, wusste sie bereits, dass sie gehen würde, ohne auch nur mit dem netten Paar zu sprechen. Die Schuld, die sie wegen Ruth' Tod verspürte, bedeutete, dass sie sie nicht einmal ansehen konnte.

Das waren schon die zweiten innerhalb von vierundzwanzig Stunden gewesen, die so freundlich gewesen waren, sie aufzunehmen, und zum zweiten Mal hatte sie nichts als Angst und Verwirrung mitgebracht.

Es klopfte leise an der Tür.

»Sind Sie angezogen, meine Liebe?«

Das war eine Frauenstimme. Mrs Goodman.

»Oh«, sagte Maria und wurde knallrot, während die Wände auf sie zuzurücken schienen. Dazu war sie nicht fähig. Nicht jetzt. »Ja … ja.« Die Tür öffnete sich, und Mrs Goodman trat nervös ein. Sie war kaum größer als Maria, etwas schwerer, etwas älter, mit dichtem, langem schwarzem Haar. Die Tochter dieser Frau war bereits einundzwanzig? Mrs Goodman musste eine sehr junge Mutter gewesen sein. *Die Goodmans.* Maria hatte den Namen gehört und sie sich völlig falsch vorgestellt. Mrs Goodmans Schlafkleidung war eine lockere Jogginghose und ein Duran-Duran-T-Shirt.

»Hi«, sagte sie freundlich. »Ich wollte nur nach Ihnen sehen, bevor Sie gehen. Sie müssen diese Männer nicht begleiten, wissen Sie. Sie können eine Weile bleiben. Ich … ich weiß über das Bescheid, was dort passiert ist, wo Sie waren, zumindest in groben Zügen. Was Sie da geschrien haben. Ich kann es mir nicht einmal vorstellen.«

»Ja«, krächzte Maria und scharrte mit den Füßen. »Ja, es tut mir leid, es tut mir so leid, dass ich Sie belästigt habe …«

»Nein, guter Gott, nein. Sie hatten gerade gesehen, wie … Im Ernst, das ist kein Problem, und Sie sind herzlich eingeladen, hier zu schlafen, selbst ein paar Tage, mein Gott …«

»Oh nein, nein«, plapperte Maria, spielte nervös ihre Rolle im klassischen englischen Tanz, meinte es aber ernst. Der Gedanke, diese guten Menschen mit ihrer weiteren Anwesenheit zu belästigen, ließ sie frösteln. »Es ist okay, man bringt mich zu meiner Schwester«, log sie.

»Geht es Ihnen gut?«

»Ich bin erschüttert«, log sie erneut, »aber sonst ist alles in Ordnung.«

Ich hätte du sein können, dachte sie. *In einer anderen Welt ohne Ankünfte hätte ich du sein können.*

»Okay.« Ein unbehagliches Schweigen trat ein, während Mrs Goodman an der Tür lauschte und plötzlich ganz nahe an Maria herantrat.

»Wie sind Sie davongekommen?«, flüsterte sie viel zu laut. »Sind Sie gerannt? Mein Mann hat einen schlimmen Rücken, müssen Sie wissen. Er kann nicht laufen. Wir wissen nicht, was wir tun sollen, wenn sie zurückkehren. Wir haben sie nicht einmal gehört. Es tut mir so leid, aber ich muss das fragen. Ich habe solche Angst.«

Es fühlte sich irreal an. Maria konnte nicht glauben, was Mrs Goodman da fragte, aber die Frau hatte ihr eine große Freundlichkeit erwiesen. Und ihre Gastgeberin hatte schreckliche Angst.

»Ich bin einfach gerannt«, flüsterte Maria zurück. »Ich bin weggelaufen. Ich bin ... es tut mir leid.« Das stimmte. »Ich muss sagen ... Sie haben gewusst, was passiert ist, wovor ich geflohen bin. Und Sie haben mich trotzdem aufgenommen?«

Mrs Goodman sah verlegen aus und versuchte abzuwinken. »Natürlich. Ich denke ständig daran, dass meine Tochter in der gleichen Situation sein könnte, und ... ich habe nichts von ihr gehört.« Ihre Augen schimmerten feucht. Ihre innere Kraft ließ nach, und sie erzählte der Fremden von ihren Ängsten. »Ich weiß, dass die Leitungen gestört sind, aber ich habe nicht einmal einen Anruf verpasst.«

Würden die Goodmans schlafen, wenn sie weg war? Konnten sie es überhaupt? Würde Mr Goodman am Fenster stehen und Wache halten, während Mrs Goodman sich unruhig im Bett herumwälzte? Oder würden sie zusammen dort liegen und sich aneinanderklammern, während die Empty Men wieder lautlos durch ihre Straße schlichen? Vielleicht dieses Mal zu den Goodmans?

»Es tut mir so leid, dass ich Sie belästigt habe«, flüsterte Maria. Eine starke Mischung aus Scham und Dankbarkeit breitete sich in ihrem Inneren aus. Mrs Goodman nickte sanft und fuhr sich über die Augen, bevor sie anfing zu schluchzen.

»Mein Gott, es tut mir leid, Sie müssen das nun wirklich nicht sehen …«, begann sie.

Maria ertrug es nicht. Plötzlich hob sie die Arme und zog die Fremde an sich, biss sich fest auf die Lippe, um die eigenen verrückten Tränen zurückzuhalten.

Mrs Goodman weinte nun hemmungslos, ihr Schluchzen wurde von Marias knochiger Schulter gedämpft.

Maria wünschte sich, dass ihre Reaktion nur ein Augenblick der Menschlichkeit im Chaos war, und das war sie auch, jedenfalls zum Teil, aber hauptsächlich lag es daran, dass sie nichts mehr zu geben hatte. Sie hielt Mrs Goodman und versuchte dem Gedanken zu entkommen, der wie ein Stuntdriver an der Todeswand durch die Innenseite ihres Schädels raste:

Vielleicht wird deine Anwesenheit in diesem Haus, dass du überhaupt hier gewesen bist, die Empty Men herführen. So wie du sie zu Ruth gebracht hast.

Das konnte unmöglich so sein. Falls doch, falls sich das später jemals bestätigen sollte, würde sie sich umbringen. Das wusste sie. Wenn es sich so verhielt, würden alle Frauen in dieser Notunterkunft in großen Schwierigkeiten stecken.

Aber diese Frage würde sich als überflüssig herausstellen.

Maria sollte die Unterkunft nie erreichen.

KAPITEL NEUN

Hinein ins Licht

Eric

Außerhalb des *Kasbah* war die Nachtluft sauberer und dünner, und als Eric in die Richtung von Ground Zero blickte, flammte etwas mühelos in seinem Verstand auf. Selbst Harry erstarrte und nahm einen tiefen Atemzug. Sie wussten, welche Richtung sie einschlagen mussten.

»Mein Gott«, murmelte Harry. Er rieb sich den Nacken. In der Dunkelheit sah sein abgetragener Anzug tatsächlich passabel aus.

»Ja.« Die Gebäude in der unmittelbaren Nähe waren schattenhafte Klötze, die wenigen in der Stadt noch funktionierenden Straßenlampen sorgten nicht für genug Licht. Irgendwo dazwischen erhob sich ein neuer Bau; das Prisma wartete in der Nacht. »Jetzt, wo wir draußen stehen, ist es so viel deutlicher. Glaubst du, das liegt am Prisma oder an der Barriere?« Das Ziehen in seiner Kopfhaut drängte Eric weiter.

»Ja«, antwortete Harry. »So hat sich das noch nie angefühlt.« Er kniff die Augen zusammen, zeigte auf die Hochhäuser. »In die Richtung, richtig?«

»Auf jeden Fall.« Der Unterschied zu drinnen war wirklich bemerkenswert.

Die beiden Männer gingen los. Eric fand Harrys kürzere Schritte frustrierend, aber er sagte nichts. Er wollte schneller gehen, doch Harry befand sich in keinem guten körperlichen Zustand. Ihm war warm; eine der Jacken aus der Garderobe passte ihm, sie war ein guter Ersatz für die alte kaputte.

Eric verzichtete darauf, die Taschenlampe aus dem Rucksack

zu holen. Er wollte verborgen bleiben. Schließlich war die Barriere, waren *sie* überall in der Nähe. Harry erschien unbehaglich, und Eric hatte den Verdacht, dass es nicht allein an seinem steifen Gang lag. Ihm wurde klar, dass er nichts über diesen Mann wusste, dabei kannte Harry nun Erics Dämonen. Auf den staubigen und mit Blättern verschmutzten Straßen des Stadtzentrums, auf denen sie gelegentlich auf Abzweigungen zeigten, wenn sie den Drang verspürten, ihnen zu folgen, versuchte sich Eric Fragen einfallen zu lassen, die er stellen konnte, nur um sich von seinem Frust abzulenken, dem Verlangen, in die Stadt zu rennen. Dann kam ihm Harry zuvor.

»Das Gefühl wird stärker.«

»Stimmt«, sagte Eric sofort. »Meine Kopfschmerzen werden schlimmer. Meine Nase läuft auch.«

Links von ihnen zeigte sich durch den hässlichen, vulgären Betondschungel gelegentlich ein Blick auf das Prisma.

»Blutet sie?«

»Nein, ich bekomme kein Nasenbluten, aber sie läuft wie bei einem Schnupfen.«

»Kopfschmerzen habe ich keine. Aber ich fühle es in meinen Knochen.« Harry zeigte nach links. »Da lang. Was auch immer es ist, es liegt weiter voraus, aber hier wird es etwas schneller gehen.« Er hatte recht; sie kamen in eine Gegend, die Eric gut kannte. Voraus erhob sich das St. Joseph Building zwischen Reihen aus Ladengeschäften.

Warte, dachte er. *Ist es im St. Joseph?*

Ein sanfter Stich durchfuhr seinen Kopf. Als würde man mit dem Finger über eine Rolle Klebeband streichen und die scharfe Kante fühlen. Er blieb stehen.

»Sieh dir das St. Joseph Building an. Das da.« Er zeigte darauf, für den Fall, dass Harry es nicht kannte. »Fühlst du was?«

Harry kniff die Augen zusammen.

»Vielleicht, aber ich scheine immer einen Schritt hinter dir herzuhinken. Wenn du etwas fühlst, dann lass es uns im Auge behalten.«

»Okay.« Harrys Fügsamkeit schmeichelte Eric irgendwie.

Jede freiwillige Unterordnung eines Kollegen, egal auf welchem Gebiet, ist für einen Mann ein großes Kompliment, ganz egal, wie sinnlos es ist. Sie gingen weiter, und ein paar Minuten später war die Antwort klar.

»Es befindet sich definitiv dort«, sagte Eric. »Im St.-Joseph-Hochhaus.«

»Ich weiß«, erwiderte Harry schnell. »Jetzt tut mir der Kopf auch weh, und wenn ich an dieses Haus denke oder es auch nur ansehe, wird es schlimmer. Das muss etwas mit dem Grund zu tun haben, weshalb wir nicht getötet wurden.« Er nahm seine Erklärung von zuvor zurück. »Es mag verschiedene Stufen geben, aber wir sind noch immer in derselben Klasse.« Er hielt inne, dann sagte er leise: »Diese Aufnahme. Da war auch die Rede von Stufen und Klassen. *Dispensatori*. Damit war doch eine Frau namens Sophie Warrender gemeint?«

»Wie meinst du das?«, fragte Eric interessiert. Welche Erkenntnisse hatte Harry daraus gezogen?

»Diese Frau auf der Aufnahme schien der Ansicht zu sein, dass *Dispensatori* so etwas wie eine Codebezeichnung für diese Sophie Warrender ist. Das ist zwar nicht bestätigt worden, aber ...« Er zuckte mit den Schultern. »Wenn du mir eine Stufe voraus bist und diese *Dispensatori* ganz oben steht ... Wie weit geht diese Einteilung, was glaubst du? Wozu ist diese Frau fähig?«

Über diese Frage hatte Eric oft nachgedacht.

»Keine Ahnung. Vielleicht war sie die beste Jägerin im Rudel, fand die Steinbrüche leichter als andere.«

Überrascht verstummte er, als sie um die Ecke bogen. Vor ihnen ragte das St. Joseph Building in die Höhe.

Dort stand ein Mann, der gerade im Begriff war, die Eingangstür zu öffnen, und nun erstarrt war. Bevor Eric etwas sagen konnte, schrie Harry plötzlich.

»Hey! Warten Sie!« Das war unnötig gewesen; der Kerl war in dem Moment erstarrt, in dem er sie erblickt hatte.

»Warte, Harry«, murmelte Eric. Er dachte an die plötzliche Gewalt der Schlurfer auf der Ringstraße. Der Mann war groß, größer als er und Harry, und gebaut wie ein Rugbyspieler.

Er stand halb in der Tür, ließ die Arme baumeln und blickte in ihre Richtung.

Er hat kein Wort gesagt, dachte Eric.

»Wir wissen nicht, ob er in Ordnung ist«, zischte er.

»Wäre er wie die anderen, würde er noch immer auf der Ringstraße stehen, oder nicht?«, murmelte Harry. »Aber er ist hier.«

»Oder er könnte Zeugen ausschalten«, erwiderte Eric leise. Das war zwar unwahrscheinlich, aber dennoch möglich.

»Du willst also umdrehen?« Das Gebäude war vielleicht dreißig Meter entfernt, und der Kerl hatte sich noch immer nicht geregt.

»Nein.« Eric seufzte. Er dachte an die schwere Taschenlampe im Rucksack und wünschte sich, sie in der Hand zu halten.

»Also gut.« Harry hob die Hand. »Hallo?« Seine Stimme hallte von den Gebäuden auf beiden Seiten der Straße zurück. »Wir haben uns versteckt, seit diese Barriere aufgestiegen ist. Wir wissen nicht, warum wir noch am Leben sind. Wissen Sie etwas?«

»Nein!«, rief der Mann zurück. Seine tiefe Stimme hatte einen nördlichen Akzent. »Ich irre schon seit Stunden umher! Ich habe nur einen Haufen verrückter Leute auf der Straße gesehen, die dieses Ding beobachten!«

Als Eric und Harry näher kamen, wurden die Züge des großen Mannes deutlicher. Er war älter als Eric, aber jünger als Harry, hatte jedoch noch alle Haare. Sein Gesicht war etwas feist, aber faltig, als hätte er ein paar harte Jahre hinter sich. Er trug einen Pullover mit einem Hemd darunter. Keine Jacke.

Das muss der Vater von jemandem sein, dachte Eric.

Der Mann hob einen dicken Wurstfinger zum Gruß.

»Ich bin froh, jemanden zu sehen, ich bin froh, Sie zu sehen. Also normale Leute. Sind Sie den Typen da oben begegnet?« Seine Kleidung sah sauber aus, sogar neu. Jedenfalls zu sauber und neu, als dass er schon länger ein Obdachloser sein konnte.

»Ja, sind wir«, erwiderte Eric. »Ich bin Eric, das ist Harry.«

»John. John Bates. Haben Sie auch bei einer Tour mitgemacht?«

»Nein, wir leben hier.«

»Sie haben bei einer Tour mitgemacht?«, unterbrach ihn Harry. Der Abscheu in seiner Stimme war unüberhörbar.

Ein paar einfallsreiche Bastarde waren darauf gekommen, dass es Leute gab, denen es Spaß machen würde, außerhalb des unter Quarantäne stehenden Stadtzentrums um den Ground Zero einen Tag lang durch die Zerstörung zu fahren. Technisch gesehen war es nicht gefährlich, und warum sollte man nicht etwas Geld verdienen? In der Presse hatte es entrüstete Kommentare und öffentliche Empörung gegeben, aber die Wirtschaft lag noch immer am Boden. In den Jahren nach der Dritten Ankunft hatte sich die Regierung gescheut, neue Unternehmen zu verbieten, und viele Leute waren der Ansicht, dass alles, das Arbeitsplätze schuf und Geld in Umlauf brachte, eine gute Idee war. Eric konnte diesen Standpunkt teilweise verstehen. Allerdings hielt er sich schon eine ganze Weile in dieser Stadt auf. Er hatte den Schaden gesehen, den der Stone Man angerichtet hatte, und er hatte Zeit unter den verlorenen Seelen verbracht, die das Ding vernichtet hatte, die ihre Wohnungen und ihre Jobs, ihre Nachbarschaft und Dartteams am Mittwochabend verloren hatten. Also alle Dinge, die so fein miteinander verbunden waren, um die Wandteppiche zu knüpfen, die Menschen ihr Leben nannten. Das war keine Rundfahrt, bei der es um die Geschichte des Zweiten Weltkriegs ging. Diese Zerstörung war erst vor fünf Jahren geschehen.

»Ja«, sagte John. »Ich schreibe ein Blog. Ich bin im Ruhestand, habe meine Anstreicherfirma verkauft. Jetzt schreibe ich über verlassene Orte. Themenparks, Städte und Krankenhäuser, eben solche Dinge. Das mache ich jetzt schon seit ein paar Jahren, einfach zum Spaß. Die Leser haben mich ständig gebeten, Coventry vorzustellen, also habe ich es getan. Sonst hätte ich bestimmt nicht an der Tour teilgenommen«, fügte er hastig hinzu.

»Warum sollte jemand etwas über die Tour lesen wollen?«, fragte Harry. Sein finsterer Tonfall bestätigte Erics Verdacht, dass er Bürger dieser Stadt war. Sein Akzent stimmte jedenfalls.

»Es war für mein Blog, wie ich bereits sagte«, wiederholte

John ebenfalls etwas energischer. »Man liest meine Beiträge gern, und man wollte meine Meinung über diesen Ort erfahren. Es ist nicht meine Schuld, wenn sie lesen wollen, was sie lesen wollen.«

Wir wollen nicht so gereizt werden, dachte Eric. *Nicht jetzt.*

»Haben Sie die Bustour gemacht?«, fragte er. »Was ist mit dem Rest der Leute passiert? Sind die bei Ihnen?«

Der Mann hob die Hände, während er nach den richtigen Worten suchte. Dann schüttelte er bloß den Kopf.

»Nein, ich bin allein.«

»Wie viele Menschen?«, fragte Harry leise.

»Wir waren nur zu sechst im Bus. Die Tour wurde…« Seine Stimme zitterte leicht. »Wir waren nicht einmal in der Nähe vom Ground Zero. Ich habe dieses große Prismadings überhaupt erst vor einer Stunde entdeckt. Ich hatte keine Ahnung, was passiert. Da war dieser gewaltige schreckliche Lärm. Der Fahrer musste anhalten, dann ertönte der Krach erneut. Dann glitt plötzlich etwas durch den Bus, und ich sah, wie der Fahrer einfach… zerplatzte. Dann durchfuhr mich dieses Licht. Im Bus gab es nur noch Kleidung.« Er hustete und holte tief Luft. »Ich wollte die Stadt verlassen, aber nach ein paar Meilen sah ich den Rand von diesem Ding. Wo es stehen geblieben ist. Ich konnte nicht weiter.«

Er deutete auf die kaum wahrnehmbare Bewegung am Himmel. Für einen so stämmigen Mann wirkte die Geste unpassend. Eric und Harry kamen interessiert näher.

»Sie haben den Rand der Barriere gesehen?«, wollte Eric wissen.

»Ja.« John biss sich auf die Lippe. »Ich bin daran herangetreten. So nahe.« Er hielt Daumen und Zeigefinger in die Höhe. »Aus der Ferne ist es wie Wasser. Aber *dünn.* Wie ein Wasserfall, aber dünner, als es ein Wasserfall je sein könnte.«

»Mein Gott…«

»Aber ich weiß nicht, wo genau das war. Ich kenne die Gegend nicht.«

»Haben Sie versucht durchzukommen? Haben Sie sie berührt?«, wollte Harry wissen.

»Ich wollte es. Aber jedes Mal, wenn meine Hand in die Nähe kam …« John schüttelte den Kopf. »Ich musste daran denken, was mit den Leuten im Bus passiert ist. Ich sah es wieder vor meinem geistigen Auge. Und ich dachte …« Er musste den Satz nicht beenden. Eric hätte das Gleiche gedacht. »Aber ich habe mir einen Stock geholt. Habe einen Ast von einem Baum abgebrochen. Habe diese Mauer damit berührt.«

»Was ist passiert?«, fragte Eric. Ihm war vor Aufregung ganz schwindelig.

»Das Ding war fest.« Ein Hauch von Ehrfurcht schlich sich in seine Stimme. »Wie Beton. Nur stärker, ich will damit sagen, dieses Gebilde war dicht. Es fühlte sich an, als wäre es fünfzehn Meter dick, trotzdem konnte ich mühelos hindurchsehen. So etwas habe ich in meinem ganzen Leben noch nicht gesehen. Ich wusste nicht, was ich machen sollte, also bin ich zurück in die Stadt. Mein Handy funktioniert nicht, und ich habe Hubschrauber gehört. Ich glaube, ein paarmal waren es auch Jets, aber ich stand immer an der falschen Stelle, um sie zu sehen. Dann bin ich einfach …« Wieder seufzte er, schüttelte den Kopf. »Sie werden mich für verrückt halten.«

»Sie haben gefühlt, dass Sie etwas an diesen Ort lockt, nicht wahr?«, fragte Eric leise. »Haben Sie *hier* etwas gesehen?« Er tippte sich gegen die Stirn, um es zu verdeutlichen.

»Ein bisschen«, antwortete John. Die Frage schien ihn zu erleichtern. »Es war wie ein … Glühen. Ein rundes Licht. Aber es war nicht deutlich.« Er zeigte auf die Tür, die er mit dem Fuß offen hielt. »Ich kam her, und das Schloss war bereits aufgebrochen. Glauben Sie, dass andere Leute auf die gleiche Idee gekommen sind und vor uns hier waren?«

»Ehrlich gesagt nicht.« Eric deutete auf den verbogenen metallenen Türrahmen. »Das ist schon eine Weile so. Dieses Schloss hat jemand beeits vor einiger Zeit aufgebrochen. Vermutlich auf der Suche nach einer Unterkunft.«

John zuckte mit den Schultern. »Gut gemacht. Ich möchte niemandem eins auf die Nuss geben müssen, falls man sich auf mich stürzt.« Es war eine seltsame Bemerkung, aber Eric wusste, dass selbst anständige Männer manchmal das unnötige Bedürfnis verspürten, sich vor neuen Bekanntschaften zu beweisen.

»Was glaubst du, wie weit oben?«, wandte sich Eric an Harry, der bereits das Gebäude hinaufstarrte und dabei die Augen zusammenkniff. Eric konnte es ihm nachempfinden. Die Wirkung der Schmerztabletten ließ langsam nach, und das galt nur für seine Schulter; Hals, Nase und Kopf dröhnten beinahe im Rhythmus eines Trommelschlags.

»Fünf Etagen? Sechs?« Harry schaute weg. »Scheiße, so lange kann ich mich nicht konzentrieren.«

»Ja, mir tut der Kopf auch weh«, sagte John. Er klang überrascht. »Was glauben Sie …«

»Warten Sie!«, zischte Harry. »Was zum Teufel ist das?«

»Was meinst d-«, fing Eric an, dann hörte er es auch. Irgendwo in der Ferne war ein Laut, ein leises Zischen, das immer lauter wurde. Plötzlich war es so laut, dass es unüberhörbar war. »Scheiße! Ins Haus, schnell!« Es erfüllte die Luft.

Alle drei Männer warfen sich mit einer so panischen Schnelligkeit in den Eingang, dass sie kurz stecken blieben. Wie in einer Filmkomödie. Eric schrie vor Schmerzen auf, als er mit der Schulter gegen einen der anderen stieß.

»Weg von mir! Verflucht, weg von mir!«, bellte John, aber seine Worte wurden von dem ohrenbetäubenden Lärm verschluckt, der plötzlich die Luft erfüllte. Eine Nanosekunde später passierte das Brüllen das Gebäude, und ein Donnern schien die Welt in zwei Hälften zu teilen. Eric dröhnten sofort die Ohren. Lauter waren nur die Hörner gewesen, und die waren in seinem Kopf ertönt.

»Was zum Teufel war das?«, brüllte John, während sich die drei Männer voneinander lösten und wieder nach draußen liefen. Selbst mit dem Dröhnen in seinen Ohren konnte Eric hören, wie der Lärm mit unglaublicher Geschwindigkeit in der Ferne verschwand.

»Ein Luftangriff!«, rief Harry. »Das waren unsere Jungs!« Eric blickte in den Himmel, aber die dünne Schicht in der Luft flimmerte noch immer an Ort und Stelle. Der Angriff hatte nichts ausgerichtet. »Ich habe mich schon gefragt, wann sie es versuchen.«

Eric stieß die Luft aus.

»Das wird nicht der letzte sein, also ...«

»Lassen Sie uns nach oben gehen, kommen Sie schon, los, los, los, Sie wollen nicht hier draußen stehen«, sagte John und eilte wieder durch den Eingang. Er winkte Eric und Harry mehrmals zu, als wären sie Kinder, die man ins Klassenzimmer befehlen musste. »Falls sie durchbrechen, könnte das Ding zusammenkrachen, und Sie würden direkt darunter stehen.« Für seinen Geschmack bewegten sich Harry und Eric nicht schnell genug. »Kommen Sie? Na schön, machen Sie, was Sie wollen, ich gehe hinauf.« Er seufzte und eilte dann durch die Lobby zur Treppe auf der anderen Seite. Eric sah Harry etwas verblüfft an.

»Scheiße«, murmelte er.

»Der Stress«, erwiderte Harry. »Das ist für manche Leute einfach zu viel.«

»Komm!« Eric klopfte Harry auf die Schulter und ging in Richtung Treppe. »Bevor er noch anfängt, jemandem eins auf die Nuss zu geben.«

Harry grinste schmal und folgte ihm.

Nach sechs Stockwerken war Eric sich sicher, dass er die richtige Etage hatte. Das Dröhnen in seinem Schädel war zu einer Sinfonie aus Kesselpauken und herabstürzenden Ambossen geworden. Er wollte nach Harry sehen – der Mann stolperte hinter ihm keuchend die Stufen hinauf –, als John sie hinter einer Flügeltür rief.

»Hey! Ich glaube, hier sind wir richtig! Sind Sie da? Kommen Sie her!« Eric fragte sich, wie der Alltag in Johns Anstreicherfirma wohl gewesen war. Er erreichte die Flügeltür und hielt sie für Harry auf. Der ältere Mann kam ein paar Sekunden später in Sicht. Er atmete schwer.

»Alles in Ordnung?«, fragte Eric. Harry zeigte mit dem Daumen nach oben, als er ihn passierte, und Eric beließ es dabei. Vermutlich hatte Harry schon vor einer Weile aufgehört, sich um seine Gesundheit zu sorgen. Der Korridor, in dem sie standen, war so finster wie die Treppe, die sie gerade hinter sich gelassen hatten. Oder zumindest wäre er es ohne Erics Taschenlampe und Johns Handylampe gewesen. Der Mann stand sechs Apartments weiter und winkte sie hektisch zu sich.

»Hier«, zischte er. »Ich glaube, das hier ist es.« Das tat Eric auch. Er glaubte die rhythmischen Wogen von etwas Undefinierbarem sehen zu können, die aus der Tür drangen. Seine Nase blutete jetzt. »Dieses Schloss ist auch aufgebrochen«, flüsterte John. Er zeigte auf den zersplitterten Türrahmen. Die Tür selbst war geschlossen. Sie gehörte zu der feuerfesten Sorte, die einen ordentlichen Schutz bot, aber ein fester Ruck würde sie öffnen. »Ich glaube, das sind die meisten. Ich habe auf dem Weg darauf geachtet.«

Das überraschte Eric nicht. Das galt für die meisten halbwegs anständigen Hochhäuser in der Stadt, und einen kurzen Augenblick lang hasste Eric den Mann und sein Unwissen. Es war durchaus möglich, dass das Leben dieses Burschen in Wirklichkeit ziemlich schrecklich war, aber dass er weitab von seinem hypothetisch netten normalen Leben mit dem soliden Rentenplan den Tagesausflügler spielte, machte Eric einfach nur sauer.

»Ja«, sagte er stattdessen, »viele Leute suchen nach einer Unterkunft.« John stand neben der Tür, also erwartete Eric von ihm, die Führung zu übernehmen. Seine Masse blockierte den größten Teil der Tür.

»Bereit?«, fragte Eric provozierend.

»Oh, ich sorge für Licht.« John trat ein Stück zurück. »Sie gehen zuerst, und ich leuchte über Ihre Schulter, damit Sie sehen können.«

Harry hustete leise im Hintergrund, und es klang fast glaubwürdig. John warf ihm in der Dunkelheit einen Blick zu, sparte sich aber jeden Kommentar.

»Danke, John!« Eric seufzte und wandte sich der Tür zu. »Haben wir also einen Plan.«

»Sind Sie sicher, dass Sie nicht den Korridor im Auge behalten wollen, während wir uns drinnen umsehen, John?«, fragte Harry.

Für einen Mann mit einer von Natur aus ausdruckslosen Stimme erreichte er eine ganz neue Stufe der Ausdruckslosigkeit.

»Nein, nein!«, erwiderte John schnell. »Alle oder keiner.«

Es gab keinen Grund, es weiter hinauszuzögern. Was auch immer sie hergelockt hatte, was auch immer sie zu sehen gekommen waren, es befand sich in diesem Raum, und sie alle wussten es. Eric warf Harry einen Blick zu, der nun ein Schatten hinter dem Licht war. Der Mann nickte.

Eric nahm einen tiefen Atemzug und drückte die Tür auf.

Oder setzte vielmehr dazu an; er wollte sie langsam den ganzen Weg aufdrücken, eine kontrollierte Öffnung, bei der er in der Sekunde zurückspringen konnte, in der sich eine Gefahr zeigte. Aber als das Licht plötzlich in den Korridor flutete, schrien sie alle auf und machten einen Satz zurück. Ein Licht, wie sie es noch nie zuvor gesehen hatten.

Ein Licht, das pulsierte und sich bewegte.

Die Tür öffnete sich, und das Gebrüll begann.

»Hallo? Ist da jemand? Helfen Sie mir! Bitte! Lieber Gott! Bitte! Bitte!«

Es war die Stimme einer jungen Frau. Sie schien vor Angst den Verstand verloren zu haben.

Eric hatte die Zeit gehabt, den Zustand des Apartments zu sehen – Decken auf einer in die Ecke geschobenen Matratze, daneben ein zur Hälfte gegessener Topf Fertignudeln, ein Koffer, Lampenfassungen ohne Birnen, ein gewaltiger Bücherstapel an der gegenüberliegenden Wand, rechts eine Tür, die ins Badezimmer führte, wie er später herausfinden sollte –, bevor John an ihm vorbeistürmte.

»Wir kommen!«, brüllte er. Eric folgte ihm mit offen stehendem Mund. Das Prisma war eine Sache gewesen, aber was sie jetzt sahen, befand sich direkt hier! In einem verdammten Apartment in Coventry. Einen Augenblick lang drehte sich die Welt – da war der Schock, der unerträgliche Sog in seinem Kopf, die Tatsache, dass es ein wirklich verrückter Tag gewesen war –, und Eric kippte nach hinten, wurde sich dessen aber erst bewusst, als Harry ihn stützte.

»Tut mir leid«, sagte er. Harry nickte nur verblüfft, sah ihn nicht einmal an. Obwohl sie es genau genommen bereits in ihrem Kopf gesehen hatten, diesen Anblick hatten sie nicht erwartet.

»Hallo? Hallo?«, rief das Mädchen und drehte sich in die Richtung ihrer Stimme. »Ist da jemand, ich bin hier, bitte helfen Sie mir, o mein Gott, bitte helfen Sie mir!«

»Scheiße«, hauchte John, der nun auch schwankte und sich dann tatsächlich auf den Hintern setzte. Er sagte kein weiteres Wort, blieb dort hocken, eine Hand auf den Mund gepresst.

»Helfen Sie mir!«, schrie die Frau. »Bitte helfen Sie mir! Holen Sie jemanden! Zerstören Sie es!«

Die junge Frau saß auf der gegenüberliegenden Seite des Raums, bei dem großen Fenster, das die halbe Wand einnahm. Sie hockte auf einem alten Klappstuhl, war aber dort gefangen. Sie schien um die fünfundzwanzig zu sein, so schlank und hochgewachsen wie ein Model vom Catwalk mit schlaffen, schmutzig blonden Haaren. Sie hatte ein weites T-Shirt und Jeans an. Ihre schwarzen Socken trugen die Aufschrift DIENSTAG, obwohl der längst vorbei war. Ihr Gesicht war knallrot vom Schreien, und ihr offener Mund zitterte, während sie mit zusammengekniffenen Augen in die Richtung ihrer Stimmen spähte.

Eine sanft pulsierende Kuppel aus goldenem Licht mit einem Durchmesser von vielleicht einem oder anderthalb Meter hüllte sie ein.

Jetzt, wo Eric das Licht persönlich und nicht in einer Vision sah, beobachtete er, wie es sich langsam ausdehnte und wieder zusammenzog. Für den winzigen Bruchteil einer Sekunde erschien es wie eine feste Masse, um dann wieder in seinen Ruhezustand zurückzublitzen, einen fast durchsichtigen goldenen Schimmer. Wenn Eric ganz genau hinsah, konnte er Konturlinien ausmachen, die so nahe beieinanderlagen, dass man sie mit einem Schimmern verwechseln konnte. Später, als er darüber nachdachte, fiel ihm nur das Wort *wunderschön* als Beschreibung ein – auch dann noch, als er wusste, was für ein schreckliches, widerliches Ding es doch war, wenn er sich an das Zimmer erinnerte und schreien wollte. Das Licht war unbeschreiblich. Es *schimmerte* nicht, es *atmete.*

Die Kuppel endete ungefähr dreißig Zentimeter über dem Kopf der sitzenden Frau. Sie hätte darin nicht aufrecht stehen können, aber als die Männer den Raum betraten, rutschte sie vom Stuhl auf die Knie. Sie drückte die Hände gegen die Lichtwand, und ihre Handflächen wurden deutlich erkennbar eingedrückt, als würde sie eine Glasplatte berühren.

»Mein Gott, holen Sie mich hier raus!«, brüllte sie. Ihr schossen neue Tränen aus den Augen. »Ich weiß nicht, was das ist!«

»Keine Angst, das finden wir heraus, keine Angst, keine Angst«, stammelte John, während er sich unsicher auf die Beine kämpfte, aber dann drückte er sich sofort wieder die Hand auf den Mund. Ein paar Meter vor der Lichtkuppel – fern jeder Berührungsweite – ging er in die Hocke und starrte sie an. Die Frau kniff die Augen zusammen. Irgendwie hatte sie Probleme, die Männer von ihrer Seite der Lichtwand zu erkennen, obwohl die sie deutlich sehen konnten. Harry umkreiste die Kuppel erstaunt. Die stadtgroße Barriere war schwerer zu begreifen, kam einem irgendwie entrückt vor. Aber hier gab es keinen Filter. Eric sah, wie die goldene Lichtblase im Boden verschwand. Als könnte man den Rest von ihr sehen, wenn man in die darunterliegende Wohnung lief.

Hör auf zu staunen und sag was, Arschloch.

»Hi!« Er hustete. »Können Sie uns hören? Ich bin Eric.« Er trat näher heran, achtete aber auf einen sicheren Abstand. Das Mädchen berührte die Blase zwar von innen, aber das bedeutete nicht, dass es eine gute Idee war, die Außenseite anzufassen. »Wir werden versuchen, Sie dort rauszuholen.«

»Rufen Sie die Polizei! Mein Handy …« Ein Handy lag anderthalb Meter entfernt auf der Fensterbank. John hob sein Handy vom Boden auf und warf einen Blick darauf, dann grunzte er und holte sich das Gerät der Frau.

»Noch immer nichts«, sagte er zu Eric.

»Kommen Sie nicht da raus?«, fragte Harry und ging neben Eric in die Hocke. Er atmete noch immer schwer.

»Nein«, schluchzte das Mädchen. Sie klang nun ruhiger, war aber noch immer völlig verängstigt. »Ich versuche es schon seit Stunden. Ich habe immer wieder dagegengetreten. Können Sie sie nicht zerschlagen?«

»Ja, können wir. Gibt es hier etwas Schweres?«, fragte Harry. Erfolglos blickte er sich um, wollte unbedingt etwas tun, um beschäftigt zu sein.

»Da war ein Vorschlaghammer!«, sagte das Mädchen eifrig, sprang in seiner Hast auf und vergaß die eingeschränkte Bewegungsfreiheit. Ihr Kopf prallte von der Kuppel ab, aber es schien nicht wehzutun; sie reagierte kaum. »In einem der Zimmer auf der fünften Etage. Jemand hat da aus irgendeinem Grund Werkzeuge und Seil zusammengetragen. Ich kann mich nicht an die Wohnungsnummer erinnern.«

»Ich gehe.« Harry war bereits auf dem Weg zur Tür.

»Bist du sicher?« Eric dachte an seinen körperlichen Zustand, aber der ältere Mann winkte ab und verließ die Wohnung.

»Es war auf dieser Hausseite!«, rief ihm das Mädchen hinterher. Eric fiel auf, dass John nun viel näher an der Kuppel hockte als zuvor. Wollte er tun, was Eric glaubte?

»Was ist …?«, begann Eric und unterbrach sich. »Wie heißen Sie?«

»Jenny, ich bin Jenny«, keuchte sie. »Jenny Drewett.«

»Hi, Jenny«, sagte Eric. Er dachte an alte Filme und wie die Figuren mit traumatisierten Leuten redeten. Wie zum Teufel war man früher, bevor es das Kino gab, nur mit neuen und schwierigen Situationen zurechtgekommen?

Er bewegte sich auch etwas näher heran. War das Wärme, die von dem Ding ausging?

»Das da ist John«, sagte er in beruhigendem Tonfall. »Und der Kerl, der gleich auf der Treppe einen Herzanfall bekommt, ist Harry. Was ist passiert, Jenny? Was ist … John!«, bellte er, und John riss die Hand von der Blase zurück, als hätte ihn etwas gestochen. Wie ein Kind, das man bei einer Untat erwischt hat. Jenny Drewett schrie überrascht auf, presste die Hände auf den Mund, aber John hatte die goldene, atmende Oberfläche nicht berührt.

»Tut mir leid, Mann.« Eric atmete erleichtert auf. »Aber wir wissen nicht, was das Ding anrichtet.« Johns Gesicht rötete sich.

»Ich wollte es nicht anfassen«, log er, einen Hauch Gereiztheit in der Stimme. »Sie ist nicht ganz so wie die andere. Das hier sieht anders aus.«

Eric zuckte zusammen. Er hätte den Mann schlagen können.

»Die andere? Welche andere?« Jenny stöhnte. »Hat das was mit dem großen Knall eben zu tun?«

»Es gab eine Ankunft«, erklärte John hilfsbereit wie immer. »Aber keine Sorge, wir sind jetzt hier.«

»Die Regierung probiert ein paar neue Maßnahmen aus«, unterbrach Eric ihn mit einer Lüge, »aber man hat den Meißel noch nicht eingesetzt. Glauben wir. Wenn sie es tun, schicken wir die Steinbastarde wieder zurück nach Hause. Und wir holen Sie da raus, okay? Und jetzt erzählen Sie uns, wie Sie hier gelandet sind. Waren Sie auch auf einer Tour? Sind Sie obdachlos?«

»Nein, ich habe einen Job«, fauchte sie frustriert. »Ich arbeite in Northampton. Mein Wagen steht unten auf der Straße. Ich pendle. Ich kam im Sommer her.« Sie ließ den Kopf hängen. »Es hieß, hier würde es saubere und warme Wohnungen geben, von denen einige noch Strom haben. Ich glaubte, ich könnte Geld sparen, wenn ich Vorräte mitbringe und die nächsten Monate wenig ausgebe. Ich habe große Schulden. Ich war fast so weit, verfluchte Scheiße, ich war fast so weit«, fauchte sie und schlug auf den Boden, um ihre Frustration zu unterstreichen. »Niemand auf der Arbeit weiß davon. Normalerweise lebe ich nicht einmal in diesem Stadtteil. Ich hatte ein hübsches Haus in einem Vorort gefunden, ich hatte sogar einen Ersatzschlüssel in der Garage entdeckt und brauchte nicht einmal das Schloss aufzubrechen. In der Nähe gab es noch Läden, die Lebensmittel verkaufen, aber kurz nach meinem Einzug haben sie alle dichtgemacht.« Sie fing an zu plappern, aber Eric wollte, dass sie weiterredete. Das würde sie beruhigen. »Ich habe sogar Freunde gefunden, die das Gleiche getan haben. Einer war Anwalt! Er wollte auf eine Anzahlung für ein Haus sparen! Aber er ist vor einigen Monaten gegangen. Ich wollte das in ein oder zwei Wochen auch tun, Scheiße!«

»Wie sind Sie denn dort drinnen gelandet, Jenny?«, fragte John und brachte sie wieder aufs Thema.

»Es war … ich hatte ein paar schlechte Wochen, dann ein paar sehr schlechte Tage.« Die Worte schienen ihr peinlich zu sein. »Vor ein paar Tagen bekam ich diesen *Drang* zu einem Ortswechsel. Was einfach nur dämlich war, weil meine Bude völlig in Ordnung war. Aber ich fühlte mich einfach, ich fühlte mich …«

»Als müssten Sie im Zentrum von Coventry sein?«, fragte Eric.

Jenny nickte. Aber dann legte sie den Kopf schief. Plötzlich trat ein entrückter Blick in ihre Augen. Als würde ihr Verstand das Konzept verstehen wollen, während ihr Mund die Geschichte erzählte.

»Aber sobald ich hier war«, flüsterte sie, »hatte ich plötzlich das Gefühl, gefangen zu sein. Hatte Angst. Man sollte glauben, ich wäre sofort wieder in die Vorstadt zurückgekehrt, nicht wahr? Aber das bin ich nicht. Ich fühlte das genaue Gegenteil … als wäre es nicht sicher zu gehen. Es ergab nicht den geringsten Sinn, aber sobald ich die Wohnung verlassen wollte, überfiel mich Panik. Ich hatte nicht nur das Gefühl, nicht gehen zu können, ich wusste es. Ich schaltete das Telefon aus, weil die Arbeit mich anrief. Es wurde noch schlimmer. Zuerst hielt ich es für Depressionen oder dergleichen, das Leben in Cov ist nicht einfach. Aus einem Tag wurden drei. Ich dachte ständig an die Wohnungstür und dass ich sie nicht verriegeln konnte. Ich wollte mir dieses Werkzeug holen, Holz suchen und die Tür zunageln! Aber mittlerweile hatte ich schon viel zu viel Angst, um die Wohnung zu verlassen. Ich bin nicht verrückt«, fügte sie schnell hinzu.

»Ich weiß, dass Sie das nicht sind, Jenny«, sagte Eric. Er gab sich völlig ruhig, dabei beherrschte ihn nur ein Gedanke: *Die Steinbruch-Reaktion, hier ist sie wieder, es gibt sie wirklich.* Er hatte es in Theresas Stimme gehört, und dann war es online erklärt worden, das Prä-Besuchsangstphänomen, das Freunde oder Kollegen bei den vorigen Steinbrüchen beobachtet hatten. Er bekam eine Gänsehaut.

Falls Jenny die Steinbruch-Reaktion gehabt hatte, konnte sie ein Steinbruch sein. Und wenn sie ein Steinbruch war ... Hieß das möglicherweise, dass die Stone Men zurückkehrten?

Adrenalin schoss durch seine Adern.

Warte, warte. Betrachte die Situation. Eric versuchte, ganz ruhig zu bleiben. *Es hat den Anschein, als würde derjenige, der hinter der Steinshow steckt, entweder einen neuen Plan ausprobieren oder ihn bereits durchführen, und zwar die zweite Stufe. Jennys Steinbruch-Reaktion muss nicht notwendigerweise bedeuten, dass bald Stone Men kommen. Aber ob es nun Antworten gibt oder nicht, nehmen wir uns doch einen Moment Zeit, um uns bewusst zu machen, wie krank es doch ist, aufgeregt zu sein, weil dieses Mädchen möglicherweise sein Todesurteil erhalten hat.*

Das reichte. Eric schob sein ungestilltes Verlangen nach Wissen beiseite, und dabei wurde ihm bewusst, dass die Kopfschmerzen weg zu sein schienen. Als hätte ihn die Nähe zu dem Mädchen oder vermutlich eher zu der sie umgebenden Kuppel, dieser Mini-Barriere, über eine Schwelle transportiert. Er warf John einen Blick zu. Auch die Hände des Mannes zitterten nicht mehr.

»Das ist richtig, das sind Sie nicht«, sagte John. »Sie haben sich um sich selbst gekümmert, Sie haben Ihren Stress bewältigt.« Er begriff es nicht.

»Ja, das habe ich toll gemacht«, fauchte Jenny, »den habe ich toll bewältigt.« Sie zog an ihren Haaren und atmete aus. »Es tut mir leid, ich bin nur ...«

»Schon okay«, sagte John, wirkte aber zutiefst beleidigt, da seine Rolle als Tröster zurückgewiesen wurde. Eric blieb auf den Knien liegen, rutschte jedoch etwas näher heran, achtete aber darauf, der Lichtkugel nicht mehr als einen guten Meter näher zu kommen. Jennys verängstigtes Gesicht ließ ein Bild in ihm aufsteigen, das er sich immer nur vorgestellt hatte, das aber dennoch so deutlich wie eine echte Erinnerung war: Theresa, die allein mit ihrem kleinen Sohn zu Hause saß und auf den Stone Man wartete. Diese Vorstellung kam so stark und so plötzlich, dass er scharf Luft holte und beinahe nach dem Mädchen gegriffen hätte, versucht hätte, durch das Licht zu greifen. Aber er bremste sich.

»Ich höre Ihnen zu, Jenny«, sagte er ganz ruhig.

Er musste sie retten. Das musste er.

»Nach einer Weile bin ich einfach verrückt geworden.« Jenny ballte die Fäuste. »Ich habe mich sogar unter die Matratze geschoben, um mich dort sicher zu fühlen, und dann hatte ich das Gefühl, keine Luft zu bekommen. Also befreite ich mich von ihr und setzte mich auf diesen Stuhl, versuchte mich zu beruhigen. Dann ging es zurück unter die Matratze. Zwei Tage lang habe ich kaum etwas gegessen. Nach einer Weile war ich so erschöpft, dass ich mich hier hingesetzt habe. Ich muss das Bewusstsein verloren haben. Und als ich aufwachte, war dieses …« Sie verstummte, erneut verblüfft von der Realität. Schließlich war das unmöglich, selbst in einer Welt, die Männer aus Stein hatte marschieren und weiße Giganten auf dem Meer stehen sehen. »Und ich war wieder ich selbst, aber gefangen …«

Eric dachte rasend schnell nach. Ihre Tränen flossen wieder.

»Jenny …«

»Ich stecke in diesem verfluchten …« Unvermittelt trat sie gegen die Barriere. *»Holt mich hier raus, holt mich hier raus. HOLT MICH HIER RAUS!«* Johns Augen weiteten sich vor Panik, er sah Eric Hilfe suchend an. Harry rettete den Augenblick, indem er mit einem dreckigen Vorschlaghammer in die Wohnung geplatzt kam. Er keuchte und stöhnte, wie das nur ein obdachloser Säufer in seinen Fünfzigern tun konnte, der einen zehn Pfund schweren Vorschlaghammer mehrere Treppen hatte schleppen müssen.

»Okay, ich habe ihn«, ächzte er, und natürlich musste John aufspringen, um ihn ihm abzunehmen. Wie unverhohlen anmaßend. Bei seiner Größe hielt es Eric allerdings für die richtige Entscheidung.

»Wir schlagen das Ding ein, okay?« John hob den Hammer. »Wir zerschlagen diese Barriere sofort.«

Jenny hörte auf, gegen ihr Gefängnis zu treten.

»Können Sie sich auf die andere Seite stellen?«, bat John nun ganz geschäftsmäßig, während er das Werkzeug in den Händen wog. Das verstand er, damit konnte er umgehen. »Wenn diese Blase beim ersten Schlag zerbricht, will ich nicht, dass der Hammer weiterschwingt und …«

»Ja, ja«, sagte Jenny ungeduldig und rückte so weit von John und dem Vorschlaghammer weg, wie es die Sphäre erlaubte. Sie setzte sich auf den Boden, krümmte sich zusammen und zog die Knie vors Gesicht. Alles geschah so schnell, dass es sich anfühlte, als würde es niemand wagen, Luft zu holen. Selbst Harry trat von einem Fuß auf den anderen.

»Halten Sie durch, meine Liebe«, sagte er leise, und Eric fragte sich plötzlich, ob er Kinder hatte.

»Den ersten Schlag führe ich nur mit halber Kraft«, verkündete John, den Blick auf die leuchtende Oberfläche gerichtet. »Nur um zu sehen, was passiert, okay?« Jenny nickte, und John suchte sich einen festen Stand, holte Luft und konzentrierte sich auf sein Ziel. Dann gab er einen dumpfen Laut von sich, holte mit dem Vorschlaghammer aus und schwang ihn in einem geübten Bogen.

Der Hammerkopf traf die Kuppel, ohne einen Laut zu verursachen.

Eric keuchte auf und wurde blass.

Er sah, wie der schwere Metallkopf ohne den dazugehörigen Lärm mitten in der Bewegung verharrte, und erlebte etwas, das viele Süchtige als Augenblick der Klarheit bezeichneten. In Johns »halber Kraft« hatte so viel Schwung gesteckt, aber der war mühelos absorbiert worden. Der Luftangriff vorhin hatte sich in der Ferne ungesehen zugetragen, und Eric hatte wenigstens noch einen Funken Hoffnung gehabt. Schließlich hatten sie die Stone Men überlebt. Aber jetzt begriff er.

Sie waren völlig außerhalb ihres Elements.

Plötzlich verspürte er eine schreckliche Angst. Er wechselte einen Blick mit John; John war völlig blass.

»Okay. Jetzt wissen Sie, wie hart Sie zuschlagen müssen«, sagte Harry etwas zu laut. Es war offensichtlich, dass seine Worte für das Mädchen bestimmt waren. »Jetzt geben Sie alles.«

John blinzelte ein paarmal, machte dann aber großartig mit.

»Sie halten sich besser die Augen zu, meine Liebe«, sagte er leise zu Jenny. Sie tat wie gebeten. John warf Eric und Harry einen schnellen, verängstigten Blick zu – die Stärke der Barriere hatte ihn erschüttert, dabei hatte er bereits die Kuppel um die Stadt berührt –, und Eric nickte aufmunternd und zeigte seine geballten Fäuste.

Okay, kämpfen wir. Zeigen wir ihnen, was in uns steckt. Zerschlag dieses Ding!

Wenn sie diese Lichtsphäre zerstören konnten, dann konnten sie vielleicht, nur vielleicht auch …

John ging zwei Schritte zurück und legte den Vorschlaghammer auf die Schulter, seine Knöchel verfärbten sich weiß, sein Blick konzentrierte sich auf das Ziel. Er holte ein paarmal tief Luft, versuchte Adrenalin durch seinen Körper zu pumpen. Dann stürmte er mit geschürzten Lippen los und gab einen zischenden Laut von sich. Plötzlich kippte er den Oberkörper nach vorn und führte den schweren Hammer nach unten, drehte die Taille mit einem scharfen Ruck, um jede Unze seines Körpergewichts in das auf sein Ziel zurasende Eisenstück hineinzulegen. Instinktiv kniff Eric die Augen zu, als der Vorschlaghammer die goldene Oberfläche traf.

Ein lautes Splittern ertönte.

Dann ein dumpfer Laut.

Voller Freude riss Eric die Augen auf.

Die helle Kuppel war völlig intakt und wies nicht die geringste Beschädigung auf.

Verwirrt schaute er zu John, aber der blickte zur Seite und hielt sich die Schulter. Eric folgte dem Blick zu dem klaffenden Loch, wo eben noch die Fensterscheibe gewesen war. Der dumpfe Laut, der dem Splittern gefolgt war, war von dem Vorschlaghammer verursacht worden, als der unten auf der Straße auf einem abgestellten Auto oder dergleichen gelandet war.

Vermutlich sogar Jennys Auto.

»Hat es …?«, fragte das Mädchen verblüfft. Sie nahm die Hände vom Gesicht und fand ihre Antwort, schaute wieder durch das goldene Flimmern. »Was ist passiert?« John drehte sich wie betäubt herum, auf seiner Stirn pochte eine Ader. Eric vermochte nicht zu sagen, ob der Mann schockiert oder peinlich berührt war.

»Er ist einfach abgeprallt«, flüsterte John. »Ich konnte ihn nicht festhalten, er federte einfach zurück.« Er verzog das Gesicht und griff nach seiner Schulter. »O verflucht …« Er stolperte gegen die noch intakte Fensterhälfte. Mit der anderen Hand griff er sich nun ins Kreuz.

»Verfluchte Scheiße, es tut mir leid.« Harry ging besorgniserregend nahe an der Kuppel in die Hocke; bestenfalls einen halben Meter entfernt.

»Das hat nicht funktioniert, nein«, sagte er leise zu Jenny. Seine Miene war nicht zu deuten. »Aber wir werden eine Möglichkeit finden. Wir müssen einfach nur die Köpfe zusammenstecken. Wir alle, Sie auch.«

»Okay«, antwortete Jenny mit einem schnellen Nicken. Sie versuchte tapfer zu sein. »Okay.«

Eric kam eine Idee. Möglicherweise waren sie noch nicht am Ende.

»Unten«, sagte er zu Harry. »Die Decke. Ich hole den Hammer von der Straße, dann versuchen wir, die Decke einzuschlagen. Wer weiß, vielleicht steckt dieses Ding ja im Boden fest, und wenn wir den zerstören, ist es freigelegt und wir sind einen Schritt weitergekommen. Das wäre doch schon etwas, oder?«

Die letzten Worte waren an Jenny gerichtet.

»Ja, auf jeden Fall. Ja.«

»Also gut«, sagte Eric. »John und ich können sie vielleicht von unten befreien. Harry, du ruhst dich hier eine Minute aus und bleibst bei Jenny. Du hörst dich an, als würdest du gleich umkippen.«

Harry schnaubte, aber John hinkte bereits zur Tür und versuchte dabei seine Schmerzen zu verbergen.

»Gute Idee«, sagte er und verschwand außer Sicht. Seine schweren Stiefel donnerten schnell durch den Korridor. Eric schnappte sich seine Taschenlampe und eilte hinter ihm her.

KAPITEL ZEHN

Das Schlachtfeld

Maria

Selbst mit eingeschalteten Sirenen fuhren sie nicht schneller als fünfundzwanzig Meilen in der Stunde. Verglichen mit dem restlichen Verkehr war das Lichtgeschwindigkeit. Nachdem sie ihre erste Dusche seit einiger Zeit mitten in der Nacht genommen hatte, hatte es mehrere Stunden gedauert, bis ihr Wagen gekommen war. Es war ein Streifenwagen und kein unauffälliges Spionauto. Constable Foleshill war Mitte dreißig, blass und erschöpft und redete nicht viel. Das fand Maria großartig. Nachdem Stanton und Kenpas gegangen waren, hatten die Goodmans, Heilige, die sie waren, sie im Wohnzimmer allein gelassen. Natürlich hatte das Paar sich vorher dreimal versichert, dass sie nicht das Bedürfnis zum Reden verspürte. Sie hatten ihr sogar noch eine Tasse Tee gemacht, bevor sie wieder zu Bett gingen. Maria hatte auf dem Sofa gedöst und schließlich schreckliche Träume über Ruth und den Stone Man gehabt.

»Miss Constance?«

»Ja.«

»Constable Foleshill. Sind Sie bereit zum Aufbruch?«

In eine Notunterkunft? Ich kann es kaum erwarten.

Dann rief sie sich wieder ins Gedächtnis, dass sie Glück hatte, überhaupt einen Platz zu bekommen, an dem man sie aufnehmen würde.

»Ja. Fahren wir.«

Sie war noch nie zuvor auf dem Rücksitz eines Streifenwagens gefahren. Beinahe sofort nach dem Aufbruch von den Goodmans waren sie im Stau gelandet.

Nicht einmal Foleshills Polizeisirene konnte ihre Fahrt beschleunigen; die langen Autoreihen öffneten und schlossen sich noch zögerlicher als zuvor. Gelegentlich entdeckten sie andere Polizisten, die am Straßenrand neben ihren Wagen standen und manchmal mit Fahrern sprachen, die ausgestiegen waren, um Fragen zu stellen. Diese Polizisten waren alle bewaffnet, ein in vielen Teilen der Welt völlig normaler Anblick, aber nicht in England. Einmal passierten sie einen Jeep, der dort was auch immer tun sollte; die Soldaten waren schwer bewaffnet. Gelegentlich flog ein Hubschrauber am Himmel vorbei, viel zu häufig, als dass es normal gewesen wäre.

Das ist wie in einem Kriegsgebiet, dachte Maria, korrigierte sich aber dann. In einem Krieg konnten beide Seiten kämpfen.

Als sie die zweispurige Schnellstraße erreichten, die sich in einen Parkplatz verwandelt hatte, war es fast halb acht, und die Sonne ging langsam auf. Der Verkehr war noch schlimmer, als Maria ihn bis jetzt erlebt hatte. So weit das Auge reichte, stand ein Auto vor dem anderen. Das war keine reflexartige Reaktion von Menschen, die ein paar unheimlichen Sichtungen am Strand entkommen wollten. Das war eine Bevölkerung, die erfahren hatte, dass Nachbarn von unberührbaren Empty Men getötet worden waren. Sie war auf der Flucht. Maria fragte sich, ob allgemein bekannt war, dass sich die Empty Men jetzt landeinwärts bewegten, und die Wagen möglicherweise direkt auf sie zufuhren.

Wenn es ums Überleben geht, handeln Menschen einfach. Wissen sie, wo sie hinwollen? Haben sie überhaupt einen Plan?

Wieder rief sie sich zur Ordnung. Sie hatte auch nicht die geringste Ahnung, was sie da machte. Eine Notunterkunft für Frauen?

Du hast einen Schock. Versuche ruhig zu bleiben.

Aber auch sie hatte schreckliche Angst.

Schließlich kam der Verkehr endgültig auf beiden Spuren zum Erliegen; vermutlich hatte es voraus einen schweren Unfall gegeben. Mit ausdruckslosem Gesicht starrte Maria durch die Windschutzscheibe. Ein Jeep parkte auf der Standspur, mehrere

Soldaten bemühten sich, einen großen und vermutlich liegen gebliebenen Lieferwagen von der Straße zu schaffen. Die stämmigen Männer hatten ihre Probleme damit, also nahm Maria an, dass er schwer beladen war. Das war das Hindernis, das die linke Spur blockiert hatte; ein Stück weiter blockierte etwas anderes vermutlich die rechte. Maria nahm an, dass man das Militär zu Hilfe gerufen hatte, weil die anderen Behörden überfordert waren. Einer der Soldaten entdeckte Foleshills Streifenwagen und bedeutete dem Polizisten, dass er reden wollte.

»Haben Sie etwas dagegen, wenn ich mit dem Burschen spreche?«, fragte Officer Foleshill und blickte Maria durch das Metallgitter an, das die Rückbank von der Vorderseite trennte.

»Kann ich aussteigen und mir die Beine vertreten?«, fragte Maria und log über ihre Absichten. Vielleicht hatten die Männer neue Informationen. Officer Foleshill hatte höflich behauptet, das Radio würde nicht richtig funktionieren, aber Maria glaubte, die Antwort wäre auch im anderen Fall die gleiche gewesen. Wenn Foleshill mit den Soldaten redete, würde sie vielleicht nahe genug herankommen können, um zu lauschen. Andererseits, was hatte sie davon? Schließlich lief sie weg, um sich in einer Notunterkunft zu verstecken.

»Ich fürchte nicht«, sagte Foleshill höflich, aber fest. »Selbst in langsam verlaufendem Verkehr kann ich Sie auf einer zweispurigen Schnellstraße nicht aus dem Wagen lassen. Das wird nicht gern gesehen.«

Sie brachte es nicht über sich, dagegen Einspruch zu erheben.

»Okay.«

»Ich beeile mich.« Er stieg aus dem Wagen und ließ die hinteren Türen verschlossen. Maria sah zu, wie er zu dem Soldaten ging und ihm die Hand schüttelte, dann musterte sie die Autos, die vorbeikrochen. Ob einer der Menschen in diesem Stau einen Empty Man gesehen und es überlebt hatte? Oder war sie die einzige Person, die einen von ihnen aus der Nähe erlebt hatte?

Die Erinnerung, dass sie tatsächlich hatte sterben wollen – dass sie einfach genug gehabt hatte –, schockierte sie, war aber keineswegs überraschend.

Das Geräusch eines näher kommenden Motorrads unterbrach ihre Gedanken. Es schob sich an der Schlange vorbei und kam näher; die Geschwindigkeit des Fahrers war der Neid aller Festsitzenden. Er war klein für einen Mann – ungefähr eins siebzig mit einer viel zu großen Lederjacke und ausgebeulten Jeans –, und sein kleines Motorrad, das Schlangenlinien fuhr, bewegte sich kaum schneller als im Joggingtempo. Maria beobachtete ihn neugierig, bis er auf ihrer Höhe war. Das Motorrad erinnerte sie an eine Maschine vom Typ Scrambler, vielleicht etwas größer als die Art Motorrad, wie man sie für Sprünge in großen Schlammarenen benutzte.

Plötzlich drehte sich der Kopf des Motorradfahrers um neunzig Grad, und er blickte sie direkt an.

Ein seltsamer Stromstoß rieselte durch Marias Körper.

Der Motorradfahrer spürte es auch; er schwankte leicht und sah ruckartig nach vorn, packte den Lenker fester, um die Maschine zu stabilisieren. Aber er fuhr weiter. Was auch immer für einen Zauber der kleine Stromstoß bewirkt hatte, er war gebrochen, und Maria begriff, dass der Mann nicht anhielt.

Er hat dich angesehen! Hast du das gespürt? Sag dem Polizisten, dass er ihn festhalten soll.

Da ertönte in der Ferne der erste Schrei.

Als sich Maria später daran erinnerte, wurde ihr klar, dass sie eine Nanosekunde vor diesem Schrei angefangen hatte, etwas zu fühlen.

Der Schrei ertönte weit hinter ihr auf der Straße; sie warf sich förmlich gegen die Heckscheibe, um etwas sehen zu können. Der Schrei hatte alle darauf aufmerksam gemacht, dass etwas passierte, und eine Flutwelle weiterer Rufe ausgelöst, die anders als alles waren, das sie je zuvor in ihrem Leben gehört hatte, denn jeder in der Nähe saß im Auto. Der gedämpfte Schrei von Hunderten Leuten hinter Scheibenglas zur gleichen Zeit war bemerkenswert.

An der dem Streifenwagen zugewandten linken Seite der Schnellstraße ragte ein Metallzaun in die Höhe. Vermutlich verhinderte er den Zugang zu irgendeinem industriellen Komplex von beträchtlicher Größe. Er war blau gestrichen und sehr hoch, folgte dem Verlauf der Schnellstraße den Hügel hinauf und darüber hinweg. Auf der anderen Seite der Straße bot sich jenseits der Leitplanke ein Anblick, wie er in vielen Teilen Englands üblich war: von Hecken eingesäumte Felder, die in der Ferne verschwanden. Es war ein grauer, früher Morgen, und die Sonne stand noch immer tief am Himmel, sodass das Licht eine dunstige Qualität hatte, was dem endlosen Grün ein traumartiges Aussehen verlieh. Aber plötzlich hatte sich eine Zugabe in diese ländliche Szenerie gedrängt, die alles wie einen Albtraum erscheinen ließ. Unwillkürlich dachte Maria an die Vision des Kanals, die sie im Haus der Goodmans gehabt hatte.

Auf dem Feld neben der anderen Straßenseite waren zehn oder fünfzehn Empty Men erschienen. Sie bildeten eine unregelmäßige Reihe und bahnten sich langsam ihren Weg über das Gras auf die Autos zu. In Haltung und Größe waren sie identisch – kürzer als der, den Maria in Ruth' Haus gesehen hatte, aber immer noch größer als der größte Mensch –, und ihre Zahl, ihre schlanke Höhe und ihre weiße Färbung, die sich von dem Gras abhob, ließ sie verrückterweise an Windturbinen auf einem Feld denken, die sich lautlos und endlos drehten. Sie kamen heran, vornübergebeugt und … Die Worte trafen Maria wie ein Schuss und ließen sie handeln. *Auf der Jagd.* Das waren die Worte. Maria wusste, dass sie auftauchen und verschwinden konnten, aber auf diese Weise? Aus dem Nichts? Es waren so viele. Wie viele von ihnen gab es noch dort draußen?

Geschieht das überall?, kreischte es in ihrem Verstand. *Stanton hat gesagt, dass sie bereits weitergezogen sind, sie sind sogar in den Midlands, also wo kommen die jetzt her? Wird es kein Ende mehr nehmen?*

Es war ein weiterer Albtraum. Sie schaute an der Frontlinie der Empty Men vorbei; ja, ein Stück weiter hinten auf anderen Feldern waren noch mehr von ihnen und flankierten die Schnellstraße.

Flankierten sie, so weit der Blick reichte.

Sie griff nach dem Türöffner und rüttelte hektisch daran,

der Instinkt überwältigte das Wissen, dass die Tür von außen verschlossen war. Sie fing an zu schreien, bis sie heiser war, hielt verzweifelt nach Constable Foleshill und den Soldaten Ausschau, aber die Männer brüllten und eilten auf die vorrückenden Empty Men zu. Foleshill blieb an Ort und Stelle und bellte etwas in das Funkgerät, das an seiner Brust befestigt war, und sah fast so bleich wie die Empty Men aus. Maria brüllte mit all ihrer Kraft in seine Richtung.

»Foleshill! Bitte!«

In dem Chaos auf der Straße konnte er sie nicht hören; als die Leute die Empty Men erblickten, breitete sich Panik aus. Fahrzeuge leerten sich schnell, Schreie erfüllten die Luft. Eine vierköpfige Familie rannte mit Taschen beladen an Marias Fenster vorbei, die Erwachsenen zerrten die Kinder an der Hand mit sich. Eine Flucht mit dem Wagen würde jetzt unmöglich sein, die Straße war ein blockierter Friedhof aus leer stehenden Autos.

Sämtliche Aufmerksamkeit war auf die Empty Men gerichtet. Maria schrie und trommelte wild gegen die Scheibe, um gerettet zu werden, denn sie saß hier fest. Aber es kam niemand. Foleshill war so geschockt, dass er genauso gut auf einem anderen Planeten hätte sein können.

Entsetzt begriff Maria, dass sie in der Falle saß.

KAPITEL ELF

Die Blase platzt

Eric

Eric und John wechselten kein Wort miteinander, bis sie in dem genauso dunklen Korridor in der fünften Etage waren und die untere Wohnung betraten. Das Schloss war ebenfalls aufgebrochen, und das Licht schlug ihnen keinesfalls so dramatisch entgegen wie oben – in der Wohnung zeigte sich nur ein Stück der Blase –, aber es war genauso unheimlich.

Dieses Wohnzimmer war möglicherweise noch leerer als das von Jenny. Vielleicht lag das an den Malerarbeiten, die anscheinend vor einiger Zeit unterbrochen worden waren. An der Wand lehnte noch immer eine Trittleiter, die Bodendielen waren unbedeckt, und die Wände waren in einer dunklen, behaglichen Farbe gestrichen, die schwer zu identifizieren war. Überall standen zurückgelassene Farbeimer. Die untere Hälfte der Barriere trat lautlos pulsierend aus der Decke hervor, natürlich ohne den geringsten Schaden beim Verputz zu verursachen. Zumindest war das die Bestätigung, dass sie in der Tat kugelförmig war. Der größte Teil hatte sich in der Etage darüber manifestiert, damit Jenny genug Platz hatte. Von der Form her sah sie wie eine riesige avantgardistische Lampe aus, ein lächerlich großer Tunnel aus Sonne.

Das Mädchen steckt darin, dachte Eric entsetzt, *und wir alle sitzen hinter dieser Barriere fest. Wir sind alle tot …*

»Okay«, sagte er. »Ich laufe nach unten und hole den Hammer. Schieben Sie die Leiter in die richtige Position.«

»Das wird nicht funktionieren«, sagte John leise. Reglos starrte er das Licht an. »Diese kleine Kuppel mag anders als die große Kuppel über der Stadt aussehen, aber ich glaube trotzdem, dass das Mädchen sterben wird.«

»Zum Teufel, John, warten wir noch damit, ihr Todesurteil zu unterschreiben, einverstanden? Ich bin gleich wieder da.« Eric eilte los, blieb aber an der Tür noch einmal stehen. »Bitte sagen Sie so etwas nicht in ihrer Nähe, ja?«

John sah ihn ausdruckslos an.

»Sie erinnert mich an meine älteste Tochter, wissen Sie?«, sagte er, und da erkannte Eric, wie verängstigt dieser Mann war. Er fragte sich, ob sie den Schaden unterschätzt hatten, den der Wahnsinn dieses Tages bei John angerichtet hatte.

»Mich erinnert sie an meine Schwester«, sagte Eric plötzlich und meinte es auch so. »Also lassen Sie uns ... Tun wir einfach unser Bestes, Kumpel, okay?« Er zwang sich zu einem Lächeln. »Verlieren wir nicht die Nerven. Unterstützen einander. Ja?« John nickte und hob unsicher den Daumen. »Schnappen Sie sich die Leiter, und ich bin gleich wieder da. Bitte fassen Sie dieses Ding nicht an.«

Er eilte die Stufen hinunter und lief aus dem Haus. Der Vorschlaghammer lag auf der Haube eines Honda Civic; da es das einzige Fahrzeug in der Nähe war, gehörte er vermutlich Jenny. *Wenn man Pech hat, dann aber richtig,* dachte Eric, schnappte sich das Werkzeug und war auf dem Weg zurück ins Gebäude, als er ein dumpfes Geräusch hörte.

Es war nicht besonders laut, aber es erinnerte ihn an Augenblicke in Filmen, in denen man gewaltige Explosionen in der Ferne zeigte. Es war so gedämpft, dass er automatisch annahm, es würde aus einem Autolautsprecher kommen.

Dann fiel ihm wieder ein, wie selten in Coventrys Stadtzentrum Autos zu hören waren und dass darüber hinaus so gut wie jeder innerhalb der Barriere vermutlich tot war.

»Scheiße!«

Er rannte zurück ins Haus, schleppte den Hammer mit. Er nahm zwei Stufen auf einmal. Der Hammer wog zehn Pfund, und in seiner Eile bemerkte er das Gewicht nicht einmal. Auf dem Treppenabsatz der fünften Etage konnte er undeutlich hören, wie Jenny und Harry über ihm etwas brüllten. Offensichtlich hatten sie den Laut auch gehört, aber sie klangen eher alarmiert als verletzt. Eric stürmte durch die Tür der Wohnung und leuchtete mit seiner Taschenlampe.

»John!«

Eric brauchte ein paar Augenblicke, bis er begriff, was geschehen war. Das seltsame Licht der Blase vermengte sich mit dem Schock und dem Anblick der Malerutensilien, was zu sofortiger Verwirrung führte. Sein Verstand stellte all die falschen Fragen, entdeckte die falschen Dinge, während er zugleich die Wahrheit leugnete.

Warum ist alles auf so ungleichmäßige und schlampige Weise gestrichen worden? Hier ist die Farbe dick und dort dünn. Und wie hat man es geschafft, so viel auf den Boden zu sauen, denn er ist fast völlig damit bedeckt, die Anstreicher können gar nicht so lange weg sein, immerhin ist die Farbe noch feucht und läuft an einigen Stellen sogar, und sieh nur, dort stehen zwei Schuhe, und der eine ist mit Farbe gefüllt …

Entsetzt schrie er auf. Johns Pullover lag zerknüllt und in Farbe getränkt an der gegenüberliegenden Wand.

Das ist keine Farbe.

Eric taumelte, der Mageninhalt stieg ihm in die Kehle, aber etwas anderes schoss ihm unablässig durch den Kopf, was war es nur?

»HARRY!«, brüllte er und stolperte in den Korridor, den Vorschlaghammer vergessend. »RÜHR SIE NICHT AN! GEH SOFORT DORT WEG, VERSCHWINDE!« Er rannte die Treppe rauf in den dunklen Korridor, sah zu seiner unendlichen Erleichterung, wie Harry den Kopf aus Jennys Apartment steckte. Sein Freund hatte fragend die Hände gehoben, aber Eric konnte nur den Kopf schütteln. Harry schob sich an ihm vorbei, aber Eric schnappte seinen Arm.

»WAS WAR DAS FÜR EIN LÄRM, WAS IST PASSIERT?«, brüllte Jenny drinnen.

»Nein«, krächzte Eric leise. Harry entfernte sanft seine Hand vom Jackenärmel. Dann eilte er los. Plötzlich musste sich Eric übergeben, während Jennys hektisches *Was ist passiert, was ist passiert?* wie eine gesprungene Schallplatte in der Wohnung ertönte. Am liebsten hätte er sie angebrüllt, die Schnauze zu halten.

Lass es nicht an ihr aus. Du würdest es nur schlimmer machen.

Er hatte John nicht gemocht, aber wer verdiente so etwas? Während er auf den Knien lag und den Rest hochwürgte, konnte er nicht aufhören, daran zu denken, dass die letzten Worte des Mannes seiner Tochter gegolten hatten.

Vergiss das andere nicht. Die Barriere um die Stadt war massiv. Waren sie alle wirklich und endgültig am Ende?

Sie konnten nicht aufgeben. Sie mussten hier so schnell wie möglich raus und versuchen …

Seine Besessenheit unterbrach den Gedankenfluss mit einer Frage: Würde er wirklich das frei zugängliche Gebäude am Ground Zero zurücklassen?

Die Korridortür öffnete sich wieder, und Harry kam. Er beugte sich vor und legte Eric die Hand auf die Schulter.

»Viermal einatmen«, sagte er. »Siebenmal anhalten, achtmal wieder ausatmen.« Eric versuchte es. Mann, war das schwer. »Er hat sie angefasst?«, fragte Harry leise.

»Ja«, keuchte Eric. »Ich habe ihn davor gewarnt. Er hat ein paarmal betont, wie sehr sich der Anblick von der anderen unterscheidet. Vielleicht glaubte er, es gefahrlos tun zu können. Vielleicht konnte er auch buchstäblich nicht widerstehen.«

Ihm wurde bewusst, dass in dem Korridor Totenstille herrschte. »Sie sagt gar nichts. Lass uns besser reingehen.« Harry half ihm wieder auf die Füße, und sie betraten die Wohnung. Jenny saß zusammengesunken auf dem Boden des Sphärenkerkers neben dem Stuhl.

»John ist tot, meine Liebe«, hörte Eric seinen Freund leise sagen. Jede Lüge war sinnlos. »Er hat sie angefasst.«

»Er … er hat was?«

Eric betrachtete die widerwärtige Lichtkugel, während Harry seine Worte wiederholte, sah zu, wie sie pulsierte und sich langsam um Jenny drehte. Er sah ihre Spiegelung in der heil gebliebenen Fensterscheibe und schaute daran vorbei in die dunkle Coventrynacht.

Und er wurde sich bewusst, dass sie einen perfekten Blick auf Ground Zero hatten.

Das hatte er zuvor durch die dramatischen Ereignisse und das visuelle Wunder der Blase nicht bemerkt, aber da war er; die schattenhafte Masse des Prismas lag nur wenige Häuserblocks entfernt. Sie hatten eine klare Sichtlinie. Er wollte sein Fernglas aus dem Rucksack holen, dann wurde ihm klar, dass das in der Dunkelheit sinnlos sein würde.

Die Idee traf ihn wie ein Vorschlaghammer, was eine gewisse Ironie hatte. Vor Aufregung wäre er fast in die Luft gesprungen. Wie lange, hatte Jenny gesagt, befand sie sich nun schon hier? Verzweifelt versuchte er sich zu erinnern. Ein paar Tage, richtig? Das dürfte kein Problem darstellen, die Autobatterie würde mit Sicherheit noch …

Er musterte die Fensterbank, suchte, was er glaubte zuvor gesehen zu haben. Ja, da waren sie. Autoschlüssel. In das schwarze Plastik des Zündschlüssels war das Hondalogo eingeprägt.

Er schnappte sie sich und kehrte zu Harry zurück, um es ihm zu erklären, dabei kam er keinen halben Meter an der Sphäre vorbei, näher, als er ihr je zuvor gewesen war. Später würde er darüber grübeln – und zwar immer wieder –, warum er zugelassen hatte, ihr so nahe zu kommen. Ein Versehen in seiner Hast, mit Harry zu sprechen? Hatte er sich bereits an ihre Anwesenheit gewöhnt, und das trotz der frischen Erinnerung an Johns Tod?

Als er das Licht passierte, fühlte er, wie seine Haut davon buchstäblich angezogen wurde, ein so schneller und heftiger Ruck, dass es fast schon wehtat. Er schrie auf, sprang weg, und das Gefühl verschwand augenblicklich. Jemand kreischte, und Harry sah Jenny an, aber die hatte sich kaum gerührt. Harry hatte selbst geschrien.

»Verfluchte Scheiße«, zischte er und atmete auf, als er sah, dass Eric unverletzt war.

»Warte«, fauchte Eric und bewegte sich bereits vorwärts ... aber mit Vorsicht. Das hatte wehgetan. »Harry, wie nahe bist du diesem Ding gekommen?« Harry blinzelte und dachte darüber nach. Dann hielt er die Hände auseinander, ungefähr einen halben Meter, vielleicht weniger. Er war näher als Eric dran gewesen. »Hat es wehgetan?«, wollte Eric wissen.

»Was? Nein. Überhaupt nicht.«

Und wenn er sich langsamer näherte? Erics Puls raste, als er sich dem Licht mit der ausgestreckten linken Hand Zentimeter für Zentimeter näherte.

»Harry«, flüsterte er. »Sag mir, wenn ich so nahe wie du bin.«

Langsam drang eine stechende Wärme in seine Hand, dann weiter seinen Arm hinauf, als er der Kuppel so nahe kam wie eben zuvor. Jetzt, wo er darauf vorbereitet war, fiel es leichter, das zu ertragen.

»Geh nicht zu nahe heran«, sagte Harry nervös.

»Was passiert da?«, fragte Jenny.

»Ich weiß es nicht«, sagte Eric ehrlich, völlig in sein Vorhaben aufgegangen. Das Stechen wurde schlimmer. Mit zusammengebissenen Zähnen näherte er sich dem Licht auf dreißig Zentimeter.

»Da, so nahe war ich dran«, sagte Harry leise und intensiv. »Geh nicht noch näher ran. Bleib dort stehen.«

»Warte, warte«, flüsterte Eric.

»Was willst du beweisen?«, brüllte Harry, der nicht begriff. »Ja, du traust dich, näher als ich ranzugehen, sei doch nicht so verflucht blöd!«

»Darum geht es doch gar nicht«, plapperte Eric, holte tief Luft und versuchte sich zu konzentrieren, dann schob er die Hand auf fünfzehn Zentimeter an die Oberfläche des Dings heran. Das Stechen wurde zu einem Brennen, aber dabei blieb es dann. Erics Hand war unversehrt.

Was mache ich da nur, was zum Teufel mache ich da nur?

Plötzlich drückte sich Jenny gegen die Innenwand.

»Ich sehe Sie«, hauchte sie und betrachtete Eric erstaunt und voller Hoffnung, die in ihren Augen so hell leuchtete wie die Blase. »Ich sehe Sie! Was tun Sie da? Machen Sie weiter!«

»Was auch immer du da tust«, zischte Harry, »aus welchem Grund du das auch immer für machbar hältst, genau das wird auch John gedacht haben. Das wird er getan haben. Ist dir das nicht klar?«

»Ich ... weiß ...«

»Fass das Ding nicht an!«, brüllte Harry. Er machte einen Satz auf Eric zu, aber dessen freie Hand schoss in die Höhe und machte das universell gültige Stoppzeichen. Harry blieb stehen.

»Fass mich nicht an! Bitte, Harry«, zischte Eric und bekam die Worte kaum heraus. Er schwitzte stark. »Bitte, Harry, bitte. Warte!« Harry trat nervös auf der Stelle auf und ab, während Eric nun so nahe an die Blase heranging, dass er sie praktisch berührte. Ihre goldene Struktur veränderte unter der Hand die Farbe, eine oder zwei Stufen nach unten auf der Pantone-Farbtabelle. Es hielt nur kurz an, aber es war passiert. Jenny hatte es ebenfalls gesehen.

»Sie bewirken etwas!«, hauchte sie, drückte jetzt Hände und Gesicht gegen die Innenseite. »Sie verändert sich!«

»Geh nicht näher ran!«, rief Harry, aber Eric hätte beinahe gelacht. Plötzlich wusste er, dass Harrys Sorge unnötig war. Es war offensichtlich. Während seine Hand wie Feuer brannte und die Haut unversehrt blieb, wusste Eric, dass die Sphäre für ihn so gefährlich wie antibakterielle Seife war. Er hatte verstanden. Er war anders als John. Anders als Harry.

»Harry, es ist okay«, flüsterte er.

Während Harry mit einem Aufstöhnen zu spät in seine Richtung eilte, um ihn noch aufhalten zu können, schob Eric die Hand in das Licht hinein.

Es klang, als würde man Schinken in eine heiße Pfanne werfen.

Eric ertastete nichts. Denn die Oberfläche der Sphäre hatte sich geöffnet, um seine Hand durchzulassen; er hatte so fest gedrückt, dass der Rest von ihm beinahe mit dem Gesicht zuerst gegen das atmende, feste Licht gefallen wäre. Der brutzelnde

Laut war von dem perfekten Loch verursacht worden, das sich um die Hand geöffnet hatte. Das Gebilde aus Licht hatte nachgegeben wie eine Hose, die durch ein plötzliches Bücken riss.

»Mein Gott!«, schrie Harry hinter ihm, aber das *Gott* kam gedämpft raus, weil er die Hände auf den Mund gepresst hatte.

Jenny packte zu; sie hielt Erics Hand so fest, dass es schmerzte.

»Können Sie mich hier rausholen?«

Ihre Blicke trafen sich, und als Eric dieses Gefühl erneut verspürte – dieses plötzliche, verzweifelte Verlangen, sie zu retten –, geriet er in Panik, weil ihm bewusst wurde, wie kurz er davorgestanden hatte, seine Konzentration zu verlieren. Er starrte das Loch an und antwortete nicht. Die Öffnung des Lichts war von einem passenden Gefühl in seinem Kopf begleitet worden. Aber darüber konnte er jetzt nicht nachdenken, er musste sich konzentrieren.

Das Brennen im Arm rann nun wie flüssiges Feuer durch sein Blut. Jennys Gesichtsausdruck verriet, dass sie seine zusammengebissenen Zähne sah, die hervorgetretenen Adern auf seiner Stirn. Sie legte auch noch die andere Hand um die seine, entspannte dabei aber ihren Todesgriff. Ihre Finger waren weich, ihre Berührung wurde sanft, und Erics Gänsehaut wurde nun nicht mehr allein von dem Feuer in seinen Adern verursacht.

Konzentriere dich, verflucht noch mal, konzentriere dich!

»Sie schaffen das, Sie schaffen das«, trieb sie ihn sanft an, aber ihre Stimme war begierig.

Das … ist … gut, dachte Eric, *aber … wie … geht … es … weiter …?*

»Das stimmt«, drängte Harry, der nun ein Stück hinter Eric hockte. »Du kannst …« Er hielt inne, und Eric hätte schwören können, genau zu *hören,* wie seinem neuen Freund die Idee kam.

Nein, Harry, nicht jetzt, um Gottes willen …

Eric schwitzte mittlerweile stark, und er wagte es nicht, den Blick von der Öffnung zu nehmen, die er geschaffen hatte, denn er wollte seine Konzentration nicht gefährden. Aus dem

Augenwinkel sah er, wie sich auch Harrys Hand der Lichtwand näherte. Aber sie waren nicht gleich! Berührte Harry das Ding …

Eric konnte seine Konzentration nicht aufs Spiel setzen, um Harry aufzuhalten; er wusste nicht, wie er das überhaupt geschafft hatte oder es wiederholen sollte. Er wollte etwas sagen, aber da kam nur ein angestrengtes Keuchen heraus. Er konnte nicht einmal den Kopf schütteln.

»Halten Sie durch, Jenny«, sagte Harry leise, »wir holen Sie da raus.«

Nein, Harry! Eric wollte brüllen. *Verfluchte Scheiße, lass das sein …*

Harry nahm einen tiefen Atemzug.

Eric schlug mit der freien Hand, die so schlaff wie eine zu lange gekochte Nudel war, nach Harrys Arm. Es war eine leichte Berührung, mehr ein Streicheln als ein Schlag, und zu mehr war er nicht fähig. Aber es reichte aus, damit Harry begriff. Er blickte Eric an, dann die Blase, zählte eins und eins zusammen und machte einen Satz zurück.

»Verdammt!« Er drückte die Hand auf die Brust. »Ich will verdammt sein.«

Eric war klar, dass seine Kraft verrann. Er hatte nicht mehr viel zuzusetzen, und er musste das Loch groß genug machen, um das Mädchen dort herauszuholen. Sollte er den Arm kreisen lassen, um es größer zu machen? Das Gebilde gab wieder das prasselnde Geräusch von sich, und Eric begriff, dass es dafür nicht gemacht war. Was auch immer er da tat, hätte nicht passieren dürfen, bei der Aufgabe der Lichtkugel war nicht vorgesehen gewesen, dass Eric Hatton damit irgendwelchen Mist machte.

Bricht sie zusammen? Hoffnung stieg in ihm auf, während er vor Anstrengung zitterte. Jenny hörte es auch.

»Sie löst sich auf, Eric. Sie löst sich auf!« Sie musterte die Innenseite, während ihr Griff wieder fester wurde. »Machen Sie weiter, machen Sie weiter!« Er fing an, mit dem schweren Arm schrecklich langsame Kreise zu beschreiben. Als würde er ihn in Lehm bewegen oder gerade angerührtem Beton. Er biss die Zähne zusammen und stellte sich vor, wie das Loch immer größer wurde.

»Komm schon!«, hörte er sich plötzlich durch die zusammengebissenen Zähne grunzen. Die Worte schienen ihm neue Kraft zu spenden, mit reiner Willenskraft vergrößerte er die Öffnung. »Du Mistding…«

Das Zischen wurde lauter, das Loch größer. Es hatte nun das Ausmaß eines Tellers, und Erics Körper fühlte sich an wie im Griff einer Boa Constrictor. Er fing an zu schreien, warf den Kopf zurück, wusste aber schrecklicherweise nur zu gut, dass dieses Loch doppelt so groß sein musste, um Jenny dort rauszuholen.

»Eric, du blutest«, hauchte Harry. »Deine Nase.«

Eric schrie auf und versuchte weiter mit dem linken Arm zu kreisen.

Die Öffnung reagierte nicht.

»Komm schon!«, schrie Eric, fand in der Verzweiflung seine Stimme wieder. »Na los!«

»Eric?« Jennys Stimme war ganz klein. »Was ist los? Sie schaffen das.«

Das Knistern wurde leiser. Dann verstummte es.

Eric hörte es, und sein Glaube geriet kurz ins Schwanken, nur einen Augenblick lang. Dieser Zweifel war ausschlaggebend.

Ein scharfer, schnappender Laut ertönte, und Eric erkannte zwei Dinge. Die erste Sache war so verrückt, dass es ein paar Momente dauerte, um sie überhaupt zu registrieren, und in dem Augenblick, in dem er es tat, erkannte er die zweite: Er war dabei, in einen Schockzustand zu verfallen.

So ist das also, dachte er verwirrt. *Das fühlt sich aber seltsam an.*

Benommen betrachtete er seinen Arm.

Nein, ich schaffe es immer noch nicht.

Er sah die Blase an, die nun wieder völlig geschlossen war. Aus ihrem Inneren war ein dumpfer Aufprall ertönt. Sein Blick richtete sich auf Jenny. Sie hatte die Augen weit aufgerissen und die Hände auf den Mund gepresst.

Das ist gut. Man kann es ihr wirklich nicht vorwerfen, aber, mein lieber Mann, kann dieses Mädchen vielleicht brüllen.

Dabei überraschte es ihn, dass er nicht auch brüllte, erst recht, als sein Blick wieder auf den Arm fiel. Durch das wogende und atmende Schimmern von tödlicher Schönheit sah er seine abgetrennte Hand, die neben Jenny auf dem Boden lag. Sie musste sie gehalten haben, als sich die Barriere wieder geschlossen hatte, um sie dann fallen zu lassen.

Klick! Das war es. In seinem Verstand kam alles zusammen, er begriff, was geschehen war. Er war sich nur undeutlich bewusst, dass Harry etwas brüllte.

»Scheiße! Scheiße! Eric!«, bellte er.

Was für ein verrückter Tag, dachte Eric.

»Harry«, murmelte er, während er zur Seite kippte und das Bewusstsein verlor. Harry kam zu spät, um ihn aufzufangen. Gnädigerweise holte ihn die Dunkelheit, bevor der perfekt kauterisierte Stumpf, an dem sich eben noch seine linke Hand befunden hatte, gegen seine Wange schlug.

KAPITEL ZWÖLF

Der Marsch der Empty Men

Maria

Maria sah hilflos durch die Windschutzscheibe des Streifenwagens zu, wie die Soldaten zu der Leitplanke am Straßenrand eilten. Sie knieten nieder, hoben die Gewehre und eröffneten das Feuer auf die Empty Men, die von den ohrenbetäubenden Schüssen unberührt weiter über das Feld vorrückten.

»Foleshill! Foleshill! Foleshill! Foleshill!«

Erstaunlicherweise blickte der Polizist zum Wagen. Die Miene seines bleichen Gesichts war ausdruckslos, und Maria schlug gegen das Metallgitter vor ihr. Ungläubig sah sie zu, wie er sein starres und verängstigtes Gesicht abwandte, um wieder zu den Empty Men zu blicken, die Arme schlaff an den Seiten.

»Nein! Nein! Foleshill! Foleshill!«

Als sie auch in die Richtung sah, waren die Empty Men bereits schrecklicherweise näher, als sie gedacht hätte. Wo das Feld an die Schnellstraße grenzte, war es etwas niedriger als der Asphalt, endete mit einer Hecke gefolgt von einem niedrigen Graben. Die Empty Men hatten die Hecke fast erreicht, waren nur noch ein paar Meter von den noch immer sinnlos schießenden Soldaten entfernt. Bewegten sich diese Dinger schneller als beim letzten Mal, als sie sie gesehen hatte? Oder hatte es etwas mit der Nähe von so vielen Menschen zu tun?

Waren sie *hungrig*?

Sie musste aus diesem Wagen raus, und zwar sofort!

»Foleshill! Bitte! Foleshill!«

Dann sah er wieder in ihre Richtung, auf seiner Stirn glitzerte Schweiß, und sie drückte das Gesicht gegen das Trenngitter. »Bitte!«, schrie sie, ihr Gesicht eine rote Masse hinter schwarzem Metall. »Sie kommen, sie kommen, bitte lassen Sie mich hier raus!« Er blinzelte zweimal und setzte sich dann in Bewegung.

»Ja! Ja! Danke!«, rief Maria. Die Tür wurde geöffnet, und sie sprang in einen Albtraum aus Schreien von Männern, Frauen und Kindern. Der Wahnsinn in den Stimmen war nun ausgeprägt. Maria drängte sich an Foleshill vorbei und rannte um ihr Leben, schloss sich der menschlichen Stampede an. Sie sollte nie erfahren, was aus Officer Foleshill oder den Soldaten geworden war. Sie konnte sich nicht erinnern, nach dem Beginn ihrer Flucht weitere Schüsse gehört zu haben.

Aus irgendeinem Grund, vielleicht reiner Herdenmentalität oder dem Instinkt, potenziellen Fallen wie Seitenspiegeln oder geöffneten Autotüren, von denen es eine ganze Menge gab, aus dem Weg zu gehen, strömte die Mehrheit der schreienden Masse zum Seitenstreifen, statt die Gasse zwischen den Autos zu benutzen. Viele Leute kamen auf die Idee, dass es vielleicht nicht schlecht sein würde, über den hohen blauen Zaun auf der linken Seite zu klettern, und rannten darauf zu. Die Idee schoss auch Maria durch den Kopf, aber sie verwarf sie schnell; ein panischer Blick verriet ihr, dass das nicht funktionieren würde. Er war nicht nur sehr hoch, mehr als drei Meter – was für sie genausgut der Everest hätte sein können –, sondern die Kante endete auch in einer verdrehten Anti-Kletter-Konstruktion, und es gab keine sichtbaren Stellen, an denen man sich festhalten konnte. Ein paar Leute versuchten es trotzdem, ohne Erfolg zu haben; andere wollten ihre Kinder darüber befördern. Es war ein Bild des Chaos und der blinden Panik.

Allein der Anblick dieser Dinger stellt etwas mit unserem Verstand an, dachte Maria. *Das wir noch nie zuvor erlebt haben.*

Es konnte nur so sein. Sie fühlte es auch. Ein Teil der Anwesenden, ein Teil ihres Wesens, der tief in ihnen auf einer evolutionären Ebene begraben war, *kannte* die Empty Men und ihre Absichten. Der Planet hatte sie noch nie zuvor gesehen, aber es hatte den Anschein, als würden die Menschen instinktiv die

Bedrohung verstehen, die von ihnen ausging. Die Gegenwart der Empty Men löste einen tief verwurzelten Überlebensprozess aus, der wie Donner in ihrem Verstand hallte. Die Leute konnten nur versuchen, sich festzuklammern und den Anschluss nicht zu verlieren, während ihre Körper reagierten.

Mit der Mauer aus Empty Men zu ihrer Rechten und einem unmöglich zu erklimmenden Zaun zu ihrer Linken hatten Maria und die anderen Flüchtenden nur drei Möglichkeiten. Sie konnten versuchen, sich zu verstecken, eine Idee, die diejenigen, die zu alt oder zu krank waren, um wegzulaufen, in die Tat umzusetzen trachteten; Maria entdeckte zumindest ein altes Paar, das inmitten des verschwitzten Chaos neben seinem Auto niederkauerte. Option zwei bestand darin, sich den Empty Men zu stellen. Ein paar Individuen, die entweder zu ängstlich oder zu verrückt waren, um zu flüchten, standen da und starrten sie staunend an. Einige von ihnen bewegten sich sogar mit ausgestreckten Händen auf sie zu. Als wollten sie zum Wohle der restlichen Menschheit den ersten Kontakt herstellen. Der Rest der brüllenden, keuchenden Masse versuchte es mit Option Nummer drei: das Ende des Zauns zu erreichen, bevor die Empty Men dort ankamen. Unterwegs wurde Maria klar, dass, falls sie es schaffen sollten, sie nach links abbiegen und dann vor diesen Dingern wegrennen konnten, statt nur an ihnen vorbeizulaufen. Dann würden sie zumindest eine Chance haben, hier wegzukommen.

Es war Zeit zu gehen.

Sie rannte in Richtung Zaun und dann daran entlang, bemerkte entsetzt, dass sich die Schnürsenkel ihrer geborgten Schuhe geöffnet hatten. Es war keine Zeit, stehen zu bleiben und sie wieder zuzubinden. Die gelösten Schnürsenkel peitschten um ihre Waden. Sie warf einen Blick nach rechts. Einen kurzen Augenblick lang stieg Hoffnung in ihr auf, denn die Empty Men schienen verschwunden zu sein. Sie waren weg! Aber nein, die Spitzen zu vieler schrecklicher, in die Länge gezogener weißer Köpfe schoben sich langsam in Sicht, folgten dem Verlauf des Bodens, wo er sich ein Stück unterhalb des Straßenniveaus gesenkt hatte.

Warum tun sie das?, fragte sie sich entrückt. *Warum folgen sie dem Bodenverlauf, wo sie doch einfach in den Himmel steigen können? Sie könnten einfach in der Höhe schweben, die ihnen gefällt.*

Zu einer weiteren Analyse blieb keine Zeit, denn da kamen sie und schlichen beinahe genauso schnell, wie die Menschen rannten. Mühelos hielten sie Schritt. Lange bevor Maria oder einer der anderen das Ende dieses Zauns erreichen würde, würden die Dinger auf Tuchfühlung sein. Sie verdoppelte ihre Anstrengungen, ihr Atem schmeckte wie Metall in ihrer Kehle, und das Ende des Zauns erschien noch immer so weit weg. Eine Bewegung ließ sie nach rechts sehen. Eine junge Frau – vielleicht nicht einmal dreißig, in einem einfachen T-Shirt und Jeans – schoss zwischen zwei Autos hervor, neben sich einen kleinen Jungen. *O mein Gott, ihr Haar sieht genau wie das von Ruth aus, es ist sogar genauso frisiert.* Bei dem Anblick der dichten Locken kam diese Assoziation augenblicklich und unerwünscht. Sie hatte sogar Ruth' Größe.

Plötzlich stolperte die Frau und landete direkt auf dem Kind, das vermutlich ihr Sohn war. Sie schrie schmerzerfüllt auf, ihr Körper dämpfte den Schrei des Jungen, und dann lagen die beiden zwischen einem schwarzen Mercedes und einem großen Wagen, der Ähnlichkeit mit einem Jeep hatte und dessen Typ Maria nicht erkannte. Maria rannte zehn Schritte weiter, und dann – *O mein Gott!* – blieb sie stehen, drehte sich um und rannte zu der gestürzten Frau. Sie konnte nicht anders. Bilder von Ruth blitzten in ihr auf. An dieser Stelle war der Anblick der Straße, die sich den Hügel hinunter erstreckte, irreal; ein endloser Menschenstrom löste sich aus einer endlosen Metallreihe, Hunderte, wenn nicht Tausende rannten jetzt genau wie die Menschen in Marias unmittelbarer Umgebung. Und die Felder waren schrecklicherweise ebenfalls mit Empty Men übersät, die Wogen von Menschen aus ihren Autos wie Ratten aus der Kanalisation jagten.

Was zum Teufel mache ich hier? Was zum Teufel mache ich hier?

Maria erreichte die Frau und ging in die Hocke. In der Nacht zuvor war sie durch die Straßen gerannt, um diesen Dingern zu entkommen, und jetzt rannte sie direkt auf sie zu? Sie packte die Hand der Frau und versuchte, sie auf die Füße zu zerren. Die Frau war schlank, aber viel größer als Maria, wog eine Menge mehr als sie, und *nein*, es war nicht Ruth, das war ihr klar, das Gesicht dieser Frau war kantig, wo Ruth' rund gewesen war, aber die Haare waren einfach gleich, und Maria musste sie retten!

Benommen sackte die Frau gegen den Mercedes und half Maria damit, obwohl sie sich nicht bewusst zu sein schien, wo sie war. Der Grund dafür war offensichtlich; von ihrem Sturz hatte sie eine gewaltige Beule an der linken Schläfe.

»Kommen Sie!«, brüllte Maria sie an und zog mit ganzer Kraft. Die Frau erhob sich auf die Knie und stand dann auf. Ihr Kind schnappte nach Luft, als das Gewicht von seinen Rippen verschwand. Der Junge war beinahe das Ebenbild seiner Mutter. Er hatte ein makelloses feminines Gesicht und diese gottverdammten Locken. Er konnte bestenfalls sieben Jahre alt sein, und für sein Alter war er ziemlich klein. »Steh auf, steh auf!«, bellte Maria, als sich der Junge zu einer Kugel zusammenrollte und zu weinen anfing. Sie schaute auf. Die Empty Men erreichten gerade die Autos. Sie überragten sie wie geisterhafte Propheten des Untergangs, ein Dutzend oder mehr gesichtslose Jacob Marleys, die gekommen waren, um alle über das schreckliche Schicksal aufzuklären, das sie in der Zukunft erwartete. Maria hatte dieses Schicksal gesehen, und es *war* schrecklich. Natürlich suchten sich die Dinger keinen Weg an den Autos vorbei, sie bewegten sich einfach weiter voran, und die Autodächer durchdrangen sie auf Bauchhöhe. »Kommt schon!«, brüllte Maria erneut, ließ die Hand der Mutter los und packte ihre Schulter, als sie benommen schwankte. »Reißen Sie sich zusammen!«

Kurz zog sie in Betracht, die Frau so lange zu ohrfeigen, bis sie wach war, aber sie schien bereits unter einer Gehirnerschütterung zu leiden. Die Empty Men waren jetzt vielleicht noch drei Meter entfernt und näherten sich schnell. In wenigen Sekunden würde Maria diese beiden zurücklassen müssen, würde sich ihr Versuch von Menschlichkeit erledigt haben.

Du darfst nicht zulassen, dass dich diese Dinger erwischen. Vorher musst du dich selbst töten.

Verzweifelt schaute sie auf das auf dem Asphalt liegende Kind herunter, das heftig schluchzte. Sie hatte nicht einmal eine Hand frei, da sie die Mutter noch immer aufrecht hielt. Was zum Teufel machte sie da nur?

»Verfluchte Scheiße, steh auf!«, brüllte sie und versetzte dem Kind einen festen Tritt in den Hintern. Der Junge stieß einen kleinen, überraschten Laut aus und starrte Maria an. Sie deutete mit dem Kopf auf die Empty Men. Die waren nun nahe genug heran, dass der Junge sie selbst vom Boden aus sehen konnte. Sein Blick flog zu seiner Mutter, die das Leben zurück in ihre Augen blinzelte.

»Mum!«, rief der Junge und kam mit weit aufgerissenen Augen auf die Füße. Die Tränen waren vergessen. Als die Frau ihren Sohn sah, der sich auf sie warf, kam in ihrem Kopf wieder etwas online. Sie zog ihn an sich.

Maria sah zu, wie sich einer der Empty Men, der sich keinen Meter links von ihr befand, plötzlich auf die gleiche Weise seitwärts bewegte, wie sie es aus Ruth' Fenster beobachtet hatte. Er dehnte sich schnell und stürzte sich dann zwischen zwei Wagen auf etwas, das Maria nicht sehen konnte, vollzog diese schreckliche, in sich zusammenbrechende, *flüssige* Bewegung. Während er in die Tiefe ging, wurden die Schreie des auserwählten Opfers lauter und verwandelten sich dann in einen schrecklich vertrauten, rhythmischen Würgelaut. Trotz des ganzen Lärms und der Schreie um sie herum konnte Maria ihn genau hören. Mum sah nun aus, als wüsste sie, welchen Tag sie heute hatten und dass die Empty Men da waren. Es war Zeit zur Flucht.

»Lauft!«, rief Maria und wandte sich von den beiden ab, den Blick unverwandt auf den scheinbar endlosen blauen Zaun und die einzige Hoffnung auf Rettung gerichtet, die an seinem Ende lag. Plötzlich schien er sich zu entfernen.

Maria war völlig verwirrt. Sie bewegte sich rückwärts. Etwas zog sie zurück. Sie fuhr herum und sah den Himmel.

Sie haben uns erwischt, mein Gott, sie haben uns …

»Runter mit Ihnen«, zischte die Frau Maria ins Ohr. »Die können Sie doch verflucht noch mal sehen!« Sie zerrte Maria am Halsausschnitt ihres Pullovers nach unten, dann kauerten die drei neben den Reifen des Mercedes auf dem Asphalt. Maria wand sich wie eine gefangene Wildkatze.

»Lassen Sie mich los! Lassen Sie los! Herrgott noch mal!«, fauchte sie verwirrt und versuchte dort wegzukommen, aber dann legte sich die große Hand der Frau auf ihren Mund. Der Sohn war unter den anderen Arm geschoben, die andere Hand lag auf seinem Mund, sie beide waren wie Teppichrollen unter ihre Arme geklemmt. Was hatte dieses verrückte Miststück vor? Wusste sie denn nicht, dass sich zu verstecken nichts brachte?

Maria wehrte sich heftiger, aber die Frau musste ihr Fitnesstraining ernst genommen haben, denn trotz ihrer drahtigen Gestalt war sie so stark wie ein Ochse. Maria war fünfzehn Zentimeter kleiner, erschöpft, hatte nichts im Magen und verfügte selbst für ihre Größe über zu wenig Kraft. Sie würde nirgendwohin gehen, selbst wenn die Frau ihre Mühe hatte, sie zu halten.

»Lassen Sie mich los, lassen Sie mich los! Sie bringen uns noch alle um!«, zischte Maria außer sich hinter der Hand der Frau, und ihr Gegenüber grub ihr doch tatsächlich die Nägel ins Gesicht. Maria konnte es nicht glauben.

»Halten Sie die Klappe!«, zischte die Frau zurück. »Sie werden noch dafür sorgen, dass mein Sohn stirbt, also halten Sie die Klappe!«

In diesem Augenblick hasste Maria sie, hasste sie dafür, dass sie sie wieder hilflos machte, aber dann sah sie, dass die Empty Men überall um sie herum in dem Autolabyrinth waren.

Ihr wurde eiskalt, sie kniff die Augen fest zusammen und versuchte sich mit reiner Willenskraft an einen anderen Ort zu versetzen, sich unsichtbar zu machen. Im Geist lief sie den Zaun entlang, und sie öffnete wieder die Augen, weil sie ja vielleicht weg waren, aber das war nicht der Fall. Eines der Dinger bewegte sich rechts von ihr nach vorn, eines kam links in Sicht, eines – das Schlimmste – hielt direkt vor ihnen an, stand zwischen der Leitplanke und dem Wagen, an dem sie lehnten.

Vom Boden aus gesehen türmten sich die Ungeheuer hoch über ihnen, Riesen, die einen unmöglichen Tod verkörperten, so still, tödlich und ewig wie das Grab.

Sie sind noch immer kleiner, erkannte Maria mit entsetztem Staunen. *Es gibt mehr von ihnen, aber wenn das passiert, verlieren sie an Größe.*

Vorsichtig schob Maria die Beine nach hinten und versuchte der Frau zu bedeuten, unter das Auto zu kriechen, erhielt aber keine Reaktion. In den weit aufgerissenen Augen der Frau flackerte der Wahnsinn, ihr Instinkt zu erstarren hatte Flucht und Kampf im Staub zurückgelassen, und ihr Sohn zitterte förmlich vor Angst.

Siehst du das?, wollte Maria schreien. *Siehst du das, du blöde Kuh? Verstehst du jetzt, warum du immer laufen musst?*

Aber auch sie war nun erstarrt und betrachtete den schrecklichen, spindeldürren weißen Schatten vor ihr. Zuerst hatte es den Anschein, dass er ihnen den Rücken zuwandte – der Kopf war gebeugt und schaute in die andere Richtung –, aber Maria wusste, dass das egal war.

Das Ding sah sie, das fühlte Maria.

Erneut kroch die widerliche Kotzewärme in sie hinein, und erneut krümmte sie sich mental zu einer Kugel zusammen und versuchte den Empty Man wegzuwünschen, weit weg, während dieses erbärmliche Flehen wieder in ihr aufstieg, genau wie in Ruth' Gästezimmer:

Bitte lasst mich in Ruhe. Bitte.

Die Wärme kroch tiefer in sie hinein und tastete, und Maria wusste jetzt, dass ihr in der Tat die richtigen Worte eingefallen waren, als sie sie bei ihrem schleichenden Marsch über das Feld beobachtet hatte. Sie waren auf der Jagd.

Bitte, flehte sie, *um Gottes willen, lasst mich in Ruhe.*

Sie fühlte, wie sich die Frau versteifte; spürte sie es auch? Prüften sie sie auch?

»Lasst mich verflucht noch mal in Ruhe!«, schrie Maria, die die Worte nicht zurückhalten konnte. Und dann bewegte sich der Empty Man unglaublicherweise weiter, die Gewinnzahlen kamen zum zweiten Mal hintereinander, er reihte sich wieder bei den anderen ein. Maria fühlte, wie die Frau hinter ihr nach Luft schnappte, weil sie das einfach nicht glauben konnte, aber ihr Griff wurde noch fester, als wollte sie sagen: *Noch nicht, noch nicht,* und das war völlig in Ordnung, denn Maria hatte nicht die geringste Absicht, in diesem Moment irgendwohin zu gehen. Die Empty Men befanden sich nun vor ihnen. Zu dem Zaun zu laufen, stand nun außer Frage, obwohl sich weitere Empty Men vom Feld näherten. Die Entscheidung, die im nächsten Augenblick fällig war, konnte nur im nächsten Augenblick getroffen werden.

Du hast zweimal überlebt? Der Gedanke war verzweifelt, flehentlich. *Du bist zweimal geprüft worden und hast überlebt? Also kannst du nicht das sein, wohinter sie her sind, stimmt's? Bedeutet das, dass du dir wegen ihnen keine Sorgen machen musst?*

Der Empty Man, der sich zu ihrer Linken befunden hatte, schoss plötzlich nach vorn und nach rechts. Augenblicke später ertönten weitere dieser schrecklichen gurgelnden Schreie. Der Griff der Frau lockerte sich, dann stieß sie Maria von sich, stand auf.

»Gehen wir«, zischte sie und blieb geduckt. »Bleiben Sie unten.« Aus irgendeinem Grund bewegte sie sich wieder zurück in die Richtung, aus der sie gekommen war. Das ergab keinen Sinn. Auf den Feldern im Osten kamen noch mehr Empty Men heran, und auch wenn einige mittlerweile im Westen an ihnen vorbei waren, endete der Zaun irgendwo in dieser Richtung. Wenn Maria den Hügel so schnell sie konnte hinauflief, würde sie möglicherweise den Kamm hinter sich gelassen haben, bevor die nächste Welle Empty Men die Straße erreichte.

Vielleicht würde der Verkehr dahinter frei fließen? Vielleicht würde sie eine Mitfahrgelegenheit finden und doch noch entkommen können, indem sie einfach geradeaus ging?

Oder vielleicht muss ich mir wegen ihnen ja doch keine Sorgen machen. Sie nehmen nicht jeden.

Sie würde nicht wieder zurückgehen. Auf gar keinen Fall.

Aber selbst wenn du es dorthinauf schaffen solltest, was ist, wenn die, die nun kommen …?

Die Frau bewegte sich bereits den Hügel hinunter, huschte hinter den Mercedes, um zurück in das Autolabyrinth zu kommen, vermutlich um einer Entdeckung zu entgehen. Zu ihrer Ehre warf sie einen Blick zurück zu Maria; ihre blutige Stirn ließ sie noch immer gelegentlich schwanken. Sie hatte so gut wie sicher eine Gehirnerschütterung. Um sie herum hallte eine Mischung aus sich nähernden und sich entfernenden Schreien. Maria blickte zum Zaun. Die Empty Men, die sie passiert hatten, bewegten sich weiter nach Westen; die drei, die in der Nähe gewesen waren, holten die anderen nun ein.

»Kommen Sie schon!«, zischte die Frau. »Hier entlang!«

»Ich gehe nicht in diese Richtung!«, zischte Maria zurück. Die Frau nickte lediglich zur Erwiderung.

»Danke«, sagte sie und wandte sich ab. Ihre sich entfernende Frisur wühlte etwas in Marias Innerem auf. Sie ignorierte es, drehte sich um und rannte bergauf in die entgegengesetzte Richtung. Und dann gab es in ihrem Geist ein *Ploppen.*

Sie stolperte wie ein Sprinter, dem man direkt nach dem Startschuss einen Stoß in den Rücken versetzt hatte. Was zum Teufel war das? Instinktiv oder weil sie es vielleicht irgendwie bereits wusste, sah sie zu der Reihe aus Empty Men, die sich auf den Zaun zubewegten.

Der Empty Man, der eben vor ihr angehalten hatte – der in der Mitte des Trios –, war erneut stehen geblieben.

Maria stolperte zurück, stieß mit dem Rücken gegen einen Ford Focus, drehte kurz den Kopf, um eine alte Frau auf dem Beifahrersitz zu entdecken. Sie war bewusstlos oder tot, und der Fahrersitz war leer. Die Fahrertür stand weit offen.

Maria richtete den Blick wieder auf den Empty Man.

Er glitt seitwärts in die Richtung der fliehenden Frau mit der Gehirnerschütterung und ihrem Sohn.

Mit weit aufgerissenen Augen schaute Maria durch die Gasse der Autoreihen auf den gebeugten Rücken der Frau. Sie hatte bereits gute zehn oder zwölf Meter zurückgelegt. Selbst geduckt war sie schnell.

»Hey!«, rief Maria. »Lady!« Die Frau blieb nicht stehen, warf aber einen Blick zurück. »Es kommt, es kommt hinter Ihnen her!«

Sie zeigte darauf. Das Gesicht der Frau wurde zu einer entsetzten Fratze.

»Mum! Mummy!«, schrie der Junge, als sich die Frau schnell aufrichtete, um besser sehen zu können. Sie befand sich neben einem Toyota Yaris, der Empty Man hatte beinahe die andere Seite des Wagens erreicht und näherte sich schnell. Die Frau schrie auf, riss den Jungen in die Arme, drehte sich aus irgendeinem Grund um und rannte wieder zurück zu Maria. Sie war schnell, ja, trotz des Gewichts ihres Sohnes sogar sehr schnell – Marias Annahme über irgendeinen Fitnesssport schien korrekt zu sein –, aber der Empty Man hatte den Yaris fast durchquert und kam näher, legte dabei aber definitiv an Geschwindigkeit zu. Die Frau wurde noch schneller. Maria wurde sich bewusst, dass sie ihr aus irgendeinem lächerlichen Grund die Hand entgegenstreckte, wie eine Staffelläuferin, die darauf wartete, den Stab entgegenzunehmen, dann rannte auch sie los. Der entsetzte Blick der Frau traf Maria … und der Empty Man blieb zurück. Die Frau würde es schaffen! Sie würde entkommen!

Der Empty Man flackerte, und Maria fragte sich, ob das bedeutete, dass er aufgab, geschlagen von menschlicher Schnelligkeit und Willenskraft. Falls das stimmte – falls man sie auf diese Weise schlagen konnte –, würde die Fitnessstudio-Kette PureGym das beste Jahr seit der Konzerngründung haben.

Der Empty Man verschwand, um wieder direkt vor der Frau zu erscheinen. Sie hatte den falschen Augenblick gewählt, um nach hinten zu schauen; die Sekunde, in der sie wieder den Kopf nach vorn nahm, war dieselbe Sekunde, in der der Empty Man direkt auf ihrem Weg auftauchte. Sie schrie auf, kam rutschend zum Stehen, und der Junge glitt aus ihren Armen zu Boden. Hin- und hergerissen zwischen der Entscheidung, ihren Sohn aufzuheben und ihn zu verteidigen, schlug sie schließlich sinnlos nach dem Empty Man. Der Hieb ging durch ihn hindurch. Unwillkürlich erbebte sie, als sich ihr Arm in seinem Körper befand, ein gewalttätiges Zucken, das sie seitlich gegen einen Wagen in der Nähe taumeln ließ.

Der Empty Man beugte sich vor und hüllte ihren Sohn ein.

Maria schrie nun auch und rannte auf die beiden zu, hörte sich selbst, wie sie Worte ausstieß, die denen ähnelten, die sie zuvor nur gedacht hatte.

»Lass ihn in Ruhe! Lass ihn in Ruhe! Lass ihn in Ruhe!«

Der Empty Man ignorierte Maria und machte sich an sein Werk. Die Mutter des Jungen brüllte wie ein verwundetes Tier, fiel auf die Knie und krallte nutzlos nach der immateriellen weißen Gestalt, die ihren Sohn nun von der Stirn bis zu den Füßen bedeckte. Ihre Knöchel bluteten sofort, weil sie bei ihren Bemühungen, ihren Sohn zu befreien, auf den Asphalt schlugen. Ihre Bemühungen ließen schnell nach, sobald der Einfluss des Empty Man Wirkung zeigte. Ein Krampf durchfuhr sie, Speichel flog aus ihrem Mund, während sie wieder zur Seite kippte. Aber dann ... kam sie tatsächlich wieder hoch.

Der Sohn bäumte sich auf, sein Kopf war zu seiner Mutter gerichtet, der Mund war weit geöffnet, und die Augen blickten sie flehentlich an. Dann schob die Frau die zitternden Arme unter ihn, während ihr Körper weiter zuckte, und sie würgte, und ihr Sohn lag auf ihren Armen, und sie stand auf, taumelte unbeherrscht, während sie sich auf der Stelle drehte, versuchte mit verschleiertem Blick verzweifelt zu erkennen, in welche Richtung sie laufen sollte. Wie konnte das nur möglich sein?

Natürlich bewegte sich der Empty Man zusammen mit dem Jungen, baumelte wie eine widerliche, durchsichtige Eisschicht von dem sich aufbäumenden Körper herunter.

Du bist nutzlos, schoss es Maria durch den Kopf, während sie hilflos zusah, wie die Frau ihren von dem Empty Man eingehüllten Sohn hielt. *Sie schafft es. Das hättest du auch gekonnt, wenn du nur nicht so ...*

Der Gedanke versiegte, denn sie sah, wie die Arme der Frau das weiße Etwas durchdrangen und lediglich den darin befindlichen Körper ihres Sohnes hielten. Der Empty Man war so viel größer als das Kind, dass er wie ein Laken nach unten baumelte, die Straße berührte und ein Stück darin eintauchte.

Die Mutter sackte auf ein Knie herunter, ihr Kopf fiel zur Seite – *es ist so weit, sie erträgt es nicht mehr* –, aber dann stieß sie ein Stöhnen aus und stand wieder auf, während Flüssigkeit aus Augen und Mund ihres Sohnes rann. Maria spürte die Ausstrahlung des Empty Man, und in einem Augenblick schrecklicher Erkenntnis wurde ihr klar, dass sie recht gehabt hatte. Die Empty Men brachten ihre Opfer dazu, sich das alles selbst anzutun. *Wir können sie nicht berühren, und sie können uns nicht berühren. Aber sie können unseren Verstand beeinflussen.*

Eine Bewegung zu ihrer Rechten erregte ihre Aufmerksamkeit; ein weiteres der Dinger näherte sich und hielt direkt auf die Mutter zu. Maria blieb drei Meter entfernt abrupt stehen, während sich die Frau ein letztes Mal aufbäumte und dann endgültig in die Knie ging, weil sie es schließlich nicht länger ertrug. Ihr Sohn rutschte aus ihren Armen. Er bewegte sich nicht länger. Verzweifelt tastete seine Mutter blindlings um sich, weil sie ihren Blick nicht klären konnte, versuchte ihn zu finden. Sie zuckte so heftig, dass sie nach hinten fiel, schlug dabei so hart gegen ein Autofenster, dass das Glas einen Sprung bekam. Benommen schaute sie vom Asphalt nach oben, sie schaute zu Maria, und Maria wurde klar, dass das, was sie in Filmen gesehen und in Büchern gelesen hatte, der Wahrheit entsprach: Eine Person konnte von einem Augenblick auf den anderen völlig den Verstand verlieren.

»Helfen Sie ihm«, quiekte die Frau, dann wurde ihr Körper kurz von dem weißen Etwas verdeckt. Im nächsten Augenblick wurde er plötzlich wieder sichtbar, eingehüllt in die immaterielle Umarmung des Empty Man. Sobald das Ding auf der Frau zusammengebrochen war, konnte Maria ihr Gesicht sehen, wie sie mit offenem Mund nach Luft rang. Ihre Schultern verkrampften sich noch einmal, dann fiel sie zu Boden und zuckte, als die Entnahme begann. Der Empty Man auf ihrem toten Sohn hatte sein Werk vollendet und setzte sich wieder zusammen. Diesen beiden konnte man nicht mehr helfen, trotzdem musste sich

Maria von ihnen losreißen, musste sich selbst versichern, dass sie hier nichts tun konnte.

Sie wandte sich ab und rannte in Richtung Hügelkuppe, dabei entdeckte sie, dass die nächste Welle Empty Men bereits beträchtlich näher gekommen war. Sie hatte noch mehr Zeit verschenkt, aber jetzt glaubte sie nicht, dass das überhaupt eine Rolle spielte; sie hatte gesehen, wie eines der Dinger genau dort erschienen war, wohin es gewollt hatte, sobald es nahe genug gewesen war, um sein Opfer auszuwählen. Konnten die Ungeheuer sie aufspüren?

Aber darüber konnte sie sich Sorgen machen, wenn es geschah.

Sie rannte um ihr Leben und war sich nicht bewusst, dass sie stöhnte, während sie an der Leitplanke zwischen ihr und dem Zaun entlanglief, umgeben von einem Menschenschwarm. Sie sprang über jeden hinweg, der stürzte, oder eilte um ihn herum. Sie hielt nicht wieder an, jetzt nicht mehr, ganz egal, wie sehr sie auch glaubte, *anders* als sie zu sein. Und die ganze Zeit strömten die Empty Men von den Feldern im Osten auf sie zu. Die Chance, dass der Verkehr hinter dem Hügelkamm wieder frei fahren konnte, war gering bis nicht vorhanden, und was viel schlimmer war … wie weit erstreckte sich die Reihe der Empty Men? War sie ihr bis zur Spitze Englands voraus? War es überhaupt *möglich,* sie hinter sich zu lassen? In dem Fall war jede Flucht sinnlos; gefangen zwischen zwei Wellen aus Empty Men würde ein Fluchtversuch wie der Versuch sein, einem sich schließenden Kreis zu entkommen. Aber das spielte alles keine Rolle; in diesem Augenblick ging es darum, über den Hügel zu kommen und festzustellen, wo sie im nächsten Moment war. Sie versuchte eine zusätzliche Kraftreserve zu finden, während sie zusammen mit den anderen Flüchtenden zum Hügelkamm rannte.

Und weil er so breit war, war der Anblick, der sie begrüßte, die langsame, genüssliche Enthüllung einer schlechten Nachricht, einer weiteren schlechten Nachricht, einer geradezu verheerenden Nachricht und nur einer ganz winzigen guten Nachricht.

Die erste schlechte Nachricht: Der hohe Zaun zur Linken fand noch lange kein Ende, erforderte vielleicht noch eine ganze Minute schnellen Laufens.

Die zweite schlechte Nachricht: Der Verkehr voraus war genauso schlimm wie auf der Steigung. Niemand würde Maria hier schnell wegbringen. Die Reihen der stehenden Fahrzeuge erstreckten sich bis zum Horizont, und was noch viel schlimmer war, die Autos standen jetzt verlassen da, denn in Panik geratene Leute rannten nun schreiend vor ihr, wie sie hinter ihr herankamen. Der Grund dafür war natürlich die verheerende Nachricht.

Die Felder zur Rechten waren, so weit das Auge reichte, mit anrückenden Empty Men übersät.

Von ihrer erhöhten Stellung konnte Maria gut in die Ferne blicken; die Ungeheuer bildeten eine weiße Linie, die sich immer weiter erstreckte, bis sie schließlich außer Sicht verschwand. Die herankommende Woge würde sie mühelos erreichen, bevor sie das Zaunende erreicht hatte. Die einzige gute Nachricht bestand darin, dass nun deutlich zu erkennen war, wie die Straße nach Westen abbog, aber das geschah erst hinter dem Zaun. Maria rannte weiter. In ihrer blinden Panik kam sie auf die verrücktesten Gedanken. Konnte sie sie nicht einfach passieren lassen? Sie hatte zwei Begegnungen mit ihnen überlebt, vielleicht war ihre Flucht ja völlig unnötig.

Sie wollte es nicht herausfinden. Ein paar Meter weiter rechts von ihr ertönte zwischen den Autos ein schriller Schrei; es war der Motorradfahrer, der sie zuvor passiert hatte. Er kämpfte mit einem größeren Mann. Tatsächlich endete der Kampf gerade; der größere Mann hockte jetzt mit gesenktem Kopf auf dem Motorrad und versuchte es wieder zu starten, während der kleine Fahrer nutzlos auf seinen Rücken einschlug. Der größere Mann trat nach hinten aus, traf den Fahrer genau im Bauch und schickte ihn zu Boden und außer Sicht. Plötzlich war der Fahrer wieder auf den Beinen und riss den Helm vom Kopf. Ein dichter brauner Haarschopf kam zum Vorschein, und Maria erkannte, dass es sich nicht nur um eine Frau handelte, sondern dass sie auch noch so aussah, wie man sich eine Mutter vorstellte, komplett mit kleinen roten Ohrsteckern. Ihre Wangen waren vor Schmerz und Zorn gerötet. Während Maria sie musterte, durchzuckte sie wieder diese seltsame Empfindung, die sie stolpern ließ.

Eine Verbindung?, dachte sie. *Hast du nicht etwas darüber gelesen, dass so etwas bei den vorigen Ankünften passiert ist?*

Sie blieb stehen, einen Augenblick lang wie gelähmt. Sie rang nach Luft, ihre Brust hob und senkte sich. Die Motorradfahrerin musste es auch gespürt haben, denn sie drehte sich sofort in Marias Richtung, aber nur eine Sekunde lang, bevor sie von hinten auf den Mann zustürmte, der ihre Maschine stahl. Sie schwang den Helm am Riemen und schlug so hart sie konnte nach dem Kopf des Diebes. Wieder fällte Davids Schleuder Goliath. Seine Glieder erschlafften, und er kippte um, riss das Motorrad mit sich. Die Frau sah wieder zu Maria und winkte hektisch.

»Kommen Sie schon!«, rief sie. »Dort vorn biegt die Straße nach links ab! Wir können es schaffen!«

Niemals, dachte Maria. *Das kann keine Hoffnung sein.*

Sie rannte zu der Frau, die bereits kniete und das große Bein des Mannes von der Maschine schob, damit sie sie wieder aufrichten konnte. Sie war keine drei Zentimeter größer als Maria. »Helfen Sie mir!«, brüllte sie. Maria bückte sich und griff nach dem Sitz, um das Motorrad in die Höhe zu stemmen. Ein Blick die Straße entlang zeigte ihr, dass ihre Chancen noch schlechter waren als gedacht. Auf einer freien Straße hätten sie es schaffen können, aber da so viele offene Wagentüren eine schnelle Flucht an der Leitplanke entlang blockierten, würde es sehr schwierig sein, auf diesem Weg rechtzeitig wegzukommen. Auf der anderen Seite der Standspur hätten sie eine viel bessere Chance, aber dazu hätte man die Maschine über die Planke heben müssen. Als Maria half, das Motorrad aufzurichten, wurde sofort klar, dass das unmöglich war. Es war nicht das größte Motorrad der Welt, aber es wog trotzdem eine Tonne. Selbst mit gemeinsamen Kräften würden sie es niemals hochstemmen können. Die einzige Möglichkeit bestünde darin, einen Weg durch das Autotürenlabyrinth zu finden.

Sobald das Motorrad aufrecht stand, rammte sich die Frau den Helm auf den Kopf, schwang das Bein über den Sitz und drückte einen kleinen Knopf neben dem Gashebel. Der Motor erwachte zu seinem kleinen Leben. »Hinten rauf!«, rief die Frau, obwohl Maria sich bereits auf den Sitz schwang. Die Federung schwankte etwas, als sie sich hinsetzte und der Fahrerin die Arme fest um die Taille schlang. »Nicht da, nehmen Sie den Griff hinten am Sitz«, rief die Frau und fuhr los, schob das Helmvisier nach oben, damit Maria sie besser verstehen konnte. »Halten Sie sich da fest, nicht an mir, so kann ich nicht lenken!« Maria gehorchte, und dann rasten sie auch schon an der Leitplanke entlang. Sekunden später kamen sie zu der ersten offen stehenden Tür, die ihren Weg blockierte.

»Die Tür …«, brüllte Maria, aber die Frau bremste bereits scharf, lenkte bei der ersten Lücke zwischen Motorhaube und Kofferraum nach rechts. Jetzt waren sie in der Schlucht zwischen den Fahrzeugen und rasten so nahe an Autos vorbei, dass Maria in der festen Überzeugung, ihr Knie würde jede Sekunde mit einem Außenspiegel oder einem Flüchtenden kollidieren, die Augen zusammenkniff. Dann wagte sie einen Blick nach rechts, obwohl es ihren ganzen Mut kostete; sie entkamen den herangleitenden Empty Men, aber ihr Vorsprung war knapp, und mittlerweile waren die Dinger schon näher. Das Motorrad kam zur nächsten offenen Tür, und wieder bremste die Frau, lenkte die Maschine scharf nach links zur Leitplanke.

Auf diese Weise kamen sie voran, kurze Phasen rasender Geschwindigkeit und Schritttempo wechselten sich ab, während sie wie eine schreckliche Realversion von *Frogger* zwischen Autos und Spuren wechselten. Und es war trotzdem nicht schnell genug. Die Empty Men kamen lautlos heran. Sie waren jetzt nahe genug, dass Maria die zweite Welle in ihrer vollen Größe sehen konnte; nachdem sie den Graben emporgeglitten waren, ragten sie auf dem Asphalt in die Höhe.

Sie würden es nicht schaffen. Aber vielleicht sie allein …

Als sie erneut auf die Leitplanke zuschossen, entdeckte Maria etwas, das sie zuvor nicht gesehen hatte, etwas Wunderbares.

Die Leitplanke endete früher als der Zaun.

Vom Hügelkamm aus hatte sie es nicht erkennen können, entweder durch ihre Hast oder die vielen Menschen, die die Sicht versperrten, oder aus einem der Million anderer Gründe, *die nun völlig egal waren, da sie dort endete,* und wenn sie es nur noch ein Stück weiter schafften, konnten sie …

»Und los geht's!«, rief die Motorradfahrerin. Im ersten Moment hielt Maria es für einen Triumphruf, bevor sie erkannte, dass die Frau damit etwas anderes meinte: *Los geht's, entweder Sieg oder Tod.* Maria starrte nach vorn. Ja, die Straße führte nach Westen, aber da war auch die sich aus dem Osten nähernde Bedrohung. Es gab eine offensichtliche Stelle, an der sich die Empty Men und die Straße begegnen würden. Der Zaun endete, wurde aber von einem Graben und einer hohen Hecke ersetzt. Eine weitere fast unmöglich zu überwindende Barriere, die es zu bezwingen galt, um rechtzeitig auf das offene Feld dahinter zu gelangen. Es würde kein Entkommen geben.

Die Fahrerin würde mitten durch die Angreifer hindurchfahren müssen.

Maria schloss kurz die Augen und drückte das Gesicht gegen den Rücken der Frau, versuchte mehr Adrenalin zu mobilisieren, während die Fahrerin Gas gab. Die atemlosen Menschen links von ihr verblassten zu einem Schemen; sie fuhren nun zu schnell, als dass jemand die Idee, ihnen das Fahrzeug wegzunehmen, die Maria auf vielen Gesichtern aufblitzen sah, in die Tat umsetzen konnte. Die Empty Men waren nur noch wenige Meter weit entfernt, und in ein paar Sekunden würde sie die rechte Hand ausstrecken und auf ihre Mitte zeigen können. *Diese* Dinger würden sie hinter sich lassen können, sobald die Straße von ihnen fortführte, aber denen voraus würde das Motorrad nicht entkommen. Sicherlich konnte auch die Fahrerin das erkennen.

»Fahren Sie so schnell Sie können!«, schrie Maria gegen den Fahrtwind an. »Wir müssen durch sie hindurchfahren!«

»Ich weiß, o mein Gott, los geht's!«, erwiderte die Frau genauso laut, drehte den Gashebel bis zum Anschlag, ließ den Motor aufbrüllen. Die Empty Men zu ihrer Rechten wurden zu einem Schemen, blitzten wie riesige weiße Zaunpfosten vorbei und blieben ein Stück zurück, als die Straße ihre Biegung beschrieb.

Können sie mich bei dieser Geschwindigkeit spüren? Mich jagen? Sich genau wie der andere mitten in meinen Weg blitzen?

Die Dinger verwandelten sich in eine weiße Wand, als das Motorrad noch schneller wurde. Die Neigung des Hügels sorgte für zusätzliche Geschwindigkeit.

Topgeschwindigkeit, dachte Maria. *Besser kann man deine Theorie nicht testen.* Ihr Puls raste, als sie sich zu erinnern versuchte, was sie gedacht, was sie getan hatte. Hatte sie die Augen geschlossen? Ja … aber sie hatte sich auch von ganzem Herzen gewünscht, dass sie sie in Ruhe ließen. Das war es! Aber bei dem Jungen und seiner Mutter hatte sie genau das Gleiche gedacht, es sogar laut gebrüllt. Und es hatte nicht funktioniert.

Plötzlich wurde ihr etwas klar. Schnappten sie sich die Motorradfahrerin bei dieser Geschwindigkeit, würden sie beide tot sein. Maria trug keinen Helm. Der Aufprall würde sie töten.

Dann solltest du besser anfangen, dir so energisch zu wünschen, dass sie dich in Ruhe lassen, wie du kannst, denn in wenigen Sekunden trefft ihr auf diese weiße Mauer und werdet auf die harte Tour herausfinden, ob du recht hast.

Fest kniff sie die Augen zusammen und erinnerte sich an den Ruck in ihrem Kopf, das *Ploppen,* als die Frau von ihr weggelaufen war. Könnte es etwas mit Berührungen zu tun haben? Dass es nur funktionierte, wenn sie jemanden anfasste?

Sofort ließ sie den Sitzgriff los und warf die Arme um ihre Fahrerin. Dieses Mal wurde sie nicht zurechtgewiesen, stattdessen beugte sich die Frau etwas vor, in ihre Geschwindigkeit hinein. Die Reihe der Empty Men erschien endlos. *Stanton hat gesagt, man hat sie bis nach Birmingham gesichtet.*

Dann war keine Zeit mehr, darüber nachzudenken. Die Empty Men schienen auf sie zuzurasen, um sie zu verschlingen, und Maria bereitete sich darauf vor, mit sechzig Meilen in der Stunde in sie hineinzukrachen. Konnten die Empty Men sie bei dieser Geschwindigkeit überhaupt erwischen?

Ja. Sie hatten sie noch nicht erreicht, da fühlte Maria auch schon, wie diese Übelkeit in ihren Körper kroch. Die Dinger nahmen sie wahr, vielleicht sogar sie beide, denn die Frau in ihren Armen verkrampfte sich, entweder aufgrund der Abtastung oder weil sie sich gegen sie stählte. Viele von ihnen mussten Maria auf der Stelle gefühlt haben; die Wucht war erschütternd. Auf gar keinen Fall würde Geschwindigkeit sie retten. Dazu waren es zu viele, ihr Einfluss war schon jetzt zu stark, und im nächsten Augenblick würde Maria mitten *in* ihnen sein, würde diese weiße Mauer sie verschlingen. Ihr Griff verlor jetzt schon an Kraft, sie würde es nicht schaffen, die Berührung der Ungeheuer zu ertragen und sich festzuhalten. Ihre Wirbelsäule fühlte sich wie Wasser an. Sie würde vom Motorrad stürzen. Die schreckliche Übelkeit strömte immer tiefer in sie hinein, und das Motorrad schwankte – spürte die Fahrerin das alles auch? –, und der Gedanke, der in der Angst und der Übelkeit in Vergessenheit geraten war, kam von selbst:

LASST MICH IN RUHE!, wünschte sich Maria mit jeder Faser ihres Wesens. *LASST MICH IN RUHE …*

Die Empty Men hüllten das Motorrad ein. Maria sah nur noch Weiß. Sie schloss die Augen und fühlte, wie sie hilflos zur Seite sackte.

Plötzlich war die Übelkeit verschwunden. Hätte sie nicht schlimmer als je zuvor sein müssen?

Sie erneuerte ihren Griff, klammerte sich fest, öffnete die Augen …

Und sah nichts als die Straße, im Stich gelassene Autos, ein paar Flüchtlinge, die Graben und Hecke überwunden hatten und nun nach Osten flohen. Der prächtig leere Standstreifen erstreckte sich endlos voraus. Sie schaute zurück. Die Reihe der Empty Men verschwand aus der Sicht, schrumpfte zusammen, während das Motorrad an Geschwindigkeit gewann. Die Fahrerin schrie, ein Urschrei aus Freude und Erleichterung. Maria stimmte ein.

»Wir haben es geschafft! Wir haben es geschafft!«, brüllte sie.

»Das haben wir!« Maria hatte das Gefühl, gleich vor Erleichterung in Tränen ausbrechen zu müssen. Da blickte sie erneut zurück und sah zu, wie die Empty Men verschwanden.

Aber dieses Mal tauchten sie nicht wieder auf.

Die Reihe schien stehen geblieben zu sein; sie flackerten an Ort und Stelle, sahen wie ein zusammenbrechendes Hologramm aus, der Lichtquelle ging der Saft aus. Maria blinzelte, und sie waren weg. Sie konnte es nicht glauben.

»O mein Gott!«, rief sie.

»Was? Was?«, rief die Motorradfahrerin über die Schulter zurück.

»Sie … ich glaube, sie sind weg!«

Die Fahrerin dachte einen Augenblick lang darüber nach.

»Vielleicht sind genug von ihnen angekommen«, rief sie. »Ich bleibe jedenfalls nicht stehen. Falls sie zurückkommen, werden wir uns wünschen, weitergefahren zu sein.«

»Wo fahren wir hin?« An diesem Punkt spielte das genauso wenig eine Rolle wie am Morgen; die Dinger waren weg, sie waren am Leben, und sie waren in Bewegung.

Maria hatte sich geirrt, sich den Tod zu wünschen. O mein Gott, wie sie sich geirrt hatte. Sie atmete und erkannte, dass sie nicht im Mindesten sterben wollte.

Und nun? Darauf gab es noch keine Antwort. Sie mussten einfach in Bewegung bleiben.

»Es ist kompliziert, ich erkläre es Ihnen, wenn wir anhalten«, antwortete die Motorradfahrerin. »Falls das möglich ist, will ich gar nicht halten, okay? Aber ich muss jetzt das Visier schließen, bei diesem Tempo kann ich sonst nichts sehen!«

Das war für Maria in Ordnung. Was auch immer sie am schnellsten hier wegbrachte.

»Los, los, los!«, rief sie und fing plötzlich wie eine Verrückte an zu lachen. Es war kein gutes Lachen, es konnte mühelos in verzweifelte Tränen umschlagen. Die Motorradfahrerin gab ununterbrochen Gas, während sie mit einer Geschwindigkeit, die Maria wie eine Million Meilen in der Stunde vorkam, der stetigen Biegung des Standstreifens folgten.

TEIL 3

IM IN-NEREN KREIS

KAPITEL DREIZEHN

Erics Trennungsangst, Harry malt ein Bild, und das Prisma nimmt die Arbeit auf

Eric

Zuerst war da etwas Kaltes und Feuchtes. Dann kam die Stimme. Eric erkannte sie, aber wer war in seinem Schlafzimmer? Er und Mickey hatten keine Besucher. So eine Art Leben führten sie nicht. *Kommt heute Abend zu uns, es gibt aufgewärmte Bohnen. Na ja, wir sagen zwar »zu uns«, aber eigentlich wissen wir nicht, wem diese Wohnung gehört. Bringt eine Flasche mit. Obwohl, lasst es besser, Mickey hat ein* echtes *Alkoholproblem.*

»...ric. Komm schon, Alter, komm schon!«

Er schlug die Augen auf. Seine Schlafzimmerdecke hatte die Farbe gewechselt. Es schien noch früh zu sein, und Eric war völlig erledigt. Seine Schulter brannte höllisch. Das Licht stellte eine Mischung aus drinnen und draußen dar. Große Fenster ließen etwas Sonne hinein, dazu kamen die vielen Watt einer Halogenlampe ...

Das Licht. Die Blase. Das Mädchen. Das Prisma. Ground Zero. Meine verfluchte Hand ...

Er schoss in die Höhe, das Wasser, das eben noch auf ihn getropft war, flog von seinem Gesicht. Überrascht zuckte der in der Hocke befindliche Harry zurück. Sofort riss Eric den Handgelenkstumpf vor das Gesicht wie einen Albtraum, der beim Aufwachen nicht endete. Er hatte seine Hand verloren. *Er hatte seine Hand verloren.* Das war real. Die brutale Realität vor ihm würde sich nicht verändern. Leise stöhnte er, obwohl der nüchterne Teil seines Gehirns bereits Pläne schmiedete, wie er sich wieder um das Stein-Problem kümmern konnte.

Ja, Sir, dachte er verwirrt. *Das ist eine Besessenheit, wie sie einem nur in England angezüchtet werden kann.*

Er war völlig durcheinander. Harry kam wieder näher heran.

»Langsam, langsam, Alter.« Harry hielt die zitternden Hände zu einer Geste ausgestreckt, die wohl beruhigen sollte. Unglücklicherweise hatte es die gegenteilige Wirkung; indem er beide Hände zeigte, hatte Eric den verrückten Eindruck, dass er sich über ihn lustig machte.

Was kommt als Nächstes?, dachte Erics verwirrter Verstand. *Spielt er Jazz? Harry mit den zwei Händen. Klingt wie ein Gangstername.*

Eric rollte sich herum und schaute zu der Blase hinter seinem Freund. Jenny hockte zusammengesunken und mit hängendem Kopf auf der anderen Seite. Ihre Füße waren so weit von seiner amputierten Hand weggezogen, wie das überhaupt möglich war. Eric stöhnte, als er sie sah, verspürte ein starkes Verlustgefühl. Er vermochte nicht zu sagen, ob das Mädchen aufgegeben hatte oder einfach nur schlief. Harry eilte hinter ihn, schob die Hände unter seine Achseln, um ihn aufrecht an die Wand zu setzen. Eric schrie auf, als sich seine Schulter meldete, und konnte zum ersten Mal Harrys Anzug riechen. Es roch moderig. Nicht unbedingt dreckig, einfach nur, als würde er darin leben.

»Tut mir leid«, grunzte Harry. Er begab sich zu einem der Rucksäcke und kramte nach den Schmerzmitteln. Eric starrte weiterhin seinen Stumpf an. »Warte, gleich«, murmelte Harry, und Eric zog in Betracht, ihn darüber zu informieren, dass seine Schulter jetzt viel schlimmer schmerzte als die Amputation. Die tat eigentlich gar nicht weh. Hätte er jetzt nicht eigentlich in einem Schockzustand sein müssen?

Vielleicht bleibt der ja aus, wenn dir das Aliens antun.

Der Stumpf war geschwärzt, als hätte man ihn kauterisiert, aber es roch nicht nach verbranntem Fleisch. Eigentlich sah es auch nicht danach aus. In dem Fall wäre er vielleicht zerfetzt gewesen. Die Amputation war so glatt, dass sie auch mit einem Laserstrahl hätte erfolgt sein können. Sie war so gleichmäßig und überall schwarz, dass er nicht ausmachen konnte, wo der

Knochen endete und wo das Fleisch. Benommen fing er an, daran herumzudrücken, aber außer der tauben Wahrnehmung von Druck fühlte er nichts. Harry drehte sich um, in der einen Hand ein paar Pillen, in der anderen eine Flasche mit Wasser. Dergleichen würde Eric nie wieder tun können.

»Nein, Herrgott noch mal«, sagte Harry. Er zog Erics gute Hand von der linken fort. »Lass das. Lass das in Ruhe, okay? Nimm die hier. Es ist sowieso Zeit für die Antibiotika.« Er drückte Eric die Pillen in die Hand und schraubte die Flasche auf. Eric warf die Medikamente in den schlaffen Mund, Harry hielt ihm die Flasche an die Lippen. Das Wasser schmeckte wie warme Pisse, aber Eric schluckte es zusammen mit den Pillen. »Du wolltest nicht aufwachen«, sagte Harry. »Hast im Schlaf gesprochen.« Eric schaute wieder zu der Blase und seiner sauber abgetrennten Hand, die mit der Innenseite nach unten am Boden lag.

Das Eiskalte Händchen *der* Addams Family *ruht sich aus. Spielt einen Streich.* Seine Gedanken wirbelten noch immer durcheinander.

»Tut es weh?«, fragte Harry.

»Nein. Es tut nicht weh.«

Eine Pause trat ein.

»Bist du in Ordnung?«

»Ich glaube schon.«

»Willst du … was willst du tun?«

Lallte Harry etwa? Eric hatte nicht die geringste Ahnung, was er machen sollte. Sie konnten das Mädchen dort nicht rausholen – bei dem Versuch hatte er seine Hand verloren –, und sie konnten auch nicht zum Ground Zero. Er hatte seine Hand verloren. Er hatte seine *Hand* verloren.

»Ich weiß es nicht, Harry.«

»Bist du … Linkshänder?«

»Nein.«

»Das ist gut … das ist wichtig.«

Er hat recht, dachte Harry. *Das* ist *wichtig. Aber ich werde nie mehr Gitarre spielen.*

»Ich werde nie mehr Gitarre spielen«, sagte er laut in dem Glauben, Harry endlich ein Lächeln entlocken zu können, aber er brachte es nicht gut hervor, und Harry zuckte nicht einmal mit der Wimper.

»Wie hast du das nur gemacht?« Harry atmete schwer aus und setzte sich vor Eric auf den Boden. »Warum hast du … mich nicht helfen lassen?« Jetzt hörte Eric das Lallen deutlich. Der Mann war betrunken.

»Ich glaubte nicht, dass du helfen kannst.« Eric seufzte. »Hast du etwas gefühlt? Als du so nahe an der Energieblase warst?«

Harry schüttelte den Kopf. »Nein. Hätte ich das tun sollen?«

»Also, ich habe etwas gefühlt, als ich so nahe daran vorbeigegangen bin, und wenn dir das nicht passiert ist, dann bin ich der festen Überzeugung, dass wir uns darin wirklich unterscheiden.« Er verstummte und starrte wieder den schwarzen Stumpf an, wo zuvor eine Hand gewesen war. Einen Augenblick lang schwieg er, der besessene, unnachgiebige Teil seines Verstandes war sich der verstreichenden Zeit verzweifelt bewusst und versuchte bereits Pläne zu schmieden, hatte so viel Mitgefühl wie eh und je.

Scheiß auf deine Hand, befahl er. *Du warst stundenlang weggetreten. Die Sonne ist bereits aufgegangen, es ist früher Morgen. Du musst …*

Warte. Jenny!

»Ist Jenny in Ordnung?«

»Ja.« Harry warf dem Mädchen einen Blick zu. »Nachdem du das Bewusstsein verloren hast, ist sie ganz still geworden. Ich glaube, sie ist nicht viel später eingeschlafen. Lass uns darüber reden, du weißt schon.« Er fuchtelte mit der Hand herum.

Harry, dachte Eric wütend. *Dass du jetzt völlig besoffen bist, ist so ziemlich das Letzte, was ich brauchen kann. Das* wir *brauchen können.*

Plötzlich hatte er das Gefühl, gleich in Tränen auszubrechen.

Du hast gerade deine Hand verloren. Es steht dir zu.

Aber dann tat er es doch nicht. Stattdessen stand er auf, schwankte etwas und trat näher an die Blase heran, um Jennys schlafendes Gesicht zu betrachten. Zum ersten Mal sah sie friedlich aus, aber wenn sie aufwachte, würde das verflogen sein. *Lass sie schlafen.* Eric wurde sich bewusst, wie jung sie war.

Viel zu jung, um zu sterben. Nicht so jung wie Aaron, aber …

Einen Augenblick lang war seine Hand vergessen. Er fühlte sich hilflos.

»Wir können sie dort nicht rausholen, Harry«, sagte er schnell und konzentrierte sich mühsam wieder auf die Welt. Ihm war übel, aber das war vermutlich sein Körper, der mit dem Adrenalin oder dem Schock oder was auch immer zu kämpfen hatte. »Ich glaube nicht … äh …« Er fuhr sich durchs Gesicht. Sie mussten sich ans Werk machen. Zeit. Immer nur die mangelnde Zeit. Über alles andere konnte er sich später Sorgen machen. »Also selbst wenn es uns gelingen würde, den Boden darunter einzuschlagen, glaube ich nicht, dass dieses Scheißding irgendwie aufbricht. Siehst du das auch so?«

»Ja. Nicht nach allem, was passiert ist«, lallte Harry. »Da brauchen wir einen besseren Plan.«

Plötzlich war Eric hellwach, seine Übelkeit war vergessen. Er *hatte* einen besseren Plan.

»Harry«, sagte er und griff nach dem Arm seines Freundes, um sich dessen Aufmerksamkeit zu versichern, stieß aber stattdessen mit dem Stumpf dagegen. Der Anblick ließ sein Blut erstarren.

»Eine Sekunde«, unterbrach Harry ihn, aber sein Ton war ganz sanft. »Nur eine Sekunde. Ich muss vorher wissen, dass ich etwas richtig verstehe, okay? Du bist dir sicher, dass es dir gut geht?«

»Was? Ja, es schmerzt nicht, und gut und schön, vielleicht bin ich nicht gerade okay, aber … Ich kann mir darüber jetzt keine Gedanken machen. Aber hör mir zu …«

»Da gibt es etwas … Wichtiges. Das ich dir sagen muss, Alter.«

»Kann das warten?«

»Eric … bitte.«

»Mein Gott, na schön, was ist so verdammt wichtig?«, zischte Eric genervt und warf die Hände in die Luft, nur um zu begreifen, dass er eigentlich nur mit einer Hand und einem Pseudo-Handgelenk in der Luft herumfuchtelte. »Oh …«

»Du musst unbedingt etwas wissen. Es ist mir egal, ob ich hier rauskomme«, sagte Harry mit gesenktem Kopf. Erics Trotz verschwand. »Okay? Ich habe darüber nachgedacht, während du bewusstlos gewesen bist. Ich habe meine Meinung irgendwie geändert. Als ich gestern anfing, diese Leute zu beobachten, diese … wie hast du sie noch einmal genannt … diese Schlurfer, wie sie in die Stadt kamen, da war ich einfach nur neugierig. Na ja, es war Neugier und dieses merkwürdige Gefühl.« Er fuchtelte mit der Hand herum, als wollte er sagen: *Du weißt schon, was ich meine, du hast es ja auch gefühlt.* »Ich habe mich schon seit Monaten für nichts mehr so sehr interessiert. Seit Monaten. Und ich … ach.« Wieder seufzte er, und dieses Mal kam der Seufzer aus tiefster Seele, die Wahrheit wurde wie ein sich windendes und protestierendes Schattending ins Licht gezerrt. Er suchte in der Jackentasche nach seinem Flachmann und schraubte ihn auf. »Ehrlich gesagt, hatte ich schon lange zuvor aufgegeben. Vor zehn Jahren, Scheiße, zehn Jahre, das ist die Wahrheit.« Er nahm einen Schluck und schloss die Augen. Eric vermochte nicht zu sagen, ob Harry das Gefühl der sich ausbreitenden Wärme genoss oder dieses hilflose, sinnlose Verlangen nach einem Dopamin-Hit hasste. »Das waren die ersten vierundzwanzig Stunden seit … Ich habe keine Ahnung, wie lange es her ist, seit ich nicht mehr achtzig Prozent des Tages völlig betrunken verbringe. Ergibt das irgendeinen Sinn?«

»Ja.«

Harry nickte und studierte den Flachmann, strich mit dem Daumen darüber, während er sprach.

»Ich war ein verheirateter Mann, Eric. Ich war kein guter Ehemann, aber ich habe mich bemüht. Was glaubst du, was ich gearbeitet habe? Rate.«

»Keine Ahnung, Harry.« Plötzlich wollte Eric es tatsächlich wissen. »Ich kann es nicht erraten. Der Anzug, vielleicht ein Börsenmakler? Buchhalter?«

Das ließ Harry finster kichern, und Eric verspürte das tiefe Bedürfnis, ihm etwas zuzurufen wie *Dann lass mich verdammt noch mal nicht raten.* Aber das wäre kindisch gewesen. Die letzten vierundzwanzig Stunden waren schwer gewesen, aber der Mann redete vom Sterben. Da musste Eric kein Arschloch sein.

»Tatsächlich war ich Maler. Kein Anstreicher, sondern ein Künstler. Ich konnte davon leben. Ich habe kein Riesenvermögen verdient, ich war kein Damien Hirst oder Banksy. Aber ich habe ordentlich verdient, hatte ein nettes Haus, einen anständigen Wagen. Nette Frau. Nettes Kind. Eine tolle Frau und ein tolles Kind. Aber ich hatte viel Freizeit, Eric. Freizeit. Nichts zu tun.« Er hielt den Flachmann in die Höhe und schüttelte ihn sanft vor Erics Augen. »Weißt du, was ich meine?« Sein Kopf schwankte, als er das sagte.

»Ich verstehe.«

»Sie hat mich darum gebeten«, sagte Harry, und da war wieder dieser tiefe Seufzer. »Sie hat mich gebeten, mir Hilfe zu suchen. Mache ich, habe ich gesagt. Aber ich hatte nicht die Absicht. Dann hat sie nicht mehr darum gebeten, sondern es mir befohlen, und ich habe noch immer nicht reagiert, und dann hat sie mich mit dem Kind verlassen. Also habe ich mir Hilfe gesucht, und sie kam zurück, und eine Weile war alles toll. Dann habe ich wieder gearbeitet und darum ein Meeting verpasst, den Termin mit dem Sponsor. So etwas kann schnell passieren, aber das war völlig okay, denn ich würde es nachholen. Aber dann gab es die nächste Ausrede, und sie verließ mich wieder. Und ich hasste mich so sehr dafür. Es war ein Tanz. Das hat sie ein paar Jahre lang mitgemacht. Sie hätte es nicht getan, hätte sie mich nicht geliebt. Aber nach einer Weile, du weißt schon.« Er deutete mit dem Daumen über die Schulter und prustete verächtlich. »Sie ist nach Europa gezogen. Hatte dort Familie. Im Nachhinein gesehen wurde daraus eine gute Sache. Sie und mein Kind sind nicht in England, um das hier erleben zu müssen. Macht die Schuldgefühle etwas kleiner, Eric, und darum geht es. Das Wissen, dass ich etwas so Gutes so gnadenlos versauen konnte. Eines führte zum anderen, und ich endete in Coventry. Ich hatte es noch nicht … du weißt schon … mir selbst gegenüber eingestanden. Was passieren sollte. Ich habe einfach die Zeit verstreichen lassen, und eines Tages fiel mir auf, dass ich nur noch sieben Flaschen hatte. Ich sah sie, und zack, da wusste ich Bescheid, einfach so. Ich konnte es mir endlich eingestehen.«

»Was eingestehen?«, fragte Eric, obwohl er die Antwort kannte.

»Ich entschied mich … Ich entschied mich, dass ich, sobald die letzte Flasche geleert war, auf ein Haus wie das hier steigen und von dem Scheißding runterspringen würde, die Sache erledigen würde. Und dazu wollte ich anständig angezogen sein. Die Sache mit etwas Anstand erledigen.« Er wischte sich etwas von den Schultern, was entweder Staub oder Schuppen war. Eric fragte sich, wie viel Anstand Harry wohl haben würde, wenn sein Körper eine Kombination aus Whiskygestank und zersplitterten Knochen sein würde, aber er hielt den Mund.

»Ich hatte noch immer diesen Anzug«, sagte Harry und inspizierte die Ärmel. »Schön eingepackt. Ich habe darin geheiratet. Also fing ich an, ihn jeden Tag anzuziehen für den Fall, dass ich den Mut finde und den Rest Schnaps trinke, um es endlich hinter mich zu bringen. Dann schien eines Morgens ein Haufen Verrückter durch die Straßen zu ziehen, und ich fühlte eine seltsame Scheiße im Kopf und dachte so im Stillen: *Hey, wenn du ihnen folgst, nimmt dir vielleicht jemand die Entscheidung ab.* Weißt du, was ich meine?«

Eric tat es.

»Für eine kleine Weile dachte ich in der ganzen Aufregung tatsächlich darüber nach, einen Fluchtversuch zu unternehmen, aus allem rauszukommen.« Er kicherte bitter. »Vielleicht Überlebensinstinkt. Ich wurde ganz wild darauf, wieder zu leben, mir vorzustellen, wir könnten es aus der Stadt schaffen. Zum ersten Mal seit Jahren habe ich nicht an Lucy oder Oggy gedacht. Vermutlich war ich darum nüchtern. Ich musste mich über etwas anderes sorgen.« Der Weise, wie er *Oggy* aussprach, entnahm Eric, dass sie das Kind sein musste, es war der Tonfall, der für Väter typisch war, die über ihre Töchter sprachen. Vielleicht war das nicht ihr richtiger Name, sondern ein Kosename. »Aber jetzt habe ich hier rumgesessen, um mir dieses arme Mädchen in diesem verfluchten Ding anzusehen«, sagte er heftig und deutete auf die Blase. »Und ich konnte an nichts anderes denken als an die beiden. Also habe ich mir einen Drink gegönnt und mich erinnert, mich an meinen ursprünglichen Plan erinnert. Und da stellte sich mir die Frage …« Wieder verstummte er, zuckte mit den Schultern und richtete dann den feuchten Blick auf Eric. »Warum zum Teufel mache ich mir überhaupt wegen etwas Sorgen?« Plötzlich grinste er und wackelte mit dem Finger. »Ah, aber die Geschichte hat einen Haken.«

Er griff in die Jackentasche, schwankte leicht dabei, und zog einen kleinen Schlüssel an einem Schlüsselring heraus, auf dem I LOVE EARLSDON stand. Theatralisch ließ er ihn auf Augenhöhe baumeln, bevor er ihn Eric zuwarf. Der versuchte ihn mit beiden Händen aufzufangen, aber er segelte durch die Lücke, wo seine linke Hand gewesen war, und landete sanft auf seiner Brust. »Scheiße! Tut mir leid«, murmelte Harry.

»Herrgott noch mal!« Eric seufzte und tat sich selbst schrecklich leid. »Schon okay, es ist in Ordnung. Erzähl noch den Rest, Harry.«

»Dieser Schlüssel.« Harry zeigte mit betrunkener Ineffizienz auf den Schlüssel. »Der öffnet meine Garage. Die Adresse steht auf der anderen Seite des Anhängers.« Eric schaute hin; da war sie mit Filzstift geschrieben. »Als ich herkam, als ich noch ein Auto hatte, habe ich meine ganzen unvollendeten Projekte mitgebracht. Meine Arbeit. Bevor es wirklich schlimm wurde, habe ich eine Menge beendet. Ich glaube sogar alles.« Sein *Ich* klang wie *Isch*. »Früher konnte ich Stücke für ein paar Hunderter verkaufen. Es wird Leute geben, Händler, die sich noch an meinen Namen erinnern. Nicht viele, aber genug. Wenn ich tot bin, Eric, werden diese Gemälde mindestens einen Riesen einbringen, vielleicht sogar mehrere. Dort stehen mehr als vierzig Werke, Eric, das ist eine Menge. Ich schlage dir folgenden Handel vor. Okay? Okay?«

»Was meinst du?« Eric fühlte sich müde, war aber interessiert.

»Gib sie Oggy. Dieses Jahr wird sie achtzehn. Dafür helfe ich dir bei allem, was du tun willst. Ich glaube zwar nicht, dass ich dir bei solchen Dingen helfen kann.« Er zeigte auf die Blase.

»Nun ja, ich habe dich es nicht versuchen lassen, weil…«

»Du hast es gefühlt, als du in ihre Nähe kamst«, unterbrach Harry ihn. »Du stehst in der Nahrungskette des Steins höher als ich, das wissen wir beide. Bei ein paar Leuten ist das eben so, einverstanden? Darum bleiben manche Leute unbeeinflusst, wenn die Stone Men in der Stadt sind, andere kriegen ein paar flüchtige visionäre Einblicke, und ein paar kriegen den ganzen Film und erleben merkwürdige Dinge, wenn sie Leute wie mich anfassen, die in der Hackordnung unter ihnen stehen. Richtig?«

»Ja.«

»Was auch immer du mit dieser Blase gemacht hast, es sollte nicht passieren, weißt du? Vielleicht bist du auch etwas anders. Hast du das mitbekommen? Diese Geräusche, die sie von sich gegeben hat, als du sie geöffnet hast?«

Harry hatte recht. In der kurzen Zeit, die er wieder wach war, hatte Eric noch nicht ausgiebig darüber nachdenken können, aber die Erinnerung, wie sich dieses Loch auf magische Weise unter seiner Hand öffnete – durch seine Willenskraft –, traf ihn hart. Als hätte man Superkräfte. Was hatte das zu bedeuten?

Vielleicht bedeutet es, dass du eine echte Chance hast.

»Das habe ich, Harry, aber sieh nur, was es mir eingebracht hat«, sagte Eric leise und hielt den Stumpf in die Höhe. »Ich glaube nicht, dass wir das in die Pro-Spalte setzen können.«

»Aber ihr hat das nicht gefallen, oder?«, zischte Harry, beugte sich vor und pochte mit dem Finger auf den Boden. »Es hat sich angehört, als müsste sich das Getriebe ganz schön anstrengen, um dich aufzuhalten. Sieh dir nur an, was bereits geschehen ist! Die Grenzen wurden gezogen!«

»Die Grenzen? Was für Grenzen denn?«

Harry verzog die Miene in betrunkener Wut, dann zeigte er mit einer theatralischen Geste auf Jenny. Die Veränderung bereitete Eric Unbehagen. Harrys coole Fassade hatte sich auf so peinliche Weise gelockert.

»Die Klassengrenzen«, murmelte Harry. »Ist das nicht offensichtlich?«

»Klär mich auf.«

»Jeder andere ist gestorben, wenn ihn die Barriere berührt hat. Puff! Sie sind *tot*, bumm, weg. Okay?« Er streckte die Hand aus und hob den Zeigefinger, zählte eins. »Gehen wir eine Stufe höher zu allen Leuten, die noch leben, fangen wir mit den Schlurfern an. Die leben, aber etwas hat sie erwischt, hat sie zu ihrem verrückten Verhalten gebracht. Wir sind jedoch nicht so. Das ist eine weitere Stufe nach oben, die nächste Abgrenzung.« Er hielt zwei zitternde Finger hoch. »Also du und ich, richtig? Wir stehen eine Stufe höher als sie, weil auch wir noch leben, aber nicht verrückt sind.« Drei Finger. »Aber du empfängst irgendwelchen Scheiß, den ich nicht mitbekomme, und wie es aussieht, kannst du auch Sachen machen, die ich nicht kann. Also steigst du noch eine Stufe höher.« Vier Finger. »Und an der Spitze steht sie.«

Mit allen vier Fingern zeigte er auf Jenny und fügte den Daumen hinzu.

»Sie sitzt in einer unzerstörbaren Lichtkugel. Was macht man mit seinem kostbarsten Besitz?«

Eric antwortete nicht. Er war plötzlich völlig fasziniert und wollte Harrys Lauf nicht unterbrechen.

»Man packt ihn in einen *Tresor*«, endete Harry und breitete die Arme aus. Er hielt inne, und Eric glaubte, er wollte einfach nur eine Pause einlegen, aber dann hörte er es auch. Ein vertrauter Laut, der sich näherte. Schnell wurde er zu einem Dröhnen, und sie wussten, was geschah. Sie hielten sich die Ohren zu. Eric erinnerte sich daran, die ihm noch verbliebene Hand für das rechte Ohr zu benutzen und die Schulter für das linke, was Harry natürlich nicht nötig hatte. Der Lärm erreichte seinen Höhepunkt, es gab eine Explosion, bevor der Jet wieder in der Ferne verschwand. Noch ein Luftschlag. Also wollte man nicht aufgeben. Eric eilte ans Fenster und warf dabei Jenny einen

Blick zu, die sich im Schlaf umdrehte, dabei aber nicht erwachte. Sie musste unglaublich erschöpft sein. Eric schaute in den Himmel und entdeckte das mühsam auszumachende Wirbeln der Barriere, die noch immer in der Luft hing.

»Davon gab es mehrere, während du bewusstlos warst«, murmelte Harry. »Du bist nie aufgewacht. Das hat mir Sorgen bereitet.«

»Was hast du eben gemeint?«, fragte Eric. Er seufzte, aber nicht wegen Harry, sondern wegen des gescheiterten Luftschlags. Harrys Worte hatten ihn neugierig gemacht. Darin lag eine gewisse Logik, ob sie nun betrunken war oder nicht. Eric kehrte zu seinem Freund zurück und setzte sich wieder.

»Ich bin vermutlich nicht gut genug, um in eine Blase gesteckt zu werden«, sagte Harry und kicherte leicht, weil es so albern klang. »Aber ich bin gut genug, um aus irgendeinem Grund hier drinnen zu leben, vielleicht bin ich Stufe drei. Wer weiß, das könnte nur der Absicherung dienen. Ich glaube, ich werde hier drinnen sterben, auf die eine oder andere Weise.« Er ließ das einen Moment wirken, und Eric wusste nicht, was er darauf erwidern sollte. »Seien wir ehrlich, bis jetzt sieht es nicht gut aus. Für mich ist das in Ordnung. Aber du«, sagte er, und seine Finger zielten jetzt auf Eric, »du siehst aus, als hättest du noch ein Ass im Ärmel, mit dem sie nicht gerechnet haben. Etwas, das sie *übersehen* haben.« Es war ein gutes Argument, aber welche Möglichkeiten Eric auch immer zur Verfügung standen, schienen ihm nichts zu nutzen, wenn er Jenny nicht einmal aus der Blase bekommen konnte, ohne dabei die Hand zu verlieren. Selbst die Anstrengung, ein so kleines Loch zu erschaffen, hatte ihn fast umgebracht.

»Und vielleicht bist du die Art von Person, die sie nicht *drinnen* haben wollen«, fuhr Harry fort, »also wenn du rauskommst, und ich glaube, das wirst du, wirst du Og – also Olivia Regis – diese Gemälde geben. Sie lebt zusammen mit ihrer Mutter auf Mallorca. Ich bezweifle, dass es dort viele Olivia Regis gibt. Okay? Und als Gegenleistung werfe ich mich falls nötig in die Schusslinie. Das ist die Abmachung.«

Er wollte noch etwas hinzufügen, erkannte, dass es nichts mehr gab, dann warf er beide Hände in die Höhe, um auszudrücken: *Das war's.* Eric nickte, aber sein Verstand hatte sich bereits auf die vielen Theorien gestürzt, die es über das Schicksal der Steinbrüche gab, denn ihm wurde eine schreckliche Schlussfolgerung bestätigt. Was Harry über kostbare Besitztümer gesagt hatte und dass man sie in den Tresor packte.

Er sah die schlafende Jenny an und stellte sich vor, dass sie gnädigerweise keine Ahnung von der Armeeabteilung hatte, die schon zu ihr unterwegs war. Er sah die Energieblase an, begriff, dass das alles bewies, was er jemals über die Ankunftsprotokolle der Regierung gedacht hatte.

Straub und ihre Armeebastarde haben Theresa und die anderen umgebracht, weil sie für die Stone Men »kostbare Besitztümer« waren. Auf diese Weise hat man die Stone Men so schnell aufgehalten.

Mit großen Augen starrte er die Blase an, sein Magen verkrampfte sich vor Entsetzen.

Er stellte sich vor, wie Kugeln davon abprallten.

»Die Stone Men mussten den Plan ändern«, flüsterte er.

»Was ist das?«, murmelte Harry, bevor sich der Himmel wieder mit Lärm füllte, diesmal aber zu schnell, als dass Eric die Ohren zuhalten konnte. Der nächste Luftschlag. Es donnerte laut. Beide Männer zuckten zusammen. Jenny rührte sich nicht. Das Chaos ging noch ein paar Minuten weiter – vielleicht waren es mehrere Bombardierungen, die so schnell nacheinander erfolgten, dass man sie unmöglich auseinanderhalten konnte –, und sobald es sich legte, stand Harry auf und trat ans Fenster. Er berichtete Eric, was der bereits wusste.

»Das Drecksding ist noch immer da«, murmelte er. Jenny drehte sich im Schlaf um und stöhnte leise. Erics Gedanken rasten und wurden zu blanker Wut, als er die goldene Sphäre betrachtete. Sie war der Beweis für alles, das Straub und ihre Bande getan hatte. Aber jetzt war nicht der richtige Augenblick.

»Was hast du gerade gesagt?«, fragte Harry.

»Unwichtig«, antwortete Eric mit bebender Stimme. Es

war sinnlos, das jetzt mit Harry besprechen zu wollen. »Dein Angebot. Ich bin einverstanden.« Er steckte den Schlüssel ein. »Aber es gibt eine Bedingung.« Harry sagte nichts, deutete aber wiederholt auf sich selbst und schwankte nun beständig. *Raus damit, sag es mir!* »Gib mir den Flachmann. Besoffen nutzt du mir nichts, tatsächlich wirst du ein Hindernis sein.«

»Oh, das glaube ich kaum«, zischte Harry. Er schüttelte den Kopf, auf seinen Lippen lag ein blödes Lächeln.

»Ich gebe ihn dir sogar zurück, wenn du ihn wirklich brauchst, aber so lautet die Abmachung.«

Harry musterte Eric kurz, sah die Taschenflasche in seiner Hand an, dann nickte er und wollte sie ihm zuwerfen. Im letzten Moment überlegte er es sich anders und reichte sie ihm stattdessen.

»Danke! Ich sorge dafür, dass Oggy die Bilder bekommt. Ich verspreche es«, sagte Eric. Er seufzte und beugte sich vor, um selbst einem Betrunkenen klarzumachen, dass er es wirklich ernst meinte. Die Hand war nicht wichtig, über mögliche Fähigkeiten nachzudenken, die er hatte oder nicht, war nicht wichtig. Im Augenblick war nur eine Sache von Bedeutung. »Ich hatte eine Idee. Bevor ich … das Bewusstsein verlor.«

»Aha.«

»Ich glaube, mir ist eine Möglichkeit eingefallen, wie wir an den Schlurfern vorbeikommen. Und was noch viel wichtiger ist, wenn wir dort reinkommen, könnte es dort etwas geben. Es ist eine Forschungseinrichtung, richtig?«

»So hieß es.«

»Genau. Und wir wissen nicht, was sie wissen. Haben sie gewusst, dass diese Scheiße kommen wird? Aber wie dem auch sei, sie haben etwas erforscht. Wer kann schon sagen, ob es dort nicht etwas gibt, das uns dabei helfen könnte, Jenny aus diesem Ding zu bekommen?«

»Die Schlurfer … Die sind gefährlich.«

»Ja, aber nicht gefährlicher als ein Auto. *Jennys* Auto. Sie wurde vor ein paar Tagen hergelockt, hat sie erzählt, und ich glaube, das da unten ist ihr Wagen. Es ist kein Ferrari, aber es ist auch keine Schrottkarre. Wir können versuchen, uns damit einen Weg …«

Beide Männer fühlten es. Eine Art Pulsieren, eine Erschütterung. Sie war nicht so schwer wie bei den Hörnern, trotzdem unverkennbar. Eric und Harry sahen sich an.

»Das Prisma.«

Sie eilten zum Fenster, machten dabei einen großen Bogen um die Blase, und Eric hob mit der guten Hand sein Fernglas vom Boden auf, wo Harry es abgestellt hatte. Harry starrte durch das Fenster.

»Ist nichts passiert?«, sagte er verwirrt. Die Basis des Prismas war wie zuvor von den Schlurfern umgeben, der einzige Unterschied bestand darin, dass es jetzt viel mehr waren, vielleicht ein Drittel mehr.

Sie führten noch immer diese schwankende Bewegung durch, bei der sie sich selbst berührten. Hatte Harry wirklich recht?

Gehören diese Leute in eine andere Klasse als sie?

Sie zuckten zusammen, als sie der nächste Stoß traf, diesmal nur stärker.

Das schreckliche Gefühl, dass etwas erwachte, wogte durch Erics Körper.

»Arschlöcher«, zischte Harry. »Ich bin diese Scheiße so leid.«

»Warte, Harry«, sagte Eric, hob das Fernglas an die Augen. »Sieh doch.«

Die Schlurfer am Prisma richteten sich wie ein Mann auf, erstarrten und entspannten sich dann, die Köpfe hoch erhoben.

»Mein Gott«, flüsterte Eric.

»Himmel«, murmelte Harry. »Was machen sie da?«

Plötzlich kippten die Köpfe der Schlurfer in den Nacken, hingen so locker wie eine Billardkugel in einem Strumpf. Ihre Münder standen weit geöffnet, und durch das Fernglas konnte Eric genau sehen, dass ihre Augen das Weiße zeigten. Jennys Wohnung war nahe genug, dass man Geräusche der Schlurfer gehört hätte – erst recht, da die mittlere Scheibe von einem fliegenden Vorschlaghammer zerstört worden war –, aber da war nichts. Die Wirkung war unheimlich. Die Schlurfer starrten in ihrer seltsamen Haltung in den Himmel und drängten sich noch näher an das Prisma, hielten die Arme nun an die Seiten.

Eric fragte sich, ob ein Teil von ihnen noch bei Bewusstsein war. Es war eine schreckliche Vorstellung. Was auch immer sie zum Ground Zero gelockt hatte, hatte es ihre motorischen Funktionen übernommen und sie laufen lassen, während sich ihr Bewusstsein die ganze Zeit vergeblich dagegen wehrte? Konnte die Weise, wie sie sich selbst gehalten hatten, ein Versuch des Selbstschutzes gewesen sein, waren die verzerrten Gesichter und das gequält klingende Stöhnen die äußere Zurschaustellung des inneren Widerstands? Wussten sie, was nun mit ihnen geschehen würde?

»Das kann nichts Gutes bedeuten«, sagte Harry, als würde er Erics Gedanken lesen. »Wenn das Prisma sie will, kann das auch für den Rest von uns keine gute Nachricht sein.«

Da entdeckte Eric Mickey in der Menge.

Er musste den langen Weg genommen oder sich verlaufen haben; vielleicht hatte er auch den Falschen angemacht und war unterwegs verprügelt worden. Was es auch gewesen war, jetzt war er hier, wo er es zuvor nicht gewesen war. Er war selbst in der Menge leicht auszumachen, obwohl er durch seine kleine Statur fast einen Kopf kleiner als die meisten Schlurfer war. Vor allem durch sein dämliches weißes Top Rank-T-Shirt, das zwei Nummern zu groß für ihn war. Aber es war gratis gewesen.

Eric konnte sein Gesicht nicht sehen, aber er konnte seine Bewegungen von hinten verfolgen. Selbst wenn die Schlurfer in mehreren Reihen dort standen und Mickey ein Stück von dem Prisma entfernt war, vermochte Eric nicht zu sagen, wie lange es dauern würde, bis er es berührte.

»Scheiße, das ist Mickey. Harry, wir müssen los!«

Aber was hätte er ausrichten können? Mickey stand nun ganz vorn bei den vorwärtsdrängenden Körpern, drei Reihen Schlurfer hinter sich. Um ihn zu erreichen, würden sie Schlurfer zur Seite zerren müssen, und dabei würde man sie in Stücke reißen. Das Auto, er hätte das Auto nehmen können und … Nein. Das würde nicht funktionieren. Sie würden mitten in der Menge aussteigen müssen.

»Mickey«, flüsterte Eric, aber dann kam ihm eine unerfreuliche Erkenntnis. Er spielte hier gerade eine Rolle. Wenn er ehrlich war, lag ihm nicht mehr an Mickey als an einem der anderen Schlurfer, die sich dort versammelt hatten.

Er war doch dein Freund, versuchte er sich einzureden. Aber in Wahrheit war er kein Freund gewesen. Das wusste Eric. Mickey hatte ihn nur als weiteren Soldaten betrachtet, den er benutzen konnte.

Erics Blick fiel auf die Lücke in der Mauer der Ground-Zero-Anlage. Ihm war übel. Er kam genauso wenig da ran, wie er seinen ehemaligen Mitbewohner retten konnte.

Du weißt nicht einmal, ob etwas passiert, wenn er es berührt. Die Leute in der ersten Reihe müssen sich jetzt mit Sicherheit dagegendrücken.

Er versuchte, etwas zu erkennen. Sie waren nahe dran, aber er konnte nicht sehen, ob sie tatsächlich …

Dann fiel ihm wieder ein, was mit den Leuten passiert war, die den Stone Man berührt hatten.

Jeder hatte die Aufnahmen im Netz gesehen, und das Prisma sah aus, als wäre es aus einem sehr ähnlichen Material konstruiert. Er warf einen Blick auf Jenny. Sie schlief noch immer. Aber tat sie das wirklich? Beeinflusste dieses Ding sie irgendwie?

»Warte!«, bellte er plötzlich. »Was macht der Typ da?«

Ein Schlurfer in der ersten Reihe schmiegte sich nun offensichtlich an das Prisma. Er war ziemlich dick und gut angezogen. Er stammte nicht aus den Straßen von Coventry; woher hatte man ihn hierhergelockt?

Wie weit reicht der Einfluss des Prismas? Erics Gedanken überschlugen sich. Der Schlurfer würde sich nun mit dem Körper gegen das Artefakt drücken, während sein Kopf nach hinten baumelte und er in den Himmel starrte.

»Glaubst du …?«, flüsterte Harry, und Eric war klar, dass er den platzenden Tod meinte, den sie bei den Soldaten miterlebt hatten. Aber es tat sich nichts. Eric wartete auf die Schlaffheit, die knochenlosen Gliedmaßen, die die Berührung der Stone Men verursachte. Dem würde der GATTACA-Singsang folgen, wie ihn die Steinverschwörungstheoretiker und Kryptozoologen (oder verfluchte Nerds, wie Eric sie nannte) in den Foren bezeichneten. Aber auch der ertönte nicht.

Ein weiterer Schlurfer berührte die steinerne Oberfläche, dann noch einer, bis sich eine kleine Menschenmauer um den Sockel des Prismas oder zumindest den Teil, den Eric sehen konnte, versammelt hatte. Mickey gehörte zu ihnen. An einigen Stellen standen die Leute jetzt mehrere Reihen tief. Wie viele waren es überhaupt? Dreihundert? Vierhundert? So viele waren es zuvor nicht gewesen; vielleicht waren sie am Ground Zero eingetroffen, nachdem die Barriere erschaffen worden war, waren zu Fuß aus den hübscheren Gegenden gekommen. Entsetzt sah Eric, dass einer von zweien zu zögern schien, mit sich zu ringen schien, bevor sie den Kampf verloren und nach vorn traten.

O mein Gott! Sie sind sich dessen bewusst. Sie wissen, dass sie das nicht anfassen sollten.

Mittlerweile drängten sich dort so viele Menschen, dass die Leute in der ersten Reihe von den Leuten dahinter gegen das Prisma gedrückt wurden.

Nichts geschah. Auch Mickey schien keinen Schaden davonzutragen, als er das Prisma berührte, abgesehen von dem, der sein Bewusstsein bereits angegriffen hatte. Erics Blick wurde wieder von der Öffnung in der Mauer angezogen.

Wenn sie gehen … wenn sie gehen … Moment, warte …

Der Spalt in der Wand schien größer zu sein als noch einen Moment zuvor.

Wie war das möglich? Nein, nicht die Lücke war größer, die Leute, die sie blockiert hatten, waren weniger geworden. Viel weniger.

Eric richtete das Fernglas wieder auf das Prisma, nahm den gut gekleideten Dicken als Referenzpunkt. Er konnte Mickey einfach nicht ansehen.

Der Kopf des Mannes war nun wieder aufrecht – das waren alle Köpfe in der vordersten Reihe – und auf seltsame Weise zur

Seite gedreht, lag auf dem Prisma. Das Auge in der sichtbaren Gesichtshälfte zeigte nicht länger das Weiße; es zuckte hin und her, als versuchte er zu verstehen, was hier geschah. Der Mann sah entsetzt und geistig völlig klar aus.

Später würde Eric sich fragen, was der Mann wohl gedacht hatte. Vielleicht hatte er sich gefragt, wo er war. Wer die Leute um ihn herum waren. Was das für ein großes Steinobjekt war, an das er sich schmiegte.

Warum das nur so schrecklich wehtat.

Dieser letzte Teil war nur eine Annahme, weil sich der Mund des Mannes weit öffnete und einen Schrei ausstieß, der das Blut in den Adern erstarren ließ. Es war ein Laut, den Eric mit ins Grab nehmen würde. Die anderen, die sich an das Prisma schmiegten, stimmten gleich darauf darin ein; ein paar klangen schrill, andere viel tiefer. Der eine oder andere schaffte es tatsächlich, Worte hervorzubringen – Worte, bei denen Eric später froh war, dass er sie nicht genau hatte verstehen können –, während die Laute ihrer unermesslichen Schmerzen von der frühen Morgenluft weitergetragen wurde. Eric hatte das Tosen des Publikums in Fußballstadien aus der Ferne gehört, aber das hier war, als wäre plötzlich ein Schütze auf das Feld eines imaginären Stadions gelaufen und hätte angefangen, Zuschauer abzuknallen. Eric entging nicht die Verwirrung und das Entsetzen in den Augen dieser unschuldigen Menschen, als sie und er erkannten, dass sie starben.

Die Lücke in der Mauer war größer geworden, weil sich diese Menschen *in* das Prisma drängten. Eric glaubte feine Rauchwolken aufsteigen zu sehen; sie waren schwer zu erkennen, und an der Weise, wie sie in die Höhe stiegen und sich dann auflösten, merkte er, dass es gar kein Rauch war. Es war ein roter Nebel. Zuerst hatte es den Anschein gehabt, als würde das Prisma sie einfach irgendwie *absorbieren,* aber sobald Eric diesen Nebel erblickte, begriff er, dass das Prisma vom Kopf bis zu den Zehen Millionen kleiner Bisse von ihnen nahm, und zwar mit unglaublicher Geschwindigkeit. Tausendmal schneller als der schnellste Häcksler der Welt.

Das Prisma hatte keine Zähne, jedenfalls keine, die Eric hätte sehen können, aber trotzdem bestand kein Zweifel, dass das Ding sie *fraß*. Das war das einzige Wort, das Eric dazu einfiel.

Die Schlurfer hinter den Leuten in der ersten Reihe – diese Unglücklichen waren keine Schlurfer mehr, sondern Menschen bei vollem Bewusstsein – drängten weiter nach vorn, als hätten sie nicht die geringste Ahnung, was direkt vor ihnen geschah. Ihre Köpfe waren noch immer nach hinten gekippt, ihre Augen zeigten noch immer nur das Weiße. Eric suchte wieder nach dem Dicken. Sein Auge, sein Gesicht war zusammen mit seinen Händen und der Vorderseite seiner Schultern aus der Sicht verschwunden. Von seinem Schädel waren nur noch das linke Ohr und die linke Kopfseite zu sehen, die wie bei einem verrückten Kunstwerk aus dem Prisma ragten. Eine Mr-Potato-Head-Figur, nur mit einer Wand statt einer Kartoffel. Sein Rücken zuckte noch, während er starb, aber auch das hörte schnell auf, als das Prisma den Rest von ihm in sich hineinzog. Der Schlurfer hinter ihm, eine große Frau mit blonden Haaren, wurde sofort gegen die dunkle, raue Oberfläche des Prismas gedrückt – entweder durch die Person hinter ihr oder aus eigenem Antrieb. Auch sie war im Gegensatz zu den Schlurfern auf der Ringstraße am Vortag gut gekleidet. Sie musste später eingetroffen sein.

Sie zeigte nicht sofort Wirkung. Ganz ruhig wand sie sich einen Augenblick lang auf der Stelle an der Prismawand, und Eric wurde klar, dass sie versuchte, noch näher heranzukommen, sich tief hineinquetschen wollte. Dann erstarrten ihre Bewegungen, und ihr Kopf kam nach oben, drückte sich seitlich gegen die Fläche genau wie bei dem Mann, dessen Platz sie eingenommen hatte. Ihr sichtbares Auge blinzelte, und ihr Mund öffnete sich, während sie zu zucken anfing und sich fragte, wo sie eigentlich war. Sie versuchte sich von der Fläche zu lösen und musste entdecken, dass das natürlich nicht möglich war, weil ihr Gesicht bereits gefressen wurde. Das Zucken wurde immer heftiger, und dann konnte Eric nicht länger zusehen. Verzweifelt suchte er nach Mickey und fand ihn ein paar Meter entfernt. Genau in dem Moment, in dem er das Prisma erreichte.

»Mickey!«, brüllte er, als ihm alles klar wurde. Ob Mickey nun ein Freund gewesen war oder nicht, er hatte zu ihm gehört, war Teil seines Stammes gewesen, und in diesem Augenblick hatte Eric daran nicht den geringsten Zweifel. Ohne nachzudenken, drehte er sich um und wollte zur Tür stürmen, wollte zum Schauplatz rennen, obwohl er dort absolut nichts ausrichten konnte. Aber Harry schnappte sich seinen Arm. Ein Blick brachte Eric wieder zu Sinnen, und er trat wieder ans Fenster.

Mickey, dachte er. *Hör doch auf.*

Das tat Mickey natürlich nicht. Im Verlauf der nächsten Minute sah Eric ihm beim Sterben zu.

Danach drückte er Harry das Fernglas in die Hand. Am ganzen Leib zitternd setzte er sich auf den Boden. Er war wie betäubt. Jenny hatte die Augen geöffnet und sah ihn an.

»Was passiert da?« Ihre Stimme schien aus weiter Ferne zu kommen.

»Sie … sie …«

Die unausgesprochene Wahrheit lag ihm auf der Zunge. *Sie tun da etwas wirklich Furchtbares, Jenny.*

Was sollte er ihr sagen?

Wie können sie es wagen? Wie zum Teufel können sie es wagen?

Eric starrte auf seine abgetrennte Hand, die noch immer am Boden der Blase lag. Jenny hatte die Beine angezogen und saß so weit davon entfernt wie möglich, als könnte sie jeden Augenblick zum Leben erwachen und aufspringen, ihr Bein hinaufkrabbeln und sich wie ein Facehugger auf ihren Mund stürzen.

Plötzlich wurde Eric klar, dass er Ground Zero endlich würde betreten können, sobald alle Schlurfer gefressen waren. Um Antworten zu bekommen, um verflucht noch mal Beweise zu finden.

Zu seiner großen Überraschung ballte sich seine zitternde Hand zur Faust, denn da war nur noch Zorn in ihm. Nicht einmal mehr auf die Regierung, die ihm seine Schwester und seinen Neffen genommen hatte. Allein für sich genommen war das erstaunlich; er hatte mit diesem Zorn gelebt, damit geschlafen und gegessen; jeder Gedanke und jedes Gefühl, das sein Gehirn erzeugt hatte, war davon durchdrungen gewesen. Er hatte es als funktionalen Zorn bezeichnet, eine Konstante, derer man sich nur bewusst wurde, wenn etwas sie wie eine schreckliche lovecraftianische Schöpfung an die Oberfläche zerrte, nur dass sie völlig impotent und blass war.

Aber dieser neue Zorn war nicht impotent.

Sie wollen Jenny dort drin festhalten. Indem du sie dort rausholst, sagst du ihnen, dass sie sich selbst ficken sollen.

»Wir brechen jetzt zum Ground Zero auf, okay?«, sagte er leise zu dem Mädchen, und seine Stimme kam ihm fremd und beunruhigend vor. Jenny zuckte zusammen, als er jedes Wort mit einem Hieb auf den Boden unterstrich, Speichel von seinen Lippen sprühte und Tränen aus seinen Augen rannen. Seine Stimme brach, als er ihr sein Versprechen gab. »Ich und Harry. Wir gehen da rein und versuchen etwas oder jemanden zu finden, der eine bessere Idee oder eine bessere Ausrüstung als einen beschissenen Vorschlaghammer hat. Dann kommen wir zurück, und ich verspreche dir, dass wir dich dort rausholen. Sie können dich verflucht noch mal nicht kriegen, *weil sie nicht kriegen werden, was sie wollen.*« Er klang wie ein Verrückter, aber zu seiner Verblüffung nickte sie einfach, als würde sie ihn verstehen. Sie musterte ihn.

»Was ist mit dir geschehen?«, fragte sie leise. »Was haben sie dir nur angetan?«

Ihre Sanftheit traf Eric völlig überraschend, tief im Mark seiner Verletzlichkeit war eine Saite zum Schwingen gebracht worden. Er blinzelte. Seine gute Hand griff nach dem Stumpf, seine Stimme klang wie die eines Kindes.

»Es war nicht das hier«, sagte er irritiert. »Es war nicht nur das hier.«

»Ich weiß. Es ist schon lange her. Nicht wahr?«

Sie hatte recht. Sie streckte ihm eine Hand entgegen, und ein Schmerz brach zu ihm durch, den er sich schon viele Jahre nicht mehr eingestanden hatte. Er streckte ihr ebenfalls die Hand entgegen, und durch diese Nähe löste die Blase wieder einen schmerzhaften Stich aus. Er durfte nicht näher herangehen, und der Augenblick verstrich.

»Sagst du meiner Mutter Bescheid? Sie lebt in Northampton.«

»Sag es ihr selbst, wenn du …«

»Machst du das für mich?«

In ihrem Blick lag ein Flehen. Sie anzusehen tat weh.

»Was soll ich ihr sagen?«

»Äh … dass ich sie liebe. Dass ich an sie gedacht habe.« Sie blinzelte. »Ihr Name ist Felicity Drewett. Felicity May Drewett.«

Es war die Art von Bitte, die Theresa verwehrt geblieben war. Es war einfach zu viel. Eric konnte sie nicht länger ansehen.

»Ich hole dich dort heraus«, wiederholte er leise.

»Ich weiß.« Sie nickte, obwohl in ihren Augen ängstliche Tränen funkelten.

Eric würde nie vergessen, dass sie das gesagt hatte.

Er kam auf die Füße und sah zusammen mit Harry zu, bis der letzte Schlurfer weg war. Er hätte ihnen nicht helfen können. Hätten sie versucht, sie davon abzuhalten, zum Prisma zu gehen, wäre ihre Reaktion mörderisch gewesen. Trotzdem ließ sein Verstand das Entsetzen irgendwann hinter sich und verfiel in einen neuen und unbekannten Zustand, während er sie sterben sah. Als der letzte Mund im Prisma verschwand, war sein abgeschnittener letzter Schrei scharf im Wind zu hören. Abgesehen von Harrys mühsamem Atmen kehrte Schweigen ein.

Waren er und Harry die Nächsten? Arbeitete sich das, was mit den Schlurfern beschäftigt gewesen war, durch die Nahrungskette zu ihnen durch? Würden sie plötzlich zittern und heulen, bevor sie den Schlurfern in dieses Ding folgten?

Würde er diese Nacht einschlafen – falls er noch so lange lebte – und aufwachen, weil er das Gesicht gegen eine feste Oberfläche drückte? Würde er den Hinterkopf eines Fremden vor sich sehen und Zeit zu der Erkenntnis haben, wo er war, bevor die Schmerzen anfingen, bevor ihn diese Millionen von Bissen auf ein Nichts reduzierten – alles, was er war?

Er wartete. Jetzt *musste* etwas geschehen.

Macht schon, ihr Schweine! Bringt es hinter euch, aber ich garantiere euch, ich werde alles tun, was in meiner Macht steht, um dafür zu sorgen, dass ihr euch daran verschluckt.

Nichts tat sich. Die Lücke in der Mauer von Ground Zero lag offen vor ihm.

Er konnte warten, oder er konnte etwas unternehmen.

»Lass uns gehen, Harry«, sagte Eric. Seine ausdruckslose, tote Stimme war ihm fremd. »Wir gehen nach Ground Zero.«

KAPITEL VIERZEHN

Linda

Maria

Das Haar und die Ohrringe unter dem Helm waren eine Sache gewesen, die Bluse mit Kragen und der gemusterte Wollpullover unter der Motorradjacke etwas ganz anderes. Als würde man zusehen, wie sich der Terminator auszieht und enthüllt, dass er darunter ein Häschenkostüm trägt. Linda sah nicht nur aus wie eine typische Mutter, sie war eine typische Mutter. Später sollte Maria erfahren, dass ihre Tochter ein Bummeljahr einlegte und durch Amerika reiste.

Sie waren fast eine Stunde schweigend auf der Standspur gefahren, umgeben von abgestellten Autos und gesegneterweise leeren Feldern. Die Reihe der Empty Men musste wirklich sehr lang gewesen sein, aber Maria glaubte nicht länger daran, dass sie sich über das ganze Land erstreckt hatte. Sie kamen an Autos vorbei, die weiterfuhren, wenn auch langsam. Schließlich floss der Verkehr, wenn auch vielleicht nicht schneller als fünfundzwanzig Meilen in der Stunde. So weit hatte sich die Panik nicht ausgebreitet, oder die Empty Men hatten die Städte schon viel früher heimgesucht und die Überlebenden auf der Autobahn die Flucht ergriffen.

Überlebende? Das dürfte die Mehrheit gewesen sein. Zumindest kam Maria zu diesem Schluss, jetzt, wo sie Zeit gehabt hatte, sich zu beruhigen und nachzudenken. Die Empty Men schienen sehr wählerisch zu sein, wen sie holten. Dennoch hatten sie einen großen Teil des Landes heimgesucht, wenn sie von der Küste bis nach Birmingham gekommen waren. Vielleicht hatte sie nur die Letzten von ihnen gesehen. Ein letztes Massenaufgebot, das letzte Kontingent, das auf einmal abgesetzt worden war.

Als das Motorrad ausrollte, musste Maria an all die Autos denken, die von ihren Besitzern aufgegeben worden waren. Hinter ihnen würde jetzt niemand mehr wegkommen, es sei denn zu Fuß. Sie blockierten ihr eigenes Transportsystem.

Sind die Dinger auf dem Weg nach Coventry? Was passiert, wenn sie dort eintreffen? Was passiert hier?

Die Fahrerin stellte die Maschine auf dem Ständer ab und wartete; Maria wurde klar, dass von ihr erwartet wurde, zuerst abzusteigen, was sie auch tat. Ihre Oberschenkelmuskeln protestierten. Die Fahrerin nahm den Helm ab und zeigte auf eine Plakatwand neben der Straße. Ihre Blicke trafen sich, und plötzlich konnte Maria sich vorstellen, dass sie sich über einer Tasse Tee anlächelten und die Frau ihr anbot, ihr Haus zu putzen, während sie im Urlaub war. Was zum Teufel machte so eine Frau auf einem Motorrad und schwang einen Helm wie einen Sack mit Türklinken?

»Es tut mir leid, ich muss pinkeln.« Sie stieg ab. »Ich halte es schon ewig zurück. Ich beeile mich.« Sie wusste sich auszudrücken, ihrem Akzent nach zu urteilen, kam sie aus dem Süden.

»Das ist … völlig in Ordnung, seien Sie nicht albern, gehen Sie. Und vielen Dank«, fügte Maria hinzu, denn sie hatte schon die ganze Zeit darauf gewartet, sich bedanken zu können.

»Keine Ursache.«

»Aber wo fahren wir hin?«

Maria war das GPS-Gerät aufgefallen, das an die Lenkstange geklebt worden war; der gelegentliche Blick über die Schulter der Frau hatte ihr gezeigt, dass es nicht mehr richtig arbeitete und die Route unterwegs immer wieder verschwunden war, aber es schien gereicht zu haben, um sie in die richtige Richtung zu führen. Anscheinend schien GPS etwas besser als die Handys zu funktionieren.

»Das hängt davon ab, ob wir genug Benzin haben, um dorthin zu kommen, aber ich glaube schon«, sagte die Frau und warf einen Blick auf die Autos. »Tankstellen sind im Augenblick ein wahrer Albtraum. Es hat sogar Kämpfe gegeben. Ich will wirklich nicht noch einmal anhalten, also wenn Sie ebenfalls mal austreten müssen, können Sie vielleicht nach mir gehen. Haben Sie Hunger?« Sie unterbrach sich und fluchte, aber das hörte sich bei ihr nicht richtig an. »Tut mir leid, selbst wenn das so sein sollte, habe ich nicht viel. Ich hatte eine ganze Tüte vorbereitet, aber …« Sie seufzte schwer und ballte tatsächlich die Faust, während sie den Kopf schüttelte. »Ich blöde Kuh habe sie doch tatsächlich vergessen. Ich habe nur ein paar Sandwiches unter dem Sitz, ich könnte schreien …«

»Das ist in Ordnung«, plapperte Maria. »Meine Tasche habe ich bei …« Ihr fiel wieder ein, wie sie sie zurückgelassen hatte, *wo* sie sie zurückgelassen hatte. »… ich habe sie auch in der ganzen Hektik vergessen.«

»Wir sind schon ganz schön blöd«, sagte die Frau. »Okay, ich gehe jetzt, bis gleich!« Dann streckte sie die Hand aus. »Es tut mir leid. Linda Wyken. Du kannst Linda zu mir sagen.«

Maria nahm die Hand.

»Ich bin Maria … um Himmels willen!« Beide rissen die Hände zurück, als sie etwas wie ein Stromschlag durchzuckte. Das hatte wehgetan. »Es tut mir leid«, sagte Maria und rieb sich die Hand. »Vermutlich liegt es daran, dass wir beide Wolle tragen.«

Linda starrte sie einfach nur an. Ihre zur Faust geballte Hand lag auf der Brust, als hätte sie Angst, dass Maria gleich reinbeißen würde. Plötzlich hatte Maria den Eindruck, dass Linda sie genau einschätzte; sie vermochte förmlich zu sehen, wie sich in ihrem Kopf die Rädchen drehten und sie nachdachte.

»Ist alles in Ordnung?«, fragte Maria.

»Ja«, antwortete Linda leise und nickte sanft. »Ich glaube, wir haben einiges zu besprechen.«

»Ja«, sagte Maria und missverstand die Worte. »Ich kann nicht glauben, dass wir dort weggekommen sind.«

»Ach, ich auch nicht. Hattest du sie schon zuvor aus der Nähe gesehen?«

Um ein Haar hätte Maria gelogen.

»Ja. Und du?«

»Ein paar Stunden vor meinem Aufbruch in meinem Dorf. Sie waren aber ziemlich weit weg, vielleicht dreißig Meter. Ich war zu Fuß unterwegs und habe mich hinter einem Auto versteckt, als ich sie sah. Sie waren auf dem Dorfanger, bewegten sich auf die Häuser in der Nähe zu, glücklicherweise in die entgegengesetzte Richtung von mir. Es waren etwa sieben von ihnen. Ich sah sie und dachte …« Sie schüttelte den Kopf. Maria erschauderte, als sie sich vorstellte, wie eine Horde dieser Ungeheuer durch ein englisches Dorf schlich.

»Sie sind nicht auf dich zugekommen?«, fragte sie.

»Nein.«

»Hast du etwas *gefühlt,* als wir durch sie hindurchgefahren sind? Direkt zuvor?«

»Nein, warum? Du denn?«

»Ja.«

Sollte Maria wirklich aussprechen, was ihr durch den Kopf gegangen war, seit sie diesen Geist zwischen den Autoreihen gesehen hatte? Was die Fahrt auf dem Motorrad so gut wie bestätigt hatte, bei der sie einfach durch sie hindurchgerast waren?

Es ist dreimal passiert, dachte sie. *Sag es ihr. Es könnte helfen …*

Nein. Das konnte sie nicht tun. Linda würde anfangen, Fragen zu stellen, und von ihr verlangen, sich zu …

»Was ist los?«

»Linda, ich glaube, ich kann dafür sorgen, dass sie mich nicht wahrnehmen. Vielleicht auch die Menschen in meiner Nähe. Es ist schon zuvor passiert. Ich glaube …«

Dieses *Ploppen,* das sie verspürt hatte, als die Frau auf der Straße mit ihrem Sohn geflohen war und sich von ihr fortbewegt hatte.

Sich aus ihrem Einflussbereich entfernte.

»Also, ich denke mit aller Kraft *Lasst mich in Ruhe!,* und ich kann mich verbergen. Aber ich glaube, es beeinflusst auch die Menschen in meiner unmittelbaren Nähe. Oder zumindest die,

die ich berühre. Diese Frau auf der Straße zuvor, sobald sie von mir weglief, fühlte ich, wie sie ging, fühlte, dass diese Dinger sie plötzlich sehen konnten.«

Linda starrte sie an.

»Ich bin nicht verrückt«, fügte Maria hastig hinzu. »Diese Dinger fingen an, in mich einzudringen, und ich habe sie weggeschickt.«

»Ich glaube dir.« Linda hielt die Hand hoch. »Dieser Stromstoß hat mir alles gesagt. Du gehörst mit Sicherheit auf die Skala.«

Die Skala?

»Hast du Visionen gehabt, Maria?«, fragte Linda. »Bei den ersten Ankünften?«

Maria dachte an Lindas Miene, als sie ihr die Hand geschüttelt hatte. Wie sich ihr Ausdruck verändert hatte. Die Frau wusste etwas.

»Das habe ich«, antwortete sie leise und kam sich seltsam entblößt vor, weil sie das zugab. »Jedes Mal.«

Linda nickte.

»Okay. Ich gehe mal eben pinkeln, und dann reden wir.«

»O ja, natürlich …«

»Ich nehme das Motorrad mit, schiebe es außer Sicht, für den Fall …«

»Ja. Gut.«

Linda lächelte zögerlich und rollte das Motorrad zur Plakatwand. Maria fiel ein, dass sie die Frage nicht beantwortet hatte: Wo ging es hin? Sie schlang die Arme um den Körper und betrachtete die langsam vorbeifahrenden Autos, bis Linda zurückkehrte. Das Motorrad blieb außer Sicht. Sie schwenkte eine Tüte mit einem Sandwich.

»Ich habe hier ein Papiertuch, du weißt schon wofür …«, sagte sie, und Maria konnte ihn genau hören, den wohlgeübten Tonfall einer Mutter, die *Lass mich das machen* sagte. Linda zog eine kleine Packung Papiertücher aus der Hüfttasche an ihrer Taille. Maria stellte sich vor, wie sie in der gleichen Tasche nach Kleingeld fischte, während sie in einen Bus stieg … aber dann wurde ihr klar, dass sie aufhören musste, so zu denken. Sie hatte miterlebt, wie diese Frau einen zweihundertfünfzig Pfund schweren Kerl mit dem Helm niedergeschlagen hatte, also war klar, dass Linda nicht gerade Miss Marple war. Außerdem war sie zu jung. Vielleicht Mitte fünfzig, noch nicht ganz im Alter der Golden Girls. Linda drückte ihr die ganze Packung in die Hand.

»Hier ... O mein Gott, du frierst ja, aber natürlich, hier ...« Sie fing an, die Jacke zu öffnen.

»Nein!«, protestierte Maria, obwohl die Frau recht hatte; ihr war eiskalt. Der Pullover der Goodmans hatte dem kühlen Septemberwind auf dem Motorradsattel nicht viel entgegenzusetzen gehabt.

»Sei nicht albern, deine Hände sind ja eiskalt. Hier.«

»Aber nur, bis wir losfahren, damit ich mich aufwärmen kann, okay? Dann ziehst du sie wieder an. Wir wechseln uns ab.«

Linda schüttelte den Kopf.

»Nein, ich habe etwas Dickeres an, und ich schwitze in dem Ding. Bitte, meine Liebe, erledige dein Geschäft, dann können wir weiter.« Die Frau war eine Heilige, und Maria gab gern nach, vor allem, weil sie plötzlich erkannte, dass sie wirklich gehen musste. Und die Jacke war so *warm*.

»Vielen Dank! Ich beeile mich. Danke!«

Sobald Maria fertig war, trat sie hinter der Plakatwand hervor und winkte Linda herbei. Aus irgendeinem Grund hielt sie es nicht für angebracht, das Motorrad wieder zur Straße zu rollen. Als Linda sie erreicht hatte, standen beide unbehaglich da und fragten sich, wie sie die vorherige Unterhaltung fortsetzen sollten. Linda machte den Anfang.

»Hör zu«, sagte sie, »vermutlich sollte ich dir ein paar Dinge erzählen, danach wirst du vielleicht einige Fragen haben. Wir sind gut vorangekommen. Ich bin halb verhungert; da wir vermutlich eine Stunde lang nicht mehr anhalten werden, können wir uns fünf Minuten gönnen, um uns dieses Sandwich zu teilen. Dabei erzähle ich dir so viel ich kann, aber dann müssen wir weiter. Einverstanden?«

»Einverstanden«, erwiderte Maria. Sie war erleichtert, die heilige Ankunfts-Dreieinigkeit aus Ruhe, Essen und Informationen zu bekommen. Linda fummelte in der Tüte herum und wickelte das Sandwich darin aus.

»Ich arbeite nicht für die Regierung oder so, falls du das glauben solltest.« Sie reichte Maria die Hälfte eines Sandwiches mit Käse und Gurken. Maria hörte ihren Magen knurren und fragte sich, wann sie das letzte Mal etwas gegessen hatte. »Ich hatte mich bei *Sei vorbereitet* gemeldet. Davor war ich Rezeptionistin in einem Schönheitssalon.« Von der Erinnerung eingeholt, verstummte sie und schüttelte langsam den Kopf. »Ich hätte nie geglaubt, dass man mich will, aber es war so. So landete ich bei Projekt Ouroboros.«

Ihre Miene verfinsterte sich, als wären es schlimme Erinnerungen.

»Wo?«

»Das ist eine Militärbasis in der Nähe des Ladybower Reservoir in Sheffield.« Sie seufzte. »Niemand weiß, dass es eine Militärbasis ist. Es sieht wie eine Windfarm aus. Dort fahren wir hin. Das ist vermutlich der einzige Ort, an dem man uns helfen kann, und mir gefällt die Vorstellung nicht, zu Hause zu sitzen, während diese Dinger auf dem Weg zu mir sind.« Sie zeigte auf die langsam vorbeifahrenden Autos. »Wüsste jemand von denen, was an diesem Ort geschieht, würden sie alle dorthin fahren.«

»Eine Militärbasis?« Plötzlich dämmerte Maria etwas. »Hat das etwa mit den Stone Men zu tun? Forschung oder so?« Der Gedanke verwandelte sich in einen Hoffnungsschimmer. »Steht dort der Meißel?«

»Ich weiß nicht, was sie dort haben, aber ich weiß, was sie dort *hatten.*« Lindas Stimme klang leise. »Am Ende hat man es allen erzählt, also weißt du es auch.«

»Dort hat man den Stone Man festgehalten, richtig? Bevor …«

»Ja. Ich war eine Weile dort.«

»Was hat man denn da …?«

»Willst du nicht wissen, was eben passiert ist?«, unterbrach Linda sie, aber sie tat es nicht unfreundlich. »Als wir uns die

Hände geschüttelt haben? Warum wir einander im Stau wahrgenommen haben?«

»Ja«, sagte Maria peinlich berührt.

»Das wollten sie auch.« Linda seufzte und nahm einen Bissen von ihrem Sandwich. Nachdenklich kaute sie. »Der arme Paul. Ich hoffe, sie haben am Ende ein paar Antworten gefunden. Das will ich herausbekommen. Vermutlich ist es Zeitverschwendung, aber …« Sie zuckte mit den Schultern und seufzte schwer; ihr Blick ging in die Ferne. »Ich bin ein Teil davon. Wir müssen etwas tun.«

Maria ignorierte das Wort *wir* – das war genau das Letzte, das sie wollte, in diese Sache verstrickt zu werden, und sie hatte auch nicht die Absicht, es noch schlimmer zu machen. Dann griff sie Lindas Bemerkung auf.

»Wer ist Paul?«

Wieder runzelte Linda die Stirn und schüttelte den Kopf, unzufrieden mit sich selbst.

»Ach, ich bin einfach schrecklich. Greife immer voraus. Paul war …« Als sie die richtigen Worte zu finden versuchte, bemerkte Maria mit großer Überraschung, dass ihre Augen feucht schimmerten. »Tut mir leid. Tut mir leid. Das ist etwas emotional.« Sie schniefte und schüttelte den Kopf. »Er hat vier Jahre in einem Metallgefängnis auf Rädern verbracht, während das Ding ihn jagte.« Ihre Stimme bebte vor Zorn. »Ein Gefangener, dem der Tod auf den Fersen war, und zwar jede Minute eines jeden Tages. Kannst du dir das vorstellen? So manch einer kriegt eine geringere Strafe für Totschlag. Und soweit ich weiß, hat er nicht einmal etwas getan, um das zu verdienen.«

Ein Metallgefängnis auf Rädern? Maria wagte nicht, sie zu unterbrechen. *Moment,* dachte sie dann, *ist sie aufgebracht, weil er …*

Sie lag richtig mit ihrer Vermutung.

»Er starb, Maria«, sagte Linda. »Er ist tot. Er war ein netter Mann, und er ist … er ist tot. Ich habe ihn sehr gemocht. Lass mich am Anfang anfangen, dann erkläre ich alles.«

Als Linda mit ihrer Geschichte von der Rekrutierung für *Sei vorbereitet* zum Ende kam, war das Sandwich schon lange aufgegessen. Maria hielt noch immer den größten Teil ihrer Portion. Sie stand steif da, hatte die Arme um den Körper geschlungen, und ihr war übel. Allein die Vorstellung, in einen geheimnisvollen Hangar gebracht und ihren schlimmsten Albtraum gezeigt zu bekommen, der nur ein paar Meter entfernt einer Hütte auf Rädern folgte? Viele Menschen hatten der Regierungserklärung nicht geglaubt, sie eingeschlossen. Wie hätten sie dieses *Ding* an Ort und Stelle festhalten sollen? Im Fernsehen war deutlich zu sehen gewesen, wie es Hellfire-Raketen einfach ignorierte. Aber nun bestätigte Linda es. Wenn der Stone Man nicht vernichtet worden war, würde sie ihr unter gar keinen Umständen an diesen Ort folgen.

»Aber ... Sie konnten den Stone Man gefangen nehmen, indem sie ihn einfach diesem Typen folgen ließen?« Maria konnte es nicht glauben. »Das war alles? So haben sie ihn eingefangen?«

Es erschien so ... simpel. Fast schon albern.

Fast.

»Ich habe nicht viel Zeit in diesem Hangar verbracht.« Linda zuckte mit den Schultern. »Bevor ich wieder gehen musste, war ich größtenteils in Konferenzräumen. Darüber bin ich froh. Es hat mir nicht gefallen, in der Nähe des Stone Man zu sein. Es fiel mir schwer, das Ding anzusehen.« Sie erschauderte, und Maria war sich sicher, dass sie so etwas wie *Finstere Dinge* murmelte. »Vermutlich hatte man die Hoffnung, dass man den Rückkehrprozess der anderen stören konnte, wenn man *Caementum* dort festsetzte – das war ihre Bezeichnung dafür, *Caementum.* Wir hatten den Dreh- und Angelpunkt gefunden.« *Caementum,* dachte Maria. Das klang wie ein süßes Konzernmaskottchen. Wie hieß das Michelin-Männchen noch mal in Wirklichkeit? *Bibendum?* »Aber wie dem auch sei, alle zivilen Rekruten dort hatten während der Ankünfte Visionen von Menschen gehabt, derjenigen Menschen, wegen der die Stone Men anscheinend gekommen waren. Ein Teil unserer Aufgabe bestand darin, diese Fähigkeit zu verbessern für den Fall, dass diese Dinger zurückkehrten. Ich hatte nur einen Mann gesehen, aber ein paar von uns, die, die wirklich gut darin waren, hatten Visionen von allen Leuten gehabt. Die Projektleute bezeichneten sie als Ziele, was mir gar nicht gefiel. Hörte sich wie ein Attentat an.«

»Und war es das?«

»Ich war nicht der Ansicht, zumindest nicht zu diesem Zeitpunkt.« Wieder seufzte sie und blickte in den Himmel. »Heute bin ich mir da nicht mehr so sicher. Ich habe gehört, dass niemand sie je wiedergesehen hat, nachdem sie gerettet wurden. Niemand kannte die Namen der Zielpersonen der Dritten Ankunft – mal abgesehen vom armen George Mykos –, also konnte auch niemand überprüfen, was mit ihnen geschehen war.« Sie schüttelte den Kopf. »Aber ich kann mir vorstellen, dass Straub ein Problem damit hat, eine Handvoll Leute umzubringen, auch wenn das verhindert, dass das halbe Land in Schutt und Asche gelegt wird. Ich kann nicht … ach, ich weiß es nicht.«

Maria fröstelte.

»Was hat man dir denn beigebracht?«

»Wir haben viele Entspannungsübungen gelernt, Visualisierungstechniken, ESP-Training, alle möglichen Dinge, über die noch vor wenigen Jahren jede Armee der Welt nur gelacht hätte. Eine ganze Sparte der Psychologie, die man zuvor als Folklore abgeschrieben hatte, war plötzlich wieder interessant geworden. Parapsychologie, wie man es nannte. Automatisches Schreiben, die Arbeit mit Spiegeln. Es war verrückt, eines Tages hat man uns sogar mit Blutproben in Petrischalen arbeiten lassen, Hunderte davon. Man hatte sie zu Reihen aus zehn Stück aufgebaut, und wir mussten eine davon auswählen.«

Maria musste daran denken, dass die Anzugträger bei den Goodmans sie um eine Blutprobe und einen DNS-Abstrich gebeten hatten.

»Also hat die Genetik etwas damit zu tun, wer eine Zielperson ist?«

»Das muss so sein. Außerdem kann man damit feststellen, wer *steinsensitiv* ist. Was anscheinend nicht immer funktioniert«, fügte Linda hinzu und sah Maria bedeutungsvoll an, die ihre plötzliche Verlegenheit zu verbergen versuchte. »Die Ironie dabei war nur, dass es allein darum ging, zu lernen, wie man sie aufhalten kann. Nur dass gerade keine Ankunft stattfand, was natürlich das Problem war.«

»Was?«, rief Maria. »Das Ding war doch genau dort, in diesem Hangar! Warum konnte man nicht damit üben?«

Linda schien nicht zu begreifen.

»Natürlich.« Linda schüttelte den Kopf. »Mein Fehler, woher solltest du das wissen? Es war, als würde man … Okay, stell dir vor, du würdest die Bedienung eines Metalldetektors erlernen, würdest dich aber in einem Raum befinden, in dem alles aus Metall ist.«

»Ach so. Aber warum hat man die Rekruten dann nicht weiter weggebracht?«

»Weil sie bereits wussten, wo sich Paul, die letzte Zielperson, aufhielt. In der Hütte. Viele von uns hatten eine Vision von Paul, das hatte uns überhaupt erst zum Projekt gebracht, zum Teufel. Selbst ich konnte ihn beschreiben, bevor ich ihn das erste Mal zu Gesicht bekam, jedenfalls bis ich im Garten diesen Lärm gehört hatte. Das Militär wollte Leute ausbilden, indem es jemanden benutzte, den die Leute bereits gefunden hatten, verstehst du? Man brauchte neue Zielpersonen, mit denen man trainieren konnte, aber ohne eine weitere Ankunft gab es die nicht. Wir konnten sie auch nicht vorher finden. Das schafften nicht einmal die Besten von uns. Stell es dir so vor.« Sie legte die Spitzen ihrer Zeigefinger aneinander. »Ein Schaltkreis, an dem einen Ende ist die Zielperson, am anderen der Stone Man, der auf sie angesetzt ist. Direkt nach der Ankunft durchqueren ihre Signale das Land, und die Sache geht los. Ein paar Menschen haben diese Fähigkeiten, wenn es um die Stone Men geht. Anscheinend haben ein paar Leute sogar kurz vor der Ankunft der Stone Men Visionen und Empfindungen, was mich auf den Gedanken gebracht hat, dass die Ungeheuer eine lange Zeit von ihrem Herkunftsort unterwegs sind, obwohl sie auf unserer Seite ganz plötzlich erscheinen.« Die Vorstellung gefiel Maria gar nicht, erst recht jetzt nicht, wo die Empty Men gekommen waren, und dann auch noch in dieser Zahl. »Aber *Caementum* war der Einzige, der da war, und er strahlte nur etwas für Paul aus, und das auch nur im Umkreis weniger Meter, was das angeht ...«

»Einen Moment«, unterbrach Maria sie. »Du hast gesagt, das war ein Teil deiner Aufgabe. Was war denn der andere?«

»Das wurde nie erklärt. Manchmal frage ich mich, ob das nicht der eigentlich wichtige Teil war. Die Zeit, die wir in der Gegenwart dieses Monsters verbracht haben.«

Maria trat tatsächlich einen Schritt zurück.

»Du hast Zeit mit ihm verbracht?«

»O ja. Nicht so viel wie andere, aber ich habe mehrere Stunden bei dem *Caementum* verbracht.«

»Um was zu tun?«

Linda legte einen Finger an die Stirn. »Wir sollten ihn lesen.«

»Lesen? Du meinst kommunizieren?«

»Genau.«

Maria war verblüfft.

»O mein Gott!«

»Es gab Gerüchte, dass ein paar Leute kurz gesehen hatten, was das Ding sah und vermutlich nach Hause sendete. Ich glaube, die Idee bestand darin, das möglicherweise umzudrehen. Signale von der anderen Seite aufzufangen. Aber meiner Meinung nach ist das nicht einmal im Ansatz gelungen, und ich war definitiv keine Hilfe. Man hat mich nur so lange dort behalten, bis man sich völlig sicher war, dass ich nutzlos bin.«

Die andere Seite. Allein schon die Vorstellung bereitete Maria Unbehagen. »Du konntest nicht ... was, damit Verbindung aufnehmen?«

»So ziemlich. Eigentlich habe ich nur diese Geräusche gehört. Wobei ich dann ›blockiert‹ wurde.«

»Also hast du irgendwie dein Mojo oder was auch immer verloren?«

»Ich glaube, ich hatte schon von Anfang an nicht besonders viel Mojo«, sagte Linda bedauernd. »Ich gehörte immer zur untersten Stufe, ganz im Gegensatz zu anderen.«

Wieder diese Andeutung. Meint sie etwa mich?

»Darüber zu sprechen, ist unangenehm«, fuhr Linda fort, »aber ich hatte das Gefühl, dass sie mich *gesehen* hatten.« Sie zeigte in den Himmel. »Aus der Ferne. Hinter diesem Geräusch lauerten Augen. Als hätte man mich beim Lauschen erwischt, verstehst du? Und dieses Getöse, das ich hörte, war ihre Gegenmaßnahme, mit der sie es unterbanden. Das ist auch diesem Burschen passiert, Ken. Ich bin ihm in der Kantine begegnet, und er war so weiß wie ein Laken. Alle haben einen großen Bogen um ihn gemacht, aber ich habe ihn gefragt, ob alles in Ordnung mit ihm sei. Und er sagt: *Sie haben mich gesehen.* Mehr wollte er nicht sagen, aber das war eine Bestätigung. Ich glaube, darum hat man uns auch paarweise arbeiten lassen, hat für regelmäßige, aber kurze Sitzungen gesorgt. Schaltet man sich zu lange ein, können sie dich sehen. Damals habe ich mich gefragt, ob Ken vielleicht richtig gut darin war und die Verantwortlichen es mit ihm einfach übertrieben haben.«

»Was wurde aus Ken? Als man dich rausgeworfen hat?«

»Er wurde nach Hause geschickt, genau wie ich nach einem letzten Versuch. Der typische Ave-Maria-Pass, wie es unsere amerikanischen Vettern bezeichnen würden. Man hat mich mit Paul in seinem Wagen zusammengebracht.«

Maria stellte sich vor, in einem Wohnwagen zu sitzen, dem nur wenige Meter entfernt der Stone Man folgte. Sie versuchte nicht daran zu denken, wie er sich den Weg durch das Metall und Glas des Busses bahnte, als wären es Alufolie und Eis …

»Wir wissen, dass Sie damit zu kämpfen haben, was völlig in Ordnung ist«, sagte Linda plötzlich in einem hochnäsigen und knappen Tonfall, nahm die rechte Hand nach oben. Maria brauchte einen Augenblick, bis ihr klar wurde, dass sie Straub imitierte. »Wir probieren gern eine Sache aus, bevor wir einen Kontrakt beenden. Wenn das nicht funktioniert, schicken wir

Sie mit unseren besten Wünschen zurück.« Lindas bitteres Lächeln machte deutlich, wie es ihrer Meinung nach mit der Ehrlichkeit von Straubs besten Wünschen bestellt war. »Die Eiskönigin war nur selten da, obwohl sie den Befehl hatte, aber wenn sie vor Ort war, sorgte sie für Disziplin. Alle schienen eine Todesangst vor ihr zu haben. Also brachte man mich direkt nach dieser Unterhaltung dorthin. Zur Hütte. Wir betraten den Hangar, und man steckte mich in dieses Spezialfahrzeug, das man neben dem Wohnwagen fahren ließ. Es fuhr auch von selbst. Ich hatte es ein paarmal in Aktion gesehen, man benutzte es für die Lebensmittelversorgung, und ich hatte auch gesehen, dass es Zivilisten beförderte. Einmal trug einer von ihnen einen zusammenklappbaren Massagetisch. Ich kannte so etwas, weil Sarah aus der Nachbarschaft gelegentlich damit zu mir kam und mir den Nacken massierte, eine tolle Masseuse, ein wirklich liebes Mädchen.« Linda blinzelte, schüttelte den Kopf und wurde sich bewusst, dass sie vom Thema abgekommen war, und plötzlich wurde Maria wieder daran erinnert, wie normal diese Frau war. »Aber auf dem Weg zu dem Wohnwagen kamen wir daran vorbei. Am Stone Man.«

Wieder schien sie ins Nichts zu starren, als sie es sich vorstellte.

»Man hatte eine Art Zugbrücke mit Geländer konstruiert, damit man von einem Wagen in den anderen steigen konnte«, fuhr sie fort. »Man hatte mich ermahnt, genau darauf zu achten, wo ich die Füße hinsetze, aber ich konnte nur an den Stone Man denken. Der unermüdlich lief, ihn immer verfolgte. Aber egal. Im Wagen war ein … nun, es war wie eine kleine Wohnung. In der Ecke stand ein Bett, es gab ein Spülbecken, solche Dinge eben. Einen großen Fernseher, in der anderen Ecke sogar eine Kraftstation. Die Wände waren tapeziert, aber alles wirkte etwas schäbig. Trotzdem war es eine tolle Ingenieurleistung. Man hat kaum bemerkt, dass die Unterkunft sich bewegte. Paul hat mir dann später erzählt, dass es Handgriffe für ihn gab, bevor man das Gyroskop perfektioniert hatte.«

»Wie war er denn so?«

Linda öffnete den Mund, hielt dann aber inne. Sie stieß ein falsches, nervöses Lachen aus.

»Es tut mir leid. Ich habe darüber nicht mehr geredet, seit ich … Du musst wissen, dass ich das nicht einmal meiner Tochter erzählt habe. Man hatte sehr, sehr deutlich zum Ausdruck gebracht, dass man das nicht durfte. Das letzte Mal habe ich mit O'Reardon beim Projekt darüber gesprochen. Nach der *Abschlussbesprechung.*« Sie runzelte die Stirn, dann seufzte sie. »Okay. Also Paul.«

O'REARDON 120: LINDA WYKEN: ENTLASSUNGSWOCHE – SITZUNG 5 VON 5
O: Okay, wir fangen an. Das ist die letzte Hürde, Linda.
L: …
O: Linda?
L: Bringen wir es einfach hinter uns, bitte. Um wie viel Uhr fährt man mich nach Hause?
O: Sie müssen noch eine Nacht hier verbringen. Morgen früh geht es dann zurück, nachdem wir Gelegenheit hatten, heute Nachmittag und heute Abend die Mitschnitte zu begutachten.
L: Gut.
O: Sie haben das heute Morgen erwähnt, in …
Eine Pause tritt ein, Papier raschelt.
O: … Sitzung 2. Es ging um ihre letzte Sitzung mit Paul. Sie haben sie als unangenehm beschrieben.
L: Das war sie.
O: Ich möchte über Paul sprechen.
L: Das habe ich mir schon gedacht.
O: Was war Ihr erster Eindruck? Bei Ihrer ersten Begegnung?
L: …
O: Linda?
L: Ich konnte sehen, dass er einst größer war. Er hatte diese lose Haut am Hals, so wie bei Leuten, die einst viel dicker waren und zu schnell an Gewicht verloren haben. Er war blass. Als ich ihn das erste Mal sah, verspürte ich Todesangst. Stellen Sie sich vor, Sie haben ein Bild von jemandem im Kopf, dem Sie nie begegnet sind, das auf magische Weise

dort entstand, und dann begegnen Sie dieser Person nicht nur persönlich – was also heißt, dass sie real *ist –, sondern sie steckt auch noch in einem Gefängnis.*

O: Mister Winter ist kein *Gefangener, Linda.*

L: Wie würden Sie jemanden bezeichnen, den Sie immer nur mit einem bewaffneten Wächter sehen? Einem Wächter, der ihre Unterhaltungen live zensiert.

O: Sie wissen, dass er freiwillig …

L: Ich glaube nicht, dass es noch eine große Rolle spielt, wie Sie ihn heute bezeichnen, oder?

O: Wie fanden Sie Ihre erste Begegnung?

L: Unbehaglich.

O: Interessant. Warum? Wegen des Händchenhaltens?

L: Ja. Und jetzt werden Sie sich weigern, mir den Grund dafür zu verraten. Schon wieder.

O: Warum haben wir Sie darum gebeten, was glauben Sie? Mir fällt auf, dass Ihr Herzschlag in dem Moment schneller geworden ist, in dem Sie es erwähnt haben. Das ist gut. Es hilft, wenn Sie richtig mitmachen.

L: Sie wollten sehen, ob es diesen Stromstoß gibt, wenn wir uns die Hände schütteln.

O: Hm. Wie fanden Sie das?

L: Schockierend.

O: Tatsächlich.

L: Es tat weh, und zwar so richtig, aber beim ersten Mal war Straub dabei, und ich erinnere mich, dass das Miststück enttäuscht aussah. Als hätte sie erwartet, dass es mich bewusstlos macht.

O: Achten Sie bitte auf Ihre Wortwahl, Linda.

L: Also mal ehrlich. Was wollen Sie jetzt noch dagegen tun? Und diese Frau ist *ein Miststück.*

O: Wie hat Paul reagiert? War er amüsiert, wütend, verwirrt?

L: (seufzt) Er hat gesagt …

O: Ja?

L: Er hat gesagt, beim ersten Mal wäre es immer am schlimmsten, danach aber okay. Er war … nett.

O: Also haben Sie es erneut getan, haben Ihre Meditationsübungen gemacht …

L: Erzählen Sie das oder ich?

O: Ich versuche nur, Sie zu führen, Linda. Ich will Ihnen helfen, sich genau zu erinnern, damit …

L: Er war ein gebrochener Mann, O'Reardon. Ihre Leute haben ihn gebrochen. Das konnte ich auf den ersten Blick sehen.

O: Er ist ein Freiwilliger.

L: Wissen Sie, was albern ist? Ich fühlte mich mies. Seinetwegen, aber auch weil ich Ihre Zeit verschwendet habe. Jetzt bin ich fast froh darüber. Sie haben es verdient, wegen dem, was Sie ihm angetan haben. Sie haben ihm dieses Ding um den Hals gelegt …

O: Versuchen Sie bitte nicht vorzugreifen.

Pause.

L: Er wusste, dass ich »es« nicht habe. Straub auch. Also ließ sie uns allein – natürlich mit dem Wächter –, und keiner von uns hat viel gesagt. Nach einer Weile sagte er dann plötzlich, dass ich auch damit aufhören kann, wenn ich will. Was mich richtig überrascht hat, denn bis zu diesem Augenblick hatte er kaum ein Wort von sich gegeben. Dann sagte er, dass seiner Meinung nach das mit dem Atmen und dem Rest nichts bringt, wenn man keine Verbindung miteinander hat. Der Soldat hinter uns hustete, um ihn zum Schweigen zu bringen, und Paul verdrehte nur die Augen. Ups, sagte er. Entschuldigung, Herr General, der Feind hört mit und so weiter. Dann hielten wir einfach nur unsere Hände, und in dem Raum war es ganz still. Schließlich sagte er, es tue ihm leid. Sie würden einfach nicht damit aufhören. Er warf dem Soldaten einen Blick zu und sagte, es sei okay, das zu sagen, nicht wahr, und der Soldat hat nur die Augen verdreht, als wäre er es gewöhnt, dass sich Paul danebenbenimmt. Er hatte diesen … ich weiß nicht, Sie würden es vermutlich als Galgenhumor bezeichnen. Ich glaube, sie zu ärgern, war sein einziges echtes Vergnügen. Machen Sie sich keine Sorgen, sagte er. Man wird Sie noch ein paarmal herbringen, dann schickt man Sie nach Hause. Das gab es schon mehrmals. Glauben Sie mir, sagte er, das ist sowieso besser für Sie. Und ich nickte, meinte, ich hätte ihn ein paarmal in meinem Kopf gesehen, bis dieses Kreischen ertönte. Danach waren die Visionen weg. Und sein Gesichtsausdruck, als ich das sagte …

Lange Pause.

O: Linda?

L: Ja?

O: So viel haben Sie heute noch nicht an einem Stück gesagt. Warum haben Sie aufgehört?

Ein undefinierbarer Laut.

O: Es tut mir leid, möchten Sie ein Taschentuch haben?

L: Davor hatte er bloß gegrinst, aber da … verschwand sein Lächeln einfach. Ich erzählte also mehr von dem Lärm in meinem Kopf, und Paul … Er hat nur genickt, stumm, aber sein Blick glitt immer wieder zu dem Soldaten. Mittlerweile war ich besorgt und fragte, was nicht stimmt, und der Soldat verkündete schnell, dass die Zeit um ist, und brachte mich raus. Ich gehorchte, und Paul … sprang plötzlich auf.

O: Er hat den Soldaten angegriffen? Davon steht nichts in meinen Unterlagen …

L: Nein, so blöd war er nicht, aber der Soldat hob blitzschnell die Waffe. Paul hat ihn keines Blickes gewürdigt, sondern mich angesehen. Er hat gesagt, dass das nichts anderes bedeutet, als dass die anderen nicht wollen, dass man bei ihnen rumschnüffelt, und sie mich darum blockiert haben. Sie würden nicht zurückkehren, und ich sei sicher, und dann sagte er noch etwas anderes, aber der Soldat brüllte: »Winter!«, als würde er ein Kind maßregeln. Paul hat gesagt, was soll der Scheiß, was wollen Sie tun, Sie können es dem armen Teufel genauso gut sagen, und der Soldat zerrte mich aus der Wagentür, und das war es an diesem Tag. Als ich ihn das nächste Mal sah …

O: Hatten wir das Abschreckungswerkzeug?

L: Den verfluchten Elektroschockkragen, wollten Sie wohl sagen.

O: Sprechen Sie weiter, bitte.

L: Warum haben Sie mich weiterhin dorthin gebracht? Welche Hoffnungen haben Sie sich gemacht? Offensichtlich sollte es doch bei der ersten Begegnung passieren. Was sollte er denn machen? Mich neu starten? Es gibt da das Gerücht, dass er wie eine Batterie ist, ein Verstärker …

O: Je schneller wir zum Ende kommen …

L: Ich weiß, dass es bei einigen der anderen etwas bewirkt hat. Sie haben sie in die Strachan-Gruppe verlegt, bevor jemand mit ihnen sprechen konnte.

O: Bitte nur Ihre Geschichte.

L: Sophie Warrender. Sie wurde verlegt, nachdem sie im Wohnwagen war. Das war keine Überraschung. Jedermann wusste, dass sie etwas Besonderes ist, die gute, alte Dispensatori. Damit ist sie doch gemeint, nicht wahr? Ich habe sie gemocht.

O: Linda …

L: Ich habe das Gerücht gehört, dass der Aufruf für Sei vorbereitet nur vielleicht sechs oder sieben Leute gefunden hat, die man für gut genug befunden hat. Für verlässlich genug. Stimmt das? Sophie muss auf dieser Liste gelandet sein, man konnte förmlich spüren, wie das Dispensatori in Wellen von ihr ausging.

O: Linda, wenn das hier zu lange dauert, werden wir morgen weitermachen müssen, was eine weitere Übernachtung bedeutet. Und dieses Wort, das Sie benutzen, sagt mir überhaupt nichts.

L: Aber natürlich nicht.

O: Sie haben Mister Winter insgesamt … viermal gesehen?

L: Ja.

O: Wie war das?

L: Wir haben uns länger unterhalten, haben uns etwas kennengelernt. Das durften wir neben den Übungen. Vermutlich glaubte man, dass sich in unserem Gehirn vielleicht Dinge verändern würden, falls wir eine persönliche Verbindung aufbauen könnten, keine Ahnung. Vielleicht tat ich ihm einfach auch nur gut, da er, Sie wissen schon, abbaute.

O: Waren Sie Freunde?

L: Was?

O: Spielen Sie mit.

L: Ich schon. Ich habe ihn sehr gemocht.

O: Worüber haben Sie sich unterhalten?

L: Seinen alten Job. Sein früheres Leben. Seine Frau. Dinge wie … Sie wissen, dass dieser Kragen der letzte Tropfen war?

O: Okay. Reden Sie es sich von der Seele, Linda.

L: Dieses schreckliche Ding! Und bei jedem Besuch sah er viel schlechter aus. Lag es daran, dass er sich so lange in der Nähe des Stone Man befunden hat? Der Stress? Oder in dieser verfluchten Hütte auf Rädern leben zu müssen? Sogar Lebenslängliche dürfen sich gelegentlich auf dem Hof die Beine vertreten!

O: Sprechen Sie weiter.

L: Sie müssen doch Bescheid wissen. Bei so vielem, was mit dem Stone

Man zu tun hat, ging es um Geist über Materie. Ihnen muss doch jetzt klar sein – natürlich ist es nun zu spät –, dass die Verbindung in beide Richtungen gehen kann. Sieht man in den Abgrund, sieht der Abgrund in dich, und so weiter. Oder haben wir ihn ausgelaugt? Seine Besucher?
O: Was ist dann passiert?
Eine Pause.
L: Sobald ich ihn mit diesem Kragen sah, hatte ich den Eindruck, dass er einfach aufgegeben hatte. Er war fertig. Energie … das ist eine sehr reale Sache, Frau Doktor. Nicht auf die Weise, die Sie kennen, so wie Kalorien und dergleichen. Ich spreche von der Energie des Geistes, der Entschlossenheit. Man sieht es bei Herdentieren, wenn sie die Herde verloren haben. Bei unserer letzten Begegnung sah er wie ein Skelett aus. Seine Wangenknochen … Sie müssen gewusst haben, dass er starb. Das war für jeden ersichtlich, der Augen im Kopf hat.
O: Bitte schön!
Eine Nase wird geputzt.
O: Wir sind fast fertig, Linda. Vielen Dank! Können Sie mir von heute Morgen erzählen? Als Sie ihn das letzte Mal gesehen haben.
L: Oh …
O: Das ist der letzte Teil, dann sind wir fertig.
L: Er lag auf dem Bett. Sein Anblick hat mich so schockiert, dass ich wütend wurde und anfing, die Wächter anzubrüllen. Er hielt mich auf, sagte, sie würden nur ihre Arbeit machen. Allerdings hörte es sich an, als würde ihm das Reden Schmerzen bereiten. Er schien etwas lebendiger zu werden, nachdem wir uns eine Weile unterhalten hatten, aber nur ein paar Minuten. Wir fassten uns erst gegen Ende an den Händen. Da wurde mir klar, dass er direkt durch mich hindurchsah. Sein Blick war völlig glasig. Ich sagte seinen Namen, und er hat nicht einmal … Die Soldaten riefen über Funk nach einem Arzt, und ich wurde wieder aus der Tür gedrängt. Bevor ich ging, konnte ich noch einen Blick auf ihn werfen; sie berührten seine Schulter, und er sackte einfach zurück, als würde er … er atmete, aber es war ein Röcheln …
O: Das haben Sie sehr gut gemacht, Linda. Lassen Sie mich Ihnen ein Glas Wasser holen.
L: Er hat bis zum Ende durchgehalten, verstehen Sie denn nicht? Er hat durchgehalten, um jemandem, der ihn wirklich kannte, noch eine letzte

Sache zu sagen, jemandem, der nicht beim Militär war. Er sagte es, bevor er starb.
O: Was hat er denn gesagt, Linda?
L: Das wissen Sie doch durch die Überwachungskameras.
O: Können Sie es mir sagen?
L: Er sagte, ihm würde alles sehr leidtun, was er und Andy getan hätten.
O: Okay?
L: Ich habe ihn gefragt, was er meinte, wer Andy ist. Und da erkannte ich, wie ich schon sagte …
Eine Pause.
O: Vielen Dank, Linda! Wir …
L: Wer war Andy? Paul hat nie darüber gesprochen, wie er in dem Wagen gelandet ist, das war ihm verboten.
O: Ich weiß nicht, wer das war.
L: Er musste sich entschuldigen. Deshalb hat er durchgehalten. Das Letzte, das er in seinem Leben getan hat, war, sich zu entschuldigen. Das ist …
Eine lange Pause.
O: Vielen Dank, Linda!
(Das Band endet.)

Das Sandwich war aufgegessen. Linda betrachtete den noch immer langsam vorbeirollenden Verkehr mit starrem Blick. Maria fragte sich, ob sie gelogen hatte, als sie Paul als Freund beschrieben hatte; er war mehr gewesen, zumindest was sie anging.

Bist du einsam, Linda?, fragte sich Maria. *Hast du jemanden?*

Plötzlich verspürte sie ein starkes Mitgefühl für diese Frau.

»Es tut mir leid.« Linda kehrte in die Gegenwart zurück. »Ich rede und rede. Irgendwann werde ich dich fragen, wer du bist, das verspreche ich.«

»Du kennst meinen Namen, und viel mehr gibt es da auch nicht, das verspreche ich.«

»Etwas habe ich denen nicht verraten.« Jetzt war Lindas Blick fest auf Maria gerichtet. »Es gibt etwas, das sie nicht wissen. Ich habe etwas ausgelassen. Er hielt auch noch wegen einer anderen Sache durch.«

»Was denn?«

»Um mich zu warnen.«

»Wovor, vor dem Projekt? Wo wir hinwollen?«

»Nein, nein«, versicherte Linda, hob abwehrend die Hände. »Ich glaube, es ging um die Stone Men. Er steckte mir einen Zettel zu, als wir uns berührten. Selbst so abgemagert, wie er war, war seine Hand so viel größer als meine, und der Zettel war so klein, dass ich ihn erst fühlte, als er mich losließ. Dabei hielt er meinen Blick fest und gab mir zu verstehen, dass das ein Geheimnis bleiben sollte. Ich schloss die Finger darum, und er nickte kaum merklich. Die Wächter konnten es nicht mitbekommen. Ich habe ihn mir erst in meinem Quartier angesehen, und selbst da habe ich so getan, als würde ich ein Nickerchen machen, damit ich ihn unter der Decke lesen konnte. Als ich das tat, wusste ich, dass ich größere Sorgen als Straub und ihre Kumpane habe. Ich erinnerte mich an seinen Gesichtsausdruck, als ich von dem Laut erzählte, den ich gehört und nach dem ich die Gabe nicht länger hatte. Wie seine Miene entgleiste.«

»Was stand auf dem Zettel?«

Mit einem todernsten Gesichtsausdruck fuhr Linda mit dem Finger durch die Luft und unterstrich einen Text, den nur sie allein sehen konnte.

»VERLASS DAS LAND!«

Mit unerreichtem Timing kam kalter Wind auf. Maria konnte es nicht glauben. Sie hatte Pauls Rat befolgt, ohne es überhaupt zu wissen.

»Ich wusste erst am nächsten Morgen, dass er tatsächlich tot war«, fuhr Linda fort, bevor Maria Gelegenheit hatte, sie zu fragen, warum zum Teufel sie dann noch hier war. »Da wusste ich, dass er von uns gegangen war. Es war die erste unbestreitbare psychische Empfindung, die ich seit dem Lärm in meinem Kopf gehabt hatte. Mal abgesehen von dem Stromstoß beim ersten Händeschütteln. Ich wurde wach, weil ich plötzlich dieses Loch in meinem Verstand fühlte. Er riss es, als er ging. Ich konnte sogar hören, wie ein paar der Leute in den anderen Zimmern leise schrien. Einerseits war ich erleichtert, seinetwegen, weil er so gelitten hatte, trotzdem weinte ich wie ein Baby. Nach einer Weile stand ich auf und machte einen Spaziergang. Wir hatten die blauen Schlüsselbänder bekommen, mit denen wir uns frei in den ungesperrten Gebieten bewegen konnten. Schließlich konnten wir nirgendwo rein, wo wir nicht reindurften, und überall waren Kameras. In der Sekunde, in der ich die Unterkunft verließ, konnte ich sehen, dass hier Chaos herrschte, das totale Chaos. Man hatte nicht einmal uns Zivilisten befohlen, drinnen zu bleiben. Überall rannten Soldaten herum, brüllten in Funkgeräte, waren Jeeps und Hubschrauber unterwegs. Das absolute Pandämonium. Ich wurde angehalten, bevor ich überhaupt in die Nähe des Hangars kam. Man schickte mich zurück in mein Quartier, um dort zu warten. Es dauerte Stunden, bevor jemand kam. Um ehrlich zu sein, war es reiner Zufall, dass ich O'Reardon wiedersah. Entschuldigung, sie war eine der Wissenschaftlerinnen, mit denen ich zu tun hatte. Als ich sie am Fenster meines Zimmers vorbeigehen sah, rief ich durch die Scheibe. Sie kam rein und teilte mir mit, dass alle Zivilisten nach Hause geschickt würden. Sie sah merkwürdig aus, und zuerst glaubte ich, sie sei einfach nur erschöpft, aber dann begriff ich, dass sie kaum wusste, wer ich bin. Sie hatte einen ernsthaften Schock erlitten. Sie schwankte, und ich musste dauernd alles wiederholen, damit sie mich verstand.«

»Also gingen alle nach Hause, weil Paul gestorben war?« Maria begriff es nicht.

»Nein, nein. Schon vor diesem Tag wussten wir bereits, dass der Stone Man nach dem Tod der Zielperson verschwindet, okay? Er kehrt nach Hause zurück. Das war uns klar geworden; wir erhielten von den Wissenschaftlern nicht viele Informationen, aber gelegentlich verplapperte sich einer. Nichts wirklich Wichtiges, vielleicht nur ihre Meinung oder so, oder sie unterhielten sich einfach. Wir waren nicht dumm.«

»Okay.«

»Und ich kann mir nicht vorstellen, dass O'Reardon ohne das Chaos und ihren Zustand Mist gebaut und mir die Wahrheit gesagt hätte. Sie sah schließlich aus, als hätte sie Drogen genommen. Oder vielleicht sagte sie es mir, bevor es ihr jemand verbieten konnte. Es war verrückt, und ich glaube, dass an diesem Tag eine Menge durchs Netz schlüpfte.«

»Und was war die Wahrheit?«

»Sie redete, als wäre ich nicht da.« Linda setzte einen benommenen Ausdruck auf, machte die Wissenschaftlerin nach. »Sie plapperte, sagte Dinge wie: Das dürfen Sie eigentlich gar nicht wissen. Man hat mich informiert, das Ding ist weg, es ist verschwunden. Es ist nach Hause.« Lindas Stimme wurde ausdruckslos. »Mir war klar, was sie meinte. Kein Wunder, dass dort alle durchgedreht sind. O'Reardon sah aus, als hätte sie beobachtet, wie dieses riesige Ding verschwindet, und es hätte ihren Verstand explodieren lassen. Dann schien sie irgendwie wieder etwas zu sich zu kommen und sagte, sie müsse zu Doktor Boldfield, und verschwand. Ich habe sie nie wiedergesehen. Später an diesem Tag brachte man mich nach Hause. Niemand hat erfahren, dass sie es mir verraten hat. Du bist die erste Person, der ich das je erzählt habe.«

»Aber du hast das Land nicht verlassen. Wie lange ist das jetzt her?«

»Ungefähr ein Jahr. Und nein, sobald ich das Projekt verlassen hatte … tat ich es nicht. Ich wollte es. Als ich daran teilnahm, war meine Mutter bereits krank, das war einer der Gründe, warum ich Projekt Ouroboros beinahe abgesagt hätte, aber sie hat mir beigebracht, was eine Verpflichtung ist. Wenn man helfen kann, dann soll man es auch tun. Das war immer ihr Credo.«

Maria wurde rot.

Hör nicht darauf. Niemand hat dich um Hilfe gebeten. Aber du hast bewusst gelogen und ihnen gesagt, dass du keine Visionen hattest. Du hast dich nicht freiwillig gemeldet. Du bist abgehauen …

Maria kämpfte gegen diesen Gedanken an, versicherte sich, dass sie einfach hatte gehen müssen, aber die Antwort erfolgte sofort und hallte laut und vernichtend durch ihren Kopf.

DIESE FRAU IN DER AUTOSCHLANGE HAT IHREN SOHN LÄNGER GEHALTEN ALS DU RUTH.

Glücklicherweise redete Linda noch immer, und Maria konnte die Kälte und die Schuld, die sie zu überwältigen drohte, ignorieren.

»Aber nachdem ich wieder zu Hause war, ging es ihr viel schlechter, und ich musste mich um sie kümmern. Wochen wurden zu Monaten, und nun ja ... nichts passierte. Wusste Paul wirklich etwas über die Rückkehr dieser Dinger, oder glaubte er nur, dass etwas passieren würde, weil ich dieses Geräusch gehört hatte? War er am Ende einfach nur verwirrt? Hör zu, ich weiß, jetzt klingt es verrückt, dass ich nicht die Flucht ergriffen habe, aber das ist ein Jahr her. Es hat seit *vier Jahren* keine Ankunft mehr gegeben. Würdest du deine sterbende Mutter wegen des Rats eines erschöpften Sterbenden zurücklassen?«

»Nun, aber so groß war dein Zweifel auch wieder nicht, oder?«, sagte Maria vorsichtig, weil sie niemanden beleidigen wollte. »Ich spreche von dem Motorrad. Entschuldige, aber du kommst mir nicht gerade wie ein Rennfan vor. Ich glaube, du hast dich daran erinnert, was auf den Straßen während der Ankunft los war, und hast dich vorbereitet, damit du etwas hast, auf dem du im Notfall schnell wegkommst.« Sie zeigte auf den Helm neben Lindas Füßen.

»Meine Tochter ist der Rennfan. Es war ihre Maschine, bevor sie das Jahr nach Amerika ging«, erwiderte Linda. »Für das Motorrad ist ihr Vater verantwortlich. Ich habe nicht einmal einen Führerschein dafür. Ich habe ein paar Stunden auf einem Übungsplatz geübt, habe mich mit der Maschine vertraut gemacht. Konnte nicht schaden.« Sie breitete die Arme aus und hob die Brauen. *Und das hat es auch nicht, oder?*, schien sie auszudrücken zu wollen.

»Das ist richtig«, sagte Maria und lächelte schmal. Aber dann wurde ihr klar, dass Linda irgendwie unbehaglich aussah. Wartete sie auf etwas?

»Was?«

»Hör mal, du scheint mich irgendwie missverstanden zu

haben. Verstehst du nicht, was ich dir gerade gesagt habe? Was das bedeutet?«

Überrascht dachte Maria nach.

»Nein. Natürlich ist mir klar, was du erzählt hast, aber was soll ich daran nicht verstehen?«

»Der Stone Man kehrte nach Hause zurück«, wiederholte Linda, die sah, dass Maria nicht verstand. »Weil Paul *gestorben* ist.«

»Ja?«

Bin ich so begriffsstutzig?, fragte sich Maria. *Was will sie? Mitleid?*

»Ich ... Es tut mir wirklich leid, das zu hören, Linda.«

Und dann verstand sie.

»Warte!« Plötzlich war die Luft viel kälter, als Entsetzen durch ihre Adern kroch. »Es ist zurückgekehrt, weil die Zielperson, also Paul, gestorben ist.«

Linda nickte nur traurig, während sie zusah, wie sich in Marias Kopf die Rädchen drehten, wenn auch durch nassen Zement.

»Ja.« Sie klang geduldig.

»Aber das bedeutet ... der Premierminister ... der Meißel.« Maria legte langsam die Hand auf den Mund. »Sie haben doch gesagt ... dass der Meißel den Stone Man zerstört hat.«

»Ja.« Linda nickte ernst. »Das hat er gesagt. Mehrere Wochen nachdem der Stone Man verschwunden war.«

»Aber das bedeutet doch ... er hat gelogen.«

»Ja. Ich halte es für möglich, dass der Meißel nicht mehr ist als eine notwendige PR-Aktion«, flüsterte Linda. »Sie sind wohl davon ausgegangen, dass die Stone Men nicht zurückkehren, und sobald Gerüchte aufkamen – vielleicht über etwas, an dem sie wirklich gearbeitet haben, mit dem sie gescheitert sind oder das nie beendet wurde –, haben sie einfach versucht, sie sich zu eigen zu machen. Um zumindest einen Teil der Ordnung wiederherzustellen, die es seit der Ersten Ankunft nicht mehr gegeben hat. Ich glaube, dass sie das tun mussten. Sieh dir nur an, wie die Aktienkurse jeder großen britischen Firma am Tag der

Pressekonferenz über den Meißel wieder in die Höhe schossen. Und was ist glaubwürdiger als die zögerliche Bestätigung, dass ein Leck oder ein Enthüllungsbericht der Wahrheit entspricht, erst recht, wenn das Endergebnis eine gute Nachricht ist?«

Maria dachte an die Empty Men, dachte darüber nach, was möglicherweise in diesem Augenblick in Coventry geschah.

»Der Meißel hat gar nicht …«

Der Groschen fiel, und die Hand auf ihrem Mund wurde aus Angst zu einer Klaue.

»Aber das bedeutet … wir sind völlig schutzlos.«

KAPITEL FÜNFZEHN

Drei Fäuste und ein Vorschlaghammer, du hast es gerade auf die Liste geschafft, und eine unerwartete Ankunft

Eric

Auf der Straße warf Eric Harry einen Blick zu und marschierte weiter. Die Knöchel der Hand, die den Vorschlaghammer hielt, verfärbten sich weiß. Auf dem Weg zur Straße hatte er ihn in der fünften Etage geholt. Harrys ernster Blick war auf das Prisma gerichtet, er bot das Bild grimmiger Entschlossenheit. Angesoffener Mut? Zorn? Richtiger Mut? Eric vermochte es nicht zu sagen. Zusehen zu müssen, wie eine Menschenmenge von einem außerirdischen Prisma gefressen wurde, war vermutlich besser für die Nüchternheit als ein Pfefferminz. Er selbst verspürte nur Wut und Angst. Hier war er, würde tatsächlich Ground Zero betreten, würde durch das bröckelnde Loch gehen, das das Prisma in die Mauer geschlagen hatte, direkt hinein in die Wahrheit.

Noch einen Tag zuvor hätte ihn die Vorstellung, an der nun unbesetzten Militärsperre auf der Straße ungehindert vorbeizugehen, schwindelig vor Begeisterung gemacht. Aus der Nähe brachte ihn der Anblick des mörderischen Prismas, das vor ihm aufragte, dazu, gegen den plötzlichen, überwältigenden Drang anzukämpfen, sich auf der Stelle umzudrehen und in die entgegengesetzte Richtung zu laufen. Dann fielen ihm wieder Jenny, Mickey und Theresa ein, er biss vor Wut die Zähne zusammen, und der Kreislauf ging von vorn los.

Aber da wuchs noch etwas anderes – und zwar seit der letzte Schlurfer vom Prisma gefressen worden war –, nicht nur Erics Wut und Angst *(oder deine Aufregung, dass du endlich alles erfährst,* flüsterte ein Teil von ihm). Die Luft fühlte sich dicker an. Wozu auch immer die Schlurfer gefressen worden waren, es war Teil einer weiteren Stufe gewesen, und es war klar, dass sich das Prisma unter der Barriere aufwärmte. Aber darüber konnte er nicht nachdenken. Er musste einfach da rein, etwas finden und wieder raus. Jenny helfen.

Ihm kam ein weiterer Gedanke.

Und dir selbst helfen, richtig?

Er versuchte es zu bestreiten, sich selbst zu versichern, dass es allein um Jenny ging, aber er konnte nicht abstreiten, dass in seinem Kopf das Blut rauschte. *Ground Zero. Du betrittst Ground Zero.* In seinen wildesten Träumen hätte er sich nicht vorstellen können, so weit zu kommen. Dort würde er finden, was er seit fünf Jahren gesucht hatte, den Beweis, was sie Theresa angetan hatten. Aaron.

Und den Beweis, dass auch du möglicherweise eine Zielperson bist, vergiss das nicht.

Bald waren sie nur noch sechs Meter vom Fundament des Prismas entfernt, standen da, schauten nach oben und staunten über seine Höhe. Eric war in New York gewesen, hatte die Wolkenkratzer gesehen. Sie waren bedeutend höher als das Prisma, aber sie waren nicht aus dem Nichts erschienen. Harry brach das Schweigen, indem er durch die Zähne pfiff.

»Mein Gott«, sagte er.

»Ja. Egal was du tust, fass es nicht an.«

»Das hatte ich auch nicht vor.«

»Lass uns reingehen«, sagte Eric, dann keuchte er ärgerlich. »Scheiße, da drinnen müssen alle Leitungen hinüber sein. Hast du die Taschenlampe?« In der Eile hatte er sie vergessen.

»Ja«, sagte Harry zu Erics großer Erleichterung. Eric streckte die zitternde Hand mit dem Vorschlaghammer aus. Harry gab ihm stattdessen die Taschenlampe.

»Du leuchtest. Ich bin zwanzig Jahre älter als du, aber ich habe auch eine Hand mehr«, murmelte er. »Falls nötig kann ich damit mehr Schaden anrichten als du.«

»Scheiße, Harry. Tritt einen Kerl, wenn er am Boden liegt«,

murmelte Eric, dann wandte er sich wieder dem Ground-Zero-Gebäude zu.

»Falls du dich dadurch besser fühlst, ich glaube, die Frauen stehen noch immer mehr auf dich«, erwiderte Harry und legte den Vorschlaghammer auf der Schulter ab. Eric betrachtete die Oberfläche des Prismas; die hineingestanzten Muster waren tiefer, als es von Jennys Behausung ausgesehen hatte. Wäre es ihm egal gewesen, einen Arm zu verlieren, hätte er ihn in eine der tiefen geschwungenen Linien hineinstecken können, ohne den Grund zu erreichen. Er musterte die Lücke zwischen der rechten Seite des Prismas und der Hauswand. Sie war groß genug, um sich seitlich an der von Menschen gebauten Mauer durchzuquetschen, ohne die tödliche Oberfläche des Prismas zu berühren. Aber selbst das war für Erics Geschmack noch zu nah. Vielleicht war die Wand auch noch an anderer Stelle eingestürzt? Eine schnelle Umrundung des Gebäudes, das größer als erwartet war, bestätigte, dass die Lücke in der Tat der einzige Zugang war. Die magnetischen oder elektronischen Schlösser funktionierten trotz Stromausfall. Vielleicht ein Generator im Gebäude? Eric hatte nicht genügend Informationen.

»Komm!«

Sie begaben sich zu der Lücke und schoben sich seitwärts am Prisma vorbei hindurch. Dabei bekam Eric ein Bild einfach nicht aus dem Kopf: Die zerklüftete Oberfläche zerkaute Menschen. Er stellte sich das Entsetzen und die Klaustrophobie vor, während sich ganze Reihen von Menschen von hinten gegen ihn drängten und sein Gesicht auf die tödliche Seite des Prismas drückten. Er schob sich so schnell in das Gebäude, wie er konnte.

Nachdem sie die Schwelle zum Ground Zero überschritten hatten, war keine Taschenlampe mehr nötig. Nicht nur fiel genug Licht durch das Loch, einige der nicht zerstörten Lampen funktionierten noch. Zwar war es nicht besonders hell, aber sobald sich ihre Augen daran gewöhnt hatten, betrachteten sie das große Atrium mit der hohen Decke, dessen linke Seite von der Rückseite des Prismas ausgefüllt wurde. Rechts führten mehrere Türen tiefer ins Gebäude. Die Seitenwände neben der zerstörten Vorderseite wiesen Risse auf, aber abgesehen davon war der Rest intakt. Eric erkannte den Raum wieder, er war genauso leer und nüchtern wie damals, als er ihn das erste Mal gesehen hatte.

»Hier hat man diese Pressekonferenz abgehalten«, sagte er und strich nutzlos mit dem Taschenlampenstrahl durch den Raum.

»Welche Tür willst du nehmen?«, fragte Harry. »Da könnten wir Pech haben … sieh dir die Sicherheitsschlösser an.« Neben jeder Klinke hing ein kreditkartengroßes Metallkästchen an der Wand. In jeder Mitte war ein schwarzer Plastikschlitz. Ein Kartenschloss.

Darüber hingen kleine LED-Lampen. Sie leuchteten rot.

»Die Lichter sind noch an. Funktionieren die Schlösser noch?«, fragte Harry.

»Vielleicht«, antwortete Eric. »Die Sicherheit kommt immer an erster Stelle. Strom und Leitungen werden das Back-up eines Back-ups eines Back-ups haben, erst recht auf dem verdammten Ground Zero. Sie mussten ständig darauf vorbereitet sein, dass große Teile des Gebäudes zerstört werden.«

Hätte es am Boden nicht mehrere große Flecken von einer getrockneten, körnigen Substanz gegeben, hätte er sich Sorgen wegen des Zugangs gemacht.

In der Nähe lag zusammengefallene Kleidung, ein Paar Schuhe.

Ihm kam eine Idee. »Hey, Harry! Tu mir einen Gefallen. Kannst du diese Klamotten nach einer Schlüsselkarte durchsuchen? Ich würde es ja tun, aber du weißt schon, meine Hand …« Es war eine billige Ausrede, aber in diesem Augenblick griff er nur zu gern darauf zurück. Harry blickte von dem Schlamassel am Boden zu Eric. Mit einem resignierten Seufzen durchsuchte er die Taschen. Es nahm ein paar Minuten in Anspruch, aber schließlich richtete er sich auf, schnappte nach Luft – er hatte die Luft angehalten – und hielt eine laminierte Karte an einem Trageband in die Höhe.

»Die ist gut, Harry«, sagte Eric. »Häng dir das Band doch um, wenn es sauber ist. Wir wollen es nicht verlieren.«

»Tatsächlich ist es das.« Harry untersuchte es genau. »Es muss sich außerhalb der Kleidung befunden haben, als die Barriere zuschlug.« Er verstummte, blickte sich im Atrium um und zählte stumm die Kleiderhaufen. »Scheiße, Scheiße!«

»Konzentrier dich, Harry. Nehmen wir die Tür dort hinten.« Eric trat über ein großes Trümmerstück direkt vor ihm. Seine Hand fing an, vor Erwartung zu zittern.

Vielleicht bist du hier, um Jenny zu helfen, aber wenn du ehrlich bist, geht es dir um etwas anderes, oder nicht?

Endlich drang der Anblick zu ihm durch. Es gab so viele Kleiderhaufen. Ganz in der Nähe stand ein Paar fluoreszierender grüner Crocs neben einem Laborkittel. Vor einem anderen Stapel lag eine zur Hälfte geöffnete Brieftasche.

Konzentriere dich, Alter. Verliere jetzt nicht die Beherrschung, dazu ist keine Zeit. Du kannst doch fühlen, dass etwas um dich herum passiert, oder etwa nicht? Dass etwas in der Luft liegt?

Das konnte er. Der Druck steigerte sich schlimmer als je zuvor. Etwas zog herauf. Sie mussten Jenny *jetzt* befreien. Trotzdem würden sie Antworten finden.

Harry zog die Karte durch den Schlitz. Das rote Licht sprang auf Grün, ein Klicken ertönte. O mein Gott, sie waren drin. Sie waren tatsächlich drin.

»Eric?«, fragte Harry, und Eric wurde klar, dass er die Tür angestarrt und sich nicht bewegt hatte. »Gehen wir.«

»Was? Ja, ja.« Sie traten durch die Tür.

Dahinter befand sich ein langer, hell erleuchteter Korridor mit Glaswänden vom Boden bis zur Decke an beiden Seiten. Zuerst hielt Eric sie für Konferenzräume, die Art, für deren Benutzung sich Angestellte vorher »anmelden« mussten. Ein näherer Blick enthüllte, dass die Räume von wissenschaftlicher Natur waren. Laboratorien. Es gab Metallschränke und Tische, Vergrößerungsgläser und Gestelle mit Reagenzgläsern, von denen einige offensichtlich Blutproben enthielten. Jede Tür wies einen zweiten Eingang in Form einer kleinen Luftschleuse auf, in der Schutzanzüge hingen. Überall waren kleine Düsen verteilt. Vermutlich eine Dekontaminierungsschleuse. Da sie nicht wussten, wie das funktionierte, war es für sie nicht sicher, dort einzutreten. Oder war das Militär einfach nur auf Nummer sicher gegangen? Im Korridor lagen vier Kleiderhaufen in getrockneten Blutpfützen; einer davon bestand aus einer Soldatenuniform. In einem der Glaslabore hatte sich ein weißer Laborkittel gegen die Frontwand gedrückt, der durch den Sturz zu Boden zerknittert war; getrocknetes Blut klebte daran, wie deutlich zu sehen war. Eric und Harry durchquerten den Korridor schweigend zum Ausgang auf der anderen Seite. Sämtliche Laboratorien erschienen identisch.

»Forschung und Entwicklung?«, murmelte Harry. »Wenn geforscht wurde, hat man dann auch entwickelt?«

»Könnte sein«, erwiderte Eric. »Wir kommen zurück und durchsuchen alle Schränke, aber lass uns zuerst das Gebäude erkunden.«

Sie öffneten die Tür am anderen Ende des Korridors und kamen in ein weiteres Atrium. Eine Galerie umgab den ganzen Raum. Auf der gegenüberliegenden Seite führte eine Treppe hinauf und dann weiter zu einem Aufzug. Türen führten tiefer ins Gebäude, sechs in der ersten Etage und vier in dem Erdgeschoss, in dem sie sich befanden. Eric sah sich um. Eine Tür schien zurück zum Eingang zu führen, vielleicht ein identischer Korridor, durch den man zu der Seite des Atriums gelangte, die vom Prisma blockiert wurde. Nach dem zurückgelegten Weg zu urteilen und ihrer vorherigen Erkundung glaubte Eric, richtigzuliegen.

Also entweder finden wir etwas in diesen Räumen, oder das war es.

Sie mussten so viel von diesem Ort durchsuchen, wie es möglich war, und zwar so schnell wie möglich. Falls sie zufällig auf etwas wie einen großen Kanonenprototyp mit der Aufschrift »Steinzerstörer« stießen, umso besser, aber auch Informationen würden Jenny vielleicht helfen. Eric glaubte nicht, dass sie an die Computer herankommen würden, aber möglicherweise lagen ja irgendwo Dokumente herum.

»Fangen wir an«, sagte Eric. »Versuchen wir es bei der Tür dort.« Das taten sie, und seine Annahme erwies sich als richtig;

der Korridor entsprach dem, den sie gerade durchquert hatten, mit weiteren Laboratorien. Aber der Anblick war noch schwerer zu ertragen; hier hatten sich mehr Leute befunden, als die Barriere aufgestiegen war. Was hatten sie wohl gedacht? Hatten sie versucht, Proben wegzuschaffen, bevor die Kuppel auftauchte? Was hätte so wichtig sein können, dass es wert war, nach der Ankunft des Prismas hierzubleiben?

Hier lagen acht oder neun Kleiderhaufen, und mindestens die Hälfte davon waren Militäruniformen. Waren es Begleitmannschaften gewesen? Die getrocknete und verkrustete Substanz war alles, das von den Körpern übrig geblieben war, und sie bedeckte den ganzen Korridorboden. Aus irgendeinem Grund schienen die Haufen hier auch größer zu sein. Es war unmöglich, nicht auf das rote Zeug zu treten, aber es war nicht so klebrig, wie es aussah. Es war wirklich getrocknet. Etwas knirschte unter Harrys Füßen. Er hustete leicht und lehnte den Vorschlaghammer gegen die Wand, beugte sich vor und würgte.

Eric entdeckte einen Dokumentenkarton.

Rot verschmierte Kleidungsstücke verhüllten ihn ein Stück, als hätte ihn jemand getragen – war damit gelaufen? –, bevor die Barriere zuschlug. Der Deckel war verrutscht, und Eric sah Papier.

Dokumente. Jemand hat versucht, etwas hier herauszuschaffen. Etwas, das man nicht mit der nötigen Sicherheit elektronisch verschicken konnte? Oder nur ein Back-up?

»Harry, kannst du die Tür am anderen Ende überprüfen?«, fragte er und ging zu dem Karton. »Sieh nach, ob sie wieder ins Atrium führt.«

Harry hielt die Hand vor den Mund, während er den Korridor entlangknirschte. Eric bückte sich und schob mit dem Ellbogen behutsam den Deckel vom Karton. Darin befand sich ein dicker Papierstapel, und als er die oberste Seite nahm und sich wieder aufrichtete, blickte er den Korridor entlang. Da waren noch weitere Kartons, die auf ähnliche Weise von leeren, beschmutzten Kleidungsstücken und klebriger Röte verdeckt wurden. Darum erschienen die Stoffhaufen größer.

Sie hatten versucht, die Dokumente hier rauszuschaffen.

Die Seite in seiner Hand zeigte eine Reihe von Kategorien mit Namen. Die Überschrift sprang ihn an wie ein Angreifer.

FREUNDLICHKEITSPROTOKOLL CV1A7IIHL4TI

Heilige Scheiße! Heilige Scheiße!

Aber wie zum Teufel sollte das jetzt Jenny helfen?

Das tat es nicht, trotzdem las er. Es gab mehrere Spalten mit den Bezeichnungen KRÄHE, ZINN, LÖWE und STURM. Nur KRÄHE wies Einträge auf, jedenfalls die Seite, die er gerade in der Hand hielt. Es waren Nachnamen und Initialen – SANDERS GJ, SANDERS GK –, denen eine Reihe Buchstaben und Zahlen folgten. Eric hielt sie möglicherweise für Sozialversicherungsnummern. Die als KRÄHE bezeichnete Spalte fand auf der nächsten Seite ihre Fortsetzung. Er zog die nächsten Seiten aus dem Karton. Die ersten vier waren gleich, eine volle Krähenliste und nichts in den anderen Rubriken. Dann kam er zu Seite sechs und entdeckte den ersten Namen in der Spalte mit der Überschrift ZINN: SANDERS GJ.

Er griff in den Pappkarton und blätterte die nächsten Seiten durch; in seiner Konzentration fiel ihm kaum auf, dass er sich bereits daran gewöhnte, alles nur mit einer Hand zu machen. Das Muster schien gleich zu sein, alle anderen Spalten waren leer. Er sah noch mehr durch und fand den gelegentlichen Eintrag in der Reihe ZINN, aber noch immer nichts in LÖWE und STURM.

»Sie führt zum Atrium«, rief Harry und schloss die Tür. »Wäre beinahe in das verfluchte Prisma reingelaufen, es steht direkt hinter der Tür. Willst du diese Labore durchsuchen oder …« Er verstummte mitten im Satz, als Eric hektisch weitere Kartons aufriss und Papierstapel herauszog, die er durchsah, bevor er zum nächsten eilte. Das ging mehrere Minuten so weiter. Harry ließ ihn gewähren; er wollte die manische Aktivität nicht unterbrechen.

»Scheiße!«, stieß Eric hervor.

»Was denn?«

Eric stopfte die letzten Seiten zurück in den Karton.

»Die Namen gehen nur von *S* bis *W*.« Eric fuhr sich durchs Gesicht und richtete sich auf. *Welche Namen?*, wollte Harry fragen, aber dann wurde ihm klar, wonach Eric suchte. *Pettifer.*

»Die Namen von Zivilisten?«

»Es kann nichts anderes sein, dazu sind es zu viele«, sagte Eric. »Lass uns … lass uns die Türen in der ersten Etage überprüfen, bevor wir mit den Laboratorien weitermachen.« Er zeigte auf die vielen Kartons im Korridor. Hoffentlich fiel Harry nicht auf, wie schwer er atmete. »Wir gehen nicht, ohne einen mitzunehmen, okay? Das ist wichtig.«

»Alles in Ordnung?« Eric starrte auf die Stelle, an der sich seine Hand befunden hatte.

»Nein«, antwortete er und war zufrieden, dass er nichts fühlte, als er das sagte. Seine emotionale Rüstung funktionierte. »Aber das ist egal. Wenn wir gehen, musst du ihn tragen, dazu braucht man zwei Hände. Ist das okay?«

»Klar, soll der Schwarze den Träger spielen.«

»Hey, so habe ich das nicht …«

»Ich ziehe dich bloß auf.« Harry seufzte. »Hör zu, ich könnte …« Er machte die Bewegung des Trinkens.

»Wir hatten eine Abmachung. Lass uns das hier erledigen, dann bekommst du einen Schluck. Fair?«

»Scheiße! Ja.«

»Okay.«

Harry schnappte sich den Vorschlaghammer, und sie gingen mit knirschenden Schritten zurück zum zweiten Atrium. Eric konnte hören, wie Harry nur durch den Mund atmete, als sie die Zimmer durchsuchten. Die obere Etage war eine Enttäuschung; da waren zwei Computerzentren – die PCs liefen noch, aber der Zugang war unmöglich –, eine Kältekammer für die Aufbewahrung von Blutproben und zwei Konferenzräume. Immerhin war der letzte Raum interessant. Hier gab es Regale voller identischer Kartons wie die, die sie in dem Korridor gefunden hatten.

Jennys Auto, fiel Eric plötzlich ein. *Komm mit dem Auto zurück und belade es damit.*

Das war machbar, aber sie würden schnell sein müssen. Seine Ohren fühlten sich langsam an, als würde er in einem aufsteigenden Flugzeug sitzen.

»Fühlst du was?«, fragte Harry und bestätigte seine Befürchtungen über die ihnen verbleibende Zeit. Wenn Harry es auch fühlte, mussten sie sich wirklich beeilen.

»Ja. Machen wir schnell.«

»Wir werden sowieso nichts finden, oder?«, fragte Harry tonlos. »Das ihr hilft?«

»Suchen wir einfach weiter. Schnell.«

Sie eilten zurück nach unten. Die noch verbliebenen Räume waren viel größer. Der erste war eine Garage. Es gab einen Jeep – die anderen drei standen verlassen auf der Ringstraße – und einen Truppentransporter mit geschwärzten Fenstern. Eine schnelle Durchsuchung zeigte, dass hier nichts Brauchbares zu holen war. Die Zündschlüssel fehlten. Eric fluchte leise; die Wagen wären ideal für den Transport der Kartons gewesen. Sie verließen die Garage und betraten den nächsten Raum, der sich als kleiner Vorraum mit Metallwänden, einem Schreibtisch und einer einzigen Tür in der Wand entpuppte. Harry führte die Schlüsselkarte durch das Schloss, aber das Licht des Kontrolllämpchens änderte sich nicht.

»Warum funktioniert das nicht?«, murmelte er.

»Hat nicht die nötige Zugangsberechtigung«, sagte Eric. Plötzlich wollte er unbedingt auf die andere Seite dieser Metalltür. Harry stellte sich auf die Zehenspitzen, um hinter den Tisch sehen zu können.

»Dieser Kerl hatte sie vermutlich«, meinte er. Eric sah ebenfalls hin. Dort lag ein rot verschmierter Kleiderhaufen. »Ich mache das nicht noch einmal. Ich kann nicht.«

»Schon okay.« Eric trat hinter den Tisch und stocherte mit dem Fuß in der Kleidung herum. Sein Schuh traf etwas Hartes; er bückte sich und fischte es heraus. Es war eine Pistole, die in einem Schulterholster steckte. Er zeigte Harry seinen Fund.

»Willst du sie mitnehmen?«

Eric zog es in Betracht. Aber die Waffe war zu schwer, um

sie sich in die Tasche zu schieben; er würde auch das Schulterholster brauchen. Es war mit getrocknetem Blut bedeckt. Die Vorstellung war nicht angenehm.

»Ich ... wir wissen nicht, was passieren kann, oder?«

»Nein. Kannst du damit umgehen?«

»Ich glaube schon.« Er zog die Jacke aus und legte das Holster an. In seinem ganzen Leben hatte er noch keine richtige Pistole abgeschossen, aber als Teenager hatte er eine Sig-Sauer-Luftpistole besessen. Er zog die Pistole, und der ähnlich geformte Verschlussriegel warf das schwere Magazin auf den Tisch. Es sah voll aus; andererseits würde das Magazin vermutlich immer eine Patrone ganz oben aufweisen. Wenn er sie nicht alle zählte, würde er es nie mit Gewissheit wissen.

Nicht jetzt. Die Zeit ...

Er nahm das Magazin und gab es Harry, der es zurück in die Pistole schob, während Eric sie hielt. Eric legte den Sicherungshebel vor, steckte die Waffe ins Holster und zog unbeholfen die Jacke wieder an. Das Gewicht der Pistole verlieh ihm etwas mehr Sicherheit. Der Blick in diese verlassenen Räume hatte ihm zu schaffen gemacht. Wieder stieß er gegen die Kleidungsstücke und zog sie auseinander, bis er das vertraute Halteband entdeckte.

»Da ist es«, sagte er. »Wollen wir doch mal sehen.«

Es funktionierte. Das grüne Licht über dem Schlitz leuchtete auf, die Tür gab ein lautes Zischen von sich, als sie aufsprang. Dahinter befand sich eine Dekontaminierungsschleuse mit einer Glastür. An beiden Seiten hingen Schutzanzüge, aber keiner der Männer nahm sie wahr, denn sie starrten an, was sich in dem weißen Raum dahinter befand.

Es unterschied sich sehr von allem, was sie bis jetzt zu Gesicht bekommen hatten.

Eric sprang überrascht zurück, fummelte voller Angst nach der Pistole, aber Harry griff nach seinem Arm.

»Nein, warte!«, zischte er. »Sie bewegen sich nicht! Sie ... sie ... Scheiße, was ist das?«

Es gab zwei von ihnen.

Sie füllten den Raum, angestrahlt vom grellen Licht der Deckenlampen, das von den weißen Wänden reflektiert wurde. Am Boden lagen zwei intakte Schutzanzüge, deren Visiere von innen rot verkrustet waren. Eric brachte keinen Ton hervor.

»Glaubst du … ich glaube, sie sind tot, Eric. Sieh nur, sie stehen nicht aufrecht. Sieh doch!«

Eric starrte sie an. Er konnte nichts anderes tun.

»Was sind … was sind …?«

Sie hatten ungefähr die gleiche Größe wie der Stone Man, waren vielleicht etwas größer. Sie waren dunkelgrau, und zuerst glaubte Eric, sie würden aus demselben Material bestehen, aber dann wurde ihm klar, dass sie aus etwas Ähnlichem wie Fleisch konstruiert waren. Und plötzlich wusste er es. Sie sahen aus, als würden sie aus Nashornhaut bestehen. Sie hatten mehrere Gliedmaßen, und die Weise, auf die ihre Beine oder Arme oder was auch immer sie da überkreuzten, aufrecht gehalten wurden – da war ein kleiner, vermutlich extra angefertigter Metallständer, der sie aufrecht hielt, der sie in ihrer natürlichen Haltung stützte, damit sie studiert werden konnten –, erschwerte die Feststellung, wie viel davon sie genau hatten. Dann begriff Eric: Es waren sechs Beine. Sie endeten in großen, knotigen Stümpfen, die ihn an Elefantenfüße ohne Nägel erinnerten. Der Torso maß bei beiden ungefähr anderthalb Meter und war genauso breit. Sie hatten keine Gesichter. So etwas zu finden, hatte er niemals erwartet.

»Hast du jemals etwas davon gehört?«, fragte Harry. Er ließ Eric los und trat näher an die Scheibe der Dekontaminationsschleuse heran. »Bei deinen Onlinekumpeln, hat da jemals jemand darüber gesprochen?«

»Nein.« Eric keuchte. »Das ist …« Ihm kam eine Idee. Schließlich waren die Schutzanzüge ja da. Rechts neben der Tür zu dem Raum mit den Dingern war ein roter Knopf.

»Harry, ich glaube, wir können da rein.« Er erwartete, dass sich Harry weigerte, aber der Blick seines Freundes glitt über die Anzüge und dann zurück zur Scheibe. Er dachte darüber nach.

Eric sollte sich immer fragen, wie seine Antwort gelautet hätte.

Plötzlich schoss der Luftdruck abrupt in die Höhe. Eric schlug Hand und Stumpf gegen die Schläfen und stöhnte. Es gab keinen Begleitlärm, aber es tat weh.

»Eric! Was ist los? Was tun sie …?«

»Spürst du das denn nicht?«

»Ich spüre gar nichts. Scheiße, was kann ich tun, sag mir, was ich tun soll.«

Sie starrten die Dinger auf der anderen Seite der Scheibe an, warteten darauf, dass sie zum Leben erwachten und sich ihren Weg durch das Hindernis bahnten. Aber die Kreaturen regten sich nicht. Was zum Teufel geschah hier?

»Hat es etwas mit Jenny zu tun?«, stieß Harry hervor. »Sie … ich kann noch immer fühlen, wo sie ist, wie zuvor, ich weiß nicht, ob es etwas damit zu tun hat …«

»Ich weiß es auch nicht, aber es …«

Dann wusste er es.

Draußen. Draußen ist etwas passiert.

KAPITEL SECHZEHN

Maria wird wütend

Maria

»Ich will dir keine falschen Hoffnungen machen, Maria«, sagte Linda und griff nach dem Helm. Sie saß auf dem Motorrad, das noch immer hinter der Plakatwand parkte. »Ich weiß nicht, was jetzt dort ist, nachdem die Forschungsarbeiten eingestellt wurden. Ich weiß nicht einmal etwas über dich … Gott, ich rede zu viel …«

»Nein, ich habe dich schließlich gefragt.«

»Aber du scheinst nett zu sein, und ich will nicht, dass du glaubst, dass das eine sichere Sache ist.«

»Eine Militärbasis, die dazu errichtet wurde, um sich mit dem Stone Man zu beschäftigen? Klingt viel sicherer, als ich mir einen anderen Ort vorstellen könnte. Selbst wenn wir es mit den Empty Men zu tun haben statt mit den Stone Men.«

Sie hielt kurz inne. *Solange man mir nicht zu viele Fragen stellt.*

»Linda … was sind sie deiner Meinung nach? Wozu sind sie gekommen?«

»Ich habe nicht die geringste Ahnung, Liebes. Um zu töten? Etwas anderes fällt mir dazu nicht ein.«

»Aber sie töten nicht jeden. Nur ein paar. Ist dir das aufgefallen?«

»Ich habe …« Sie zuckte mit den Schultern. »Ich weiß es nicht. Ich weiß es einfach nicht. Aber mit deiner Hilfe und den Schlaubergern beim Projekt …«

Maria erstarrte. Linda schaute sie ausdruckslos an.

»Nun …«, stammelte Maria. »Ich glaube nicht, dass ich … du weißt schon …«

Linda sah überrascht aus.

»Aber du hast es doch selbst gesagt. Allem Anschein nach verfügst du über eine einzigartige Fähigkeit. Ich vertraue diesen Leuten nicht, aber im Augenblick werden sie unsere beste Möglichkeit sein.« Sie fuchtelte mit dem Helm herum. »Findest du nicht, dass es in deinem persönlichen Interesse sein könnte, jetzt zu helfen? Indem du den Leuten in Ladybower erzählst, was du tun kannst, selbst wenn du damit nur dir selbst helfen kannst?«

Maria war in Gedanken plötzlich wieder im Bus, alles in ihrer Brust verkrampfte sich.

»Äh, ich bin nicht ... ich meine ...«

»Ich will nicht impertinent sein, aber ... bist du nicht wütend? Willst du nicht ...«

Maria schoss das Blut ins Gesicht, und sie schwankte leicht. Wieder hörte sie die Kinder schreien und das Metall zerreißen, hörte Ruth nach Luft ringen.

»Meine Freundin ...« Linda begriff sofort, nahm Marias Hand und stützte sie.

»O mein Gott, o mein Gott, es tut mir leid, es tut mir so leid«, sagte sie hastig, »ich verstehe, keine Sorge. Wir müssen ihnen nichts sagen, wenn du nicht willst, nichts. Okay?« Sie streichelte Marias Hand, die verlegen nickte und sich räusperte, während die Straße, die Plakatwand und die Autos wieder Konturen annahmen. »Wir fahren dorthin, und ich bin bereits im System, also wird man wissen, dass ich keine Verrückte bin. Ich behaupte einfach, ich hätte neue Visionen gehabt, damit man uns Zugang gewährt. Dich stelle ich als Blutsverwandte vor. Bei allem, was gerade geschieht, wird man uns reinlassen. Etwas anderes können die sich doch gar nicht leisten. Sobald wir dort sind, werden sie viel zu sehr beschäftigt sein, um uns rauszuwerfen. Und wir können uns dort etwas einfallen lassen. Es ist kein toller Plan, aber die beste Möglichkeit, findest du nicht?«

Maria nickte einfach wieder und versuchte der Frage in ihrem Kopf zu entkommen:

Bist du nicht wütend?

»Bist du so weit?«, fragte Linda.

»Ja. Ja.«

Maria stieg hinten auf das Motorrad.

»Wo kommst du eigentlich her?« Linda startete den Motor. »Ich habe so viel geredet.«

»Ursprünglich aus Coventry.«

»Ach du meine Güte«, sagte Linda ehrlich. »Es tut mir leid, das zu hören.«

Im Verlauf der nächsten Stunde wurde die zweispurige Schnellstraße zur einspurigen Landstraße, als sie das Autobahnland hinter sich zurückließen und wieder in eine Gegend kamen, die das »Ländlichste« war, das Maria seit Jahren gesehen hatte. Normalerweise wären hier überhaupt keine Autos gewesen; heute wurden sie ständig überholt, die Wagen waren mit Besitztümern und Menschen vollgestopft. Die Straße wurde so schmal, dass es nicht einmal einen weißen Mittelstreifen gab. Sie hob und senkte sich zwischen hohen Hecken, oft drängten sich gewaltige alte Bäume aus den Büschen. Die Wolken waren so dunkel und regenschwer, dass es bereits früher Abend hätte sein können.

Dann fuhr das Motorrad durch eine Kurve, und Maria entdeckte die ersten Windkraftanlagen. Es waren sechs oder sieben, die sich über die Dächer kleiner Gebäude erhoben. Ein Stück dahinter erhob sich ein sehr großer grauer Hangar.

Ihre Nervosität kehrte zurück. Sie wusste, dass sie diesen Leuten nicht vertrauen konnte. Schließlich hatten sie in allem gelogen.

Aber sie hatte keine bessere Idee.

Ein paar Minuten später kam links von ihnen die Einfahrt in Sicht, und Maria erkannte, dass die Basis in der Senke eines natürlichen Tals lag, das beinahe die Form einer Schüssel hatte. Fast überall um sie herum erhoben sich Hügel, von denen einer mit einem dichten Wald bewachsen war. Das Tor stand nicht weit vom Straßenrand entfernt am Ende einer v-förmigen Zufahrt zwischen einem hohen Maschendrahtzaun, der die gerodeten Hecken ersetzt hatte. Linda parkte auf der gegenüberliegenden Straßenseite. Es war offensichtlich, dass eine Menge Land bewegt worden war, um für die Anlage Platz zu machen. Hätte Maria schätzen müssen, nahm das Ganze ungefähr den Platz von drei Fußballfeldern ein; ein Stück weiter gab es noch ein zweites Tor, das zu beiden Seiten von Wachhäusern eingerahmt wurde.

Auf Maria machte alles einen verlassenen Eindruck. Der Stone Man war verschwunden; also ergab der Gedanke durchaus Sinn.

Der Mann am Tor verfügte über keine sichtbare Waffe. Er sah wie ein ganz gewöhnlicher Wachmann aus – Linda hatte nicht gelogen, hier trug keiner eine Militäruniform –, aber Maria bezweifelte nicht, dass er bewaffnet war. Noch immer fuhren alle paar Sekunden Autos vorbei. Sie war nervös.

»Überlass mir das Reden«, sagte Linda leise und ging auf das Häuschen zu. Der Mann war dürr, aber drahtig, sah ein paar Jahre jünger als Maria aus. Als er Linda erblickte, fiel Maria auf, wie nervös er wirkte, als hätte er, wenn es nach ihm gegangen wäre, seinen Posten schon vor langer Zeit verlassen.

Hier ist etwas passiert, dachte sie. *Etwas Schlimmes.*

Unwillkürlich wich sie zurück. Was machte sie hier? Unvermittelt stieg ein Gedanke in ihr auf:

Bist du nicht wütend?

Der Mann in dem Häuschen – der *Soldat* – hatte sie bis jetzt nicht aus den Augen gelassen. Er drückte einen altmodischen Festnetzhörer ans Ohr, dessen gewundene Schnur mit dem Gerät an der Wand verbunden war. Sein Atem ging schwer, er hörte aufmerksam zu. Maria wurde klar, dass er einen harten Tag hinter sich hatte, obwohl er lediglich der Mann am Eingang war. Sie musste hier schleunigst verschwinden … aber wohin?

Der Wächter sprach etwas ins Telefon und legte dann auf.

»Bleiben Sie bitte dort stehen«, sagte er zu Linda. Seine Stimme war laut und energisch. Er zeigte auf einen schmalen weißen Streifen, der vor dem V des Eingangs verlief. »Das hier ist Privatbesitz, was wollen Sie?«

Linda blieb genau auf der Linie stehen. Erkannte sie den Mann? Falls ja, zeigte sie es nicht, und der Wächter empfing sie definitiv nicht wie die verloren geglaubte Tochter.

»Hallo, ich bin Linda Wyken«, rief sie laut. »Beraterin R36 und …« Sie zögerte, wollte über die Schulter zu Maria blicken und überlegte es sich dann anders. Etwas stimmte nicht …

Maria wusste, dass Linda ihr Geheimnis enthüllen würde, bevor sie den Mund aufmachte.

» … und ich bin hier, um eine taktile Verbindung der Klasse vier mit der Zivilistin hinter mir zu melden. Die Zivilistin hat von früheren Erfahrungen mit Visionen während sämtlicher Vorfälle …«

NEIN!, dachte Maria. *NEIN, NEIN!*

»Stopp«, bellte der Wächter, und Maria glaubte, sie sei gemeint, während sich ihre Beinmuskeln anspannten, um auf der Straße zurückzulaufen. Aber er sprach zu Linda. »Einen Moment bitte.« Die Höflichkeit der Worte stand in direktem Gegensatz zu ihrem Tonfall. Maria starrte wie betäubt auf Lindas Hinterkopf. Sie hatte es doch versprochen.

Der Mann schnappte sich wieder den Telefonhörer und murmelte etwas hinein, während Maria Linda anstarrte und wollte, dass sie sich umdrehte, damit sie sie fragen konnte, was zum Teufel sie da tat. Aber Linda starrte stur weiter geradeaus, während Maria endlich in ganzem Ausmaß begriff, was sie getan hatte.

Niemand wusste, wo sie war.

Sie war blindlings in ein Territorium gegangen, in dem Regeln und Menschenrechte keinerlei Rolle spielten, und jetzt wusste man, dass sie etwas hatte, das man möglicherweise unbedingt wollte. Auf diese Weise verschwanden Menschen spurlos. Sie trat einen Schritt zurück, blickte sich auf der Straße um und hatte den verrückten Gedanken, dass sie versuchen konnte, über die Hecke zu springen.

»Bleiben Sie da stehen, Miss«, sagte der Wächter. Es war

keine Bitte. Er verlagerte das Gewicht; es war eine subtile Bewegung, aber sein Blick blieb fest auf sie gerichtet, während sich seine Hüfte drehte und die Waffe an seinem Gürtel enthüllte. Die Botschaft war deutlich. Maria fühlte, wie die Welt auf allen Seiten auf sie zurückte. Bestimmt würde er nicht auf sie schießen. Jeden Augenblick konnte ein Wagen vorbeifahren …

Sie lauschte und blickte sich um. Aufgrund eines schrecklichen Timings waren gerade keine Autos in der Nähe. Und natürlich würde er schießen. Es herrschte nationaler Notstand, und für diese Leute rechtfertigte der Zweck die Mittel.

Sie konnte nur dort stehen bleiben und warten, während der Mann in sein Telefon murmelte. Maria betrachtete Lindas Rücken und fühlte, wie sich in ihrem Inneren Zorn wie eine vor langer Zeit verloren gegangene Schwester aufbaute.

Ja, Linda, dachte sie. *Ich bin wütend.*

Man eskortierte Maria und Linda über das Gelände, nachdem man ihnen mitgeteilt hatte, dass sie sich mitten in einem nationalen Notstand befanden und jede Unterhaltung auf ein Minimum begrenzt werden musste. Die wenigen Soldaten sahen so misstrauisch und gehetzt aus wie der Mann am Eingang, waren in Bewegung und sprachen ständig in Funkgeräte. Was zum Teufel war hier geschehen? Waren es die Empty Men gewesen?

Marias Herz schlug schneller. Sie passierten große, rechteckige Flächen aus totem Gras, wo einst Gebäude gestanden hatten. Hier und da überkreuzten lange, mehrere Zentimeter dicke Plastikbahnen den Boden, ein Schutz für Stromkabel.

Am anderen Ende des Feldes erhob sich auf unheilverkündende Weise der große Hangar – ohne jeden Zweifel das Gebäude, das nach Lindas Beschreibung den *Caementum* beherbergt hatte –, und zu Marias Erleichterung gingen sie stattdessen zu einem Fertigbau. Auch wenn der Stone Man verschwunden war, wollte sie keinen Raum betreten, der sich wie seine alte Höhle anfühlte. Sein Schlupfwinkel. Die Hangartore standen weit geöffnet – hatte Linda nicht behauptet, man hätte sie zugeschweißt? –, und obwohl Maria wusste, dass der Stone

Man weg war, verdrehte sie den Kopf, um einen Blick hineinwerfen zu können. Sie brauchte Sicherheit. Der Anblick war alles andere als aufregend, nur ein paar Jeeps und Metallwände, die noch verrosteter waren, als Linda angedeutet hatte. Hier hatte man das größte nationale Geheimnis der Welt aufbewahrt?

Maria erhaschte einen kurzen Blick auf einen gewaltigen Schatten in der Ecke.

Er sah wie ein großes Metallhaus auf Rädern aus, das jetzt so überflüssig wie die Gebäude war, die einst hier draußen gestanden hatten.

Dieser Ort ist tot.

Zu ihrer Überraschung hörte sie ein leises Schluchzen, was ihrer Verwirrung über diesen Ort nur neue Nahrung gab. Neben dem Eingang des kleinen, einstöckigen Gebäudes, zu dem sie unterwegs waren, stand ein dunkelhaariger Mann und weinte. Er trug die gleiche Kleidung wie alle anderen. Er hatte das Gesicht in die Hände gelegt, schaute aber kurz auf, als er die sich nähernden Personen wahrnahm. Seine Augen waren gerötet, und er wandte sich beim Anblick von Maria und Linda sofort ab, wischte sich das Gesicht trocken. Was zum Teufel …?

Aber im nächsten Augenblick waren sie schon im Gebäude und gingen einen Korridor entlang.

Der Boden war mit Plastikfliesen ausgestattet, die Wände waren weiß, an der Decke brannten Neonröhren. Es fühlte sich wie ein Krankenhaus an, wenn auch ein kleines. Der Korridor war einfach nur eine Reihe geschlossener Türen mit einer Flügeltür am anderen Ende, die den Weg versperrte. Marias Gedanken wandten sich wieder dem Gegenstand ihres Zorns zu: Linda. Die ältere Frau wollte ihren wütenden Blick noch immer nicht erwidern und starrte stur geradeaus … aber dann sah sie plötzlich zu Maria und wieder weg. Sie senkte den Kopf und schaute zu Boden. Gut. Wenigstens wusste sie, was sie getan hatte.

Glaubst du wirklich, du hilfst dir damit, wenn du den Mund hältst? Im Augenblick ist das Militär nicht die größte Bedrohung.

Ihre Eskorte blieb stehen.

»Man wird sich gleich um Sie kümmern«, sagte einer der

Männer, zückte eine Schlüsselkarte und schloss eine Tür auf der rechten Seite auf. »Dort hinein bitte.«

Maria trat vor, aber der Mann hielt die Hand hoch. »Nur Sie, Miss.«

Linda trat wortlos durch die Tür, und Maria erhaschte einen Blick auf einen Raum mit olivgrünen Wänden, einer Metallpritsche und einer Art Wandtafel. Auch das wirkte wie ein Krankenhauszimmer. Dann schloss der Mann die Tür. In diesem Augenblick fing Linda Marias Blick auf und bildete stumm die Worte:

Es tut mir leid.

Maria hatte nur Gelegenheit zu einem Stirnrunzeln, bevor sich die Tür schloss. Das elektronische Schloss schnappte mit einem Summen zu. *Also doch ein Gefängnis.* Die Eskorte führte Maria an der nächsten Tür vorbei, und der Soldat an der Spitze öffnete wortlos die nächste Tür und zeigte darauf.

»Werden Sie mich einsperren?«

»Das ist hier die Standardprozedur. Es dient der Sicherheit der Zivilisten.«

»Wirklich?«

Der Mann deutete einfach auf die Tür. Maria zögerte. Aber dort stand ein Bett der Regierung, und wo sollte sie sonst hin? Und sie wollte sich so gern ausruhen ... sie würde nicht schlafen, so viel war sicher, aber ihr tat alles weh.

Scheiß drauf. Auf das alles.

Sie marschierte in das Zimmer. Es hatte die gleichen olivgrünen Wände und Möblierung wie Lindas Raum. Sie warf ihrer Eskorte einen Blick zu – die Soldaten trugen ebenfalls die Verkleidung aus Polohemd und Jeans –, während sich einer von ihnen in den Raum beugte und die Tür zuzog.

»Jemand wird Sie in Kürze holen.«

»Wie lange wird es dauern?«, fragte sie und hasste, wie eingeschüchtert ihre Stimme klang. Sie fragte sich, wie sie so schnell die Kontrolle über die Situation hatte verlieren können.

»Das wissen wir nicht«, sagte der Soldat. »Im Moment ist viel los.«

»Was ist denn los?«, verlangte sie zu wissen oder versuchte es zumindest.

»Das können wir Ihnen nicht sagen, Miss«, erwiderte er. Maria hatte das merkwürdige Gefühl, mit einem Computer zu reden. *Das kann ich nicht tun, Dave.* Dann blinzelten seine dunklen Augen, und sie sah, dass sein Gesicht keineswegs das einer Maschine war, sondern den Ausdruck eines hervorragend ausgebildeten Mannes trug, der unter großem Stress stand. Er war ebenfalls jung, vielleicht nicht einmal Mitte zwanzig. »Ich sehe in einer halben Stunde nach Ihnen, in Ordnung?« Er hielt inne. »Ich bin Soldat Binley.« Dann schloss er die Tür.

Zwanzig Minuten vergingen, und niemand kam. Draußen ertönten keine Geräusche, keine Schritte, keine Rufe, keine Schüsse auf eine sich nähernde Bedrohung.

Wie weit sind die Empty Men weg? Kommen sie überhaupt her? Ist dieser Ort unsere beste Verteidigungsstellung?

Maria legte sich hin und versuchte sich zu entspannen, sich auszuruhen und falls nötig bereit zu sein, aber sie brachte es nicht zustande. Ihre nervösen Gedanken prallten von den Innenseiten ihres Verstandes ab. Sie wünschte sich verzweifelt, verzweifelt Alkohol. Das war ungewöhnlich für sie.

Dann hörte sie, wie sich die Türen am Ende des Korridors öffneten. Schritte ertönten. Mehrere Leute, vielleicht vier oder fünf. Sie setzte sich aufrecht hin. Vielleicht zwei Zimmer weiter öffnete sich eine Tür. Also besuchten sie zuerst Linda.

Eine kurze Stille trat ein.

Dann hörte sie Linda schreien.

Maria sprang vom Bett; sämtliche ihrer Nerven standen unter Strom. Lindas Schrei war schrill und kurz gewesen. Und brach sehr schnell ab.

In Marias Raum gab es kein Fenster. Hektisch suchte sie nach einer Waffe. Natürlich gab es da nichts. Sie war hier gefangen.

Sie hyperventilierte. Ihr üblicher Fluchtreflex hatte kein Ziel. Eine weitere Minute verging, dann hörte sie, wie sich Lindas Tür öffnete und schloss. Wieder erklangen die Schritte. Wie eine aufgeschreckte Katze schoss sie zur Wand neben der Tür und drückte sich instinktiv dagegen, hoffte idiotischerweise, dass sie sich vielleicht durch den Spalt quetschen und in den Korridor flüchten konnte – was weit hergeholt war –, aber dann öffnete sich die Tür, und sie wusste, dass das unmöglich war. Zwei Soldaten traten ein, und ihr Blut erstarrte zu Eis, als sie sah, dass Soldat Binley keiner von ihnen war. Diese Männer waren riesig, viel größer als ihre vorherige Eskorte.

Maria erstarrte.

Sie war wütend.

Etwas zerbrach in ihr. Sie griff an.

Später sollte sie sich fragen, wo das herkam. In die letzte, ausweglose Ecke gedrängt, fand sie plötzlich die Kraft, sich zu wehren. Vielleicht waren sich die Soldaten zu sicher, machten sich wegen einer Frau von Marias geringer Größe keine Gedanken. Was auch immer der Grund war, sie ließen sich überrumpeln, als Marias Fuß die Hoden des Mannes in der Mitte traf. Er griff nach seinem Schritt und klappte zusammen, aber als Maria zur Tür stürzte, schnappte sich der linke Soldat ihr Handgelenk. Er legte den anderen Arm um ihre Taille und hielt sie fest, während Maria nach seiner Leiste trat. Aber er war darauf vorbereitet, drehte ihr den Oberschenkel zu, sodass ihr Fuß nichts als Muskeln traf. Das kurze Überraschungsmoment, das sie gehabt hatte, war vorbei. Der Soldat, der sie hielt, rief nach Unterstützung.

Maria schrie auf, als die beiden sie zum Bett trugen, sie hinlegten und Arme und Beine festhielten. Maria wand sich. Einer der Männer nahm die Hand von ihrem Bein, um ihre Schulter nach unten zu drücken, und sie schnappte mit den Zähnen nach ihm und biss fest zu. Er schrie auf und versuchte sich zu befreien, riss schmerzhaft an Marias Kiefer, aber sie wusste, dass das ihre letzte Chance war. Dann prallten ihre Zähne schmerzhaft aufeinander. Der Soldat hatte sich befreit, und Maria schmeckte Kupfer. Sie fühlte etwas Kleines in ihrem Mund und spuckte schnell aus; er hatte etwas Haut zurückgelassen. Mit der freien Hand stieß sie mit dem Daumen nach oben direkt in das Auge des Soldaten, der noch immer ihr anderes Bein und und den Arm hielt. Er ließ mit einem Aufschrei los.

Du schaffst es, dachte sie verzweifelt, *du hast noch eine Chance, du hast noch …*

In dem Raum war es nun laut, als sich die beiden verletzten Soldaten – wie zum Teufel hatte sie das nur geschafft? – zu erholen versuchten, aber sie schlüpfte vom Bett und rannte zur Tür. In dem Moment kämpfte sich der Soldat, den sie getreten hatte, wieder auf die Füße und griff nach ihr. Er erwischte sie an der Taille und stemmte sie in die Höhe. Dann machte er etwas mit ihrem Arm, und sie saß fest. Sie schrie auf und versuchte sich zu befreien, aber es war sinnlos. Die ganze Sache war in sechs Sekunden vorbei. Sie hatten sie, natürlich hatten sie sie. Hatte sie nicht immer schon gewusst, dass das das Ergebnis war, wenn man sich zur Wehr setzte?

Ein älterer Mann betrat den Raum. Sein Polohemd und die Hosen hatten eine andere Markierung als die der anderen, eine Reihe gelber Streifen statt Soldat Binleys einem blauen. In Ladybower diente das als eine Art interne Rangzeichen, aber auch ohne hätte Maria instinktiv gewusst, dass er einen höheren Rang einnahm. Er hatte rötlich braunes Haar, das dünner wurde, einen sauber gestutzten Schnurrbart und war wie eine knorrige alte Eiche gebaut. Genau wie der Torwächter und Soldat Binley wiesen seine Augen dunkle Ringe auf, aber sein Gesicht war gerötet.

Maria starrte ihn an und verspürte Hass; dergleichen hatte Linda während ihres Aufenthalts hier nicht erlebt. Was auch immer man ihr angetan hatte, was auch immer sie hatte schreien lassen, hatte man so vielen anderen freudig angetan, während sie in einem Wohnwagen Freundschaften schloss und Telepathietests machte. Und jetzt war Maria an der Reihe.

»Ihr verfluchten Arschlöcher!«, schrie sie wütend, aber durch ihre Position erklang es gedämpft.

»Was zum Teufel geht hier vor?«, brüllte der Mann, aber er meinte nicht Maria; er sprach den Mann an, der sie festhielt.

»Sie ist hysterisch, Sir!«, zischte der Soldat mit der zerbissenen Hand. »Wir kommen hier rein und …«

»Also dafür besteht wirklich keine Notwendigkeit«, sagte der

Soldatenboss, kniff sich in den Nasenrücken und schloss kurz die Augen, die Tat eines Mannes, der wirklich keine Zeit für diese Scheiße hatte. »Hier gibt es kein Problem, Miss Constance, Sie sind hier wirklich sicher.« Er gab dem Soldaten ein Zeichen, der Maria sofort auf dem Boden abstellte und losließ. Es kam so plötzlich und verwirrend, dass Maria einen Augenblick lang erstarrte. Das Verhalten des Soldatenbosses war so ruhig und nicht an ihr interessiert. Er wandte sich jemandem zu, der hinter ihm im Korridor stand. »Könnten Sie …?« Der Rest der Worte war nicht zu verstehen, und wer auch immer dort stand, murmelte etwas zur Erwiderung. Der höherrangige Kerl nickte.

»Wo ist Linda? Was haben Sie mit ihr gemacht?«, brüllte Maria. Der Soldatenboss verzog wieder das Gesicht und entspannte sich mit plötzlichem Verstehen.

»Ach so, Sie haben gerade gehört … ich verstehe. Hören Sie, es ist alles in Ordnung.« Er warf dem Soldaten mit der verletzten Hand einen Blick zu. »Holen Sie Wyken.« Der Mann warf Maria einen vorwurfsvollen Blick zu und verließ den Raum. »Sie ist gleich hier«, sagte der Soldatenboss.

Maria starrte ihn finster an.

»Sie werden sehen«, sagte er leise. »Es ist alles in Ordnung, alles in Ordnung. Es tut uns sehr leid, Ihnen Angst gemacht zu haben. Das mag jetzt merkwürdig klingen, um Sie zu beruhigen, aber hätten wir etwas Schlimmes mit Ihnen vor, würden wir es bereits tun. Das wollen wir aber nicht, also werden wir es auch nicht tun. Okay? Wir sind auf Ihrer Seite, und Sie sind vor uns sicher.«

Maria schwieg, schaute vom Soldatenboss auf den Boden, aber dann richtete sie ihre Kleidung, und ihre Schultern hoben und senkten sich schnell, während sie sich zu beruhigen versuchte. Sie war sicher?

»Dann kann Doktor Holbrooks einen schnellen, schmerzlosen Test machen, damit wir wissen, womit wir es zu tun haben«, sagte der Soldatenboss. »Natürlich völlig freiwillig«, fügte er schnell hinzu und trat zur Seite, um zwei weitere Männer in den Raum zu lassen. Der eine war ein drahtiger Mann mit

Locken in einem weißen Laborkittel, der in den Sechzigern zu sein schien. Das musste Doktor Holbrooks sein. Er schob einen kleinen Rollwagen, auf dem irgendein Gerät stand. Der andere Mann war ebenfalls hochgewachsen, aber nicht so groß wie seine Gefährten. Er sah müde aus, aber die Fältchen in seinen Augenwinkeln deuteten darauf hin, dass er irgendwann einmal ein Mann gewesen war, der gern gelacht hatte. Er trug andere Kleidung als die Männer, Pullover und Jeans. Er streckte die Hand aus, um Marias Hand zu schütteln, hielt aber mitten in der Bewegung inne, als hätte er sich bei einer automatischen Reaktion ertappt. Bewusst verschränkte er die Arme, schob die Hände unter die Ellbogen und erschien einen Augenblick lang unsicher, schien nicht zu wissen, wie er die Begrüßung zu Ende bringen sollte. Dann gab er auf, lächelte und machte eine unbeholfene, halbe Verbeugung, zuckte danach mit den Schultern, als wollte er damit sagen: *Ich weiß auch nicht.* Aus irgendeinem Grund fühlte sich Maria sofort entspannt.

Dann stellte er sich vor, und Maria begriff sofort, worum es bei Lindas lautem Schrei gegangen war: Es war kein Schmerzensschrei gewesen, sondern ein Schrei der Freude, der vermutlich abgeschnitten worden war, weil sie ihr Gesicht an die breite Brust des Mannes gedrückt hatte, nachdem sie zu ihm gestürzt war und ihn umarmt hatte.

»Hi«, sagte der Mann mit einem schweren nördlichen Akzent. »Ich heiße Paul. Paul Winter. Sie wollen uns vorbereiten, dann müssen wir uns die Hände schütteln. Ist das okay?«

KAPITEL SIEBZEHN

Eric und Harry gehen die Möglichkeiten aus

Eric

»Harry, ich glaube, draußen geht etwas vor.«

Der Gedanke, Ground Zero fluchtartig verlassen zu müssen, fiel schwer. Die Entdeckung auf der anderen Seite der Scheibe lockte ihn, da waren die Räume voller Kartons, alles geschah zu schnell.

»Komm schon!«, zischte er durch die zusammengekniffenen Zähne. »Scheiße, wir kommen zurück, okay?«, rief er dann und wurde sich bewusst, dass er schrie, obwohl es hier nichts zu schreien gab. Wütend über die Unterbrechung eilte er bereits zur Tür. »Für die Kartons! Wir können für den Rest zurückkommen, aber schnapp dir auf dem Weg den, den ich mir angesehen habe. Ich brauche deine Hände! Vergiss ihn nicht!«

»Ja«, keuchte Harry, während Eric mit der Schlüsselkarte des toten Wächters herumfummelte, um hier wieder rauszukommen. Er warf den Kreaturen in dem Glasraum noch einen gequälten Blick zu, und eine Erkenntnis traf ihn wie eine kalte Dusche. Das war die unglaublichste Entdeckung, die er sich hätte vorstellen können, und er kehrte ihr den Rücken zu?

Ich komme zurück, verdammt, dachte er. *Bei meinem Leben, ich komme zurück.*

Hektisch bahnten sie sich den Weg durch eine scheinbar endlose Reihe von Schlössern, bevor sie das vordere Atrium erreichten. Eric hatte das Schulterholster nicht festgezogen, darum schlug die Waffe ununterbrochen schmerzhaft gegen seine Rippen, was ihm noch mehr die Luft raubte als sein Mangel an Kondition. Harry keuchte an seiner Seite, hielt den Vorschlaghammer mit beiden Händen, bis sie die Kartons in dem Korridor erreichten. Dort drückte er ihn Eric in die Hand und schnappte sich den Karton, den sich sein Freund zuvor angesehen hatte.

Zumindest den haben wir, dachte Eric, als sie die Lücke zwischen dem Prisma und der zerbröckelnden Mauer erreichten. Er drückte sich an den Beton, um nach draußen zu schlüpfen. Das allein war schon ein Erfolg, aber egal, was auch passieren sollte, er würde zurückkehren und sich den Rest …

SCHEISS DOCH AUF DEN PAPIERKRAM, schrien seine Gedanken, *WAS WAREN DAS FÜR DINGER HINTER DER SCHEIBE …*

Sie stolperten auf die Straße und suchten hektisch nach der Bedrohung.

Es war nichts zu sehen.

Verwirrt eilten sie bis zum Rand des zerstörten Zauns. Eric stellte den Vorschlaghammer ab, hob die ihm verbliebene Hand in die Luft und versuchte aufzufangen, was auch immer sein Radar ausgelöst hatte. Aber da war nichts. Sie gingen zehn Meter weiter und schauten sich um, bis Eric genug hatte.

»Okay, falscher Alarm, gehen wir wieder rein«, zischte er, obwohl sich seine Nackenhaare genauso aufgestellt hatten wie die auf seinen Armen. »Das muss irgendein restliches Feedback von dem Prisma sein oder etwas …«

Sie erstarrten beide, als ihnen bewusst wurde, dass die Barriere über ihren Köpfen eine helle graue Farbe angenommen hatte.

Ach, dachte Eric, *könnte ich bitte nur fünf verdammte Minuten haben …*

»Eric«, murmelte Harry und schaute in die Ferne. Vorsichtig stellte er den Karton ab, richtete sich wieder auf, streckte die Hand aus und zeigte hin. Eric blickte in die Richtung.

Heilige Scheiße!

Langsam bückte er sich, hob den Vorschlaghammer auf und gab ihn Harry, der ihn wortlos nahm. Dann zog er mit zitternder Hand stumm die Pistole aus dem Holster und entsicherte sie. Er blinzelte hektisch und versuchte sich zu konzentrieren.

Ungefähr sechzig Meter entfernt, an der Ecke neben einer Straßenlaterne, standen stumm drei Empty Men.

Sie bewegten sich nicht. Eric und Harry auch nicht.

Der menschenleere Raum um den Ground Zero fing an zu flackern wie ein alter Schwarz-Weiß-Film. Die Wirkung war überwältigend; die ganze Luft bewegte sich wie ein Stroboskop. Als wären sie durch eine schlechte Internetverbindung in eine gestreamte Fernsehepisode geschleudert worden. Die verlassenen Straßen im Umkreis schienen sich mit einem lautlosen und windlosen Wirbelsturm zu füllen.

»Dort drüben«, flüsterte Harry. »Sieh da rüber.«

Das Flackern in der Nähe verdichtete sich; die gegenüberliegende Straßenecke füllte sich mit Weiß, daraus bildeten sich sechs Gestalten. Gebeugt und reglos standen sie dort, viel größer als der größte Mensch. Sie waren schlimmer, als Eric es sich vorgestellt hatte. Als er in dem Pub mit Luis den Namen und die Beschreibung in den Nachrichten gehört hatte, hatte er sich etwas Schattenhaftes und Massiges ausgemalt, vielleicht eine durchsichtige Version der Stone Men. Anderthalb Meter links von den Empty Men entfernt erschien die nächste Gruppe. Ihre Füße verschwanden im Asphalt. Anderthalb Meter davor kam die nächste Gruppe. Und rechts davon. Und links davon.

Die Empty Men waren endlich nach Coventry gekommen.

Wo die Stone Men groß und dramatisch gewesen waren, waren diese Dinger größer, dünner und unfassbar unheimlicher. Eric schaute sie an und hatte das Gefühl, dass sie den Blick erwiderten, ganz egal wie weit sie entfernt waren. Er blinzelte, und wo gerade noch keine Empty Men gewesen waren, füllten plötzlich überall Gruppen die Straße. Er hob die Pistole, obwohl er instinktiv wusste, dass sie nichts ausrichten würde. Trotzdem war er bereit zu schießen, falls auch nur einer von ihnen näher kam.

»Lass uns …«

Plötzlich sah er nur noch Weiß, als eine weitere Gruppe keinen Meter von ihm entfernt auftauchte. Er sprang zurück und drückte erschrocken ab. Entsetzt sah er, dass die Kugel den Empty Man vor ihm wirkungslos durchschlug.

»Komm mit!«, rief er, drehte sich auf der Stelle um, um zurück in das Gebäude zu flüchten. Dabei brauchte er zwei Versuche, um die Pistole in das Holster zu stopfen. Aber abrupt blieb er stehen. Der Weg war bereits versperrt. Jetzt standen sie mitten in einer Armee von Empty Men, die ein Stadion hätte füllen können. Der Rückweg zum Ground Zero wurde von ihnen versperrt. Mit einem Flackern trafen noch mehr von ihnen ein, und das Weiß wurde immer dichter.

»Was sollen wir tun?«, zischte Harry mit erhobenem Vorschlaghammer und bereit. Eric blickte hektisch nach rechts und links und bemühte sich, einen sicheren Weg hierheraus zu finden. Es gab keinen.

Und noch immer kamen mehr.

Sie füllten jeden Zentimeter zwischen Eric, Harry und dem Prisma. Einige von ihnen wiesen seltsame Flecken aus Farbe oder Schatten auf, aber dann erkannte Eric, dass das eine optische Täuschung war; die Dinger sahen zwar fest aus, waren es aber nicht. Die Farbe, die er in ihnen ausmachte, war nichts anderes als der teilweise sichtbare Rand einer Plakatwand, die aus einem Rücken ragte, oder der graue Schatten eines Laternenpfahls, der sich aus einem Nacken schob. Und die Männer beugten sich vor, standen gekrümmt wie Nosferatu auf der Treppe. Sie breiteten sich so weit aus, dass Eric kein Ende erkennen konnte.

Ein Ausweg, ein Ausweg, bitte …

Coventry war jetzt die Stadt der Empty Men, und Eric wusste, dass sie hier nicht mehr rauskamen.

In ihm stieg das Bild von Bakterien auf oder das organisierte Chaos eines Bienenschwarms.

»Sie schwärmen«, flüsterte Harry, als würde er seine Gedanken lesen. Beide schrien sie auf, als eine weitere Gruppe keinen halben Meter links von Eric materialisierte. Nur einen halben Schritt weiter, und sie wären direkt an der Stelle erschienen, auf der er stand. Es flackerte unaufhörlich, und Empty Men strömten herbei. In wenigen Augenblicken würde es keinen Zentimeter mehr geben, den sie nicht ausfüllten.

Mit einem lausigen Timing durchfuhr ein Stromstoß die beiden Männer. Eric war mittlerweile erfahren genug, um zu wissen, dass die nächste Vision im Anmarsch war.

Nicht jetzt, bitte …

Sie traf ihn. Sie war so kurz, dass er nur olivgrüne Wände sah, irgendein Zimmer irgendwo, bevor sich jedes seiner Körperhaare aufstellte und jeder Muskel verkrampfte, was ihn auf die Zehenspitzen zwang. Harry fluchte und tat es ihm nach. Eric machte sich auf die Krämpfe gefasst, aber sie blieben aus. Es war vorbei. Die ganze Sache war anders gewesen. Die früheren Vorfälle hatten den Eindruck hinterlassen, dass man ein individuelles Signal empfing, das für jemand anderen bestimmt war; dieses Mal hatte es sich einfach nur wie eine Panne angefühlt.

Das war wie die Vision während des Großen Stromausfalls. Nicht so stark, aber es kam vom selben Ort.

Es spielte keine Rolle. Die Straßen um ihn herum füllten sich mit Empty Men.

Wir sitzen in der Falle.

Ungefähr sechs Meter entfernt fiel ihm etwas in der hellen Menge auf. Eine Gruppe Empty Men – einhundert? Zweihundert? Es war schwer zu sagen – fing erneut an zu flackern. Einzigartig in der soliden weißen Masse, erinnerten sie an einen Grafikfehler in einem Videospiel, bei dem das Display auf *Ultra* geschaltet war, obwohl die Grafikkarte nur *Niedrig* bewältigen konnte. Die flackernde Gruppe verschwand. Die Empty Men dahinter schoben sich langsam nach vorn, um die Lücke zu füllen. Es war das erste Mal, dass Eric sie hatte gehen sehen. Oder schritten sie daher? Sie *glitten.* Ihre Beine bewegten sich keinen Zentimeter, um die Körper nach vorn zu bringen. Irgendwie fiel es schwer, sich das anzusehen.

»Rühr dich nicht, Harry«, flüsterte Eric. Seine Stimme war kaum wahrnehmbar.

»Hast du gesehen, wie sie dort vorn verschwunden sind? Etwas passiert gerade. Vielleicht, wenn wir stillhalten …«

Das nächste Flackern, sechs weitere Empty Men erschienen zu Erics Rechter. Sie verfehlten ihn nur knapp, aber zwei von ihnen materialisierten direkt vor Harry.

»Scheiße!«, rief Eric und schoss los, um ihn sich zu schnappen, aber es war zu spät. Harrys Schrei wurde abgewürgt, als einer der Empty Men wie eine sich auftürmende Welle über ihm zusammenbrach.

KAPITEL ACHTZEHN

Maria nimmt Kontakt auf und trifft die Schläfer

Maria

»Ich kenne Ihren Namen.« Maria erholte sich schnell von ihrer Überraschung und schob die Hände unter die Achseln. »Aber Sie sollen doch tot sein! Das hat Linda mir erzählt.« Paul zuckte kaum merklich mit den Schultern, nicht bösartig, sondern als wollte er sagen: *Das ist mir neu.*

»Das bin ich nicht, nein. Ich kann verstehen, wie sie darauf gekommen ist. Vor einer Weile …«

Der ältere Mann, der nun hinter ihm stand – der Soldatenboss –, hustete leise, und Paul verdrehte die Augen. »Die Kurzversion: Ich habe mich erholt, und das ist kein Witz.«

»Aber was ist geschehen, wie sind Sie …?«

»Es tut mir wirklich leid, aber wir müssen uns beeilen, Maria, und ich bin mir ziemlich sicher, dass ich Ihnen dabei helfen kann, eine Abmachung zu treffen. Vielleicht kann ich es ja später erklären«, sagte Paul schnell und warf dem Soldatenboss einen Seitenblick zu. Er überragte Marias zierliche Gestalt, ohne dabei bedrohlich zu erscheinen. Sie hatte das Gefühl, vor einem gestressten, aber freundlichen Onkel zu stehen. Er musste mindestens zwanzig Jahre älter sein als sie. »Sie können mir weiter Fragen stellen, und Captain Mainwaring hier kann weiter husten« – Maria verstand die Anspielung nicht, aber einer der großen Männer neben der Tür grunzte leise und unterdrückte ein Kichern – »und mich warnen – und ich spiele mit, Herrgott noch mal –, und wir verschwenden Zeit und erreichen gar nichts. Oder wir schütteln uns sofort die Hände und sehen, ob es stimmt, was Linda uns erzählt hat. Und wenn dem so ist, können Sie und diese Männer vielleicht miteinander reden.«

»Danke, aber nein danke«, sagte Maria scharf. »So interessiert bin ich daran auch wieder nicht. Ich kam her, um in Sicherheit zu sein, und ich bin ...« Sie verstummte. Ihr wurde klar, dass das so nicht funktionieren würde. Schüttelte sie ihm die Hand, und das löste etwas aus, war sie dabei. Weigerte sie sich, warf man sie raus.

»Die Entscheidung liegt bei Ihnen«, sagte Paul freundlich, aber dabei weiteten sich seine Augen ein Stück, und ihr wurde klar, dass das eine Warnung war. *Es ist nicht Ihre Entscheidung*, verkündete sein Blick. *Falls nötig, machen sie es auf die harte Tour.* »Aber ich will ehrlich zu Ihnen sein. Ich selbst bin sehr interessiert daran, das zu testen, und ich bin keiner dieser Bastarde.«

»Taktile Verbindung der Klasse vier, ich habe sie gehört«, fauchte Maria. »Und ich weiß, wie sie mit Leuten umspringen, die das können. Wie man Sie behandelt hat.«

»Also bei mir ist das etwas anders«, sagte Paul und hielt bereits eine Hand in die Höhe. *Ja, ja, ich verrate nichts*, gab er dem Offizier damit wortlos zu verstehen. »Aber eigentlich wollten wir gar nicht über die taktile Verbindung mit Ihnen sprechen.«

Sie hat ihnen berichtet, was du ihr erzählt hast, dachte Maria. *Menschen verbergen zu können.* Ihr wurde ganz heiß, als ihr klar wurde, wie sehr sie das interessieren würde.

»Das war ...«

Möglicherweise war man interessiert, weil es bedeutete, dass sie etwas ausrichten konnte.

Sie erstarrte, ihre Gedanken rasten. Sie zitterte.

»Die Zeit ist gegen uns«, sagte der Soldatenboss. »Im Gegensatz zu Mr Winter hier habe ich die nötige Freigabe, um Ihnen zu verraten, dass wir die Fähigkeit, die Linda beschrieben hat, schon zuvor gesehen haben.« Es schien Paul zu überraschen, dass der Mann diese Information teilte. Er legte den Kopf schief, als wollte er sagen: *Da sehen Sie es.*

»Wie denn das?«, wollte Maria wissen. Alles geschah so schnell. »Die Empty Men sind noch nie hier gewesen, und … Warten Sie, in welche Gefahr bringe ich mich damit?«

Weitere Blicke wurden gewechselt.

»Um ehrlich zu sein, wären Sie gestern oder heute Morgen hier gewesen«, sagte Paul ernst, »würde ich Sie vermutlich nicht darum bitten, und man würde mich zwingen, es zu tun. Aber wenn stimmt, was Linda von Ihnen erzählt hat … Ich könnte Ihnen dabei helfen, einer der Menschen in diesem Land zu sein, für die die Gefahr wesentlich geringer ist.«

»Was?«

»Erklären Sie sich bereit, ihm die Hand zu schütteln«, sagte der Offizier. »Hat Linda recht, machen Sie auf der Stelle einen gewaltigen Sprung in der Freigabeberechtigung. Dann sind Sie sogar höher eingestuft als ich.« Wie aufs Stichwort klopfte es an der Tür, und der Offizier öffnete. Linda wartete dort zusammen mit dem Soldaten, der sie geholt hatte. Bei ihrem Anblick lächelte Paul, zwang sich aber sofort zu einer neutralen Miene. »Später, ich verspreche es«, sagte er freundlich zu ihr. »Wir müssen nur noch etwas erledigen.«

»O ja, kein Problem«, erwiderte Linda schnell, aber Paul trat kurz vor und ergriff ihre Hände. Maria entging nicht, dass die Berührung nichts zu bewirken schien. Linda grinste, aber dann fiel ihr Blick auf Maria, und sie wurde wieder ernst.

»Danke, Linda, wir sehen Sie gleich«, sagte der Offizier freundlich, und man führte Linda fort, während Maria klar wurde, dass der Augenblick der Wahrheit gekommen war.

»Aber was soll das Händeschütteln bewirken?«

Paul sah den Offizier an, der seufzte und nickte.

»Es muss nicht unbedingt ein Händeschütteln sein«, sagte Paul. »Meiner Erfahrung nach reicht einfacher Hautkontakt. Das ruft bei Steinsensitiven immer eine Reaktion hervor, wenn Stone Men hier sind. Anscheinend aber auch bei der Anwesenheit der Empty Men. Es ist unterschiedlich bei verschiedenen Leuten, aber nachdem sie mich berührt haben, bleibt immer ein dauerhafter Effekt zurück. Irgendwie bin ich anders. Vor ein paar Jahren erhielt ich einen schlimmen Schlag auf den Kopf, und er hat ein paar Dinge verändert, Neuronen, Gehirnchemie. Ich glaube nicht, dass ich in den Plänen vorgesehen war, in diesem System.«

»Was für Pläne?«

Er zeigte mit dem Finger nach oben. »*Ihre* Pläne. Um es mal ganz einfach auszudrücken, Maria, anscheinend bin ich eine Batterie. Ich bin einzigartig. Es gibt keinen wie mich. Berühre ich andere Steinsensitive, werden sie stärker. Nicht alle, da ist unsere Freundin Linda ein gutes Beispiel, aber die meisten. Das erste Mal geschah das bei der Ersten Ankunft, als ich Andy Pointer kennenlernte – vielleicht erinnern Sie sich noch an ihn aus den Nachrichten –, und seitdem bin ich in diesen ganzen Mist verwickelt. Zuerst war ich nur hier, um den Caem-, Entschuldigung, den Stone Man auf meiner Spur zu halten, aber dann hat man von mir verlangt, verschiedene Dinge auszuprobieren.«

»Sie wollen meine Kräfte verstärken, aber was bedeutet das für meine Gefährdung?«

Paul schüttelte den Kopf. »Sie waren seit der Ersten Ankunft in Gefahr.« Er seufzte. »Und wie ich bereits sagte, unserer Meinung nach sind vermutlich gerade Sie so sicher, wie das nur möglich ist, auch wenn es keine Sicherheiten gibt, wo es um die Steinbastarde geht.« Er blickte zum Soldatenboss, dann schüttelte er den Kopf. *Drauf geschissen,* besagte die Geste. »Maria. Ich habe genug Blut an den Händen. Wäre ich der Ansicht, dass ich Sie in noch größere Gefahr bringe, als Sie ohnehin schon sind, würde ich das nicht tun.«

Seine Worte waren ein Schock, seine Miene finster, aber ehrlich.

Tu es, sagte die Stimme in ihrem Kopf laut und deutlich; plötzlich klang sie sicher und unwiderstehlich. *Du bist schon so lange auf der Flucht, dass du es schon automatisch tust. Du hast nie in Betracht gezogen, dass du bei dem Kampf gegen sie helfen könntest.*

Forschend betrachtete sie Pauls Gesicht – und da war es zu sehen. Eine Art Verbindung. Er spürte es auch, genau wie sie, selbst wenn er es nicht verstand. Langsam legte sie den Kopf schief – sie sah die Verwirrung auf den Gesichtern der Leute im Raum – und überbrückte die Distanz zwischen ihnen.

Er ist ein gebrochener Mann … aber er …

Es wollte sich ihr nicht enthüllen. Paul blinzelte heftig. Maria ließ mit ihren Anstrengungen nicht nach. Da war ein Hunger – ein *Zorn* –, der genau wie der ihre war. Aber das hätte sie nicht wissen dürfen. Wie machte sie das? Was zum Teufel geschah hier?

»Sie sind wütend«, flüsterte sie trotzdem, und das Staunen war ihrer Stimme deutlich anzuhören. Alle anderen Anwesenden waren entrückt. »Nicht auf diese Leute. Trotz allem … Sie sind auf *sie* wütend.«

Pauls Blick ging durch sie hindurch, als wäre er hypnotisiert. Maria schloss die Augen, die Bewegung war so natürlich, flüssig und automatisch, als würde sie beim Gehen die Füße heben.

Es geht um das, was sie mit deinem Leben gemacht haben, nicht wahr?

Sie hörte Paul leise aufstöhnen und zusammenzucken, und plötzlich gab es da einen *Austausch* zwischen ihnen, fern und schwach, aber unverkennbar vorhanden.

In seinem reflektierten Zorn und Schmerz erkannte sie, dass er in der Tat sehr wütend war. *Meine Freundin Ruth,* teilte sie ihm mit. *Meine ungeborene Tochter. Mein Leben …*

Die Erinnerung an Ruth, an ihr vorgebliches Versagen, brach den Zauber, machte den Augenblick zunichte. Sie blinzelte, der Raum nahm wieder Konturen an, und einen Augenblick lang konnte sie glauben, sich das alles nur eingebildet zu haben. Aber ein Blick auf Pauls rotes und ungläubiges Gesicht verriet ihr, dass es tatsächlich geschehen war. Was auch immer es gewesen war.

»Äh, gut … sollen wir …?« Paul stotterte, streckte die Hand aus, aber nicht nahe genug, um sie zu berühren.

»Sind Sie in Ordnung?«, fragte Holbrooks.

»Ja, es war nur ein emotionaler Tag«, log Maria. Ihr Herz raste. Sie konnte sich später mit Paul über das unterhalten, was gerade geschehen war, ohne störende Zuhörer. Hoffte sie zumindest. »Ich bin bereit.«

Sie streckte Paul die kleine Hand entgegen. Sie zitterte. Jetzt schien *er* Angst zu haben, sie zu berühren.

»Ausgezeichnet«, sagte der Soldatenboss, und beim Ton seiner wohlklingenden, aber heiseren Stimme fragte sie sich, ob er aus der Oberschicht kam, vielleicht der Absolvent einer Offiziersschule war. Holbrooks begann eilig, den Apparat auf dem Rollwagen vorzubereiten.

»Ignorieren Sie die«, sagte er und hielt Elektroden in die Höhe, die an dem Gerät befestigt waren. »Die dienen nur der Messung. Bitte setzen Sie sich auf die Bettkante. Das wird ein paar Minuten in Anspruch nehmen.«

Maria setzte sich auf das Bett, ihre Beine baumelten über den Rand. Als sich Paul auf die billige Militärmatratze hockte, fühlte sie sich durch sein Gewicht zur anderen Seite geschoben. Ihr Herz schlug schneller.

»Versuchen Sie langsam zu atmen«, sagte Holbrooks, »ich schalte jetzt die Maschine ein.«

»Doktor, wenn mir heute noch einer sagt, dass ich langsam atmen soll«, zischte sie durch die zusammengebissenen Zähne, die Augen fest zusammengekniffen, »werde ich …«

»Sie macht das gut, Holbrooks«, sagte Paul leise. »Sie hat nur Angst. So wie wir alle.«

Maria wusste, dass das ein Trost sein sollte, aber das *wir alle* schickte einen Stich der Furcht durch ihr Rückgrat. Wieder kam ungebeten der Gedanke: Was war hier nur geschehen?

Sie wusste, dass es jetzt sinnlos war, danach zu fragen. Gleich würde sie ihm die Hand schütteln. Wenn sie bekamen, was sie wollten, würde sie es herausfinden. Holbrooks studierte die Apparatur auf dem Rolltisch vor ihm and justierte ein paar Einstellungen. Der Soldatenboss – sie kannte noch immer nicht seinen Namen – stand neben der nun geschlossenen Tür, sah ständig auf die Uhr und trat von einem Fuß auf den anderen. Der verbliebene Soldat mit dem Körperbau des Unglaublichen Hulk stand in der Ecke.

Holbrooks schaute auf.

»Wann immer Sie bereit sind.«

Paul hustete leise und streckte Maria die Hand entgegen. Linda hatte nicht übertrieben; seine Hand war groß. Sie zögerte.

»Für Britannien das Beste und so«, sagte er freundlich.

Tu es, dachte sie.

»Versuchen Sie, mir nicht wehzutun«, sagte Maria, ohne den Grund dafür zu wissen. Sie stieß die Hand nach vorn und griff nach ihm.

Unwillkürlich zuckte sie in Erwartung der heftigeren Version des Schocks bei Linda zusammen, aber die kam nicht. Sie öffnete die Augen, und es verschlug ihr die Worte.

Sie sah nichts außer Licht.

Dieses Mal gab es keinen körperlichen Schmerz, aber sie wollte überrascht keuchen und entdeckte, dass sie keine Lungen hatte. Sie hatte überhaupt keine körperlichen Empfindungen. Da war nur das Licht und … Sie wollte es deutlicher erkennen, alles in sich aufnehmen, und bei diesem Gedanken zog sich der Anblick zurück und enthüllte einen undeutlichen Umriss. Aber sie glaubte ihn zu erkennen, schließlich hatte sie ihn die letzten fünf Jahre gemieden.

Wenn sie sich darauf konzentrierte, den Umriss klarer zu machen versuchte, konnte sie es erkennen. Es war England. Und das Licht war jetzt weit weg, glühte in der Landesmitte … was war das?

Jetzt konnte sie ihren Körper fühlen. In ihrem Kopf wuchs der Schmerz.

Da schrie noch jemand, eine Männerstimme, und ein Griff um ihre Hand wurde stärker. Die Vision verschwamm, während das Bild des Raumes, in dem sie saß, sich darüberschob, eine zur Hälfte stecken gebliebene Überblendung, während sich ein Mann herausschälte, ein Mann, der … *Paul.* Paul schrie. Ihn deutlich zu sehen, fiel schwer, nicht nur, weil sich die beiden Bilder überlappten, sondern weil das Licht im Raum flackerte. Die Lampen in der Decke zerplatzten. Es war das reinste Chaos, andere Menschen brüllten, und ihre Hand tat weh, ihre Finger mahlten gegeneinander, aber in ihrem Kopf reifte etwas heran, eine *Erkenntnis.* Sie reifte heran, aber der Schmerz …

Sie musste das aufhalten, und selbst als eine Stimme in ihr schrie: *NEIN, ICH WILL MEHR*, zog sie sich zurück. Sein Griff war zu stark, darum musste sie ganz in diesen Raum zurückkehren, um sich zu befreien, zog mit ihrer ganzen Kraft. Augenblicklich füllte der beißende, verbrannte Gestank kurzgeschlossener Leitungen ihre Nase, während sich ihre Hand löste.

Pauls Schrei verstummte, als die Verbindung gelöst wurde. Er stürzte rücklings aufs Bett, atmete schwer, ohne dass sein Blick Maria losließ. Sein Gesicht war knallrot. Ihr Herz pochte – hatte sie ihn verletzt, was zum Teufel war da gerade passiert? –, und sie sah zu Holbrooks' Maschine, folgte dem Rauchgestank. Der Ausdruck war geschwärzt. Viele der Lampen in der Decke waren nun kaputt, während andere schwach flackerten und gerade so eben noch funktionierten.

Doktor Holbrooks eilte mit einer kleinen Taschenlampe auf sie zu. »Schon gut, Sie sind in Ordnung«, sagte er, aber sein Atem ging schwer. Er leuchtete in ihre Augen. »Maria, können Sie mich ansehen? In die Richtung blicken? Wie fühlen Sie sich?«

Sie antwortete nicht. Sie war eher verwirrt als geschockt. Sie hatte schon zuvor Visionen gehabt, ja, aber noch niemals auf diese Weise. Das Ganze war so *einfach* gewesen. Und am Ende hatte sich etwas anderes aufgebaut, nicht wahr? Etwas hatte sich verändert? In ihrem Kopf? Plötzlich fühlte sich ihre Oberlippe feucht an. Benommen führte sie die Finger dorthin.

»Das ist nur Nasenbluten, machen Sie sich keine Sorgen, das erleben wir dauernd. Keine Sorge«, plapperte Holbrooks und klang viel zu aufgeregt für etwas, das sie dauernd erlebten. In der Ecke brüllte der Soldatenboss etwas in sein Funkgerät, der Hulk stand nur da und glotzte. So etwas hatte er offensichtlich noch nie zuvor gesehen. *Vielleicht ist er neu,* dachte Maria benommen.

»Mein Gott!«, keuchte Paul schließlich. »Das war ... das war ...« Ihm fehlten die Worte. »*Scheiße! Das hat wehgetan, Scheiße!*«

Er hielt sich die Hand, und Holbrooks ging mit der Lampe zu ihm, aber Paul winkte ab.

»Es geht mir gut.« Er fuhr sich über die Stirn und starrte Maria wieder an. »Linda hat die Wahrheit gesagt«, sagte er dann zu Holbrooks, ohne den Blick von der einzigen Frau im Raum zu nehmen. »Sie ist wie Warrender, aber ... Guter Gott ... Warrender war nie so. So etwas habe ich noch nie zuvor gefühlt.«

»Was war das?«, fragte Maria. Sie war erstaunt, wie ruhig ihre Stimme klang. »Ich weiß nicht, ich meine, was ich gesehen habe, das ist ...«

»Alles schoss über die Skala hinaus, bevor ...«, sagte Holbrooks und zeigte auf die gerösteten Geräte. »Eine physikalische Manifestation.«

»Wir haben es nicht zu Ende gebracht.« Paul stöhnte und setzte sich auf. »Wir waren noch nicht fertig.« Er sah Maria an. »Das waren wir doch nicht, oder?«

»Nein.« Maria klang erstaunt. »Wir müssen es noch einmal versuchen.«

»Was?«, rief Holbrooks. »Da war noch mehr?«

»Ja«, erwiderte Maria. Jetzt, wo sie wieder klarer wurde, fühlte sie sich auf eine seltsame Weise entspannt.

»Warum haben Sie losgelassen?«, wollte Paul wissen. »Hat es Ihnen wehgetan?«

»Nein, aber *Sie*. Sie haben meine Hand zerquetscht. Ganz zu schweigen von Ihrem lauten Gebrüll.«

»Scheiße, tut mir leid, okay, versuchen wir es noch einmal. Und dieses Mal versuche ich ...«

»Warten Sie.« Sie hielt die Hand hoch. Obwohl sie sich noch immer sorgte, fühlte sie sich irgendwie auch wie nach einem Wellnesswochenende, als hätte sie gerade mehr Dampf abgelassen als seit Jahren. *Wenn man daraus ein Medikament machen könnte, würde man ein gottverdammtes Vermögen verdienen.*

Darüber hinaus hatte sie gerade begriffen, dass sie über einen gewissen Einfluss verfügte.

»Seien wir ehrlich. Sie vier können mich körperlich einfach dazu zwingen, Hände zu schütteln oder was auch immer. Aber ich glaube, Sie brauchen meine Kooperation, damit Sie nutzen können, was auch immer zum Teufel das ist. Für mich hört es sich an, als wäre ich das, wofür Sie mich auch immer halten. Sie sagten, es würde eine hohe Sicherheitsfreigabe bedeuten. Ist das richtig?« Sie hatte sich damit an den Soldatenboss gewandt, der gerade Holbrooks einen Blick zuwarf. Ein Lächeln schlich sich auf Pauls Gesicht.

»Sie erinnern mich an jemanden«, sagte er. »Er hat etwas Ähnliches gesagt.«

»Ja, toll«, fauchte Maria. »Ich fühle mich geehrt. Aber ich will Antworten, bevor ich weitermache.« Sie wandte sich an den Offizier. »Wie heißen Sie eigentlich verdammt noch mal?«

»Edgwick.«

»Vielen Dank! Sie sind hier nicht der Boss, oder? Das soll keine Beleidigung sein, aber das sind Sie nicht?«

»Nein.«

»Okay. Dann glaube ich, dass ich mit dieser Person sprechen muss. Sie heißt Straub, richtig?« Sie staunte über den Klang ihrer Stimme, ein Klang, den es seit Jahren nicht mehr gegeben hatte. So hatte sie damals ihren Unterricht durchgeführt. Sie hatte gerade einen Teil von sich berührt – ihn kurz umarmt –, den sie zuvor nie angezapft hatte. Es war berauschend. Sie fühlte sich machtvoll.

Edgwick antwortete zuerst nicht, lieferte sich mit Holbrooks ein weiteres Blickduell.

»Ach, kommen Sie schon«, fauchte Maria frustriert. »Ich weiß, dass sie hier den Befehl hat.«

»Sie befindet sich im Feldeinsatz«, sagte Edgwick leise und überraschte Maria. »Glauben Sie mir, sie wurde informiert. Im Augenblick versucht sie alles zu jonglieren, aber es würde mich nicht überraschen, wenn sie bereits auf dem Weg hierher ist.«

»Also ich bin grundsätzlich bereit zu helfen.« Maria bluffte, denn nach den Ereignissen war sie im Prinzip mit Sicherheit an Bord. »Aber ich werde so unkooperativ wie möglich sein, bis Sie mir verraten, was hier vor sich geht.«

»Also gut, Schluss mit diesem Blödsinn.« Paul stand auf. »Ich werde ihr alles sagen, und wenn einer von Ihnen beiden etwas dagegen hat« – er blickte Holbrooks und Edgwick an –, »dann soll er den verdammten Kragen holen. Das ist der erste Durchbruch seit einem Jahr und ehrlich gesagt der erste von diesem Ausmaß. Er hätte zu keinem besseren Zeitpunkt kommen können, denn meiner Meinung nach befinden wir uns in der Verlängerung, um eine Sportmetapher zu benutzen, und wir müssen sogar den Torhüter in ihre Hälfte schicken. Um Himmels willen, wir hatten heute schon einen großen ...« Seine Miene verfinsterte sich, und er winkte ab. »Straub ist nicht da, Stoke ist beim Meißel ...«

»Der Meißel?«, fiel ihm Maria ins Wort. »Ist der hier ...«

»... und meines Wissens macht das Sie zum derzeitigen Chef der Basis, Edgwick«, fuhr Paul fort. »Habe ich die Erlaubnis, die verdammte Katze aus dem Sack zu lassen, damit wir endlich weitermachen können?«

Edgwicks Pokerface – es war das beste Pokerface, das Maria je gesehen hatte, andererseits war sie bis jetzt noch nicht Brigadier Straub begegnet – verriet nicht die geringste Regung, er erwiderte ungerührt Pauls Blick. Dann sprach er mit diesem festen, aber sanften Tonfall, wie ein klassischer Brite, falls es je einen gegeben hatte.

»Wollen Sie ihr die Schläfer zeigen?«, fragte er.

Maria hatte nicht die geringste Ahnung, wovon er sprach, aber sie erkannte Einverständnis, wenn sie es hörte. Der Vorschlag schien Paul zu überraschen.

»Ja. Das ist vermutlich eine gute Idee. Sehen wir, ob sie ... Ja.« Zu Marias Überraschung senkte Paul den Blick. »Holbrooks, sie lässt Warrender wie eine Amateurin aussehen.« Der Wissenschaftler wurde blass, aber Edgwick öffnete bereits die Tür. Paul stand auf. »Es ist nur ein paar Türen weiter«, erklärte er. »Kommen Sie!«

Man führte Maria aus dem Raum und dann weiter zu der Flügeltür, an der sich Edgwick und Holbrooks mit ihren Schlüsselkarten an beiden Seiten aufbauten. Edgwick nickte, dann drückten die beiden Männer ihre Karten gleichzeitig auf die Paneele an der Wand. Die Türen öffneten sich. Maria glaubte das leise Zischen entweichender Luft zu hören. Dann stieß Edgwick eine der Türen auf, und sie gingen hindurch. Paul und der Hulk folgten ihnen. Paul war groß, aber der Hulk ließ ihn vergleichsweise klein aussehen. Trotzdem sah der Mann so besorgt wie ein kleiner Junge aus.

Auf dieser Seite des Sicherheitssystems war der Korridor anders. Es gab nur wenige Türen, und zu jeder gehörte ein großes Beobachtungsfenster. Das Licht dahinter war ausgeschaltet, die Räume sahen leer aus, und Maria konnte nicht erkennen, wozu sie dienten. Sie warf Paul einen Blick zu. Der musterte beharrlich den Boden.

»Welchen?« Edgwick wedelte mit seiner Schlüsselkarte.

»Äh, Vierzehn, das ist am …«, antwortete Holbrooks. Edgwick öffnete die Tür, und Paul überraschte Maria, indem er ihr die Hände auf die Schultern legte.

»Das könnte jetzt etwas beunruhigend sein«, sagte er leise. »Dort gibt es nichts Schlimmes zu sehen, alles ist zugedeckt, aber wenn Sie dort eintreten, möchte ich, dass Sie uns sagen, was Sie fühlen. Dann gehen wir sofort wieder raus, einverstanden? Das ist wichtig, und dann besprechen wir alles in Ruhe, okay?«

»Okay«, sagte Maria langsam.

Edgwick öffnete die Tür zu Raum Vierzehn. Sofort wusste Maria, dass es *nicht* okay war. Es fühlte sich an, als würde man eine Sauna betreten, aber keine Hitze schlug ihr entgegen, sondern … Ihr fehlte das passende Wort. Das Licht wurde eingeschaltet.

Obwohl das, was auch immer hier passiert war, sich vermutlich erst kürzlich zugetragen hatte, war es nicht der Geruch des Todes, der für diese bedrückende Atmosphäre sorgte, denn alles war nach Laborstandard gereinigt und desinfiziert worden.

Was auch immer sich hier abgespielt hat, darum ist jeder so nervös.

Das drückende Gefühl, das süßliche *Etwas* in der Luft, kam von den mindestens zehn bis fünfzehn Leichensäcken im Raum, und Maria fragte sich, ob außer ihr und Paul das überhaupt jemand wahrnehmen konnte. Die schwarzen Säcke lagen auf einer Reihe Metalltischen, neben denen jeweils ein leerer Infusionsständer und eine Maschine zur Lebenserhaltung standen. Maria presste sich die Hand auf den Mund, obwohl der Anblick nicht besonders schrecklich war. In den vergangenen vierundzwanzig Stunden hatte sie weitaus Schlimmeres gesehen, und hier waren die Toten zumindest mit einem gewissen Anstand behandelt worden.

Es ist so dick wie Sirup. All diese Menschen …

»Sie sind alle innerhalb der letzten Stunden gestorben, richtig?«, hauchte sie, ohne sich bewusst zu sein, dass sie den Mittelgang zwischen den Bettreihen mit erhobenen Händen entlangging. *So viele in einem Raum, alle an einem Ort. Obwohl sie tot sind, ist es noch immer so gerade eben fühlbar. Stell dir vor, wie es wäre, wenn sie noch leben würden.*

Als würde man durch eine Küche gehen, in der auf jedem Herd das genau gleiche Fleisch auf völlig andere Weise zubereitet wurde, mal süß, mal salzig, mal gewürzt.

»Woher wissen Sie das, Maria?«, fragte Holbrooks hinter ihr, aber sie hörte nicht zu. Sie blieb neben einem Bett stehen, das sie irgendwie angezogen hatte.

»Der hier«, hörte sie sich sagen und war ganz ruhig, obwohl ihre Stimme zitterte – wie bei einem Sportler in Bestform, der gleich zum Wettkampf antrat. »Der hier war … der hier war *stark.*« Sie streckte eine Hand aus, legte den Kopf leicht schief. »Es verblasst. Sie alle verblassen.« *In einer Stunde, vielleicht auch zwei, werden in diesem Raum nur noch die Toten sein.* Es war dieser Gedanke, der ihr schließlich zusetzte – dieser Verlust –, und sie würgte leicht. Paul trat vor, zögerte dann aber, weil sie weitersprach. »Wie viele noch?«, fragte sie mit belegter Stimme, und dann ging sie plötzlich bis zum Ende des Raumes und legte die Hand auf die Wand. »Dort drin sind noch mehr, nicht wahr? Nebenan? Wie viele sind es?«

»Insgesamt siebenundfünfzig«, sagte Paul. »Es gibt ein paar dieser Räume.«

Maria kam eine Erkenntnis. Sie fuhr herum, drückte sich mit dem Rücken gegen die Wand und hob einen anklagenden Finger.

»Das haben *Sie* getan!«, zischte sie. »Das ist irgendeine Kontrollsache, *Sie* haben diese Menschen umgebracht.« Edgwick und Holbrooks standen bei der Tür. An Holbrooks würde sie vermutlich vorbeikommen, aber Edgwick …

»Nein«, sagten Paul und Holbrooks wie aus einem Mund. Der Wissenschaftler trat vor, aber Paul hob die Hand, um ihn zurückzuhalten. »Nicht diese Menschen, Maria.« Er blinzelte heftig, musste sich zusammenreißen. »Die Leute dieses Projekts haben ein paar schlimme Dinge tun müssen, um für die Sicherheit des Landes zu sorgen, aber diese Menschen waren freiwillig hier, und wir haben versucht, sie zu retten. Diese Räume« – mit den Armen machte er eine weit ausholende Geste – »waren ein Versuch, sie zu retten. Wir glaubten, es würde funktionieren.« Er betrachtete die eingepackten Leichen und fuhr sich wieder durchs Gesicht, legte die Hände dann in die Hüften und hustete. »Ich hätte … Holbrooks und seine Leute haben sie in ein künstliches Koma versetzt, Maria. Es war eine seit Langem vorbereitete Idee, und man glaubte, sie könnte funktionieren. Hat es aber nicht.«

»Was …?«, wollte Maria fragen, aber dann kam die Antwort wie von selbst.

Ins Koma versetzen. Den Tod vortäuschen. Aber warum mussten sie …

Auch die Antwort ergab sich von selbst.

»Die Empty Men«, flüsterte sie. »Sie waren bereits hier.«

»Ja.« Paul wurde blass. *Er war dabei,* schoss es Maria durch den Kopf. *Er hat es gesehen.* »Wir haben hier auch Soldaten verloren. Die Leute in diesem Raum waren alles Freiwillige, die … Es ist kompliziert, aber im Grunde sind das die Leute, die sich qualifiziert hatten. Viele von ihnen hatten das Projekt verlassen. Einige von ihnen mussten eingeflogen werden, um ins Koma versetzt zu werden, darum hatte Straub Hubschrauber abkommandiert, die sie einsammelten.«

»Linda war Freiwillige. Moment mal, diese Leute sind wie ich? Sie haben doch gesagt, ich würde sicher sein.«

»Linda gehörte zu Zinn und wurde blockiert. Diese hier waren alle Sturm, die oberste Stufe.«

»Zinn, Sturm. Was bedeutet das?«

Paul runzelte die Stirn.

»Es tut mir leid.« Er rieb sich die Augen, und Maria fragte sich, ob er genauso wenig geschlafen hatte wie sie. »Das sind die Bezeichnungen für ...«

Holbrooks unterbrach ihn. »Was fühlen Sie, Maria? Sie müssen uns das erklären, das ist im Augenblick wirklich äußerst wichtig.«

»Ich kann sie *alle* wahrnehmen.« Sie legte die Stirn in Falten, während sie zu verstehen versuchte, was da mit ihr geschah. »Sämtliche dieser Leute, was von ihnen noch übrig ist. Sie hatten etwas Besonderes an sich, nicht wahr? So wie Linda, wie ich?«

»Nicht wie Linda – mehr als das. Und mit Sicherheit waren sie nicht wie Sie«, sagte Holbrooks, aber Marias Aufmerksamkeit war bereits von etwas anderem in Beschlag genommen. Sie tastete mit ihren Gedanken danach, außerhalb dieses Raums. Pauls Berührung *hatte* etwas bewirkt, auch wenn sie es nicht zu Ende gebracht hatten.

»Maria? Maria, können Sie ...?« Holbrooks' Stimme wurde undeutlich, während das Bewusstsein aus ihr herausgezogen wurde. Sie ging einfach mit, ließ zu, dass sie auf dieser Welle ritt, stieg in die Höhe, immer höher, aus dem Fertigbau hinaus, vorbei an den Hügeln in der Nähe, spürte wieder dieses Licht, das sie gesehen hatte, und die Verlockung, die davon ausging. Wie weit war es entfernt?

»Maria?«, fragte Holbrooks, und jetzt stand er vor ihr und hielt sanft ihre Handgelenke. »Wo sind Sie gerade hingegangen? Was haben Sie gesehen, als sie Paul die Hand geschüttelt haben?«

»Ein Licht«, sagte sie und kehrte in den Raum zurück. Klaustrophobie ergriff sie. Dieser Raum war so klein, und da draußen war alles so grenzenlos. »Es ist klein, aber so verdammt hell.«

»Wo? Hier?«

»Es ist wie in der ... Landesmitte.«

»Okay, okay.« Paul rollte die Ärmel auf. »Wollen wir nicht

voreilig sein, für uns könnte das eine gute Nachricht sein, aber so, wie die Lage ist, haben wir nichts, das etwas gegen das ausrichten könnte, was im verfluchten Coventry vor sich geht. Versuchen wir es noch einmal. Doc, können Sie mir noch etwas von dem Muskelrelaxans geben? Wenn das wie beim letzten Mal abläuft, will ich ihr nicht die Hand abreißen.« Holbrooks nickte und begab sich zu einem Schränkchen, das an der Wand hing.

»Das braucht aber ungefähr dreißig Minuten, bis es wirkt«, sagte er. »Edgwick, können Sie versuchen, Straub zu kontaktieren, und ihr sagen, was wir herausgefunden haben?«

»Wollen Sie einen Hubschrauber für eine sofortige Evakuierung bereitstehen haben?«, fragte Edgwick.

»Ja, auf jeden Fall. Ab sofort.« Holbrooks stöberte in dem Schrank herum. Er warf Maria einen Blick zu. »Ich weiß nicht, wie lange das dauern wird, aber wir werden den Hubschrauber startbereit haben wollen. Natürlich kommt *Dispensatori* auch mit.« Paul nickte, obwohl Maria glaubte, dass er hier nicht über die geringste Autorität verfügte.

»Raum Neunzehn steht leer«, sagte Paul. »Machen wir es dort, wir müssen doch nicht …« Er deutete auf die von den Leichensäcken belegten Betten. Holbrooks nickte, und Edgwick öffnete die Tür, um die Gruppe durch den Korridor zu führen. Maria warf einen Blick zu Holbrooks zurück, der in Raum Vierzehn blieb, in Medikamenten herumkramte und die Einstellung einer kleinen Kamera überprüfte, die er aus einer Schublade geholt hatte. Plötzlich blieb Maria mitten im Korridor stehen.

»Wohin evakuieren, wo gehen wir hin? Und warten Sie, Sie sind jetzt verflucht noch mal an der Reihe!«, fauchte sie, bremste das überwältigende Gefühl in ihrem Inneren und riss sich gewaltsam zurück in die Gegenwart. »Ich mache da nicht mit. Ich gebe Ihnen, was Sie wollen, dann zeigen Sie mir etwas Superwichtiges, aber für eine Erklärung ist keine Zeit mehr? Wir sind hier doch nicht in einer verfluchten Episode von *Lost!* Was wollen Sie hier abziehen?«

»Nein, nein, fair ist fair, und ich finde, Sie machen das unglaublich gut«, sagte Paul, während Edgwick die Tür von

Raum Neunzehn mit seiner Schlüsselkarte öffnete. Er war identisch mit Raum Vierzehn, nur gab es hier keine Toten, und die *Atmosphäre* war vergleichsweise so kühl und frisch wie ein Wintermorgen. Zögernd folgte ihnen Maria und setzte sich auf das Bett, während Edgwick wieder ging, um sich um den Transport zu kümmern. Maria entging keineswegs, dass man sie allein gelassen hatte; wusste man, dass sie nun keinen Fluchtversuch mehr unternehmen würde? Hatten andere Leute vor ihr gefühlt, was sie gefühlt hatte, und waren auf diese Weise eingefangen worden? Paul setzte sich auf das Bett gegenüber.

»Seien Sie nicht so gönnerhaft«, sagte sie und verschränkte die Arme. »Sagen Sie mir einfach, was hier los ist.«

»Natürlich. Was wollen Sie wissen? Egal was.«

Sie hatte eine Million Fragen und wusste nicht, wo sie anfangen sollte.

»Die *Schläfer*«, sagte Maria und zuckte plötzlich zusammen, weil ihr eine Erkenntnis kam. Ihm blieb das nicht verborgen; er wusste, was sie erkannt hatte. Aber seine Miene war unleserlich.

»O mein Gott! Sie haben ihnen allen einen Schubs gegeben, nicht wahr?«

Er nickte.

»Etwas komplizierter ist es schon«, sagte er dann, ohne ihren Blick zu erwidern. »Und Sie, Sie müssen doch bereits wissen …«

Ihr kam eine weitere Erkenntnis.

»Die Empty Men haben sie *alle* getötet. Ich habe sie töten sehen, sie suchen sich ihre Ziele aus.« *O mein Gott!* »Sie haben gesagt, dass die Schläfer alle zur obersten Stufe gehörten.«

Ein Feueralarm hallte ohrenbetäubend laut durch den Raum. Holbrooks stürzte hinein.

»Der Hubschrauberlandeplatz, los, los!«, kreischte er und verschwand wieder.

»Holbrooks«, rief Paul, aber der Arzt war bereits verschwunden. Er sprang auf die Füße, gestikulierte wild in Marias Richtung. Durch den Alarm konnte sie seine Worte kaum verstehen, und einen Augenblick lang erstarrte sie. »Vertrauen Sie mir!«, brüllte er. »Diesen Alarm habe ich erst einmal gehört, und das war heute Morgen! Wir wollen nicht… Scheiße, kommen Sie! Wir müssen zum Landeplatz.« Maria sprang auf die Füße, verwirrter als je zuvor, aber dann hatten sie beide den gleichen Gedanken. »Linda«, sagte Paul. Sie eilten in den Korridor und entdeckten, dass der Hulk Linda gerade aus ihrem Raum und dann den Korridor entlangdrängte, von ihnen fort. Linda entdeckte sie, brüllte: *Kommt schon!*, drehte sich um und rannte los, so schnell sie konnte.

»Was ist los?«, rief Maria unterwegs. Voraus hatte der Hulk die Flügeltür geöffnet und hielt sie auf.

»Ist der Hubschrauber bereit?«, brüllte Paul ihm zu und ignorierte Maria.

Der Soldat nickte aschfahl. Sie schossen durch den Ausgang in die wunderschöne Talsenke, in der sich Projekt Ouroboros befand. Die Umgebung wurde nicht nur von den hässlichen Militärgebäuden verschandelt, sondern auch von dem Alarm, der weiter aus den unsichtbaren Lautsprechern dröhnte. Maria erwartete etwas Ähnliches zu sehen, wie Linda es von ihrem letzten Tag hier beschrieben hatte; Chaos und Leute, die überall herumliefen. Sie sah vielleicht fünf in Zivil gekleidete Soldaten. Hier gab es nur noch eine Notbesetzung, das stand fest. Nachdem der Stone Man in die Heimat zurückgekehrt war, musste sich alles verändert haben.

Am anderen Ende der Anlage entdeckte Maria einen großen grauen Hubschrauber, der sich von den hohen grünen Hügeln des Ladybower Reservoir abzeichnete. Seine Rotorblätter begannen sich zu drehen. Ungefähr sechs Meter weiter stieg bereits ein anderer Hubschrauber in die Luft, und ein weiterer stand noch am Boden, während ein paar Leute an Bord gingen. Der Hulk führte die kleine Gruppe an und blickte gelegentlich über die Schulter, um sich zu vergewissern, dass seine untrainierten Schützlinge nicht den Anschluss verloren. Maria sollte niemals seinen Namen erfahren. Überraschenderweise hielt Linda mit ihm Schritt, und Holbrooks war kurz hinter ihr, während Paul und Maria mehrere Meter dahinter Seite an Seite liefen.

»Wo fliegen wir hin?«, rief sie. »Ich bin doch gerade erst angekommen! Ist hier nicht der Ort …?«

Paul mit seinem knallroten Gesicht war zu atemlos, um antworten zu können, aber er zeigte zum Hügelkamm. Da wollten sie hin? Warum sollten sie …?

Dann entdeckte Maria sie.

Zu ihrer Ehre geriet sie nicht ins Stolpern, lief sogar noch schneller auf die Hubschrauber zu. Sie ragten aus den Hügelkämmen und knüpften ihre Schlinge um die Senke. Sie sahen aus wie riesige Laternenpfähle, eine stumme und schreckliche weiße Krone für das Ladybower Reservoir.

Die Empty Men waren zum Projekt Ouroboros gekommen. Es waren Hunderte von ihnen.

Sie stiegen von den Hügeln, und die Schlinge wurde enger.

Der Hubschrauber war noch weit weg. Vielleicht würden sie es schaffen.

Nein, du wirst *es schaffen, natürlich wirst du es schaffen,* dachte sie wild. *Du hast dich gefragt, ob es wirklich stimmt, und diese Leute haben dir das so gut wie bestätigt, nicht wahr? Nicht wahr?*

Wieder warf sie einen Blick zu den Hügeln; die Empty Men hatten bereits die Hälfte des Weges nach unten zurückgelegt, bewegten sich viel schneller als zuvor. Warum waren sie …?

Dann fühlte sie es. Dieses Mal war es anders. Aber sie würde es trotzdem schaffen.

Zuvor war es nur ein Spähtrupp gewesen, eine Reihe, die das Land auf der Suche nach dem durchkämmte, was auch immer sie suchten. *Diese* Gruppe hatte nur ein Ziel. So wie Maria im Raum der Schläfer diese dichte Atmosphäre wahrgenommen hatte, fühlte sie sie in Wogen von den Empty Men ausgehen.

Sie hatte sie angezogen.

Sie kamen erst, nachdem du ihm die Hand geschüttelt hast. Du bist zu einem Signalfeuer geworden. Dieses Mal sind sie alle nur wegen dir gekommen.

Sie machte sich ihre Zahl gegenwärtig. Dieses Mal würde sie nicht entkommen. Das wusste sie so sicher, wie sie ihren Namen kannte. Mehrere Hundert zogen den Kreis um *sie* enger, waren nur für *sie* gekommen. Sie wussten, wo sie war.

Voller Angst warf sie Paul einen Blick zu und wusste, dass er es auch wusste. Sie würden den Hubschrauber niemals erreichen, bevor die Empty Men sie erreichten. Sie versuchte sich zu konzentrieren, ballte die Fäuste und rief sich gewaltsam ins Gedächtnis zurück, dass seine Berührung ihre Kräfte gesteigert hatte, was auch immer das bedeutete.

Lasst uns in Ruhe, lasst uns in Ruhe!

Durch einen Schleier des Entsetzens schaute sie zu den Empty Men und hoffte verzweifelt, sie zögern zu sehen, dass sie wie zuvor verschwanden, aber die Verbindung zu ihr wurde nicht unterbrochen, nicht getarnt. Maria fühlte nur, wie diese tastende Suche näher kam. Warum funktionierte es nicht? Dann fiel ihr die offensichtliche Antwort ein, die sich nicht mehr abstreiten ließ. Zu viele von ihnen suchten allein nach ihr. Sie konnte sich nicht verstecken.

»LASST UNS IN RUHE!«, schrie sie. »LASST UNS IN RUHE!«

Es war unbeherrscht und nutzte nichts.

Nein, du blöde Kuh, tobte ihr Affenhirn, *es heißt nicht Lasst* sie *in Ruhe oder Lasst* uns *in Ruhe. Das hast du mit der Frau bei den Autos versucht, und es hat nicht funktioniert. Es heißt Lasst* mich *in Ruhe, erinnerst du dich, du bist diejenige, die sich verbirgt, und die Leute in deiner Nähe werden …*

Sie betrachtete die Empty Men, die dort aufragten und denen jegliche Menschlichkeit fehlte. Zwei Drittel des Weges die Hügel hinunter hatten sie bereits zurückgelegt, und Maria erinnerte sich an das Gefühl in ihrem Kopf, das Ploppen, als sich die Frau zwischen den Autos von ihr entfernte.

Aus ihrem Einflussbereich verschwand.

Sie sah Linda und den Hulk laufen. Sie sah Edgwick, der beim Hubschrauber stand und ihnen hektisch bedeutete, sich zu beeilen, sah zu ihrer Überraschung Soldat Binley an den Kontrollen sitzen, wo er ebenfalls verzweifelt winkte. Ein weiterer Mann – der Mann, den sie zuvor weinen gesehen hatte – kam direkt auf Paul zugerannt, rief etwas und fuchtelte mit den

Armen herum, und Paul bedeutete ihm hektisch, sich zu beeilen. Alle befanden sich außerhalb ihrer Reichweite und würden es auch nicht zu ihr schaffen, bevor die Empty Men durch sie hindurchgleiten würden. Die Dinger würden sich auf sie stürzen, bevor sie den Hubschrauber erreichten.

Maria blieb stehen. Möglicherweise konnte sie doch alle retten …

Paul stolperte ein paar Meter weiter, nachdem er gesehen hatte, dass sie stehen geblieben war.

»Was tun Sie?«, brüllte er.

»Sie alle!«, schrie Maria. »Linda!«

Linda drehte sich um, aber der Hulk zerrte sie weiter zum Hubschrauber. Gegen seine Kraft kam sie nicht an.

»Komm zu mir! Wir werden es nicht schaffen!«

Sie rannte ein paar Schritte weiter, wollte näher an sie heran, wusste aber, dass sie stehen bleiben musste, zu Atem kommen musste. Da waren so viele von ihnen. *Zu* viele.

Sie blieb stehen und winkte die anderen zu sich, während sie einen Herzschlag zu beruhigen versuchte, der sich in ihrer Brust wie ein Motorkolben anfühlte. Eine Sekunde lang schloss sie die Augen.

Tief durchatmen. Die Zeit hast du, bitte beruhige dich.

Sie öffnete die Augen. Paul und ein entsetzt aussehender Holbrooks liefen bereits auf sie zu, und Linda schlug auf den Arm des verwirrten Hulk ein, damit er sie losließ. Maria blickte zum Hubschrauber; Edgwick wurde förmlich verrückt, Soldat Binley saß wie erstarrt auf dem Pilotensitz. Der Hulk hatte aufgehört, die sich wild sträubende Linda weiter mit sich zu zerren, und stand verwirrt da, wartete auf Edgwicks Befehle. Selbst der Unbekannte, der zuvor geweint hatte, lief jetzt in ihre Richtung.

Paul begriff.

»Starten Sie und kreisen, wir schaffen es nicht zu Ihnen!«, brüllte Paul mit aller Kraft.

Edgwick nickte schnell und sagte etwas zu Binley, der schockiert aussah, sich aber sofort über die Kontrollen beugte. Die Rotorblätter drehten sich schneller. In der offenen Luke bellte

Edgwick etwas in sein Funkgerät, das der Hulk bestätigte, bevor er Linda in Marias Richtung zerrte. Dieses Mal beschwerte sie sich, dass sie nicht mitkam.

Maria setzte sich in Bewegung, auf sie zu, entschied sich, dass sie genug Zeit hatte, bevor sie ihre Stellung bezog, aber dann warf sie wieder einen Blick zu den Hügeln; viele Empty Men waren nun hinter den Gebäuden außer Sicht. Wenn sie sich nicht gerade am Fuß der Hügel befanden, würden sie jeden Augenblick hier sein.

Maria blieb stehen und schloss die Augen.

»Schaffen Sie das?«, rief Paul, der jetzt neben ihr stand und wusste, was sie versuchen wollte.

»Vielleicht schaffe ich es jetzt! Sie haben etwas in mir verändert!«, brüllte sie über den noch immer ohrenbetäubenden Alarm und wünschte sich verzweifelt, jemand würde ihn endlich abstellen. »Wir werden sowieso nicht bis zum Hubschrauber kommen!«

»Es sind zu viele!«, brüllte Paul.

»Vielleicht nicht!« Trotz ihrer schrecklichen Angst staunte sie über ihre Fähigkeiten, fühlte, wie *etwas* in ihr zum Leben erwachte, ein Adler, der zum ersten Mal seine Schwingen spreizte. Das Gefühl, augenblicklich Teil einer größeren, niemals vorgestellten Welt zu werden, war auch dann noch unbeschreiblich, als es sich wie ein Abgrund unter ihr zu öffnen schien. Paul streckte die Hand nach ihr aus, und sie begriff, schüttelte aber den Kopf. »Ich kann nicht, ich muss mich darauf konzentrieren, die Schmerzen …«

Die anderen rannten auf sie zu. Sie schloss die Augen, ballte die Fäuste.

Lasst mich in Ruhe! Lasst mich in Ruhe!

Sie konnte die Empty Men deutlicher als je zuvor spüren, nicht nur durch ihre Nähe, sondern weil Paul recht hatte. Er *hatte* ihre Kräfte verstärkt. Die Dinger verrieten nun eine eiskalte Klarheit, ein Bewusstsein, und es suchte …

KONZENTRIERE DICH!, rief sie sich zur Ordnung. Sie kniff die Augen so fest zusammen, wie sie konnte, ihre Nägel gruben sich in die Handflächen, als sie sich ihres Einflussbereichs bewusst wurde, als wäre er eine körperliche Fähigkeit. Eine Welle durchlief ihr Bewusstsein, als sich die anderen seinem Rand näherten, ihrem Schutz. Aber war es tatsächlich auch ein Schutz?

Lasst mich in Ruhe! Lasst mich in Ruhe!

Sie öffnete wieder die Augen. In unmittelbarer Nähe durchdrang die Reihe der Empty Men die Außengebäude.

Plopp! Plopp! Plopp!

Da waren der Hulk, Linda und Holbrooks, vielleicht zehn Meter weit weg. Sie waren wieder im Kreis.

Aber es funktioniert nicht!, dachte Maria verzweifelt. *Lasst mich in Ruhe, lasst mich … VERFLUCHT NOCH MAL IN RUHE!*

Ein paar Empty Men blieben stehen. Ein paar von ihnen flackerten und verschwanden dann. In der weißen Mauer entstanden Lücken, als sie vielleicht um zwanzig Prozent ausgedünnt wurde. *Ja!* Wie viele waren gerade verschwunden? Fünfzig?

Wo sie wohl hingingen? Es war eine flüchtige Überlegung, denn die Lücken schlossen sich sofort, als der Rest ankam. Der Mann, der geweint hatte, befand sich noch immer außerhalb ihrer Reichweite, näherte sich aber schnell. Maria hatte ihre Reichweite überschritten, und diese schreckliche, sich anschleichende Suche erwischte sie und zerrte sie zurück in sich selbst. Das Gefühl schoss wie ein giftiger Röntgenstrahl durch sie hindurch, dann fühlte sie die volle Wucht der Konzentration der Ungeheuer.

Es waren zu viele.

»Es tut mir leid«, sagte sie zu Paul. Und die Empty Men hielten an, flackerten und verschwanden.

Was …?

Es blieb keine Zeit, darüber nachzugrübeln.

Der Mann, der geweint hatte, befand sich nun ebenfalls in ihrem Einflussbereich und drehte sich ungefähr sechs Meter von Maria entfernt um. Holbrooks, Linda und der Hulk taten es ihm gleich, drehten sich überrascht um, während sie nach Luft rangen. Sie sahen, dass alle Empty Men verschwunden waren, und konnten ihr Glück nicht fassen. Sie waren keine drei Meter von Maria und Paul entfernt, ihr Keuchen wurde durch den Lärm der Rotorblätter übertönt, als die Maschine aufstieg und auf sie zukam.

Ein lautloser, schrecklicher weißer Blitz zuckte durch die Luft und brachte die Empty Men in einem dichten, undurchdringlichen Kreis zurück, nur Zentimeter von Marias und Pauls Gesichtern entfernt.

KAPITEL NEUNZEHN

Eric und Maria

Eric

Instinktiv schlang Eric die Arme um Harry und versuchte ihn zu befreien, aber eine schreckliche Übelkeit durchzuckte ihn mit solcher Kraft, dass er hilflos umkippte und hart auf dem Asphalt landete. Sein unbeholfener Stumpf konnte den Sturz nicht abfangen. Um sich herum sah er nur eine vorrückende weiße Woge. Und Harrys in Weiß gehüllte zuckende Gliedmaßen.

Harry!, dachte er und versuchte verzweifelt wieder die Kontrolle über seinen Körper zu gewinnen. *O mein Gott, Harry!*

Harrys in Weiß gehüllter Körper zuckte noch ein paarmal.

Dann war etwas in Erics Kopf. Er spürte es so deutlich, als hätte es ihn umarmt.

Wer ist das?, dachte er wild. *Wer ist das, was geschieht hier …*

Eine Sekunde lang wurde die Welt schwarz, dann konnte er die Empty Men um sich herum wieder sehen. Einer davon umklammerte Harry wie eine Spinne ihre Beute. Eric kroch auf seinen Freund zu, bewegte sich, als wäre er betrunken, und landete ganz erbärmlich auf dem Gesicht. Diese Präsenz war noch immer in seinem Kopf, als würde sie ihn untersuchen und herausfinden wollen, was er war. Als Eric ihre Macht fühlte, stellte er ihr verzweifelt eine Frage.

Kannst du uns helfen?, flehte er so hilflos wie ein verletztes Kind. **Hilf Harry, hilf Harry.**

Zur Antwort rasselte ein Schrei durch seinen Kopf. Die Präsenz erstarb.

Was auch immer das war, es kann dir nicht helfen, dachte Eric fiebrig, und als Harry zu würgen anfing und nach Luft schnappte, schaute Eric auf und entdeckte, dass drei Empty Men über ihm standen.

Maria

Maria sah nichts als Weiß. Ihr blieb noch eine Sekunde, bevor die Empty Men sie erreicht hatten, sie konnte bereits ihren schrecklichen inneren Blick fühlen, und bevor sie sich an ihr festklammerten, wusste sie, dass sie nicht genug Kraft hatte, um ihre Gruppe vor ihnen zu verbergen – nicht einmal sich selbst. Ganz egal, wie fest sie die Augen zusammenkniff oder sich vorstellte, unsichtbar zu sein.

O mein Gott, dachte sie entsetzt, *mir wird es genau wie Ruth ergehen.*

Dann packte Paul sie bei den Schultern und wirbelte sie herum. Ihre Hand schoss in die Höhe und suchte nach der seinen, ein letzter verzweifelter Versuch trotz des Wissens, dass ihr Verstand sonst wohin befördert werden würde, nur nicht dort, wo er gebraucht wurde. Ihre Finger verschränkten sich, griffen fest zu.

Plötzlich erfüllte Licht ihre Augen.

Das Ladybower Reservoir verschwand. Maria war sich ihres rasenden Pulsschlags bewusst und dass die Empty Men sie erreicht hatten, aber dieses Wissen war entrückt. Vor ihrem geistigen Auge breitete sich in Nanosekunden wieder der Blick auf ihre Heimat aus, und die Vision war nun so viel klarer, als wäre Wasserdampf von einer Fensterscheibe weggewischt worden. In der Nähe des hellen Lichtpunkts befand sich ein großer schwarzer Umriss – wie hatte sie ihn zuvor nur übersehen können? –, der an ein unregelmäßiges, aber gewaltiges Gebäude erinnerte. Es handelte sich um den Bau aus den Nachrichten, das große schwarze Zentrum am Ground Zero …

Sie war sich eines intensiven Schmerzes in ihrer Hand

bewusst, während sich in ihrem Kopf ein Druck aufbaute. Trotzdem sah sie genauer hin. Sowohl das Licht – es war so grell, dass der Anblick schmerzte – wie auch das schwarze Gebilde befanden sich im *Inneren* von etwas, das mächtig und transparent war. Das musste die komische Blase über Coventry sein.

Zwischen dem schwarzen Umriss und dem Licht befand sich noch etwas anderes, so nahe, dass sie sie sehen konnte – zwei Gebilde, vielleicht Menschen? Ihre Konturen schälten sich aus dem Lärm der Landschaft um sie herum wie das Bild aus einem Magischen Auge.

Nein, wie bei einem Sonar. Ihre Formen wurden nur durch das sichtbar, was von dem schrecklichen Gebäude in der Nähe ausging. Seine Aura ließ sie schwach hervortreten.

Das sind Menschen, wurde ihr klar, *Menschen, die vor diesem großen Ding in Coventry stehen, ganz besondere Menschen, und einer davon steckt in Schwierigkeiten.*

DIE EMPTY MEN SIND HIER, dachte sie. *SIE HABEN DICH ERREICHT.*

Aber sie wurde von den Leuten in Coventry angezogen, ohne etwas dagegen tun zu können, sie griff mit ihrem Geist nach ihnen, während die Schmerzen in Hand und Kopf so groß wurden, dass sie sie nicht ignorieren konnte.

»…arry! O mein Gott, Harr…«

Was war das? Sie konnte eine Stimme hören, die Stimme eines Mannes, und sie litten große Schmerzen. O Scheiße, ihre Finger, der wachsende Druck in ihrem Kopf war schlimm, aber ihre Finger … Paul quetschte die Knochen zusammen, verkrampfte sich wie ein Mann mit einem epileptischen Anfall. Sie ließ nicht los.

Übelkeit flutete in ihr Bewusstsein, und das Bild in ihrem Kopf flackerte. Sie wusste, dass sie alle mitten in Empty Men standen. Die Dinger begannen mit dem Prozess.

Wer ist das? Es war eine Männerstimme, sehr schwach, und er schrie. Nein, er sprach mit ihr. **Wer ist das, was geschieht hier …?**

Hallo?, erwiderte Maria, aber sie wusste, dass es nicht durchgekommen war. Sie versuchte, ihre Hand zu befreien, weil sie es nicht mehr ertrug. *O Gott!* Etwas raste aus ihrem Gehirn ihr Rückgrat hinunter in Arme und Beine. Der Schmerz in ihrer Hand war unerträglich, und sie kam sich wie zwei Menschen vor, einer davon die Frau, die in diesem Nichts hing, das sich über allem befand, die andere auf einem Feld in Sheffield, deren Hand zerquetscht wurde.

Kannst du uns helfen? Hilf Harry, hilf Harry …

Es knackte, als drei von Marias Fingern brachen. Pauls gewaltige Hand hatte sie bis zum Bruchpunkt gequetscht.

Sie stürzte zurück in die Realität, gerade als der Kraftschub vollendet wurde.

Maria stieß einen Schmerzensschrei aus, ohne sich bewusst zu sein, dass sich der Empty Man um sie schlang, ohne sich Pauls Körper bewusst zu sein, von dessen Lippen Schaum flog, während er die Augen verdrehte, bis nur noch das Weiße zu sehen war.

Er ließ ihre Hand los.

Theresa, dachte Eric. *Jenny. Es tut mir so leid. Ich habe keines meiner Versprechen halten können.*

Dann war die Präsenz plötzlich wieder in seinem Kopf, stärker als zuvor und doppelt so laut.

Ja, sagte sie.

Für dich sind sie nur Nebel, dachte Maria. *Das ist alles.*

Sie atmete aus, was sich beinahe wie ein Gefühl der Freude anfühlte, als sich der vollendete Schub in ihrem Verstand ausbreitete. Sie fühlte, wie sie sich wie eine schützende Decke um jeden Menschen in ihrer Umgebung wickelte. Alle waren wie Hasen erstarrt, und erstaunt betrachtete Maria sie und versuchte sich an den Grund dafür zu erinnern. Wussten sie es denn nicht? Diese Dinger konnten ihnen nichts antun. Jetzt erkannte sie, dass es sich nur um Phantome handelte. Wenn sie sich nicht von ihnen beeinflussen lassen wollte – wenn sich keiner der Leute, die bei ihr waren, von ihnen beeinflussen lassen wollte –, musste es auch keiner von ihnen tun. Sich darüber zu sorgen, erschien beinahe albern. Die Empty Men, die sich um sie geschlungen hatten – wie sich herausstellte, hatten es sogar einige zugleich getan –, nahmen bereits wieder ihre Gestalt an, als wäre sie verschwunden. Einige andere trieben scheinbar verirrt weg. Maria betrachtete ihre Hände, betrachtete Paul, der sich auf dem Boden auf den Rücken wälzte und nach Luft schnappte.

Holbrooks bewegte sich langsam rückwärts, starrte entsetzt den Haufen plötzlich zielloser Empty Men um Maria an. Der Hulk hielt eine hysterische Linda fest, während der Mann, der geweint hatte, zu Maria rannte, um ihr zu helfen, was aber völlig sinnlos war.

»Bleiben Sie stehen!«, bellte Maria und streckte die Hand aus. Der Mann blieb stehen. Es war völlig bizarr; sie war sich ihrer Anspannung und ihrer Panik bewusst, aber es war, als hätte ihr Körper einfach ein Rotlicht eingeschaltet, um höflich unangenehme Gefühle zu registrieren. Sie musste sich nicht mit ihnen abgeben, nicht in diesem Zustand. Sie fühlte sich wie mit der vierten Schiene der U-Bahn verbunden, und während sie das tat, war das Verschwinden jeglicher Anspannung einfach nur … wie hieß das noch mal?

Die reine Wonne.

Dann drang der Schmerz ihrer gebrochenen Finger zu ihr durch – diese Konstante, die Philosophen als *das Problem mit dem Schmerz* bezeichneten – und drohte ihre Konzentration zu zerstören, dass sie alles verlor, was sie in sich angezapft hatte.

»Jeder bleibt stehen!«, befahl sie und strengte ihre Stimme an, damit sie über den Hubschrauberlärm zu verstehen war. Ihre zitternde Stimme klang, als würde sie einer anderen Person gehören. Alles war blindes Entsetzen, aber alles war auch völliger Frieden. Der Schmerz war noch da, aber sie entdeckte, dass sie ihn in ihrem Verstand kompartmentalisieren konnte. Wenn sie im Augenblick verweilen konnte … Aber wie sollte sie das schaffen, wurde sie doch von zwei Orten hin- und hergerissen.

Coventry!, erkannte sie. *Die Empty Men, die hier verschwunden sind, haben sich dorthin begeben, um in dieses schwarze Gebäude zu gehen, und dort fanden sie …*

Ohne es zu wollen, ging ihr Verstand zu dem Mann, der aus der Ferne zu ihr gesprochen hatte, und fand ihn.

Dann sah sie beide Orte gleichzeitig, sah sowohl die Empty Men in Coventry wie auch in Ladybower. Die in ihrer Nähe erschienen verwirrt, aber die in Coventry …

Dann verstand sie. Sie fand den Verstand des anderen Mannes.

Ja, sagte sie und schickte sich selbst dorthin. Sie konnte den Leuten in Coventry helfen, aber dazu musste sie ihren Einfluss in Ladybower reduzieren. Das schien in Ordnung zu sein. Die Empty Men in Ladybower waren stehen geblieben und flackerten, sie hatten die Fähigkeit, ihre Steinbrüche zu wittern, verloren. Langsam trieben sie immer weiter auseinander, die weiße Mauer wurde breiter. Zuerst waren sie so weit voneinander entfernt wie Zaunpfosten, dann wie Straßenschilder. Maria sah die beiden Männer in Coventry an, die ihr jetzt so nahe waren wie Paul zu ihren Füßen. Einer war jünger und ein Weißer, der andere älter und ein Schwarzer, und beide erschienen irgendwie grau, durch den finsteren Einfluss des … *Prismas* – so nannten sie es. Der Name schwebte zwischen ihnen als Erkenntnis. Eines von wenigen Dingen, die sie teilten. *Verbindungen,* dachte Maria, und das Wort hallte nach. *Darum geht es hier. Sie zu erschaffen und …*

Sie zu beenden. Natürlich.

Wie zum Teufel willst du wissen, wie man das macht?, fragte die normale Maria, die die Kontrolle brauchte.

Es ist, was es ist, antwortete die andere Maria. *Frag mich nicht, ich lasse mich einfach leiten.*

In Coventry machte sie mit den Fingern der linken Hand eine Schneidebewegung und schnitt den weißen und den schwarzen Mann so mühelos aus ihrer Verbindung mit den Empty Men, wie man einen Lichtschalter betätigte. Der Schmerz in ihren Fingern drang erneut zu ihr durch, und plötzlich kam ihr eine Erkenntnis über die Verbindung der Empty Men. Ihr hyperempfindlicher Verstand fing alle Frequenzen zugleich auf, genau wie ein Radio. Sie konnte fühlen, wie die Dinger suchten, wie sie die Witterung wieder aufnehmen wollten, die sie verloren hatten. Obwohl sie die Personen, die unter Marias Schutz standen, nicht länger wahrnehmen konnten, versuchten sie lediglich drei oder vier Leute zu finden. Aber wie viele Menschen standen auf dieser Wiese in Marias Kreis? Sechs? Der Gedanke an Paul durchbrach das Chaos in ihrem Kopf und riss sie aus ihren Überlegungen.

»Jemand soll zwischen den Empty Men vorbeigehen und nach Paul sehen! Bitte!«, rief Maria und schloss die Augen. »Bringt ihn in Seitenlage!«

»Verfluchte Scheiße, was passiert hier?«, hörte sie einen Mann mit Liverpooler Akzent brüllen und erkannte, dass es der Hulk sein musste, der zum ersten Mal das Wort ergriff, während er zu Paul eilte.

Die Empty Men flackerten stärker, dann lösten sie sich auf.

Sie verschwanden.

Maria spürte, wie die höhere Ebene, die sie erreicht hatte, ebenfalls zu verblassen anfing.

NEIN!

Verzweifelt griff sie zu, um sich daran festzuklammern, aber natürlich trat sie in dem Moment, in dem sie das tat, zurück in die richtige Welt, die Welt, in der sie Mangel fürchtete und Kontrolle brauchte. Die Macht bröckelte. Erfüllt von großer Traurigkeit, reduzierte sich ihr Geist schnell wieder auf bewusste Gedanken und Gefühle statt auf pure, köstliche Intuition. Währenddessen hörte sie die ferne Stimme eines der Männer in … Coventry? Hatte sie das richtig erkannt? Sie war sich bereits unsicher. Das Gefühl eines großen Verlustes machte ihr das Herz schwer.

Wo bist du?, glaubte sie den Mann sagen zu hören. **Wie machst du … warte, wie finden wir dich? Wer bist du?**

Ich bin Maria Constance, übermittelte sie ihm. Sie wollte ihm ihr Ziel mitteilen, aber das konnte sie nicht, weil sie es nicht wusste.

Der Hubschrauber war wieder gelandet, ganz in ihrer Nähe, und Edgwick sprang heraus.

»Wo fliegen wir hin?«, rief sie in seine Richtung. Ihre Stimme klang schwer, ihre Augen waren geschlossen. Am liebsten hätte sie losgeheult. »Wo ist der Meißel?«

»Auf der Insel. Auf Skye«, stammelte Holbrooks in der Nähe, erstaunt, dass er noch lebte. Linda und der Mann, der geweint hatte, waren zu Paul gelaufen, um dem Hulk zu helfen.

Was … wer war das?, fragte der Mann aus Coventry. **Ich konnte es nicht verstehen, hast du gesagt, das verdammte Skye …**

Die Verbindung erstarb. Unvermittelt stolperte Maria; als der Rest plötzlich weg war, ließ sie das schwanken. Sie öffnete die Augen und sah Linda undeutlich vor sich stehen. Die Frau starrte sie ungläubig an.

»Maria … wie hast du … alles in Ordnung, meine Liebe … deine Nase, o mein Gott, lass mich dir …«

Maria sah sich in der Senke um. Ihr Körper wurde von Endorphinen geflutet, die den Schmerz ihrer gebrochenen Finger fern erschienen ließen. Gedankenverloren fasste sie sich mit der guten Hand ins Gesicht. Ihre Finger wurden feucht und rot. Aber das war ihr egal. Sie hielt die nasse Hand in die Luft und fühlte, wie die Brise sie kühlte. Sie schaute zu Boden und sah zu, wie derselbe Wind das Gras bewegte, dann kam sie zu dem Schluss, dass sie heute genug getan hatte.

»Kleine Schritte, von wegen«, hörte sie sich sagen und kicherte überglücklich, bevor die Welt schwarz wurde und sie im Gras zusammenbrach.

Eric

Der Empty Man, der Harry erstickt hatte, floss langsam in die Höhe und ließ sein Opfer los, während er wieder seine Gestalt annahm. Eric schaute mit weit aufgerissenen Augen zu und konnte es kaum glauben. Er blickte zu dem weißen Heer, das auf ihn zugerückt war. Es hatte angehalten. Die Stille war unheimlich. Die Straßen um sie herum waren so tot wie zuvor, die Empty Men so stumm wie das Grab. Reglos standen sie da, einige keinen halben Meter von ihm entfernt. Ein paar waren zwischen ihm und Harry stehen geblieben.

Eric wagte keine Bewegung, erahnte die Möglichkeit zur Flucht, hatte aber zu viel Angst, um zu glauben, dass so etwas überhaupt möglich war. Harry hatte sich auch noch nicht bewegt. Eine neue Befürchtung durchzuckte Eric. War es zu spät? War Harry tot? Er sah nicht so aus, als würde er atmen.

Die Empty Men setzten sich in Bewegung. Eric erstarrte wie ein Hase, das Entsetzen befahl seinen Gliedmaßen, sich nicht zu rühren, da es keinen Ort gab, wo er hinkonnte. Plötzlich wurde seine Welt weiß, als sie sich durch ihn hindurchbewegten.

Er fühlte nichts. Sie waren für ihn so wenig greifbar wie die Luft um ihn herum. Trotzdem hielt er den Atem an; nicht einmal die Luft, die die Empty Men berührt hatten, sollte seine Lungen füllen. Er stand da, und seine Angst erreichte einen neuen Höhepunkt, als eine scheinbar endlose Prozession Empty Men durch ihn hindurchglitt, aber dann schwand sie, als er erkannte, dass die Frau, die er gehört hatte …

Warte, die Frau! Was zum Teufel war das?

Wieder sah er zu Harry, wollte zu ihm, hatte aber Angst, sich zu bewegen für den Fall, dass ihn das in den Einflussbereich der Empty Men brachte.

Ist sie noch da?

Das war sie, ihre Präsenz war noch immer fühlbar, verblich aber. Er griff mit seinen Gedanken nach ihr, das Gefühl war plötzlich so natürlich wie Atmen, obwohl er über das staunte, was er da tat.

Wo bist du?, fragte er. **Wie machst du …**

Nein, das war nicht wichtig. Diese Frau war etwas Besonderes, sie musste Antworten haben.

Warte, wie können wir dich finden? Wer bist du?

Die Antwort kam, aber die Stimme wurde undeutlicher.

Ich bin Maria Constance.

Dann sagte sie etwas anderes, aber es war unverständlich, als würde sie plötzlich in einem anderen Zimmer sprechen. Eric glaubte noch etwas anderes zu hören, eine Männerstimme, was ihn überraschte. Es klang, als würde er *Ina Sky* sagen.

Ina Sky? Was zum Teufel?

Das konnte unmöglich richtig sein.

Was ... wer war das, das konnte ich nicht verstehen, dachte Eric konzentriert zurück, weil er fühlte, dass sich die Frau immer weiter von ihm entfernte. *Ina Sky,* dachte er angestrengt, dann begriff er, dass das eine Antwort auf seine Frage war. *Die Isle of Skye!* **Hast du gesagt, das verdammte Skye ...?**

Dann war sie weg. Die Empty Men glitten noch immer durch ihn hindurch, sie sahen aus wie eine Begräbnisprozession ruheloser Geister. Eric wurde klar, dass sie zum Prisma eilten. Harry lag noch immer reglos da.

Er atmet nicht.

Es gab noch immer Empty Men, die vorbeimussten, mindestens fünf Reihen von ihnen.

ER ATMET NICHT.

Eric sprang in die Höhe und schnappte über den Empty Men einen Atemzug »nicht kontaminierter« Luft. Als er landete, behielt er sie in der Lunge, bückte sich und eilte die anderthalb Meter zu Harry. Sein Freund regte sich noch immer nicht. Eric kniete sich in die untere Hälfte von Empty Men, während die letzten von ihnen vorbeizogen. Er schüttelte Harry, wollte seinen Namen rufen, aber nicht den Mund öffnen. Die letzte Reihe zog endlich vorbei, während er das Ohr an Harrys Mund hielt, um nach Atem zu horchen. Von seiner Position aus sah es so aus, als würde die erste Reihe der Empty Men gleich das Prisma erreichen. Er konnte es nicht mit Sicherheit sagen, aber das Prisma blitzte weiß auf.

Was?

Eric hatte eigentlich erwartet, dass sie sich aufrichteten oder die schrecklichen, in die Länge gezogenen Köpfe in den Nacken legten, das Verhalten der Schlurfer nachahmten, aber das taten sie nicht. Er sah, was es mit dem Aufblitzen auf sich gehabt hatte. Als die vorderste Reihe das Prisma berührte, bewegte sie sich einfach weiter. Ihre Körper drückten sich gegen die Oberfläche, breiteten sich aber blitzschnell wie eine Flüssigkeit aus. Sie hörten nicht auf damit, wuchsen wie eine Pfütze, bis sie die gesamte Oberfläche des Prismas bedeckten. Dann drangen sie darin ein. Der ganze Prozess nahm vielleicht eine halbe Sekunde in Anspruch, der plötzliche schnelle Kontrast der sich ausbreitenden weißen Masse und der dunklen Oberfläche des Prismas ließen es beinahe wie ein Pulsieren aussehen. Es flackerte über die gewaltige Struktur und verschwand. Als die anderen nachfolgten und denselben seltsamen Prozess durchführten, waren es plötzlich so viele – und so schnell –, dass das Prisma vor ihm wie ein Stroboskop zu blitzen schien.

Harry!

Mund zu Mund, wie verflucht noch mal geht Mund-zu-Mund-Beatmung?

Man hatte es ihm nie beigebracht, aber er hatte es in Filmen gesehen. Zehnmal, richtig? Er wollte eine Hand auf die andere legen, erinnerte sich daran, dass er nur eine hatte, und drückte sie auf Harrys Brust – fühlte die knochige Brust und die dünne Haut –, drückte mit dem Stumpf gegen den Rücken der guten Hand. Er pumpte so stark er konnte, hatte die Befürchtung, Harrys Brustbein zu brechen. Nervös zählte er, drückte zehnmal, behielt dabei das Prisma im Auge. Weiterhin strömten die Empty Men lautlos hinein, was das Ganze noch irrealer erscheinen ließ. Filme und Bücher bis hin zur Bibel hatten ihn gelehrt, dass Wunder und Magie stets von Fanfarenklang und Lärm begleitet wurden; die Hörner passten definitiv in diese Kategorie. Die lange Woge der Empty Men verursachte nicht den geringsten Laut, als sie in das Prisma bluteten, der einzige Laut war Erics Grunzen, während er Harrys Brust bearbeitete und ihm dann grob den Unterkiefer nach unten drückte. Harrys stinkender Atem drang hervor wie heiße Luft aus einem verdreckten Ofen. Eric kniff ihm die Nase zu, wie er es im Fernsehen gesehen hatte, und stürzte sich trotzdem auf den Mund, verzweifelt darum bemüht, einen Mann zu retten, den er kaum kannte. Er pustete zwei lange Atemzüge in seine Lungen und drückte wieder seine Brust.

Komm schon, Harry! Komm schon!

Der letzte Empty Man verschwand in dem Prisma, verschmolz damit. Der unnatürlich graue, von der Barriere verfärbte Himmel klärte sich langsam. Wolken und Firmament enthüllten allmählich ihre wahren Farben; der Prozess wirkte wie ein altmodisches Polaroidfoto, das sich selbst entwickelte, während die Barriere wieder »normal« wurde.

Dann bebte der Boden, und zwar so plötzlich and heftig, dass Eric zur Seite kippte und seinen Rhythmus unterbrach. »Nein!«, rief er verzweifelt. Er sprang zurück, als das Grollen lauter wurde, verdoppelte seine Bemühungen. Dabei hörte er das leise Geräusch zerspringenden Betons, und ihm fielen wieder die restlichen Kartons im Ground Zero ein.

Die Beweise. *Die Wahrheit!*

Der Boden bebte weiter, während Eric noch immer drückte und wieder zehn erreichte; er stürzte sich wieder auf Harrys Mund, hielt dabei den Blick noch immer hektisch auf das Gebäude gerichtet. Falls es einstürzte, würde er diese Unterlagen vermutlich niemals dort herausbekommen.

Er richtete sich auf. Harrys Augen waren noch immer geschlossen. War er bereits tot? Das Grollen wurde stärker. Eric machte mit seinen Wiederbelebungsversuchen weiter, ein Auge auf das bebende Gebäude gerichtet.

Falls er tot ist, könntest du deine einzige Chance verschwenden, und zwar für nichts …

Zehnmal. Er blies neue Luft in Harry. Die Augenlider des Mannes zeigten nicht das geringste Zucken. Eric senkte den Kopf und lauschte nach Atem. Da war keiner. Noch hatte er Zeit, noch konnte er zurückgehen und …

Das Grollen hallte durch die umliegenden Gebäudeschluchten.

Und ein kleines Stück von Eric Hatton starb, während ein anderes zu neuem Leben erwachte, als ihm klar wurde, dass, wenn er die geringe Chance aufgab, seinen Freund zu retten, Theresa ihn für ein absolutes Arschloch gehalten hätte.

»Komm schon, Harry!«, rief er und drückte Harrys Brustkorb noch stärker. Das Grollen nahm noch an Lautstärke zu. Kam da noch etwas an? Bevor er Zeit hatte, darüber nachzudenken, ob sein Tod unmittelbar bevorstand, gab Harry plötzlich ein würgendes Keuchen von sich und wachte auf, hielt sich die Brust und hustete.

»Ja! Ja, Harry!«, rief Eric begeistert. Tränen traten in seine Augen. »Ich habe dich schon für tot gehalten, du verfluchter Bastard, du Bastard, ja!« Er drehte Harry auf die Seite und hob seine Stimme, damit sein Freund ihn über den Lärm hören konnte. »Bist du okay? Kannst du atmen?«

Harry hustete und nickte, blickte sich dabei aber hektisch um, während das Grollen anhielt.

»Etwas geschieht mit dem Prisma«, begann Eric, aber dann übertönte ihn das Spektakel der einstürzenden Mauern von Ground Zero. Das Dach brach mit einem Getöse, das so laut war wie sein Zement dick, in sich zusammen. Staub und Qualm erfüllten die Luft, und Erics entsetztes Stöhnen wurde von dem Lärm übertönt, mit dem die kostbaren Kartons – und die Kreaturen im Labor – begraben wurden. Vielleicht konnte er sie ja wieder ausgraben.

Es war möglich, aber irgendwie bezweifelte er es; die Dicke der Betonplatten würde schweres Gerät erfordern. Und selbst über dem Lärm konnte er das laute Knistern freigelegter Leitungen hören. Ground Zero war jetzt eine unter Strom gesetzte Todesfalle. Zumindest bis man ihn abschaltete. Eric verstand nicht genug davon, um damit umgehen zu können.

Es sah nicht gut aus für die verdammten Kartons.

Eric sackte auf sein Hinterteil und sah zu, wie der letzte Gebäudeteil einstürzte. Und noch immer verursachte das Prisma dieses Grollen, ohne vom Schicksal des Ground-Zero-Gebäudes in Mitleidenschaft gezogen worden zu sein. Eric warf einen Blick auf den einzigen Karton, den er hatte retten können.

Harry setzte sich panisch auf.

»Sind sie …?«

»Nein«, rief Eric zurück. »Sie sind … ich glaube, sie rücken ab!«

Dann materialisierte sich eine weitere gewaltige Menge Empty Men direkt vor dem Prisma.

»Mein Gott!«, rief Eric, aber die Neuankömmlinge folgten den anderen sofort in das schwarze Gebilde vor ihnen. Sie verschwanden wieder so schnell, wie sie gekommen waren.

Das ist keine Verstärkung, dachte Eric. *Das müssen die gewesen sein, die zuerst verschwunden sind. Könnten sie etwas mit dieser Frau zu tun haben, die du gehört hast?*

Harry hustete erneut, krümmte sich stöhnend und versuchte zu atmen.

»Was hast du getan?« Er beschützte die Augen vor dem Betonstaub, der durch die Luft wehte. »Wie hast du das Ding von mir wegbekommen?«

»Ich habe gar nichts getan«, flüsterte Eric. »Das war eine Frau! Hast du sie nicht gehört?«

»Nein, mein Gott, tut mir die Brust weh!« Harry wollte aufstehen, aber Eric hielt ihn davon ab.

»Ruh dich einen Moment aus.«

Das Grollen verstummte. Beide Männer erstarrten. Jetzt war nur noch das Knirschen des Betongerölls zu hören. In den nächsten Augenblicken geschah nichts.

»Jetzt muss ich pinkeln«, flüsterte Harry.

»Tu dir selbst einen Gefallen und warte«, erwiderte Eric. Er wusste nicht, ob er lachen oder weinen sollte. »Du willst doch nicht beim Ende der Welt auf dem Klo sein.«

Das Prisma bewegte sich.

»Es verschwindet«, flüsterte Harry.

»Das glaube ich nicht«, flüsterte Eric. Er hatte recht. Die Bewegung, die sie gesehen hatten, täuschte. »Sieh nur. Es schrumpft.«

Die Bezeichnung schrumpfen ließ es klingen, als wäre es ein einheitlicher Prozess, als würde sich jede Seite gleichmäßig in Richtung Zentrum zusammenziehen. In der Tat verdichtete es sich, aber die Veränderung war ungleichmäßig und ineffizient. Eine Seite schrumpfte nach innen und machte das Prisma einen Augenblick lang asymmetrisch, dann wurde die andere Seite kürzer. Dabei zuckte es und knickte zusammen, bildete schließlich eine neue, chaotischer aussehende Form, als hätte jemand aus einem großen, wie ein Prisma geformten Block eine Skulptur mit verrückten Ecken und Kanten gemeißelt. Es war nun ungefähr sechs Meter kleiner und hatte etwa genauso viel von seinem Umfang verloren. Die Spitze beugte sich wie ein teilweise begradigter Haken zur Seite. Eric warf einen Blick in den Himmel. Die Barriere existierte noch immer.

»Was zum Teufel machen diese Arschlöcher denn jetzt?« Harry stöhnte und hielt sich die Brust. Ein plötzlicher Windstoß, der beide wie ein Schlag traf und eine so intensive Kälte mit sich brachte, dass die zwei Männer aufschrien, schnitt ihm die Worte ab.

Erics Herzschlag passte sich an einen Rhythmus an, den er im Kopf hörte und der an den Schlag ferner Kriegstrommeln im Dschungel erinnerte.

Natürlich, dachte er, und das Blut wich aus seinem Gesicht.

KAPITEL ZWANZIG

Dispensatori

Paul

Paul war wieder bei Bewusstsein, rieb sich die blutunterlaufenen Augen und verscheuchte Holbrooks zum zweiten Mal innerhalb von einer Stunde. Er hockte im Gras, und die Welt schwankte kurz, dann wandte er sich schnell Linda und Edgwick zu, die sich um Maria kümmerten. Man hatte sie in eine stabile Seitenlage gebracht. Der Offizier hielt die Hand hoch und nickte.

»Sie ist bewusstlos«, verkündete er, »aber sie atmet normal. Binley, Fletchamstead. Holen Sie eine Trage, dann können wir hier verschwinden.«

Binley und der Hulk – Flechtamstead – setzten sich in Bewegung. Ihre Gesichter waren ausdruckslos, und sie schwankten leicht. »Es geht ihr gut«, wiederholte Edgwick, der Pauls zweifelnde Miene sah.

Linda rannte zu Paul und umarmte ihn. Sie zitterte am ganzen Leib.

»Mir geht es gut, dir auch?«, fragte Paul. Sie trat zurück und nickte.

»Es ist meine Schuld«, schluchzte sie. »Ich habe sie angelogen. Ich habe gesagt, ich würde nicht …«

»Hättest du es nicht getan, wäre sie meiner Meinung nach irgendwann getötet worden.« Paul nahm Linda bei den Schultern. »Nur deinetwegen wurde ihre Kraft verstärkt. Es ist okay.« Er blickte an ihr vorbei; der Mann, der geweint hatte, starrte auf die Fertighäuser. »Gib mir eine Sekunde«, sagte Paul zu Linda und ging zu dem Mann, den man *Dispensatori* nannte. Er öffnete den Mund, um seinen Kameraden zu rufen, hielt dann aber inne.

Er hatte sich nie an den verdammten Codenamen gewöhnen können, auf dem man hier auf dem Gelände bestand. Unter den gegebenen Umständen hätte er es beinahe ignoriert, aber auf diesem Stützpunkt zog es sogar der Mann selbst vor, mit dieser Bezeichnung angesprochen zu werden. Paul nahm an, dass er es tat, weil er die Vergangenheit vergessen wollte, obwohl sich sein Freund nie derart geäußert hatte.

»*Dispensatori*«, rief Paul leise. »Alles okay, Kumpel?«

»Ja«, sagte der Mann, ohne aufzublicken. »Es tut mir leid, dass ich nicht verfügbar war, als du dich um diese Lady da gekümmert hast. Ich, äh, ich hatte nur gerade über ein paar Dinge nachgedacht. Über ...«

Paul wusste, was er meinte. Wen er meinte. Jemanden, den er trotz des ganzen Wahnsinns in Ladybower kennengelernt hatte.

Ihr habt hier beide *gelitten,* sagte sich Paul. *Vergiss das nicht. Du hast deinen Beitrag geleistet.* Diese Worte sagte er sich oft, getrieben von dem verzweifelten Bedürfnis, dass es auch stimmte. Allerdings hatten sie mit Sicherheit viel getan. Hier an diesem Ort und in geringerem Ausmaß beim Projekt Meißel; auf der Isle of Skye waren die Tage, Wochen und Monate verschwommen. Selbst dort war die Arbeit so intensiv gewesen, dass sich Paul gut daran erinnern konnte, wie sehr er sich beinahe über die Show mit der schwachsinnigen Schallwellenwaffe aus Gold und Chrom aufgeregt hätte, die der Premierminister für die Presse am Ground Zero veranstaltet hatte. *Projekt Ouroboros, der Meißel.* Soweit es Paul anging, standen diese Namen für *Opfer.*

Er riss sich von diesen Gedanken los, als sein Freund auf das Gebäude deutete, dann den Kopf schüttelte und über das Gras auf ihn zukam. Als Paul die Feuchtigkeit in seinen Augen schimmern sah, umarmte er ihn.

»Das war nicht deine Schuld, Kumpel«, sagte er ernst und versuchte selbst die Tränen zu unterdrücken. »Nichts davon hat etwas mit dir zu tun.«

»Ich weiß, ich weiß«, sagte sein Freund, schniefte, löste sich von ihm und riss sich zusammen. »Mein Gott!«

»Komm schon.« Paul legte ihm die große Hand auf die Schulter. »Fliegen wir los. Wir müssen gehen.« Er hielt inne. »Du darfst darüber erleichtert sein, dass es nicht uns erwischt hat, weißt du? Das ist okay.«

»Wir hätten es aber sein sollen.« Wenn *Du hast deinen Beitrag geleistet* Pauls Satz war, dann war das der Satz des *Dispensatori*. Paul gab seine übliche Antwort.

»Das ist nicht dein Ernst.«

»Die Schläfer. Sie haben es meinetwegen versucht.«

»Für dich hat das beim ersten Mal auch funktioniert. Willst du behaupten, diese Menschen würden noch leben, wenn sie es nicht versucht hätten?«

»Nein.«

»Dann rede keinen Unsinn. Um ein Haar hätte es dich erwischt. Vergiss das nie.«

»Hm.«

Paul drehte seinen Freund in Richtung des wartenden Hubschraubers. Die nun strahlende Sonne stand hoch am Himmel und erhellte das üppige und saftige Grün des Ladybower Reservoir. Vor diesem Hintergrund sah das komplizierte Fluggerät klobig und vulgär aus. Es war Zeit zu gehen; die Isle of Skye – *Projekt Meißel* – wartete. Paul hörte ein tiefes Seufzen, dem ein Grunzen und Schniefen folgte, als sein Freund versuchte, eine tapfere Miene zu machen. Er wusste, was nun kommen würde, der andere Satz, den der Mann hier auf der Basis ständig von sich gegeben hatte. Paul war sich nie sicher, ob er es sagte, weil er alle anderen überzeugen wollte oder sich selbst.

»Ich weiß«, sagte Andy Pointer und räusperte sich. »Du hast recht. Und vergiss nicht, ich wollte unbedingt und einhundertprozentig aus diesem verfluchten Fenster springen.«

KAPITEL EINUNDZWANZIG

Die Fünfte Ankunft

Eric

Eric hörte das Pochen in seinem Kopf, während er den Blick auf Harry richtete. Sein Freund starrte das Prisma verwirrt an.

Er weiß nicht, was das bedeutet. Im Gegensatz zu dir hat er keine fünf Jahre damit verschwendet, wie ein Besessener online zu sein.

Er hob den Kopf, der plötzlich fünfzig Kilo zu wiegen schien, und schaute in die Ferne. Zum St. Joseph Building. Er glaubte, durch eines der Fenster das Licht von Jennys Blase erkennen zu können.

Ja, das da. In der Wohnung ist sie.

Es war das einzige zerbrochene Fenster. Trotz des Sonnenscheins konnte Eric das goldene Funkeln in der Wohnung ausmachen, wenn er die Augen zusammenkniff.

Er fühlte die Kälte und wusste, dass Jenny verloren war.

Aber du hast es ihr versprochen. Sie hat dir geglaubt. Kannst du nicht wenigstens einmal ein verfluchtes Versprechen halten?

Das konnte er; ein Versprechen war ein Versprechen war ein Versprechen, wie Theresa gesagt hätte, wäre sie in diesem Augenblick hier gewesen, um ihn daran zu erinnern. Mit einem müden Stöhnen wandte er sich wieder dem Prisma zu, stand auf und streckte Harry die ihm verbliebene Hand entgegen.

»Vergiss, was ich gerade gesagt habe«, meinte er erschöpft. »Vermutlich wirst du das aufrecht erleben …«

Vom Ground Zero kam ein tiefer Basston und übertönte seine Worte. Er klang sauberer, weniger chaotisch. Die Männer verfolgten, wie sich die vordere Kante des Prismas nach außen wölbte. Die Ausbuchtung war kaum einen Meter breit, befand sich direkt am unteren Rand. Schnell wurde sie größer, wuchs mindestens dreieinhalb Meter in die Höhe. Sie war beträchtlich heller als der Rest der Struktur, so wie Kaugummi heller wurde, wenn es sich dehnte. Als würde das Prisma einen langsam dicker werdenden Pickel bilden, der gleich platzen musste. Eric fühlte, wie Harry mit überraschender Kraft seine Hand ergriff, und er zog ihn auf die Füße. Harry sagte kein Wort.

Woraus ist dieses verfluchte Ding nur gemacht? Es sieht aus wie ein Stück Felsen mit Löchern, kann sich aber dehnen und bewegen.

Der Pickel wuchs noch immer, und der Basston wurde lauter. Er hallte auch deutlich durch die Luft, ertönte nicht nur in ihren Köpfen wie die Hörner, war aber mindestens genauso schmerzhaft.

»Was tut das Ding da, lässt es sich eine Tür wachsen?«, überbrüllte Harry das Getöse und zog an Erics Arm. So sah es aus; ohne die Wölbung am oberen Ende hätten die Dimensionen gestimmt. Der Prozess setzte sich fort, bis die Ausbuchtung ungefähr anderthalb Meter aus dem Prisma ragte. Dann riss sie auf und wurde eingezogen. Sie ließ etwas zurück.

»Nein, Harry.« Eric seufzte finster, seine schlimmste Ahnung wurde auf eine schreckliche Weise zur Realität, während die verrückte Nabelschnur wieder im Prisma verschwand. Sie hatte ihren dreieinhalb Meter großen Nachkommen mitten auf dem Ground Zero zurückgelassen.

Fünf Jahre zuvor hatte sein dunkler Vorgänger genau an derselben Stelle gestanden.

»Es ist keine Tür.«

Die Proportionen waren ungefähr gleich, wenn auch vielleicht etwas größer und dicker. Die gleichen Hände mit ihren Lippenstiftenden, der gleiche Kopf, der direkt aus den Schultern zu wachsen schien, direkt aus dem Trapezmuskel, wäre es ein Mensch gewesen.

»Ist das ...?«, flüsterte Harry.

Wäre es ein Stein gewesen, hätte Eric von seinem Standort aus die Farbe seiner Oberfläche als blassgelb und fast durchsichtig beschrieben. Als hätte jemand eine Hühnerbrust gebleicht.

»Ich glaube schon, Harry.«

»Aber es ist so anders.«

»Ja.« Er überprüfte, in welcher Richtung die neue Ankunft stand. Natürlich, sie führte das Ding direkt zu Jennys Gebäude.

Und was wirst du dagegen unternehmen?

Eric ließ Harry kurz stehen und ging zu dem Vorschlaghammer, der dort lag, wo sein Freund ihn fallen gelassen hatte. Er hob ihn auf. Plötzlich hatte er das Gefühl, dass sie Waffen brauchten, so nutzlos sie auch sein mochten. Das Gewicht war beruhigend. Eric war froh, dass er nur zehn Pfund wog. Das bedeutete, dass auch er ihn falls nötig schwingen konnte; er konnte ihn mit einer Hand benutzen, wenn auch vielleicht mit gebremster Kraft.

Das wird alles bald sicherlich zu Ende sein, auf die eine oder andere Weise. Gib alles, was du hast. Das Ding ist neu, so neu, dass es aussieht, als sollte es noch dampfen. Ein Neugeborenes. Es sieht sogar anders aus. Vielleicht bedeutet das, dass es verletzlich ist.

Eric glaubte das keine Sekunde lang, aber trotzdem würden sie kämpfen – wie ein sturer, zahlenmäßig unterlegener Betrunkener bei einer Kneipenschlägerei. Er hatte auf dieser leeren und zerfallenden Plaza etwas von Eric Hatton wiederentdeckt, einen entscheidenden Teil von ihm, der lange Zeit verschollen gewesen war. Jetzt wusste er, dass er sich nicht einfach kampflos ergeben würde.

Wir werden uns bemühen, Jenny.

Er hielt Harry, der den Blick nicht von dem neuen Besucher wenden konnte, den Vorschlaghammer hin.

»Harry ... hier.«

Harry nahm ihn und schlug den Hammerkopf in die freie Handfläche, obwohl er ungläubig blickte. Eric zog die Pistole langsam aus dem Holster. Er hatte eine Pistole, einen Vorschlaghammer, drei Fäuste und einen Alkoholiker als Sidekick. Das würde reichen müssen.

Eric unterdrückte den Drang, wie ein Verrückter zu lachen, als er und Harry auf die neue Ankunft zugingen. Ihm schoss ein verrückter Gedanke durch den Kopf, der ein so irres Crescendo erreichte, dass es beinahe den albtraumhaften Basston des Prismas übertönte.

Ganz egal, was passiert, lautete der Gedanke und wiederholte sich unablässig, bis Eric erkannte, dass er den Stakkatorhythmus widerspiegelte, der angefangen hatte, in seinem Blut zu dröhnen. *Ganz egal, was passiert … wir gehen kämpfend unter.*

Voraus wartete der neugeborene Stone Man.

Martina Grünewald-Ernst

Chef im eigenen Hirn

Wie Sie den Zugang zu Ihrem Potenzial freilegen

Für meine Eltern Bruno und Monika Sielaff,

die ihre Kinder und Kindeskinder mit Vertrauen und Liebe das Durchhalten, Selbstvertrauen und Wiederaufstehen vorgelebt und gelehrt haben.

Was auch immer zu schaffen war, Ihr habt es geschafft.

Voller Stolz ein inniges Danke.

Martina

Grünewald-Ernst

Chef im eigenen Hirn

Wie Sie den Zugang zu Ihrem Potenzial freilegen

Bibliografische Information der Deutschen Nationalbibliothek
Die Deutsche Nationalbibliothek verzeichnet diese Publikation in der Deutschen Nationalbibliografie; detaillierte bibliografische Informationen sind im Internet über http://dnb.d-nb.de abrufbar.

ISBN 978-3-7664-9962-2

Im Vertrieb von: Jünger Medien Verlag, Offenbach

Lektorat: Anja Hilgarth, Herzogenaurach
Coverabbildung: DISTROLOGO/Shutterstock
Umschlaggestaltung: Martin Zech Design, Bremen, www.martinzech.de
Fotos: AfnB, pixabay
Satz und Layout: ZeroSoft, Timisoara
Druck und Bindung: Salzland Druck, Staßfurt
1. Auflage 2019

PEFC/04-31-2251

PEFC zertifiziert
Dieses Produkt stammt aus nachhaltig bewirtschafteten Wäldern und kontrollierten Quellen.

www.pefc.de

www.leaco-lab.de

Inhaltsverzeichnis

Vorwort

Seit Jahrzehnten ist der Psychologie und der Medizin bekannt, dass ein gesunder Körper eine gesunde Psyche voraussetzt und jeder Mensch bei genügend Kenntnis seiner eigenen Zusammenhänge durchaus in der Lage ist, für seine gesunde psychische und physische Weiterentwicklung Sorge zu tragen. Mittlerweile gibt es unzählige Ratgeber und Vorträge, die hier auf die Sprünge helfen sollen, jährlich werden über 30 Milliarden Euro in Persönlichkeitsentwicklungs- und Weiterbildungsmaßnahmen investiert.

Dennoch verpufft die Motivation in der Regel nach kurzer Zeit, weil der Weg in die Umsetzung und damit heraus aus der alten Gewohnheit entweder zu anstrengend oder nicht nachhaltig wirksam ist. Das bringt eine Menge Marktmöglichkeiten und im Nachgang Unzufriedenheit bis Misstrauen in die angepriesenen oder bereits durchgeführten Maßnahmen.

Mich treibt schon immer die Frage an, was Menschen in ihrer persönlichen Entwicklung *tatsächlich* weiterbringt. Vor drei Jahrzehnten begegnete ich meinem damaligen Professor und Mentor, der sich der Suche und Entwicklung von Werkzeugen verschrieben hatte, Menschen einfach und immer wieder dazu zu verhelfen, sich selbst „am Schopfe herauszuziehen“. Selbst sehr neugierig und mit viel Zweifler- und Erfindungsgeist überprüfe und modifiziere ich seit nun fast drei Jahrzehnten die Wirksamkeit und vor allem die Nachhaltigkeit der von ihm gefundenen Werkzeuge mit mittlerweile Tausenden von Probanden und Trainingsteilnehmern, denen diese Methoden vermittelt wurden. Das Ergebnis ist verblüffend.

Nur ein unbedeutender Prozentsatz der Probanden entwickelte sich nicht weiter und verzeichnete keine Erfolge. Der Grund dafür liegt jedoch nicht in der Wirksamkeit des Werkzeugs, das vermeintlich versagt hat, sondern in der persönlichen Haltung der betreffenden Probanden. Jeder erfolgreiche Teilnehmer hingegen hat das vermittelte Können in seinen eigenen Stil übernommen und sich damit sowohl persönlich als auch professionell exorbitant in seinem Potenzial entwickelt und maßgebliche Ergebnisse erzielt. Warum? Durch Anwendung. Die verschwindend geringe Misserfolgsquote verzeichneten die Probanden, die nicht angewendet haben. Die also trotz vorhandener und stets einsatzbereiter Möglichkeit die Entscheidung trafen, bei ihren gewohnten Vorgehensweisen zu bleiben. Die Bequemlichkeit konkurrierte mit dem Lerntrieb und gewann. Einleuchtend, dass eine Entwicklung freiwillig sein muss und nur geschieht, wenn der sich Entwickelnde die Notwendigkeit verspürt, etwas ändern oder hinzulernen zu wollen, um seine Umstände und Erfolgsaussichten zu verbessern.

Mittlerweile, in unserer heutigen schnelllebigen Zeit, empfinde ich es als Geschenk, über einen Schlüssel zur persönlichen Entwicklung zu verfügen, der es mir zu jedem Zeitpunkt und an jedem Ort ermöglicht, mich zu sortieren, auszurichten und genauso harmonisch wie erfolgreich sowohl meine persönlichen als auch beruflichen Ziele sicher zu erreichen. Rückblickend habe ich nur die Dinge nicht erreicht, die mir tatsächlich nicht wichtig genug waren. Ohne mich zu verdrehen, meiner persönlichen Logik folgend, nehme ich mir mindestens ein- bis zweimal im Jahr die Zeit, meine PS auf die Straße zu bringen. Dies möchte ich mit Ihnen teilen. Entdecken und arbeiten Sie mit Ihrem Wunderwerk Gehirn. Sie können dieses Buch als Anleitung oder Ratgeber lesen, oder auch als wissenschaftliche Abhandlung und Informationssammlung. Genauso mag es Ihnen als Ansporn und Motivationsgeber dienen. Bleiben Sie gespannt. Ich bin es.

Martina Grünewald-Ernst

Einleitung

„Stell dir vor, du gehst schlafen, und während du schläfst, geschieht ein Wunder. Woran merkst du, wenn du am nächsten Tag aufstehst, dass das Wunder geschehen ist? Was ist anders, was hat sich zum Positiven verändert?"

In Steve de Shazers und Insoo Kim Bergs lösungsfokussierter Kurztherapie und im ressourcenorientierten Kurzzeitcoaching ist diese Frage die Einleitung einer Intervention, um das scheinbar Undenkbare in Worte zu fassen. Sie ermöglicht Menschen, das vermessene und unaussprechliche Verlangen nach der eigenen Lösung zu befreien, zu fühlen und gedanklich den Weg zum Ziel bereits hinter sich zu haben.

Ich liebe diese Frage. Jedoch braucht die Umsetzung des nun geplatzten gedanklich-emotionalen Knotens auch einen Plan, den der nun Erleuchtete auch in die Praxis übersetzt bekommt, und eine Antwort auf die Frage: „Wie – geht das jetzt auch im gelebten Alltag?" Das Gedankenspiel allein reicht einfach nicht, das „Umgesetzt – gewusst wie" und das Schaffen von messbaren Ergebnissen erst bringen die Vertiefung und Alltagskompetenz.

Wie wichtig das persönliche Können als Leitfaden im eigenen Leben ist, sehen wir an Menschen, die selbst schwierigste Lebenssituationen, schlimmste Krisen privater und existenzieller Natur, wiederholt gemeistert haben. Sie sind meist noch gestärkt und im Beruf erfolgreicher daraus hervorgegangen.

Solche Menschen als Mentor und Coach zu haben, ist ein großes Geschenk. Sie lehren uns durch ihr Vorbild, Werte und Leitfäden einzuhalten. Wirklich jeder Mensch sollte sich bewusst darüber sein, dass wir, was wir sind, nur durch und mit anderen erreicht haben oder erreichen können. Sei es durch persönliche Begleitung oder durch das Anwenden von erprobten Lösungen aus zum Beispiel diesem Buch. In diesem Falle möchte ich gerne Ihre Mentorin, Ihr Coach sein.

Mein eigenes Leben ist eine Folge von Niederlagen und Erfolgen, von Fallen und Wiederaufstehen. Bereits jung Mutter von drei Kindern geworden und mit wenig Zeit für die eigene Entwicklung, habe ich meine persönlichen Ziele grundsätzlich nur mit Disziplin, unorthodoxem Denken und der Bereitschaft erreicht, abends und nachts zu arbeiten und nebenher zu studieren.

Erst im dritten Anlauf habe ich endlich den Richtigen, meinen heutigen Mann und wunderbaren Weggefährten, gefunden. Dreimal stand ich mit meiner Existenz, finanziell und beruflich, am Abgrund.

Heute weiß ich, dass nur meine eigenen Lebenskrisen mich über mich selbst haben hinauswachsen lassen. Werkzeuge dazu finden Sie in diesem Buch. Sie sind für Sie so zusammengestellt, dass Sie selbst Ihre eigenen Erfolgsstrecken Stück für Stück und wann immer Sie möchten herausarbeiten und Schritt für Schritt umsetzen können.

Aber Achtung: Falsch ist die weit verbreitete Annahme, theoretisch Verstandenes fiele anschließend wie Manna als Können vom Himmel. Umsetzen müssen Sie selbst; Weiterentwicklung ist nichts für Faule, wie gesagt.

1.
Eine Ode an meine Komfortzone oder: Warum lernen?

Gedanken zur Komfortzone:

„Ich liebe meine Komfortzone! Alle schlauen Ratgeber fordern uns auf, unsere Komfortzone zu verlassen, um uns persönlich und fachlich weiterzuentwickeln. Stillstand wird als Rückschritt postuliert.
Tausende Bücher und Schriften verraten uns, wie wir noch glücklicher und noch erfolgreicher werden. Gleichzeitig weisen sie darauf hin, dass der Weg zum Glück steinig ist und wie man Widerstände überwindet.
Jedoch: Der Schlüssel zum Glück ist kein steiniger Pfad. Er liegt vielmehr darin, das anzuerkennen, was man hat und was man ist. Das, was zählt, ist der stolze Blick auf das Geleistete, der einfühlsame und liebevolle Blick auf das, was schiefging.
Unglückmacher sind Maßstäbe von außen, die man sich zu eigen macht. Wer definiert, ob man glücklich ist und wie man glücklich ist? Nur jeder Mensch selbst.“

(Lothar Grünewald am 27.01.2019, mit Kaffee und zufriedenem Blick auf dem Sofa sitzend, bei unserer sonntäglichen Morgendiskussion anlässlich des entstehenden Buches.)

Von Neuronen und Gewohnheiten oder: Wie lernen wir?

Wir nehmen uns im Spiegel zwar als Ganzes wahr, wissen aber in der Regel nicht, was hinter unserer „Fassade“ abläuft und wie unser System funktioniert und Informationen verarbeitet. Das ist schade bis fatal, denn auf diese Art und Weise versäumen wir unbemerkt großartige Chancen.

Wir sehen ehrfürchtig auf zu den CEOs unserer Zeit, die scheinbar mühelos Tausende von Angestellten und deren Geschicke dirigieren, und sind uns dessen nicht bewusst, dass wir selbst ebenfalls als CEOs jeden Tag über 100 Billionen Zellen als Mitarbeiter in unserem eigenen System führen. In einer Reihe aufgestellt, würden diese rund 60 Mal um die Erde reichen.

Chef über Milliarden: unser Gehirn

Davon entfallen mehr als 100 Milliarden Zellen auf unser Gehirn, und diese wiederum gehen 70 bis 100 Billionen neuronale Verknüpfungen ein. Mehr Verbindungen als Sterne in der Galaxie.

5,8 Millionen Kilometer an Nervenbahnen, also das 145-fache des gesamten Erdumfangs, stehen uns als Datenbahnen dort zur Verfügung. Mit 2 % des gesamten Körpergewichts wiegt unser Gehirn läppische 2 (das männliche) bzw. 1,5 Kilogramm (das weibliche), braucht aber 20 % unserer gesamten Energie. Ein Mysterium und Wunderwerk der Natur, das bei äußerlicher Betrachtung einer überdimensionalen Walnuss ähnelt.

Unser Gehirn bildet die wohl komplexeste uns bekannte Struktur des Universums. Ankommende Reize gelangen über unsere fünf Sinne zu unseren Hirnzellen-Mitarbeitern, den Neuronen. Sie übersetzen diese Reize in elektrische Impulse und wandeln sie kurzfristig chemisch um. Die auf diese Weise mögliche Übertragung durch Botenstoffe, sogenannte Neurotransmitter, geschieht durch Befeuerung durch den synaptischen Spalt. Ionenkanäle, Datenbahnen in ungeheurem Ausmaß, werden gebildet. Diese nehmen die elektrisch geladenen Teilchen auf, und diese wiederum lösen weitere elektrische Impulse aus. Ein wahres Kraftwerk. Je stärker der Impuls, desto höher ist die Bereitschaft der Zellen, diese Signale weiterzuleiten. Das ist Teambildung auf höchstem Niveau. Je schwächer ein ankommender Reiz ist, desto weniger wird dessen Signal weitergeleitet und desto weniger Verbindungen werden aufgebaut.

Wir entscheiden, was wir uns merken wollen

Wir sind verantwortlich dafür, ob wir einer Idee, einer Information, genug Aufmerksamkeit widmen. Um einen Pfad in unserem Erinnerungsspeicher zu hinterlassen, muss dem ankommenden Reiz zunächst genügend Aufmerksamkeit gewidmet werden. Wenn er eine Vielzahl von Neuronen-Teams intensiv beschäftigt hat, kann er sich einschleifen. Nach ca. 24 Stunden ist eine erneute Befeuerung dieses Reizes notwendig, um unseren Neuronen zu signalisieren, dass diese Information erneut benötigt wird.

Unsere Gewohnheiten sind demnach bereits stark „befeuert" worden, denn sie haben schon stabile Netze aus Verbindungen gebildet und setzen sich dementsprechend konsequent durch.

Bei zu wenig Beanspruchung sind unsere Neuronen verständlicherweise Energiesparer und widmen sich wichtigeren Aufgaben. Das bedeutet, einmal Aufgenommenes wird in der Regel nur kurz behalten und schnell wieder vergessen. Ein angemessener Lernprozess sollte also unserem Ultrakurzzeitgedächtnis die Informationen wiederholt zuspielen, die es in Zusammenarbeit mit unserem Arbeitsgedächtnis und Langzeitspeicher so verknüpft, dass wir unser Wissen abrufbar und als wachsende Fertigkeit nutzen können.

Üblicherweise gehen Menschen mit neuerworbenem Wissen und Können jedoch derart um, dass sie es einmal konsumieren, nicht wiederholen oder schon gar nicht in ihre tägliche Praxis übertragen. Und dann kommt das große Wundern, dass wieder einmal eine Weiterbildung oder ein Seminar „nicht funktioniert" hat. Das Einzige, was nicht funktioniert hat, ist hier jedoch der Mensch selbst. Das Werkzeug ist nur so gut wie derjenige, der es anwendet. Eine Kaffeefahrt wäre in diesen Fällen günstiger gewesen.

Wer dies weiß, möge sich bitte ein bisschen für bisher schludrigen Umgang mit dem eigenen Wachstumspotenzial schämen.

„Ob es besser wird, wenn es anders wird, weiß ich nicht. Dass es anders werden muss, wenn es besser werden soll, ist gewiss." (Georg Lichtenberg)

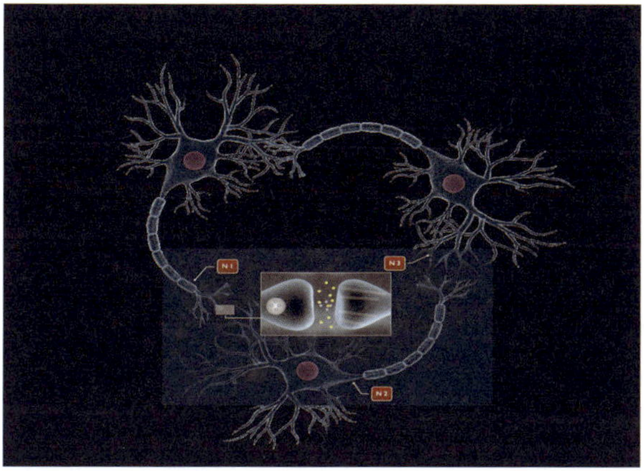

Neurotransmitter während der Übertragung am synaptischen Spalt (Quelle: AfnB)

Wie sollten wir lernen?

Es ist gar nicht erforderlich, liebgewonnene Gepflogenheiten bzw. unsere Komfortzonen komplett zu verwerfen, schließlich braucht man sie ja auch ab und an. Es gibt aber auch lästige und unerfreuliche Angewohnheiten, die ursprünglich mal hilfreich waren, uns heute aber zurückwerfen.

Alles haben wir einst nur deshalb erlernt, weil wir es für sinnvoll und nützlich erachteten. Unser Hirn fragt uns bei allem Neuen: „Brauchen wir das jetzt zum Überleben? Bringt es uns irgendwie weiter?“ Unser „ja“ dazu lässt Information passieren, ein „nein“ weist ankommende Information ab oder lässt sie wieder in Vergessenheit geraten. Manches, was damals ein „ja“ von uns bekam, ist heute nicht mehr so nützlich, manchmal sogar belastend.

Einmal Erlerntes bleibt uns im Langzeitgedächtnis in der Regel dann erhalten, wenn wir es gut eingepflegt, also einige Male benutzt und mit Erfolg bewertet haben. Die Emotion garantiert den Wiedererinnerungswert, je emotionaler ein Lernprozess war, desto besser sitzt er. Später nennen wir das dann Gewohnheit. Wer sagt uns eigentlich, dass wir Gewohnheiten nicht modifizieren, ergänzen oder sogar neue aufbauen können?

Beispiel:

Peter hat seiner Frau am Wochenende überraschend das Auto gewaschen, eine plötzliche Eingebung. Als diese nichtsahnend das blinkende Gefährt sieht, ist sie außer sich vor Freude und überhäuft Peter für den Rest des Tages mit liebevoller Fürsorge. Für Peter lohnt es sich, dies in Kürze zu wiederholen, mit dem Gedanken „Auto für meine Frau waschen" hat er die gesamte Emotion und nun Vorfreude auf das wiederholbare Ereignis verbunden.

Sein sonst bei samstäglichem Arbeitseinsatz einsetzendes Druckgefühl (Stress) mit der Ausschüttung des Stresshormons Cortisol weicht der Motivation (Lust) und damit der Produktion des Vorfreudehormons Dopamin, wenn er sich an dieses erreichte Ziel erinnert. Idealerweise erinnert er sich vor dem Einschlafen noch einmal an den gesamten Ablauf und nimmt diesen mit dem damit verbundenen guten Gefühl mit in seine Schlafphase. Während dieser haben seine gerade völlig unbelästigten Neuronen genügend Zeit, das neu Erlernte in sein Langzeitgedächtnis zu übermitteln.

Beim nächsten Abruf stehen ihm diese Inhalte schon verinnerlicht und im eigenen Stil zur Verfügung. Man könnte auch sagen: Peter hat das neu Erlernte der eigenen Logik hinzugefügt. Er hat Information angereichert.

Dieser Ablauf funktioniert auch mit komplexen Themen, Problemen und Aufgaben.

Voraussetzung ist es, neue Pfade und Zugangsmöglichkeiten zwischen unseren verschiedenen Gedächtnisfunktionen zu eröffnen und auszubauen. Am besten gelingt dies hirngerecht durch geführte Selbstgespräche, wenn gerade kein Coach oder Mentor verfügbar ist (was ja dummerweise in der Regel der Fall ist.) Diese erreichen uns auf allen Sinnen, wir gehen gedanklich und emotional den Weg zum Ziel, können diesen von uns selbst hören, schmecken und riechen. So bleibt es hängen. Wie wir wissen oder vielleicht einmal festgestellt haben, neigt unser Gehirn dazu, fehlende Bildinhalte zu ergänzen. Bei mysteriösen Gruselfilmen haben wir oft mehr „gesehen“, als eigentlich gezeigt wurde. Kommt ein ähnlicher Film oder auch nur ein einzelner Satz, Bildausschnitt etc., fangen wir gleich wieder an, uns zu gruseln. Die Emotion kommt einfach aus dem Speicher und löst alles Weitere aus.

In unserer bevorstehenden Zusammenarbeit machen wir uns dies mit dem Werkzeug am jeweiligen Kapitelende zunutze und ich führe Sie in Ihre wunderbaren Möglichkeiten des Gestaltens von Gedanken und neuen Erfahrungen in die förderliche Richtung ein. Sie führen Ihr Hirn durch entsprechende Anleitung zu bereits in Ihnen vorhandenen Lösungen. Sie formulieren Ziele und Ideen mit Facetten aus, auf die Sie im normalen Alltag gar nicht kommen: Im Alltag denken wir meist nicht um, weil wir – in Gewohnheiten gefangen – nur auf gewohnte Gedanken und Lösungen geführt werden, die sich in der Vergangenheit bewährt haben. Energiesparend eben.

Lassen wir unser Gehirn arbeiten und unser Potenzial zum Zuge kommen; schließlich ist es zu jedem Zeitpunkt, auch im hohen Alter, möglich, noch viel Neues zu erlernen. Neue Zellen produzieren wir unaufhörlich, also nutzen wir sie!

Sie werden staunen, was Sie bewirken können, wenn Sie bewusst Ihre Aufmerksamkeit darauf lenken.

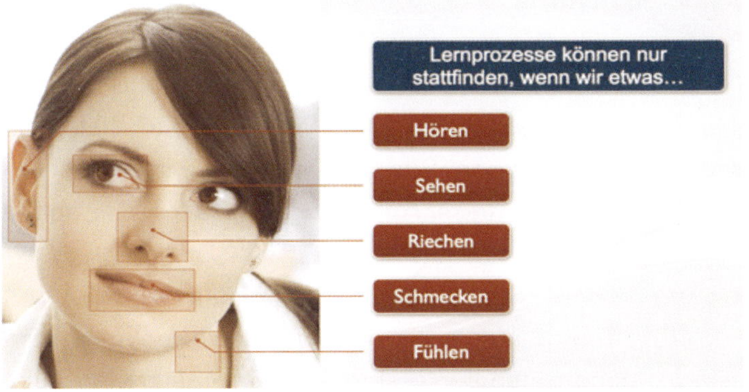

(Quelle: AfnB)

Ihre größte Herausforderung

Lehnen Sie sich zurück und lassen Sie einige Minuten Ihren Gedanken einfach freien Lauf.

...

Merken Sie, dass sich Gedanken sehr gern um noch nicht Erledigtes drehen? Ein endloser Kreislauf. Wünsche, Ideen, Gedanken sind schnell mit Gefühlen belegt. Spüren Sie, wie sich Ihr Gefühl verändert?

...

Wir haben eine sogenannte „chaotische Lagerhaltung" in unserem Gehirn. Das am häufigsten Gedachte taucht bei jeder Gelegenheit auch ungebeten vor unserer inneren Leinwand auf. Druckgefühle entstehen aus den Gedanken, die bisher weder zu Ende gedacht und entschieden wurden noch eine vollendete Handlung als Beendigung des damit verbundenen Lernprozesses erfahren haben.

In Folge verspüren wir solche in unserer Vorstellung immer größer werdenden ungelösten Abläufe als problematisch. Probleme sind belastend. Probleme sind immer die Folgen ungelöster Aufgaben. Sie sind oft nur ein bisschen komplex geworden und liegen schon lange in unserem inneren Archiv.

Notieren Sie sich in einer Tabelle wie der unten abgedruckten Ihre derzeit schwierigsten Aufgaben, innigsten Wünsche und Ziele und Ihre größten Herausforderungen. Suchen Sie die für Sie momentan größte Herausforderung aus dieser Auflistung heraus. Markieren Sie diese rot.

Ihre Aufmerksamkeit wird automatisch von diesem nun gefärbten Punkt in Anspruch genommen. Ein erster Schritt ist gesetzt. Das Ziel, das Erreichen der Herausforderung, liegt zwar im Moment noch als unentwickelte Form, als Negativ vor Ihnen. Doch wie in der Fotografie oder Bildhauerei liefert das Negativ die Formvorlage für viele daraus entwickelbare Positive, also für Figuren, denen Sie Gestalt geben können.

Nehmen Sie Ihre Wünsche und Vorstellungen ab jetzt sehr ernst und notieren Sie diese. Unrealistisches entsorgt sich auf unserer Strecke von selbst und manches Thema bekommt mehr Facetten durch die Art der Fragestellung, mit der Sie in den nächsten Kapiteln arbeiten werden.

Arbeitsblatt

Meine schwierigsten Aufgaben:

____

____

____

____

____

Meine innigsten Wünsche und Ziele:

____

____

____

____

____

Meine größten derzeitigen Herausforderungen:

Den wichtigsten Punkt rot markieren und hier nochmals als wichtigste Herausforderung notieren:

2.
Der Weg zum ZET-Master

„ZET", das ist unser interner Geheimcode für „**Z**iel – **E**rreicht – **T**un". Ein wirksamer Pfad auch für Sie, wenn Sie ihn beschreiten.

Ziel – klar und detailliert

Zunächst gilt es, Ihr **Ziel** zu beschreiben. Nur wenn Sie es klar und deutlich formulieren können, haben Sie es messbar gemacht, vorher ist es kein Ziel. Ein „gutes Gefühl" z.B. ist ein Effekt, kein Ziel. Ein Ziel ist eine Destination mit präziser Anschrift in Raum und Zeit, ein fotografierfähiges Beispiel mit vielen Details. Um anzukommen, formulieren Sie bitte präzise, wohin und was Sie wollen, und nicht, was Sie *nicht* wollen.

Denn unser Gehirn ist nicht auf Verneinung eingerichtet. Es ist ihm völlig egal, ob Sie etwas wollen oder nicht wollen, nur das Bild kommt bei ihm als Reiz an. Sagen Sie einem Taxifahrer: „Fahren Sie mich nicht zum Bahnhof", hört der Taxifahrer wahrscheinlich nur „Bahnhof" und bringt Sie trotzdem dorthin.

Bei unserem Hirn ist es genauso, es reagiert auf Schlüsselreize. Zusatzinformationen und Nebensächliches blendet es aus. Sie kennen sicher die Sache mit dem rosa Elefanten, an den Sie jetzt *nicht* denken sollen ... Für junge Menschen bis ungefähr 25 gilt das besonders: Sie lernen zwar noch sehr schnell Inhalte auswendig, fangen aber noch nicht so viel damit an. Es fehlt oft noch an vergleichbaren Erfahrungen, um Details zu verbinden. Menschen über 25 lernen langsamer, aber dafür mit viel mehr Details, weil sie sie wahrnehmen und bereits gespeicherten Informationen besser zuordnen können. Sie holen mehr aus weniger Reizen heraus. Auch gut zu wissen, oder?

Deswegen lohnt es sich, dem eigenen Neuronen-Team gute Hilfestellungen durch klare und deutliche Vorstellungen zu geben, die Struktur und Priorisierung ermöglichen. Es ist ungeheuer schwer, auf einem unaufgeräumten

Schreibtisch schnell etwas zu finden, und suchen macht einfach müde und lustlos. Das geht den Neuronen in Ihrem Gehirn genauso: Wie auf Ihrem Schreibtisch benötigen Sie auch hier sozusagen eine Vorsortierung Ihrer ungeordneten Informationen. Irgendwo lauern die untergegangenen Vorhaben, Gedanken und Ziele im Unterbewussten, geschrumpft auf die Größe eines Atomkerns, aber mit der gesamten Kraft des ursprünglichen Reizes. Unsortiert kommen diese Dinge im ungeeignetsten Moment hoch und führen oft zu Überreaktionen oder anderen Symptomen. Sie dürfen ruhig zugeben, dass Sie das schon einmal erlebt haben – ich habe das auch.

Je detaillierter Sie Ihre Vorstellung beschreiben, z.B. Farben, Orte, Menschen, Zeit und Geld, umso besser kommen Sie am gewünschten Ziel an. Wenn Sie sich wirklich entschieden haben, können Sie es fast nicht verhindern, mit Ihren Vorstellungen erfolgreich zu sein. Unsere Vorstellungen haben eine ungeheure Kraft und entwickeln in der richtigen Bündelung Sogwirkung. Unsere Neuronen nehmen unsere Befehle sehr ernst und arbeiten für uns Tag und Nacht.

Die Informationen – als sensorische Reize wahrgenommen und durch viele Details intensiviert – bringen die Aktivität unserer drei Gedächtnisbereiche zunächst in Gang und dann in einen regen Austausch. Neue Reize aus dem Ultrakurzzeitgedächtnis und bereits archivierte Informationen aus dem Langzeitgedächtnis werden über unser Arbeitsgedächtnis gebündelt und konsolidiert. Neue Zugangsmöglichkeiten wie auch längst in Vergessenheit Geratenes werden so verknüpft und zu weiteren Lernprozessen verarbeitet. Dies geschieht nicht linear, sondern interdisziplinär und zeitgleich. Eine lineare Speicherung wäre für unsere fleißigen Neuronen völlig unwirtschaftlich. Die Speicherkapazität unseres Arbeitsgedächtnisses ist recht klein, und demzufolge ist es für ein agiles und flexibles Organisieren ökonomischer, Erfahrung mit Neuem gleich zu einer sinnvollen erweiterten Einheit zu verbinden. Das können Neuronen schon deshalb großartig, weil sie bereits in der embryonalen Entwicklungsphase professionelle Kommunikation gelernt haben. In wenigen Stunden baut ein einziges Neuron Zehntausende Kontakte zu seinen Kollegen auf. Das sind Profi-Netzwerker mit Kommunikation als Basis. Das wünscht sich gerade jede Organisation im Zeitalter der Digitalisierung. Alle reden über Netzwerken, Kommunikation und Funneln. Sie haben es, ohne es zu wissen, in den Genen.

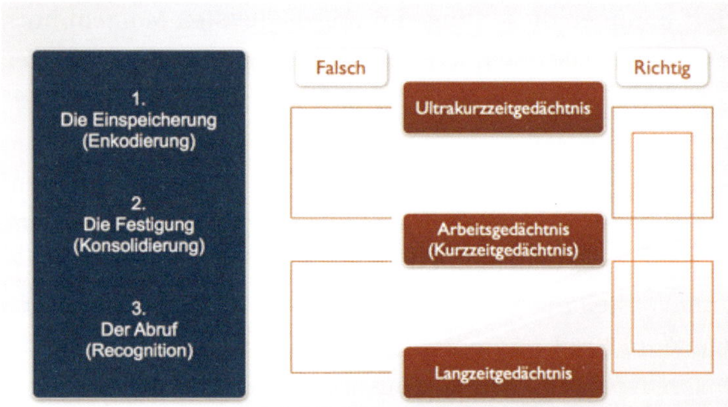

(Quelle: AfnB)

Gedankennotizen – ein Sekretariat für Ihr Gehirn

Sie verschaffen Ihrem Hirn eine große Erleichterung, wenn Sie wichtige oder wiederkehrende Gedanken zum Beispiel auf einem College-Block notieren. Und zwar je Thema auf einem eigenen Blatt. Das dient der Selbstdokumentation und kann entweder als Leitfaden erweitert oder nach Erledigung archiviert bis entsorgt werden. Nur die ganz Ignoranten behaupten bis heute, sie könnten alles im Kopf behalten. Doch spätestens, wenn diese ihrem Anwalt einen Sachverhalt möglichst detailliert beschreiben sollen, wird das ein richtiges Suchspiel nach Informationen. Und Ihre Neuronen arbeiten wie ein Anwalt: Sie ordnen und entscheiden nach Faktenlage, folglich fällt alles länger Unbeachtete aus ihrer Betrachtung.

Ein gutes, thematisch zugeordnetes Notieren ist die Basis eines jeden Selbst- und Zeitmanagements. Sie haben die selbst geschaffene Aufsicht über Ihre Aktivitäten und möglicherweise Details, die Ihnen nur einen Moment lang auffallen, aber wichtig sind. Seien Sie gnädig zu Ihrem Hirn und schenken Sie ihm ein Sekretariat. Delegieren Sie so viele Gedanken, Ideen und Aufgaben wie möglich ans Papier.

Wer schreibt, der bleibt. Dokumentieren Sie nach dem Prinzip:

Thema/ Was	Ziel/ Warum	Personen/ Wer	Tätigkeit/ To do	Ort und Zeitbedarf/Wo und wann	Bis wann/ K.-o.-Termin

P.S.: Das funktioniert auch mit Einkaufszetteln.

Erreicht – nichts für Faule

Zugegeben: Sich auf den Weg zu machen, um eigene anspruchsvollere Ziele als die bisherigen Alltagsthemen zu erreichen (Alltagsthemen lieben unsere Hirnzellen übrigens, weil sie die schon kennen und deswegen so wunderbar Energie sparen können), ist nichts für Faule.

Ich lausche häufig engagierten Weltverbesserern oder scheinbar kurz vor der Selbstständigkeit stehenden Managern, die vor Ideen nur so strotzen und große Vorhaben verkünden. Um dann bei einem Wiedersehen nach Jahren enttäuscht festzustellen, dass nichts von alledem tatsächlich in die Realität umgesetzt wurde. Eine Idee ist Motivation pur, deren Umsetzung erfordert jedoch Plan, Mut, Durchhaltevermögen, Klugheit, Lernbereitschaft und oft Verzicht auf liebgewonnene Annehmlichkeiten. „Irgendwie kommt immer Arbeit dabei heraus", um viele unserer ernüchterten Klienten zu zitieren. Ich würde auch manches Mal lieber ein Buch essen, um an das nötige Wissen und Können zu kommen, anstatt jeden einzelnen Schritt selbst umsetzen zu müssen.

So ist der „Friedhof der guten Ideen" groß, zitiere ich einen guten Freund und Unternehmer. „Um aus Ideen Ziele zu verwirklichen, fang mit dem ersten Schritt an." Die meisten Reden dienen nur der Motivation. Echte Macher hört man weniger, weil sie mit der Umsetzung beschäftigt sind. Nichts gegen gute Redner, jedoch braucht eine Vision eben auch den Willen zur Umsetzung und die Durchführung bis zum Ergebnis. Wenn Sie also schon immer mal eine Idee in die Tat umsetzen wollten, so nehmen Sie sich den ersten Schritt und vielleicht noch den zweiten ganz konkret vor. Fangen Sie an, zu tun. Schon sind Sie auf dem Weg.

Schlafprogramme kommen uns hier übrigens einen Schritt entgegen bei dem Wunsch nach einfacherem Lernen. Ein wichtiges Thema, inhaltlich vor dem Einschlafen noch einmal gelesen, durchdacht oder besprochen und notiert, wird während der Schlafphase vom Gehirn in Ruhe verarbeitet und sortiert. Das so verinnerlichte Wissen steht uns dann kreativ-reaktiv ohne Anstrengung zur Verfügung.

Schon ein schmerzvoller Gedanke, dass so manches Talent abends vor dem Fernseher einschläft und so eher die konsumierten Actionfilme verinnerlicht anstatt der wirklich hilfreichen Quantentheorie oder Vokabeln. (Im Vertrauen, unser Sohn hat so schon eine Fünf im Vokabeltest vollbracht, dafür aber Level 12 beim Computerspiel erreicht. Die falsche Reihenfolge vor dem Einschlafen, mussten die entsetzten Eltern feststellen.)

Egal, ob Wichtiges vor dem Einschlafen noch einmal visualisiert oder nach spätestens vierundzwanzig Stunden noch einmal wiederholt und vertieft wurde, für unser Gehirn ist es essenziell, dass die Neuronen durch wiederholt starke Impulse auf die Wichtigkeit der Informationen reagieren. Bei zu schwachen Impulsen findet nur eine geringfügige Verarbeitung im neuronalen System statt. Wird neu Erlerntes nicht regelmäßig im Gehirn angefragt, wird es zum Zwecke des Energiesparens eben wieder aussortiert. Nicht wiederholt, wird also auch jedes teuer bezahlte Seminar nach kurzer Zeit nebensächlich und wieder vergessen.

Wie sollten wir dem also vorbeugen? Machen wir es doch gleich richtig, denn es ist ja schließlich unsere persönliche Lebenszeit, mit der wir bei solchen Aktionen teuer bezahlen. Hinzu kommt noch die schleichende Demotivation, wenn wir mit hochgezogenen Augenbrauen unsere alten Gewohnheiten wie Stammtischbrüder gesellig und laut vorfinden. Wenn nichts Besseres da ist, wird auf Bewährtes zugegriffen, das ist sicher.

Wenn wir uns aber mithilfe eines detaillierten Ablaufplans intensiv vorstellen, wie sich die Veränderung auswirkt und anfühlt, wenn sie schon umgesetzt und das damit verbundene Ziel erreicht ist, dann lohnt sich jeder einzelne Schritt des Weges.

Tun – ganzheitlich im Selbstgespräch

Das Erste, was wir tun werden, ist, das komplexe Knäuel aus bremsenden Gedanken, Gefühlen und „Ja, aber"-Überlegungen zu Papier und folglich das Thema in eine erste Form zu bringen. Beim Strukturieren und Lösen sollten alle fünf Sinne beteiligt sein. So haben Ihre Neuronen beste Arbeitsbedingungen und Sie führen sich vorbildlich. Das haben Sie sicher schon gehört: Man kann andere nur so gut führen wie sich selbst. Hm. Möglicherweise ist Ihnen auch schon aufgefallen, dass ich bestimmte Inhalte wiederholt in etwas geänderter Form beschreibe. So übe ich hier schon ein Intensivieren der Reize auf Sie aus, die besonders wichtig sind. Danken Sie mir gerne später.

Bei allen folgenden Vorgehensweisen arbeiten Sie ganzheitlich. Unser Instrument ist das über Anreißer geführte Selbstgespräch. Sie gehen gedanklich und sprechend den Weg zum Ziel, hören sich selbst dabei und sehen den Pfad auf Ihrem Blatt entstehen. Dabei entstehen Gefühle, Ihre Körpersprache. Diese dient Ihnen als Korrektiv, ein anderes haben Sie nicht, denn Sie gestalten Ihre Realität (um). Mit dem Umgestalten entwickeln Sie einen Geschmack zu Ihrer Vorstellung und sichern so Erinnerung und Lernprozess ab. Die dabei entstehenden Antworten sind verbindlich und ausschließlich Ihre eigenen. Eigene Entscheidungen halten wir in der Regel ein; terminieren Sie diese und führen Sie sich selbst. Wer sich selbst führen kann, führt seine Billionen Zellen automatisch und ab heute bewusst mit.

Es wird uns möglich zu erkennen, dass ein oder mehrere Ziel-Konflikte meist nur aus einem einzigen ungelösten Problem bestehen, bei dem wir hin- und hergerissen sind zwischen mehreren möglichen Entscheidungen. Um den Konflikt zu beenden und weiterzukommen, müssen wir die „Bremse“ lösen, die uns an einer Entscheidung hindert. Wir müssen aus unseren endlosen „Soll ich oder soll ich nicht“-Gedankenschleifen aussteigen, in denen wir lieber uns wichtige Entscheidungen verschleppen, anstatt in die Unsicherheit neuen Tuns zu geraten. Das kostet richtig viel Kraft. Deshalb fühlen wir uns allein beim Nachdenken darüber eher gestresst als motiviert und bestätigt darin, erst mal lieber bei den alten Gewohnheiten zu bleiben.

(„Gelernt ist gelernt“, sagt mein Liebster zufrieden, „ein bisschen Rückgrat bei der Verteidigung lieb gewonnener schlechter Gewohnheiten kann man schon von jedem erwarten. Hat ja schließlich einige Zeit gedauert, sie so groß zu bekommen.“)

Lösen Sie den Knoten Stück für Stück und setzen Sie die darin gebundene Motivation und Bewegungsenergie für sich ein. Dazu befähigt Sie die folgende Übung.

Selbstgespräch mit ZET

Nehmen Sie die rot markierte Herausforderung aus dem ersten Arbeitsblatt und formulieren Sie daraus eine erste Übersicht bereits erreichter und unerreichter Punkte. Diese übersetzen Sie in auf jeden einzelnen Punkt bezogene Tätigkeiten, die Sie zeitlich terminieren und räumlich zuordnen können.

Merke: Sprechend und schriftlich – Instrument der Gewinner

Das geführte Selbstgespräch ist die wichtigste Voraussetzung für das Gelingen. Ein Selbstgespräch ist wie Bodybuilding für das Gehirn.

Synapse (freie Quelle pixabay)

Während Sie sprechen, lernen Ihre Neuronen wichtige Details Ihrer Vorstellungen über alle Sinne kennen. Nur über das Nachdenken passiert leider nicht viel, außer dass alte und bereits oft wiederholte Gedanken sich in den Vordergrund drängen und kreative neue Ideen von bereits bestehenden starken Gedankenstrukturen verdrängt werden.

Starke bestehende Strukturen haben Synapsenverbindungen, die durch häufige Reizung sozusagen automatisch aktiv werden, weil sie wie beim Muskelaufbau häufig trainiert wurden und deswegen allzeit einsatzbereit sind.

Bestimmt kennen Sie das: Eigentlich wollten Sie über Köln zu Oma fahren, aber weil Sie die letzten zwei Wochen täglich zu einem Kunden nach Münster mussten, erwischen Sie sich plötzlich in Richtung Autobahn nach Münster. Als Energiesparsystem hat unser Hirn hier bereits einen schönen Trampelpfad aufgebaut, um uns das Denken zu erleichtern. Deswegen braucht es starke und konsequente neue Reize, um aus der Gewohnheit, in alten Trampelpfaden zu denken, herauszukommen. Und das wiederum gelingt Ihnen, indem Sie gedanklich den Weg zum Ziel gehen und dies laut formulieren. So intensivieren Sie den neuen Reiz auf Ihre noch schwachen Synapsenverbindungen, und diese werden dadurch aufmerksam. Es entstehen während des Sprechens sowohl Gefühle als auch Geschmack, und auch Ihr Geruchssinn ist geschärft. Dadurch, dass Sie sich selbst beim Sprechen mit allen Sinnen hören, durchlaufen Sie auch gleich den damit verbundenen Lernprozess durch die lebendige Vorstellung, wie Sie den Weg zum Ziel bereits hinter sich haben, und schütten auch gleich noch einmal zur Belohnung Botenstoffe aus.

Jetzt sind Sie dran (und es ist wichtig, dass Sie sich bei den folgenden Fragen wenigstens leise sprechen hören, weil Sie den ersten Pfad im Hirn auf diese Weise bereits anlegen und bei jeder damit verbundenen Aktion verstärken und nachhaltig vertiefen):

1. Spalte:
Nehmen Sie sich den unten gezeigten Vordruck zu Ihrem „ZET" vor und fragen Sie sich leise, sodass Sie sich hören können:
*„Was ist mein **Ziel**?"*
Notieren Sie die Antwort in der entsprechenden Spalte unter „Ziel".

2. Vertiefen Sie noch einmal, indem Sie sich fragen:
„Was wollte ich schon immer einmal erreicht haben, wenn ich an mein Ziel denke?"

2. Spalte:

Gehen Sie nun über in die zweite Spalte und fragen Sie sich:

*„Was habe ich **erreicht**, bezogen auf mein [Ziel] (wortwörtlich ablesen, wie es dort steht)?"*

Stellen Sie sich dann die Frage vier Mal in leicht geänderter Form und bezogen auf das Ziel, das Sie jedes Mal wortwörtlich in die Frage einsetzen, wiederholen und die Antworten in der zweiten Spalte untereinander notieren. Beispiele für abgeänderte Fragen:

*„Was habe ich **außerdem erreicht** / noch erreicht / über das Ziel hinaus erreicht / weiterhin erreicht, bezogen auf mein [Ziel]?"*

Dann fragen Sie sich fünf Mal – immer noch für die zweite Spalte:

*„Was habe ich **nicht erreicht** / außerdem nicht erreicht / weiterhin nicht erreicht / noch nicht erreicht / darüber hinaus nicht erreicht bezogen auf mein [Ziel]?"*

Diese Antworten notieren Sie ebenfalls in der zweiten Spalte unter „Erreicht".

3. Spalte:

Gehen Sie über zur dritten Spalte und fragen Sie sich weiterhin so laut, dass Sie sich beim Sprechen hören können:

*„Was ist zu **tun** – bezogen auf jeden einzelnen Punkt unter [Erreicht]'?"*

Jede folgende Antwort schreiben Sie bitte in der dritten Spalte unter „Tun" auf und notieren Sie dazu, wann Sie die einzelnen To-dos erledigt haben wollen. Die To-dos sind verbindlich, Termine können Sie noch einmal mit Ihrem Kalender abgleichen. Nur wenn Sie sich wirklich festlegen, werden Sie Ihre Vorhaben ernst nehmen und auch umsetzen.

Mein ZET

Was ist mein Ziel?	Was habe ich Erreicht? Was habe ich nicht Erreicht?	Was ist wann zu Tun?	Optional: Best Case / Worst Case
(Setzen Sie hier Ihre rot markierte Herausforderung ein)	(Schreiben Sie hier jeweils 5 erreichte und 5 nicht erreichte Punkte zu Ihrem Ziel auf)	(Notieren Sie zu jedem Punkt aus der „Erreicht"-Spalte den nächsten Schritt)	(Notieren Sie hier, was im besten / im ungünstigsten Fall passieren könnte)
	1.	-	Best Case:
	2.	-	
	3.	-	
	4.	-	
	5.	-	
	1.	-	Worst Case:
	2.	-	
	3.	-	
	4.	-	
	5.	-	

Lesen Sie nun die unter „Was ist zu **T**un?" notierten Punkte und geben Sie dieser Liste einen Namen, zum Beispiel „Meine To-dos"' oder „Auf geht's"-Liste", und übertragen Sie sich die To-dos in Ihren Kalender.

Hätten Sie diese Punkte alle schon längst erledigen können? Dann willkommen bei den an „Aufschieberitis" Erkrankten.

Haben Sie gerade noch einige Facetten entdeckt, die Sie so noch nicht bedacht hatten und die Sie nun den Weg klarer sehen lassen? Für bisher noch nicht zu Ende gedachte Eventualitäten können Sie eine „Was ist, wenn ...?"-Liste anlegen. Moderner klingt es, wenn Sie einen Worst Case und einen Best Case beschreiben. Genau diese Überlegungen stellen viele vorher nicht an und sind dann schnell entmutigt, wenn es anders kommt als erhofft. Beschreiben Sie den ungünstigsten und den günstigsten Fall, der eintreten könnte, und Sie können ohne nervös zu werden alle Szenarien bedienen. So denken Sieger.

In beiden Fällen: Hurra, gerade haben Sie begonnen, gezielt mit dem Ihnen innewohnenden Potenzial an Ideen und Gedächtnisinhalten gehirngerecht zu kooperieren. Weiter so!

Tipp:

Erstellen Sie eine A4-Vorlage, die Sie in Zukunft zu Meetings mitnehmen und auch an Ihre Mitarbeiter verteilen. Diese könnte so aussehen:

1. Meeting/Projekt:		
Raum/Partner:		
M D M D F S S Datum: Uhrzeit: bis:		
Was soll um .... Uhr erreicht sein?		
Das gesteckte **ZIEL**:	Was ist bis jetzt noch nicht **ERREICHT**?	Was ist jetzt noch zu **TUN**?

Was ist, wenn …	Was ist dann zu tun?	Wer macht was, wo und wann wie?

3.
Der passende Schlüssel

Wenn ich Ihnen erzähle, dass ich, als ich zum ersten Mal eine eigene Wohnung hatte, die Nägel in Ermanglung eines Hammers mit einer Zange in die Wand geklopft habe, nicken Sie wahrscheinlich milde lächelnd. Auf die Idee, den Nachbarn zu fragen, bin ich als unerfahrener junger Mensch nicht gekommen. Für die kleinen Bildchen damals hat es gereicht, auch wenn die Nägel mehr krumm als stabil waren.

Eine weitere Wunderheilmethode stellte für mich der Sekundenkleber dar. Sie glauben nicht, was ich damit schon alles repariert habe: Absätze, Stuhllehnen, Nummernschilder und abgerissene Tapetenstücke – untrennbar wieder angeklebt. Ein Loblied auf den Sekundenkleber. Da ich keine besseren Möglichkeiten hatte, war ich in allen beschriebenen Fällen sehr kompromissbereit. Zu meiner Verteidigung: Ich brauchte eine schnelle Lösung und war damit zufrieden.

Und ich mag diese Lösungen bis heute, sie haben schließlich funktioniert und ich habe sie mir selbst ausgedacht. Mit selbst Erdachtem ist es wie mit den eigenen Kindern: Was immer aus ihnen wird, wie immer sie „gelingen“: Man liebt sie und hält daran fest. Völlig legitim. Mit heutigem Wissen und Kenntnisstand sehe ich durchaus ein, dass es bessere Möglichkeiten gegeben hätte, und würde an manches Problem anders herangehen. Heute bin ich übrigens stolze Besitzerin eines gut ausgestatteten Werkzeugkastens. Ich habe ihn vor jungen unerfahrenen Menschen, wie unseren Kindern zum Beispiel, im Schuppen versteckt. Falls sie einmal eine Zange zum Hämmern benötigen sollten.

(Lothar bemerkt nachdenklich, wie sinnvoll es war, sich sofort handwerklichen Tätigkeiten zu verweigern – es lebe die Revolution!)

Die Umpolung: Raus aus dem Gedankenlabyrinth

Schnelle Lösungen überhaupt denken zu können, setzt ein Fundament an Basiswissen über unterschiedlichste Zusammenhänge voraus, mit denen ich dann flexibel arbeiten und bei Bedarf auch improvisieren kann. Will sagen: Ohne die Haltung und Bereitschaft, sich das entsprechende neue Wissen und Können anzueignen, endet die persönliche und auch fachliche Entwicklung schleichend. Meist merken es Außenstehende schneller als man selbst. Es ist erstaunlich, wie lange mancher an dem verzweifelten Glauben festhält, neue Erkenntnisse durch altes Verhalten gewinnen zu können. Das ist fast so, als würden wir versuchen, mit Blumenkohlsamen Gurken zu ernten. Man könnte doch denken: „Wenn es früher einmal funktioniert hat, sollte es doch heute auch noch so klappen." Doch ein alter Schlüssel passt nur in das alte Schloss, und nicht mehr in das neue. Woher aber die neuen Schlüssel nehmen?

Dazu müssen wir unser Gehirn, besonders unsere Amygdala als emotionale Widerstandskämpferin und Hüterin unseres kindlichen Egos, ein wenig überlisten. Ungefähr mit dem dritten Lebensjahr beginnen wir, unsere psychische Immunabwehr zum Schutz unserer eigenen Art aufzubauen. Alle Informationen und Eigenarten, die wir uns als Folge von Lernprozessen aneignen, laufen durch einen Filter wie eine Firewall zum Abgleich mit neuen Informationen. Dabei wird geprüft, ob wir diese Information benötigen, ob sie unserem Arterhalt dient und ergo förderlich ist oder nicht. Da der Mensch in der Regel über diese Hintergrundaktivitäten in seinem System nichts weiß, spürt er diesen Prozess eher als Gefühlsbewegung, möglicherweise als Ambivalenz.

Wir sprechen hier von Körpersprache, die sich in Symptomen ausdrückt. Dazu gehören zum Beispiel Schmerzzustände, starke Gefühlsregungen, Schweißausbrüche, Erröten, Kopfdruck, Ohrensausen, Übelkeit, Nervosität, auch Euphorie.

Das sogenannte Bauchgefühl ist also tatsächlich eine der wenigen verwertbaren Rückkopplungen zu uns selbst und liefert uns die Möglichkeit des bewussten Dialogs mit unserem Körper. Dieser reagiert über Symptome wie starke Emotionen, die sich bei Nichtbeachtung zum Beispiel als sich verstärkendes Unbehagen bis hin zu Infekten oder schweren Krankheiten, Krisen etc. entwickeln können.

Unser System macht sich also bemerkbar, um ungeordnete Informationen verarbeitet zu bekommen. Unbeachtet verstärken wir oft unbewusst den Druck und erleben diesen dann auch durch kritische Lebenssituationen, wie Streit, Unfälle, Verlust von Beziehungen, Arbeitsplatz etc., ohne zu bemerken, wann wir diese Spirale ausgelöst haben.

(Lothar, mein Göttergatte, verspürt tatsächlich, so stellt er dankbar fest, die ihn rettenden Symptome rechtzeitig vor besonders schwierigen Situationen. Das verleitet ihn dazu, sich noch einmal besser vorzubereiten und genauer hinzusehen – wenn er nicht gerade seine Komfortzone pflegt.)

Solange das Gehirn eine neue Information nicht einzuordnen versteht, kostet der bis zur Entscheidung oft intensive Bremsprozess viel Kraft. (Wie wir noch aus dem Physikunterricht wissen, ist die benötigte Kraft, um zu bremsen, viel größer als die zur Beschleunigung.) Die Hin-und-Her-Überlegung, das „soll ich oder soll ich nicht"-Programm, wird oft sogar als körperliche Belastung mit daraus entstehenden Symptomen wie Krankheiten oder Konflikten unterschiedlichster Natur und Schwere erlebt. Aus solchen Endlosschleifen, nennen wir sie ruhig Gedankenlabyrinth, benötigen wir einen Ausgang und idealerweise den passenden Schlüssel zum Schloss der Ausgangstür. Die wiederum ist natürlich die Eingangstür zur Lösung. Das Gedankenbild zeigt es: Wir lösen uns vom Bisherigen und eröffnen uns dadurch neue Zugangsmöglichkeiten. Deswegen ist die bisherige Information und Möglichkeit nicht weg, es kommen nur viele weitere hinzu. In der Physik sprechen wir von Anreicherung. In der Psychologie erweitern wir so die persönlichen Kompetenzen durch das Erschließen noch nicht genutzten Potenzials durch Umpolung. Wir können aus uns nur herausholen, was bereits vorhanden ist. Und das ist unvorstellbar viel.

Völlig richtig, wenn Sie jetzt sagen, dass das wohl nicht so einfach ist. Sonst würden Sie es ja einfach tun. Aber überlegen Sie: Wenn Sie einen Zusammenhang, neues Wissen einmal verstanden und anschließend erfolgreich selbst angewendet haben, verfügen Sie über ein gutes Rezept zur Überwindung von Anfangsschwierigkeiten. Nur der Anfang ist oft schwer. Klar, dafür verlassen wir ja auch alte Gewohnheiten.

Ganzheitlich denken

Wenn wir schon in der Schule lernen würden, die einzelnen Lehrfächer ganzheitlich zu verbinden und auf das alltägliche Leben zu übertragen, wäre viel gewonnen. Wir könnten unser theoretisch erworbenes Wissen praktisch erproben. Die daraus resultierende persönliche Lösungskompetenz, politische Mündigkeit und ein Verständnis für den Prozess des Lebens würden wir mit den erforderlichen Werkzeugen in den Alltag übertragen. Doch das tun wir leider nicht, denn jedes Fach wird als in sich abgeschlossenes Thema behandelt. Dadurch entsteht wenig Einsicht in den Alltagsnutzen – geschweige denn die Erkenntnis, über praktische Werkzeuge zu verfügen.

Stellen Sie sich vor, Sie hätten von Anfang an verstanden, wie Ihr biologisches System für Sie arbeitet, und Chemie und Physik darauf übertragen. Sie hätten verstanden, dass das Fach Deutsch Ihnen sprachliche Kompetenzen vermittelt, weil die Sprache ein äußerst effektives Mittel ist, um Ihre Gedanken und Emotionen nach außen zu transportieren. Sie hätten die logische Brücke zwischen Geisteswissenschaften und Naturwissenschaften erkannt und darüber Verantwortung für bewusstes Lernen übernehmen können. Sie hätten das Leben als wunderbares und größtes Experiment verstanden und sich selbst als Forscher. Und in der Forschung gibt es keine Fehler, nur Erkenntnisse und Einsichten.

Stattdessen wurde und wird nach wie vor ein Fehlerbewusstsein gelehrt und damit folglich die Tendenz, Fehler zu vermeiden. Vermeidungsverhalten ist der perfekte Nährboden für ein schlechtes Gewissen, ob berechtigt oder nicht, und führt sehr schnell in Trickserei oder kommunikative Isolation. Für junge Wissenschaftler ist dies oft eine schwere Bürde und verhindert deren Exzellenz. Dies gilt genauso für den einzelnen Menschen in seiner Lebensauffassung: Anstatt aus der persönlichen, selbst erlernten Kompetenz heraus eine Veränderung zu bewirken, nehmen die meisten Menschen ihre Art, mit Dingen umzugehen, als gegeben hin. Nicht bekannt ist häufig: Dies ist alles nur erlernt.

Wie führe ich eine Veränderung also herbei? Gibt es dafür ein Werkzeug? Ja, das gibt es.

Am Anfang steht die Motivation

Vor Jahrzehnten fragte ich meinen damaligen Professor und Mentor bei der Bearbeitung eines für mich höchst komplexen Themas, wo ich denn anfangen solle. Er antwortete: „Am Anfang."

Ich war zunächst erbost und fühlte mich veralbert. Was war das denn für eine Antwort? Ich wusste jedoch auch, dass er mir wohlgesonnen war und mich oft herausforderte. Was war hier die Herausforderung? Es dauerte ein wenig, dann kam ich darauf: Niemand kann mir die eigene Entscheidung abnehmen. Um etwas zu beginnen, bedarf es der Motivation für ein Ziel.

Motivation ist ein ausschließlich intrinsischer Prozess, wenn wir unser Gehirn betrachten. Ohne entsprechend starken Reiz reagieren unsere Neuronen eben nur mit schwacher Tätigkeit. Die für die Motivation erforderlichen Botenstoffe reichen nicht aus, um einen nachhaltigen Prozess auszulösen. Dafür bedarf es einer starken eigenen Entscheidung, eines unbedingten Wollens. Wie soll das gehen, wenn ich mir von jemand anderem die Antworten hole, für die ich selbst verantwortlich bin? Was will ich also wirklich? Wie lautet mein Thema? Was treibt mich die ganze Zeit um?

Automatismen identifizieren und umpolen – das Herzstück für unsere Chefkompetenz im Hirn

Oft sieht man den Wald vor lauter Bäumen nicht, und so erging es mir seinerzeit auch. Ich drehte mich um meine vielen Detailüberlegungen, und die Formulierung des Anfangs fiel mir schwer. Ich brauchte ein Werkzeug, um Ordnung in meine unstrukturierten Gedanken und Gefühle zu bringen und mein Thema herauszuarbeiten. Überall dort, wo sachlicher Abstand gegeben ist, ist dies leicht. In Projekten zum Beispiel, wo es ausschließlich um Fachbeiträge geht. Schwer wird es, wenn Persönliches im Spiel ist, wenn der innere Abstand zu der Aufgabe nur noch schwer herzustellen geht.

Wo ein Gedanke ist, kann kein zweiter sein. Ein Gedanke ist ein messbarer Aggregatzustand, der natürlich seinen Platz beansprucht und weitere Überlegungen zunächst verdrängt. Wenn Sie versuchen, gleichzeitig an Ihren letzten Urlaubsort und an Ihr Büro zu denken, müssen Sie sich entweder für eines der beiden Bilder entscheiden oder die beiden in einem großen Bild vereinigen. Das sieht kurios aus. Ein Arbeitszimmer am Sandstrand, auf hoher See oder in den Bergen.

Um einen Gedanken zu verändern, müssen wir zuerst erkennen, dass so zu denken eine Gewohnheit ist. Je einfacher ein Gedanke auftaucht, umso öfter haben wir ihn schon hervorgeholt, verstärkt und mit Gefühlen belegt. Etwas mit Gefühlen zu belegen bedeutet, es zu bewerten. Je stärker die Bewertung, desto tiefer der damit verbundene und sich weiterentwickelnde Pfad der Gewohnheit. Da haben wir es wieder. Ein stetiger Muskelaufbau der Gewohnheiten für starke Synapsenverbindungen.

Dahinter stecken in der Regel ein vollständiger Lernprozess und ein Handlungsablauf, der sich in der Vergangenheit bewährt hat und der deswegen in unterschiedlichsten Facetten und Lebenssituationen zur Anwendung gekommen ist. Für die Weiterentwicklung ist dies ein Teufelskreis, weil gewachsene Gewohnheiten uns so vertraut sind, dass wir sie als Automatismus gar nicht infrage stellen. Es sei denn, wir leiden darunter oder wundern uns zumindest über für uns nicht mehr förderliche Denk- und Verhaltensweisen.

Zum Beispiel könnte Ihnen auffallen, dass Sie immer unter Zeitdruck geraten, wenn es um die pünktliche Einhaltung von Terminen geht, obwohl Sie sich jedes Mal vornehmen, genug Zeitpuffer für Eventualitäten einzuplanen. Und dennoch, beim nächsten Mal geschieht unerklärlicherweise und doch vertraut das nun schon oft Erlebte: Sie sind zu spät. Oder stellen Sie sich einen Mann vor, der einen Autounfall durch aggressiven Fahrstil verursachte. Sich seiner Ungeduld mit anderen bewusst, nimmt er sich vor, von nun an ruhiger und gelassener in künftigen Verkehrssituationen zu reagieren. Doch als es so weit ist, passiert es wieder: Er reagiert aggressiv – und anschließend ärgert er sich über sein Verhalten. Schon wieder mal.

Das Denken produziert das Denken. Gedanken sind wie Staubflocken auf dem Parkett, sie ziehen ihresgleichen an. Anders gesagt: Gewohnte Denkweisen haben tiefe Pfade mit Querverweisen in unserem Hirn hinterlassen. Tut sich ein Querverweis auf, ist es praktisch unmöglich, die Verknüpfung aufzuhalten. Als hätten Sie die Enter-Taste am Computer auf einen Zugangslink gesetzt und auf Los gedrückt. Unterbrechen können Sie diesen Prozess nur durch eine bewusste Entscheidung. Denken Sie einfach einmal STOPP oder INTERESSANT, wenn Sie sich dabei erwischen, wie Sie wieder einmal in eine für Sie unerwünschte Richtung abdriften. Notieren Sie Ihren zuletzt erinnerten Gedanken und nutzen Sie diesen für eine sogenannte Umpolung. Hört sich gefährlich an, ist es aber nicht. Es ist ein Umdenken und Umlenken, von „bisher“ zu „ab jetzt“.

(Lothar meint, während unsere Kinder nebenan laut kreischen, dass es manchmal schon schmerzhaft ist, ein „bisher" einfach so aufzugeben. Das kennt man wenigstens. Recht hat er. Es ist wie mit dem Kinderkriegen. Schwanger werden ist schnell geschehen. Das „ab jetzt", die Strecke der Elternschaft, birgt viele neue Erfahrungen und Herausforderungen und ist alles andere als bequem. Wir machen die Tür zu, mechanische Umpolung.)

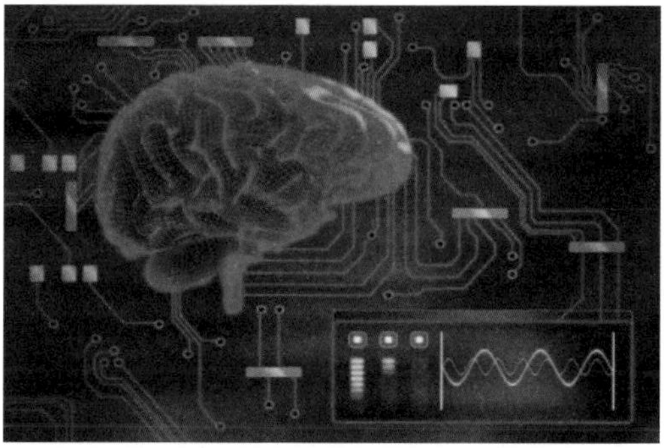

Steuerzentrum Gehirn (Quelle: AfnB)

Wie die Umpolung funktionieren kann

Sie nutzen sicherlich batteriebetriebene Geräte. Batterien funktionieren nach dem Prinzip der sogenannten „galvanischen Zelle": Wir verwenden die zwischen Plus- und Minuspol verfügbare Induktionsenergie. Beim Menschen ist es nicht anders, wir bringen die Induktionsenergie „zwischen unseren Ohren" in Bewegung. Durch einen Start-Impuls bzw. Reiz wird das neuronale Netzwerk zum Arbeiten gebracht, die elektrische Befeuerung beginnt. Ein gewohnter Reiz bringt dabei aber immer wieder den gleichen Kreislauf in Gang. Möchte ich neue Zugangsmöglichkeiten aufbauen, also Gewohnheiten ändern, benötige ich andere Impulse. Das ist das Werkzeug der Umpolung.

Stellen Sie sich vor, Sie sehen vor sich einen Toaster. Nie würden Sie anzweifeln, dass da ein Toaster steht, so ist unser Gehirn gestrickt. Das haben wir uns quasi wissenschaftlich erarbeitet: Toaster gesehen, berührt, ausprobiert und für richtig befunden ergibt als Fazit: einen Toaster. Jetzt bauen Sie aus dem Toaster mal einen mp3-Player. Reflexartig würde jeder andere dennoch behaupten, einen Toaster vor sich zu sehen. Ohne den Toaster in seine Bestandteile zu zerlegen und dadurch eine Übersicht der verfügbaren Einzelteile zu haben, ist ein Loslösen vom Bild des Toasters kaum möglich. Erst wenn die Assoziation Toaster nicht mehr verfügbar ist, kann sich unser Gehirn von dieser Entscheidung und den damit verknüpften Befehlen frei machen und neue Bilder daraus konstruieren. Jetzt ist es auch nicht mehr ganz so schwer, denn einen mp3-Player haben wir ja schon einmal gesehen und als Vorlage irgendwo in unserem Archiv abgespeichert.

Erst wenn wir frei vom „festgefahrenen Toasterbild" sind, können wir kreativ werden. Jetzt erst können wir neue Möglichkeiten bilden, in neue Richtungen denken. Voraussetzung ist immer, sich von einer alten getroffenen Entscheidung, in diesem Falle: einen Toaster zu sehen, zu lösen und mit den Puzzleteilen zu experimentieren.

Anreißerfragen stellen

Genau so beginnt eine Umpolung: Wir formulieren den Gedanken, der uns blockiert oder beschäftigt oder wundert. Zum Beispiel: „Warum traue ich mich nicht, mein eigenes Geschäft zu eröffnen?" oder „Wieso können wir nicht zusammen sprechen, ohne zu streiten?" oder „Was macht mich so unsicher?" oder „Warum gebe ich immer zu viel Geld aus?". Dies ist die Initialzündung, der Anfang eines selbst gestalteten Veränderungsprozesses.

Damit wir mit den Einzelteilen eines ursprünglichen Gedankens arbeiten können, brauchen wir Hebel, um ihn zu zerlegen. In einem schwerwiegenden Gedanken steckt sehr viel gebundene Bewegungsenergie. Sie kennen das: Nach einer endlich getroffenen, lange vor sich hergeschobenen Entscheidung fühlt man sich befreit, erfrischt, erleichtert. Hier spüren Sie körperlich die nun verfügbare Energie, die vorher als kristalline Denkinhalte in den „Sedimenten“, den bekannten neuralgischen Punkten, angelagert war. Das sind die, die immer mit Verspannungen und Irritationen reagieren, wenn etwas nicht stimmt, zum Beispiel Kopf, Nacken, Magen, Knie, Gelenke generell.

Stellen Sie sich die richtigen Fragen, kommen Sie auch auf Lösungen.

Gleichzeitig über Fragen nachzudenken und sie dann auch noch zu beantworten, geht leider nicht. Dafür ist unser Gehirn nicht gebaut. Es arbeitet entweder energiesparend, also mit gewohnten und bewährten Lösungen (das nennen wir Verstand), oder kreativ-reaktiv über den Widerstand des Gewohnten hinaus, wenn wir es fordern, mögliche Fragen zu vervollständigen. Das bedeutet für uns, ihm die Last des Fragestellens abzunehmen. Sie kennen dies aus der Quantenphysik: Es gibt viele wahrscheinliche Realitäten. Um sie zu verwirklichen, braucht es jemanden, der sie ins Leben ruft. (Für Insider: Schrödingers Katze. Für Neugierige: Selber nachlesen macht schlau, recherchieren Sie es.)

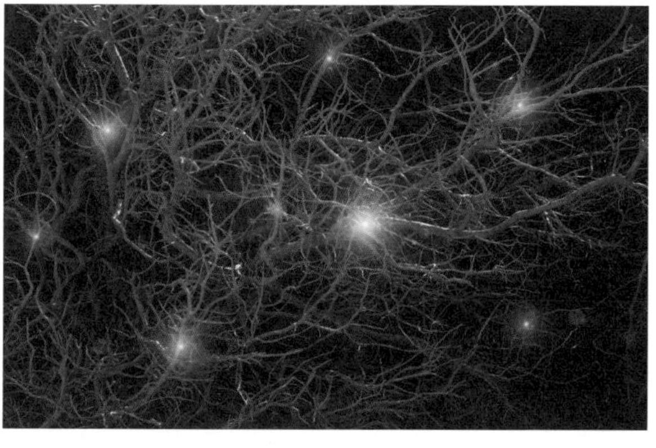

Neuronales Netzwerk während Signalübertragung (Quelle: AfnB)

Bei dem Prinzip der Umpolung bieten wir unserem Hirn über Anreißerfragen die Möglichkeit der Vervollständigung, ohne auf gewohnte Denkstrukturen zugreifen zu müssen. So holen wir Inhalte und Facetten aus unserem Langzeitgedächtnis, auf die wir über die gewohnte Art und Weise nicht kommen würden, und kombinieren aus den eigenen Ressourcen neue oder nur nicht für möglich gehaltene Lösungen.

Anreißerfragen – Das geführte Selbstgespräch

Das analytische Denken stört den Zugang zu unseren Emotionen und den damit verbundenen Spielmöglichkeiten der Neuronen mit neuen Inhalten. Die logischen Verbindungen versuchen stabil zu bleiben und Irritationen zu verdrängen, die in unsichere neue Denkwelten führen könnten. Das ist Arterhalt durch unsere psychische Immunabwehr. Für den Umdenkprozess brauchen wir die Verunsicherung solch fester logischer Synapsenverbindungen und wir kommen nur auf diese Weise an unserem Leitmotiv-Widerstand, unserem Wächter für die Bewachung und Verteidigung lieb gewonnener Gewohnheiten und Eigenarten, vorbei in unser Kreativ- bzw. Empathiezentrum, in das limbische System. Hier lösen wir über Reizworte ganz neue oder so noch nicht in Zusammenhang gebrachte Verbindungen über Emotionen aus, die uns zu motivierenden neuen Vorstellungen und Möglichkeiten führen. Hier beginnt der kreative Umsiedlungsprozess durch das Eröffnen neuer Zugangsmöglichkeiten. Sie können Ihr Repertoire erweitern, Sie müssen es aber nicht.

Wann ist der passende Moment? Wenn ich zum Beispiel bemerke, dass ich mich festgefahren habe und dies mein tägliches Wirken beeinträchtigt. Oder wenn ich mich blockiere, sozusagen auf der Leitung stehe.

So geht es:

Lesen Sie jede der nachfolgenden Anreißerfragen in hohem Tempo durch und beantworten Sie diese Fragen laut und spontan mit dem ersten Gedanken, der Ihnen in den Sinn kommt. Kommen Sie ins Stocken, so wiederholen Sie die Anreißerfrage und beantworten Sie diese spontan. Ganz wichtig: Denken Sie daran: Sie müssen sich beim Sprechen hören können!

Es gibt keine falschen Antworten, genau wie beim Brainstorming-Prinzip. Reden Sie, wie Ihnen der Schnabel gewachsen ist. Das Erste, was hochkommt, ist das Richtige. Wenn Sie das Gefühl haben, zu schwimmen, fangen Sie einfach von vorn an. Ein schwammiges Gefühl deutet in der Regel auf Selbstbetrug oder einen faulen Kompromiss hin. Trauen Sie sich. Legen Sie einfach los.

Wenn Sie unsicher sind, was Sie antworten sollen: Das ist egal. Reden Sie. Auf die folgende Frage 1 könnten Sie z.B. mit etwas antworten, das Sie gerade tangiert, wie: „Ich kann meine Kollegin nicht ausstehen."

Die Anreißerfragen:

1. Welcher Lebenseinstellung bin ich mir bewusst?

____

____

____

2. Wenn ich so dachte, lief bisher folgende Automatik ab ... Dieser Einstellung lag bisher folgender Automatismus zugrunde: ...

____

____

____

3. Damit habe ich mir bisher immer Folgendes vermasselt: …

4. Ab jetzt denke ich um und erreiche, dass …

5. Wie denke ich jetzt bewusst positiv, um dieses Ziel zu erreichen?

6. Meine neue bewusste Entscheidung lautet: …

7. Als positive Folge dieser Entscheidung sehe ich mich …

8. Dieses Ziel erreiche ich also, weil ...

9. Wünsche ich mir diesen Erfolg wirklich?
(Bei einem Nein wieder zu Punkt 4.)

10. Warum?

11. Es fühlt sich an wie ...

12. Als Frage taucht bei mir jetzt auf: ...

13. Wie kann ich diese Frage beantworten bzw. die Aufgabe lösen?

14. Praktisch tue ich es, indem ich …

15. Möchte ich wirklich automatisch so handeln und fühlen?
(Bei Nein zu Punkt 4 zurück.)

16. Warum?

17. Was für ein Gefühl gibt mir das?

18. Wo spüre ich das Gefühl? (bitte ehrlich einfühlen)

19. Wie ist das Gefühl?

20. Wie sieht mein Finalbild aus? Ich ...

21. Wie ist mein Gefühl dabei?

22. Welche neue Frage taucht jetzt auf?

23. Welcher alte Automatismus lässt mich jetzt so reagieren? (Ab hier weiter mit Punkt 2.)

____

____

____

Am Ende scheitert es oft an Kleinigkeiten, die sich sozusagen vom Frosch zur Kröte entwickeln. „Hätte ich doch den Frosch geküsst, bevor er Warzen bekommen hat und zur Kröte wurde", denkt sich mancher. „Vielleicht hatte der Frosch ja das Potenzial zum Prinzen, hätte ich es nur versucht."

Was bedeutet das für den Prozess der Umpolung, man könnte auch sagen: für die Weiterentwicklung? Richtig! Nennen Sie den Frosch beim Namen, geben Sie den ohnehin zu erwartenden Hindernissen sofort einen Platz in Ihrer Ordnung. So lassen sie sich am besten abarbeiten. In der Psychologie nennen wir dies: den Druck durch Bekräftigung entfernen. Wie beim Kugelschreiber: Drücken Sie einmal obendrauf, erscheint die Spitze und bleibt da, solange Sie kein zweites Mal draufdrücken. Ihn einfach so in die Tasche zu stecken ist riskant, denn man beschmiert sich Bekleidung und andere Dinge unschön. Meistens geht die Tinte nur sehr schwer oder gar nicht wieder heraus.

(Lothar reibt mit dem Hemdsärmel über den Kulistrich auf seiner Brusttasche und findet mein Beispiel offensiv. Ich entschuldige mich und empfehle eine Umpolung für mehr inneren Abstand, habe ihn ja gar nicht gemeint.)

Arbeiten Sie also sorgfältig, nehmen Sie rechtzeitig die noch ausgefahrene Spitze wahr und sorgen Sie durch ein zweites Bekräftigen für das Verschwinden der Kugelschreiberdspitze, bevor Sie ihn in die Tasche stecken.

Mit dieser Analogie meine ich: Nur wenn Sie die Hürde rechtzeitig betrachten und bearbeiten, führt das zum richtigen Ergebnis, zumindest zu einer förderlichen Alternative.

Wir machen uns das Leben mit dem Erklären und Verfestigen von vermeintlichen Schwierigkeiten viel zu schwer. Das Potenzial steckt hinter dem Widerstand. Und der Widerstand löst sich sofort auf, indem ich mit meinen Möglichkeiten zu denken und zu handeln spiele. Zuerst aber spielen die Neuronen mithilfe der Umpolung neue Möglichkeiten und Verbindungen durch. Also zum Beispiel die Verlockung einer neuen Erfahrung, mit netter Begleitung abends ins Kino zu gehen, jedoch auch eine Absage zu riskieren, versus heimelige Gewohnheit, allein auf dem Sofa Chips zu essen ohne Verlustangst, aber eben auch, ohne neue Erfahrungen zu gewinnen.

Wenn Sie die aus einer Umpolung generierten Ergebnisse in die Tat umsetzen, haben Sie den größten Schritt zum „ab jetzt" gemacht: Ab jetzt vertiefen Sie durch Wiederholung und weitere Schritte und gewöhnen Ihr Hirn an sportliche Aktivität. Es wird es Ihnen danken. Beweglichkeit und Kreativität werden zur Gewohnheit. Aufbruchsstimmung macht sich breit.

Versuchen Sie, es sich zu einfach zu machen, entstehen aus Finalbild-Schwierigkeiten oft keine zielanalytischen Lösungen: Die Bequemlichkeit führt zum vorzeitigen Beenden einer aussichtsreichen Idee oder Vorgehensweise und reicht von fadenscheinigen Ausreden bis hin zu faulen, manchmal teuren Kompromissen. Fast jeder hat schon einen vorschnellen Kauf bereut oder sich geärgert, wenn ein Kollege die Idee erfolgreich aufgegriffen und umgesetzt hat, die man selbst als zu gewagt zwar angesprochen, aber verworfen hat. Menschen geben einfach viel zu oft zu schnell auf. Dabei liegt Abenteuer, ja Goldstaub in der Luft!

4.
Bremsen lösen und los

Die geeignete Voraussetzung zum Start ist für den Piloten im Cockpit eines Flugzeugs erst nach Abhaken einer umfassenden Checkliste gegeben. Unterläuft ihm während des Prüfens der einzelnen Checklistenpunkte ein Fehler, so fängt er wieder beim ersten Punkt der Liste an und geht alles noch einmal durch. So schafft er mit Akribie und Disziplin die Voraussetzungen, um sicher zum Zielort zu gelangen. So mancher hätte Lebenssituationen besser gemeistert, wenn er sich einem vergleichbaren Prozedere unterworfen hätte. Mit einer guten Vorbereitung auf Situation und Aufgabe ist es wesentlich einfacher, ein Vorhaben zum Ziel zu lenken, als einfach nur loszulegen und zu hoffen, dass es schon funktioniert. Im Beruf, in unserem Fachgebiet, nehmen wir das sofort ohne Widerrede an. Doch was ist mit den vielen Mischungen aus beruflichen und persönlichen Themen, die auch gelingen wollen? Die Situationen, in denen wir aus Angst – und manchmal auch von Starrsinn oder Kleinheitsgefühlen geplagt – Entscheidungen verschieben und uns selbst verhindern?

Nicht in den Rückwärtsgang schalten oder: Keine Ausweichmanöver mehr

Gerade habe ich über zwei Tage mit einem wirklich talentierten Geschäftsführer eines mittelständischen Unternehmens über Grundsatzthemen diskutiert. Wir haben uns wieder und wieder im Kreis gedreht: Jedes Mal, wenn sich eine Ausfahrt aus dem Diskurs in Form einer Lösung anbot, entschied sich der Geschäftsführer, wieder in der Problematisierung der Umstände zu versinken. Das war anstrengend! Erschreckend, wie ein Mensch an den Problemen der Vergangenheit festhält. Und wie viel Geschicklichkeit aufgebracht wird, um der Selbstverantwortung auszuweichen. Solch ein Ausweichmanöver kostet sehr viel Kraft und bringt garantiert keine PS auf die Straße, belegt aber sehr wohl einen stabilen Charakter und Rückgrat. Leider ungünstig in der Situation, ein bisschen Flexibilität im Denken hätte der Lösungsfindung und Persönlichkeitsentwicklung gutgetan.

(Lothar merkt an, dass solche Menschen unter Führungskräften wohl als charakterstark gelten, im Mitarbeiterbereich dann blöderweise als sperrig und schwer vermittelbar. Wie ist das eigentlich in der Ehe? Guter Punkt.)

Auch wenn die Umstände manchmal den Blick zurück erforderlich machen: Die Kunst ist, sich wieder nach vorn zu wenden und die Aufmerksamkeit zu hundert Prozent auf das Ziel zu richten. Wie sagte so schön ein Politiker beim Jahresempfang der IHK: „Ob es nur die deutsche Natur ist, weiß ich nicht. Aber die Neigung, bei Licht am Ende eines Tunnels den Tunnel zu verlängern, ist in unseren Kreisen leider sehr verbreitet." Bei möglichen Schwierigkeiten legen die meisten erst mal den Rückwärtsgang ein und versuchen, dem Hindernis bequem zu entgehen, anstatt Gas zu geben und sich in das Abenteuer der Lösung hineinzustürzen.

„Ich habe es ja gleich gewusst"

Da bestätigt sich die selbsterfüllende Prophezeiung in der Persönlichkeitsentwicklung. Sie liefert zuverlässig die Legitimation, eigene sorgfältig aufgebaute Überzeugungen nicht verändern zu müssen. In der insgeheim gehegten Befürchtung, dass es sowieso nicht gelingen wird, denkt und handelt der Mensch seinen inneren, oft sogar unbewussten Überzeugungen gemäß, sodass ein Gelingen tatsächlich unmöglich wird. Im Prinzip tut der Mensch bewusst und unbewusst alles dafür, zu beweisen, dass eintrifft, was er vorhergesagt hat. Und siehe da, meistens behält er dann recht! Folglich hätte er es ja gleich lassen können …

Er hat es ja gleich gewusst, stellt der berufene Selbstverhinderer und Besserwisser fest, man widerlege ihm auf keinen Fall seine Vorurteile. Die eigenen Vorurteile sind schließlich die schönsten. Darin stecken oft jahrelange Arbeit und ganze Familientraditionen. Mein Vater sagte zum Beispiel mit seinem Eifeler Dialekt, solange ich mich erinnern kann: „Kind, dat Leben is jar nit so einfach. Wenn de wat mehr haben willst, musste eben mehr tun. Et is noch kein Baum in den Himmel jewachsen." Tenor: Du bist ein kleines

Licht, wie jeder andere, und auf jeden Fall wird es schwer. Puh, das ist ein schweres Vorurteil, dass ich mühsam abtragen musste. Zunächst habe ich ihm ja geglaubt, denn das tun die meisten Menschen in einer Abhängigkeit, wie Kinder von ihren Eltern. Tatsächlich erinnere ich mich an meine Berufsanfängerzeit mit Grausen.

Hier meine gelungene Übersetzung ins eigene Leben: Eine meiner Aufgaben war es, für größere Seminare persönlich Kunden zu gewinnen. Dafür hatte ich jeden Tag eine Liste von 50 Adressen, bei denen ich klingeln und idealerweise dann ein Verkaufsgespräch führen sollte. Für mich als Künstlerin und Psychologin, also als geborene Weltverbesserin, eine Tätigkeit mit großer Überwindungskunst. Jeden Morgen spürte ich meinen Widerstand und die Angst vor Ablehnung an der Haustür. Und jeden Tag war ich erleichtert, wenn so gut wie niemand die Tür für mich öffnete. Schon am Morgen fühlte ich mich klein und schwach, was ich natürlich durch die erfolglosen Vortagesergebnisse begründete und bestätigte. Ich wurde nahezu brillant in meiner Klingeltechnik: Kurz angetippt war die Chance, dass ein Geräusch erzeugt wurde, eher gering. Dann zählte ich bis fünf, drehte schnell auf dem Absatz um und entfernte mich aus der Gefahrenzone. Meine Erklärung für meine schlechte Quote: Ich hatte einfach die Adressen mit den schlechtesten Voraussetzungen, jemanden anzutreffen, bekommen. Gut, dass ich erfahrene Mentoren hatte, die dies müde belächelten.

Selbst das blindeste Huhn findet, bei genügend Ausdauer, auch mal ein Korn. Ich bekam natürlich keine neuen Adressen. Erst mit ersten Erfolgsmomenten war ich bereit, meine Sicht auf die Dinge zu ändern und zuzugeben, dass es wohl eher an meiner Angst oder auch unzureichenden Vorbereitung lag. Ganz zu schweigen von meiner Bequemlichkeit, mich in meiner Verkaufstechnik zu üben. Wer nicht will, kennt eben die Gründe, und wer will, der kennt den Weg. Meine Bremsen gelöst habe ich durch Durchhalten, Üben und klare Ziele meiner damaligen Ausbilder. Sie gaben mir die Verantwortung, selbst aus meinen Schwierigkeiten auf Lösungen zu kommen. Damals fing ich an, mir die richtigen Fragen zu stellen. Heute kann ich mir gar nicht mehr vor-

stellen, mich jemals so sperrig angestellt zu haben. Wenn ich es nicht besser wüsste, würde ich Ihnen versichern: Ich bin eine geborene Verkäuferin.

Bei Schwierigkeiten Gas geben

Den Gewinner erkennt man in der Regel bereits am Start. Er ist neugierig und will wissen, womit er es zu tun hat. Angst beflügelt ihn nahezu, sich genau dieser zu stellen und über sie zu triumphieren. Besser vorher die Eventualitäten bedenken als hinterher zu viele Ehrenrunden drehen zu müssen. So hat es auch unser Hirn ganz gern. Mache ich ihm eine Situation vertraut, ist es in der Lage, aus dem Archiv ähnliche bereits gelöste Fälle heranzuziehen. Dafür braucht es aber Schlüsselbegriffe, um Herleitungen zu ermöglichen. Sich einfach nur hinsetzen und nachdenken führt oft nicht zu erhellenden Momenten, sondern mündet eher in bereits bekannten Überlegungen.

(Mein Liebster lächelt mich wohlwollend an und meint, dafür hätte er ja mich. Mir fallen unsere Sonntagmorgengespräche ein, solche Gespräche erhellen tatsächlich ungemein oder führen in unerfreuliche Meinungswettbewerbe.)

Bahn frei für die Amygdala

Schlimmer noch: Ereilt uns unvorbereitet die Angst zu versagen, schaltet sich unser Reptilienhirn dazwischen. Das ist die älteste Hirnregion direkt unten am Hirnstamm, und bevor wir etwas Unüberlegtes in einer Gefahrensituation tun, zwingt es uns in archaische drei Reaktionsmöglichkeiten: Flucht, Angriff oder Totstellen. Das schränkt schon stark ein in den eigenen Entscheidungsmöglichkeiten. Die emotionale Ebene des limbischen Systems, in dem erst kreativ Lösungen kombiniert werden, wird in diesem Fall überhaupt nicht aktiviert. Die meisten Menschen bleiben dann in ihren Schwierigkeiten stecken. Das limbische System, das Lernen, Gedächtnis, Emotionen und Antrieb reguliert (hier versteckt sich auch unsere Amygdala, die die emotionalen Gedächtnisinhalte speichert), würde Hurra rufen und anfangen, mit den Schwierigkeiten zu spielen und Chancen daraus machen. Das uralte Reptilienhirn und unser altkluges analytisches Gedächtnis gestatten ihm jedoch zunächst kein Durchkommen. Jammerschade, immer dieser Widerstand.

Helfen wir also unseren stets bereiten Neuronen, diesen Widerstand zu überwinden und neue Pfade zu entdecken. Zerlegen Sie Ihr Thema, um zu neuen Einsichten zu kommen. Das limbische System kennt keine Zeit, sehr wohl aber Richtungen.

Eine Richtung einzuschlagen beinhaltet, ein Ziel anzusteuern und Koordinaten zu bestimmen. Je mehr Eckpunkte ich finde, umso besser erfüllt die so entstehende Checkliste die des Piloten vor dem Start. Ich sichere alle Eventualitäten durch vorheriges Betrachten ab. Die Richtung ist wichtiger als die Zeit. Ziel bedingt Zeit. Unser Hirn braucht jetzt Vorlagen, um anzufangen, mit Ideen kreativ zu spielen. Mit Freude kombiniert es Gedächtnisbausteine zu neuen oder erweiterten Lösungen und verstärkt die Entscheidungsfreude, je schneller in Folge Sie Entscheidungen herbeiführen. Wenn Sie nur über ein Thema nachdenken, kommen Sie leider nicht an diese Chancen heran. Dann nämlich laufen alle unsere Gedanken im analytischen Gedächtnis auf, und dieses verdirbt uns die kreative Freude durch altbekannte Überlegungen wie: „Habe ich noch nie so gemacht, lieber also nicht“, „Habe ich schon immer nur so gemacht, also lieber nichts Neues“, „Funktioniert sowieso nicht, lasse ich es doch direkt“. Mehr zu „Richtung und Zeit“ erfahren Sie gleich im nächsten Kapitel.

Meine Aufforderung an dieser Stelle ist an Sie, sich „lockerzusprechen“ und „schlau gelaunt“ zu bleiben. Freuen Sie sich über jedes Hindernis und stürzen Sie sich in das Abenteuer des Lösens. In Ihrem Inneren schlummern ungeahnte Ressourcen dafür, wahre Schätze. Graben Sie sie aus.

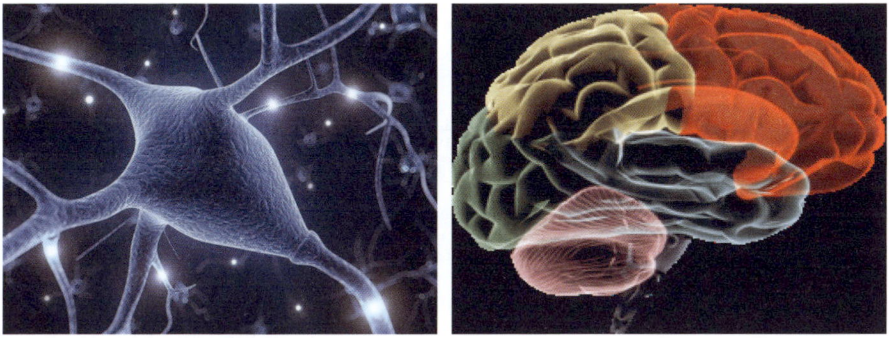

Nervenzelle und Hirnareale (Quelle: AfnB)

Gehen Sie auf Schatzsuche!

Wenn Sie etwas Neues lernen wollen, gehen Sie nicht auf Fehlersuche, sondern auf Schatzsuche! Wie das gehen soll? Ich erkläre es Ihnen:

Alle Informationen, die Sie benötigen, um auf Ideen und Lösungsansätze zu kommen, haben Sie bereits in Ihrem System angelegt. Fehler und Probleme sind die Folgen ungelöster Aufgaben und lassen sich durch die richtige Anordnung, die dazu klärenden Fragen und Details systematisch lösen. Um also aus den ungeordneten Informationen von Fehlern und Problemen wertvolle und weiterführende Lösungen zu bilden, betrachten wir diese als Schatz, den es zu heben gilt. Unsere Ausgrabungswerkzeuge sind psychologisch wirksame Fragetechniken und natürlich Schreibblock und Stift für die Aufzeichnung der „Schatzkarte".

Dazu brauchen Sie Ruhe und einen Platz, an dem Sie sich ungestört ausbreiten können, denn nichts ist anstrengender, als immer wieder von vorne anzufangen, das kennen Sie bestimmt schon vom Arbeitsplatz: Stürzt der Rechner ab, braucht es eine gefühlte Ewigkeit, bis alle Programme wieder aufgebaut und einsatzbereit sind. Bei uns ist es genauso. Nach einer Unterbrechung den gedanklichen roten Faden wieder aufzubauen, kostet eine Menge Energie und muss bei sorgfältiger Vorbereitung nicht sein.

An den Schatz kommen Sie über das Thema oder das Ziel, das Sie umtreibt. Deswegen bildet die präzise Formulierung dieser beiden Punkte Ihren Einstieg in die Suche.

Der erste Schritt ist also der Einstieg in Ihr Thema. Das Thema, das Ziel, formuliere ich z.B. so:
„Wie bekomme ich eine Position mit mehr Zukunftsperspektive in meinem Unternehmen, die mich ausfüllt und weiterbringt? Das Ziel ist, Teamleiter bis Ende 2020 mit 20 % mehr Verdienst zu sein."
Das ist in diesem Beispiel die Überschrift der Schatzkarte!

Der zweite Schritt ist, den Fehler oder das Problem zu benennen: Sprechen Sie zunächst so, dass Sie sich hören können, Ihr Problem aus und oder helfen Sie sich über folgende Frage, den Gedanken dazu zu formulieren:
„Vor welcher Schwierigkeit stehe ich gerade?"
Notieren Sie dann auf Ihrem Schreibblock dazu die Antwort, z.B.:
„Ich traue mich nicht, für mich zu sprechen."

Im dritten Schritt nun formulieren Sie Ihre erste Lösungsidee. Fragen Sie sich:
„Welche Lösung fällt mir dazu ein?"
Sprechen und notieren Sie dann die Lösung in Kurzform unter der vorigen Antwort auf Ihrem Schreibblock, also zum Beispiel:
„Ich bereite mich professionell vor."
So viel zum Einstieg.

Weiter unten finden Sie unter „Alles auf einen Blick" ein vollständiges Beispiel zu Ihrer Orientierung und anschließend eine Übersicht aller Fragen, die Sie als Arbeitsvorlage nutzen können.

Bevor Sie anfangen: Tipps und Hinweise zur Durchführung

Bevor Sie nun loslegen und mit Ihrem eigenen Thema und Ziel weitermachen, bedenken Sie bitte, dass die besten Ideen eher ungeordnet in unserem geistigen Speicher auf ihre Entdeckung warten und durch eine kreative und schnelle Fragetechnik herauskommen.

Ersparen Sie sich also lange Überlegungen. Dadurch wird die Qualität Ihrer Antworten eher schlechter als besser. Sprechen Sie in höchster Sprechgeschwindigkeit und lassen Sie jede Antwort zu, die Ihnen über die Lippen kommt. Je weniger Sie versuchen, eine Logik im Vorgehen zu entdecken, umso qualitativ hochwertiger wird Ihr Output sein. Möglicherweise wundern Sie sich dann auch über Antworten, die Sie von einer persönlichen Richtung in eine berufliche führen oder umgekehrt. Nicht erschrecken, das ist normal bis erwünscht, denn der Mensch denkt und handelt in der Regel ganzheitlich. Das Gehirn lagert Informationen nach Umschlagshäufigkeit ohne Zeitgefühl. Deswegen ist es uns auch nicht möglich, im kreativ-reaktiven Denkprozess unterschiedlichste Lebensszenarien voneinander zu trennen. Eine Assoziation oder eine Emotion löst ähnlich einem Dominoeffekt entsprechende weitere Verknüpfungen aus und stößt immer weitere Assoziationen und Emotionen an, die wieder entsprechende Assoziationen und Emotionen anstoßen, die wieder Assoziationen und Emotionen auslösen und so weiter und so weiter. Es ist Ihnen bestimmt auch schon einmal aufgefallen, dass sich ein berufliches oder persönliches Problem deutlich und spürbar in allen Lebensbereichen auswirkt. Irgendwie hat man es immer wieder bei allen möglichen Gelegenheiten auf dem Tisch, und so ist es auch völlig logisch, dass unsere Antworten zu einem Thema plötzlich ein größeres Programm eröffnen, quasi vom Thematischen ins Programmatische übergehen.

Landläufig gesagt: Flächenbrand oder „vom Hölzchen auf's Stöckchen". Die wirklich weiterführenden Informationen sind hinter unserem Widerstand angelagert. Wir müssen sie nur über die richtigen Reizworte oder Fragen herausholen. Das ist die Werkzeugebene. So kommen wir an unsere Ressourcen, denn alle Informationen, die wir für die nächsten Schritte brauchen, sind schon da.

Wenn Sie dies einige Male gemacht haben, werden Ihnen die Fragen und diese Vorgehensweisen zur zweiten Natur. Sie sind aufgeräumter, selbstsicherer im Wissen und Verstehen um Ihre eigenen Hintergründe, und kurz gesagt, schläft es sich besser. „Ein gutes Gewissen ist ein sanftes Ruhekissen", pflegte mein Mentor zu sagen. Er meinte damit, dass eine aufgeräumte Psyche gleichwohl eine wesentliche Basis für ganzheitliche Lösungen wie auch für die Gesundheit von Körper und Geist ist. Alles an seinem Platz.

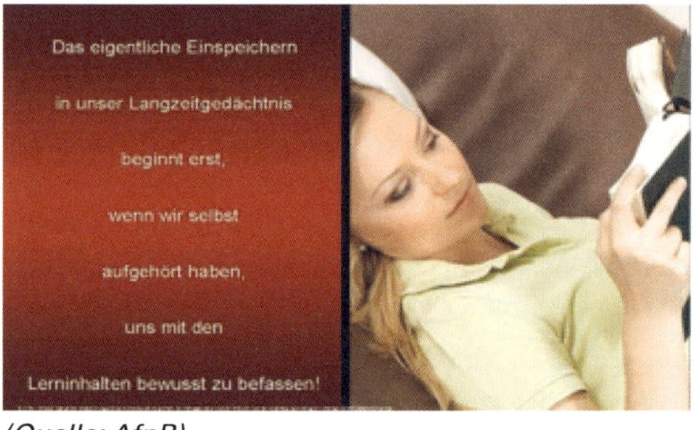

(Quelle: AfnB)

Alles auf einen Blick

Es geht los: Legen Sie sich Ihr Thema fest und notieren Sie dies bitte als mentale Einleitung und Überschrift auf Ihrem Schreibblock. Formulieren Sie das Thema als Frage, dann ist es leichter!

Hier ein Beispiel mit dem Thema:

1. Wie lautet mein Thema oder Ziel?
„Wie bekomme ich eine Position mit mehr Perspektive in meiner Firma, die meinen Fähigkeiten und Wünschen entspricht?"
Und mein Ziel ist:
„Ende 2020 bin ich Teamleiter mit 20 % mehr Gehalt."

2. Welche Schwierigkeiten tauchen jetzt auf?
„Ich traue mich nicht, für mich zu sprechen."

3. Welche Lösungen fallen mir dazu ein?
„Ich bereite mich gründlich auf mein Ziel vor."
(Verfassen Sie kurze prägnante Antworten für Ihre Schatzkarte. Nur die Antworten (hier kursiv gesetzt) notieren Sie auf Ihrem Schreibblock als Pfad.)

4. Wie ist meine Situation im Moment?
„Ich bin vor Menschen zu schüchtern."

5. Was ist nun die Aufgabe?
„Die Aufgabe ist, mein Selbstvertrauen zu stärken."

6. Welche Idee habe ich dazu?
„Ich übe, meine Angst vor Menschen zu überwinden."

7. Welche nächste Lösung fällt mir dazu ein?
„Ich trainiere und suche Gelegenheiten, vor Kollegen zu sprechen."

8. „Welche weiteren Schwierigkeiten erkenne ich?
„Ich habe oft starke Hemmungen."

9. Welcher Schaden soll mir dadurch zukünftig nicht mehr entstehen?

„Dass ich mich unterfordere und Chancen ausweiche."

10. Wie will ich zukünftig nicht mehr vorgehen?
„Ich werde nicht mehr ohne Plan arbeiten."

11. Was werde ich nicht mehr tun?
„Mich vor Herausforderungen drücken, weil ich mich dann sicherer fühle."

12. Wann rede ich mich nicht mehr heraus?
„Wenn ich Chancen bekomme."

13. Wo drücke ich mich dann nicht mehr?
„In beruflichen und persönlichen Situationen mit Menschen."

14. Welchen Preis muss ich dafür bezahlen?
„Disziplin und die Bereitschaft, mich weiterzuentwickeln."

15. Das kostet welchen Einsatz?
„Jeden Tag werde ich eine Stunde lernen."

16. Das birgt welche Risiken?
„Dass ich keine oder nur wenig Freizeit habe."

17. Das verursacht mir welche Schäden?
„Ich muss meinen Mann und Freunde vernachlässigen."

18. Das hat welche Nachteile?
„Ich mache keine halben Sachen oder verzettele mich."

(Sie könnten sich jetzt fragen: Ist das tatsächlich ein Nachteil? An solch einer Antwort sieht man: Es ist völlig egal, ob Sie als Leser die Antwort als Vor- oder Nachteil verstehen. Es gilt das Brainstor-

ming-Prinzip für den Autor der Antworten. Des einen freudige Info ist des anderen leidige Info, würde mein Professor hier sagen. Die Antworten werden nicht bewertet, nur der Autor selbst könnte hier den emotionalen Wert in die erfreuliche oder unerfreuliche Richtung feststellen. Sie kennen bestimmt die Situationen, in denen Sie von wohlmeinenden Mitdenkern bei der Entwicklung Ihres eigenen Gedankengangs schon während der Formulierung unterbrochen oder korrigiert werden. Das tötet jede weitere kreative neuronale Tätigkeit und beschränkt Sie in Ihren Überlegungen. Vor allem ist es am Ende gar nicht Ihr Ergebnis, was dazu führt, dass Sie sich damit auch nicht identifizieren.

Die dadurch erzeugten Reize im Hirn sind schwächer, weil fremd beeinflusst, und unser Leitmotiv-Widerstand sortiert fremde Ideen als weniger wichtig gerne aus. Es gilt also einfach nur auszusprechen, was durch die Frage in Ihren Gedanken auftaucht. Jede unterdrückte Überlegung oder stark abgewandelte Formulierung bildet die mögliche nächste innere Hürde, weil eine Beurteilung der eigenen Gedanken gleich wieder in eine gedankliche Zwangsjacke führt. Bei den Fragen ist nur wichtig, was das Reizwort bei Ihnen selbst an Assoziationen auslöst. Ihre eigenen Gedanken und Formulierungen sind hier wichtig. Diese werden gesprochen und notiert. Dies eröffnet gedankliche Zugänge und löst darin enthaltene Bremsen („Was denken die anderen?" usw.). Sie als Autor eines solchen Ablaufs erkennen darin leicht Ihre persönliche Logik von Entscheidungen und Handlungsmustern in Situationen dieser oder ähnlicher Art wieder.)

19. Was könnte dann als neues Problem auftauchen?
„Ich nehme mir nicht genügend Raum, weil ich es allen recht machen möchte."

20. Welches Misstrauen habe ich dann?
„Ich werde sowieso immer von anderen gestört."

21. Welche Erfahrungen habe ich damit gemacht?
„Ich muss mich besser durchsetzen."

22. Was steht mir dann im Weg?
„Ich bin oft zu faul, mir konkrete Ziele zu setzen."

23. Was müsste ich dann besser tun?
„Ich organisiere mich und setze mir täglich erreichbare kleine Schritte zum Tagesziel."

24. Wie kann ich das umsetzen?
„Ich lerne, wie es geht, indem ich Kollegen frage, die das schon können, und lerne Organisationsmethoden kennen."

25. Was tue ich also ab heute nicht mehr, weil ich mich damit verhindere?
„Faule Kompromisse machen."

Schauen Sie bitte, welche drei Antworten der Liste Ihnen am schwierigsten erscheinen, und kreuzen Sie diese an. Bewerten Sie diese nach Schwierigkeitsgrad = 1 für die schwierigste Antwort, 2 und 3 folgend.

Prüfen Sie nun: Wenn Sie diese schwierigsten Punkte lösen oder anpacken, was passiert dann mit den übrigen Punkten der Antwortliste? Normalerweise erledigen sich diese von selbst, da sie nur Verstärker der bisher nicht aus der Schatzkarte herausgearbeiteten Lösungen sind. Formulieren Sie Ihren nächsten Schritt zur Lösung auf der Strecke zu Ihrem Ziel als verbindlichen Termin. Ihre Neuronen verstehen den Arbeitsauftrag und speichern alle Bildbestandteile als neu geordnete Information ab.

26. Der Vertrag mit meinem Gehirn:
Was tue ich ab heute für mein großes Ziel?
„Ich vereinbare einen Gesprächstermin mit meinem Vorgesetzten und bereite meine Fragen dazu vor. Dazu mache ich eine Liste meiner Tätigkeiten und meiner Verantwortung. Meine Erfolge führe ich extra auf und präsentiere dann mein Ziel. Dies übe ich laut vor dem Spiegel."

Meine Jokerfrage lautet:
Welche Voraussetzungen müssen erfüllt sein, um Ende 2020 Teamleiter mit 20 % mehr Gehalt in dieser Firma zu sein?
Oder:
Nur einmal angenommen, ich möchte bis Ende 2020 in dieser Firma Teamleiter mit 20 % mehr Gehalt als heute sein, was muss ich aus Ihrer Sicht dafür tun?

Für Ihren Kalender legen Sie sich fest: Wann machen Sie den Termin und bis wann haben Sie dazu Ihre Vorbereitung gemacht?

Hier noch einmal die Fragen für Sie als Arbeitsvorlage:

Arbeitsblatt

1. Was sind mein Thema und mein Ziel?

____

____

____

2. Welche Schwierigkeiten tauchen jetzt auf?

____

____

____

3. Welche Lösungen fallen mir dazu ein?

4. Wie ist die Situation im Moment?

5. Was ist die Aufgabe dazu?

6. Welche Idee habe ich dazu?

7. Welche nächste Lösung fällt mir jetzt ein?

8. Welche weiteren Schwierigkeiten erkenne ich jetzt?

9. Welcher Schaden soll dadurch nicht entstehen?

10. Wie will ich zukünftig nicht mehr vorgehen?

11. Was werde ich nicht mehr tun?

12. Wann tue ich das nicht mehr?

13. Wo, in welchen Situationen tue ich das nicht mehr?

14. Welchen Preis zahle ich dafür?

15. Welchen Einsatz kostet mich das?

16. Welche Risiken gehe ich dafür ein?

17. Welche Schäden können mir entstehen?

18. Welche Nachteile befürchte ich?

19. Welches neue Problem könnte auftauchen?

20. Welches Misstrauen habe ich in mir?

21. Welche Erfahrungen habe ich gemacht?

22. Was stand mir dann im Weg?

23. Was müsste ich besser tun?

___

___

___

24. Wie kann ich das umsetzen?

___

___

___

25. Was tue ich ab heute nicht mehr?

___

___

___

26. Mein Vertrag: Was tue ich ab heute, um mein Ziel zu erreichen? Wann und wo? Wie und womit? Woran werde ich es messen?

___

___

___

Merke:

Mit der schrittweisen Formulierung aller gedanklichen und gefühlten Hindernisse legen Sie Ihren Weg zum Ziel frei. Zu Ihrem Schatz.

Schauen Sie die Liste noch einmal an. Fällt Ihnen auf, dass Sie alle Punkte abhaken können, wenn Sie die wichtigsten drei erledigt haben? Alles nur hausgemachte Bremsen.

Richtung ist wichtiger als Zeit

Wie wäre es, wenn alles ganz einfach wäre? Wenn man nie Angst vor Blamagen haben müsste, weil man die Dinge rechtzeitig ausspricht, die ansonsten in die Befangenheit führen und lähmen? Wenn man gar nicht erst auf die Verlockung hereinfallen würde, sich durch falsche Versprechen und Vermeidungsverhalten selbst zu boykottieren? Wenn man einfach wüsste, dass jede Lösung bereits da ist?

(Lothar schaut mir über die Schulter. „Das Paradies, das kostet Ehrlichkeit und Rückgrat bei sich selbst und anderen." – Und ist selten von Beginn an da, wir haben das durch unsere Sonntagsgespräche und viel Reflexion wertvoll aufgebaut.)

Die Königstocher macht es vor: Keine Angst vor Boykotteuren

Kennen Sie das Märchen vom Rumpelstilzchen? Ein Müller möchte seine Tochter mit dem König verheiraten und behauptet, sie könne Stroh zu Gold spinnen. Ein klarer Fall von mangelnder Empathie und Gier. Beiderseits. Dazu die kurze Anmerkung: Gier frisst Hirn. Für den ständig blanken König ist dies natürlich verlockend und er lässt das Mädchen zur Prüfung ins Schloss holen. Für ihn ist es ja leicht: Entweder sie spinnt drei Tage lang Stroh zu Gold – oder sie verliert ihr Leben. Ein Ziel hat er also, und eine Richtung gibt er auch vor. Nun zum Opfer, der Müllerstochter: Nachts erscheint der verzweifelten jungen Frau ein kleines Männchen, das ihr einen Handel anbietet. Der Müllerstochter bleibt keine Wahl. In der ersten Nacht spinnt das Männchen für sie das Stroh zu Gold im Tausch gegen ihr Halsband. In der zweiten Nacht spinnt es im Tausch gegen den Ring der jungen Frau. In der dritten Nacht aber verlangt es für seine Dienste das erstgeborene Kind der Müllerstochter. Diese willigt ein.

Angesichts der ausweglosen Lage, ihr Leben zu verlieren, eine strategische Überlebensentscheidung und dennoch ein typisch fauler Kompromiss. Da das zugesagte Ereignis der Geburt noch in sehr weiter Ferne liegt, scheint das Problem vorerst gelöst.

Wer kennt das nicht: Eine kleine Notlüge bringt eine kurzfristige Erleichterung und führt mittelfristig in ernsthafte Probleme. Bei den Mächtigen ist dies ein beliebtes Prinzip. Und wenn die Folgen ihrer Entscheidungen hochkommen, sind die Verursacher meist wegen kurzer Verweildauer schon wieder in anderen Ämtern unterwegs. Die Konsequenzen baden die Zurückgebliebenen aus. In diesem Fall: Erst nach der Hochzeit mit dem König und mit der Geburt des ersten Kindes rückt die Konsequenz des damaligen Versprechens der Königin wieder näher, und die Angst steigt in der jungen Frau hoch. Irgendwann tauchen ungelöste Aufgaben wieder aus der Versenkung auf und fordern eine Lösung ein. Mit der Geburt des Kindes ist das Problem nun erschreckend nah und es dauert nicht lang, da fordert das kleine Männchen sein Recht. Der kindliche Wunsch, das Problem möge sich in Luft auflösen, funktioniert leider nicht.

Aussitzen und sich totstellen helfen in dieser Situation auch nicht. Das Reptiliengehirn ist hier kein Partner für die Lösung. Es geht nur mit Emotion. Das limbische System ist jetzt gefragt. Das verschafft den kreativen Zugang und bringt die richtigen Ideen. Flehen und Weinen erweichen den Fordernden und verschaffen der jungen Königin drei Tage Aufschub, während derer sie den Namen des Männleins erraten soll. Dann dürfe sie ihr Kind behalten. Die Königin muss nun schlagartig erwachsen werden und in die Verantwortung gehen, denn andere Reichtümer als das versprochene Kind als Lohn lehnt das Männchen kategorisch ab. Es besteht auf der getroffenen Vereinbarung. Ein harter und ernstzunehmender Verhandlungspartner. Wie vor Gericht übrigens, da geht auch Form vor Inhalt. Vertrag ist Vertrag.

Die junge Königin kommt endlich in der Wirklichkeit an und fängt an, selbst zu handeln. Sie nutzt die Tage nun aktiv, um unter ihren Untertanen Namen zu erfahren, die zutreffen könnten. Vergeblich, keiner der fantasievollen Namen ist es. Zwei Tage sind bereits verloren. Aber sie kennt nun die Richtung und ihr Ziel. Ein sinnvolles eigenes Ziel treibt, ja es zwingt den Menschen förmlich, die nächsten Schritte zu tun.

Nach intensiver Recherche hört sie von einem Männlein, das einsam in einem kleinen Haus am Waldrand wohnen soll, und schleicht sich des Nachts dorthin. Tatsächlich ist es das besagte Männchen. Die Königin macht nun alles richtig. Kein albernes Frauengekreische wie im Fernsehen. Nein, sie ist vorsichtig und leise, um an die so dringend benötigte Information zu kommen. Clever. Das Männchen bemerkt sie in seinem Siegesrausch nicht. Es tanzt erregt um ein Feuer und singt: „Heute back ich, morgen brau ich, übermorgen hol ich der Königin ihr Kind. Ach wie gut, dass niemand weiß, dass ich Rumpelstilzchen heiß!"

Zu früh gefreut, liebes Rumpelstilzchen. Die junge Königin ist nun selbst erstarkt, da sie eine klare Aufgabe für sich übernommen hat. Sie hat dich überholt! Voller selbst verdienter Freude kann sie dem Männlein am vereinbarten Tag seinen Namen nennen. Sie kann ihre Lösung formulieren, und alle Angst hat ein Ende. Damit hat das Männlein nicht gerechnet. Aus Kindern werden Leute, so auch aus der Müllerstochter. Wer etwas zu verlieren hat, wächst oft über sich selbst hinaus, vor allem sind dies sehr lernintensive Phasen für das Hirn.

Lösungen aus solchen Situationen sind hochemotional und prägen sich tief in das Gedächtnis ein. Sie ergänzen das persönliche Können und machen aus Opfern plötzlich Persönlichkeiten mit Haltung und Mut. Selbstvertrauen entsteht. Das Rumpelstilzchen aber holt nun seine Selbstgefälligkeit ein. Es verliert seinen einzigen Machthebel, nämlich die Angst der Königin. Damit ist seine Handlungsmöglichkeit hinüber. Es ist am Ende seines Potenzials. Es zerreißt sich vor Wut und ward nie wieder gesehen. Für die junge Königin heißt es: Ade, Boykotteur! Mach's gut, Angst!

Na ja. Da hat der Vater seine Tochter ja in eine sehr prekäre Lage gebracht. Passiert heute übrigens immer noch gern, dass Zusagen viel zu vollmundig gemacht werden in der Hoffnung, es werde schon irgendwie gut gehen. Trickserei ist dabei an der Tagesordnung und bringt Menschen in fatale bis ausweglose Situationen. Man denke nur an zu hohe Kredite oder an schon viel früher getroffene Lebensentscheidungen, wie eine unreife Ehe oder falsche Berufswahl. Ein- bis mehrmals falsch abgebogen im Straßennetz des Lebens, kann man sich da schon sehr verrennen. Manch einem erscheint seine Lage dann ausweglos und die Zeit der Selbstzweifel und Stoßgebete beginnt.

Nun ist es eine Charakterfrage, wie Menschen mit solchen (von mir selbst liebevoll getauften) Selbst-Erschreckern umgehen. Einige beugen sich der Angst und resignieren, manche bilden Symptome bis hin zu schweren Krankheiten, um sich der Situation unbewusst zu entledigen. Wartezimmer, Therapieplätze und Krankenhäuser sind voll von solch armen Geschöpfen. Andere treten die Flucht nach vorn an. Frei nach dem Motto: „Jetzt ist es sowieso schon so weit gekommen, es kann nur noch besser werden." Genau das hat die junge Königin getan. Sie hat die Vereinbarung akzeptiert und sich erwachsen dem Problem gestellt. Ab diesem Moment ging es aufwärts.

Merke: Richtung ist wichtiger als Zeit. Mit einem klaren Ziel verliert der Faktor Zeit an Bedeutung, der Faktor Verantwortung wächst. Eins ist sicher: Mit einem selbst entschiedenen Ziel kommen Sie immer an, sogar pünktlich (wenn Sie es wollen). Sie bestimmen die Richtung.

Das Steuer fest in der Hand halten

Wer die Verantwortung für sein Tun übernimmt, wird automatisch Chef seines Lebens. Für diese Menschen lohnt es sich, Unternehmer und Entscheider ihres Lebens und Verkäufer eigener Ideen und Ziele zu sein.

Sich selbst zu führen ist, so meinte mein Mentor und weiser Professor immer, die wichtigste Kunst. Der (Lebens)Künstler braucht jedoch schon ein großes Repertoire an Fertigkeiten, um sein Können unter Beweis zu stellen und sich erfolgreich durch sein Leben zu bringen. Man kommt eben nicht zufällig überall durch. Erfolgreiche Menschen haben, in welcher Disziplin auch immer, dafür in der Regel einiges gelernt. Wer sich auf das sogenannte „Glück" verlässt, kommt manchmal vielleicht sogar am Zielort an, aber sicher nicht selbstbestimmt.

Ein Profi weiß, was er tut und wofür es das tut. Er zielt, denkt, kommuniziert, handelt und reflektiert. Täglich. Ein Laie handelt oft im Affekt und hat erwünschte und unerwünschte Ergebnisse, ohne zu verstehen, wie und warum es so ist. Frei nach dem Motto: Wer nicht führt, der wird geführt.

(Lothar Grünewald schreibt seiner Schwiegermutter schnell eine Nachricht über WhatsApp: Mein Chef heißt Martina. – So ein Fuchs.)

Der Zeigarnik-Effekt

Bluma Zeigarnik, sowjetische Psychologin, hat zu Zeiten Freuds einmal sehr anschaulich für die Motivforschung beschrieben, warum es den Täter immer wieder zum Tatort zurückzieht, wenn er seine Tat nicht oder nicht vollständig ausführen konnte. Das liegt daran, so Zeigarnik, dass unerledigte Handlungen uns weit mehr beschäftigen als die zu Ende gebrachten. Man nennt diesen Effekt auch „Cliffhanger-Effekt" – vor allem Serien nutzen ihn, um die Spannung zu erhöhen: Die Zuschauer wollen unbedingt wissen, wie es weitergeht; ihnen fehlt die Aufklärung der Situation, die Auflösung des Geheimnisses. Ein Film mit ungeklärtem Ende bleibt besser im Gedächtnis haften als ein Happyend.

Einen Menschen mit unerledigten Aufgaben erkennt man daran, dass er ständig darüber nachdenken und darüber reden muss. Die wenigsten sprechen darüber, welche Dinge sie bereits erledigt haben. Ist Ihnen das schon einmal aufgefallen? Auch Ziele sind unerledigte Aufgaben und wollen in die gewünschte Richtung verfolgt werden.

Sie sind wie Eingabebefehle in unserem Gedächtnis verankert und melden sich in den unterschiedlichsten Situationen als Reiz-Reaktion.

Beispiel:
Sie haben aus zeitlichen Gründen seit Jahren keinen Urlaub mehr gemacht und haben deswegen schon häufig mit Ihrem Partner diskutiert, auch hitziger, denn dieser möchte unbedingt dieses Jahr wegfahren. Einen festen Termin gibt es aber noch nicht. Bei einem netten Abendessen mit Freunden erzählen diese begeistert von ihrem letzten wunderbaren Urlaub und ihren nächsten Plänen. Ihr Partner rutscht schon unruhig auf dem Stuhl hin und her, sie bemerken es natürlich aus den Augenwinkeln. Bei dem Reizwort „Urlaub" meldet sich Ihre Amygdala mit kindlicher Emotion erst einmal mit Abwehr, und ohne dass Sie es aufhalten können, schnauzen Sie Ihren überraschten Freund an, er solle lieber erst mal vernünftig an seinem Erfolg arbeiten, von Vergnügen allein könne man ja nicht leben. So. Alle sind entsetzt. Was ist denn nun los?

Ja, da hat sich Ihr schlechtes Gewissen gemeldet, und als Selbstschutz haben Ihre Neuronen Sie kurz überreagieren lassen. Zu viel Druck muss schnell abgeführt oder im System gespeichert werden. Bei zu viel Energie und mehreren Entscheidungsmöglichkeiten entsteht ohne Führung durch dieses Chaos an Informationen häufig ein Kurzschluss im System. Menschen werden dann laut oder schmollen oder zeigen in anderer Weise unbewusste Symptome. Das kennen die meisten.

Eigentlich sind Sie nur überrascht worden von etwas, das Sie schon immer mal tun wollten, aber eben noch nicht angegangen sind. So etwas löst schon Unruhe aus, und bei genügend starkem Reiz melden sich alle dazu verdrängten Informationen ungemütlich ins Bewusstsein. Unsere Neuronen sind überfordert und melden Bedarf an. Sie überreagieren, und das tun Sie dann auch nach außen.

Das Überreagieren oder Verdrängen löst allerdings nicht das Problem, es beschäftigt uns bewusst und unbewusst so lange, bis wir wie die Königin bei Rumpelstilzchen endlich das Thema beim Namen nennen. Erst mit der Zerlegung des Themas in seine einzelnen Schritte ist es möglich, die Boykotteure im eigenen Denken zu finden und zu lenken. (Erinnern Sie sich an das Toaster-Beispiel?) Damit sind wir dann über die Emotion hinweg wieder im analytischen Denken angelangt. Habe ich einen Plan mit Möglichkeiten, dann bin ich gedanklich schon den Weg zum Ziel gegangen und die Angst wird ersetzt durch Selbstvertrauen und Selbst-(Führungs) Bewusstsein. Bei den meisten zumindest. Ich habe da schon einiges erlebt.

Manch einer liebt sich so sehr als Leidender, dass er lieber im Problem verharrt und darüber Aufmerksamkeit bekommt, als dass er seine Situation aktiv ändert und auf das Mitleid verzichtet.

(„Kann ja manchmal auch von Vorteil sein", meint mein Mann, „zum Beispiel, wenn jemand keine bessere Idee hat, sich in den Mittelpunkt zu stellen.")

Falls dies auf Sie zutrifft, brauchen Sie an dieser Stelle nicht weiterzulesen. Für alle anderen: Heureka, auf ins Detail.

Sich auch selbst führen

Dabei ist die Lösung, um die oben angesprochenen „Kurzschlüsse" in Zukunft zu vermeiden und Ihre Neuronen zu beruhigen, so einfach: Sie müssen lernen, sich selbst zu führen. Wer sich nicht führt, wird von seinen unerledigten Problemen geführt. Und wird manipulierbar und auch anfällig für vermeintlich heilsbringende Lösungen.

Wenn Ihnen nun also auffällt, dass Sie bestimmte Dinge vor sich herschieben und auch noch darüber jammern und klagen, dann packen Sie sich beim Schopf und fangen Sie an zu tun. Sofort. Legen Sie sich fest. Seien Sie sich selbst eine gute Führungskraft. Dazu muss man sich manchmal überwinden, weil blöderweise meist Arbeit dabei herauskommt, die Sie auch noch selbst übernehmen müssen. Ihre Neuronen freuen sich jedoch, weil sie neue Informationen für Verknüpfungen bekommen. Daraus entstehen Vorlagen für Termine und Entscheidungen, die nun in Zeit und Raum festgelegt werden können.

Entscheidungen führen idealerweise zu Erleichterung und damit zur Produktion des Motivationshormons Dopamin und Co. Einige davon können uns jedoch auch unter Druck setzen, wir verspüren dann Stress und gehen deswegen der weiteren Präzisierung und damit der Umsetzung der darin enthaltenen Tätigkeiten aus dem Weg. Dies führt aber nur wieder in den altbekannten Teufelskreis des Daran-denken-Müssens, des Problem-nicht-gelöst-Habens, und baut damit verbunden ein schlechtes Gewissen auf. Das kennt jeder. Es ist wie Sitzenbleiben in der Schule: Bis man endlich verstanden hat, wie man eine Herausforderung selber löst, dreht man seine Ehrenrunden um die Aufgabe.

Es kommt einfach niemand, der einem die Persönlichkeitsentwicklung abnimmt. Außer bei meinem Vater übrigens, der ein geniales System entwickelt hatte, seine ungeliebten Aufgaben an meine Mutter zu delegieren. Es lief ungefähr so: „Schatz, wir müssen mal wieder das Auto von innen sauber machen, ich komme gleich nach." Gleich war immer erst dann, wenn meine Frau Mama erschöpft vom Autoreinigen zurückkam. Erst in hohem Alter stellte sie fest, dass es meinem Vater gut anstünde, auch mal selbst den Lederlappen zu schwingen. Schenken Sie Ihrem Hirn die Freude der Schaffensvorstellung und damit die Freude der ihr innewohnenden Kraft. Tatkraft, Kompetenz und die damit verbundene Entschlossenheit sind einfach sexy, auch fürs Hirn.

Was Sie schon immer erledigen wollten

Stellen Sie sich bitte die Frage, was Sie schon immer einmal tun wollten und bis heute noch nicht getan haben. Oder was Sie nicht abgeschlossen haben und dessen Erfüllung Sie vor sich herschieben. Dabei können Sie sehr weitgefasst einfach auf Ihr Leben bezogen herangehen oder Sie konzentrieren sich auf ein Ihnen wichtiges Thema.

Nehmen Sie kein schon gelöstes oder Witzthema, denn dann werden Sie an dieser Stelle keinen Nutzen verbuchen können. Ich habe in Trainings schon besondere Spaßvögel erlebt, die als Beispiel des Nachbarn Katze ertränken wollten und sich hinterher gewundert haben, warum Ihnen durch die Übung kein Mehrwert entstand. Hier zum Hinweis: Es gibt in jeder Lebensphase und zu jedem Zeitpunkt genügend ernsthafte Vorhaben, die darauf warten, aufgegriffen zu werden und für die es sich lohnt, sich zu bewegen. Das Unerledigte, Wünsche und Bedürfnisse treiben uns an.

(Lothar schlussfolgert: „Der Weg führt also, wie in der Werbung, über den Mangel. Wenn ich einen Bedarf habe, beschäftigt mich der unbewusst ununterbrochen. Weißt du noch, wie wir uns kennengelernt haben? Die Zeit bis zum nächsten Sehen war immer eine Durststrecke, ein richtiger Mangelzustand, und doch vorfreudig. Wir mussten uns erst klar werden, dass wir zusammenleben wollten, um diese Gefühlsachterbahn durch eine klare Entscheidung zu beenden. Ist dir schon aufgefallen, dass immer neue Achterbahnen auftauchen, Schatz?" Und Höhenflüge, Schatz.)

In der Tat: Entscheidungen beenden Achterbahnen der Gefühle und Orientierungslosigkeit.

Also los, treffen Sie Entscheidungen:

– Setzen Sie sich hin und schließen Sie Ihre Augen.

– Atmen Sie ein paarmal tief ein und aus.
– Jetzt fragen Sie sich, was Sie schon immer einmal tun wollten, aber noch nicht angefangen oder beendet haben.
– Gehen Sie in Ihren Gedanken chronologisch zurück.
– Sobald Sie auf etwas stoßen, das Sie seit Langem umtreibt oder sogar schon in Vergessenheit geraten ist, notieren Sie sich diesen Punkt.
– Überlegen Sie nun, was Sie davon abgehalten hat, sich damit weiter zu beschäftigen, und warum Sie dieses Thema nicht zum Ergebnis geführt haben.
– Wie könnten Sie dieses Thema nun wieder aufgreifen und weiterführen bzw. für Sie angemessen beenden?

Welche nächsten Schritte tun Sie, um mit dem Thema weiter voranzukommen?

– Treffen Sie die Entscheidung, das Thema wieder anzugehen.
– Terminieren Sie den nächsten Schritt.
– Schreiben Sie Ihr Vorhaben mit vielen Details auf und tragen Sie die dazu notwendigen Termine in Ihren Kalender ein. Notieren Sie Ihre Ergebnisse jeden Tag in einem Notizbuch oder im Notizbereich Ihres Smartphones, um die daraus resultierenden Termine beziehungsweise Ihre Erfolge in Ihrem Erfolgsjournal für sich zu dokumentieren. Dadurch bestätigen Sie Ihren Neuronen die neu geordneten Informationen und verfestigen den damit verbundenen neuen Lernprozess. Je öfter Sie diesen noch einmal nachlesen, umso stärker entwickeln sich die dazugehörenden Synapsenverbindungen. Jedes Mal, wenn Sie gedanklich oder auch sich leise vorlesend den Weg zu Ihren Ergebnissen noch einmal gehen, verinnerlichen Sie die neuen Pfade und verstärken durch die Ausschüttung von Botenstoffen die Vorfreude auf ein nächstes Mal oder das Glücksgefühl des Erreicht-Habens.
– Das Wichtigste: Setzen Sie diese Termine um.
– Kontrollieren Sie sich selbst und belohnen Sie sich für Ihre Ergebnisse.

Das Gefühl gibt ehrlich Aufschluss über die eigene Entscheidung: Wie fühlt sich Ihre Entscheidung für Sie an?

Wenn Sie nicht zufrieden sind, gehen Sie diese Strecke ehrlich mit sich noch einmal durch. (Um eigene Widerstände aus der Komfortzone zu überlisten, ist es wichtig, sich selbst durch die Termine zu kontrollieren. Am Anfang ist die Ergänzung alter Gewohnheiten mit neuen echte (Selbst-)Führungsarbeit. Wenn Sie jedoch das Gefühl eines faulen Kompromisses haben und dies merken, weil Sie mit Ihrem Ergebnis unzufrieden sind oder es sich unehrlich anfühlt, manchmal auch etwas schwammig und ungenau bis verallgemeinernd ausgedrückt, dann lohnt es sich, noch einmal genau hinzuschauen. Idealerweise wiederholen Sie dann den Vorgang und sind dieses Mal fokussierter und aufmerksamer, sodass Ihr Ergebnis eine für Sie stimmigere Qualität hat. Dies erfahren Sie nur über ein aufmerksames Hinfühlen in die Körpersprache, also über wahrnehmbare Symptome während des Sprechens wie innere Unruhe, Nervosität, Gereiztheit oder Druckgefühle. Auch Mark Twain stellte schon fest, dass schlechte Gewohnheiten und faule Kompromisse nicht einfach so verschwinden, sondern beherzt die Treppe hinuntergeprügelt werden müssen :-).

Ist das Thema praktisch nicht mehr lösbar? Aus heutiger Sicht und mit heutigem Wissen ist es dann besser, das Thema loszulassen. Überlegen Sie: Welche sinnvolle Alternative gibt es stattdessen?

Wenn Sie auf diese Weise sinnlose und immer wiederkehrende Überlegungen zu nicht mehr umsetzbaren Vorhaben abhaken können, tun Sie es!

Genießen Sie es, Altes entsorgt und Raum für Neues geschaffen zu haben. Bauen Sie Ihre Erfolgsstraße auf und vertiefen Sie sie!

Merke:

Vernachlässigen wir die Vertiefung von ungewohnten neuen Erkenntnissen und Vorgehensweisen, so entsteht sozusagen ein Kampf der Neuronen. Alte vertraute und lange Zeit benötigte Informationen waren die Grundlage unseres bisher Gelernten und es hat ja auch mal funktioniert. Heute funktioniert es immer noch, ist aber möglicherweise überholt oder nicht mehr angemessen für unsere Entwicklungsstufe.

Neue, noch nicht so durchsetzungsstarke Informationen fordern ebenso ihr Daseinsrecht ein und so entsteht zwischen diesen Polen eine Ambivalenz. Im Hirn entsteht Verwirrung und die Notwendigkeit, sich für die eine oder andere Richtung zu entscheiden. Solange keine Entscheidung getroffen ist, kostet dieses Zurückhalten unser System ungeheuer viel Energie.

Wenn Sie spüren, dass Sie sich in solch einem Gedankenlabyrinth befinden, nehmen Sie die Ausfahrt.

Benennen Sie das Thema und die unerledigte Aufgabe und treffen Sie eine Entscheidung, um konstruktiv weiterzukommen.

Welche Entscheidung kann das sein? Manchmal sieht man ja erst einen kleinen Ausschnitt eines großen Themas.

Stimmt! Aber jeder Weg beginnt bekanntlich mit einem ersten Schritt. Die nächste Entscheidung kann also nur die sein, den nächsten kleinsten Schritt zu beschreiben und festzulegen. Aber der hat es in sich. Sobald der erste Schritt eines Themas tatsächlich entschieden und umgesetzt wird, ist die Kettenreaktion in Gang gebracht. Die nächsten Entscheidungen und Schritte dazu kommen schon fast automatisch in unser Bewusstsein und lassen sich plötzlich leicht hinterfragen, strukturieren und umsetzen.

Fazit: Ein Plan ist angebracht, auch für scheinbar triviale Dinge. Lässt man Triviales lange genug liegen, wird es irgendwann doch wichtig, schlimmstenfalls dringend und ärgerlich. Rechtzeitig investierte Hirnarbeit und Schreibarbeit bringt Ruhe in die vielen unerledigten Dinge.

Ähnlich einem gut durchdachten Haushaltsplan finden wir die Aktivitäten zu den einzelnen Schritten am einfachsten als Liste wieder. Ihre Übersicht sollte Thema, Ziel und Aufgaben enthalten. Sehen Sie die Aufgaben an und Sie werden feststellen, dass Sie eine komplette Aktivitätenübersicht erstellt haben. Sie brauchen jeden Punkt nur noch zu terminieren.

Herzlichen Glückwunsch!

5.
Unterwegs nach dem eigenen Fahrplan

Sie haben die Richtung vorgegeben, das Steuer fest in der Hand, die Bremsen sind gelöst. Es geht los!

Was Ihnen jetzt fehlt, ist der Fahrplan, sozusagen ein Routenplaner. Bevor Ihnen ein solcher aber wirklich nützt, brauchen Sie eine konkrete Adresse. Dies ist äußerst ratsam, wenn man ankommen möchte. Sie müssen ja nicht wissen, wo Sie *nicht* hinwollen, sondern wo Sie hinwollen. Hört sich trivial an, ist es aber nicht: Ankommen, wo man ankommen möchte, macht richtig Spaß und Lust auf mehr davon.

Das Ziel nicht „nicht" denken

Im täglichen Leben höre ich häufig folgende Kommunikation: „Komm mir nicht wieder schmutzig nach Hause, Kind." Oder „Ich möchte mal nicht so werden wie meine Mutter." Oder auch „Auf keinen Fall gehe ich nochmal nach Xhausen." Ja, wohin denn dann?

Ein kleines Geheimnis: Unser Gehirn, unsere Neuronen, verstehen keine Verneinung. Sie verarbeiten nur das Positivmaterial. Allein Bildbestandteile unserer Vorstellung, die auch abbildbar sind, lösen entsprechende Reize aus. Sie kennen kein „nicht". Wie soll man „nicht" abbilden? Streichen Sie die mal „nicht" und „auf keinen Fall" aus den Sätzen und lassen Sie die eigentliche Botschaft auf sich wirken. Übrig bleibt: „Komm mir wieder schmutzig nach Hause.", „Ich werde wie meine Mutter." Und „Ich gehe nochmal nach Xhausen." Tja. So läuft das mit ungenauen Fahrplänen, Vorstellungen und Zielen. Aber auch dort kommt man unerwartet präzise an. Schmutzig, wie Mutter in Xhausen. Wenn Sie wirklich *nicht* nach Xhausen wollen, formulieren Sie präzise die richtige Adresse. Das kann man richtig ausweiten. Auch wenn ich Ihnen jetzt vielleicht auf die Nerven gehe, ich wiederhole mich hier gerne. Achten Sie einmal darauf, wie Sie ein „Nein" formulieren, wenn Sie sich nicht trauen. Ich würde wetten, Sie drucksen darum herum und es entsteht ein Eindruck von irgendetwas, nur kein

„Nein". Auch ein „Nein" ist eine klare Aussage, der andere weiß dann, woran er ist.

(Lothar verdreht die Augen und findet, „kein Nein" sei auch manchmal weniger schmerzhaft als die harte Wahrheit. Die Wahrheit setze immer unter Handlungsdruck. Ach ja, Seufzer.)

Die Ambivalenz des Unentschlossenen kommt, außer bei unseren Mitmenschen, immer auch bei unseren eifrigen Mitarbeitern im Gehirn an. Mit unserem halbherzigen „Ja" und dem gefühlten „Nein" bringen wir unsere Neuronen mit Unklarheiten ganz schön ins Schwimmen. Sie können bei einem „Jein" die Informationen nur immer wieder drehen und wenden, um sie in eine zur Weiterverarbeitung verständliche Form zu bringen. Das kostet viel Energie ohne befriedigendes Ergebnis. Kleines Geheimnis: Das hat mit Führung und Verantwortung nichts zu tun. Eher mit dem Gegenteil, ich nenne das „Wegducken".

Den Fahrplan offenlegen

Ich habe gelernt, dass, wer eine Frage stellen kann, auch die Antwort kennt. Zumindest eine von mehreren möglichen. Genauso wie man durch eine Entscheidung auf die Aufgabe kommen kann, sie ist ja quasi in der Entscheidung versteckt. Die Antwort ist in einer Frage bereits enthalten, sonst gäbe es die Frage nicht. Wir müssen nur darauf kommen – oder besser hinter die Informationen und Querverweise in unserem Gehirn.

Durch eine Entscheidung erkenne ich die Aufgabe. Ihre Fahrpläne zu Ihren Lösungen stecken bereits gut verpackt in Ihrem neuronalen Netzwerksystem. Sie müssen nur Kontakt aufnehmen und sie offenlegen. Ihre Neuronen stehen bereits in den Startlöchern, um ihr Potenzial für Sie zu aktivieren. Es ist Wandertag zu Ihrem Genie! „Genial wäre schön", denken Sie vielleicht, „aber doch nicht ich." Doch, Sie! Hier möchte ich darauf bestehen, dass Sie sich viel mehr zutrauen dürfen und auch können.

Sie sind ein Genie!

Stellen Sie sich vor den Spiegel und sagen Sie zu sich: „Möglicherweise bin ich tatsächlich genial." Möglicherweise ist es Ihnen nur noch nicht aufgefallen. Lassen Sie sich nun umarmen und aufnehmen in den Club der Hochbegabten. Willkommen!

Richtig ist, dass Sie zu jedem Zeitpunkt Ihre Gedächtnisleistung sowie auch Ihr neuronales Netzwerk um mehrere Hundert Prozent erweitern können. Wenn Sie sich täglich nur eine Stunde zu gezielten Themen informieren und dadurch Ihr Gehirn fordern, lernen und wachsen Sie kontinuierlich weiter. Wenn Sie mithilfe der richtigen Fragetechnik deren Wiederholung und Vertiefung trainieren, legen Sie die erlernten Themen strukturiert in Ihrem Gedächtnis ab, wie in einem gut durchdachten Archiv.

Ungeordnete Informationen legen Sie zwar auch ab, jedoch tauchen diese oft zum ungeeigneten Zeitpunkt auf und erzeugen so Stress und Chaos. Das bedeutet, Sie verdrängen überflüssige oder nicht bearbeitbare Informationen kurzzeitig, der Reiz ist jedoch nach wie vor da. Dies ähnelt sehr stark der chaotischen Lagerhaltung in Logistikunternehmen. Die am häufigsten aktivierten Posten liegen vorne, die weniger häufig gebrauchten weiter hinten im Lager. So auch im Hirn: Die benötigten Informationen tauchen nach Umschlagshäufigkeit wieder auf und drängen sich in den Vordergrund, je mehr Reize sie aktivieren. Aufräumen und Umsortieren ist angesagt.

Peilen Sie das Ziel an oder lassen Sie es bleiben

So ist es auch mit unseren Zielen. Sie liegen wie Blaupausen in unserem (Gehirn-)Archiv, wie der nicht abgearbeitete Einkaufszettel, um den Kühlschrank wieder zu befüllen. Und der leere Kühlschrank weist vorwurfsvoll und regelmäßig auf die noch zu erledigenden Aufgaben hin. Allein ein kleines Hungergefühl erinnert uns dann unangenehm an die nicht erfüllte Pflicht. Oder Freunde, die mal auf einen Snack vorbeischauen würden, wenn wir denn etwas anzubieten hätten. Unerfüllte Lastenhefte machen unfrei, auch oder gerade wenn Sie sie selbst verursacht haben. Die Freiheit steckt in der Selbstbestimmtheit, eigene Vorhaben zu entscheiden und zu gestalten. Sie zu Ende zu denken und sich auch dagegen zu entscheiden, wenn dies sinnvoll ist. Wenn für Sie Sinn und Ziel mit Ihrer natürlichen Art, Dinge zu tun, also mit Ihrem Charakter, übereinstimmen, wird das Gelingen leicht. Das ist gesund. Ohne Übereinstimmung von Sinn und Ziel oder wenn Sie gegen Ihre natürliche charakteristische Handschrift handeln, müssen Sie sich verbiegen. Achten Sie darauf und gehen Sie den gesunden Weg.

Werden Sie frech und kühn! Solange eine Vorstellung nicht verwirklicht ist, drängt sie aus dem geistigen Lager immer wieder an die Bewusstseinsoberfläche. Sie motiviert immer und – ob erfreulich oder unerfreulich – sie übt Druck aus. Die ehrliche Übersetzung des verspürten Drucks heißt an uns gerichtet, endlich in die tätige Verantwortung zu gehen. Kurz: „Mach es oder lass es bleiben." Also ja oder nein, kein „irgendwann mal", sonst bleiben Sie Opfer oder Getriebener Ihrer unbewussten Ziele.

Was ist jetzt zu tun? Formulieren Sie Ihre Ziele, ehrlich und auf den Punkt. Wenn es Ihnen schwerfällt, fangen Sie an zu träumen und schreiben Sie Ihre beste Vision von sich selbst und Ihren Wünschen als Fragestellung auf. Sie wissen ja: In der Frage und in der Entscheidung sind Antwort und Aufgabe bereits enthalten. Greifen Sie ruhig nach den Sternen oder, ein wenig bescheidener, wählen Sie die neuen Schuhe ein bis zwei Nummer zu groß aus. Think big!

Die Frage könnte lauten: „Wie führe ich ein erfolgreiches Unternehmen mit mir und zwei Mitarbeitern?" Die Antwort und damit die Aufgabe könnte sein: „Ich arbeite in einem Beruf, der mir Lebensfreude und Erfolg bringt."

Aber schauen wir uns den nächsten Schritt gemeinsam an. Große Ziele bedürfen einer umfänglichen und ganzheitlichen Herangehensweise, die Sie persönlich und thematisch abholt. Nennen wir das Werkzeug „analytische

Aufgabenlösung“ und stellen wir Ihren persönlichen Fahrplan mit der folgenden Übung darauf ab.

Zunächst möchte ich eines meiner Schlüsselerlebnisse mit Ihnen teilen:

Vor genau 25 Jahren konnte eine Führungskraft meines damaligen Unternehmens an einem sehr teuren Führungsseminar, das bereits bezahlt war, nicht teilnehmen. Was tun? Bevor diese Investition verfiel, entschloss ich mich, an seiner statt hinzugehen. Damals lernte ich meinen langjährigen Professor und Mentor kennen, bei dem ich zwar nur versehentlich im Seminar gelandet war, durch den ich jedoch meine Initialzündung für meine zukünftige Ausrichtung setzte.

In nur einer Woche lernte ich in diesem Seminar all die Hintergründe und Schlüsselkompetenzen, von denen ich vorher angenommen hatte, sie seien angeboren und nicht sonderlich beeinflussbar.

Innerhalb kürzester Zeit erreichte ich mit dem neuen Wissen und Können für mich bahnbrechende Performance-Ebenen, und damals legte ich den Grundstein für das, was wir heute tun:

Persönliche Kompetenz trainieren und Lernen erlernen durch die Trias von

1. *Psychologisch-neurobiologische Zusammenhänge verstehen*
2. *„Psychologik“, die eigene Logik darin erkennen und auf eigene aktuelle Aufgaben methodisch übersetzen*
3. *„Psychologistik“, das theoretisch Verstandene und in die eigene Logik übersetzte Können mittels Werkzeug in die Praxis übertragen und dauerhaft umsetzen.*

Damals wurde mir klar, dass wir in Schule und Ausbildung bis heute nicht die Zusammenhänge unserer Persönlichkeit, Neurobiologie und Psychologie, erlernen, die uns eine selbstbestimmte Weiterentwicklung ermöglichen.

Tatsächlich lernen wir bis heute nicht die Grundlagen des menschlichen Lernens: uns selbst zu verstehen und zu führen.

Mein Anliegen ist es, Ihnen genau diese Zusammenhänge und vor allem dieses Können so zu vermitteln, dass Sie die gleiche Freude bei der Entwicklung Ihrer Möglichkeiten und Lösungen verspüren, wie ich sie seitdem immer wieder erneut erfahre.

Ein elementarer Schlüssel zum ganzheitlichen Erreichen Ihrer Ziele, Wünsche und Vorstellungen ist die „analytische Aufgabenlösung".

✓ *Die analytische Aufgabenlösung*

Hier funktioniert das Zwiebelschalenprinzip: Ich greife einen tiefen Wunsch als grobe Vorlage für ein später zu formulierendes Ziel auf und entwickle von hier aus das komplette Bild von persönlichen wie auch von professionellen und emotionalen Aspekten, die es auf dem Weg zum Ziel zu erreichen gilt. Weil die meisten Menschen ihre Sehnsüchte und Vorstellungen häufig wieder aus ihren Gedanken verdrängen, gibt es hier bei fast jedem Menschen genug Potenzial, unverwirklichte kleine Ideen und auch große Ziele an die Oberfläche zu befördern und schrittweise zu verwirklichen.

Häufig erkennen wir solche Ziele durch unbewusste Entscheidungen, die immer wieder in unseren Gedanken herumgeistern.

Durch eine Entscheidung erkenne ich also die Aufgabe.

Und so geht's:

1. Schritt: Skizzieren Sie zunächst **grob Ihren tiefen Wunsch** bzw. Ihr Thema, indem Sie genau solch eine in Ihnen herumgeisternde Entscheidung erfassen, aussprechen und aufschreiben, z.B.:

„Ich möchte beruflich erfolgreicher werden."

(**Wichtig**: Das ist nur ein Beispiel. Der Einstieg entspringt einem Gedanken, der nicht präzise sein muss, sondern zunächst eine Sehnsucht oder einen Wunsch ausdrückt, der immer wieder auftaucht. In den meisten Fällen äußert sich dieser Wunsch oder das Ziel in einer noch allgemeinen Vorstellung, die sich erst im Laufe der Fragestellungen konkreter formulieren lässt und Gestalt annimmt.)

Es ist also zunächst der noch schwer zu fassende Wunsch in Form einer Entscheidung. Wie eine Wiederholungsschleife taucht diese immer wieder in unseren Gedanken und Gesprächen auf und erzeugt starke Gefühle. Dies sollte uns aufmerken lassen und wir sollten näher hinsehen. Über die Fragen arbeiten wir uns heran. Vieles dreht sich im Leben um solche unerfüllten Wünsche, ohne dass wir uns dessen bewusst sind, und doch sind die Informationen für die nächsten Schritte, um diese Entscheidung in einen Plan mit Ziel umzusetzen, bereits in unserem System vorhanden. Bei diesem Prozess entwickeln sich die sehr persönlichen Antworten nicht beim Darüber-Nachdenken, oder besser gesagt, nicht beim Vordenken und dabei, eine Logik aufbauen zu wollen. Genau dann funktioniert es nicht, sondern die Antworten entstehen durch die Fragestellungen, während derer der Mensch solch ein Selbstgespräch führt. Wir brauchen ebendiese Fragestellungen, um unseren ungeordneten Vorstellungen durch das Sprechen und Notieren mehr Form zu ermöglichen. Es gibt keine falschen oder unlogischen Antworten, weil die Antworten nur der individuellen Logik desjenigen entsprechen, der diese Fragen mit sich selbst anwendet. Der analytische Pfad ist hier der des Autors, der vom Ausgangsgedanken immer eine Stufe weiter in die Tiefe seines eigenen neuronalen Speichers geht. Er gibt seine ganz persönlichen Antworten mit seinen Inhalten, und das bedeutet, dass eine Antwort oft erst die Vorlage zur Formulierung der nächsten Frage liefert.

Es ist ein Schlüsselwort- oder Reizwortprinzip. Eine Antwort beinhaltet immer ein Schlüsselwort, das im Hirn einen Reiz auf die Neuronen ausübt und dadurch Verknüpfungen auslöst, die in für den Leser oder Beobachter unbestimmte, für den Anwender jedoch bereits angelegte Richtungen, die nur noch nicht geordnet sind, führen. (Beispiel: „Es ist gerade ein ungünstiger Zeitpunkt." Schlüsselwort ist **ungünstig**. Nächste Frage: „Wann ist ein günstigerer Zeitpunkt?" So baue ich mit meiner eigenen Sprache und Logik Zielstraßen auf.)

2. Schritt: Dann trauen Sie sich **konkreter ans Ziel** heran, z. B.:

„In zwei Jahren verdiene ich monatlich doppelt so viel wie heute, also (konkrete Zahl), und mache mich dann selbstständig."

In dieser Entscheidung steckt schon die Lösungsmotivation – das finde ich immer wieder wunderbar.

Anschließend notieren Sie Ihre Partner, die an Ihrem Weg zum Ziel beteiligt sind, z.B.: ich selbst, Herr/Frau (Name), mein Chef, die xy-Bank, mein Steuerberater, mein Team.

Durch die Fragen „Was soll am Ziel erreicht sein?" und „Was wird durch das Ziel erreicht?" kommen Sie ebenfalls auf die Antworten zu Thema und Ziel. Sie können sich damit auch noch einmal überprüfen, wie bei der Probe in der Mathematik. So formulieren Sie Ihr Anliegen auf unterschiedliche Art und Weise und legen die Richtung fest.

Für die **analytische Aufgabenlösung** geht es ab jetzt mit vertiefenden Fragen weiter: Stellen Sie sich die Fragen wie immer so laut, dass Sie sich hören können. Schreiben Sie Ihre Antworten der Reihe nach in Kurzform auf ein Blatt.

1. Analyse: Vertiefende W-Fragen stellen
(hier auf unser Beispiel bezogen)

Frage: **Wann** verdiene ich mehr? (passiert was?)
Antwort: Wenn ich mein Können zeige.

Frage: **Was** tue ich dafür?
Antwort: Seminare und Fachfortbildung belegen.

Frage: **Wen** beziehe ich ein?
Antwort: Einen Mentor, Coach und evtl. Chef.

Frage: **Wer** kann mir helfen?
Antwort: Freunde und Kollegen.

Frage: **Wie** beginne ich meine Entwicklung**?**
Antwort: Ich verschaffe mir einen Seminarüberblick und melde mich an.

Frage: **Wie viel** Zeit brauche ich dafür?
Antwort: Jeden Tag 1 Std. für mich und Lernen.

Frage: **Wo** möchte ich arbeiten? (fange ich an?)
Antwort: In meiner eigenen Firma.

Frage: **Wann und wo** gründe ich die?
Antwort: Wenn ich nach zwei Jahren doppelt so viel verdiene.

2. Analyse: Um mein Ziel zu erreichen, treffe ich Entscheidungen

(Die Antworten dienen nur als Beispiel, die Fragen sind, wie oben, fett hervorgehoben und dienen Ihnen als Leitfaden für Ihre eigene Karte zum Ziel.)

1. Meine bewusste Entscheidung lautet:
Ich mache mich selbstständig.

2. Das Wesentliche an dieser Aufgabe ist, dass …
… ich schon jetzt beginne, dafür zu sparen.

3. Das Gute an dieser Aufgabe ist, dass …
… ich weiß, wofür ich mehr arbeite.
Warum?
Es ist mein Ziel.

4. Es spricht besonders dafür, dass …
… ich mir einen Plan mache.
Warum?
Weil ich mich darüber führe.

5. Ich möchte wirklich erreichen, dass …
… ich gute Startbedingungen schaffe.
Warum?
Habe dann ab sofort Kunden.

6. **Ich bin bereit, praktisch …**
… auch abends zu lernen.
Warum?
Weil ich mein Einkommen brauche.

7. Und das tue ich jetzt sofort, indem …
… ich mir einen guten Coach suche.
Warum?
Mentoren bringen mich weiter.

8. Als Preis bezahle ich dafür, dass …
… ich meine Freizeit investiere.

9. Ich muss diesen Preis bezahlen, weil ...
... ich so mein eigener Chef werde.

10. Ist dieses Ziel für mich wirklich lohnend?
Ja.
Warum?
Weil ich damit meinen Lebenstraum verwirkliche.

3. Analyse: Was tue ich nun für mein wichtiges Ziel?

Mit diesen Fragen legen Sie Eckpunkte und wie immer die ersten Schritte fest:

Ich tue was?
(ein Konto für Geschäftsgründung eröffnen)
wo?
(bei meiner Bank)
mit wem?
(mit mir und dem Banker)
was genau?
(einen monatlichen Sparplan festlegen)
wie?
(indem ich feste Beträge vom Gehalt abzweige)
um zu?
(um finanzielle Freiheit in zwei Jahren als Geschäftsgrundlage zu haben und meine eigene Firma zu gründen).

4. Analyse: Was ist mein großes Ziel?

Und nun heißt es, forsch zu planen und nach den Sternen zu greifen. Sagen Sie, was Sie wirklich wollen!

MEIN GROSSES ZIEL IST:
In zwei Jahren finanziell frei zu sein und meine eigene Firma zu gründen.

Verstärken und prüfen Sie die Wichtigkeit Ihres Vorhabens über Details, die Sie damit verbinden (wie ein Panoramabild für Ihre Wohnzimmerwand): Wie wichtig ist, um mit dieser finanziellen Freiheit drei Mehrfamilienhäuser und eine eigene Firma mit fünfzehn Mitarbeitern und mit drei Millionen Umsatz jährlich bis zum 31.12.2025 zu erreichen, dass ich ... (z. B. ein Sparkonto eröffne)?
Gleich nächsten Montag!
Also sehr, sehr wichtig.

Erinnern Sie sich noch an die Umpolungstechnik? Hier setzen wir sie noch einmal ein, denn die darin enthaltenen kleinen gedanklichen Zugänge legen mögliche Blockaden frei und liefern zusätzliche Aspekte. Polen Sie Ihre Antworten zu den Fragen zum „Thema" bzw. zum „Ziel" um in: „Als Preis bezahle ich dafür ..." und das „große Ziel" am Ende mit Termin.

Notieren Sie jedes Detail. Selbst wenn Sie nun alles zur Seite legen, was Sie bisher erarbeitet haben: Sie haben wesentliche Entscheidungen getroffen und neuronal verstärkt. Diese wirken wie eine selbsterfüllende Prophezeiung und lassen Sie fast ohne Anstrengung danach handeln. Sie werden über Ihre Ergebnisse staunen.

Richtung beibehalten und Kurskorrektur auf der Strecke

Eine oder vielleicht die wichtigste Frage für die persönliche Orientierung während der Strecke:

„Welches Ziel muss vorher zu 100 % erreicht sein, um Vorhaben xy zu 100 % zu erreichen?"

Es steht und fällt mit den kleinen Schritten zwischendurch. Viele gute Vorhaben scheitern an unerwarteten Schwierigkeiten, die zwischendurch auftauchen. Sei es eine nötige Budgetplanung oder eine Erweiterung des eigenen Wissens und Könnens, und manchmal fehlt die nötige familiäre Unterstützung oder damit verbundene Gespräche. Wer zwischendurch die Kurskorrektur versäumt, läuft Gefahr, sich zu verrennen oder auch schon mal auszubrennen. Es ist schade, wie viele gute Ideen so schon beerdigt wurden, bevor der Schöpfer sich am Ziel eingefunden hat.

Beugen Sie dem vor.

Wenn Sie zwischendurch die Richtung überprüfen oder sich besser ausrichten möchten, fragen Sie sich einfach regelmäßig:

„Welches Ziel muss vorher zu 100 % erreicht sein, um mein jetziges Vorhaben zu 100 % zu erreichen?"

Um die Details herauszuarbeiten, ist es wichtig, dass Sie sich jede Antwort notieren und diese dann, wie im Beispiel unten, als Vorlage für die nächste tiefergehende Frage verwenden. Dabei benutzen Sie immer wieder dieselbe Frageform, um sich über diesen Pfad an Ihre Details ohne denken zu müssen heranzuarbeiten. Klingt komisch, probieren Sie es einfach.

Beispiel:

1. Welches Ziel muss vorher zu 100 % erreicht sein, um doppeltes Einkommen in zwei Jahren zu 100 % zu erreichen?
Antwort-Beispiel: Ich bilde mich bei einem IT-Fachlehrgang weiter.

2. Welches Ziel muss vorher zu 100 % erreicht sein, um mich bei dem IT-Fachlehrgang zu 100 % weitergebildet zu haben?

Antwort-Beispiel: Ich mache einen Entwicklungsplan mit meinem Chef.

3. Welches Ziel muss vorher zu 100 % erreicht sein, um mit meinem Chef meinen Entwicklungsplan zu 100 % festgelegt zu haben?
Ich bereite das Gespräch mit ihm detailliert vor.

4. Welches Ziel muss vorher zu 100 % erreicht sein, um meine detaillierte Gesprächsvorbereitung zu 100 % zu haben?
Ich mache das professionell mit einem Coach.

5. Welches Ziel muss vorher zu 100 % erreicht, um zu 100 % professionell mit einem Coach zu arbeiten?
Ich recherchiere im Internet nach Empfehlungen und buche.

6. Welches Ziel muss vorher zu 100 % erreicht sein, um einen Coach für mich zu buchen zu 100 % zu erreichen?
Ich wähle drei aus und treffe mich zum Kennenlernen mit ihnen.

7. Welches Ziel muss vorher zu 100 % erreicht sein, um Treffen mit Coaches zum Kennenlernen zu 100 % zu erreichen?
Ich lege mein Budget fest (nicht mehr als XX €) usw.

Übertragen Sie Ihre Antwort von unten beginnend nach oben auf ein Blatt, damit Sie die jeweilige vorige Antwort ablesen können. Führen Sie dies mit der jeweils nächsten Antwort fort, bis Sie die Liste aus Ihrer Sicht genügend voll haben. Lesen Sie sie nun abwärts und Sie sehen einen vollständigen detaillierten Streckenplan. Mit Terminen zur Erledigung oder Entscheidung können Sie ganze persönliche oder berufliche Projekte damit immer wieder zur Kurskontrolle zerlegen.

Fragen Sie sich auch, was Sie durch die einzelnen Schritte erreichen, und notieren Sie sich mindestens drei wesentliche Nutzen unter die vorigen Antworten.

Wenn Sie von hier aus abwärts lesen, werden Sie feststellen, dass ab hier die Nutzen und Effekte der oben angelegten Strategie stehen. Darum lohnt es sich, diese Strecke auf sich zu nehmen. Deuten Sie nicht um, sondern nehmen Sie sich wirklich beim Wort, also Ihrer Antwort. Diese Worte sind der Schlüssel für die geeignete Fragestellung und führen Sie auch hier wieder wie bei einer Zwiebel Schale für Schale tiefer zu den nächsten Antworten. Es geht immer noch ein bisschen tiefer, wie Sie sehen. Eine kleine ergänzende Frage, ein paar Änderungen in der Formulierung, und schon haben Sie wieder einen weiteren Strauß voller wichtiger Informationen, die Sie weiterbringen.

Darin steckt die persönliche Logik eines jeden Menschen. Lernen wir, uns selbst mit allen Sinnen zu hören. Ganz natürlich bekommen wir das Geschenk, unsere geistigen Pfade und Welten wirklich nachvollziehen und verstehen zu können.

Wenn Sie sich ernst und beim Wort nehmen, hinterfragen Sie auch genau das. Sie interpretieren nicht, sondern arbeiten mit Ihren ureigenen Inhalten. Wenn Sie einfach nur Ihre Schaltworte zum Hinterfragen verwenden, kommen Sie immer in exakt dem Thema weiter, das gelöst werden soll. Es ist so einfach und man kann tatsächlich fast faul sein.

Deswegen lohnt sich das Selbstgespräch: Sprechen Sie mit sich selbst, haben Sie eine gute Grundlage, um jemand anderen später einmal zu Ihren Gedanken zu befragen.

Dann haben Sie schon Ihre Struktur darin erarbeitet und sind in der Lage, Ihre Ziele dabei zu reflektieren. Ungleich weniger kommt häufig bei sogenannten freundschaftlichen Beratungsgesprächen heraus. Da geistern dann einfach zu viele ungefilterte fremde Meinungen und Absichten herum, um noch seine eigenen Absichten herauszuhören. Wie viele Menschen machen sich die Mühe und versuchen, aus den Worten des anderen schon Antworten herauszulesen, die noch gar nicht da sind. Dabei bleibt das Reflektieren und Inspirieren oft auf der Strecke. Ich habe eine Freundin, die mir Fragen stellt und im nächsten Moment schon selbst beantwortet. Das Gespräch ist dann natürlich schon obsolet und ich sitze dieses dann oft einfach nur etwas genervt aus. Möglicherweise kennen Sie auch den einen oder anderen Übereifrigen. Ein bisschen Ruhe und Fragetechnik, und schon kommen die qualitativ hochwertigen Antworten vom Autor selbst. Das wäre dann in diesem Falle ich gewesen. Ich hätte auch etwas ganz anderes geantwortet. Nun ja ... Wie gesagt, die meisten Menschen glauben zu wissen, was der andere denkt. DENKSTE!

6.
Auf der „Wiederholspur“

„… wäscht nicht sauber, sondern …" – Es ist wie in der Werbung, meine Damen und Herren! Fast jeder erinnert sich noch an Werbe-Ikonen seiner Kindheit. Oft wiederholt bleibt einfach hängen. Als ordentlichen und reinlichen Menschen haben mich besonders Clementine und Meister Propper geprägt. Bis heute finde ich, dass mein Bruder eine gewisse Ähnlichkeit mit ihm hat, und denke bei jedem Wiedersehen blöderweise auch ans Putzen. Und bis heute verbinden meine (bereits erwachsenen) Kinder das Sandmännchen mit Vorlesezeit und warmem Kakao vor dem Einschlafen. Erinnerungen, Wiederholungen, Rituale. So geht es!

Ich möchte mit Ihnen an dieser Stelle das anfänglich Gelesene vertiefen und wiederholen. Dazu zitiere ich Thorsten Seelbach vom AfnB, der Akademie für neurowissenschaftliches Bildungsmanagement, und Professor Dr. Dr. Roth als renommierten Hirnforscher.

Erinnern wir uns: Wenn wir lernen, wie wir lernen, können wir Lernen lernen.

Zitat der o.g.: *Wenn wir etwas Neues lernen, dann muss die neue Information in das bestehende Neuronensystem integriert werden, sodass sie mit anderen bereits gespeicherten Informationen abgeglichen werden kann, vertieft und so konsistent wird.*

Wenn Lernen nicht auf Anhieb klappt

Gelingt diese Integration ohne große Anstrengung, dann empfinden wir das als eine Bestätigung, eine Ergänzung oder als eine leichte Modifikation unserer bestehenden Wissensstrukturen. Wenn die Integration neuen Wissens nicht gelingt, entsteht ein kognitiver Konflikt. Und wenn das passiert, dann wird es wirklich schwierig, und wir durchlaufen drei teilweise sehr schmerzvolle Phasen. Aus der Psychologie kennen wir diese Phasen auch als Trauerprozess.

Phase 1:
Alle Fakten, die mit unserem bestehenden Wissen nicht kompatibel sind, werden von uns ignoriert, relativiert oder umgedeutet.

Phase 2:
Da wir die Fakten nicht widerlegen oder umgehen können, setzt ein allmählicher und teilweiser Umdenkprozess ein. In dieser Phase sind unsere Neuronen etwas verwirrt, weil unsere Signale zwischen alt und neu schwanken und sie nicht so recht wissen, welche Verbindungen sie denn nun letztlich herstellen sollen. In dieser Phase empfinden wir dann ein Gefühl von leichter Unsicherheit.

Phase 3:
Jetzt kommt es zum Paradigmenwechsel, dem Umpolungsprozess. Bei diesem stellen wir alles bisher Geglaubte infrage. In dieser Phase bringen wir unsere Neuronen nun voll und ganz durcheinander, da unser Wissen völlig umorganisiert werden muss. Erhebliche neuronale Umbauten sind nun erforderlich. Und weil solche Umbauarbeiten erst einmal Staus, Orientierungslosigkeit und Umleitungen verursachen, empfinden wir diese Phase als ein Gefühl großer Unsicherheit.

Um noch besser zu verstehen, was währenddessen in unserem Gehirn geschieht, schauen wir uns dazu ein Beispiel aus unserer Kindheit an:

Als wir noch kleine Kinder waren, war der Begriff „Erde" in unserem Langzeitgedächtnis noch gleichgesetzt mit dem Begriff „Boden", was zu einer entsprechenden Vereinfachung und Speicherung in unserem Langzeitgedächtnis führte. Folglich war für uns die Erde eine mehr oder weniger gerade bewohnte Fläche, auf der wir uns befanden. Unsere Neuronen abstrahieren nämlich komplexe Bildinhalte so, dass unsere Psyche sie gut verarbeiten kann.

Etwas später erfuhren wir, dass die Erde rund ist. Mit dieser zusätzlichen Information konstruierte unser Gehirn die Erde als Scheibe (und noch nicht als

Kugel). Etwas später wurden wir dann darauf aufmerksam gemacht, dass die Sonne morgens über dem Horizont aufgeht, während des Tages über den Himmel wandert und am Abend auf der anderen Seite am Horizont wieder untergeht. Durch diese Ergänzung unserer vorhandenen Informationen entstand die Vorstellung, die Erde sei eine flache Scheibe mit einer Kuppel darüber. (Das kennen wir noch aus den religiösen Bildern alter Meister, wie zum Beispiel Michelangelo oder Raffael, das ist also noch gar nicht so lange her.)

Als wir dann lernten, dass die Erde eine Kugel ist, führte dies zu einer Überarbeitung unserer Wissensstruktur. Ab hier war klar: Die Erde war jetzt eine flache, oberseitig bewohnte Scheibe inmitten einer Kugel.

Zu ersten Ansätzen des Umdenkens kam es, als wir begriffen, dass Menschen auf der Außenseite der Kugel leben. Da aber auch die Begriffe „oben" und „unten" als eindeutiges Bild in unserem Gedächtnis gespeichert waren, war die Erde nun eine Kugel, auf der alle Menschen ausschließlich auf der oberen Hälfte lebten. Unten wären sie ja heruntergefallen. Logisch.

Zum Paradigmenwechsel kam es erst, als wir in der Schule über die Zusammenhänge der Physik lernten: dass es im Weltall kein absolutes Oben und Unten gibt und dass die Erdanziehungskraft nicht nach unten zieht, sondern zum Erdzentrum. Erst jetzt wurde die Erde von uns als sich drehende Kugel mit rundum bewohnter Oberfläche akzeptiert.

Lohnenswert, für uns zu verinnerlichen:
Wenn Sie etwas Neues lernen, dann richten Sie Ihre Gedanken nicht auf die Fehlersuche aus, sondern auf die Schatzsuche.

Solange wir die Fähigkeit zum Wundern über die Welt und den Glauben an Visionen nicht verloren haben, sollten wir Veränderungsprozessen nicht mit Angst und Unsicherheit, sondern mit Eroberungswillen begegnen.

Wie Lernen gelernt wird

Aber wie ist das denn nun mit dem Lernen? Was genau passiert denn in unserem Gehirn, wenn wir lernen? Ausgangspunkt für alle Lernprozesse sind zunächst einmal sensorische Reize, also Erregungen unserer Sinnesorgane, die unsere Neuronen in Form von elektrischen Signalen vermittelt bekommen. Davon überfluten uns täglich Hunderttausende. Einige davon verwandeln wir zu Lernprozessen. Lernprozesse können also, wie wir bereits erfahren haben, nur dann stattfinden, wenn wir etwas sehen, hören, riechen, schmecken oder fühlen.

Lernen ist immer ein Prozess, an dem viele Abteilungen unseres Gehirns beteiligt sind. Sind die Reize erst einmal in elektrische Signale umgewandelt, müssen sie anschließend die verschiedensten Areale unseres Gehirns durchlaufen. Vielleicht werden Sie jetzt denken: Genau! Das habe ich schon mal gehört.

Weiter also, Sie lernen großartig!

Zuerst gehen die Signale in das Ultrakurzzeitgedächtnis. Danach werden sie an das Kurzzeitgedächtnis weitergeleitet. Und als Letztes dann im Langzeitgedächtnis gespeichert.

Richtig ist, dass es drei Gedächtnisspeicher gibt, nämlich unser Ultrakurzzeitgedächtnis, unser Arbeitsgedächtnis, was früher auch Kurzzeitgedächtnis genannt wurde, und unser Langzeitgedächtnis.

Falsch ist aber die weit verbreitete Vorstellung, dass der Inhalt von einem Gedächtnis an das nächste weitergereicht wird, so, als ob man Wassereimer hintereinander aufstellt und dann das Wasser aus dem ersten Eimer in den zweiten und aus dem zweiten in den dritten kippt. Da haben wir wieder eine vereinfacht abgespeicherte Information gefunden. Treffer!

Tatsächlich funktioniert es so, dass alle beteiligten Gehirnabteilungen wie in einem sogenannten Global Workspace zueinander stehen. Das bedeutet, dass die Neuronen in den jeweiligen Gehirnabteilungen zeitgleich und sogar oft in Konkurrenz zueinander arbeiten. Und dabei wird um Aufmerksamkeit gerungen wie im echten Leben, wie Abteilungen im Unternehmen es oft tun.

Was beim Lernen passiert

Genau genommen ist es so, dass unsere Gedächtnisse auf- und ausgebaut werden müssen. Wir müssen sie benutzen, sonst gehen sie auf Tauchstation. Sie sind also nicht a priori vorhanden. Der Auf- und Ausbau ist in drei entscheidende Schritte unterteilt:

1. Die Einspeicherung (Enkodierung)
2. Die Festigung (Konsolidierung)
3. Der Abruf (Recognition)

Hier passiert Ähnliches wie bei der Post, nur mit viel mehr Dynamik. Die Post möge mir dies verzeihen. Aber die Post ist ein gutes Stichwort: Wenn wir einmal die Signale mit einer Art Post vergleichen, wird es einfacher zu verstehen, was in unserem Gehirn beim Lernen und bei der Wissensverarbeitung geschieht.

Die Einspeicherung

a) ins Ultrakurzzeitgedächtnis

Unser Ultrakurzzeitgedächtnis ist die erste Anlaufstation aller ankommenden Signale. Die Speicherdauer dort beträgt jedoch nur ca. 0,5 bis maximal 2 Sekunden. Das ist wirklich kurz!

Sind die Signale, also die Postsendungen, in das jeweilige Themen-Register einsortiert, wird sofort begonnen, die Post zu öffnen und nach unwichtig und wichtig zu trennen. Für diese Bearbeitung benötigen unsere Neuronen nur wenige Millisekunden. Das, was als unwichtig erachtet wird, wird gelöscht, und nur, was als wichtig erachtet wird, geht an unser Arbeitsgedächtnis.

Woran erkennen die Neuronen, welche Post wichtig und welche unwichtig ist? Genau da sind wir auch schon beim Knackpunkt! Ob etwas für wichtig oder für unwichtig erachtet wird, hängt vor allem davon ab, welche Interessen bei uns gerade aktiv sind und wie hoch der Grad unserer Aufmerksamkeit ist. Nur das, was uns interessiert und sich nachhaltig als bemerkenswert den Neuronen aufdrängt, wird weiterverarbeitet. Alles andere wird sofort gelöscht und hat für uns nie stattgefunden, obwohl es ein Teil der Wirklichkeit ist.

Aber gehen wir einmal davon aus, dass wir aufmerksam und interessiert sind, sodass die Signale an unser Arbeitsgedächtnis weitergeleitet werden. Was passiert nun in unserem Arbeitsgedächtnis?

b) ins Arbeitsgedächtnis

Im Speicher unseres Arbeitsgedächtnisses ist nur für maximal 7 +/- 2, also für 5 bis 9 Informationseinheiten Platz, und das auch nur für einen Zeitraum von einigen Sekunden bis wenigen Minuten. Was aber bedeutet denn 7 +/- 2 Informationseinheiten? Dies bedeutet nichts anderes, als dass eingehende Informationen derart gebündelt werden, dass sie zu bereits bestehenden Informationen hinzugefügt oder damit abgeglichen werden können. Über die geeignete Assoziation werden bereits gespeicherte Informationen aus dem Langzeitgedächtnis abgerufen – richtig, an diesem Punkt kommt der erwähnte Global Workspace zum Tragen.

Unser Arbeitsgedächtnis steht hierbei u.a. mit dem Langzeitgedächtnis interaktiv in Verbindung und bekommt von dort die Mitteilung, dass es sich bei einigen Signalen um bereits im Langzeitgedächtnis vorhandene ähnliche Informationen handelt. Aufgrund dieser Rückkopplung können nun die Neuronen im Arbeitsgedächtnis die einzelnen Informationssignale zu einem Paket verpacken, also zu einer Informationseinheit verdichten. Diese Pakete nennt man „Chunks" in der Neurobiologie. Durch diese Chunks wird die Kapazität des Arbeitsgedächtnisses gesteigert, denn hier werden die Informationsbündel erstellt, komprimiert und gespeichert.

Chunks

Machen wir auch hierzu eine praktische Übung: Merken Sie sich bitte einmal folgende aus fünf Informationseinheiten bestehende Zahl:
94653

Und jetzt versuchen Sie, sich diese aus neun Informationseinheiten bestehende Zahl zu merken:
463758912

Das ist schon viel schwieriger.

Bündeln Sie diese neun Informationseinheiten aber in Blöcke, so ist es wieder leichter, weil es jetzt nämlich nicht mehr neun, sondern nur noch drei Einheiten, also drei Pakete oder Chunks sind:
463 758 912

So werden beispielsweise auch die IBAN-Reihen im Bankbereich gebündelt besser übertragbar.

c) ins Langzeitgedächtnis

Wie aber gelangen nun die Informationen in unser Langzeitgedächtnis? Rufen wir uns in Erinnerung, wie Wahrnehmung funktioniert: Alles, was auf uns wirkt, beeinflusst die Gestaltung unseres neuronalen Netzwerks und somit unser Leben. Es werden Synapsengewichte, also deren Verbindungsstärke, verändert und neue Verbindungen hergestellt. Durch Gebrauch starke synaptische Verbindungen sind übertragungssicherer als selten aktivierte. Nicht mehr benötigte Verbindungen werden gelöscht, Aktionspotenziale verschoben und Reizschwellen, also Empfindungen auslösende Grenzen und entsprechende Reaktionen, geändert. Und das alles verändert uns. Übrigens: Wir sprechen von Persönlichkeitsentwicklung und meinen die Veränderung durch neuronale Lernprozesse, die wir im Verhalten und im Wesen eines Menschen nach außen hin durch Spuren erkennen können.

Beim Lernen geschieht dies in ähnlicher Form. Signale, die in unserem Arbeitsgedächtnis ankommen, werden dort als vorübergehende Neuronenaktivierung gespeichert, also als Hirnaktivität. Im Langzeitgedächtnis hingegen werden Signale in Form von Neuronenverbindungen gespeichert, also als Hirnstruktur.

Die Festigung

Was bedeutet dies? Hier können wir vom Rasenmäher lernen. Stellen Sie sich einmal vor, Sie haben einen vollautomatischen Rasenmäher, schalten ihn an und lassen ihn eine Bahn in Ihren Rasen mähen. Ihr Rasenmäher ist also jetzt aktiv. Danach schalten Sie den Rasenmäher aus. Es war also lediglich eine vorübergehende Aktivierung Ihres Rasenmähers erforderlich, um die Struktur Ihres Rasens zu verändern.

Aber wie lange hält diese Bahn? Eine Woche? Einen Monat? Wenn das Gras wieder nachgewachsen ist, kann keiner sehen, dass hier einmal gemäht wurde. Die kürzlich veränderte Struktur hat sich sehr schnell wieder in die ursprüngliche Form zurückgewandelt. Und man fängt wieder von vorne an.

Wie also halten wir die Bahn in Form? Dazu müssen wir unseren Rasenmäher, also unser Arbeitsgedächtnis, in regelmäßigen Abständen erneut aktivieren, um so die gewünschte Strukturveränderung, also unser Langzeitgedächtnis, dauerhaft zu erhalten. Dies schaffen wir mit den Werkzeugen, die Sie hier Stück für Stück kennengelernt und eintrainiert haben.

Nun, einen gravierenden Unterschied zum Rasenmäher gibt es doch: Die Strukturveränderung und das eigentliche Einspeichern in unser Langzeitgedächtnis beginnen erst, wenn wir selbst aufgehört haben, uns mit den Lerninhalten bewusst zu befassen. Dies ist für uns von höchster praktischer Bedeutung: Meist arbeiten wir in einer bewussten Lernphase mit höchster Konzentration und meinen, optimal gelernt zu haben. Für das eigentliche Einspeichern ist aber entscheidend, wie wir die Zeit danach gestalten.

Je ungestörter wir in dieser Zeitspanne sind, umso besser wird die neue Information in unser Langzeitgedächtnis gelangen. Am besten ist es also, im Anschluss an eine intensive Lernphase eine ausgiebige Ruhephase zu genießen, ohne etwas zu tun, oder besser noch, zu schlafen. Ruhe gehört also zum Lernprozess dazu. Ermöglichen wir uns das nicht, liegt genau darin der Hauptgrund, warum wir zwar viel lernen, aber dann nur wenig davon behalten. Meine Studierenden nennen dies dann „Bulimielernen“: schnell so viel wie möglich reingestopft und im Anschluss genauso schnell wieder rausgekotzt. Ohne nachhaltigen Wert.

Das geht wirtschaftlicher! Ein Tipp, wie Sie Ihre Neuronen in Ihrem Langzeitgedächtnis großartig und praktisch unterstützen können: Heben Sie sich von Ihrem Lernstoff höchstens drei oder vier Kernblöcke für den Abend auf, wiederholen oder üben Sie diese noch ein letztes Mal und gehen Sie dann ins Bett. Das wirkt!

Warum das so ist? Wenn wir schlafen gehen, wird unser Arbeitsgedächtnis nicht abgeschaltet. Das Gedächtnis arbeitet rund um die Uhr. Es ist also so, dass nach dem Eintauchen in den Tiefschlaf das frisch Gelernte noch einmal aufgerufen und in unser Langzeitgedächtnis gesendet wird. Dort werden dann die Lerninhalte in unsere vorhandene Hirnstruktur perfekt integriert. Und dann? Unser Großhirn signalisiert über sogenannte Deltawellen, dass unser Langzeitgedächtnis zur Aufnahme neuer Inhalte bereit ist.

Exkurs: Deltawellen

Diese Deltawellen sind oszillierende, also rhythmische, elektrische Impulse. Und diese funktionieren im Schlaf besonders gut, weil z.B. das Stresshormon Cortisol und der Neurotransmitter Acetylcholin auf ein Minimum absinken, während die Ausschüttung von z.B. Noradrenalin erhalten bleibt. Da hierdurch die Plastizität, also die Veränderbarkeit unserer Synapsen gestärkt wird, erhöht sich genau in dieser Phase unsere Lernfähigkeit enorm.

Und warum vergessen wir dann oft wieder sehr schnell, was wir eigentlich behalten wollten? Oder: Warum will neues Wissen manchmal einfach nicht in unser Hirn? Ein Hauptgrund liegt darin, dass unregelmäßig angeregte Neuronenverbindungen im Laufe der Zeit schwächer werden. Unsere Gehirnzellen sind zwar Hochleistungssportler, aber andererseits sind sie so ziemlich die untreusten Gesellen, die man sich nur vorstellen kann. Beziehungspflege und Kommunikation mit ihnen ist angesagt.

Wenn wir neu erlerntes Wissen nicht regelmäßig wiederholen, fangen bereits nach 24 Stunden die ersten Neuronen damit an, die neuen Verbindungen wieder aufzulösen. Wenn wir also neues Wissen behalten wollen, dann sollten wir es täglich trainieren – und wenn es nur 5 Minuten sind, denn das ist oft schon ausreichend, um den Neuronen zu signalisieren, dass sie ihre Verbindungen nicht auflösen sollen und noch gebraucht werden.

Und wenn wir das Gefühl haben, dass neu zu lernendes Wissen einfach nicht in den Kopf will, dann liegt eine Hauptursache darin, dass sich Neuronenverbindungen gegenseitig stören.

Haben Sie schon einmal auf einem Musikinstrument irgendetwas falsch eingeübt? Wenn ja, dann wissen Sie, wie lange es dauert, diesen Fehler wieder zu korrigieren. Sind also erst einmal starke Verbindungen erzeugt worden, so ist es sehr schwer, diese wieder rückgängig zu machen.

Ich liebte es früher, meinen Kindern abends Bettgeschichten vorzulesen. Einmal habe ich mich bei einem neuen Buch verlesen und es nicht gemerkt. Beim nächsten Mal habe ich korrekt abgelesen, nicht aber für meine Kinder! Empört korrigierten sie von dem Moment an jedes Mal, wenn ich an dieser Stelle nicht den ursprünglich gemachten Fehler vorlas. So schnell, und vor allem emotional verfestigt, kann ein Fehler sitzen.

So, das Thema Lernen und Lernprozesse ist spannend und schier unerschöpflich und dennoch soll Ihnen dies vorerst einmal genug Inspirationen liefern.

Der Abruf

Alles einmal auf diese Art Verinnerlichte steht quasi allzeit zur Abfrage bereit. Das Gehirn ist hier genial strukturiert. Durch die unendliche Potenzierungsmöglichkeit von synaptischen Verbindungen ist es fast unmöglich, einmal richtig Gelerntes wieder völlig zu verlieren. Ausnahme: Ethylalkoholgenuss (führt zum sofortigen Zelltod) oder Nervengifte (schleichender Zelltod und langsamer Informationsverlust). An alles Gespeicherte kommen wir über die entsprechende einleitende Frage oder Formel wieder heran. Das ist gut zu wissen.

Haben Sie einmal Ihre Strukturen um wertvolle Lernprozesse erweitert, so können Sie die neuen Informationen jederzeit abrufen. Das „Gewusst wie" und dann natürlich das Anwenden sind entscheidend für Ihre zukünftige Erfolgsquote. Der eine oder andere Leser mag jetzt zucken und denken, der Begriff Erfolg sei nun wirklich schon abgenutzt. Das mag sein. Nennen Sie es auch gern Veränderung, Verbesserung, Potenzialentwicklung oder wie auch immer.

Der Begriff „Erfolg" lässt sich zerlegen in „Er" und „Folg(e)", und eine Folge kann ich erst in Relation zu einem vorher gesetzten Ziel als Erfolg bemessen. Insofern produzieren erfolgreiche Menschen messbare Ergebnisse und bauen Guthaben in bestimmten Bereichen auf. Dies lässt sich messen in Faktoren wie Selbstvertrauen, Zeit, Freunde, Bekanntheit, Wohlstand, Gesundheit und so weiter.

Erfolglose Menschen leben eher nach dem Minimierungsprinzip. Nebulös formulierte Absichten, die dann schiefgehen, kann man nur schwer zurückverfolgen, geschweige denn bemessen. Oft formulieren diese Charaktere eher Effekte als Ziele. Beispiel: Zufriedenheit ist ein Effekt, ein Ziel dorthin wäre, eine Gehaltserhöhung von 15 % erreicht zu haben. Jedoch fehlt ohne Messbarkeit die Erfolgsgrundlage, das gesetzte Ziel als Ursache zukünftiger Ergebnisse.

Es gibt etliche bekannte Kürzel für messbare Ziele, SMART zum Beispiel. Ich bevorzuge die bereits beschriebene ZET-Methode: das **Z**iel in Thema, Zeit, Beteiligte und Ort präzise benennen, dann **E**rreichtes und Nicht-Erreichtes notieren und die darauf bezogenen **T**ätigkeiten formulieren und terminieren. Heraus kommt ein Plan, den ich abarbeiten kann. Das Ergebnis kann sich jedes Mal sehen lassen.

Erfolglose Menschen schauen gern auf die Umstände zurück anstatt auf die Lösungsmöglichkeiten nach vorn. Also wurde möglicherweise keine Gehaltserhöhung erreicht, weil das erforderliche Gespräch immer wieder verschoben wurde und das nun zu Unzufriedenheit führt. Wer hatte da eigentlich die Verantwortung? Und falls Sie sich einmal beim Zurückstarren erwischen und bemerken, wie Sie Gründe suchen, aus der Verantwortung zu kommen, drehen Sie sich sofort um. Schauen Sie nach vorn und entscheiden Sie sich für persönliches Wachstum und Erfolg. Fragen Sie sich grundsätzlich: „Wie komme ich weiter?" und nicht „Wer oder was ist schuld?". Einen erfolgreichen Menschen würde die Unzufriedenheit der nicht erreichten Gehaltserhöhung dazu treiben, den bisher wiederholt verschobenen Gesprächstermin nun tatsächlich sicherzustellen oder sich um eine besser bezahlte Stelle zu bemühen. Er übernimmt die Verantwortung für sich, seine Ziele und Taten. Erfolglose Menschen suchen sich Solidargemeinschaften, innerhalb derer sie gemeinsam jammern und Bestätigung für die Ungerechtigkeit der Welt bekommen.

Wenn Sie nach vorn schauen, stellen Sie sich die richtigen Fragen. Wenn Sie Angst verspüren und ihr nachgeben, bleiben Sie im schlechtesten Fall in Ihrem Problem stecken. Dann ist es morgen auch noch da und Sie haben weiterhin die Aufgabe als Thema. Wenn Sie also Angst verspüren, dann zerlegen Sie zukünftig das Thema schnellstens mit diesem Buch Schritt für Schritt, bis Sie merken, es geht wie „geschmiert".

Ein guter Rat: Seien Sie grundehrlich mit sich selbst. Jeder faule Kompromiss, jede Lebenslüge rächt sich und fällt irgendwann auf Sie zurück. Wenn Sie sich selbst belügen, haben Sie bereits verloren. Seien Sie sich ein guter Partner und der beste Freund, den Sie sich vorstellen können. Sie bekommen so gute Partner, wie Sie selbst es sich sind. Ich kann nur geben, was ich habe. Was nicht drin ist, kann ich auch nicht rausholen.

Der „Taschen-Coach" als Navi

In meiner Welt machen Profis sowohl eine hochkarätige Vorbereitung als auch Nachbereitung ihrer Aufgaben. Aber auch in vielen anderen Berufen und Sparten ist das unerlässlich. Ich gebe Ihnen ein Beispiel, das Sie wahrscheinlich aus eigener Erfahrung gut übertragen können.

Als ich elf Jahre alt war, wollte ich Tänzerin werden. Primaballerina. Ich habe spät angefangen zu tanzen und wurde deshalb von ehrgeizigen Ballettmüttern und -mädchen müde belächelt. Mein Verständnis war, hart zu trainieren und dann zu schauen, ob ich es schaffen könnte. So habe ich es von meinem Vater gelernt. Wenn ich etwas wirklich möchte, muss ich eben so viel dafür tun, damit ich eine realistische Chance habe. Von meiner Mutter habe ich Vertrauen gelernt. Was auch immer ich an Ideen mit nach Hause brachte, ich erntete Zuspruch und festen Glauben an mich und meine Vorhaben. Ich trainierte jeden Tag fünf bis sechs Stunden und bewarb mich an der Ballettakademie der Kunsthochschule Köln. Und bestand die Aufnahmeprüfungen. Das Leben eines Tänzers besteht zu 98 % aus hartem Training und zu 2 % aus wundervollen Bühnenereignissen. Ein Jahr trainiert man und bereitet sich z.B. auf die Weihnachtsaufführung des Nussknackers vor. Dann ist sie wie im Flug vorbei und man bereitet sich nach einer zusammenfassenden Lessons-learned-Phase gleich wieder auf die Aufführung des nächsten Jahres vor.

Jeder Erfolg ist hart erarbeitet und ehrlich verdient. Aber 98 % professionelle Vor- und Nachbereitung für den kurzen Moment der Unterhaltung für das Publikum, der diesem so leicht und schwebend erscheint, als wäre er ohne jede Anstrengung – lohnt sich das? Natürlich! Die Alternative wäre, das Gelingen dem Zufall zu überlassen. Bei einem Profi wirkt alles leicht, dem Amateur merkt man die Anstrengung und das fehlende Training an. Mit dem Wissen darum können und wollen Sie sich das nicht antun.

Auch wer eine Sportart oder ein Instrument professioneller (aus)übt, weiß, wie viel Arbeit in der Kunst des Könnens steckt. Genauso ist es mit unseren Werdegängen, mit Lehre, Studium und Wissenschaft. Alles, was wir heute so leicht abliefern, haben wir uns über Jahre, manchmal Jahrzehnte mehr oder weniger diszipliniert erarbeitet. Manch einer hat es schon wieder fast vergessen, dass selbst das heute so lässige Autofahren einmal äußerst unbeholfen begonnen hat.

All dies, das ganze Repertoire an Herstellungsverfahren, Wissen- und Können-Bausteinen haben wir in unserem Langzeitgedächtnis verinnerlicht. Und dort wartet dieses immense Archiv darauf, aufgerufen und genutzt zu werden.

Sicherheit in wenigen Minuten

Und das geht dann ganz einfach: Wir eröffnen uns ein aktuelles Thema oder eine Situation mit einer Frage und vertiefen den damit geschaffenen Zugang in das neuronale Netzwerk durch unterschiedlichste Detailfragen. Dabei können Einerseits-andererseits-Betrachtungen, Schwierigkeiten-Lösungen-Aspekte und Ideen-Nutzen-Argumentationen munter gedreht und gewendet werden. Je mehr Facetten eines Themas Sie so an die Oberfläche holen, umso strukturierter und präsenter können Sie in zukünftigen Gesprächen sein. Die derart aufbereiteten Informationen haben Sie nun zu jedem Zeitpunkt in Ihrem persönlichen und sprachlichen Stil einfach und kreativ zur Verfügung. Sie fallen Ihnen ein, weil Sie damit schon gearbeitet haben, Ihre Neuronen haben sich damit schon vertraut gemacht und kennen diese Informationen bereits.

Souverän und in jeder Hinsicht vorbereitet kann ich mich der Aufgabe wie auch Gesprächspartnern ohne Irritationen durch Unsicherheitsgefühle widmen.

Ich empfehle, solche Vorbereitungen zu jeder Besprechung, jeder Verhandlung, jedem größeren Themengebiet oder Projekt zu machen. Die wesentlichen Punkte zur Profi-Vorbereitung finden Sie hier noch einmal als kompletten Prozess. Die einzelnen Schritte habe ich Ihnen in den vorausgegangenen Kapiteln erläutert.

Die Schritte zur Profi-Vorbereitung:

1. Das richtige Ziel oder zumindest einen Wunsch präzise benennen
2. Die persönlichen Blockaden mittels Umpolung aus dem Weg räumen, neutralisieren
3. Die schwierigsten Bremsen in Aktivitäten umwandeln
4. Den Weg beschreiben und einen Fahrplan für die praktische Umsetzung entwickeln
5. Terminieren und tun
6. Den Sinn und das große Ziel für die eigene Motivation in kleine Schritte zerlegen und los

Machen Sie ruhig den Selbstversuch und lassen Sie ab und an mal eine Profi-Vorbereitung ausfallen. Spätestens dann bemerken Sie den Unterschied. Mit Profi-Vorbereitung kommen Sie wahrscheinlich in einem Bruchteil der Zeit zu einem viel qualifizierteren Ergebnis als ohne Vorbereitung. Es wird Ihnen auffallen, dass Sie ohne Vorbereitung ein Vielfaches an Zeit für die gleichen Dinge benötigen und im Anschluss in der Regel nur ein viel ungenaueres Ergebnis verbuchen. Und dann ist es wie in der Bibelgeschichte: Wenn man einmal in den Apfel der Erkenntnis gebissen hat, ist es schwer zu erklären, warum man die effektivere Methode nicht schon früher genutzt hat, und es ist schade um die vertanen Chancen und die Zeit.

In der unten folgenden Übung lernen Sie, wie Sie sich mit zielführenden Fragen, die Sie auch auf „Arbeitskarten“ festhalten können, auch für künftige Situationen wappnen können, quasi im Voraus. Damit strukturieren Sie sich bequem und flexibel vor jedem Gespräch oder wichtigen Termin. Ich nenne diesen Fragenkatalog den „Taschen-Coach“ – diesen können Sie immer bei sich tragen und sind immer gut gerüstet, denn Sie stellen damit alle wesentlichen Fragen im Vorfeld und es fallen Ihnen sogar noch Facetten ein, die Ihnen ohne diese Technik einfach entgangen wären.

So eröffnen Sie Chancen. Sie können sich hundertprozentig auf Ihren Gesprächspartner konzentrieren und sind frei von Kleinheitsgefühlen, die durch schlechte Vorbereitung entstehen.

✓ *Der Taschen-Coach*

Alle Fragen und Vorbereitungsmethoden lassen sich am besten anwenden, wenn man sie im Taschenformat bei sich führen kann. Was hilft schon ein toller Werkzeugkasten, wenn er groß und sperrig im Keller steht und allein ihn heraufzuholen schon Überwindung kostet …

Alles, was Sie brauchen, der komplette Werkzeugkasten, passt auf eine jackentaschengroße Karte.

So sieht die Karte aus:

Mein Thema: ....
Mein Ziel: ....
Wer ist dazu wichtig? ....

Wie ist die derzeitige Situation?
Wie lautet die Aufgabe dazu?
Welche Ideen habe ich bis jetzt dazu?
Welche Lösung bietet sich an?
Welche Risiken und Chancen sehe ich?
Weicher Nutzen soll mir oder anderen entstehen?
Was möchte ich also erreichen?
Ab wann ist das für mich erreicht?
Welche Voraussetzungen müssen für das Gelingen erfüllt sein?
Welcher Erfolg soll dadurch messbar entstehen?
Was tue ich jetzt für dieses Ergebnis?
Wie fühle ich mich jetzt?

Dann mal los!!!

1. Sie müssen darauf nur die Anreißerfragen und die Stichwörter notieren, um die es Ihnen gerade geht, wie schon im bisherigen Vorgehen geübt. Lesen Sie die „Anreißer“ dann schnell so laut an, dass Sie sich hören können. Starten Sie immer mit Thema, Ziel und Personen. Damit sind Sie in der richtigen Richtung unterwegs.

2. Beenden Sie einfach die Sätze und Fragen von den Arbeitskarten nach dem Brainstorming-Prinzip; vervollständigen Sie einfach die Sätze. Sprechen Sie schnell und flüssig, ohne lange zu überlegen.

Ich verspreche Ihnen, Sie holen mehr Ressourcen und Lösungen aus sich heraus, als Sie es bisher für möglich gehalten haben.

Extra-Sicherheit mit der „Gleichgültig"-Frage

Um auch wirklich für alle Eventualitäten gewappnet zu sein, zeige ich Ihnen noch meine persönliche Joker-Technik. Mit deren Hilfe überwinde ich jede Denkblockade.

Dazu übersetze ich mir ein schwer zu durchdenkendes Thema oder Problem in eine „Gleichgültig"-Frage. Diese neutralisiert meine gedankliche Hürde und schafft mir neue Zugangsmöglichkeiten, um in meinem Thema doch noch weiterzukommen. „Gleichgültig" ist dabei die Zauberformel, denn sie bedeutet: neutral, gleichwertig, egal. Damit entziehe ich dem Gedanken seine Schwere und nehme ihm den Druck – und das Denken fällt leicht.

Meine Neuronen bekommen damit die Information: „Der Gedanke ist neutral, kein Grund zur Panik" und kommen so aus der Ambivalenz heraus, alte und bewährte Abwehrmechanismen zur Verteidigung auffahren zu müssen. So können sie wieder zielgerichtet für mich tätig werden, und das macht sie glücklich. Mich auch.

Hier ein Beispiel, wie sich blockierende Überlegungen durch das „Ins-Gleichgültige-Setzen" lösen lassen. Wie ich mir also eine Brücke baue, indem ich den für mich möglicherweise sehr hohen Preis in Form von Zeit, Geld oder sonstigem gefühlt hohen Aufwand zunächst einmal beiseitestelle, um das Lohnende in den Vordergrund zu rücken. So fällt es mir später leichter, diesen Preis doch zu bezahlen, wenn die Lösung sinnvoll ist und mich weiterbringt.

Nehmen wir die Schwierigkeit, sich zu organisieren. Mit der „Gleichgültig"-Frage formuliert, klingt das so:

„Was ist (für mich) das Besondere an einer guten Büroorganisation, ***gleichgültig****, wie viel Zeit (mich) vorab das Aufräumen kostet?"*

Antwort: „*Ganz klar! Ich habe am Ende des Tages tatsächlich das erledigt und geordnet, was ich mir vorgenommen habe. Außerdem schlafe ich ruhiger und freue mich am nächsten Morgen auf einen strukturierten Arbeitsplatz.*“

Ans Werk also, probieren Sie es selbst! Stellen Sie sich, wenn Sie das nächste Mal mit einem Thema nicht weiterkommen, dazu eine „Gleichgültig“-Frage!

7.
Mit innerem Antrieb zum Ziel

Ganz einfach am Ziel ankommen – geht das überhaupt? Ja, das geht. Wichtigste Voraussetzung dafür ist jedoch, dass das Ziel für Sie auch klar ist. Bitte verstehen Sie mich nicht falsch: Ich bin kein Freund starrer Überzeugungen und unabänderlich gesetzter Ziele, die wie Beton jede Beweglichkeit im Leben einschränken. Aber Dinge, die uns wirklich wichtig sind, sollten wir klar benennen, wichtig nehmen und verfolgen. Dies nicht zu tun, blockiert uns, und wir schaffen es dann noch nicht einmal bis zu dem Punkt, an dem wir eine Entscheidung zu unserem weiteren Vorgehen treffen können.

Für uns selbst und unsere persönliche Entwicklung für unsere tiefsten inneren Wünsche einzustehen, ist aus meiner Sicht eine wirkliche Selbstverpflichtung.

Wo kein „Warum", da kein „Wie"

Gründe, warum Ziele nicht erreicht werden, gibt es wie Sand am Meer, die Gespräche zwischen Menschen sind gefüllt mit Ausflüchten, Rechtfertigungen und Begründungen, warum ihnen bestimmte Dinge nicht gelungen oder vergönnt sind. In mangelndem Antrieb oder der Nachlässigkeit im Umgang mit der eigenen Verantwortung finden wir Gründe dafür. Keine Lust auf das kleinste bisschen Disziplin, Unzuverlässigkeit und Respektlosigkeit mit sich und anderen sind weitere Ursachen. Gerne werden eine schwere Kindheit und ein chancenloses Umfeld verantwortlich gemacht, um Wirkungslosigkeit zu untermauern. Der eine sagt, es liegt am Einzelkind-Dasein, der Nächste wirft dem Schicksal die Sandwichsituation vor, ist ein Scheidungskind, zu alt oder zu jung oder irgendwo in der Mitte, Mann oder Frau ... Der Fantasie sind hier keine Grenzen gesetzt, und Werbung und Politik geben immer munter neue Vorlagen für weitere Schuldverschiebungen.

Das hat keine Würde, es ist sogar ein wenig langweilig, je öfter man die Ähnlichkeit der Geisteshaltung dahinter entdeckt.

(Lothar grinst und meint, er hätte auf jeden Fall eine schwere Kindheit gehabt. Das solle ich mal übertreffen.)

Ohne Antrieb geht es nicht

Ein Ziel zu erreichen bedingt zunächst einmal, eines zu haben. Und es unbedingt erreichen zu wollen. Ohne Wille kein Weg, sagt man so schön, und es ist so. Wer keinen Antrieb verspürt, sich auf den Weg zu machen, kommt nur möglicherweise an. Den meisten Menschen fehlt dabei die Antwort auf die Frage, *warum* es sich lohnt, sich auf den Weg zu machen. Der Sinn bleibt unbeantwortet. Sobald die Frage nach dem Sinn der Sache aber einleuchtend geklärt ist, haben unsere Neuronen genügend Reizverstärkung bekommen, um stabile Synapsenverbindungen aufzubauen und zu halten. Der Sinn ist also die Belohnung, und diese schüttet genügend Motivationsbotenstoffe aus, um unser System in Bewegung zu versetzen. Wer ein *Warum* kennt, der trägt jedes *Wie*. Da halten wir dann auch schon einmal eine längere Belastungsphase aus.

Aber: Der eigene Antrieb muss es sein

Da erklärt sich auch ganz schnell die Frage, warum unsere Kinder ihre Zimmer nicht aufräumen, wenn man es ihnen sagt. Jetzt mal Hand aufs Hirn, warum sollten sie das tun? Um sich der Gefahr auszusetzen, Platz für häufigeren elterlichen Besuch zu schaffen? Das ist wirklich kein Grund, liebe Eltern. Da ist es sinnvoller, im Chaos zu leben, meint mein Sohn. Dessen Chaos ist eine natürliche Firewall, um mich fernzuhalten, und ich kann sagen, es funktioniert. Er erkennt nur einen Sinn im Aufräumen, wenn er tatsächlich keinen Durchblick mehr hat und wichtige Schulsachen nicht mehr findet. Oder den Lieblingspullover. Kürzlich hat er gründlich Ordnung geschaffen, weil ein Mädchen zu Besuch kam. Da sticht Ober Unter, die Aussicht auf Zuneigung versetzt Berge. Manch einer sieht sich jetzt möglicherweise an seinem Schreibtisch im Büro. Gleiches Prinzip übrigens.

Was fällt auf? Fremde Ziele sind uns völlig egal. Unseren Neuronen auch. Eigene zutiefst verankerte Vorstellungen und Sehnsüchte hingegen haben einen ungeheuren Durchsetzungstrieb. Sie steuern unseren Willen. Wenn Sie jetzt feststellen, dass Sie ja eigentlich gar kein einzelnes Wesen sind, sondern allein schon viele Billionen Bewohner im Hirn beherbergen, müssten Sie auf die Idee kommen, dass Ihr freier Wille ganz schön fremdgesteuert ist. Und da haben wir noch gar nicht vom restlichen Körper gesprochen. Schon mal darüber nachgedacht, wer in Ihrem System Hunger anmeldet? Ihre Trillionen Darmbakterien oder Sie? Jaja, wir haben da eine Führungsaufgabe übernommen und sind Chef über dieses Wunderwerk mit unüberschaubar vielen Mitarbeitern. Unser Hirn hilft bei der schwierigen Führungsaufgabe wie das Chefsekretariat. Da weiß man auch oft nicht so genau, wer jetzt wen führt.

Struktur hilft – und klare Vorgaben in der Hierarchie unserer Vorstellungen und Wünsche. Die wichtigsten bringen wir in Position und verwirklichen diese. Weil sie aus uns herauskommen wie Triebe aus Saatgut, eigener Nachwuchs eben. An eigenen Vorstellungen halten wir fest. Diese sind Autorenprodukte und lassen sich auch nur vom Autor selbst bis ins Detail erklären.

Damit komme ich zum Punkt: Nur was Sie selbst mit Überzeugung entschieden haben, werden Sie auch antreiben. Was Sie jedoch entschieden haben, werden Sie mit schlafwandlerischer Treffsicherheit auch verwirklichen.

Wenn der Antrieb stottert

Sie haben Ihren Billionen Mitarbeitern die Umsetzung zugesichert und diese sorgen dafür, dass Sie sich nun auch bewegen, um alles dafür zu tun. Sollten Sie vergessen haben, wofür Sie morgens aufstehen, so sorgen Ihre Mitarbeiter aus dem Untergrund für ein latent unbehagliches Gefühl. So eine Art unzufriedenes Hintergrundrauschen mit Explosionspotenzial an den Stellen, wo Sie der Erinnerung an Ihr einst gesetztes Vorhaben gefährlich nahe kommen. Das Hintergrundrauschen empfinden wir meist als Stress mit Tendenz zur Demotivation, wenn wir dem Drängen nach Handlung nicht nachgeben. Das Explosionspotenzial entlädt sich dann häufig in Symptomen von einfachen Konflikten bis hin zu schweren Krankheiten und Krisen.

Symptome, Krisen und Krankheiten sind unsere Platzhalter für nicht gelöste Aufgaben. Probleme entstehen aus Stress, Versagensängsten, Selbstverleugnung, verdrängten Wünschen und Zielen. Auch aus Überforderung und mangelnder Lösungskompetenz. Das muss nicht sein. Ziele erreichen wir, weil wir dafür etwas tun oder in der Vergangenheit bereits begonnen haben, etwas dafür zu tun. So eine „Wunsch ans Universum"-These ist immer mit einer persönlichen und thematischen Umsetzungsliste verbunden. Und dann folgen wir einem inneren Plan, der immer wieder durch schrittweisen Erfolg bestätigt und motiviert wird. Einfach machen. Wer macht, hat Macht. Ohne Macht entsteht Ohnmacht. By the way: Ein ohnmächtiger Patient befindet sich übrigens in einem Zustand der Bewusstlosigkeit. Das sollte uns zu denken geben.

Drei Praxisbeispiele für starke innere Antreiber

Violetta Sch.

Violetta Sch. ist studierte Maschinenbauingenieurin. Sie hat sich sehr früh für eine Männerdomäne entschieden, weil ihr die typischen Frauenberufe zu langweilig erschienen. Eine bemerkenswerte Persönlichkeit, die einen Raum zu füllen vermag. Sie wusste es nur nicht. Ich traf sie zu einem Zeitpunkt, als sie einfache Fachkraft in ihrem Bereich für technische Aufgaben war.

Ihre Lebenssituation ist komfortabel. Sie ist bis heute mit einem Partner aus der gleichen Branche, im gleichen Unternehmen verheiratet; die beiden sind durchaus vermögend.

Im Privaten setzten sie gute Ideen in gemeinsamen Bauprojekten um, im Geschäftlichen fehlte Violetta etwas. Deshalb suchte sie einen Coach. Energiegeladen und unzufrieden kam sie damals zu mir. Eigentlich wollte sie sich vor allem bestätigt wissen in ihrem Vorwurf, einen unfähigen Vorgesetzten zu haben, und ihren gefühlten Energieverlust regenerieren. Aber es kam anders, denn sie hatte nicht mit meiner Vorgehensweise gerechnet.

Sie fragte nach Erleichterung und bekam erst einmal Aufgaben, mehr Arbeit. Heute noch lachen wir über ihren Ärger auf mich und meine „blöden Fragen", die sie forderten, zu sagen, was sie wirklich wollte. Sie arbeitete heraus, dass sie in Wirklichkeit mehr Verantwortung übernehmen wollte, hineinwachsen in Führungsaufgaben ihrer Firma, und sich dafür empfehlen. Blockierende Überlegungen räumte sie Stück für Stück aus dem Weg. Hinderlich erschien ihr damals, dass sie dann im gleichen Unternehmen erfolgreicher wäre als ihr Mann. Außerdem gab es dort eine regelrechte Männerkultur. Bis heute gibt es in diesem Konzern nur drei Frauen in maßgeblichen Führungspositionen. Soweit ich weiß, sind zwei davon bereits wieder demontiert. Privat hatte sie sich immer wieder Nebenschauplätze geschaffen, mit denen sie begründete, warum sie sich nicht für ihren beruflichen Erfolg einsetzen konnte. Als ihr dies durch die Umpolungen bewusst wurde, setzte sie ihre eigentlichen Ziele ganz bewusst. Sie wollte unbedingt in die Führungsriege, und sie wollte sich auf jeden Fall so weit wie möglich in Richtung Vorstand positionieren.

Ihre Geschichte entwickelte sich zu einer Erfolgsstory mit Beispielwert. Violetta Sch. übernahm bereits nach sechs Monaten die erste Teamleitung und nach weiteren sechs Monaten die Verantwortung für ihren Fachbereich. Nach zwei Jahren war sie Direktorin für den asiatischen Markt und nach weiteren zwei Jahren wechselte sie als Vice President in einen anderen Vorstandsbereich. Nach erneuten zwei Jahren wurde sie stellvertretend für ihren Vorgesetzten mit der Prokura für ihren Bereich betraut und übernahm die Verantwortung für einen Markt im dreistelligen Millionenbereich. Wiederum zwei Jahre später wurde sie in die Geschäftsleitung berufen als President für den Aufbau eines Wachstumsbereichs, den man nur ihr zutraute.

Ihre beispiellose Karriere wurde dann durch die Digitalisierungswelle und die damit verbundenen Umstrukturierungen im Unternehmen unterbrochen. Verlierer würden sagen: „Was für eine Katastrophe im Lebenslauf!" oder „Hilfe, ein Rückschritt!". Tatsächlich wurden in Violettas Konzern ca. 30 Prozent aller Führungspositionen abgebaut, und es bedeutet für die Psyche eine ungeheure Anstrengung, sich in fortgeschrittenem Alter mit einem nicht zu beeinflussenden Ereignis abzufinden und dies ohne Groll zu akzeptieren. Sie hat es geschafft, sich noch einmal neu zu erfinden, und aus ihrer wegrationalisierten Führungsposition eine neue Stelle direkt am Vorstand und am Kunden geschaffen. Heute besteht ihr Bereich allein am Standort Deutschland aus 250 Mitarbeitern. Sie berichtet direkt an den Vorstand und wird als dessen enger Ratgeber gehandelt.

Eine Karriere, die sie mit einer Klarheit für sich entwickelte und die sie nur hatte, weil sie aufhörte, in Problemen zu denken. Sie gönnte sich jährlich ihr Coaching mit den zielführenden Fragestellungen, um, wie sie sagt, aufzuräumen, Gedanken und Ziele zu strukturieren und mögliche Blockaden gar nicht erst entstehen zu lassen. Sie hatte sich entschieden, ihre Führungsposition zu beanspruchen und in der Konsequenz auch den Preis von weniger Zeit und Kinderlosigkeit zu bezahlen. Jede Erfolgsstory hat auch ihre Schattenseiten. Sie hat sich nie dazu beklagt und ihren Preis akzeptiert. Sie wurde als Vortragsrednerin und Mentorin für Frauen in Nachwuchsführungspositionen angefragt und ist als eine der wenigen weiblichen Führungskräfte in Männerberufen in der Lage, Russen unter den Tisch zu trinken. Mich hat das sehr beeindruckt. Sie sah und sieht fantastisch aus und heute noch nur in eine Richtung: nach vorne. Anders als Lots Frau, die trotz dringenden Abratens nach hinten schaute und zur Salzsäule erstarrte.

Das Chemie-Unternehmen und Fukushima

Ein weiteres gutes Beispiel gibt eines der weltweit führenden Chemie-Unternehmen in der Kernenergiebranche. Aus dem Nichts ereilte diese Firma die Katastrophe in Fukushima. Aus einer bequemen und konkurrenzlosen Auftragslage für Jahrzehnte wurde eine Angstpartie um die Zukunft des Unternehmens und aller Mitarbeiter. Fünfzig Führungskräfte, alle bisher fachkompetent ohne besondere Führungsanforderungen, mussten plötzlich zu Krisenmanagern, Seelsorgern und Innovatoren für neue Zukunftskonzepte werden und über sich hinauswachsen.

Für das Unternehmen gab es drei Möglichkeiten: 1. sich erst einmal leise verhalten und hoffen, dass alles wieder zum Alten zurückkehrt. 2. den von Protesten und Demonstrationen gebeutelten Standort Deutschland sofort aufgeben und sich auf den internationalen Markt konzentrieren. Oder 3. die Flucht nach vorn. Alle Mitarbeiter des Unternehmens beschlossen gemeinsam, die Flucht nach vorn anzutreten. Das war der Antrieb, den das Unternehmen brauchte, um die Krise zu überstehen und das Ziel, weiterhin erfolgreich am Markt zu bestehen, zu erreichen.

Jeder erhielt eine Schulung für den Umgang mit der Krise und damit verbunden alle Führungskräfte die entsprechenden Trainings zur Entwicklung von Lösungen und Steuerung der Krisenkommunikation. Die Führungskräfte brauchten so etwas wie einen „Führungsführerschein", der sie sowohl persönlich als auch fachlich stärkte und sie handlungsfähiger machte.

Wir entschieden, dass es Führungs- und Kommunikationskompetenz als garantierte „Sicherheit in der Jackentasche" brauchte. Der Ihnen bereits bekannte Taschen-Coach war geboren, und wir gewannen mit dem Aufbau dieser Führungsperformanceleistung den Führungs- und Kommunikationsaward der Universität Saarland. Wir nutzen jede Chance, aus dem Übel neue Möglichkeiten zu generieren, und wie wir wissen, gewinnt derjenige, der sich auf ein Ziel zubewegt und zu den Machern zählt.

Es wurden sofort Innovationsideen aus den Schubladen geholt, die schon seit Langem von dem ein oder anderen heimlich erdacht worden waren. Bisher waren diese nur nicht gezeigt worden, weil es nicht nötig erschien und die meisten zu schüchtern in Hierarchien dachten. Nun wurde es anders: Blockierende Überlegungen wurden zum Anlass genommen, nicht genutzte Chancen aus dem bisherigen sicheren Alltag in Kompetenzteams umzusetzen und den Überlebenswillen anzufeuern. Die Mitarbeiter wuchsen mehr denn je als Einheit zusammen, und gleichzeitig übernahm jeder Einzelne ein Maximum an Verantwortung. Neue Möglichkeiten der Weiterbildung und der Jobrotation verhinderten Abwanderung in diesem Zustand der Unsicherheit, mehr Identifikation mit dem Unternehmen und seinen Kunden wurde nach außen gelebt.

Die Führungskräfte stellten sich der herausfordernden Frage, ob jeder entsprechend seiner eigentlichen Stärken und Ziele am richtigen Platz eingesetzt sei, und lösten sich in der Krisensituation bereitwillig von liebgewonnenen alten Privilegien. Sie durchliefen unser Profiling, um eigene Charakteristika besser zu verstehen und gegebenenfalls Schlüsse daraus für die eigenen Aufgaben und Verantwortungen zu ziehen.

Alle zogen an einem Strang. An welchem? Natürlich am gemeinsamen konkreten Ziel: „Es wird uns in einem Zeitraum von zwei Jahren gelingen, unser Geschäftsmodell vom ursprünglichen Markt unabhängig ohne Entlassungen weiterzuentwickeln und neue Geschäftsfelder zu erschließen."

Wir stellten die Organisation auf den Kopf und bauten sie wieder zusammen. Alles mit den vorhandenen Ressourcen, also den eigenen Mitarbeitern, unter meiner Anleitung. Eine riesengroße Umpolung sozusagen. Und es zeigte sich ein immenses Potenzial bei einigen Mitarbeitern und Führungskräften. Diejenigen, die am meisten bewegten, waren die, die völlig offen mit den hier nachzuarbeitenden Methoden Erfolgswege aufzeichneten und umsetzten. Es gab auch einige, die das Wissen „nur" konsumierten. Dies ist in der Nachbetrachtung oft eine Enttäuschung. Es sind oft genau die, die sich schon für besonders fertig ausgebildet oder oberschlau halten und schon weit gekommen sind. Dabei bleibt es in Entwicklungsphasen meist bei einem unangenehmen Schwall heißer Luft. „Wer satt ist, bewegt sich ungern", sehen wir wieder einmal. Es gab also auch einige Umbesetzungen im Laufe der Organisationsentwicklung, die bis heute die richtige Entscheidung bestätigen.

Hat die Firma ihr Ziel erreicht? Ja, in jeder Hinsicht. Es hat sich gelohnt, in jede einzelne Führungskraft genau den Führungsführerschein zu investieren, der es ermöglichte, sie zu ihrem vollen Potenzial zu entwickeln. Geschäftsziele und neue Ausrichtung wurden umgesetzt.

Sabine M.

Auch im privaten Bereich habe ich besondere Verwandlungen erlebt: Sabine M., beruflich eine erfolgreiche Kauffrau, litt jahrelang unter ihrer sehr unausgeglichenen Partnerschaft. Interessanterweise hatte sie nach zwei Ehen auch in den nächsten Beziehungen immer wieder den „falschen" Mann an ihrer Seite. Sie sehnte sich nach Unterstützung und Zweisamkeit und griff mit fast blinder Sicherheit nach Männern, die sie zunächst zu unterstützen schienen, sie aber im Verlauf der Beziehung dann kontrollierten und schlecht behandelten.

Wir trafen uns eigentlich geschäftlich, weil sie nun auch Akzeptanzprobleme bei den Mitarbeitern hatte und den Einstieg in diesen Missstand über ein Führungstraining zu lösen hoffte. Stattdessen kamen wir aber auf ihre private Situation zu sprechen und es stellte sich schnell heraus, dass hier die Ursache für die in ihrem Leben auftauchenden Symptome zu finden war.

Sabine M. entschied sich, in einem Intensiv-Training mit mir ihr Leitmotiv zu ermitteln, um besseren Zugang zu ihrer individuellen Logik in der Partnerschaft zu bekommen.

Der Knoten platzte bei ihr, als sie mit den psychologischen Fragetechniken hinter ihren Widerstand kam. Sie erkannte dadurch ihre Ausrichtung auf männliche Anerkennung, die sie von klein auf in ihrer Familie gelernt hatte: Da sie ein Adoptivkind war, hatte sie sich immer mehr als ihre Stiefgeschwister um die Anerkennung ihres Ziehvaters bemüht. Sie entwickelte ein latentes Kleinheitsgefühl, das sich auch nicht durch den beruflichen Erfolg kompensieren ließ.

Tatsächlich suchte sie sich in ihren Partnerschaften immer wieder ähnlich starke und manipulative Persönlichkeitstypen wie ihren Stiefvater aus. Warum? Die Speicher finden sich. In diesem Fall korrespondieren die neuronalen Netzwerke, so unromantisch das auch ist.

Sabine M. war auf Unterwürfigkeit und Schwäche als Beziehungsmittel hin erzogen und konnte in einem solchen Rahmen am besten Sympathien gewinnen. Als Partner zog sie dadurch magisch Übergriffige oder Kontrolle liebende starke Typen an, die in ihr die zauberhafte und zu rettende Prinzessin sahen. Am Anfang passte das und die entsprechende Anziehung blieb über die hormonelle Ausschüttung über eine mehrmonatige Strecke erhalten.

Sie trägt aber auch eine sehr starke und aktive Seite in sich, die sie am Anfang der Partnerschaft unbewusst verbarg und die erst nach einiger Zeit der Gewöhnung hervorkam. Sabine veränderte also ihr Verhalten im Laufe der Partnerschaft, und die Partner reagierten völlig normal, nämlich zunächst mit Widerstand. Eine Frau mit diesen Eigenschaften hatten sie ja gar nicht gewählt, sie wollten den alten Zustand zurück, in dem sie schwach war. Die veränderte Sabine M. war nicht mehr kompatibel zu der Vorstellung ihrer Partner, und diese starken Charaktere versuchten jedes Mal, Sabine durch zum Beispiel Unterdrückung oder Kontrolle wieder in die schwache Position zu bekommen. Auch in der Sexualität führt solch eine Änderung der hormonellen Botschaften zum Stillstand. Die Beziehung war jedes Mal am Ende.

Sabine M. löste sich von der alten Idee, um jeden Preis durch Schwäche gefallen zu müssen, und baute sich durch bewusstes Hinterfragen ihre Vorstellung und Rezepte für ein glückliches Leben neu auf. Mit dem gewonnenen Verständnis für ihre Zusammenhänge und die im Hirn ablaufenden Prozesse war ihr klar, dass die Verantwortung für eine Veränderung bei ihr lag. Sie gönnte sich eine Auszeit von Partnerschaften und baute sich ihr Selbstgefühl mit Umpolungen wieder auf.

Heute zeigt sie sich stark und selbstbewusst, wie sie eigentlich schon immer war. Diese Vorstellung von sich war schon immer tief in ihr verborgen, doch sie hatte sich nicht wert gefühlt, sich so zu zeigen, wie sie wirklich war. Heute tut sie dies ganz natürlich und hat einen Partner gefunden, der sicher nicht perfekt ist, jedoch genau zu ihr passt.

Exkurs: Das Leitmotiv

Das Leitmotiv bildet eine Art „psychische Firewall" und baut zum Schutz der eigenen Überzeugungen immer dann Widerstand auf, wenn eigentlich Erkenntnis und Veränderung nötig wären. Wir gehen in eine Abwehrhaltung, man könnte auch sagen, unser „Rollladen geht runter", um uns vor zu starker seelischer Belastung zu schützen. Zur Weiterentwicklung müssen wir diesen Widerstand und damit unser eigenes Leitmotiv überwinden. Damit setzen wir jedoch alle liebgewonnenen Bestätigungen und Gewohnheiten, die bisher Anerkennung und Liebe eingebracht haben, zumindest gefühlt aufs Spiel.

Führen wir diesen Erkenntnisprozess in einem geschützten Raum in kleiner Gruppe durch, so erleben wir häufig eine Art Metamorphose. Wenn wir nicht mehr zwanghaft eine bestimmte Art Anerkennung und Zugehörigkeit erlangen müssen (unser immer treibendes Leitmotiv), kommen wir an unser eigentliches Potenzial und entwickeln eine Form der Genialität, um neue Vorstellungen und Lebensziele anzugehen und zu verwirklichen.

Die meisten der erlernten Methoden finden Sie in diesem Buch. Feinheiten haben wir im persönlichen Coaching individuell entwickelt. Nur zu! Das können Sie auch.

Seien Sie Chef Ihres eigenen Gehirns!

Wie bleibe ich an meiner Entwicklung, an meinen Vorhaben dran? Es hilft nichts, dazu ist Entschlossenheit und zuverlässiges Üben nötig. Aber genau genommen setzen die meisten nur deshalb nach einem Seminar oder Coaching ihre Vorhaben nicht um, weil sie kein Instrument haben, das sie dabei unterstützt. Es ist aber auch nicht das Instrument, sondern derjenige, der es benutzt, der für das Gelingen sorgt.

Trotzdem ist die regelmäßige Anwendung des Werkzeugs für die täglichen Aufgaben entscheidend. Unser Repertoire wächst nicht durch theoretisch Verstandenes, sondern durch Anwendung und Vertiefung des Gelernten mittels Methode. Gewusst wie, also. Die Vertiefung sichern Sie automatisch durch die Anwendung des Werkzeugs auf Ihre eigenen Aufgaben, Gespräche, Ideen und Wünsche ab.

Sie verfügen nun über beides. Das ist wie ein Sechser im Lotto, gratuliere! Sie haben sich und das Instrument.

Jetzt heißt es nur noch umsetzen, und zwar gehirngerecht. Also schnappen Sie sich jeden Tag Ihre Karten und suchen Sie sich ein paar Fragen aus, die Sie intensiv trainieren. Setzen Sie sich gedanklich vor Ihren Gesprächspartner und sprechen Sie die anstehende Situation laut durch, dann trainieren Sie noch ein paar Gesprächsjoker in seine Richtung. (Zum Beispiel: „Nur einmal angenommen, Sie entscheiden sich für eine Zusammenarbeit, wann ist der frühestmögliche Einstiegstermin?“ oder „Welche Voraussetzungen müssen erfüllt sein, um Ihr Partner für das Gelingen Ihrer Geschäftsentwicklung zu sein?“ und für den privaten Bereich: „Wie möchte ich mich entwickeln, um meine Partnerschaft harmonischer zu gestalten?", „Was brauche ich dann für mich, um dauerhaft glücklich zu sein?")

Oder wiederholen Sie das komplette Programm, um das Gelernte auch komplett zu vertiefen. Sie können auch einzelne Kapitel und das dazugehörige Werkzeug wiederholen. Gehen Sie auf unseren YouTube-Kanal und sehen Sie sich die Beiträge zu den Themen an. Rufen Sie mich an und kommen Sie ins Training oder Coaching. Suchen Sie sich einen Mentor, dem Sie Ihre Ziele und Entwicklungsvorhaben anvertrauen. Sprechen Sie mit Menschen, die Sie bewundern, und lernen Sie deren Erfolgsrezepte. Notieren Sie auf jeden Fall am Ende eines jeden Tages Ihre gelungenen Ergebnisse oder Erfolge, egal, wie trivial es Ihnen erscheint.

Lernen, lernen, lernen Sie. Ihre Zellen werden es Ihnen danken. Fordern Sie sich und sorgen Sie durch gezielt eingesetztes Werkzeug dafür, dass Sie sich und Ihre Neuronen bestens bei der Verwirklichung Ihrer Ziele unterstützen. Nutzen Sie jede Chance, sich zu fördern und über den Tellerrand zu schauen. Glauben Sie mir, das fühlt sich großartig an. Das Leben an sich ist schon spannend, Ihre Persönlichkeit noch viel mehr.

Abschließend etwas zum Schmunzeln für Sie, gewürzt mit einem bisschen Ernst:

Ein Spaziergänger geht durch die Straßen Wiens und sucht offensichtlich etwas. Endlich kommt ihm ein Passant entgegen und er läuft auf ihn zu. Der Spaziergänger spricht den Passanten an: „Sagen Sie, ich habe eine Frage. Sind Sie von hier?" „Ja", antwortet der Passant. Glücklich erkennt der Spaziergänger: „Dann können Sie mir sicherlich helfen," und fragt den Passanten gleich darauf: „Wie komme ich zu den Wiener Philharmonikern?" Der Gefragte überlegt einen Moment und antwortet dann: „Üben, üben, üben."

Ausklang – Eine Seite für mein Wunder

„Denke und handle wie noch nie!“

– Was sind meine wichtigsten sozialen Beziehungen, über die ich mich definieren möchte?
– Was sind die wichtigsten Erfahrungen, die mich als Person geprägt haben?
– Was ist mein Traum, mein Glaube, dem ich mein Leben widmen möchte?
– Was sind Werte, die ich hochhalten und selbst realisieren möchte? Und welcher Wert soll im Konfliktfall Vorrang haben?
– Welche Gewohnheiten möchte ich pflegen?
– Welche Charakterzüge will ich stärken?
– Was sind meine Ängste, die einfach da sind? Und welche Verletzungen habe ich erfahren, die zu mir gehören?
– Was ist das Schöne in meinem Leben, zu dem ich vorbehaltlos Ja sagen kann und wodurch mir Kräfte zuwachsen?
– Wie schaffte ich mir und anderen bisher Stabilität und Sicherheit und ab jetzt? Woran merke ich das ab jetzt in meinem Umfeld? An mir selbst?
– Ein Wunder: Angenommen, du wachst morgen früh auf und über Nacht ist, ohne dass du es gemerkt hast, ein Wunder geschehen, mit dem das aktuelle Problem vollständig gelöst ist. Woran merkst du das nach dem Aufstehen … an dir … an anderen … an der Sache … an welchen Folgen?
– Stell dir vor, alles was jetzt ein bisschen schwierig erscheint, hast du dann selbst gelöst, was hast du anders gemacht und woran erkennst du dein „Anderssein“ zukünftig?
Was brauchst du von … dazu? Was brauchst du von mir dazu? Was brauchst du von dir?
Schaffst du das? Wenn nein, welche Voraussetzungen müssen dann noch erfüllt sein? Wenn ja, wie hältst du das fest?

Über die Autorin

„Seit 25 Jahren besteht meine Leidenschaft darin, Menschen weiterzubringen."

Martina Grünewald-Ernst ist Ehefrau und Mutter von drei Kindern. Als Wirtschaftspsychologin, Trainerin und Coach für Führung und als Spezialistin für Potenzialentwicklung, Befähigung und dauerhafte Praxisübertragung vermittelt sie seit Jahren erfolgreich psychologisch und neurowissenschaftlich fundiertes Wissen und Können. Die Konzentration ihrer Tätigkeit liegt dabei immer auf dem WIE, der praktischen Unterstützung mit dem Menschen im Mittelpunkt.

Als Fotografin und klassische Tänzerin entwickelte sie ihr erstes Interesse für die Psychologie und entschied sich daher ergänzend für das Studium der Psychologie, um Bühne und Blick für Menschen zu verbinden.

Seit 2018 ist Martina Grünewald-Ernst Inhaberin von LeaCo Lab – Institut für angewandte Wirtschaftspsychologie. Davor war sie viele Jahre Inhaberin und Geschäftsführerin von ERFOLGWERK WPI und nucleus-kommunikation-wpi. Sie gründete und entwickelte seit 1997 insgesamt fünf Unternehmen.

Seit 2000 berät sie den Vorstand von Spitzenforschungsinstituten und öffentlichen Verwaltungsträgern und arbeitet mit ihnen an deren Organisationsentwicklung.

Zusätzliche Qualifikationen: Gastdozentin der EUFH, Referentin der Max-Planck-Gesellschaft, Mitglied der GSA *(German Speakers Association)* e.V. und des AfnB.

Die „Blaue Karte" – Projekte

Ziehen Sie diese Karte, wenn Sie Ihre eigenen Tätigkeiten vor- bzw. nachbereiten möchten, oder als „Ass im Ärmel" bei Besprechungen, wenn schnelle und gelungene Kommunikation wichtig ist.

	Was bisher war:	**Was ab jetzt gilt:**
Thema: die Situation / die Idee / der Nutzen	Schwierigkeiten	Lösungen / Nutzen
Ziel: die Aufgabe / die Lösung / der Wunsch	... soll nicht mehr ...	... soll, weil ...
Zieldefinition	Das kostet ...	Sie bekommen ..., weil ...
Wann / was / wen / wer / wie / wie viel / wo / wann + wo	Einsatz / Risiken	Gewinn / Chancen
Was muss am Ziel erreicht sein?		
Was wird durch ... erreicht?	Schäden / Nachteile	Nutzen / Vorteile
Welches Ziel muss vorher zu 100 % erreicht sein, um ...	Problem / Misstrauen	Aufgabe / Vertrauen
zu 100 % zu erreichen?	... ja, aber ...	... ja, und ...
Nur mal angenommen, Sie entscheiden alleine, was ...?	... geht nicht, weil ...	... geht, weil ...
Was tun Sie jetzt in Bezug auf ...?	Lösung ... lehnt x ab	Wie gewinnen wir x?

Bestandsaufnahme

Bisher gesetzte ZIELE	**Was ist nicht ERREICHT**	**Was ist noch zu TUN**
Bisher erreichte LÖSUNGEN	Das nächste PROJEKT	Die wichtigste VORAUSSETZUNG
Zu wie viel % ist das ZIEL ERREICHT	Wodurch ist es nicht GELUNGEN	Wie erreichen wir das VOLLE ZIEL
Was war richtig SCHWER	Was war nicht FÖRDERLICH	Was ist noch zu LERNEN
Welches sind die KUNDEN / ZIELE	Welches sind die PARTNER / ZIELE	Wie lauten jetzt die ZIELE
Was sind die SACHVERHALTE	Subjektive / objektive BEURTEILUNG	Noch OFFENE FRAGEN

Die „Blaue Karte“ – Gespräche

Ziehen Sie diese Karte, wenn Sie Ihre Ziele überprüfen oder absichern wollen oder mit Kunden im Verkaufsgespräch stecken und diese qualifizieren möchten.

Minimal-Vorbereitung
Allg. Situation, das Problem, das Ziel: …
Was ist dafür zu tun?
Womit ist … erreichbar?
Warum rechnet sich …?
Was erwarte ich / erwarten Sie von …?
Was möchte ich / möchten Sie durch … anders / besser machen?

Unvollendetes lösen
Was will ich / wollen Sie erreichen, wenn ich / Sie an … denke / denken?
Was will ich / wollen Sie unbedingt erreichen?
Welche Voraussetzungen müssen erfüllt sein, um …?
Warum wurde … nicht getan / erreicht?
Ich / Sie erreiche / erreichen …, indem …
Wie fühlt sich diese Entscheidung / Lösung an?

Meine 30-Sekunden-Zielplanung
Was ist mein Ziel?
Ab wann ist das für mich in Ordnung?
Welcher Erfolg muss unbedingt eintreten?
Was tue ich jetzt für …?
Wie geht es mir jetzt?

Gesprächs-Joker / Bremsenlöser
Nur einmal angenommen, ich / Sie .., wann / was / welcher/ welches / wen / wer / in wessen / wie /wie viel / wo / wobei / wofür / woher / wohin / womit …?

Was könnte mich / Sie veranlassen, … zu tun?
Was ist für Sie das Besondere an …?
Welches Ergebnis muss sein?
Was muss ich tun, um (mit Ihnen) …?
Wann und wo?
Ich freue mich, …!

Nachbereitung
Was habe ich erreicht? Was hat/haben mein(e) Gesprächspartner erreicht?
Ich verändere ab sofort …, indem …, weil …
Ich tue ab jetzt / ab wann / bis wann / für wann / wo und wann …, weil …

Leistungsübersicht

Sie tragen und mögen Verantwortung. Sie sind Führungskraft, Unternehmer und Mensch mit anspruchsvollen beruflichen und persönlichen Aufgaben. Sie beschäftigen sich mit dem dringenden Wunsch, sich und andere professionell und persönlich zu führen. Lernen gehört für Sie zum Leben.
Sinnvolle Ziele und Nutzen zu erreichen ebenso. Sie sind Vorbild. Sie sind richtig bei LeaCo Lab.

Mit innovativen Lab-Intensivtrainings auf Basis neuester neurowissenschaftlicher Erkenntnisse für erfolgreiches Lernen, Vertiefung und Verankerung, inspirierenden Leadership-Vorträgen und Coaching, trainieren und erarbeiten Sie direkt an Ihren eigenen Aufgaben Ihre individuellen Lösungen.
Das auf diese Weise theoretisch Verstandene übertragen Sie sofort als Können in Ihr Tagesgeschäft – um es ab dann täglich umzusetzen.

Leadership – „Chef im eigenen Hirn"

Als Autorin (Chef im eigenen Hirn, Herbst 2019) und Speakerin begeistert Martina Grünewald-Ernst Menschen im professionellen und persönlichen Kontext.

- Fachbuch
- Keynotes
- Vorträge

Coaching & Seminare

LeaCo Lab – Systemseminare:

- fundiertes Wissen und Können zu Persönlichkeit, Verkauf und Führung
- dauerhafter Praxistransfer

LeaCo Lab – Coaching:

- Raum für Ihre individuellen Anliegen und Entwicklungen
- Lean Coaching als lösungsorientiertes Kurzzeitcoaching
- Executive Coaching für Führungskräfte

Lab – Spitzenforschung

Leitmotiv – Training:

- zentraler Bestandteil der LeaCo Lab-Arbeit
- Schlüssel zum eigenen Potenzial
- tiefenpsychologich und neurowissenschaftlich fundierte Vorgehensweise
- kontinuierliche Zusammenarbeit mit Instituten der Spitzenforschung

LeaCo Lab® von Martina Grünewald-Ernst
Institut für angewandte Wirtschaftspsychologie

LeaCo Lab – Systemseminare

LeaCo Lab – Systemseminare vermitteln fundiertes Wissen und Können zu Persönlichkeit, Verkauf und Führung, das nicht nur während des Trainings inspiriert, sondern nach dem Seminar dauerhaft in der Praxis umgesetzt wird.

Als Teilnehmer wollen Sie von hochkarätigem Expertenwissen aus der Psychologie und Neurowissenschaft profitieren und Ihr eigenes damit erworbenes Können im Anschluss jederzeit anwenden. Sofort und ohne Umwege. Dort, wo Sie ab jetzt täglich für sich und mit weiteren Menschen Ergebnisse haben wollen.
Sie trainieren, wie Sie das Gelernte an Ihren eigenen Aufgaben anwenden. So verbuchen Sie direkt erste Erfolge, meistern Aufgaben, die Sie aktuell herausfordern, und entwickeln Ihre Kompetenzen nachhaltig.

Verkaufen mit Persönlichkeit	**Persönlichkeit – „Chef im eigenen Hirn"**	**Führen mit Persönlichkeit**
Dauer:	Dauer:	Dauer:
3 Module à 2 Tage	4 Module à 2 Tage	5 Module à 2 Tage + 1 Tag Coaching

Sie suchen ein individuelles Training für Ihr Unternehmen?

Basierend auf Ihren Zielen erstellen wir gemeinsam ein Trainingskonzept in den Bereichen: Führung, Kommunikation, Persönlichkeit und Verkauf.

Gerne konzipieren wir individuelle Unternehmenslösungen mit Ihnen und für Sie.
Ihre Anforderungen stehen dabei an erster Stelle.

Sprechen Sie uns an und wir vereinbaren ein unverbindliches Erstgespräch.

Martina Grünewald-Ernst
LeaCo Lab
Merscheider Str.3
42699 Solingen

Telefon: 0212 3802873
Fax: 0212 3802874
E-Mail: info@leaco-lab.de
Web: www.leaco-lab.de